EVERE

343

# AYŞE KULİN

## ESERLER

1. *Güneşe Dön Yüzünü* (Öykü)
2. *Bir Tatlı Huzur* (Biyografi)
3. *Foto Sabah Resimleri* (Öykü)
4. *Adı: Aylin* (Biyografik Roman)
5. *Geniş Zamanlar* (Öykü)
6. *Sevdalinka* (Roman)
7. *Füreya* (Biyografik Roman)
8. *Köprü* (Roman)
9. *İçimde Kızıl Bir Gül Gibi* (Deneme)
10. *Babama* (Şiir)
11. *Nefes Nefese* (Roman)
12. *Kardelenler* (Araştırma)
13. *Gece Sesleri* (Roman)
14. *Bir Gün* (Roman)
15. *Bir Varmış Bir Yokmuş* (Öykü)
16. *Veda* (Anı-Roman), *Veda* (Çizgi Roman)
17. *Sit Nene'nin Masalları* (Çocuk Kitabı)
18. *Umut* (Anı-Roman)
19. *Taş Duvar Açık Pencere* (Derleme)
20. *Türkan-Tek ve Tek Başına* (Anı-Roman)
21. *Hayat-Dürbünümde Kırk Sene* (Anı-Roman)
22. *Hüzün-Dürbünümde Kırk Sene* (Anı-Roman)
23. *Gizli Anların Yolcusu* (Roman)
24. *Saklı Şiirler* (Şiir)
25. *Sessiz Öyküler* (Öykü Derlemesi)
26. *Bora'nın Kitabı* (Roman)
27. *Dönüş* (Roman)
28. *Hayal* (Anı-Roman)
29. *Handan* (Roman)
30. *Tutsak Güneş* (Roman)
31. *Kanadı Kırık Kuşlar* (Roman)
32. *Kördüğüm* (Roman)
33. *Son* (Roman)
34. *Her Yerde Kan Var* (Roman)
35. *Hazan* (Anı-Roman)

## ÖDÜLLER

1988-89 / Tiyatro ve TV Yazarları Derneği, En İyi Çevre Düzeni Dalında Televizyon Başarı Ödülü
1995 / Haldun Taner Öykü Ödülü Birincisi
1996 / Sait Faik Hikâye Armağanı Ödülü
1996 / 3. UAT En Başarılı Yazar Ödülü
1997 / Oriflame Roman Dalında Yılın En Başarılı Kadın Yazarı Ödülü
1997 / Nokta Dergisi *Doruktakiler* Edebiyat Ödülü
1997 / İ.Ü. İletişim Fakültesi, Roman Dalında Yılın En Başarılı Yazarı Ödülü
1998 / Oriflame Edebiyat Dalında Yılın En Başarılı Kadın Yazarı Ödülü
1998 / İ.Ü. İletişim Fakültesi Roman Dalında Yılın En Başarılı Yazarı Ödülü
1999 / Oriflame Edebiyat Dalında En Başarılı Ka Yazarı Ödülü
1999 / İ.Ü. İletişim Fakültesi Roman Dalında Yılın En Başarılı Yazarı Ödülü
2000 / Rotaract Yılın Yazarı Ödülü
2001 / Ankara Fen Lisesi Özel Bilim Okulları Yılı Yazarı Ödülü
2002 / Tepe Özel İletişim Kurumları Yılın En İyi Edebiyatçısı Ödülü
2003 / AVON Yılın En Başarılı Kadın Yazarı Ödül
2003 / Best FM Yılın En Başarılı Yazarı Ödülü
2004 / İstanbul Kültür Üniversitesi Yürekli Kadın Ödülü
2004 / Pertevniyal Lisesi Yılın En İyi Yazarı Ödülü
2007 / Bağcılar Atatürk İ.Ö. Ok. & Esenler-İsveç Kardeşlik İ.Ö. Ok. Yılın Edebiyat Yazarı Ödülü
2007 / Türkiye Yazarlar Birliği *Veda* isimli romanı il Yılın En Başarılı Yazarı
2008 / European Council of Jewish Communities Roman Ödülü
2009 / TED Bilim Kurulu Eğitim Hizmet Ödülü
2009 / Kocaeli, 2. Altın Çınar Dostluk ve Barış Ödi
2009 / Kabataşlılar Derneği Yılın En İyi Yazarı Öd
2010 / Best FM 1998-2008, 10 Yılın En Başarılı Kitabı
2010 / Kabataşlılar Derneği Yılın En İyi Yazarı Öd
2011 / İTÜ EMÖS Yaşam Boyu Başarı Ödülü
2011 / Orkunoğlu Eğitim Kurumları, Yılın En Başarılı Yazarı Ödülü
2011 / ESKADER Kültür & Sanat Ödülleri, Hatırat Dalında *Hayat & Hüzün*
2011 / *Farewell* (*Veda*) ile Dublin IMPAC Edebiyat Ödülü Ön Adayı
2012 / Medya ve Yeni Medya En İyi Yazar Ödülü
2013 / Kültür ve Turizm Bakanlığı, Toplumsal Duyarlılığa Katkı Ödülü
2013 / Lions Başarı Ödülü
2014 / 22. İTÜ EMÖS Ödülü; Yılın En Başarılı Kitabı - *Handan*
2015 / Eryetiş & Balkanlar Eğitim Kurumları / Yıl En İyi Romanı: *Tutsak Güneş*
2016 / *Permio Roma Ödülü* / Çeviri Dalında En İyi Roman / *Nefes Nefese.*
2016 / İstinye Rotary Kulübü Meslekte Üstün Hizr Ödülü
2016 / İTÜ İşletme Mühendisliği Yazarlar Kategorisinde Sosyal Medya Ödülü
2017 / İzmir Rotary Kulübü Meslekte Üstün Hizm Ödülü
2018 / Rumeli'nin En'leri, Yılın En İyi Yazarı
2019 / Kristal Lale Ödülü, Prof. Dr. Mümtaz Turh S.B.L.
2019 / UKKSA Yaşam Boyu Onur Ödülü
2019 / Mevlana Ödülü
2020 / İTÜ İşletme Mühendisleri Kulübü Sosyal Medya Ödülü

*Sevdalinka*'nın Bosna-Hersek telif geliri savaş mağduru çocuklara, *Kardelenler*'in telif geliri Kardelen Projesi'ne, *Sit ne'nin Masalları*'nın telif geliri UNICEF Anaokulu Projesi'ne, *Türkan-Tek ve Tek Başına*'nın özel baskısının ve *Tü* tiyatro oyununun telif gelirleri ise ÇYDD eğitim projelerine bağışlanmıştır.

# ADI: AYLİN

Ayşe Kulin

§

Yayın No **343**
Türkçe Edebiyat **89**
Everest Midi 33

**Adı: Aylin**
**Ayşe Kulin**

Kapak Tasarımı: Utku Lomlu
Sayfa Tasarımı: Gelengül Erkara



Normal Boy 1-125. Basım: 1997-2022
Midi Boy 1-5. Basım: Mart 2019-Eylül 2021
6. Basım: Ağustos 2022

ISBN 978-605-185-376-5
Sertifika No: 43949

Baskı ve Cilt: Melisa Matbaacılık
Matbaa Sertifika No: 45099
Çiftehavuzlar Yolu Acar Sanayi Sitesi No: 8
Bayrampaşa/İstanbul
Tel: (0212) 674 97 23 Faks: (0212) 674 97 29

**EVEREST YAYINLARI**
Ticarethane Sokak No: 15 Cağaloğlu/İSTANBUL
Tel: (0212) 513 34 20-21 Faks: (0212) 512 33 76
e-posta: info@everestyayinlari.com
www.everestyayinlari.com
www.twitter.com/everestkitap
www.facebook.com/everestyayinlari
www.instagram.com/everestyayinlari

Everest, Alfa Yayınlarının tescilli markasıdır.

***TO ALL FIELD ARTILLERYMEN WHEREVER YE MAY BE***

*... ye that there appeared before a most arduous and selective committee composed of highly esteemed and proven Field ... candidate for*

# *The Honorable Order of Saint Barbara*

*... That the hereinafter mentioned individual has been inspected and passed on by Ourself and Our Loyal ...*

*... By all ye Field Artillerymen who may be honored by this individual's presence that*

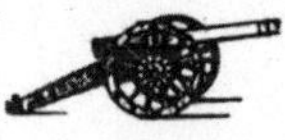

LIEUTENANT COLONEL AYLIN RADOMISLI

*... and found worthy to be numbered as one of our trusty members, has been gathered to our fold and duly initiated into the ... of this traditional brotherhood of Stonehurlers, Archers, Catapulters, Rocketeers, and Gunners.*

*... UNDERSTOOD: That we hereby confer upon this individual the shield of Saint Barbara emblazoned above ... Field Artillerymen henceforth to show due honor and respect whenever this individual may enter their midst.*

*Given under our hand*

*this*

1ST *day of* JULY

1993

DENNIS C. CLINE

COLONEL, FA

FIELD ARTILLERY COMMANDER

# THE UNITED STATES OF AMERICA

TO ALL WHO SHALL SEE THESE PRESENTS, GREETING: THIS IS TO CERTIFY THAT THE PRESIDENT OF THE UNITED STATES OF AMERICA AUTHORIZED BY EXECUTIVE ORDER, 16 JANUARY 1969 HAS AWARDED

## THE MERITORIOUS SERVICE MEDAL

TO LIEUTENANT COLONEL AYLIN RADOMISLI
UNITED STATES ARMY MEDICAL DEPARTMENT ACTIVITY, FORT SILL

FOR MERITORIOUS SERVICE AS CHIEF, COMMUNITY MENTAL HEALTH SERVICE. HER INNOVATIVE EFFORTS MAXIMIZED PSYCHIATRIC RESOURCES TO PROVIDE SUPERIOR MENTAL HEALTH SUPPORT TO THE FORT SILL COMMUNITY. HER EXEMPLARY PERFORMANCE REFLECTS GREAT CREDIT UPON HER, THE UNITED STATES ARMY HEALTH SERVICES COMMAND, THE ARMY MEDICAL DEPARTMENT, AND THE UNITED STATES ARMY.

FROM: 29 MARCH 1992 TO 30 NOVEMBER 1993

GIVEN UNDER MY HAND IN THE CITY OF WASHINGTON
THIS 5TH DAY OF NOVEMBER 1993

PERMANENT ORDERS 106-32, 12 OCT 93

U.S. ARMY HEALTH SERVICES COMMAND
FORT SAM HOUSTON, TEXAS

SECRETARY OF THE ARMY

RICHARD D. CAMERON, MAJOR GENERAL, MC
COMMANDING

# DEPARTMENT OF THE ARMY

## CERTIFICATE OF ACHIEVEMENT

### AWARDED TO

LIEUTENANT COLONEL AYLIN RADOMISLI
052-50-8125

For achieving a score of 279 during the October 1992 Army Physical Fitness Test. Her dedication and drive enabled her to obtain a score that far exceeded the Army's standards. This accomplishment is a source of motivation and an excellent example for others to follow. Her exceptional physical condition is noteworthy and reflects distinct credit upon herself, the Fort Sill Medical Department Activity and the United States Army.

9 November 1992

JOSEPH T. ANDRONACO
COL, MC
Commanding

# ÖNSÖZ

*"Rüzgâr*
*yüz kerte birden atlayıp*
*bir anda bütün ipleri bıçakla kesilmiş gibi*
*düştü"*

Aylin Radomisli Cates, 19 Ocak 1995 Perşembe günü, evinin bahçesinde, o sabah evini temizlemeye gelen hizmetçisi tarafından, kendi arabasının altında ölü bulundu. Üstünde ve etrafta nasıl öldüğüne dair hiçbir iz yoktu. Bir hırsızın saldırısına uğramış değildi. Bir katille boğuşmamıştı. Elbisesi yırtılmamış, tırnakları kırılmamış, saçı başı dağılmamıştı. Çorapları bile kaçmamıştı. Kaptıkaçtı tipi arabası, parke taşı döşeli dümdüz avluda, aklın almayacağı bir nedenle kayarak, dört parmak yüksekliğindeki seti atlamış, meyil aşağı inmiş, ön tekerlekleri yolda, arka tekerlekleri duvara takılı durmuştu. Aylin, arabanın altına çaprazlamasına girmiş, sırtüstü yatıyordu. Üstünde abiye bir gri döpiyes, yakasında yarım ay biçiminde bir elmas broş, parmağında tek taş yüzük vardı. Otopsi raporuna göre, iki gün önce, Salı gecesi ölmüştü.

Zengin, ünlü ve saygın insanların yaşadığı mahallede, yerel polis ve yerel yöneticiler, Bedford'un adını polisiye bir olaya bulaştırmamak için, dosyayı apar topar denebilecek bir hızla kapattılar. Teşhis, "Freak Accident" yani "Garip Bir Kaza" idi.

Kaza gerçekten de garipti. Bir insanın kendi arabasının altına çaprazlama yatarak, göğsüne aks saplanması neticesinde ölmesini, hiç kimsenin aklı almıyordu. Ailesi özel dedektifler tutarak olayın üstüne gitti. Hatta MİT'in bile bir araştırma yaptırdığı söylentisi oldu. Ama, ölümü üzerine verilen ilk raporların dışında hiçbir bulgu elde edilemedi.

Aylin'in öldüğü Salı gecesi, orada olanları sadece Toby von Schweir gördü. O da bir köpek olduğu için, bildiklerini kimseye aktaramadı. Aylin'i herhangi birinin veya bir kurumun öldürmüş olması ne kadar uzak bir ihtimalse, "garip bir kaza" neticesi ölmesi de, aynı ölçüde uzak bir ihtimaldi.

Aylin Radomisli Cates, pek az insana nasip olabilecek dolulukta, renkli, heyecanlı ve verimli bir hayat yaşadı. Gerçekten de tarifi zor, ender rastlanan kişilerden biriydi. Çok zeki, çok yönlü, çok cesur, duygusal ve değişkendi.

Yazılanlar, onun kişiliğinin tam hakkını veremeyecektir. Bu kitap onu sevenlerin yardımıyla, coşkuyla bağlandığı bu dünyaya, ondan bir ses kalsın diye yazıldı. Ve geride bıraktığı dostlarına ondan bir "Elveda".

Hâlâ yaşıyor olsaydı, belki Türki devletlerin birinde Amerikan elçisiydi şimdi. Belki de başarısını bizzat kanıtladığı, "Işık Terapisi"ni, Beyaz Saray'ın gün ışığı görmeden çalışan memurlarına uygulamaktaydı. Amerikan ordusunda görev yaparken elde ettiğini varsaydığımız bazı bilgilerle, başka projelerin peşinde de koşuyor olabilirdi.

Ama eğer yaşasaydı, yine bir rüzgâr hızıyla esiyor olacaktı, kuşkusuz.

Şimdi, Aylin huzur içinde uyuyor. Tanrı, rahmetini ve yaşarken özlemini çektiği huzuru ondan hiç esirgemesin. Nur içinde yatsın.

Aylin'in öyküsünü, ablası Nilüfer Gülek ve yeğeni Tayibe Gülek'in onayları, destekleri ve önüme serdikleri arşivleri olmaksızın yazamazdım. En başta onlar olmak üzere, bu kitabın oluşması için, New York'ta değerli zamanlarını ve anılarını benimle paylaşan Psikolog Mişel Radomisli'ye, Joseph Cates'e, Nuri Çelik'e, Zeynep Tarzı Osmanoğlu'na, Irene Ansman'a, Sister Connelly'e, Laurie Kraus'a, Leyla Schick'e, Emel Glicksman'a, Newby Toms'a, Greg ve Tim Radomisli kardeşlere, Timothy Childs'a, Richard Ekstrakt'a, Raoul Felder'e, Kurt Duldner'a, Barbara Plumb'a,

Kler Tanbay'a, Zeynep Uşaklıgil'e, Vildan'a ve Virginia'ya sonsuz teşekkürlerimi iletmek isterim.

Ayrıca yine değerli katkılarından dolayı, başta Aylin Gönensay olmak üzere, Betin Akay'a, Hilmi Bayındırlı ve eşine, Tülin Aktar'a, Polat'a, Feride, Kerem ve Ayşegül Kürkçüoğlu'na, Coşkun ve Bige Kırca ile Selcan Kırca'ya, Leyla Birsel'e, Sevgi Gönül'e ve Ömer Koç'a teşekkür ediyorum. Ve elbette Henry'ye...

Değerli önerileri için, bu çalışmanın en ağır yükünü taşıyan Zeynep Atayman'a; Yasemin Aktaş ile Filiz Göver'e ve kitabın adının oluşmasındaki katkısından dolayı Murat Birsel'e şükran borçluyum.

Aylin'in cenaze töreninde yaptığı o unutulmaz konuşmanın içinde yer alan Mevlânâ dizelerini ve Ahmet Ertegün'ün konuşmasından aktardığım Byron dizelerini, hatırımı kırmayarak Türkçeleştiren değerli hocam Talat Halman'a da sonsuz teşekkürlerimi ve saygılarımı sunmak isterim.

Bu kitap, bir yaşam öyküsü olduğu için, kitapta adı geçen şahıslar gerçek kişilerdir. Kişisel istekler karşısında bazı kimselerin adlarını değiştirdim. Rahibe Nancy ile Laurie Kraus ve A.P. Jones, kitapta yer alan şikâyetlerle Aylin'e gönderilmiş ve onun tedavi metotlarıyla sağlıklarına kavuşturulmuş gerçek kişiler olup, sadece tedavi öyküleri kurgudur.

Ayşe Kulin
Temmuz, 1997

# MERHABA ÖLÜM

***(24 Ocak 1995, Salı: 10:30, New York)***

Upuzun binaları koyu menekşe rengi ufka yaslanmış kente, yağmur bardaktan boşanırcasına yağmış, nefes kesen bir ayaza bırakmıştı yerini. Madison Avenue'nün 81. Cadde'yle kesiştiği yerde, 1076 numaralı Cambell Funeral Home'un pencereleri, ince bir buz tabakasıyla tüllenmişti. Dışardaki havanın dondurucu ayazına karşın, tören salonunun içinde görünmez bir yangının sıcağı vardı. Yükseltilmiş sahnede kapağı açık, maun bir tabut duruyordu. Uzun bir sıra oluşturan insanlar, tabutta yatan albay üniformalı Amerikan subayını selamlayıp, içlerinden dua ya da veda ederek, tabutun başından ayrılınca, yanan yürekleriyle gelip salondaki koltuklarda yerlerini alıyorlardı. Herkes, etrafa hâkim olan ordu düzeninin saygınlığını kutsar gibi sessizce ağlıyordu. Duygularını frenlemekte genellikle zorlanan Türkler bile, genci yaşlısı, bu ağırbaşlı törenin haşmetini bozmamaya özen gösteriyorlardı. Gözyaşları yüreklerinden taşıp, boğazlarını yakarak gözlerine kavuşuyor, sonra bir sel gibi, yine yüreklerine geri akıyordu sessizce. Hepsi de dimdik, hiç kıpırdamadan, konuşmadan, hıçkırmadan, acılarına odaklanmış omuz omuza oturuyorlardı.

Katafalkın üstünde, dört bir yanı rengârenk çiçeklerle donanmış tabutta yatan kişi, bir askerden çok, oraya bir film çekimi için öylece uzanıvermiş bir Hollywood yıldızını andırıyordu. Bu albay üniformalı Amerikan subayı, bir Türk kadınıydı. Son derece itinayla taranmış açık kumral saçlarında kızıl röfleler vardı. Yüzünün biçimi, burnu, dudakları kusursuz güzellikteydi. Dudaklarının hemen kenarında muzip bir kıvrıltı... "Yine hiç beklemediğiniz bir şey yaptım işte," der gibiydi. İnce uzun parmakları göğsünün hemen altında birbirine kenetlenmiş, tören üniformasının içinde, bir gül dalı gibi ince, zarif ve kırılgan, teninin pembe buğusunda ölümden hiçbir iz taşımadan uzanıyordu serin satenin üzerinde. Ölüm, rengârenk çiçeklerle bezenmiş tabutta yatan kadına o denli aykırı düşüyor, o denli yakışmıyordu ki, onun huzurlu, muzip ve güzel yüzüne o kadar uzak ve yabancıydı ki, sanki bu bir cenaze töreni değildi de, bir düğündü. Sanki birazdan bir atlı gelecek, dudaklarına bir öpücük konduracak ve o her zaman biraz buğulu bakan gözlerini aralayıp gülümseyiverecekti kurtarıcısına. Ve inanılmaz yaşam öyküsüne yeni baştan başlayacaktı. Tıpkı bir masal prensesi gibi.

Ve bir rüzgâr esecekti.

"Akdeniz'e bir kısrak başı gibi uzanan" ülkeden kopup, yaşlı Orta Avrupa'da dönüp dolaştıktan sonra Atlantik kıyılarına vurmuş bir deli rüzgâr. Tek bir ülkeye, tek bir ilkeye sığamayacak kadar güçlü, tek bir eşle, tek bir meslekle ömür tüketemeyecek kadar hızlı esen bir bora. Bir meltem aynı zamanda. Yumuşak, sevecen, sarıp sarmalayan, dinleyen, dinlendiren, şifa veren kocaman yürekli bir Lokman Hekim.

Bir pırıltı. Ele avuca sığmaz, dur durak tanımaz bir cıva. Yorulmak bilmeyen bir yolcu.

Aylin!

Aylin Devrimel; Amerikan subayı üniformasının içinde, Osmanlı geleneğine sahip köklü bir aileden gelen bir Türk kızı.

Salonun büyük bir bölümünü dolduran insanlar Türktü. Onun yaşama birlikte başladığı, okul sıralarını paylaştığı, asla vazgeçemediği çocukluk arkadaşları, akrabaları, New York'ta görevli Türk diplomatları ve kendi hangi uyrukta olursa olsun, hiçbir zaman kopamadığı Türkler onu uğurlamaya gelmişlerdi.

Aylin Devrimel Radomisli, New York'un en ünlü on ruh doktorundan biri. Onun sayesinde, ruh sağlıklarına, ailelerine ve yaşama geri dönmüş onlarca insan, yani onun yarattığı mucizeler, kurtarıcılarına son teşekkürlerini sunmaya gelmişlerdi.

Aylin Devrimel Radomisli Cates; Amerikan ordusunun, Başarı Nişanı'nı kazanmış, iki yıl içinde albaylığa yükselmiş, yeri doldurulmaz subayı. Ordunun değişik rütbelerdeki subayları bu olağanüstü meslektaşlarına son vazifelerini yapmaya gelmişlerdi.

Çocukları... Hiçbirini kendi doğurmadığı halde onu öz ailelerinden de yakın bulan, onun büyüttüğü, yetiştirdiği, etkilediği, dertlerini paylaştığı sevgili Tayibe'si ve Mişel'in oğulları Tim ile Greg, onu son kez kucaklamaya, bağırlarına basmaya, öpmeye gelmişlerdi.

Kocaları, eski ve yeni sevgilileri, platonik aşkları, hayranları, dostları, meslektaşları, hastaları... Bir daha yaşamlarında böylesine coşkulu, renkli, çok sesli bir müziği asla duyamayacaklarının bilincinde, onu tanımış olmanın keyfi ve onu ansızın kaybetmenin acısıyla şaşkın insanlar...

Bu resimler son yolculuğuna uğurlanmakta olan Aylin'in fotoğraflarından sadece birkaçıydı.

Başkaları da vardı.

Çok çok yıllar önce yirmi yaşlarındayken, bir Arap prensinin altın kafesine kendi kararıyla kapanıp kısa zamanda o kafesten uçuveren bir deli fişekti.

Partal blucini ayağında özgürlük şarkısı söyleyen çiçek çocuklarının peşinde dolanıp "Savaşma seviş" diye bağırırken, üniversitede doktora yapan bir fizikçiye takılan ve dünyasını değiştiren bir hippi kızdı.

Yirmi altı yaşında fakültelerin en uzununu ve zorunu seçerek tıp okumaya başlayan kararlı, hırslı bir öğrenciydi.

İnanılmaz rüyaların gerçekleştiği, rekabetin acımasızca uygulandığı, dünyanın o vahşi ve muhteşem merkezinde, New York'ta başarılı bir doktordu.

Babası yaşındaki Afgan şaire çılgınca âşık bir genç kadındı.

Türkiye'den New York'a göç etmiş psikolog Mişel Radomisli'nin sevgili karısıydı.

Kentlere, kıtalara yaşantılara sığamayan Aylin... Büyük başarılar, büyük yalnızlıklar, büyük aşklar ve büyük acılar...

Boşanma... arayışlar... yeni aşklar...

Ve Joseph Cates...

Ve ordu...

Son durak, son koca, son ıstırap... Son!

Selamlama faslı sona erip, herkes salondaki yerini aldıktan sonra, Aylin'in güzel yüzünün üstüne tabutun maun kapağını kapattılar.

Salonun sağ köşesindeki piyanoda bir genç kadın Verdi'nin Requiem'ini çalıyordu.

Konuşmacılar sırayla çıktılar sahnedeki kürsüye. Önce Birleşmiş Milletler Daimi Temsilcisi İnal Batu, sonra Ahmet Ertegün konuştu.

Ahmet Ertegün gümüş saplı bastonuna dayanarak yaptığı konuşmaya, Byron'dan bir alıntıyla başladı.

*"She walks in beauty, like the night*
*Of cloudless climes and starry skies*
*And all that's best of dark and bright*
*Meet in her aspect and her eyes."*

*"Yürüyor güzelliklerle o kadın, sanki gecesi*
*bulutsuz iklimlerin ve yıldız dolu göklerin*
*Karanlıkta, aydınlıkta en iyi ne varsa hepsi*
*kucaklaşmıştır içinde o yüzün ve gözlerin."*

Byron, bir baloda görüp vurulduğu Lady Wilmot için yazmıştı bu şiiri. Hayatı boyunca tüm güzellikleri gözlerinde yansıtan Aylin, bu şiirin yeni sahibiydi artık.

Ertegün'ün arkasından da Talat Halman geldi kürsüye.

*"In this ocean there is no death*
*No despair, no sadness, no anxiety*
*This ocean is boundless love*
*This is the ocean of beauty, of generosity"*

*"Ölüm diye bir şey yok bu ummanda*
*Umutsuzluk da yok, hüzün de, kaygı da*
*Bu umman sonsuz aşk ve sevgi dolu*
*İyiliğin, cömertliğin ummanı bu."*

Talat Halman, Mevlânâ'dan İngilizceye kendi çevirdiği bu satırları okudu önce. Sonra da güzellik, cömertlik ve sevgiyle yoğrulmuş bu kadının Mevlânâ'nın ölümsüzlük denizinde bir damla gibi hep var olacağını anlattı oturanlara.

Aylin'in herkesi etkileyen o tuhaf, kedi bakışlı, yeşil-sarı gözlerinden söz etti. Bir gözünde coşku ve neşe, ama öbüründe sanki bir gölge gibi ince bir keder, "una furtiva lacrima" yani kaçak bir gözyaşı.

Talat Halman, kaçak gözyaşından "una furtiva lacrima"dan söz ederken, piyanoda "L'Elisir D'Amore" operasının meşhur "Una Furtiva Lacrima" aryasının melodisi duyuldu. Aylin'in, ömrünün son gecesinde, son saatlerinde dinlediği operadan bir arya.

Tuhaf bir tesadüfle her şey, hiç planlanmamış olmasına rağmen inanılmaz bir biçimde denk düşüyor, müthiş bir düzenle yerli yerine oturuyordu. Sanki bir gizli el müziği, şiiri, Byron'u, Mevlânâ'yı, Aylin'i, Donizetti'yi ve son geceyi birbirine harmanlıyordu.

***(24 Ocak 1995, Salı: 12:50)***

New York şehrinde L. I Expressway'de, Exit 68'den çıkıp yolun sağında kalarak William Floyd Parkway'in kuzeyinde biraz gittikten sonra Route 25 East'ten saparsanız, az sonra "Calverton National Cemetery" işaretini görürsünüz. Yani Amerikan Ordusu'na mensup subayların kabristanını...

Göz alabildiğine uzanan zümrüt yeşili bir çimenin üzerinde belli mesafelerde dizilmiş küçük mezar taşları ve taşların üzerinde haçlar, hilaller, Musevi yıldızları, Uzakdoğu dinlerine ait değişik işaretler vardır. Bir de insanı ansızın sarmalayıveren bir huzur duygusu. Her dinden ya da dinsiz, kadın-erkek tüm rütbeler, bu dünyadan gelip geçmiş varlıklar olarak hiçbir ayrıcalığa sahip olmaksızın, yan yana yatarlar orada. Tek ortak noktaları Amerikan ordusunda görev yapmış olmalarıdır. Artık geldikleri yere, doğanın sırrına dönmüşlerdir. Orada toprağın koynunda eşittirler şimdi.

Cenaze alayı kabristana, saat tam bire on kala giriş yaptı. Başta bando, arkada askerler, iki sıra halinde tabutun iki tarafında uygun adım yürüyorlardı. Cemaat onları biraz geriden takip ediyordu.

Girişte bir yetkili Nilüfer'i durdurup mezar taşına hangi dini işareti koymak istediklerini sordu. Elindeki kitapçıkta elliye yakın işaret vardı. Dünyada mevcut tüm dinlerin, mezheplerin, tarikatların işaretlerine hayretle baktı Nilüfer.

"Kardeşim dinlerin hepsinin üstündeydi. Onu herhangi bir dinle sınırlamak istemiyorum, işaret koymayalım," dedi.

"Bir sembol seçmek zorundasınız. Mutlaka inandığı bir tanrı ya da bir felsefe, bir düşünce sistemi vardı. Bu kitabı araştırın ve seçin. Mezarın başına bir işaret koymamız şart. Allaha inanmayanlar, yani ateistler için de amblem var."

"Aylin Allaha inanırdı. Allaha gerçekten inandığı için dinlerin üstündeydi zaten. Ateist değildi ki."

"Her neyse, seçin işte bir şey," dedi adam. Sesi asabileşiyordu. Nilüfer, Tayibe'yi çağırdı yanına. Kitaptaki şekilleri taradılar. Tayibe kartal kanatlarını andıran bir amblem gördü.

"Bunu seçelim anne," dedi. "Teyzeme, özgürlüğü ve sınır tanımazlığı simgeleyen kuş kanatları çok uygun düşer."

"Bunu seçtik," dedi adama Nilüfer. Adam işaret edilen şekle baktı, kitabın arka sayfalarını karıştırdı.

"Sufilerin amblemini seçmişsiniz. Zaten galiba Müslüman demişlerdi albay için," dedi.

"O, dinlerin üstünde bir varlıktı," dedi Nilüfer sertçe. "Bunu seçtik, çünkü kanatlar kardeşimin kişiliğine çok uygun düştü."

Tayibe ve Nilüfer askeri törenin yapıldığı noktaya yürüdüler hızlı hızlı. Büyük bir tentenin altında birikmiş kalabalığın en önünde yerlerini aldılar. Katafalkın üstündeki tabut, Amerikan bayrağına sarılıydı. Bando Amerikan milli marşını çalmaya başladı. Subaylar hazırola geçip selam durdular. Siviller sağ ellerini yüreklerinin üzerine koydular. Türkler avuçlarını yukarı çevirip el açtılar ve içlerinden fatiha okudular. Sonra uzun ve tekdüze bir nota yükseldi ti borusundan. Asker cenazelerinin simgesi olan bu tek düze uzun nota, ilahi hükme yürek paralayan bir başkaldırı ve acıyla çınladı, sonra bir boyun eğişle sustu.

•••

Merasim üniforması giymiş iki asker, tabutun üstündeki Amerikan bayrağını birer ucundan tuttular ve bayrağı, her katlayışlarında birbirlerine birer adım yaklaşarak mekanik hareketlerle topladılar, bir büyük muska haline getirip Nilüfer'e verdiler. Nilüfer sanki kardeşini bağrına basıyormuş gibi sımsıkı bastırdı katlanmış bayrağı göğsüne.

Tören bitti. Askerler topuklarının üstünde keskin bir dönüşle geri çark edip uygun adım yürüdüler.

Kalabalık birer ikişer dağılmaya başladı. Nilüfer kızının kolunda hiç kıpırdamadan duruyordu.

"Gitmemiz gerekiyor Nilüfer," dedi Joe.

"Aylin henüz gömülmedi ki."

Bir subay yanlarına yaklaştı, "Tören bitti madam," dedi, "gömülme işlemi siz gittikten sonra yapılacak."

"Ben kardeşimi gömülürken görmek istiyorum."

"Buranın kurallarına aykırıdır."

"Beni kurallarınız ilgilendirmiyor, isteyen gidebilir, ama ben kardeşim gömülene kadar buradayım. Hiçbir yere gitmiyorum."

"Bu mümkün değil efendim." Gülümsedi adam, Nilüfer'i yavaşça tuttu kolundan arabaya doğru yöneltmek istedi.

Uzaklaşmakta olan Joe, Nilüfer'in bağırışını duyunca koşarak geri geldi. Kapıya yönelmiş olanlar da hep birlikte döndüler. Çırpınan Nilüfer'e laf anlatmak mümkün olmadı. Joe, üniformalı adamın koluna girip öteye yürüttü, bir süre konuştular.

"Ben böyle bir şeyi hayatımda ilk defa görüyorum," diye söyleniyordu adam geri geldiğinde.

Cemaat, Aylin'in toprağa verileceği mezarın başına kadar çamurlara belenerek yürüdü. Yağmur hızını kaybetmişti. Demir kutu yavaş yavaş inmeye başladı çukura. Nilüfer ani bir hareketle, kenara birikmiş toprağı elleriyle avuçlayıp fırlattı tabutun üstüne. Bu sanki sessiz bir emirdi. Türkler, Amerikalılar, Müslüman, Musevi, Hıristiyan, kadın, erkek, yaşlı, genç herkes eğilerek toprağı avuçluyor, toprak, güller, kasımpatılar, yapraklar yine toprak, yine çiçekler kat kat üstüne dökülüyordu Aylin'in.

Yağmur dindi.

Tayibe ve Nilüfer kolkola mezarlığın kapısına geldiler. Nilüfer değil yürüdüğünün, yaşadığının bile farkında değildi. Son gücünü Aylin'in gömülmesi mücadelesinde tüketmişti. Ayakları onu bir yerlere sürüklüyordu sadece.

"Bak anne, bak," dedi kızı. Pınarları kurumuş kıpkırmızı kan çanağı gözlerini kızının gösterdiği yöne çevirdi Nilüfer. Karanlık bulutların arasından incecik sarı ve sıcak bir ışık huzmesi süzülüyordu. Perşembeden beri ilk kez kendini gösteren güneş tılsımlı bir ışık gibi, Aylin'in taşına oturtulmuş Sufı kanatlarına vuruyor ve aydınlığı, soğuk havayı bir keskin bıçak gibi yararak Nilüfer'le Tayibe'ye yansıyordu.

Nilüfer yanan gözlerini kırpıştırarak baktı; yumuşak, dingin, huzurlu bir ışıktı bu. Nihayet... huzurlu bir ışıktı.

# GİRİTLİ DELİ MUSTAFA NAİLİ PAŞA

Osmanlıların çöküş yılları, imparatorluğun dört bir köşesinde ayaklanmaların baş gösterdiği, çalkantılı ve zor yıllardı. Hıristiyan tebaanın Fransa ve Rusya'nın kışkırtmasıyla ayaklanmalara başladığı, Yunanistan'ın da lokma kapmak için aç kurt gibi beklediği yıllarda, devlet adamlığı hem her zamankinden daha zor olmuş, hem de ülkede hüküm süren istikrarsızlık, devletin en yüksek makamlarına kadar yansımıştı. Nitekim, Abdülmecit'in yirmi yıl süren padişahlığı sırasında yirmi iki defa sadrazam değiştirilmişti.

1798 yılında, Rumeli'nin Polyan kasabasında doğan ve Giritli olmadığı halde Girit Valisi olarak bilindiği için adı tarihe "Giritli" unvanıyla geçen Mustafa Naili Paşa da, diğer sadrazamlar gibi, duygusal ve alıngan Sultan Abdülmecit'in tayin ve azillerinden nasibini bolca alacaktı. Sadrazamlık makamına tam üç kez getirilip üç kez azledilecek ve sadarete altı kez çıkıp inen Mustafa Reşit Paşa'yı düşündükçe haline şükredecekti.

Mustafa Naili Paşa gözü kara kahramanlıklarıyla ünlüydü. Çok genç bir asker olarak katıldığı Yusuf Ziya Paşa'nın 1821'deki Mısır seferinde cesaretiyle ünlenmiş ve Elariş'in alınmasında gösterdiği başarılar sonucu da sergerdelik* hizmetine tayin edilmişti. Zor kavgaların üstesinden gelebilme yeteneğini yaşamı boyunca her fırsatta sergilemekten hiç kaçınmamıştı.

Tanrı'nın şanslı kullarındandı. Dayıları Tahir ve Hasan Paşaların himayelerinde, Mısır'da yetiştirilmiş, Fransızca ve Arapça öğrenerek, yine dayılarının maiyetinde Mısır'da üst kademelerde görev yapmıştı. Hasan Paşa'nın ölümü üzerine de, senede dört yüz elli kese maaşa vâris olmuştu.

---

* Sergerde: Gönüllü asker başı.

Mısır Valisi Mehmet Ali Paşa'nın tavsiyesiyle mirmiran* rütbesine yükseltilmiş ve Vahabi ayaklanmasını bastırmak için Mehmet Ali Paşa ile Girit'e geçmişti. Kahramanlıklarının semeresini de, bu ayaklanmayı bastırmada gösterdiği akıl almaz cesareti karşılığında "muhafız" unvanıyla Girit'in yönetimine getirilerek, fazlasıyla almıştı.

Ne var ki, barış zamanındaki idarecilik, savaş meydanlarının komutanlığına hiç benzemiyordu. Savaş kurallarına alışık Mustafa Naili, Girit'teki sakin yaşamdan çabuk sıkıldı ve 1837'de Lübnan'da baş gösteren ayaklanmanın bastırılmasına katılmaya gönüllü oldu. Bu isyanı da büyük bir başarıyla bastırarak, 1840'ta henüz otuz iki yaşındayken, "Ömür Boyu Girit Valisi" unvanıyla ödüllendirildi. Durmak bilmeyen paşaya artık sarayın yolu açılmıştı. 1851'de Meclis-i Vala üyeliğine getirildi ve 14 Mayıs 1853' te Sultan Abdülmecit tarafından sadrazamlığa atandı. O güne kadar ataklığı, dobra dobralığı ve cesareti ile göze giren Mustafa Naili Paşa, sadrazamlık koltuğuna oturduğunda bu niteliklerinin barış süreçlerinde yarar değil zarar getirmeye başladığını, makamında henüz iki ayını doldurmadan, 8 Temmuz 1853'te azledildiğinde anladı.

O, savaş meydanlarının paşasıydı. Kafası kızınca aklına geleni yapmaktan geri durmuyordu ve karşısındakilerden tam itaat istiyordu. Sergerdelikten yetişmiş olduğu için devlet adamlarına has adaplardan da mahrumdu. Vükela toplantılarında sert ve asabi çıkışlarıyla etrafını rahatsız ediyor, gücendiriyordu. Oysa devlet, kahramanca yapılan ataklar, çıkışlar ve jestlerle değil, uzun uzadıya hesaplanmış ileri görüşler ve sağduyu ile idare edilmeliydi.

Sultan Abdülmecit'in, bu durumu bile bile onu sadrazamlıkta tutmasının ardında Giritli'yi, Mustafa Reşit ve Âli Paşalara karşı bir denge unsuru olarak kullanma nedeni yatıyordu. Yoksa Sultan da sadrazamını o yüce mevkii için pek hiddetli bulmuştu. Azil çok kısa sürdü, imparatorluğun

* Mirmiran: Beylerbeyi, eyalet valisi.

sorunlarını konuşup uzlaşarak değil de dövüşüp savaşarak çözmeye kararlı olan ekip, çoğu kez olduğu gibi popülist ataklarını yapmakta gecikmedi. Sultan geri adım attı, birkaç gün sonra, aynı ay içinde, Mustafa Naili Paşa makamına iade edildi.

Bir kere azledilmiş olmak kabına sığamayan paşaya vız geldi. 1854 Temmuzuna kadar sürecek olan görev süresinde zaptedemediği hiddetinden ve doğrucu davutluğundan dolayı yararları kadar zararları da görülünce, "Giritli" unvanına "Deli" de eklenerek tekrar azledildi, yerine Kıbrıslı Mehmet Emin Paşa getirildi.

Giritli Deli Mustafa Naili'nin, Reşit Paşa'nın yerine sadarete son tayini 1857 yılının Ağustosuna rastladı. Ruslarla sürekli savaş halinde bulunan ve giderek güç ve etkinlik kaybeden Osmanlı'da halkın bozulan moralini takviye etmek için, sadaret makamına zaferleriyle ünlü birinin atanması yine şart olmuştu. Mustafa Naili Paşa'nın sadareti aynı yıl Ekim ayında son buldu.

Zaten Abdülmecit'in saltanatı Giritli Mustafa Naili, Kıbrıslı Mehmet Emin, Koca Mustafa Reşit ve Âli Paşaları birbiri ardına tayin ve azil etmek arasında sürüp gitmişti.

Giritli Deli Mustafa Naili Paşa son görevine 1866 yılında atandı. Olağanüstü yetkilerle donatılmıştı. Girit isyanını bu kez barışçı yollardan çözmeyi düşünüyordu. Hükümetin iyi niyetli yaklaşımlarından hiçbir netice alınamayınca, Mustafa Naili Paşa İstanbul'a geri çağrıldı ve hoşgörü kazanmış olmanın karşılığını göremeden, gönül kırıklığı içinde öldü.

Oğullarından Hilmi'den yürüyecek bir sulbün, dört batın sonra kendi delişmen özelliklerini, sonsuz cesaretini, mücadeleci ruhunu ve keskin zekâsını taşıyarak bir kız çocuğunda yeniden vücut bulacağını ve bu kez genlerinin insanları mutlu etme çabasına seferber edileceğini bilebilseydi, hayata gözlerini büyük bir iç huzuru ile kapardı kuşkusuz.

# HİLMİ PAŞA VE GENÇ DİNÇ DELİ HASİP BEY

Kırk cariyesi, yetmiş bin altını, doksan dokuz çiftliği, iki yüz evi olduğu rivayet edilen Giritli Deli Mustafa Naili Paşa'nın on bir de oğlu vardı. Hilmi ile Veli, oğullarının arasında hem en yakışıklı, hem de en zeki olanlarıydı. Yirmi beş yaşında Paris'e sefir tayin edilen Veli Paşa, babasının genlerinden aldığı deli cüretini savaş meydanları yerine, çapkınlık alanlarında kullanmayı yeğlemişti. Napolyon'un karısı Eugenie ile flört ediyor ve ona, parmağından hiç çıkartmadığı pırlantalarla N harfi kazınmış imparatorun yüzüğünün yanına takması için, pırlantalarla V harfi kazınmış bir başka yüzük armağan edecek kadar ileri gidebiliyordu.

Parisli kadınların "Le Beau Veli" adını taktıkları Veli Paşa'nın, Fransa'da sürdürdüğü delişmen yaşam tarzına karşılık, kardeşi Hilmi Paşa, yaşamını çoğunlukla İstanbul'da geçirmiş ve babasının sadrazamlığa tayin ve azillerine bizzat tanıklık etmişti.

Hilmi Paşa, babasının ikbal dönemlerini doyasıya yaşamış, dünya görmüş, kültürlü, birkaç dil konuşan, Fransız sanatından etkilenmiş, bolluğa ve savurganlığa alışmış bir beyzade olarak Paris sosyetesinde rüzgâr gibi esen ağabeyinden geri kalmak istemeyecekti. O, Paris'te yaşamıyordu ama, keyifli, şatafatlı, göz kamaştırıcı bir yaşam Dersaadet'te de pekâlâ mümkündü. Üstelik Hilmi Paşa bir sadrazam oğluna yakışır biçimde, kendine eş olarak Teşrifat Nâzırı Kamil Bey'in kızını seçmişti. Saray adabının tüm inceliklerini görerek yetişmiş nazlı karısını, herhangi bir konakta oturtamazdı elbette. Paris Operası'nı çizen mimar Garnier, İstanbul'a çağrıldı ve ona, Emirgân'daki arazilerinde Hilmi Paşa'nın geniş ailesini rahatça barındırabileceği bir köşkün siparişi verildi. Bu köşkte, büyük davetlerin yapılacağı görkemli bir salon da ihmal edilmeyecekti kuşkusuz.

Hilmi Paşa'nın kızlarından Melek, komşu köşkün küçük erkek çocuğu Hasip ile, daha yedi-sekiz yaşlarındayken, Emirgân korusunda körebe oynarken tanıştı. Her ne hikmetse, Melek ne zaman ebe olsa, ona ilk yakalanan hep Hasip oluyordu. Çocuklar da dedikodu yapardı. Söylenti çarkları dönmeye başladı ve büyüdüklerinde, Melek'in Hasip ile evleneceği, Melek'in annesi Fatma Hanım'ın kulağına kadar geldi. Fatma Hanım bu dedikoduyu kocası Hilmi Bey'den gözü gibi sakladı. Paşa babasının sert mizacından payına düşeni almış olan kocasının, komşu köşkün çocuğuna bir taşkınlık yapmasından korktu. Yan köşkün sakinleri öyle herhangi birileri değildiler ve Fatma Hanım çocuk dedikoduları yüzünden soyu Eyüp Sultan'a uzanan, Peygamber Efendimizin bayraktarı Hazreti Halit'ten inen Bayındırlızâdelerle kötü olmak hiç istemiyordu. Üstelik küçük Hasip'in amcası Esat Paşa, Paris'e sefir tayin edilmişti ve aile, devrin modasına uyarak, Hasip'i bir-iki yıl içinde bir batılı gibi yetişmesi, dil öğrenmesi ve iyi bir tahsil yapması için amcasının yanına yollamaya hazırlanıyordu. Fatma Hanım kendi ailelerine pek denk düşen böyle bir damat adayının önünü kapamamak için çok gayret gösterdiyse de, kaderin rüzgârları uzun süre onun istediği yönde esmeyecekti.

Hilmi Paşa'nın ortanca kızı Kerime'nin kocası Turhan Paşa, Rusya'ya sefir tayin edilmişti. Kerime, sefire olarak gittiği Petersburg'da Çar ikinci Nikola ve ailesiyle çok yakın bir dostluk kurmuştu. Kız kardeşi Şeref, ablasını ziyarete geldiği sırada tanıştığı çarın yeğeni yakışıklı Prens Sergio Ouruzoff'a delice âşık olup, Petersburg'da kalmaya karar verince, aile karışıverdi. Kızlarının gönlüne hâkim olamayan Fatma Hanım, kızının Prens Ouruzoff'la olan evliliğini kocasından ve kayınpederinden uzun süre saklamaya çalıştı. Hele Mustafa Naili Paşa, bu evliliği asla öğrenmemeliydi. Bu skandal, Ruslara karşı savaşlarda Osmanlı askerlerine taktikler vermiş ve ömrü boyunca gâvura karşı savaşmış bir

Osmanlı paşasını yüreğinden yaralayabilirdi. Aile fertleri onlara utanç getiren olayı Paşa babalarından ellerinden geldiğince saklamaya çalıştılar. Mustafa Naili Paşa, torununun bir Rus prensine kaçtığını hiç bilmedi.

Fatma Hanım'ın kızı Melek için hayal ettiği damat adayı ise cebinde bol parayla küçük yaşta Paris'e gönderilince, uzun süre İstanbul'a dönmedi. Hayat Paris'te öylesine tatlıydı ki, lise ve üniversite tahsilini bitirdikten sonra kendine, amcasının uzun yıllar sefirlik yaptığı Türk sefaretinde bir kâtiplik ayarladı. "Duayen des Ambassadeurs Esat Paşa"nın yeğenine bir de güzel maaş bağladılar. Bir seksen boyunda, pehlivan yapılı, baygın yeşil gözlü Hasip Bey, spora, temizliğe ve iyi giyime hastalık derecesinde düşkündü. Amcası Esat Paşa sayesinde Paris'in aristokratları arasında kendine yer de edinmişti. Olimpiyat oyunlarının kurucusu Baron de Coubertin ile her gün eskrim oynuyor, Bois de Boulougne'de köpeği ile uzun yürüyüşler yapıyor, akşamları da sosyetenin devam ettiği salonlarda boy gösteriyordu. Fransızlar arasında "Le beau monsieur au beau chien" Türkler arasında da "Genç-Dinç-Deli Hasip Bey" lakabıyla tanınıyordu. Bir başka delinin torunu, çocukluğunun aşkı Melek çok uzaklarda kalmıştı, bir hayal bile değildi artık.

Melek, ufak tefek olmasına karşın son derece cilveli ve çekici bir genç kız olmuştu. Mükemmel Fransızca, İngilizce ve Rumca konuşuyor, çok iyi piyano çalıyordu. Üstelik hem anne, hem de baba tarafından aristokrat sayılırdı. Devrin çöpçatanları araya girince Melek'e, Paris'te kaybolup giden komşunun oğlu Hasip'ten çok daha parlak bir talip bulundu. Görücülerini kız istemeye bir kutu lokum yerine bir kutu mücevher ile yollayan Haydarabat Nizamı!

Fatma Hanım mutluluktan uçuyordu. Kızlarından biri sefire olmuş, çağın imparatorları, kralları ile saraylarda fink atarken, gösterişsiz ufak tefek bulduğu kızına dünyanın en zengin adamı talip oluyordu. En küçük kızları Şeref'in şerefsiz buldukları evliliği bile, bu coşkulu nişanla affa uğradı. Melek'in şans yıldızı çok yüksekti ama, sanki bir gizli kuvvet bu yıldızı aşağılara çekiyordu. Haydarabat Nizamı nişanlısının yüzünü bile göremeden tahsilini tamamladığı İngiltere'den dönmek için bindiği vapurda bir deniz kazası sonunda ölüverdi.

Arabulucular bu kez Nizam kadar zengin değilse bile, pek de yabana atılamayacak bir başka koca adayıyla yine devreye girdiler... Mısır hanedanından Prens Mehmet Ali.

Melek'e söz hakkı düşmedi. O yıllarda en modern ailelerde bile iyi bir koca bulundu mu, kızların fikri sorulmazdı. Çeyizi hazırlandı ve Melek bir sonbahar günü Tophane rıhtımında toplanmış ailesi ile vedalaştı, vapurun küpeştesine yaslanıp annesine, babasına, akrabalarına uzun uzun mendil sallayarak Mısır'a hareket etti.

Üç yıl sonra aynı kalabalık Melek'i, Mısır dönüşünde karşılamak için yine rıhtımda toplanmıştı. Melek gittiği gibi dönüyordu. Koca göbekli şişko Mısır prensi iktidarsız çıkmıştı.

O yaz Emirgân korularında anıların ardında kalmış bir aşk öyküsü yeniden canlandı.

Genç-Dinç-Deli Hasip Bey hem paraları suyunu çektiği, hem de Paris'in çılgın hayatına iyice doyduğu için, memleketine kesin dönüş yapmıştı. Yirmi sekiz yaşında, kızıl saçlarıyla çok yakışıklıydı ve hâlâ bekârdı. Bir gün komşu köşkün bahçesinde bir hayal görür gibi, çocukluğunun aşkını gördü. Muzip bakışları ve kiraz dudakları değişmemişti ama, Melek'in ince yüzü, esrarlı bir hüzünle gölgelenmiş gibiydi. Yirmi yıl sonra çocukken sevdiği kız karşısındaydı hem de onca fırtınadan sonra el değmemişçesine saf ve temiz olarak. Sanki Tanrı, bu kızı ona nasip etmek için ayırmış ve yıllarca saklamıştı.

Melek ile Hasip uzun süre düşünmeye gerek görmeden hemen nişanlandılar. Hilmi Paşa bu mirasyedi gence onayını, ancak onun da kendisi gibi çok iyi bir avcı olduğunu öğrendikten sonra verecekti. Melek'in annesi Fatma Hanım ise kızının mutluluğunu görmeyi beklermiş gibi, düğünlerinden kısa bir süre sonra dramatik bir biçimde hayata veda edecekti. Viyana'da Grande Otel' de kendi verdiği bir davette, aniden kalp krizi neticesinde vefat edince, misafirlerini tedirgin etmemek için cansız bedeni orkestranın çaldığı Viyana valslerinin eşliğinde ve dostlarının kollarında, sanki dans ediyormuş gibi odasına taşınmıştı.

# BAYINDIRLI KIZLARI

Hasip Bey, Fransa'da tamamladığı tahsilinin hakkını yurduna dönüp Melek'le evlendikten sonra verdi. Halkalı Yüksek Ziraat Okulu'nun önce kurucusu oldu, sonra da okulda uzun yıllar hocalık yaptı. Daha sonraları İstanbul Ziraat Genel Müdürlüğü'ne danışman tayin edilecekti.

Melek Hanım'la Hasip Bey Birinci Dünya Savaşı patlak verene kadar Yeşilköy'deki konaklarında yaşadılar. Birbiri ardından Esma (Nayman), Leyla (Devrimel), Ecla (Kulin) adında üç kızları, Esat ve Hilmi adını verdikleri iki oğulları oldu.

Hayat büyükbabalarının zamanında olduğu gibi şaşaalı değildi artık. Prens Ouruzoff ve Şeref, Rus ihtilalinde paçayı zor kurtarmış, Atina'ya kaçmışlardı. Aile çok zor durumda olan teyzelerine ellerinden geldiğince yardım etmeye çalışıyordu ama, aslında kendi yaşam standartlarında da önemli bir değişme olmuştu. Savaş, bulaştığı her yere açlık ve sefalet götürüyordu. Bayındırlılar aç ve sefil olmasalar bile, Hasip Bey ailesini alıştıkları tarzda yaşatabilmek için bazı köşk ve arsalarını elden çıkartmak zorundaydı. Nitekim Bayındırlıların en küçük oğulları Hilmi, ağabeyi ve ablalarının doğduğu Yeşilköy'deki köşkten çok daha mütevazı bir konakta, Moda'da dünyaya geldi.

Bayındırlıların evi bir tezatlar arenasıydı. Hasip Bey, bir yandan pederşahi bir aile reisi görüntüsü içinde, çocuklarını korkudan tir tir titretip büyük bir disiplin içinde yetiştirirken, öte yandan da Paris'te büyümüş ve batı kültürü almış olmasının getirdiği kafa yapısıyla, o yıllara göre hayli "Avrupai" sayılacak bir yaşam tarzı sergiliyordu. Çocuklarının eğitimine ve dil öğretimine çok önem veriyor, kızları ve oğlanları birbirlerinden hiç ayırmaksızın, hepsinin derin bir genel kültüre sahip olmaları için elinden geleni yapıyordu. Bayındırlı çocuklarının her biri Türkçenin yanı sıra, ana dilleri kadar iyi Rumca, Fransızca ve İngilizce konuşuyorlardı. Rumcanın evlerindeki önceliği Hasip Bey'in babaannesinin Kios Adası'ndan bir papazın kızı olmasından kaynaklanıyordu. Evde her zaman bir veya birkaç Rum hizmetkâr ve mutlaka bir Rum paramana (dadı) bulunuyordu. Ayrıca çocukların Fransızca öğrenmeleri için bir de mürebbiyeleri vardı. Melek Hanım ve Hasip Bey, gelirleri, iradları azalmış, köşkleri ve konakları satılmış ama, yüksek standartlı yaşam tarzları ve beklentileri devam eden tipik birer son dönem Osmanlı aristokratıydılar. Evlerinden müzikli, danslı toplantılar, yemek davetleri eksik olmuyordu. Konukların arasında geçmiş zaman paşaları, nazırları ve sefirleri kadar, o günün İstanbul'unda yaşayan kordiplomatiğin ve sanatkârların tümünü bulmak mümkündü. Fransızlar başta olmak üzere diğer ülkelerin sefirleri, konsolosları ve ateşeleri Bayındırlıların günlük misafirleriydiler.

Ama misafirlere gösterilen izzet ikram bitip de aile evde başbaşa kaldığında, Hasip Bey tiran kesiliyordu. Sofraya her gün tam saat yedide oturulacaktı, beş dakika bile gecikilse, Hasip Bey'in gümüş saplı bastonu, çoğunlukla büyük oğlu Esat'ın sırtında tepinmeye başlıyordu. Aslında kafası kızdığı zaman asabiyetinden kızları da nasiplerini alıyorlardı. Bir keresinde, Esma'nın başında patlamıştı kabak. Çok düşkün olduğu küçük oğlu Hilmi zatürreeye yakalanmış ve odasında sıkılmasın diye, yatağı salona kurulmuştu. O sırada İstanbul'u ziyaret etmekte olan Rochefoucauld Dükü'nün torunu, genç Fransız bahriyelisini Esma evlerine çaya çağırmıştı. Hasip Bey evine döndüğünde hasta oğlunun yatmakta olduğu salonda misafir kabul edildiğini görünce, Esma'yı içeri çağırdı ve tokadı bir şimşek gibi indi genç kızın yüzüne. Bu gibi davranışlarına karşın, çocuklarının giyim tarzlarına ve karşı cinsle olan arkadaşlıklarına da hiç karışmıyordu.

Melek Hanım gençliğinde, babası Hilmi Paşa'nın, şimdi Opera binasının bulunduğu alandaki köşkünde Liszt'in talebesi Leo de Lippe'den piyano dersleri alırken nasıl dekolte kıyafetler giydiyse, şimdi de Esma, Leyla ve Ecla, yetişmiş kızlar olarak dekolte kıyafetlerle dolaşıyor, davetten davete koşuyor, o yıllarda İstanbul'da kol gezen İngiliz, Fransız ve Alman subaylarıyla çaylara, danslara gidiyorlardı.

Ancak bu modern yaşam tarzı, kızların İstanbullu aileler arasında dile düşmelerine neden olacak ve diğer ailelerin kızları on yedi yaşlarına geldiklerinde koca bulabilirken, Bayındırlı kızları evlenebilmek için, Türkiye'de kafaların da değiştiği ve başka bir anlayışın egemen olduğu yıllara kadar beklemek zorunda kalacaklardı.

Hasip Bey oğullarını, tahsil için, aile geleneğini sürdürerek, Fransa'ya göndermişti, ama İmparatorluk yenik çıktığı Birinci Dünya Savaşı'ndan sonra, bir de istiklal savaşı verince, Bayındırlı ailesinin maddi durumu iyice bozulmuştu. Artık ne Moda'daki konakları ne de Emirgân'daki köşkleri vardı. Taksim'de Boğaz manzaralı Hristoverdi Apartmanı'na taşınmışlardı. Hasip Bey ziraat okulunda ders vermeye devam ediyor, kalabalık ailesini geçindirmeye, oğullarını en iyi şekilde yetiştirmeye ve ailenin alıştığı standartlardan fazla ödün vermemeye çalışıyordu. Kızlar yirmilerin başlarına kadar sürdürdükleri eğlenceli, hareketli ve lüks yaşamlarını çoktan geride bırakmışlardı. Melek Hanım, nerdeyse otuz yaşlarına gelmekte olan kızlarının evde kalışlarına kendini alıştırmaya çalışıyordu.

İşte bu sırada müthiş bir şey oldu, memlekette Cumhuriyet kuruldu ve İmparatorluğun pek çok geleneği de, saltanatla birlikte gözden düştü. Başkent Ankara'ya taşındı. Tahsilli, dil bilen, açık fikirli gençlerin el üstünde tutulduğu yeni bir dönem başladı. Memleketin dört bir yanında okullar açılıyor, genç mühendisler köprüler, barajlar inşa etmek, köylere ışık taşımak için Anadolu'ya yollanıyor, ülke, batıdan doğuya, kuzeyden güneye demir ağlarla örülüyordu.

Hasip Bey, Adana'da açılan ziraat okulunu teftiş etmek ve bir dizi konferans vermek üzere Adana'ya çağrıldı.

Adana'nın ileri gelenleri, İstanbul'dan gelen zevatı ağırlamak için akşam yemekleri veriyor, çay ve oyun partileri düzenliyorlardı.

Bu davetlerin birinde Hasip Bey, Zihni adında genç bir avukatla briç oynadı. Zihni Bey kendi gibi Avrupa'dan yeni dönmüş Selim (Sarper) isimli bir genç ile bir hukuk bürosu açmış, avukatlık yapıyordu. Hasip Bey genç adamla sohbeti koyulaştırdıkça, bu gencin çok iyi Fransızca konuştuğunu, saygın bir aileden geldiğini öğrendi ve aklına İstanbul'da koca bekleyen kızları geldi. Zihni Bey'e neden hâlâ bekâr olduğunu sordu.

Zihni, hayalini kurduğu kültürlü, modern, dil bilen bir genç kızı Adana'da bulamamıştı. Hasip Bey ona kendi kızından bahsetti. Genç adam kulaklarına inanamadı. Bu soylu bir aileden gelen eski İstanbul beyefendisi, onun gibi genç bir avukata kızını tanıştırır mıydı acaba?

Hasip Bey İstanbul'a döndüğünde Bayındırlıların evinde büyük bir heyecan yaşandı. On gün sonra mavi gözlü, yakışıklı bir avukat, Esma ile tanışmaya gelecekti. Esma, bu yaşına gelene kadar pek çok milletten erkek ile tanışmış, hatta o devre göre cüretkâr ilişkiler kurmuş, flörtler etmişti. Cin gibi zeki, konuşkan, fıkır fıkır bir kızdı. Yine de evine gelecek bu genç adamın heyecanına kapılmamazlık edemedi. Annesine göre bu, eline geçen son fırsattı. Eşleri, dostları, kızın evde kaldığının dedikodusunu yaparak, Esma gibi şahsiyet sahibi bir genç kızı bile kompleks sahibi etmişlerdi.

Hasip Bey salona badana yaptırdı, perdeler sökülüp temizlenmeye yollandı, Esma sıkı bir perhize girdi ve ne olur ne olmaz korkusuyla, Esma'dan çok daha gösterişli ve güzel olan küçük kız kardeşler, Zihni Bey'in geleceği gün evden uzaklaştırıldılar.

Zihni, Esma'yı gördüğü an, bu kızın kendi için yaratıldığına kani oldu. O, Tanrı'dan ne dilediyse, Tanrı ona üç mislini vermişti. Esma mükemmel Fransızca, Rumca ve İngilizce konuşuyor, müzikten, resimden, sanattan anlıyor, hiçbir lafın altında kalmıyordu. Modern tavırları ve kafa yapısı ile Türkiye'de yükselen değerlerin bayraktarı gibiydi ve mesleğinde ilerlemek isteyen bir genç için bulunmaz bir nimetti.

Nitekim Esma evlendikten birkaç yıl sonra, Büyükada'da Anadolu Kulübü'nde tanıştığı Atatürk'ün dikkatini çekecek, bizzat Gazi tarafından Meclis'e girmek üzere ikna edilip Ankara'ya çağrılacak ve Meclis'in ilk kadın milletvekillerinden biri olacaktı. Yaşadığı sürece dış ülkelerde pek çok kez Türkiye'yi temsilen konferanslara, seminerlere katılan, dünyaya Türk kadınının konumunu anlatan Esma'nın kocası Zihni Bey'e de Ankara'nın o yıllarda en önemli semti olan Ulus'un noterliği teklif edilecekti.

Kısacası Esma'nın evlenmesiyle Hasip Bey'in yükü az da olsa hafifliyor, Zihni Bey'in de başına kocaman bir devlet kuşu konuyordu.

Bu arada ailenin büyük oğlu Esat'ın da eli ekmek tutmaya başlamıştı. Şimdi sırada en kıymetli ve en güzel kızı Leyla vardı. Leyla hem karakter hem de görünüş olarak tıpkı babasına benzerdi. Onun gibi çok uzun boylu, robüst yapılı, kızıla çalan sarı saçlı, yeşil gözlü, güzel bir kızdı ve o da babası gibi çetin cevizdi. Ailenin son yıllarda içine düştüğü para sıkıntısını en rahat o omuzlamış, eski elbiselerini hiç şikâyet etmeden bir zamanlar meşhur Paris markalarını taşıdığı gibi başı dik ve kendinden emin taşımış, babasına manevi yönden büyük destek vermişti. Aile içinde herkesin sevgilisiydi.

Nafia Vekili Behiç Bey'in kızı Reşide, Bayındırlı kızlarının anne tarafından kuzinleri oluyordu. Aile içinde Nanaka diye çağırılan Reşide çok genç yaşta, Feshane müdürlüğü yapmakta olan Midhat Recai (Ögdevin) ile evlenmişti. Nanaka, Leyla ile Ecla'ya kocasının arkadaşlarını tanıştırıp duruyordu ama, ne kız kardeşler kimseleri beğeniyor, ne de genç erkekler o zamana göre yaşları yirmi beşi geçtiği için yaşlı sayılan bu züppe kızlara talip oluyorlardı. Taa ki,

Devlet Demir Yolları'nda görevli Cemal Bey devreye girene kadar.

Midhat Bey'in St. Joseph lisesinden arkadaşı olan Cemal Bey, bir İstanbul ziyaretinde hayırlı bir iş için arkadaşının evine akşam yemeğine davet edildi. Nanaka'nın sevgili kuzini Leyla da yemekteydi elbette. Cemal bu sarışın kızı görünce kararını çabuk verdi. Leyla da evlenme teklifini hiç tereddütsüz kabul edecekti. Cemal Bey o güne kadar gördüğü en hoş erkeklerden biriydi. Yeşil gözlü, uzun boylu, ince yapılı Cemal ile Leyla adeta kardeş gibi de benzeşiyorlardı.

Cemal Bey Torosların Akdeniz'e bakan doruklarında kurulu İbradı Köyü'ndendi. Tuhaf insanlardı İbradılılar. Çok tanrılı dinlerinden Hıristiyanlığa geçiş yapmadan Müslümanlığı kabul etmiş bir Roma kabilesi oldukları rivayet edilirdi. Oğullarına mutlaka yüksek tahsil yaptırır, ya hukukçu ya da devlet memuru yetiştirirlerdi. Ticaret yapmaktan ve dışarı kız vermekten hoşlanmazlardı, "İyimizi niye el alsın, kötümüzü niye el görsün" gibi, kendilerine özgü deyişleri vardı. Emekli oldukları zaman İbradı'ya geri döner, İtalyan stili oymalı evler inşa ettirir, ölümü o evlerde beklerlerdi. Dillerine birçok İtalyanca kelime yerleşmişti. Örneğin kapıya kapı demez "la porta" derlerdi. Cumhuriyet devrinde köylerinin adı Aydınkent olarak değiştirilince, toplu halde başvuruda bulunup İbradı adını geri alan yegâne köydüler. Cemal dışardan kız alan ilk kuşak, belki de ilk genç oluyordu İbradı'da.

Hasip Bey'in evinde böylece bir nişan daha kutlandı. Cemal Bey nişanlısını İstanbul'da bırakarak Ankara'ya geri döndü. Bir süre ev arayacak ve münasip bir ev bulunduğunda, nikâh hazırlıklarına başlayacaklardı. Münasip bir ev hiç bulunamadı. Genç adam yaşıtlarına göre çok iyi bir maaş alıyor ve çok eğlenceli bir bekâr hayatı sürdürüyordu. Hatta birkaç yıl önce Hariciye ve Ulaştırma Vekaletlerinin memuriyetleri arasında, elli lira fazla fark var diye Devlet Demir Yolları'nı tercih etmiş, bir de üstelik kurumun son derece konforlu lojmanında kalmaya başlamıştı. Kazandığı parayı olduğu gibi keyfine harcıyor ve aynı işyerinde çalışan bir Fransız mühendisin genç kızı ile de flört ediyordu. Buna rağmen çok beğenerek nişanlandığı Leyla'dan da vazgeçmeye niyeti yoktu.

Leyla son derece gururlu olduğu için, çok uzun bir süre, hiç sesini çıkarmadan bekledi. Cemal hep aynı bahane ile mazeret beyan ediyordu. Ankara yeni yeni inşa olmaktaydı. Leyla'yı oturtabileceği apartmanlar henüz inşaat halindeydi. Binalar biter bitmez hemen bir ev tutacaktı, hatta bir tanesini mimlemişti bile. Ama inşaat bir türlü tamamlanmıyordu. Cemal Bey bazı hafta sonları nişanlısını görmek için İstanbul'a geliyor, gençler yürüyüşe çıkıyor, Boğaz'a baş başa yemeğe ya da sinemaya gidiyorlar ve istikbale ait planlar yapıyorlardı. Ama nikâhtan söz edilmiyordu. Bu arada üç yıl geçti, Cemal iki kere terfi gördü, birçok inşaat tamamlandı ve Leyla'nın kulağına nişanlısının Ankara çapkınlıkları çalındı.

Nanaka, kuzinine böyle hayırsız birini tanıştırdığı için kocasının başının etini yiyordu. Sonunda Midhat Recai evinde bir akşam yemeği daha düzenleyerek, evlenmeye niyetli başka bekâr arkadaşlarını davet etti. Leyla ile kardeşi Ecla da davetliler arasındaydı. Nanaka'nın ne zamandır kafasında, Berlin'den yeni dönmüş genç makine mühendisini Leyla'ya tanıştırarak çapkın Cemal'e iyi bir ders vermek vardı.

Nusret Kulin, Avusturya-Macaristan kargaşasında İstanbul'a göç etmiş Bosnalı Kulinoviçlerin oğluydu. Almanya'da makine mühendisi olmuş ve yurda yeni dönmüştü. Leyla, bu gözlüklü genç adamın taşkın neşesini, arka arkaya patlattığı kahkahaları, anlattığı hikâyeleri gece boyu dikkatle izledi. Hatta bir ara sohbeti koyulaştırdılar ve birkaç kere de dans ettiler. Leyla genç adamdan hoşlanmış, onu çok doğal ve çok zeki bulmuştu. Ama Nusret Kulin'in gönlü her nedense, ağırbaşlı, sarışın güzel Leyla'ya değil, onun oldukça uçarı, saçları a la garçon kesilmiş, kahküllü, koyu kumral kız kardeşine takıldı. Ve öylesine takıldı ki, o davetten çok kısa bir süre sonra, Kulin ailesi Ecla'yı oğullarına istemeye Hristoverdi Apartmanı'na gittiler.

Leyla olayın fazla üstünde durmadı ve ilk görüşünde kanının kaynadığı bu genç adam, hayatı boyunca onun en yakın dostu ve en sevgili eniştesi olarak kaldı.

Küçük kız kardeş Ecla, üç kızın arasında en kırıtkan, en dişi olanlarıydı. Genç mühendisin başını iyi döndürmüş olmalı ki, Nusret fazla geciktirmeden, bir-iki ay içinde evlenmek istiyordu. Melek Hanım bir kızını daha başgöz edeceği için sevinçten uçuyordu. Ama ortaya çok garip bir durum çıkmıştı. Leyla üç yıldır nişanlı ve yaşça büyük olduğu halde, Ecla daha önce evlenecekti. Hasip Bey en sevgili kızının böyle bir açmazda kalmasına müthiş üzülüyordu. Leyla ise babasının nişanlısıyla yüzleşip bu işe müdahale etmesine asla razı olmuyordu. Sonunda çözümü yine Leyla buldu. Ankara'ya giden yataklıya binecek, sabah Ankara'ya varacak, Cemal'le konuşup aynı akşam İstanbul'a dönecekti. Hasip Bey çaresiz kabul etti. Baba kız bu görüşmeyi Melek Hanım'dan bile saklamayı uygun gördüler.

Cemal bir sabah vakti nişanlısını karşısında bulunca oldukça şaşırdı. Leyla lafı hiç dolandırmadan konuya girdi. Üç yıldır bekliyordu. Artık nişanlılık dönemi tamamlanmıştı. Cemal bu evlilikten vazgeçmiş olabilirdi, ama Leyla aile şerefini kurtarmak zorundaydı, İstanbul'da herkes Leyla'nın bir türlü sonu gelmeyen nişanlılığını konuşuyor, Cemal'in Leyla'yı atlattığının dedikodusunu yapıyordu. Melek Hanım eş dost arasına çıkamaz olmuştu. Hasip Bey zor durumda kalmıştı. Evlenecekler ve iki ay sonra boşanacaklardı.

Cemal bu öneri karşısında sarsıldı. Ama genç kadın çok ciddiydi. Özellikle çok düşkün olduğu babası için endişe ediyor ve onu bu onur kırıcı durumdan kurtarmayı amaçlıyordu. Cemal'e her türlü teminatı vermeye hazırdı. Hatta aralarında notere tasdik ettirecekleri bir anlaşma da hazırlayabilirlerdi. Ama bu evlilik iki ay bile sürse kesinlikle gerçekleşecekti, hem de Ecla'nın düğününden önce gerçekleşecekti. Cemal, Leyla'yı kulaklarına inanamayarak dinledi. Bu sessiz, ağırbaşlı kız amma da cesur çıkmıştı. Nişanlısının duygularını ve ailesinin durumunu gözardı ederek, evliliği bunca zamandır savsaklamasından dolayı kendini suçlu hissetti. Aralarında resmi bir anlaşmaya gerek olmadığını söyledi. Leyla düğün tarihini istediği gibi saptayabilirdi.

Ecla'nın düğün tarihi ve yeri saptanmıştı. Düğün Mayıs'ın yirmi ikisinde, Büyükada'da Akasya Oteli'nde yapılacaktı. Leyla kendi nikâh tarihini on gün öncesine koydu. Yani bu konuşmadan itibaren yaklaşık yirmi gün sonrasına. Cemal, Ecla'nın, ablasına, kendini ona tercih eden biriyle, ondan daha önce dünya evine gireceği için, Allahın günü caka sattığını bilmiyordu elbette.

Leyla'nın Ankara çıkartması zaferle sonuçlanmıştı. Ertesi sabah Haydarpaşa Garı'na onu karşılamaya gelen babasına müjdeyi verdi. Ama bu kez on gün arayla iki kız evlendirmek zorunda kalan Bayındırlıların iki ayakları bir pabuca girdi ve çeyiz telaşına düşen iki kız kardeşin arası büsbütün gerginleşti.

Leyla aile arasında yapılacak sakin bir tören istemişti. Hasip Bey sevgili Leyla'sına küçük kardeşinden geri kalacak bir törene razı gelmedi ve Leyla'nın düğünü de Akasya Oteli'nde yapılmak üzere planlandı. Düğünden sonra yeni evliler Akasya Oteli'nde on gün balayı yapıp, Ecla'nın düğününe de katılıp Ankara'ya döneceklerdi. Leyla, zoraki evliliğinden son derece huzursuzdu. Ecla'nın düğün gecesinde son günlerde sık sık atıştığı ve onu çok isteyen bir adamla evlenmekte olduğu için, belki de şuur altında farkına bile varmadan kıskandığı kız kardeşinin düğününe gitmek istemedi. Kocasına hasta olduğunu söyledi. Cemal Bey'in ateşine bakmak için verdiği dereceyi kaşla göz arasında sıcak çayına batırdı ve Cemal de, ateşi kırk dereceye yükselmiş genç karısını otel odasında yalnız bırakıp, aşağıdaki düğüne inemedi.

Ecla ile Nusret'in düğününden sonra, Leyla ve Cemal Ankara'ya döndüler. Cemal'in üç yıldır aradığı ev bir türlü bulunamamış olduğu için yeni gelin, Devlet Demir Yolları'nın lojmanına yerleşti. Burası tren garının arkasında, bahçe içinde şirin bir evdi. Cemal, Leyla'ya verdiği sözü tutmuş, onunla evlenmişti ya, büyük bir rahatlıkla yine eski yaşantısına geri dönmüştü. Fransız mühendisin kızıyla flört etmese bile, her akşam Leyla'yı lojmanda yalnız bırakıyor ve arkadaşlarıyla poker oynamaya gidiyordu. Leyla evin ve bahçenin bütün ışıklarını yakıyor, saatlerce kitap okuyordu. Kocasının ayak seslerini duyduğu zaman da, hemen yatağına koşup uyur taklidi yapıyordu. Karı koca aralarındaki soğukluğa rağmen iki ay boyunca aynı damın altında münakaşa etmeden, tartışmadan yaşadılar. Leyla için tartışılacak bir konu yoktu. O bir anlaşma yapmıştı, süresinin dolmasını bekliyordu. Cemal ise, kız tarafının arzusu ile gerçekleşen bu evlilikte dizginleri elinde tuttuğuna inanıyordu.

Cemal bir akşam lojmana döndüğünde, kapının yanına dizilmiş üç adet valizle karşılaştı. Karısına İstanbul'dan bir misafirin geldiğini zannetti. Oysa valizler Leyla'ya aitti. Genç kadın büyük bir sükûnet içinde kocasına iki ayın dolduğunu ve söz vermiş olduğu gibi, ertesi gün İstanbul'a gideceğini anlatıyordu. Hatta İstasyon Şefi Mehmet Bey'e ertesi günkü trende yerini bile ayırtmıştı. İstanbul'a varıldığında avukatına en kısa zamanda boşanmaları için vekâletini verecekti.

Cemal Bey duyduklarına inanamıyordu. Leyla'nın pazarlığının gerçek olabileceğini bir an için bile düşünmemişti. Ama işte genç kadın biletini almış, ciddi ciddi gidiyordu, hem de hiç kırgınlık veya kızgınlık emaresi göstermeden.

İtiraz edecek olduğunda, Leyla'nın kararlılığı ile büsbütün şaşkına döndü. Karısı ona sözünde durup evlendiği için teşekkür ediyor, ama şimdi sözünde durma sırasının kendinde olduğunu söylüyordu. Leyla'ya gitmemesi için ısrar etti, ama o, sırf sözünde durmak için evlenmiş bir adamla yaşamak istemiyordu. Cemal ne yapacağını şaşırmıştı. Gece sabaha kadar uyumadı. Yaşadıklarının kötü bir rüya olduğuna kendini inandırmaya çalıştı. Şımarıklığı, kadirbilmezliği yüzünden iyi huylu, gururlu, akıllı ve güzel karısını kaybetmek üzereydi. O gün bürosuna gidemedi. Telefonla rahatsız olduğunu bildirdi ve akşama kadar Leyla'ya dil döktü. Kendine bir şans tanımasını, önceki anlaşmaları gibi ona iki ay deneme süresi vermesini rica etti, yalvardı, ayaklarına kapandı. Leyla sonunda inadını kırdı, bir aylık deneme süresini lütfen kabul etti. Ama bu kez şartlar değişik olacaktı. Cemal Bey her koca gibi akşamları evine gelecek, yemeğini karısı ile yiyecek ve gezmeye karısı ile gidecekti. Kısacası bir ay boyunca normal bir evli çift gibi yaşayacaklardı. Bir ayın sonunda bu hayat Cemal'i sıkıyorsa, bunu açık açık söyleyecekti. Cemal her şartı kabule hazırdı. Elinden kaçırmak üzere olduğu nimetin farkına geç de olsa varmıştı.

Karı koca bir ay değil, bir ömür boyu hiç ayrılmadan birlikte yaşayacaklar ve Leyla'nın, kötü başlangıcına karşın, her iki kız kardeşinden çok daha mutlu ve uyumlu bir evliliği olacaktı.

Cemal ve Leyla Devrimel çiftinin ilk çocukları Nilüfer (Gülek), 17 Eylül 1933'de İstanbul'da Alman Hastanesi'nde çok zor bir doğumla dünyaya geldi. Ecla ve Nusret Kulin'in kızları Semra da yine aynı hastanede altı ay önce doğmuştu. Bu arada Esma'nın oğlu Erdem'le Esat'ın kızı Reyya da üç ve bir yaşlarına basmışlardı. Kız kardeşler arasında tüm anlaşmazlıklar giderilmişti. Bayındırlı ailesi evlatları, torunlarıyla huzur ve mutluluk içinde yaşamaya başlamıştı.

Hiç kimse bir yıl sonra başlarına toplanacak kara felaket bulutlarının farkında değildi henüz.

Genç-Dinç Hasip Bey, altmış altı yaşına kadar hayatında aspirin bile içmemiş, sağlıklı, spora düşkün bir avcıydı. Günde üç-dört kere duş almasıyla meşhurdu. Her taşındıkları evin banyosuna mutlaka bir duş sistemi kurduruyor, sabah, öğle, akşam tepeden tırnağa yıkanıyordu. Arada yürüyüş veya spor yapıp terlemişse ya da pis olduklarına vehmettiği kimselerle aynı yerde bulunmuşsa, haydi bir duş daha. Aşırı titizliği ev halkına bir ömür kan kusturmuştu. İşte böyle bir insan, küçücük torunlarını ve "Bayındırlı" özelliklerini taşıyan kıymetli kızı Leyla'nın ilk göz ağrısı Nilüfer'ini severek günlerini geçirmekteyken, bir gün idrarından kan geldiğini gördü. Bir süre olayı gözardı etmeye ve gizlemeye yeltendiyse de, sonunda zamanın meşhur doktorlarından Behçet Sabit Erduran'a giderek kotorizasyon yaptırdı.

Pek ender rastlanan bir tıp hatası! Bu müdahale sırasında Hasip Bey'in mesanesi delinmişti. Hastanelerden, doktorlardan nefret eden Hasip Bey, tüm itirazlarına rağmen ailesi tarafından Nişantaşı'ndaki Osman Bey Kliniği'ne yatırılarak ameliyat edildi. Sondalar, şişeler, tüpler, sargı bezleri... O günlerin koşullarında günlerce bekledi Hasip Bey ve sondası nihayet çıkarıldı. Fakat ameliyat yerinin dikişlerinden idrar sızmaya devam ediyordu. Sızıntı günlerce sürdü. Pansumanlar aralıksız sürdürülecekti. Günde üç beş kere yapılan duşlar kesinlikle yasaklanmıştı. Yaraların tamamen kapanması, kuruması ve sızmanın durması için altı ay geçmesi gerekiyordu. Hasip Bey bunalımlar içindeydi. Onu bu hallere düşürdüğüne inandığı doktorları, hasta bakıcıları gümüş saplı bastonuyla kovalıyor, azarlıyor, küfürler savuruyordu. Ameliyatını yapan Behçet Sabit Erduran'ı odasının kapısından bile baktırmıyordu. Karısı ve kızları çaresizlik içinde çırpınıyorlar, babalarını teskin etmeye çalışıyorlardı. Sonunda Hasip Bey'i evine çıkardılar. Zaten hastanede yapılabilen müdahaleler tükenmiş, artık sıra, sabırla, altı ayın geçmesini beklemeye gelmişti.

Bir eylül günü sesini sonuna kadar açtığı gramofonda kocası eğlensin diye Fransız şansonları çalan Melek Hanım, Hasip Bey' den uzun süre ses çıkmayınca meraklanıp, yatak odalarına girdi ve kocasını alnının sağ tarafında bir kurşun yarasıyla koltukta dimdik otururken buldu. Tabancası sağ elinden yere düşmüştü, kaşının yanından boynuna doğru bir ince kırmızı dere akıyordu, dizlerinin üzerinde bir mektup kâğıdı duruyordu:

"Bu perişanlığa altı ay tahammül edecek sabrım yok. İntihar ediyorum."

# AYLİN

Aylin, 1938'in Ağustosunda, Aslan burcunun ve atalarının birçok özelliklerini taşıyarak doğduğunda, tabancayla intihar eden dedenin acısı, aile içinde dinmeye yeni yüz tutmuştu ama, hikâyesi hâlâ anlatılıyordu.

Küçük kız, bu çok gururlu, çok titiz, dik başlı, uzun boylu büyükbabanın özelliklerini dinleyerek büyüyecek, ileri yaşlarında silahlara olan tutkusunun ve deli cesaretinin belki de Hasip Bey ve Mustafa Naili Paşa'ya dair dinlediklerine öykünmesinden kaynaklandığını hiç bilemeyecekti. Hayatı boyunca akıl sınırlarını zorlayan bir korkusuzluğa sahip olacaktı. Oysa gözüpekliği, atılganlığı, cesareti, silahlara ve atlara olan düşkünlüğü ile, huy olarak bir kızdan çok erkeği andıran Aylin'i annesi, İstanbul'daki ailesinden uzak, çok yalnız büyüdüğüne üzüldüğü Nilüfer'ine can yoldaşı olsun diye dünyaya getirmişti.

Aylin doğduğunda Nilüfer yedi yaşındaydı. İlkokula o yıl başlamıştı. Zaten 1938 yılı, Nilüfer için ilklerle doluydu. O yıl doğduğundan beri içinde büyüdüğü Ankara Garı'ndaki bahçeli evlerinden bir apartman katına taşınıyor, okula başlıyor ve abla oluyordu. Annesi onu aylardır bu doğuma hazırlamıştı ama, o yine de karnı patlayacakmış gibi şişen zavallı annesi için çok endişe ediyordu.

Bir gün, hem annesinin doktoru hem de aile dostları olan Halil Çıray'ların evine misafirliğe yolladılar Nilüfer'i. O gece Çırayların küçük kızı Ayşe ile aynı odada yattılar ve sabaha kadar doğum hakkında konuştular. Annesi için korkuyordu Nilüfer. Ayşe, doktor kızı olmanın verdiği bilgiçlikle, teselli etmeye çalıştı arkadaşını. Ama Nilüfer'i teskin edemedi. O gece Nilüfer her türlü şımarıklığı denedi. Piyanonun üzerinde uyumaya kalktı, bir türlü yatağına yatmadı, sürekli evine dönmek istedi. Ertesi gün, Nilüfer oyalansın diye, kızlar öğleden sonra Kraliçe Marie Antoinette'in filmine götürüldüler. Sinemada birden Nilüfer'e bir sıkıntı bastı. Onu niye bu kadar zamandır evden uzak tutmuşlardı, acaba annesine bir şey mi olmuştu? Karnı mı patlamıştı? Yoksa ölmüş müydü? Ağlayan çocuğu sinemadan çıkarıp evine getirdiler.

Annesi dekolte, çok şık bir gecelik giymiş, süslenmiş püslenmiş yatağında yatıyordu. Yanında Nilüfer'in oyuncak bebeklerinden bile küçük bir bebecik vardı. Kundağının içinden çıkan minik ellerini havaya uzatmıştı, gözleri birer ince çizgi gibiydi, hiç saçı yoktu, yüzü kırış kırıştı.

Annesi kızına döndü, "Bak Nilüfer, ben bu küçük kızı senin için yaptım," dedi, "o senin." Nilüfer bu cümleye o anda mim koydu. Kendini ömrü boyunca Aylin'in hâmisi, koruyucusu, sahibi olarak bilecek ve çoğu kez de insaf sınırlarını zorlayan boyutlarda her işine karışacak, her istediğini yapması için ısrarlar, hırçınlıklar, zaman zaman da haksızlıklar edecekti. Ama Nilüfer ne yaparsa yapsın, Aylin ömrü boyunca ablasını hiç gücenmeden, hiç gocunmadan ve yorulmadan büyük bir içtenlikle sevecekti.

Devrimeller, Aylin'in doğumundan birkaç ay önce, Cemal Bey' in taa nişanlılık günlerinde söz verdiği modern bir apartman dairesine taşınmışlardı. Soysal Apartmanı hiç kuşkusuz, yeni inşa edilmekte olan Ankara'nın en modern, en gözde apartmanıydı. Kentin mutena semti Kızılay'da, meydanın ortasındaki ayaklı saate bakan, dört ayrı giriş kapısı bulunan, kocaman bir bloku olduğu gibi kaplayan devasa ve modern bir bina idi.

Meşhur Süreyya Pavyonu, Ulus Sineması ve 1940'lı yılların Ankaralı küçük kızlarına bale ve ritmik dans öğreten Madam Marga Dans Okulu da bu binada bulunuyordu. Soysal Apartmanı, terasında içinde kırmızı balıkların yüzdüğü havuzlu bahçesi, çamaşır kurutma alanı, o yıllarda Ankara'da ender bulunan kalorifer tesisatı, her gün verilen sıcak suyu ile gerçekten ayrıcalıklı bir apartmandı. Kiracıların çoğunluğunu yüksek gelirli üst düzey bürokratlar teşkil ediyordu. Zaten o yılların Ankara'sı bürokratlardan, yerli ve yabancı diplomatlardan ve politikacılardan ibaretti. Devrimellerin hemen yanlarındaki daireye o yıllarda ticaretle uğraşan Ressam Cafer Bater, karısı Süha Hanım ve küçük kızları Betin taşınmışlardı. Aşağı katta Ayşe Abla İlkokulu'nun kurucusu Neriman Hanım, karşı dairede Ecla'nın kocası Nusret Kulin'in Sular İdaresi Reisi olan kardeşi Muhittin Kulin ve yeni evlendiği, Arnavutköy Amerikan Kolejli genç karısı Sitare, bir başka dairede Hasan Kavur ve ailesi, bir üst katta da, Hasan Kavur'un hariciye memuru olan kardeşi Şadi Kavur oturuyordu. Şadi Kavur'un oğlu Ömer, henüz doğmamıştı. Soysal Apartmanı sakinleri, uzun kış gecelerinde sık sık birbirlerinin evinde toplanıyor, briç, poker veya bezik oynuyor, haftada iki-üç gece de hep birlikte Süreyya'ya iniyorlardı. Süreyya Pavyonu'nun sahibi beyaz Rus Sergio'nun evi Devrimellerin, pavyonu ise Kulinlerin dairesinin altındaydı.

Büyükler arasındaki dostluk çocuklarına da yansımıştı. Soysal Apartmanı'nın değişik dairelerinde yaklaşık yirmi çocuk yaşıyordu ve birlikte oynuyorlardı. Soysal'ın çocukları Pal Sokağı'nın çocukları gibiydiler. Dostlukları uzun yıllar sürdü. Ama Aylin ve aynı katta yan dairede oturan Betin'in arkadaşlıkları, komşuluk sınırlarını çok çok aşarak, zaman içinde kardeşlikten de öte bir yakınlığa varacaktı.

Aylin'le kardeşliğini ilan etmiş olan Betin'in bu kardeşliğinin geçerlilik kazanması için, Nilüfer'e kesin itaat etmek gibi, uyması gereken bazı kurallar vardı ki, onları gözünü kırpmadan yerine getirirdi. Nilüfer on iki, on üç yaşlarındaydı, bir gün iki küçük vücudun yerde dört ayak üstünde sürünerek odasına girdiklerini gördü. Hayretler içinde, "Ne yapıyorsunuz öyle yerlerde?" diye sordu. Aylin ve Betin başlarını yerden kaldırmadan bir ağızdan yanıtladılar: "Nilüfer, biz senin kuzularınız!" Nilüfer'in istediği gibi güdeceği kuzularıydı onlar. Yıllar sonra Betin ancak liseyi okumak için İstanbul'a gittiğinde, çobanının otoritesinden kurtulacaktı. Ama Aylin yaşamı boyunca kuzusu olarak kaldı ablasının.

Nilüfer'le Aylin altı yıl boyunca hep aynı odayı paylaştılar. Nilüfer okuldayken oda Aylin'e ait olurdu. Peşinde gölge gibi tombul Betin'i, odada istediği gibi fır döner ve ablası okuldan geldiği an hükümranlığı sona ererdi. Komşu eve Betin'lere geçerdi o zaman. Betin, Aylin'den iki yaş küçüktü. Aylin nasıl Nilüfer'in neferiyse, Betin de Aylin'in emireriydi. Aradaki o azıcık yaş farkı, Aylin'i Betin'in efendisi yapardı. Ama her ikisinin de kesin efendisi Nilüfer'di. Nilüfer'e olan hayranlıkları tapınma derecesindeydi. Dünyanın en güzel kızı oydu, en akıllısı oydu, her şeyi o biliyordu. Nilüfer onların gözünde, "Ölün" dese ölebilecekleri bir tanrıçaydı.

Aylin'in birinci sınıfa başlayacağı yıl Nilüfer, adı sonradan Ankara Koleji olarak değiştirilen Türk Eğitim Derneği'nin ilkokulunu bitirdi. Ortaya da aynı okulda devam edecekti. Ecla teyzesinin kızı Semra'yı, İstanbul'da Notre Dame de Sion'a vermişlerdi. Nilüfer kıskançlık krizleri geçirip hüngür hüngür ağladı, kıyametler kopardı. İlla o da Semra'nın okuluna gidecekti. Oysa kayıtlar kapanmıştı, yapılacak hiçbir şey yoktu. Leyla Hanım tüm kapıları zorladı, Fransız sefaretinde tanıdıklarına başvurdu. Bir ayrıcalık yapıp kayıtların kapanmasından sonra, Nilüfer'i Dame de Sion'a kaydettiler. Nilüfer ilk kez annesinden, babasından ve Aylininden ayrılacak ve İstanbul'da ailesinden uzakta katı kuralları olan bir okulda yatılı olarak zor bir döneme başlayacaktı.

Artık ablası yanında olmadığına göre, Aylin'in can yoldaşı bundan böyle Betin'di. Nilüfer'in İstanbul'a yollanışından başlayarak, yaşadıkları sürece Aylin ile Betin, aralarından su sızmayan, kardeşten de yakın iki arkadaş olacaklardı.

Soysal Apartmanı'nda başka çocuklar da vardı. Misket ve Hulusi Kavur kardeşler, Aylinlerle aynı blokta oturuyorlardı. Soysal Apartmanı'nın Atatürk Bulvarı'na bakan tarafında mal sahiplerinin çocukları Muhan, Ülkü ve Pınar Soysal oturuyordu. Süreyya Pavyonu'nun hemen üstündeki daireye yerleşen Muhittin ve Sitare Kulin'e, Ayşe doğmuştu. Ayşelerin alt katında Ankara 4. Noteri vardı. Madelet ve Hulusi, Noterin çocuklarıydılar.

Çok çocuklu bu apartmanın bahçesi olmadığı için birkaç yıl sonra çocuklar biraz büyüyünce, binanın önündeki boş araziye oyuna inmeye başladılar. Soysal Apartmanı'nın önü, yaz günlerinde bir okul bahçesini andırırdı.

Çocuklar kışın evlerinde oynardı. Aylin Betin'e gider, sonra karşı bloktaki Soysal'dan Ayşe de çağrılır ve koşa koşa gelen küçük kıza çeşitli işkence yöntemleri uygulanırdı. Örneğin iki iskemle, araları biraz açılarak yan yana konur, üstlerine bir örtü örtülür, Ayşe'ye orta yer ikram edilir ve her seferinde Ayşe paat diye boşluğa düşer, salya sümük ağlardı. Körebe oyununda hep ebeydi küçük kız. Betinlerin evinde saklambaç oynarken Aylinlerin evine geçiveren arkadaşlarını dakikalarca arardı. Hiç pes etmeden, diğerlerinden birkaç yaş küçük olmanın acısını çeker dururdu. Sonraki yıllarda Soysal Apartmanı'na Gürsoy ailesi taşındı. Başak Gürsoy apartmanın en küçüğü olunca, Ayşe vaziyeti kurtardı, işkence görenden işkenceci durumuna geçti.

Nilüfer o günlerin çocukluk anıları arasında yoktu. O İstanbul'da, Dame de Sion'da okuyan kocaman bir kızdı ve inanılmaz güzellikte bir genç kadına dönüşüyordu. Tatillerde Ankara'ya geldiği zamanlar evden çıktığında Soysal Apartmanı sakinleri pencerelere üşüşüp kızın güzelliğini seyrediyorlardı. Güzelliğinin yanı sıra bir de düşünsel derinliği vardı. O yaşta gençlerin ilgisini çekmeyen konulara ilgi duyuyor, metafizik üstüne kitaplar okuyordu.

Aile dostları İsmail Hüsrev Tökin, gençliğinde Nâzım Hikmet ve Vâlâ Nureddin ile birlikte üniversiteyi Moskova'da okuduğu ve sonra da Kadro Dergisi'ni çıkaran ekibin içinde bulunduğundan, yeni iktidara gelen Demokrat Parti yöneticileri tarafından devlet dairesindeki işinden alınmıştı. O yılların demokratlarında "komünist" paranoyası vardı.

1950'li yıllarda, bilgisinden, birikiminden çok faydalanabilecekleri değerli bir genç adamı ve daha onun gibi nicelerini açığa almışlardı.

İsmail Hüsrev, küserek evine çekilmiş ve kendini Doğu dinlerini incelemeye vermişti. Budizm gibi Doğu felsefelerinin ve tasavvufun, ilerki yıllarda engin bir hoşgörü sahibi olmasında rolü büyüktü kuşkusuz. Nilüfer Ankara'da tatildeyken hemen hemen her gün İsmail Hüsrev'lere gider ve babası yaşındaki bu bilge kişinin karşısında saatlerce oturarak, ondan Doğu dinlerine ait bilgiler alır, verdiği kitapları okurdu. Leyla Hanım, bu kültür yüklemesinden endişelenmeye başlamıştı. Kızının üniversite okumaya kalkışmasından korkuyordu. Kız dediğin lisesini bitirince evlenip çoluk çocuk sahibi olmalıydı. Demir tavında dövülürdü. Üniversite filan derken, genç yaşlarda kapıya gelen kısmetler bir anda tükeniverirdi. Bu nedenle hiç de hoşnut değildi, kızının bu tür meraklarından.

Aylin'i önce Mimar Kemal İlkokulu'na, ikinci sınıftan sonra da Ankara Koleji'nin ilk kısmına yollamışlardı. Aylin okula sınıf arkadaşı Sevgi Koç ile el ele gider gelirdi. Sevgi Koç'un evi Atatürk Bulvarı'nda, Özen Pastanesi'nin oradaydı. Her sabah evinden çıkar, Aylinlerin penceresinin altında "Ayliiin" diye bağırarak, arkadaşını çağırırdı. Beşi bitirdikleri yıl, Sevgi Koç ile birlikte Arnavutköy Amerikan Kız Koleji'ne kaydedildiler.

Aylin'in ilkokuldan mezun oluşu, Nilüfer'in liseyi bitirip, Ankara'ya evine döndüğü yaza rastladı. İki kız kardeşin yollarının yeniden birleşmesine kadar uzun yılların geçmesi gerekecekti.

Aylin, kolejde Türkiye sınırları dahilinde yaşayan o yaşta çocuklara nasip olabilecek en iyi şartlarda okurken ve çılgınca eğlenirken, Nilüfer, Ankara'da çok güzel bir genç kız olmanın zorluklarını yaşamaya başlamıştı. Leyla Hanım büyük kızının birdenbire haddinden fazla güzel bir genç kadına dönüşüvermesi karşısında telaşa kapıldı. Onun, kapanın elinde kalmasından, çok genç yaşta yanlış bir evlilik yapmasından korktu. Nilüfer de güzelliğinin farkındaydı ve bu ayrıcalığını sonuna kadar zorluyordu. Sanki Bayındırlı ailesinde onca genç kız arasında güzellik sadece onun tekelindeydi. Esat dayısının kızı Reyya ve Ecla teyzesinin kızı Semra, diğer yeğenler ve kuzinler iyi kızlardı. Onların hepsi kültürlü, terbiyeli, marifetli ve akıllı olmakla sınırlıydılar. Aylin'se henüz bir fasulye sırığını andırıyordu. Nilüfer güzelliğe dair tüm sıfatları kendinde toplayıp, diğerlerine hiç pay bırakmamış gibiydi.

Leyla Hanım'ın bütün dikkat ve tedbirlerine karşılık, Nilüfer okulunu bitirip Ankara'ya döndüğü yıl Aziz Tansever'le tanıştı. Aziz Tansever o yılların ünlü balık ihracatçısı Ali Tansever'in oğluydu. Ali Tansever harp içindeki Almanya'ya balık ihraç ederek büyük bir servet sahibi olmuştu ve ilerde Kâzım Taşkent'le ortak olarak Yapı Kredi Bankası'nı kuracaktı. Aziz, Nilüfer'i gördüğü an âşık oldu. O yılların Türkiye'sinde flört etmek bugün olduğu gibi kolay ya da olağan değildi. Leyla Hanım gençlerin kaçamaklarını durdurmayı başaramayınca, nişanlanmalarını istedi. Aziz'in babası buna şiddetle karşı çıktı. Oğlu henüz öğrenciydi. Ali Tanrısever'in hiç tasvip etmediği bir tahsil yapıyor, arkeoloji okuyordu. Aziz'in Nilüfer'e ilişkin kararlı tutumu karşısında bir şart öne sürdü. Bir gün işini devralacak olan tek oğlu, İskoçya'ya giderek balıkçılık tahsili yaparsa onayını verecekti. Nişan teklifinin karşı tarafça geri çevrilmesi, Devrimel ailesini çok üzdü. Cemal Bey kızına karşı anlayışlı davranmaya çalışıyordu ama, Leyla Hanım Nilüfer'e kesin tavrını koydu.

"Nişanlanmak için Aziz'i ikna et. Yoksa görüşmenizi yasaklarım."

"Anne, haksızlık bu. Biz birbirimizi seviyoruz."

"Birbirini seven insanlar evlenir."

"Biz de evleneceğiz. Tahsilini bitirince."

"O halde nişanlanın, öyle bekleyin."

"Babası izin vermiyor."

"Babasının bir kızı yok anlaşılan. Flört eder de evlenmezsen, adın 'Aziz'in gezip gezip bıraktığı kız'a çıkar. Bu güzelliğinle evde kalırsın. Hayatını mahvetmene izin veremem Nilüfer."

Nilüfer ailesinin itirazlarına rağmen Aziz'le arkadaşlığını sürdürdü. Aziz İskoçya'ya yollandı. Soğuk ve sevimsiz kuzey denizlerinde çalkalanan balıkçı teknelerinde perişan oldu. Yalvar yakar babasını vazgeçirdi bu tahsilden. Bu kez oğlunun İngiltere'de ekonomi okumasını istedi babası. Aziz, Londra Üniversitesi'nde ekonomi tahsili yapmaya başladı. Derken askerlik yaşı geldi ve geçti. Tahsilde olduğu için askerliğini tecil ettirebilirdi ama, babası bir an önce askerliğin bitmesini istiyordu. Bu defa gençlere askerlik bitene kadar bir buçuk yıl daha beklemeleri söylendi. Tahsile askerlikten sonra devam edilecekti. Nilüfer askerliğini yaparken Aziz'le görüşebileceğini sanıyordu, ama annesi gölge gibi peşindeydi. Bir yılı aşkın bir zaman bu tür bunalımlarla geçmişti Devrimellerin evinde. Nişanlanmaya bile izin vermeyen bir baba, arkadaşlığa bile izin vermeyen bir anne. Aziz, dünya güzeli Nilüfer'i uzun süre bekletirse bir gün onu bulamayacağını düşünüyordu.

Nilüfer 17 Eylül'de on sekiz yaşından bir gün alır almaz, gençler aralarında ne zamandır planladıkları bir şeyi gerçekleştirdiler. Sarıyer Evlendirme Dairesi'ne gidip ailelerinden habersiz evlendiler. Aziz'in piyanist arkadaşı Pertev Apaydın ile Nilüfer'in arkadaşı Şükran nikâh şahitleri oldu. Nilüfer evden denize gidiyorum diye mayosunu alıp çıkmıştı. Nikâhtan sonra mayosu elinde, hiçbir şey olmamış gibi eve geldi.

"Nerede denize girdiniz bugün?" diye sordu annesi.

"Tarabya Plajı'nda."

"Sanki evinin önünde deniz yok," dedi Leyla Hanım.

"Değişiklik oluyor anne."

"Nasıldı plaj, kalabalık mıydı?"

"Çok az insan vardı. Romantikti," dedi Nilüfer. Denizin üstüne doğru uzamış cumbada, pencerenin önündeki koltuklarda karşılıklı oturuyorlardı. Leyla Hanım bir sigara yaktı. Nilüfer de pakete uzanıp bir sigara çekti, dudaklarının arasına yerleştirip o da yaktı sigarasını.

"Benim karşımda sigara içebilmek için Bayan Tansever olmayı bekle küçük hanım," dedi annesi.

"Anlayamadım."

"Anladın Nilüfer. Genç kızlar sigara içmez. Söyledim ya Bayan Tansever olunca ancak."

"İyi, o halde içebilirim sigaramı," dedi Nilüfer. Şaşırma sırası Leyla Hanım'a gelmişti.

"Ne demek o öyle?"

"Ben saat üçten beri Bayan Tansever'im anne."

Leyla Hanım bu işe kızsın mı, sevinsin mi bilemedi. Zoraki damadı son derece zengin bir babanın tek oğluydu. Üstelik çok iyi bir tahsil görmekteydi ve istikbali parlaktı. İtirazı Aziz'e değil, kızının nişanlanmadan ya da en azından söz kesmeden bir gençle dolaşmasına karşıydı. Şimdi o karşısına evlenerek gelmişti. İçi biraz rahatlamıştı, ama bunu Cemal Bey'e nasıl anlatacaklardı acaba? Ne kadar hoşgörülü olursa olsun, adabına uymayan, anne baba izni alınmadan yapılmış bir evliliğe Cemal Bey alkış tutmayacaktı elbette. Ama Cemal Bey umduklarından anlayışlı çıktı. Babadan izin koparılınca Nilüfer ve Aziz hemen o gece yataklı ile Ankara'ya giderek, yaz boyunca boş duran Soysal Apartmanı'na yerleştiler. Aziz'in askerliği süresince de dayalı döşeli evde baş başa oturdular. Devrimeller çocuklarını rahat ettirmek için İstanbul'da kaldılar. Zaten Cemal Bey emekli olmuştu ve Ankara'ya dönmeleri için pek nedenleri de yoktu.

Askerlik sonrasında Aziz, tahsilini tamamlamaya Londra'ya döndü. Nilüfer yine bekledi. Geçen bunca zaman içinde baba Tansever'in de inadı kırılmıştı. Yeterli cep harçlığını gözden çıkarınca, nihayet Nilüfer de Londra'ya giderek kocasına kavuştu.

Leyla Hanım uzaktan da yetişebiliyordu kızının hayatını düzenlemeye. Londra'da dönemini tamamlamış bir Türk diplomatının, Mennan Tepedelenli'nin boşalttığı evi ayarladı kızına: Nilüfer ve Aziz, İngiliz asillerinin yaşadığı Eaton Place'de dayalı döşeli bir eve yerleştiler. Nilüfer Londra'da zamanını boşa harcamadı. Kocası London University'de ekonomi okurken o da ilk yıl İngilizce öğrendi, ertesi yıl da Barlett School of Architecture'a yazıldı.

# GENÇLİK YILLARI

Nilüfer evli bir genç kadın olarak, Londra'nın keyfini çıkarırken, Aylin de Amerikan Kız Koleji'nde derslere fazla kafa yormayan, ama sınıflarını hep pekiyi ile geçen haşarı mı haşarı bir öğrenciydi.

Sınıfında, hocaları çileden çıkarmak için yaratılmış, kendisi gibi başka küçük şeytanlar da vardı. Sevgi Koç (Gönül), Aylin Koçibey (Gönensay), Ayşe Manioğlu, Sevin Erel, Buket Diriker, Mersa Gürün bir ekip gibiydiler. Kolejde öğrenci olmanın tadını gündüzcülerden çok, yatılılar çıkarırdı. Dersler bitene kadar Amerikan Kız Koleji'nin İngilizce eğitim yapmasının ve ezberciliğe izin vermemesinin dışında başka okullardan farkı yoktu. Ama saat üç buçuk olup dersler sona erdi miydi yatılı öğrenciler için tadına doyulmaz bir yaşam başlardı Arnavutköy tepelerinde. Öncelikle havanın güzel olduğu mevsimlerde Plato'ya gidilirdi. Plato adı verilen yer, Boğaz'ın kuşbakışı görüntüsüne hâkim, dört-beş dönümlük küçük bir yayla gibiydi. Baharda tüm meyve ve ıhlamur ağaçları da çiçeğe durup, çınarlar yapraklandı mıydı cennetin ta kendisi olurdu. Kızlar Plato'da yürüyüşe çıkar, çimenlere uzanıp lak lak eder ya da ağaçların gölgesi altında ders çalışırlardı.

Kızlar bir de akşam yemeğinin öncesinde ve sonrasında birer saat olmak üzere "Study Hall"da ders çalışırlardı. Study Hall'lar ertesi günün derslerinin hazırlanması için oluşturulmuş, sekiz kişilik kocaman masaların bulunduğu büyük ve geniş odalardı. Odanın sonunda bir kürsü bulunurdu. Kürsüde sessizliği sağlamak için bir hoca otururdu. Bu hocalar genellikle en genç ya da okula en son gelen hocalar arasından seçilirdi. Hocalar arası bir nöbet gibiydi Study Hall'da kızlara nezaret.

Aylin ne ağaçların gölgesinde ne de ödev saatlerinde çok ders çalışan bir öğrenciydi. Ertesi günün ödevini çarçabuk bitirdikten sonra, kalan zamanı kendi gibi diğer sınıf azgınlarıyla Study Hall nöbetçilerini illet etmeye ve eğlenmeye harcardı. Orta üçe başladığı yıl, ilk Study Hall etüdü için bu tür bir eylemin öncülüğünü yapmıştı örneğin.

Okul yılının başladığı ilk gündü. O akşam Study Hall'da yaklaşık elli öğrenci, başlarında da o yıl okula yeni gelen ve Study Hall'da ilk kez oturacak olan gencecik bir Amerikalı öğretmen vardı.

Miss Dean saat tam dokuzda sınıfın kapısında belirdi, kürsüsüne çıkıp oturdu. Bütün kızlar asker disipliniyle ayağa kalktılar.

"Oturun kızlar," dedi Miss Dean. Kızlar oturmadılar. Ayakta dimdik dikilerek İstiklal Marşı'nı söylemeye başladılar. Miss Dean de ayağa kalkıp dikildi. Sağ elini saygıda kusur etmesin diye, Amerikalılarda milli marş çalınırken âdet olduğu gibi yüreğinin üstüne koydu. İstiklal Marşı bitince Miss Dean oturdu. Kızlar bu kez okul marşı Alma Mater'i söylemeye başladılar. Miss Dean tekrar ayağa kalktı. Okul marşını Dağ Başını Duman Almış, onu Onuncu Yıl Marşı takip etti. Miss Dean bir oturdu, bir kalktı. Arkasından Yankee Doodle ve Humpty Dumpty geldi. Miss Dean durumunun komikliğini fark etmişti. "Susun, oturun," diye bas bas bağırıyordu, ama avaz avaz şarkı söyleyen kızlara sesini duyuramıyordu. Kızların konseri Saints Go Marching In, romantik şarkılar ve Rock and Roll parçalarına geldiğinde Miss Dean kapıyı vurup çıktı.

Müdür yardımcısı geldiğinde herkes kitabını açmış çalışıyordu. "Nedir bu rezalet, kim verecek bunun hesabını?" diye bağırdı müdür yardımcısı. Kızlar sus pus oturuyorlardı. Birkaç işbirlikçi "Ben dememiş miydim, cezaya kalacağız şimdi," diye fitne sokmaya, bu işin elebaşlarını, kendilerini ele vermeye zorluyorlardı. Ama hiç kimse ayağa kalkmıyordu. "Bu işi kim organize etti?" dedi Miss Ashover. "Bana yanıt vermezseniz cumartesi sabahı tam on ikiye kadar hepiniz bu sınıfta oturursunuz. Hem de şarkı söylemeden."

Elli kızın arasından upuzun, ipince, çilli bir çocuk ayağa kalktı. "Miss Dean'e hoşgeldiniz töreni yapmak istemiştik, hoşuna gider diye düşündük," dedi.

"Devrimel bu işler hep senin başının altından çıkar."

"Biz sadece onu sevindirmek istedik."

Miss Ashover çıktı sınıftan. Bu açıklama üstüne yapabileceği bir şey yoktu. Okulun ahlak politikası doğruyu söyleyeni ödüllendirmeye yönelikti. Doğruyu söyleme cesaretini gösterebilen tek öğrenciyi cezalandırmayacaktı herhalde.

Kolejde iki etüt arasına giren akşam yemekleri başlı başına bir tören gibiydi. Acele yenen öğle yemeklerinin aksine akşam yemeklerine kızların okul kıyafetlerini değiştirip süslenerek gelmeleri istenirdi. Beyaz örtülerin serili olduğu masalara garsonlar servis yapardı. Yemekler herhangi bir ev yemeğinden çok daha lezzetliydi. Cuma akşamları hafta sonu evlerine çıkanlar gittikten sonra "daimi yatılı"lara, yani hafta sonlarını da okulda geçirmek zorunda kalan kızlara özel menüler çıkardı. Aylin, ailesi Ankara'da yaşadığı için bu gruba dahildi. Cuma akşamlarının soslu rostosuna ve pazar sabahlarının, mevsimine göre sucuklu yumurtalı ya da kremalı çilekli kahvaltılarına bayılırdı. İlerde ablası gibi zengin bir koca bulabilirse okulun aşçısını ayartıp kendi evinde çalıştırmayı hayal ederdi. Ama ne yazık ki o Nilüfer gibi güzel olmadığından zengin bir koca yakalama şansı pek yoktu.

Orta üçten itibaren Aylin okulda bir kimlik kargaşası içinde buldu kendini. O güne kadar uzun, sıska, at kuyruklu, çilli, gözlüklü ve haşarı tek bir Aylin vardı; Aylin Devrimel. Birdenbire uzun, sıska, at kuyruklu, çilli, gözlüklü ve haşarı bir Aylin daha bitti aynı sınıfta. Bu ikinci Aylin'in soyadı Koçibey'di. Aylinler yan yana durduklarında birbirlerine hiç benzemiyorlardı, ama tarifleri fena halde kafa karıştırıyordu.

"Hangi Aylin?" diye sorana, Aylinlere ait hangi sıfat söylense işin içinden çıkılamıyordu. Koçibey bir gün Aylin'e, "Sen benim karbon kopimsin," dedi.

"Hayır sen benim karbon kopimsin. Ben senden evvel vardım burada," dedi Devrimel Aylin.

"Ama ben koyu kumralım. Sen çok açık kumralsın. Saçların, gözlerin, tenin benden çok daha açık renk."

"Eee?"

"Karbon kopiler esaslarından soluk olur. Sen benim üçüncü ya da dördüncü kopimsin." İlk kez karşısındakinin ağzına tıkacak laf bulamadı Aylin.

"Sen de gevezesin," diyebildi. Gerçekten de Koçibey şaşırtıcı bir süratle hiç usanmadan dakikalarca konuşabiliyordu. Devrimel çok sessiz kalıyordu onun yanında. Üstelik Devrimel Aylin'in kelimeleri gırtlağından iple çeker gibi çıkardığı ağdalı bir konuşma tarzı vardı. Aylinlerin adları o günden sonra "Karbon Kopi" ve "Geveze" olarak kaldı.

Aylinler en çok Fransızca derslerine giren Madame Takuhi Dik'in derslerinde eğlenirlerdi.

*"Ne bavardez pas,* Aylin," diye bağırırdı Madame Dik. Karbon Kopi hemen atılırdı, "Ağzımı açmadım Madame. *Vous avez cassé mon coeur."*

"Sana demedim kızım. Üstelik, kalbimi kırdın öyle denmez."

Bu kez Geveze girerdi lafa.

"Madame, Aylin'i tebrik edin. *Elle est engagée."*

*"Engagée?"*

"Robert Kolej'den biriyle."

"Nişanlandı demek istoorsun? Fransızca öyle söylenmez kızım. Doğrusunu öğreniniz."

Aynı nakarat bir hafta sonra aynen tekrar ederdi. Taa ki Aylinler, aslı ve karbon kopisiyle sınıftan atılana kadar.

Aylin'in, "geveze" Aylin'in yanı sıra hanım hanımcık arkadaşları da vardı. Mesela Buket Diriket incecik beli, kabarık etekleri, krepe yapılmış saçlarıyla kutu bebekleri gibi her zaman şık ve bakımlıydı. Geceleri yataklarında yan yana yatarlarken, birbirlerine geleceğe dair hayallerini anlatırdı kızlar. Kiminin hayali, deniz kenarında büyük bir evde yaşamaktı, kimininki ünlü bir yazar olmaktı. Kimi çok çocuk, kimi şöhret istiyordu. Aylin "Bir gün evimde beyaz eldivenli garsonlarım olsun, yemek servisini onlar yapsın," isterim demişti. Çok alay etmişti kızlar.

"Heeyy, duyduk duymadık demeyin! Aylin'in beklentisi, beyaz eldivenli bir garson!" diye bağırmıştı Mersa Gürün.

"Neden Aylin?" diye sormuştu Sevil Erel.

"Çünkü," demişti Aylin, "masanda servis yapan beyaz eldivenli bir garson, hem varlıklı, hem de görgülü olduğunun işaretidir. Yani iyi yaşamayı bildiğini gösterir."

"Hem de zengin bir koca yakaladığını, öyle değil mi canım?" demişti Buket. Aylin boynunu bükmüştü hafifçe. Fasulye sırığı gibi çilli bir kız! Kim alırdı onu?

"Belki de ben paramı kendim kazanırım zengin olmak için," demişti yavaşça.

Yıllar geçtikçe sırık Aylinler, kimsenin beklemediği bir değişim göstermeye başladılar. Kendilerinden çok daha güzel bir sürü kızın arasından uzun boyları, incecik bedenleri ile sıyrılıyor, enteresan yüzleri, at kuyruğu saçları ile dikkat çekiyorlardı.

Aylin'in baba tarafından kuzinleri olan Tanju Dilek ve kardeşi Tülin de okuldaki yakın arkadaşlarındandı. Tanju Dilek gündüzlü öğrenci olduğu için, akşam eğlencelerine katılamıyordu ama, Aylin hafta sonlarını bazen kuzinlerinin Şişli'deki evlerinde geçiriyordu. Bu kızlarla çocukluğundan beri çok eğlenirdi Aylin.

Çocukluk anılarının arasında bir de Büyükada vardı. Boğaz'da geçirdikleri yazların dışında Aylin çok küçükken, iki yıl Büyükada'ya gitmişler, Yalmanların bahçesindeki küçük evi kiralamışlardı. Nilüfer, Nur Yalman'la Aylin de, Nur'un kardeşi Şen Yalman'la aşağı yukarı aynı yaştaydılar. Adanın çamları arasında dolaşırlarken, Nur, on iki-on üç yaşlarındaki Nilüfer'e kendi hayat felsefesini, yaşamın ve ölümün gizlerini anlatır dururdu. Büyülenmiş gibi dinlerdi Nilüfer.

Aylin de Şen'e yapışır, sen de bana bir masal anlatsana diye tuttururdu.

Bir yıl sonra Leyla Hanım aynı evi bu kez kız kardeşi Ecla ile birlikte kiraladığında, Nilüfer ve Semra, çok bilmiş Nur Yalman'a delice âşık olduklarına karar vermiş, oğlanın her hareketini adım adım izler olmuşlardı. Ta ki bir gün Nilüfer, Nur'u görmek için balkondan fazla sarkıp bahçeye düşene kadar.

Yazları Bayındırlı ailesi, İstinye'de cumbası denizin üstüne doğru uzayan, "Pakize Hanım Yalısı" diye bilinen büyük ahşap köşkü kiralardı. Kadın, erkek bütün Bayındırlı kardeşler anneleri Melek Hanım'ı da alarak, kışlık evlerinden Boğaz'daki yalıya taşınır, Leyla ve Esma Hanımlar da çocuklarıyla Ankara'dan gelirlerdi. Böylece Esat Bey, karısı ve kızları Reyya ve Esin, Hilmi Bayındırlı ve karısı Feyha, Esma Hanım'la oğlu Erdem, Leyla Hanım, kızları Nilüfer ile Aylin, Ecla ve Nusret Kulin, çocukları Semra ile Orhan, her birinin ayrı ayrı hizmetçileri, bir de yaz için tutulan aşçı ile çok büyük bir kalabalık, üflense denize uçmaya hazır yalıda yaşamaya başlardı. Cemal Bey'le Zihni Nayman, görevleri Ankara'da olduğu için bu cümbüşü kaçırırlardı. Derken bu kalabalığa her bir aile biriminin kendi kuzinleri, dünürleri, baldızları da çocuklarıyla katılmaya başlardı. Anneleri Melek Hanım, ev halkına bir o kadar da konuğun katıldığı günlerde ev denizin içine çöküverecek korkusuyla, cumbanın en ucuna asla gitmezdi. Ecla'nın eltisi Sitare Kulin'le kızı Ayşe ve Cemal Bey'in yeğenleri Tanju ve Tülin Dilek sık çağrılan misafirlerdi. Büyükler çardak altında sohbet eder, çay içer veya oyun oynarken, çocuklar o günlerde tertemiz olan Boğaz'ın sularından çıkmak bilmezlerdi. Geçen takaların iplerine tutunarak, akıntının tersine gider sonra ipleri bırakıp akıntının hızıyla kendilerini saniyede evlerinin önünde bulurlardı. Bazen de Aylin, Tanju ve Tülin Dilek'in Yeşilköy'deki evine yatıya misafir giderdi. O köşk Boğaz'daki yalı kadar kalabalık olmadığından, Aylin çok daha fazla ilgi görürdü Yeşilköy'de. Çocukların baş oyunları her akşam bahçe kapısının üstüne yerleştirdikleri bir koca kova suyu işten dönen babaları Şadi Bey'in başına geçirmekti.

Çocukluklarında en çok bilye ve annelerinin örgü şişleriyle mikado oynayan, kendi içlerinde çok kalabalık oldukları için arkadaş ihtiyacı duymayan küçük kızlar büyüdükçe Yeşilköy'de yaşayan ailelerin çocuklarından bir grup edindiler. Birçoğu da zaten okuldan arkadaşlarıydı. Nil ve Pamir Bezmen, Emel ve Dori Güzelbahar, Solmaz Tarhan, Ayşe ve Fatoş Giz, Alev Akiş, Şener Koyuncu, Ali Pasiner ve tümü kolejli olan bu grubun içine Aylin'e olan tutkusu yüzünden katılmış Saint Joseph'li Erkan Mermerci.

Aylin fasulye sırığı değildi artık. Sokakta yürürken pek çok başı çevirtip baktıracak kadar alımlı bir genç kız olmuştu. Bir de hayranı vardı. Hayatının ilk flörtü ya da ona âşık olan ilk genç, Erkan Mermerci.

Amerikan Kız Koleji'nin tarih ve coğrafya öğretmenleri her yıl yurtiçine bir iki gezi düzenlerlerdi. Öğrencilere yurdun değişik bölgelerini tanıtmak için düzenlenen bu gezilere katılım büyük olurdu. Civarındaki arkeolojik kentler nedeniyle İzmir'e sık sık gidilirdi. Aylin de genellikle bu gezileri kaçırmazdı. Lise bire geçtiği yıl okulla birlikte gittiği İzmir'den Erkan Mermerci'nin arabasında dönünce Leyla Hanım küçük dilini yutuyordu. Nilüfer'in güzelliğinin pırıltısından ve onun peşinde koşmaktan, serpildiğini hiç fark etmediği çilli kızı demek büyümüş, güzelleşmiş ve bir flört bile edinmişti.

Nilüfer'e Londra'ya gönderdiği mektupta, "Doğrusu Aylin'in de bir flörtü olabileceği hiç aklıma gelmemişti. Meğer o da büyümüş, erkek arkadaş edinecek yaşa gelmiş. Süpürgemize bundan sonra daha çok dikkat etmem gerekecek," diye yazıyordu.

Çok akıllı bir kadındı Leyla Hanım. Nilüfer'i gereğinden fazla sıkmanın cezasını, kızının ailesinden habersiz evlenmesiyle ödediğini unutmamıştı. Aynı baskıyı küçük kızına yapmadı. Zaten iki kızın arasında nerdeyse bir kuşak farkı vardı. Ayrıca zaman da değişmişti, insanların tutumları da. Üstelik Aylin'i rahibelerin idaresi altındaki Fransız okulunda değil, hür fikirli akademisyenlerin yönettiği kolejde okutmuşlardı. Tüm bu nedenlerle Aylin, Nilüfer'in aksine, gönlünce flört edebilme özgürlüğünü bol bol tattı. Erkan Mermerci'yi bir-iki sene peşinden koşturduktan sonra kolejde öğrenci olan bir başka arkadaş edindi. Alev Güran, kolejin mühendis mektebinde okuyordu ve o da Aylin gibi Ankaralı'ydı. Alev ile sokakta beraber yürüdükleri zaman mahalle çocuklarının tek tük bildikleri İngilizceyle laf atmalarına göğüs germek zorunda kalıyorlardı. Hatta bir keresinde bir pastanede garson birkaç kelime lisanını toparlayıp, ıkına sıkına, "What drink you?" diye sormuştu. Aylin Amerikan aksanını taklit ederek "tcayy lyutfın" diye cevaplamıştı. Alev'in beyaza yakın sarı saçları ve çok açık renk gözleri vardı. Normal bir Türk kadınından ortalama yirmi santim daha uzun boyu ve çilleriyle Aylin ve Alev yan yana geldiklerinde İsveçli bir çifte benziyorlardı.

Aylin'in lise ikiye geçtiği yıl Ankara'daki en yakın arkadaşı Betin, Kolej'in lise hazırlık sınıfına gönderildi. Böylece iki can arkadaş tekrar buluşmuş oldular. Betin de Aylin'in geride bıraktığı tombul çocuk değildi artık. İncecik olmuş, güzelleşmişti. Ve yanında iki arkadaşı daha vardı; Ankara Koleji'nden birlikte geldiği Feride ve kolejde hazırlık sınıfında tanışıp ayrılmaz olduğu Kler. Aylin çaresiz Betin'in en yakın iki arkadaşını da bağrına bastı. Böylece Aylin için, sınıf arkadaşlarının dışında çok yakın ilişkiler kuracağı bir arkadaş grubu daha oluşuyordu. Yılların içinde sınıf arkadaşlarıyla yolları ayrılabilecek ama Betin-Kler-Feride üçlüsünden ömrü boyunca asla kopmayacaktı.

Kendi yeni grubunu, yeni arkadaşı Alev Güran'a tanıştırınca Feride de Alev'in en yakın arkadaşı Güven Osma ile flört etmeye başladı. Hafta sonları birlikte partilere, sinemalara, tiyatrolara gidiyorlardı. Gruplarına Mete Uğur da katılınca yaz geceleri arya sesleriyle süslenmeye başladı. Bu arada Kler ilerde evleneceği Erdoğan Tanbay ile flört ediyor ve çok tutucu olan babasının bu ilişkiyi öğrenmesinden ödü patlıyordu. Bu grubun içindeki gençlerin Kler'in baba korkusunun dışında hiçbir sıkıntıları ve sorunları yoktu. Hali vakti yerinde ailelerden geliyorlar, ailelerinden sevgi ve anlayış görüyorlar, çok iyi bir okulda okuyorlardı. Ama sürekli bir arayış içindeydiler. Bu belki de eksiklerinin olmamasından kaynaklanan bir şımarıklıktı. Bir gün hayatın çok anlamsız olduğuna karar vererek topluca intihar etme kararı aldılar. Bir evde toplanacak, havagazını açarak hep birlikte öte tarafa gideceklerdi. Notları dokuzun altına düşmeyen cin Aylin bile, onca aklına rağmen kapılmıştı bu oyuna. Havagazı musluklarını açtılar ve beklediler. Hepsi de ne aptalca bir şey yapmakta olduklarının farkındaydılar ama, çorbadan dönenin kaşığı kırılsın misali, o muslukları ilk kapatacak korkak olmamak için aptal aptal oturup duruyorlardı, pişmanlıktan kıvranarak. Neyse ki Mete Uğur korkaklığı göze alıp, çok geç olmadan havagazını kapatıp pencereleri açtı ve bu zamansız yolculuktan geri döndüler. Aylin çok ilerki yıllarda bu tür davranışları çözebilen bilgileri edindikten sonra bile güzel bir yaz akşamı, fol yok yumurta yokken ölmeye kalkışmalarının nedenini bulamamıştı. Bu teşhisi Nilüfer koymuştu sonunda.

"Şımarıklıktan," demişti.

"Teşhis doğru olmalı, çünkü şımarıklık senin ihtisas alanına giriyor," diye yanıtlamıştı Aylin.

Aylin 1958 yılında kolejden mezun olurken, okul kitabındaki resminin yanında şunlar yazıyordu:

Hobileri: Koyu renk gözlük ve araba kullanmak.
Sevdikleri: İngiliz arabaları, ara sıra Ankara'ya yolculuk.
Sevmedikleri: Kendine "Sofistike" denmesi, sarı bıyıklar.
Gelecek için planları: Bir sayfaya sığamayacak kadar çok.
Hayat felsefesi: Tık-Vici-Ve.

Bu bilgilerden şunları çıkartmak mümkündü; Aylin Londra'da yaşayan ablasının hayat tarzından etkilenmişti. İstanbul'un çok renkli ve eğlenceli yaşamına rağmen Ankara'daki evini de özlüyordu, "sofistike" damgasını daha o yaşlarda yemişti, sarı bıyıklı Alev Güran'la arkadaşlığı sona ermişti. Hayatının çok yönlü, çok renkli karmaşasına kafaca hazırdı ve yaşamı tümüyle fethe kararlıydı.

# LÜKS EVİN KIZI

Aylin 1958 yazını Hilmi dayısının Bostancı sahilinde yeni inşa edilen yalısında geçirdi. Hilmi Bey Bostancı'da yaşlı çamların ve meyve ağaçlarının süslediği büyük bir arazi almış, üstüne de California'da yapılmış bir evin eşini inşa ettirmişti. Demokrat Parti'nin ilk dönemlerinde Amerika ile, iş adamları düzeyinde bir yakınlaşma ve alışveriş başlamıştı. Hilmi Bayındırlı, bu yeni dönemin kolaylıklarından istifade ederek evin buzdolabından perdelerine, döşemelerinden kapı tokmaklarına kadar tüm aksesuarını Amerika'dan getirtmişti.

Aylin o yaz, arkadaşlarını sık sık bu muhteşem evin bahçesinde verdiği partilerde ağırladı. İlkokul arkadaşı Sevgi Koç da Caddebostan'da oturuyordu yazları. Onun Aylin gibi gece partilerine katılma izni yoktu ama, gündüzleri sık birlikte oluyorlardı. Sevgi, Hilmi Bey'in eksantrik eşi Feyha'yı hayretle izlerdi. Feyha Hanım çok ince, çok bakımlı, güzel bir kadındı. Yılın büyük bir bölümünü Amerika'da geçirirdi. Vücudunu bozmamak için çocuk yapmamıştı. Evinin en üst katında inşa ettirdiği kulede, duvarları ayna ve siyah bez kaplı odasını mumla aydınlatır, tuhaf müzikler çalar ve o yıllarda herkesin çok garibine giden "meditasyon" dediği bir şey yapardı. Cemal Bey, Feyha meditasyon yapmak için kulesine çekildiğinde, "Bizimki yine istiareye yatmaya gitti," derdi. Ayrıca şan dersleri de alırdı. Kızlar o yokken bir yolunu bulur, kuleye çıkar, onun esrarengiz odasını incelerlerdi. Şan egzersizleri için gırtlağından çıkardığı garip sesleri dinlerken gülmekten yerlere yatarlardı.

Hilmi Bey çocuğu olmadığı için, Aylin'i adeta evlat edinmişti. Aylin eğer üniversiteye gitmek isterse masraflarını karşılamaya da hazırdı. Ama Leyla Hanım kızının okumasından değil, evlenip çoluk çocuk sahibi olmasından yanaydı. Aylin de okulu bitirdiği yıl bambaşka bir havadaydı zaten. Bostancı'daki lüks evin kızıydı o yaz. Kabarık etekli dekolte elbiselerle, ince uzun topuklu ayakkabılarla, sallantılı küpelerle gidilen eğlenceli gece partilerinin, denizde hızlı motorlarla dolaşmaların, kısacası bir dolce vita'nın havasına kapılmıştı. Yeni kurtulduğu kitapların arasına tekrar düşmek istemiyordu.

Yaz sonunda herhangi bir üniversiteye değil, Londra'da yaşayan ablasının yanına gitti.

Nilüfer ile Aziz son derece entelektüel bir ortam içinde yaşıyorlardı. Aziz, ancak üniversiteden tanıdığı birkaç kişiyle görüşüyor ve sadece klasik müzik dinliyordu. Nilüfer, Aylin'i okumaya ikna edip Londra'da bir üniversiteye sokmayı denedi. Ama İngiliz üniversitelerine girmek çok zordu. Amerika'da iyi bir üniversitenin ikinci sınıfına giriş imkânı veren Amerikan Koleji'nin B.A. dereceli diploması, İngiltere'de geçmiyordu.

Aylin üniversiteye giremeyince, Londra'daki bir yılını nasıl değerlendireceğini araştırıyordu ki, moda dergilerinin birinde İngiltere'nin en meşhur mankenlerini yetiştiren manken okulunun ilanını gördü. Ertesi gün Bond Street'te, Lucy Claytons'ın kapısındaydı. Aylin'in okula kabul edilmesi zor olmadı. Uzun boyu, ince vücut ölçüleri, kızıl saçları, sarımtırak kedi gözleriyle, ideal bir manken adayıydı. Leyla Hanım bir manken okulu için bir kuruş bile vermem diye veto edince imdada Hilmi dayı yetişti ve Aylin ücretini yatırıp okula başladı.

Üç ay sonra Aylin büyük bir transformasyon geçirmişti. Düz uzun saçları kat kat kesilmiş, üstüne sarı röfleler atılmış, bir manken gibi salına salına yürümesini, fondöten ile elmacık kemiklerini iyice belirtip gözlerine derinlikler vererek makyaj yapmasını öğrenmişti. Eğer evinden izin çıksaydı Londra'nın en çok aranan mankenlerinden biri olabilirdi. Ama Leyla Hanım Aylin'in hele o yıllarda Türkiye'de asla kabul görmeyeceği bir mesleğe girmesini değil, evlenmesini istiyordu. Nilüfer'in ısrarlarıyla Aziz, üniversiteden tanıdığı, istikbal vaat eden bazı Türk gençlerini evlerine içkiye davet etmeye başladı.

Londra Üniversitesi'nde iktisat okuyan Piyale Fabrikaları'nın ortağının oğlu Engin Baraz da görücüye çıkartılan gençlerden biriydi. Bir akşam Azizlerin evine içki içmeye çağrıldı, güzel baldızla tanıştı ve onu bir hafta sonra tiyatroya ve akşam yemeğine davet etti. Sun Beam Alpine arabasıyla Aylin'i evinden almaya gittiğinde kapıyı üstünde son derece şık ve pahalı bir giysiyle Aylin açtı. Genç öğrenci beklemediği bu şıklık karşısında biraz şaşırdı. Evden ayrılırken Aylin, omuzlarına beyaz bir mink etol almayı da ihmal etmedi. Baraz, blazer değil de takım elbise giydiği için Tanrıya şükürler ediyordu içinden. Tiyatrodan sonra Soho'da bir İtalyan lokantasına gittiler. Engin Baraz yanındaki bu son derece şık ve sofistike genç hanıma listedeki herhangi bir şarabı içiremezdi. Cebindeki parayı aklından hesaplamaya çalışarak en pahalı şaraplardan birini seçti. Aylin'in dayısı ve Engin'in babası tanışıyorlardı. Ayrıca bir sürü müşterek arkadaşları da vardı. Yemek boyunca konu sıkıntısı çekmeden uzun uzun konuştular. Engin yan masadaki bakışların Aylin'in üstünde odaklandığının ve herkesin onu ünlü bir manken zannettiğinin farkındaydı. "Vogue" dergisinin sayfalarından fırlamış gibiydi yanındaki kız.

Birkaç gün sonra Üner Kırdar arkadaşına sormadan edemedi, "Aziz Tansever'in baldızını bir daha aramadın mı Engin?" "Aramadım."

"Neden?"

"O, benim tek kapılı spor Alpine'me binmek için çok sofistike biri," dedi Engin, "O kıza bir Rolls Royce yakışır. İlerde benim de bir Jaguar'ım veya Rolls'um olursa, ancak o zaman arayabilirim Aylin'i."

Aylin 1959 baharına doğru, o sırada Cenevre'de yaşayan dayısının yanına gitti. Hilmi Bayındırlı, eşi Feyha'dan boşanmıştı. Uzun yıllardır İstanbul'daki ofisinde sekreterliğini yapan neşeli, kanlı canlı, genç bir kadın olan Rozi ile romantik bir ilişkiye girişmişti. Yıllardır evli olduğu halde yalnız başına yaşamakta olan adamı bu ilişkisi için kimse kınayamamıştı. Hatta ablaları eksantrik karısından nihayet kurtulduğu için memnun bile olmuşlardı. O günlerde bekârdı Hilmi Bey. Sevgili yeğeninin yanına yerleşmesini kendi istemişti. Aylin'e bir küçük spor araba aldı ve onu üniversiteye başlamaya ikna etti. Bu kadar akıllı bir insan, manken okulları gibi abuk subuk yerlerde yeteneklerini ziyan etmemeliydi. Aylin Lucy Claytons'da vakit kaybettiği kanısında değildi. Orada yararlı pek çok şey öğrenmişti. Bazı genç öğrencileri ürkütse de, orada edindiği edalı hava ve öğrendiği makyaj yapma incelikleri ilerde çok işine yarayacaktı.

Aylin'in Paris Üniversitesi'ne kaydını dayısı yaptırdı. 1959'un üniversite dönemi başlayana kadar Cenevre'de dayısında kalıp Fransızcasını ilerletecek, dönem başında da Paris'e yerleşip fakülteye başlayacaktı. Hilmi Bayındırlı çocuğu olmadığı için yeğeninin ticaret okumasını ve sonra da kendi işlerinin başına geçmesini planlıyordu. Bu teklifi önce ablası Ecla'nın oğlu Orhan Kulin'e yapmıştı. Ama Orhan Siyasal Bilgiler Fakültesi'nde okuyordu ve aile kariyeri olan diplomatlıktan vazgeçmeyeceğini söylemişti dayısına. Hilmi Bayındırlı birçok acentalıkları olan, ithalatla uğraşan ve iyi para kazanan bir iş adamıydı. Kendi kurduğu işi büyütmüş, varlık sahibi olmuştu. Yeğenlerinin arasında ilerde bu işi bırakabileceği birini arıyordu. Ecla'nın oğlu Orhan "hayır," demişti, Esma'nın oğlu Erdem başını alıp Amerika'ya gitmişti. Geriye Aylin kalıyordu. Bayındırlı'nın evladı gibi sevdiği, cin gibi zeki Aylin.

Aylin ne yazık ki, dayısı ile planladıkları gibi üniversite başlangıcına kadar Cenevre'de kalamadı. Yaz ortalarında Nilüfer ve Aylin annelerinin göğsünde bir ur bulunduğunun ve hemen alınması gerektiğinin haberini aldılar. Nilüfer Paris'ten, Aylin de Cenevre'den acele İstanbul'a uçtular. Leyla Hanım'a kanser teşhisi konmuştu. Cemal Bey şaşkın ve perişandı. Kızlar kulaklarına inanmak istemiyorlardı. Ailelerinin temel direği, ona danışmadan hiçbir şey yapmadıkları, akıllı, becerikli, güçlü ve güzel anneleri çaresiz bir hastalığın pençesine düşmüştü. Anneleri için endişe içindeydiler, ama bir o kadar da karısını kaybetme korkusuyla sarsılmış babalarının, sudan çıkmış balık gibi haline üzülüyorlardı.

Leyla Hanım hastalığına rağmen, her zamanki dirayetiyle hem çocuklarını hem de kocasını idare etmeye çalışıyordu. Ameliyatını olacak, iyileşecekti. Kanser olup da kurtulabilen bir sürü insan tanıyordu. En kötü hastalık bile, insanın yaşama azmine karşı koyamazdı. Daha yapacak çok işi vardı, küçük kızını evlendirememiş, torun sahibi de olamamıştı. Hiçbir yere gitmeye niyeti yoktu. Aile fertleri Leyla Hanım'ın bu direnişi karşısında biraz sükûnet buldular. Leyla Hanım Nişantaşı'nda Osman Bey Kliniği'nde ameliyatını oldu, hastanede on beş gün kaldıktan sonra evine gönderildi. Devrimeller, Cemal Bey Devlet Demir Yolları Müdürlüğü'nden emekli oldu olalı İstanbul'daydılar ve Şişli'de Hamamcıoğlu Apartmanı'nda oturuyorlardı. Aylin ameliyatlı annesini bırakıp Cenevre'ye dönmek istemiyordu. Ama annesi de kendi sorunlarının kızlarının yaşantılarını sekteye uğratmasını asla kabul etmiyordu. Sonunda bir çıkar yol bulundu. Hilmi Bayındırlı bir süre İsviçre'de istirahat etmesi için ablasını ikna etti. Leyla Hanım ve Aylin Cenevre'ye birlikte döndüler. Hilmi Bey ablasını bir de İsviçre'deki doktorlara göstermeyi düşünmüştü. Ne yazık ki, İsviçreli doktorlar da Türk meslektaşları gibi yapacak fazla bir şey olmadığını söylüyorlardı. Allahtan umut kesilmezdi ama, geç kalınmıştı ve ellerinden gelen, sadece hastanın çok fazla ıstırap çekmesini önlemeye çalışmak olacaktı.

Aylin Paris Üniversitesi'ne işte bu olumsuz hava içinde başladı. Planladığı gibi Fransızcasını pek ilerletememişti. Morali bozuktu. Her hafta sonu Cenevre'ye gidiyordu, ama hafta içinde aklı, mum gibi her gün biraz daha eriyen annesinde kalıyordu. Sonun yaklaşmakta olduğunu gören Hilmi Bey, Aylin'le Leyla Hanım'ı Paris'e yeni taşınmış olan

Nilüfer'in yanına yolladı. Leyla Hanım bir süre iki kızıyla birlikte kalıp evine döndü. Dönerken her şey yolunda gibiydi. Paris iyi gelmişti. Çok güzel bir tatil yapmıştı, morali yüksekti, sancıları azalmıştı. Kızlar annelerinin kanseri yendiğini düşünmeye başlamışlardı.

Kızlara, annelerinin dönüşünden on gün sonra bir telefon geldi babalarından. Anneleri ölüyordu. Hemen İstanbul'a gittiler ve zor bir mücadelenin içine girdiler. Tanrı annelerine bu dünyadan çok ıstıraplı bir ölümle ayrılma cezası vermişti sanki. Hayatında kimseye kötülük etmemiş annelerine niye reva görülmüştü böyle bir son? Nilüfer gençliğinde çok okuduğu ve anlamaya çalıştığı Uzakdoğu dinlerine sığınmak, onlarda bir teselli aramak istiyordu, ama hiç huzur bulamıyordu. Sevgili baba dostu İsmail Hüsrev Tökin bile yardımcı olamıyordu ona. Aylin ise herkese ve her şeye isyan içindeydi. Tanrı'ya bile. Hayatının ilk büyük acısını yaşıyordu. Ömrü boyunca herbiri için ayrı ayrı koşuşturmuş olan sevgili annesi ıstırabını belli etmemeye çalışarak solgun bir manolya gibi yatıyordu yatağında. O kadar beyazdı ki yüzü ve o kadar zayıflamıştı ki, çarşafların arasında zor fark ediliyordu. Omuzlarına dökülen sarı, dalgalı saçları yoktu artık. Tek tük beyaz teller, diken diken duruyordu başında. Yeşil gözleri kıpkırmızıydı. Aylin o güzel kadının bu hale gelmesini kabullenemiyordu.

Bir gün annesinin bitkin yüzünü, Lucy Claytons'da öğrendiği makyaj teknikleriyle biraz olsun değiştirmek için, bütün boyalarını, rimellerini alıp başına oturdu. Yüzüne biraz renk gelirse, morali de düzelir diye düşünüyordu. Nilüfer, biraz sonra odaya girdiğinde kız kardeşini yere çökmüş hıçkıra hıçkıra ağlarken buldu. Leyla Hanım'ın soluk yüzüne tek bir kaş çizilmişti. Göz kapağı hafif yeşile boyanmış, kirpiksiz gözü, acıyla bakıyordu. Aylin elinde rimeli, boşuna aramıştı annesinin bir yaz önceki uzun kirpiklerini. Gözlükleri gözünde olmadığı için loş odada göremediğini sanmış, gözlüklerini takıp geri gelmişti. Ne saçı, ne kirpiği, ne de canı kalmıştı annelerinin. Ellerinin arasından büyük bir hızla kayıyordu. Bu gidişi yavaşlatamıyorlardı bile.

Nilüfer yerde hıçkıran kardeşini kucakladı. Aylin Nilüfer'in kolları arasında salya sümük konuşmaya çalıştı.

"Nilüfer eğer birimiz doktor olsaydık, anneme bu acıları çektirmezdik. Ah Nilüfer, keşke ikimizden biri doktor olsaydı."

Leyla Hanım, altmış bir yılının sonbaharında öldü. Kızlar babalarıyla bir ay kadar birlikte kaldılar, sonra Paris'e döndüler. Nilüfer kurslarına, Aylin de üniversiteye başladı. Ama artık canı okumak filan istemiyordu. Hiçbir şey yapmak istemiyordu canı.

# PARİS VE PRENS

Nilüfer, Londra'dan Paris'e, 1960 yılında taşındı. Aziz'in Londra'daki üniversite tahsili bitmiş, Ali Tansever de, nihayet oğlunun balık ticareti yapmaya yatkın olmadığına ikna olarak, onu istediği mesleği seçmesinde serbest bırakmıştı. Aziz, uluslararası diplomat olmak için Nato'ya başvurmuş, kabul edilmiş, Paris'e tayini çıkmıştı. Karı koca, hemen Paris'e geçip, Passy'de güzel bir eve yerleştiler. Bu evi de Londra'daki ev gibi, yine Leyla Hanım ayarlamıştı onlara. Meşhur ressam Osman Hamdi Bey'in kızının eviydi. Torunu Cenan Sarc, Leyla Hanım'ın arkadaşıydı. Annesini yeni kaybetmişti ve onun Passy'deki dayalı döşeli evini ne yapacağını bilemiyordu. Nilüfer ve Aziz, Paris'e gelir gelmez, tepeden tırnağa antikalarla ve nadide resimlerle dolu bu evde yaşamaya başladılar.

Nilüfer, Londra'da başladığı eğitime devam etmek için, Ecole de Louvre'un arkeoloji ve sanat tarihi kurslarına yazıldı.

Aylin, üniversitesini yarım bırakmıştı. Annelerinin ölümü her iki kızını da çok üzmüştü ama, Aylin annesini kaybettikten sonra bir bunalımın eşiğine gelmişti. Belki, o çocukluk yıllarını yaşarken, Nilüfer İstanbul'da okuduğu için, Leyla Hanım çok düşmüştü küçük kızının üstüne. Belki de Nilüfer'e çok baskı yaptığından, Aylin'e daha hoşgörülü yaklaşmış, daha anlayışlı davranmış, aralarında özel bir iletişim kurulmuştu. Nilüfer, babasının ilk göz ağrısı olduğu için, anneleri de, içgüdüsel olarak, çirkin ördeğini koruması altına almış olabilirdi. Sebebi her neyse, annenin ölümünün tahribatı küçük kızının üstünde çok ağır olmuştu. Onu bir süre dayısının yanına yollamayı düşündüler ama aksi gibi, Hilmi Bey de Amerika'ya yerleşmeye karar vermişti o sıralarda. Cenevre'den ayrılacaktı. Aylin, o üzüntülü günlerinde, annesini kaybettiği evde yaşamayı göze alamadı, bir süre için ablasının yanında Paris'te kalmaya karar verdi.

Champselysées'de, Rue de St. Honoré'de ve nehrin öte yanındaki Saint Germain'de dolaşıp duran, ince mi ince, şık mı şık, hoş mu hoş bir Pariziyen! Paris Aylin'e, Aylin de Paris'e çok yakışmıştı. Aylin'in Paris'e gittiği ilk günlerde, iki kardeş, sokaklarda başıboş dolaşıp durdular. Dünyanın en güzel şehrinde, bir gün ormanda, bir gün nehir kenarında uzun yürüyüşler yapıyor, resim ve heykel galerilerini, müzeleri geziyor, kahvelerde oturup, kentin havasını kokluyor, dolu dolu yaşıyorlardı Paris'i. Annelerinin ölümünden sonra, tembellikten başka, içlerinden hiçbir şey yapmak gelmiyordu. Sanki hedefleri kaybolmuştu. Artık, yol göstericileri yanlarında olmadığı için, yaptıklarını takdir edecek, onlara "aferin" diyecek biri de yoktu. Amaçsız kalmışlardı. Kendini ilk toparlayan Nilüfer oldu. Kardeşine bir istikamet çizmesi için ısrar etmeye başladı. Paris'te çok kapsamlı sanat kursları vardı. Hatta, Fransızcasını biraz daha ilerletince Aylin, ciddi bir üniversite tahsiline bile başlayabilirdi.

"Üniversiteye ancak tıp okumak için giderim," dedi Aylin.

"Sen tıp tahsilini ne zannediyorsun, Aylin? Çocuk oyuncağı değil bu."

"Annem gibi konuşup durma," dedi Aylin. "Tıp tahsilinin ne olduğunu ben de biliyorum herhalde."

"Acaba? Yirmi iki yaşına geldin. Altı sene okuyacaksın, sonra da doktor olabilmek için bir o kadar zaman daha."

"Ne kadar süreceği umurumda bile değil."

"Ne dediğini bilmiyorsun sen. Ticaret okumak bile zor geldi sana."

"Nilüfer, nankör olma, geçen yılın şartlarını biliyorsun."

"O şartlar değişti şimdi. Bari bıraktığın yerden başla," dedi Nilüfer.

"Ticareti sevmedim, okuyamam."

"Ticareti sevmedin, ama tıbbı seveceksin öyle mi? Tıp daha zor."

"Tıp daha zor olabilir, ama ben onu istiyorum."

"Bir hayal bu," dedi Nilüfer. "Abuk subuk hayallerin peşinde zaman kaybedeceğine, gir bir fakülteye, sanat oku, tarih oku, ne bileyim, iki-üç yıllık bir konu bul."

"Ya tıp ya da hiçbir şey," dedi Aylin.

"Aylin! Annemiz öldü. Doktor olsan bile onu geri getiremezsin, öldü o," dedi Nilüfer.

"Üniversiteye gitmediğim takdirde, İstanbul'a mı dönmemi istiyorsun?" diye sordu Aylin.

"Hayır. Dilediğin kadar kal. Ama Tanrının günü amaçsız gez gez, Deux Maggots'da kahve iç! Süslen püslen La Cuopole'de yemek ye! Hayat mı bu, allahaşkına?" dedi Nilüfer.

İlkbaharda, teyzeleri Esma Nayman, Milletlerarası Kadınlar Konseyi Yönetim Kurulu üyesi olduğu için, o yıl Paris'te yapılan kurul toplantısına katılmak üzere Paris'e geldi. Esma Hanım, George V Oteli'nde kalıyordu. Bir akşamüstü yeğenlerini otele çaya davet etti. Kızlar süslenip püslenip gittiler. Lobide bir kenara oturup, teyzelerini beklemeye başladılar. Otel kalabalıktı, giren çıkanı seyrediyorlardı. Birden, bir hareketlenme oldu. Şalvarlı, başları sarıklı iki Arap, koşturdular, hazır ola geçtiler. Uzun paçalarını konçları sırmalı kısa çizmelerinin içine sokmuş, üstünde kenarları simle işlenmiş siyah bir kaftan, başında da fes olan, orta boylu, esmer bir adam, yanında büyük bir kalabalıkla otelin kapısından girdi ve eteklerini uçurarak hızlı hızlı kızların oturduğu tarafa doğru yürüdü. Tam önlerinden geçerken, Aylin bir an göz göze geldi adamla. Kor gibi simsiyah gözleri, delici bir bakışla bir an Aylin'in gözlerinde durdu. Sonra, peşinde kaftanlı kalabalık, yürüdü gitti.

"Bunlar da kimin nesi?" dedi Nilüfer. "Bu garip kıyafetlerle... Arabistanlı olmalılar."

Birazdan indi odasından Esma Hanım. Birlikte çay salonuna yürüyüp, bir masaya oturdular. Çaylarını, pastalarını ısmarladılar.

"Sen kendine bir çeki düzen verebildin mi, Aylin?" diye sordu teyzesi.

"Daha iyiyim, teyze," dedi Aylin.

"Ölenle ölünmüyor kızım. Acını içine gömüp, kendine yeni bir yol seçmelisin. Leyla senin evlenmeni isterdi ama, ortalıkta bir koca adayı görünmediğine göre, sen tahsiline devam et, bence."

"Tıp okumak istiyorum."

"Bu yaştan sonra mı? Geç kaldın Aylin."

"Rahmetli annem, 'tıp tahsili çirkin kızlar içindir,' derdi," dedi Nilüfer.

"Ben de ailenin çirkini değil miydim zaten?"

"İdin!.. Birkaç yıldan beri kozasından çıkmış kelebek gibisin, pek hoşlaştın," dedi teyzesi.

Birden çay salonunda da bir hareketlenme oldu. Biraz önce lobiden geçen tuhaf giysili adamlar, bu kez de çay salonuna girip, Aylin'lerin masasının tam karşısına oturdular.

"Ay, deminkiler buraya da geldiler," dedi Nilüfer.

"Kimler?" diye sordu Esma Hanım.

"Biz seni beklerken, lobide rastladığımız Araplar. Teyze, senin arkan dönük, göremiyorsun."

"Daha iyi," dedi Esma Hanım. "Hiç hoşlanmam Araplardan. Görmesem de olur."

Sohbetlerine devam ettiler. Biraz sonra Nilüfer, "O fesli adam, devamlı bize bakıyor," dedi. Aylin, başını çevirip yana doğru baktı ve gözleri yine o kapkara delici bakışlarla buluştu.

"Bakar tabii, Arap işte, kendi memleketinde peçe gerisindeki kadın suratlarını göremiyor ki, ne yapsın zavallı," dedi Esma Hanım.

"Nilüfer'in güzelliğine bakıyordur," dedi Aylin.

"Kusura bakma ama, bu Arap, bana değil sana bakıyor," dedi Nilüfer.

"Arap değil mi, bana bile bakar," dedi Esma Hanım. Aylin yine hafifçe çevirdi başını o tarafa doğru.

Birazdan garson elinde çay servisiyle geldi yanlarına, masalarının üzerini doldurmaya başladı. Nilüfer garsona doğru eğilip sordu, "Şu karşı masada oturan fistanlı beyleri tanıyor musunuz?"

"Evet," dedi garson, "Bu otelin müşterileridir, sık sık gelirler. Siyah kaftanlı olan, Libya prenslerinden, Şeyh Ben Tekkouk Senusi'dir. Yanındakiler de maiyeti."

"Aaa, bak Prensmiş o adam," dedi Aylin.

"Aman kızım, Libya'da herkes prens. Libya Kralı'nın oğullarının sayısı herhalde beş yüzü buluyordur. Sen o prensleri, İngiltere'dekilerle karıştırma," dedi Esma Hanım. Aylin çayını içtikten sonra, tuvalete gitmek üzere kalktı. Lucy Claytons'da öğrendiği gibi, başını dimdik tutup, karnını içeri çekerek, bir kuğu gibi süzüle süzüle yürüdü.

"Buna ne oluyor böyle, kuzum?" dedi teyzesi.

"Manken yürüyüşü yapıyor," dedi Nilüfer.

"Prens zannettiği Arap'a mı? Zahmetine değmez," dedi Esma Hanım. "Nilüfer, sen artık bu kızın annesi sayılırsın, ısrar et de doğru dürüst bir fakülteye girsin, fazla geç kalmadan."

"Elimden geleni yapıyorum teyze," dedi Nilüfer. "Ama annemin ölümü onu tahminlerin ötesinde sarstı. Bir vurdumduymazlık geldi üstüne. Geçecek elbette, zamanla."

"Zaman dediğin şey, çok önemlidir. Farkına bile varmadan geçer. Bir bakarsın, üniversite yaşın geçivermiş. Bir bakarsın evlenmek için geç kalmışsın. Çocuk yapma yaşını geride bırakıvermişsin." Bir an sustu, "Bu sonuncusu sanaydı, Nilüfer," dedi. "Biz çocuk istemiyoruz, teyze."

"Neden kızım?"

"Aziz bana çok düşkün. Çocuğumuz olursa, ona olan ilgimin azalacağından korkuyor."

"Peki, ya sen?"

"Bir tarafın istemesiyle olmaz bu iş. Çocuğu ikimiz de istemeliyiz." Teyzesi tam ağzını açıyordu ki, Nilüfer, lafını ağzına tıktı, "Nerede kaldı bu kız? Teyze, bir şey söyleyeceğim, Aylin tuvalete kalkınca, o Arap da peşinden gitti."

"Hemen koş git tuvalete bak kızım. Bu Arap milletinden korkarım ben. Her şeyi yapar onlar. Koş, koş, haydi... Niye söylemedin daha önce?"

Nilüfer tam kalkmıştı ki, salonun kapısında Aylin gözüktü. Salına salına geldi, yerine oturdu.

"Nerede kaldın?" dedi Nilüfer.

"Tuvaletteydim."

"Bu kadar uzun zaman kalınır mı tuvalette, miden mi bozuldu?"

"Makyaj yaptım," dedi Aylin.

"O Arap peşinden mi geldi senin?"

"Prens mi?" diye sordu Aylin.

"Prens olduğunu ne biliyorsun, elin Arap'ının? Garsonun demesiyle prens olunur mu?" dedi Esma Hanım.

"Teyze, çok şüphecisin. Biraz da ırkçısın sen," dedi Aylin. "Yahudileri ve Arapları sevmem. Evet, ırkçıyım," dedi Esma Hanım.

"Fransızları, İngilizleri ve İtalyanları seversin ama değil mi?"

"Severim. Ne varsa Avrupa'da var. Medeniyetin, sanatın beşiği burasıdır," dedi Esma Hanım. Biraz sonra hesap istedi garsondan.

"Hesabınız ödendi Madam," dedi garson.

"Çayın hesabı oda numarama yazılacak ama, ben henüz imzalamadım ki fişini," dedi Esma Hanım şaşkınlıkla.

"Çayınız ödendi Madam."

"Kim ödedi?"

"Prens Senusi."

"O da kim?"

"Şu arka masada oturan bey."

"Ne münasebet. Ben o beyi tanımıyorum. Kabul etmiyorum. Siz hemen benim hesabımı getirin bana," dedi Esma Hanım. Aylin hafifçe kızarmıştı.

"Teyze uzatma," dedi yavaşça.

"Nasıl uzatmam. Kim oluyor o münasebetsiz Arap." Münasebetsiz Arap'ı görmek için arkasını döndü. Arka masa boşalmıştı.

"Teyze... hadise çıkarma bir çay hesabı için," dedi Aylin. "O Arap'ı yakında tanıyacaksın. Ben o adamla evleneceğim."

Prens Ben Tekkouk Senusi'nin Aylin'e kur yapma yöntemi son derece etkileyiciydi. Nilüfer'le Aziz'in evi her gün baygın kokular saçan, en nadide çiçeklerle dolup taşıyordu. Aylin'i, siyah ve upuzun limuzini ile almaya geldiğinde, sokaktaki evlerin pencerelerine insanlar üşüşüyordu. Aylin birdenbire kendini bir peri masalının içinde bulmuştu.

Nilüfer, ne akıl vereceğini bilemiyordu. Bir otel lobisinde, bir anlık bakışmanın bu boyutlara gelebilmesi inanılır gibi değildi. Bir anlık bakışmanın sonucunda, tuvaletlerin önünde yapılan bir evlenme teklifi!.. Ne kadar abes olsa da, gerçekti işte. Prens, Aylin'in peşinden yürümüş, tanışmak istediğini söylemiş, Aylin, Türk kızlarının yabancılarla konuşma alışkanlıkları olmadığını bildirmişti.

"Niyetleri çok ciddi olsa bile mi?" diye sormuştu Prens.

"Ne kadar ciddi?"

"Evlenme teklifi yapacak kadar."

"O halde ailemle görüşmeniz gerekecek," demişti Aylin. Kaftanlı adama Nilüfer'in ev telefonunu verirken, kararını da o anda vermişti aslında. Eğer söyledikleri doğruysa, prens olduğunu iddia eden bu adam bir evlenme teklifiyle gelecek olursa, onunla evlenecekti. Annesi sık sık tekrarlardı Napolyon'un sözlerini, "Fırsat avucunuzun içindeyken, ondan yararlanın. Yoksa parmaklarınızın arasından akıp gider."

Nilüfer'in içinden bir ses, kılığı kıyafeti, dili, kültürü kendilerinden bu kadar ayrı biriyle, kız kardeşinin alelacele evlenmesinin doğru olmayacağını söylüyordu, mantığı ise, Aylin'in başına konan bu devlet kuşunun kaçırılmaması gerektiğini. Aziz karışmıyordu. En büyük zorluğu da Esma teyzeleri çıkarıyordu. Bu adam hakkında bir araştırma yapılmalıydı. En azından Libya Konsolosluğu'na sorulabilirdi. Üstelik Ben Tekkouk, "aşçının oğlu" demekti. Kız kardeşi Leyla hayatta olsa, bu işe asla müsaade etmezdi. Oysa Cemal Bey'e, bir Libyalı prensin Aylin'e talip olduğunu söylemişlerdi, o da "Hayırlısı olsun," demekle yetinmişti. Cemal Bey, yıllardan beri, evlerinde çocuklara ilişkin kararları hep karısına bırakmıştı. Hiçbir zaman da hata yapmamıştı Leyla Hanım. Bir ömür boyu evini, ailesini, çocuklarını tek başına idare etmiş olan karısı, artık yoktu. Hem karısının ölümü, hem de emekli olmak ve iş hayatında da saf dışı kalmak, çok sarsmıştı Cemal Bey'i. O da kendi bunalımını yaşıyordu. O sıralarda Paris'te bulunan Esma Hanım'ın kararına güvendi. Teyzeleri Aylin'i caydırmak için elinden geleni yapıyordu. Yeğenlerine her gün boğazı kuruyana kadar dil döküyordu. Aylin'i Sindrella'ya benzeten bir arkadaşlarını bile fena halde azarlamıştı Esma Hanım.

"Aylin, sultanlara danışmanlık etmiş, çok önemli mevkilerde bulunmuş devlet adamlarının soyundan geliyor. Şansı dönen Aylin değil, o kim olduğunu hâlâ bilmediğim şalvarlı Arap," demişti. Teyzeyi yumuşatmak Nilüfer'e düşüyordu.

"Teyze, her kıza bir prens nasip olmuyor. Kısmetine mani olmayalım."

"Kimbilir kaç karısı daha vardır, babası yaşındaki bu adamın."

"Adam Fransa'da tahsil görmüş, medeni, kibar, görgülü..."

"İyi de, Aylin kendini bir haremde bulursa, nasıl çıkar oradan, hiç düşündün mü?"

Kızların baştan beri önyargılı buldukları teyzelerini ciddiye almaya pek niyetleri yoktu. Bunu fark eden Esma Hanım boş durmamış, araya Paris'teki Türk sefiri Bülent Uşaklıgil'in eşi Leyla Hanım'ı da sokmuştu, Aylin'e nasihat etmesi için. Leyla Hanım, aile dostu sıfatıyla, Aylin'i bu evlilikten vazgeçirmeye çalışmıştı.

"Kızım, niçin istiyorsun bu evliliği? Adamın kimliğini soruşturamıyoruz bile. Bir sürü darbe oluyor Libya'da. Her prens, bir ötekine düşman. Bu Senusi'yi sordurduk, diplomatik yollardan, Batı'yla yakınlaşma taraflısı olan partiden olduğu için, dışarı kaçmak zorunda kalmış. Şu andaki Libya hükümetinden sağlıklı bilgi gelmedi. Birtakım tehlikeli ilişkiler içinde bu adam. Haberin olsun."

"Ben severim böyle şeyleri."

"Böyle şeyler sadece romanlar, filmler içindir. Gerçek hayatta roman yaşayamazsın."

"Ben cesaret gösterip, deneyeceğim."

"Ya aranızdaki yaş farkı ne olacak? Sen yirmi iki yaşındasın, o kırk altı."

"Ben kendi yaşımdaki erkekleri her zaman çok sığ ve sıkıcı buldum," demişti Aylin. Aslında doğru söylüyordu. Hayatı boyunca hep kendinden en az on beş, yirmi yaş büyük erkeklere kayacaktı gönlü.

"Bu evlilik uzun sürmez, kızım."

"Sürdüğü kadar." Aylin'in Leyla Uşaklıgil'e son sözü buydu. Teyzesinin, araya tanıdıklar katarak, kendini değilse bile, ablasını etkilemeye başladığını sezen Aylin, kestirip atmıştı.

"Onayınızı vermezseniz, Nilüfer gibi yaparım. Hepinizden gizli evlenirim."

"Bari bir süre nişanlı kalın ki, adamın karakteri hakkında bilgi edinelim," demişti Esma Hanım. Ama Prens hazretleri hiç vakit kaybetmeden bu güzel Türk kızını nikâhına almak istiyordu. Düğün, sonradan geleneklere uygun olarak, Libya'da yapılacaktı. Esma Hanım endişeli ve kızgındı. "Kızım, bu adam seninle evlenmek istiyorsa, gider babandan ister seni. Doğru dürüst bir düğün yapar. Madem prensmiş, prensler gibi düğün dernek evlenir. Biz de senin çeyizini hazırlarız. Yangından mal kaçırır gibi, başka ülkede alelacele evlenilir mi?"

"Teyze, üstüne varırsak, benim Aziz'le yaptığım gibi inada bindirir işi. Bütün bu debdebe hoşuna gitti onun. Biraz tadını çıkarsın, sonra kendiliğinden tavsar, merak etme," diye teselli etmeye çalışmıştı Nilüfer.

"Hangi debdebe? Bir Limuzin'in kapısını açmaya koşuşan iki şalvarlı Arap'ı debdebe mi zannediyor? Allah bilir o araba da kiralıktır," demişti teyzesi.

Aylin'i ikna edemeyen Esma Hanım, Paris'ten endişeli ayrıldı. Ne yapması gerektiğini bilemeyen, ama kardeşinin de bu işi evliliğe vardıracağına hiç ihtimal vermeyen Nilüfer de yaz tatili için İstanbul'a gitti. Aylin'in bu gösterişli kur üslubundan kısa bir süre sonra sıkılacağını umuyordu. Şeyh ile flört eden Aylin Paris'te kaldı.

Hilmi Bayındırlı, Paris'in bir belediye salonunda yapılan nikâha son dakikada yetişti. Aylin'in Prens Senusi ile tanıştığı günlerde, Amerika'daydı. Olayı takip edememişti. Zaten her şey göz açıp kapayıncaya kadar oluvermişti. Bir gün yeğeni telefon etmiş, "Dayı, evleniyorum, ailemden kimse yanımda değil, bari sen beni yalnız bırakma," demişti.

Hilmi Bey nikâhtan bir gün önce tanıdı damat adayını. Başını ellerinin arasına aldı ve, "Başımıza bu da mı gelecekti?" dedi, perişan bir sesle.

Nikâh töreninde, çok az insan vardı. Hilmi Bey ve yeni evlendiği eşi Rozi, Aylin'in şahitliğini yapacak olan Türk Sefiri Bülent Uşaklıgil, eşi Leyla Hanım ve kızları Emine ile Zeynep, nikâhta bulunan yegâne Türklerdi. Ben Tekkouk Senusi de, siyah kaftanlı beş Libyalı ile birlikte gelmişti. Temmuz sıcağında, sırma işlemeli bordo kadifeden bir kaftan ve krem rengi ipek elbise giyiyordu. Aylin'in üstünde, mini etekli pembe ketenden bir tayyör, başında da o yılların modası, minik beremsi bir şapka vardı. Kara sakallı Senusi'nin yanında küçücük bir kız gibi duruyordu. Nikâhı Belediye Başkanı kıydı. Hiçbir dini tören yapılmadı. Nikâhtan sonra, hep beraber George V'in barına gidip, şampanya içtiler. Prens genç karısına evlilik armağanı olarak, bir zümrüt yüzük ve zümrüt küpeler taktı.

Evliliklerinin ilk gecesinde, Aylin suitin yatak odasında soyunurken, kocası yanına geldi. "Yüzüğünüzle küpelerinizi çıkardınız mı?" diye sordu.

"Hayır."

"Çıkarmayacak mısınız?"

"Niye soruyorsunuz?"

"Onları kasaya kilitleyeceğim."

"Sonra veririm."

"Şimdi verin, aşağı yollatacağım. Sonra unutulabilir," dedi kocası.

Aylin istemeye istemeye mücevherlerini kulaklarından, parmaklarından çıkarıp, Prens'in avucuna koydu. O gece giymek için kendine krem rengi ipekten bir gecelik almıştı. Banyoya girip soyundu, geceliğini üzerine geçirdi. Aynada, ince uzun siluetine baktı. Birden arkasında, simsiyah parıldayan gözleri görünce irkildi.

"Bunu giymenize gerek yok," dedi Prens. "Taze teniniz yeterlidir. Verin bana geceliğinizi." İki-üç adımda yanına geldi. Kocası soyunmuştu. Onu ilk defa çıplak görüyordu. Bol etekli kaftanını, fesini ve uzunca topuklu çizmelerini çıkardığında, heybetli havası kaybolmuştu. Şimdi sadece çıplak başlı, esmer tenli, cılız bir erkekti. Aylin'in ayakları çıplaktı. Senusi Aylin'den beş karış kısa duruyordu. Başındaki sarmayı çıkarınca daha da kısalmış gibiydi. Paris sokaklarında eteklerini savururken, kadınların yüreklerini hoplatan adam gitmiş, kara kuru biri gelmişti yerine. Ama gözleri hâlâ delici nazarlarla bakıyordu. Aylin, korku ve pişmanlıkla karışık bir heyecan içindeydi. Hayal kırıklığını yenmeye çalışarak yutkundu. "Gözleri çok etkileyici," diye düşündü Aylin, "Gözlerini beğeniyorum. Muhteşem gözleri var. Aşk bu olmalı."

Aylin, nikâh sonrasında, İstanbul'a giderek babasına ve diğer akrabalarına kocasını tanıştırdı. İstanbul'da basının gösterdiği ilgi ve gazetelere manşet olmak hoşuna gitmişti, İstanbul'da kaldığı sürece, sık sık arkadaşlarını Hilton'daki suitine ya da çay salonuna davet ediyor, ikramlarda bulunuyor, otelin lobisindeki dükkânlardan alışveriş ediyordu. Bunlar evliliğinin hoş taraflarıydı.

Fransa'ya döndükten sonra, Aylin ev aramaya başladı. Hayatı, evli bir kadının sıradan yaşamına benzemiyordu, ama romanlarda okuduğu, filmlerde gördüğü doğulu prenseslerin büyülü, gizemli ihtişamından da eser yoktu yaşamında. İhtişam, Türkiye'deki gazete sayfalarında kalmıştı. Ben Tekkouk, sabahları çok geç kalkıyor, uzun bir kahvaltıdan sonra, Arapça ve Fransızca gazeteleri okuyor, yatağın içinde öğlene kadar oyalanıyor, öğleden sonrasını oturma odalarına doluşan Araplarla geçiriyor ve yaklaşık yedi sularında, dünyaya dönüp, Aylin'le yaşamaya başlıyordu. Suitlerini dolduran adamların konuşmalarından tek bir kelime anlamıyordu Aylin. Bazen kafası şişip kazan oluyordu. Kocası ortalığa çıkana kadar da onlara ev sahibeliği yapmaya mecbur hissediyordu kendini. Bu nedenle çoğu günler erkenden Nilüfer'in evine gidiyor, bazı geceler de orada yatıyordu. Ablasında kaldığını bildiği sürece, dışarda gecelemesine izin veriyordu kocası. Zaten bazı geceler kendi de dönmüyordu otele. Aylin, verilen yanıtların doğruluğundan şüphe ettiği için, sormaz olmuştu neden gelmediğini. Çoğu kez kumar oynamaya gittiğini varsayıyordu. O da birçok ırktaşı gibi, hoşlanıyordu kumar oynamaktan.

Evliliğin başlarında, hiç para sorunu yoktu Aylin'in. Kocası her sabah tomarla para bırakıyordu Aylin'e. Gönlünce alışveriş yapıyor, pahalı mağazalardan elbiseler, ayakkabılar alıyor, arkadaşlarını yemeğe, çaya davet edebiliyordu.

Ama bir süre sonra, bu harcamalara da bir kısıtlama getirildi. Ben Tekkouk, ailesi tarafından yollanan paranın eline zor ulaştığını söyleyerek, Aylin'e giderek daha az para vermeye başladı. Libya'da olacağı söz verilen, Arap geleneklerine uygun, muhteşem düğün ise hiç gerçekleşmedi. Zaten Libya'ya da hiç gidemediler. Hep, ailenin düşmanlarının hükümette olduğu ya da bu düşmanların kilit noktaları tuttuğu söylentisi vardı. Libya'ya gitmek, tehlikeye atılmak olacaktı. Güya Prens, yıllardır, Libya'da hükümet eden aileye karşı, Cezayir ve Paris'te mücadele vermekteydi. Birçok akrabasının bulunduğunu söylediği Cezayir'e de gitmediler nedense.

Aylin, evlendiği adamın gerçekten bir prens olup olmadığından şüphe eder olmuştu. Ama değirmenin suyu, her şeye rağmen akmaktaydı. Aylin'in eline para vermemekle birlikte, her akşam yemeklere, oradan diskoteklere, gece kulüplerine ya da kumar oynamaya gidiyorlar, bol bol da misafir davet ediyorlardı. Ben Tekkouk, karısının arkadaşlarını ya da aile fertlerini ağırlamaktan hiç çekinmiyordu. Konuklarını ağırlarken, su gibi para harcıyordu, gözünü kırpmadan. Akşamları en lüks lokantalara ve gece kulüplerine giderken, Aylin'e verdiği kolyeleri, bilezikleri, broşları ve yüzükleri, otele dönüşte, kasaya kilitleyeceği bahanesiyle geri alıyordu. Böylece Aylin'in elinden, hem Arap işi hem de Paris'in seçkin mücevhercilerinden alınma bir sürü ziynet eşyası geçiyor, ama hiçbiri gerçek anlamda onun olamıyordu. Bir süre sonra Aylin her evli genç kadın gibi, otelde değil de kendi evinde yaşamak istediğini belirtti kocasına. Uzun süre ev aradılar. Elbette, yeni evli bir genç karı kocanın oturabileceği bir apartman dairesi değil, prenslere layık bir villa arıyorlardı. Aylin'in emlakçılar aracılığı ile bulduğu her evi, bir bahane bulup reddediyordu Prens. Aylin, evin hiçbir zaman bulunamayacağına kanaat getirirken, Bois de Boulogne'da muhteşem bir kat, Senusi'den onay aldı. Yarı döşeli katı, hemen kiraladılar. Bir hizmetçi, bir de aşçı tuttular. Şoför ve korumaları zaten vardı. Aylin, nihayet bir eve kavuştuğu için, yeni evli bir genç kadın gibi davranabileceğini sanmıştı. Aşçısına Türk yemekleri tarifleri vermek, evde partiler düzenlemek, misafir ağırlamak istiyordu. Ama kocası eve yerleşmelerinden sonra, büsbütün garipleşti. Bazen günlerce yok oluyordu ortadan. Büyük milli davaların peşinde koştuğunu söylediği için, fazla soru da soramıyordu Aylin. Tüm çabalarına karşılık, Senusi'nin gerisindeki sırrı bir türlü çözemiyordu. Allahtan Nilüfer Paris'teydi. Hiç olmazsa onunla dertleşebiliyordu.

"Eve gelmediği akşamların sabahında, hiç hesap sormuyor musun?" diye sordu Nilüfer.

"Nasılsa doğru yanıtı almayacağımı biliyorum."

"Başka kadınlara mı gidiyor dersin?"

"Biliyor musun Nilüfer, beni zerre kadar ilgilendirmiyor ne yaptığı. Milli davasının da peşinde koşuyor olabilir, kadın peşinde de."

"Hiç kıskanmıyor musun Aylin?"

"Tersine, eve gelmediği geceler, yatağıma gönlümce serilip, mışıl mışıl uyuyorum, ona numara yapmaya mecbur kalmadan."

Nilüfer, kardeşinin hayatındaki dramı yeni yeni anlıyordu. "Sen sevmiyorsun bu adamı."

Yanıtlamadı Aylin.

"Boşanmak ister misin?"

"Kabul etmez."

"Teyzemin dediği oldu. Kendini bir altın kafese hapsettin."

"Üstelik kafes altın bile değil," dedi Aylin.

Aylin'in Bois de Boulogne'daki güzel evindeki yaşantısı çok uzun sürmedi. Dokuz ay dolmadan, kendini yine V. George'un suitinde buldu genç kadın. Prens, evi boşaltmalarını söylerken bir açıklama da yapmamıştı karısına. Her saniye yanlarında olan korumaların birinden, Prens'in otelde kendini daha emniyette hissettiğini, kocaman bir evi korumanın zor olduğunu öğrenmişti. Otele geçince, hizmetçiye, uşağa ve aşçıya yol verildi. Aylin, zamanının çoğunu yine Nilüfer'in evinde geçirmeye başladı.

Bir sabah bembeyaz bir suratla geldi Nilüfer'e.

"Neyin var Aylin, hortlak gibisin. Makyaj yapsana biraz," dedi Nilüfer.

"Nilüfer, korkunç bir şey oldu. Bana yardım et."

"Ne oldu? Neyin var senin?"

"Korkunç bir şey..."

"Seni dövdü mü yoksa?"

"Daha neler!"

"Sen onu öldürdün?"

"Daha da kötü... hamileyim Nilüfer."

Nilüfer dondu kaldı. Aylin ağlamaya başlamıştı.

"O biliyor mu bunu?"

"Hayır. Asla bilmeyecek. Öğrenecek olursa, bir daha ondan hiç kurtulamam. Bu çocuğu aldırmalıyız."

"Evet, bu çocuğu aldırmalıyız," dedi Nilüfer, "Paris'te çok zor. Hemen İstanbul'a gitmelisin."

"Bırakmıyor. Babamın hasta olduğunu söyledim, ama inanmadı."

"Ne yapacağız şimdi?"

"Hafta sonuna doğru, Cezayir'e gitme ihtimali var. Eğer gidecek olursa, ancak o sırada bir şeyler yapabiliriz."

"Paris'te yaptıramayız bu işi."

"Burada da mutlaka kürtaj yapan doktorlar vardır. Ne olur bul onları bana."

"Ben nereden bulayım onları, deli misin sen?"

"Evli arkadaşlarına sor, hizmetçine sor, kapıcının karısıyla konuş. Lütfen Nilüfer!"

Ben Tekkouk Senusi'nin Cezayir'e gittiği hafta, kapıcının karısının yeğenine kürtaj yapmış bir doktorun yolunu tuttular iki kardeş. Aylin'in, ya doktor kabul etmezse diye bacakları titriyordu korkudan. Nilüfer de kardeşinin başına kötü bir şey gelirse diye korkuyordu.

"Sizi hastaneye alıp, doğrudan doğruya kürtaj yapamam," dedi doktor. "Kürtaj yaptığım öğrenilirse, bu benim meslek hayatımın sonu olur."

Aylin atıldı, "Bu çocuğu almazsanız, bu da benim hayatımın sonu olur."

"Müsaade edin de anlatayım," dedi doktor, "Şimdi sizin rahminizin içine bir şey yerleştireceğim, evinize döneceksiniz. Akşam saatlerinde bir kanama başlayacak. Hemen evime telefon edin. Adresini vereceğim hastaneye gideceksiniz. Sizi hemen acile alıp, geçirmekte olduğunuz kanamadan dolayı müdahale edeceğim. Böylece mecburi bir kürtaj geçireceksiniz Madam."

Aylin o gece Nilüfer'in evinde kaldı. Olanlardan Aziz'in haberi yoktu. Gece yarısı Aylin yatak odalarının kapısını vurduğunda, gerçekten çok heyecanlandı. Karısıyla, baldızını hemen hastaneye koşturdu. Aylin'in niye kendine bir kenar mahalle doktoru seçtiğini bir türlü anlayamıyordu. Aylin olup bitenleri eniştesinden saklamak istememişti ama, Nilüfer, aralarından birinin gerçekten telaşlı görünmesinin inandırıcılık payını düşünerek, kocasına gerçeği anlatmamıştı.

Her şey planladıkları gibi oldu. Doktor, Aylin'e düşük yapmakta olduğu için, mecburi kürtaj yaptı. Aylin'in adı hastane kayıtlarına Devrimel olarak geçti. Zaten, kısa ekose eteğinin ve poplin bluzunun içinde titreşen, saçları alnına yapışmış ürkek, sıska kızın, prensese benzer hiçbir tarafı yoktu. O geceyi hastanede geçirip, ertesi gün Nilüfer'in evine çıktı. Ben Tekkouk, Aylin'i ablasının evinde aradığında, Aylin'in midesinden rahatsızlandığını, muhtemelen yedikleri istiridyelerden zehirlendiğini, birkaç gün kardeşine evinde bakacağını söyledi Nilüfer.

Aylin'e kürtajdan sonra bir durgunluk gelmişti. Oysa o kadar istediği bir şey gerçekleştiği için, onun memnun olacağını zannetmişti Nilüfer. Hastanede, bayılması için yüzüne maskeyi kapadıklarında, Aylin, kendinden geçmeden evvelki o bir an içinde, yüz yüze gelivermişti hayatının gerçeği ile. Bir esirdi o. Çarşaflara, peçelere bürünmemişti gerçi, ama dört bir yanında görülmez demirlerden parmaklıklar duruyordu. Kollarını yana doğru açtığında bu parmaklıklara çarpıyordu elleri. Aylin ne yapıp etmeli, bu parmaklıkların arasından süzülüp çıkmayı becermeliydi. Ancak ondan sonra çırpabilirdi kanatlarını mavi ufuklara doğru. Yepyeni ufuklara ve onu bekleyen hayata.

•••

Senusi Paris'e döndüğünde, Aylin korka korka boşanma konusunu açtı kocasına. Belki Prens kendi dilini konuşan, kendi sorunlarını anlayan bir Libyalı hanımla daha mutlu olabilirdi. Aylin, Libya'da olan olaylarla gönülden ilgilenemiyor, kocasına istediği desteği veremiyordu.

"Bizde boşanma olmaz," diye kestirip attı Senusi.

"Ama İslamda boşanma var. Kadınlar bile boşanmak isteyebiliyor," dedi Aylin.

"Siz ne zaman öğrendiniz İslamın gerçeklerini?"

"Benim de Müslüman olduğumu unutuyorsunuz."

"İslamda boşanma olabilir ama, benim ailemde uygulanmaz bu. Siz de benim ailemsiniz," dedi Senusi.

Yazın Aylin babasını görmek için İstanbul'a gitmek istedi. Ben Tekkouk Senusi, siyasi sorunlarla uğraştığı zor bir dönem geçiriyordu. Tüm dikkatini Libya'da olup bitenlere vermişti, karısının ailesiyle uğraşacak hali yoktu. Nilüfer ile birlikte gitmesine izin verdi. İki kardeş uçakla İstanbul'a gelip Cemal Bey'in Şişli'deki evine yerleştiler. Aylin hemen arkadaşlarını ve kuzini Tülin'i aradı. Tülin o yaz Koç ailesinin yeğeni Sami Aktar ile evlenecekti, İstanbul sosyetesi, Moda Kulübü'nde yapılacak bu düğüne hazırlanıyordu harıl harıl. Yıllar sonra Aylin, ilk flörtü Erkan Mermerci ile karşılaşacaktı düğünde. Bu düğünde çok şık ve hoş olmalıydı, İstanbullular onu mutlu bir prenses olarak görmeliydiler. Kendine pahalı bir elbise almıştı Dior'dan. Ama takmak istediği mücevherler, Paris'teki otelin kasasındaydı ne yazık ki.

Uzun zamandan beri görmediği akrabalarını da çok özlemişti. Kendini tenkit edip duran Esma teyzesini bile görmek istiyordu. Her gün Betin, Kler ve Feride ile buluşuyor, ilk gençliğinin sorumsuz günlerine dönmek için çaba harcıyordu. Ama gençlik arkadaşları da değişmişlerdi. Betin, kolejdeyken flört ettiği Ender Akay ile evlenmiş, bir bebek bekliyordu. Kler, Erdoğan Tanbay ile evlenmişti. Aylin'in kuzini Semra, evlenip Ankara'ya yerleşmiş, iki çocuğu olmuştu. Semra'nın kardeşi Orhan Kulin, Siyasal'ı bitirip Dış İşleri'ne girmiş, ilk postu olan Brüksel'e tayini çıkmıştı. Ayşe Kulin Londra'da yaşıyordu ve ikinci çocuğuna hamileydi. Buket evlenmişti, Sevgi evlenmişti. Herkes ya evliydi ya çocuk bekliyordu. Hiçbiri prenses değildi ama, hepsinin severek evlendikleri ve sevgileri bittiğinde boşayabilecekleri genç kocaları vardı. Aylin hiç boşanamayacağı bir adamla evlenmişti. Küçük flörtlerin dışında, aşkı yaşamamıştı henüz. Aşkı hiç tatmamıştı ve tadamayacaktı bu gidişle. Ne çabuk geçiyordu zaman. Çocukluk, gençlik, okul yılları, sorumsuz, sorunsuz günler ne çabuk geçiveriyordu.

Yazı İstanbul'da bu ruh haliyle yaşamaya başladı Aylin ve hasretini çektiği aşkı, yaz sonuna doğru Paris'e dönmeden birkaç hafta önce buldu.

# POLAT

Yeniköy'de Balâ Safyurtlu bahçesinde bir yaz partisine davetliydiler. Bir sürü genç kız ve genç erkek, mehtabın pırıltısıyla aydınlanan bahçede romantik parçaları dinleyerek dans ediyorlardı. Aylin bahçe duvarına kollarını dayamış, muhteşem boğaz manzarasını seyrediyordu.

"Heyy Parisliler, siz tanışmıyor musunuz?" dedi Balâ. Aylin döndü, Balâ'nın yanındaki gözlüklü genç adama baktı.

"Yok, tanışmıyoruz."

"O zaman ben tanıştırayım sizi. Bu Polat Saran, Sorbonne'da öğrencidirler... Bu hanımefendi de Prenses Aylin."

"Osmanlı hanedanından mısınız?" diye sordu genç adam.

"O kadar asil değilim. Sadece Libya Kralı'nın yeğeninin eşiyim."

"Eşiniz nerede?"

"O Paris'te," dedi Aylin.

"Aman ne iyi," dedi Polat, "O halde benimle dans eder misiniz?"

Aylin gençlerin dans ettiği terasa doğru yürüdü. "You Are My Destiny" diye bir şarkı çalmaya başladı. Polat, Aylin'in narin bedenine sarıldı, "Keşke Libya Kralı'nın yeğeninin eşi olmasaydınız," dedi yavaşça, "keşke Paris'te benim gibi bir öğrenci olsaydınız Aylin."

"Bir yıl önce öyleydim," dedi Aylin, "her şey ne çabuk değişebiliyor değil mi?"

Polat Saran, Aylin'i ertesi gün evinden telefonla aradı. Denize girmek için Kilyos'a gelir mi diye soruyordu. Aylin, yarım saat sonra, elinde plaj çantası kapısının önünde alınmayı bekliyordu. Polat'ın, çoğu Yeniköylü gençlerden, kalabalık bir arkadaş grubu vardı. Her gün bir başka plaja denize girmeye, akşamları da o yıllarda moda olan Yeşilyurt'taki Mini Kulüp'e ya da Yeniköy'deki Çikita'ya gidiyorlardı. Sık sık da gençlerin evlerinde partiler veriliyordu. Aylin kendi yaş grubunun içindeki insanlarla deli gibi eğleniyordu. Babası yaşındaki kaftanlı, sarıklı Senusi'den ve yanından hiç eksik etmediği, dillerini bile anlamadığı esmer erkek kalabalığından uzakta, yaşının hayatını yaşamaktan memnundu. Yeni edindiği arkadaşlarının çoğu onun değil bir prenses, evli bir kadın olduğuna bile inanmıyorlardı.

"Paris'e dönünce çok arayacaksın bu günleri," dedi Nilüfer.

"Nilüfer, benim hayatım zaten böyle olmalıydı."

"Sana bunu anlatmaya çalışanları dinlemedin ki."

"Annem ölmüştü, bunalımdaydım."

"Yaptığın işin saçmalığına mazeret arama. Hele rahmetli annemi bu işe hiç karıştırma."

"Beni azarlayıp durma, hatamı kabul ediyorum."

"Kabul etmekle mesele hallolmuyor. Bakalım nasıl sıyrılacaksın bu işten?" dedi Nilüfer. Kardeşinin bir kapana sıkışmış olduğunun farkındaydı. Hatası büyük de olsa, hayat boyu cezalandırılamazdı Aylin. Daha çok gençti. Mutlaka bir yolu olmalıydı Senusi'den kurtulmanın. Kendini de bir yerde sorumlu tutuyordu Nilüfer, kardeşinin evliliğine kesin tavır koymamış olduğu için. Üstelik annesi ölürken Aylin'i ona emanet etmişti. Tıpkı doğumunda olduğu gibi. "Ben gittikten sonra onun annesi sen olacaksın, onu her zaman kolla, hiç yalnız bırakma Nilüfer," demişti. Bu duygular içinde kardeşinin gençliğini doyasıya yaşadığı bu yazı ona zehir etmek istemedi. Babasının endişelerine rağmen Aylin'i rahat bıraktırdı. Gönlünce gezdi eğlendi Aylin ve Paris'e, Polat'a sırılsıklam âşık olarak döndü. Nihayet tanımıştı aşkı.

Polat, Türkiye'nin önde gelen birkaç armatöründen birinin oğluydu. Galatasaray'ı bitirdikten sonra tahsil için Paris'e yollanmış, Sorbonne Üniversitesi'ne girmeyi başarmıştı. Tahsilini yaptığı ticaret hukukunun yanı sıra, sanata ve edebiyata, felsefeye meraklı, ruhen de yaşıtlarının çok ilerisinde derinliği olan bir gençti. Aylin'in kişiliğinde bugüne kadar hiç rastlamadığı bir kadınla karşılaşıyordu.

Aylin dünya boyutlarında yaşamıyordu sanki. Bir hayali sahnede tiyatro yapar gibiydi. İnsanlara, olaylara, durumlara bilinen kalıpların dışında, bambaşka yöntemlerle yaklaşıyordu. Onunla her olay kişisel ilişkiler bazında yaşanıyordu. Her olay, milimetrik kaymalarla kendi gerçeğinden başka boyutlara çekiliyordu. Ölçülerin başka değerlere oturduğu özel bir dünyası vardı Aylin'in. Onun doğruları herkesinkinden değişikti. Onun yanlışlarına gelince... zaten yanlışları yoktu ki! Yanlış, ayıp, günah, yasak... Bu kelimeler, sadece sözlüklere aittiler, yaşama değil. Uçuktu. Filozoftu. Müthiş bir yaşam estetiği vardı. Komikti, her şeyde eğlenceli bir yön bulup çıkartıyordu. Onunla kimseyle gülmediği kadar çok gülüyor ve eğleniyordu Polat. Aylin'i ne prenses ne de evli bir kadın olarak görebiliyordu. O herkesten çok değişik, bambaşka bir genç kadındı. Güzelliği bile tarife sığmıyordu. Kimine göre gereğinden çok ince ve uzundu, kimine göre bir manken gibi kusursuzdu. Kimi sarı-yeşil gözlerini hülyalı, gizemli ve mahzun bulurken, kimi "hain kedi gözlü", kimi de "muzip bakışlı" diye tanımlıyordu onu. Polat için delice âşık olduğu, kimseye benzemeyen bambaşka biriydi Aylin.

Aylin her sabah otelinden çıkıp Polat'ın Saint Germain'deki evine gidiyor, orada müzik dinleyip kitap okuyordu. Polat üniversitede oluyordu sabahları. Öğlen saatlerinde aynı mahallede bir küçük restoranda buluşup, baş başa yemeklerini yiyorlar ve sonra birlikte Polat'ın evine geliyorlardı. Öğleden sonraları dersi yoksa akşam saatlerine kadar orada kalıyordu Aylin. Akşam üstü öpülmekten, sevilmekten ve sevmekten bitkin otele dönüyordu. Başka bir dünyanın kapısını açabilmek, başka bir dünyanın gerçeklerini yaşayabilmek için bir önceki yaşantısını unutmak ister gibi dakikalarca banyosunun ılık sularında yatıyordu. Sanki bir değişim geçiriyordu böylece. Sevdalı genç kadın kimliğini, köpüklü sularda bırakıyor, cezasını çekmeye hazır bir köle gibi çıkıyordu banyodan.

Ben Tekkouk Senusi üç ay boyunca, hiç üstüne varmadı karısının. Her akşam başı ya da midesi ağrıyan Aylin'i sabırla gözledi. Aylin eskiden yaptığı gibi geceleri gelmediğinde nerede olduğunu sormuyor, oturma odasını sigaraya boğan korumalardan şikâyet etmiyor, butiklerde harcamak için para da istemiyordu, İstanbul'dan döndüğünden beri melek kesilmişti. Ne sevişmek ne de alışveriş etmek istemeyen bir melek. Sadece tek bir arzusu olmuştu kocasından:

"Üniversiteye başlamak istiyorum," demişti, "yarım bıraktığım tahsilimi tamamlamak için."

Yanıt kısa ve netti. "Olmaz!" Bir daha da sormamıştı Aylin. Karısının tutturacağını sanan Prens boşuna beklemişti ısrarını. Bu konuda yanılmıştı. Ama karısının yaşamında bir değişiklik olduğunu da düşünüyordu ve burada yanılmıyordu kesinlikle.

Polat gecenin geç saatlerinde ısrarla çalan kapıyı açarken arkadaşlarından biri geldi zannetmişti. Birçok bekâr arkadaşı, birkaç yatak odası olan eve, kızları getirirlerdi geç saatlerde. Karşısında kafaları sarıklı Arapları görünce beti benzi attı genç adamın.

"Mösyö Saran siz misiniz?" dedi Araplardan biri. Bir an hayır demeyi düşündüyse de hemen vazgeçti. Suçlular gibi davranmamalıydı. Sakin olmaya çalışarak, "Benim," dedi. "Ne var? Ne istiyorsunuz bu saatte."

"Konuşacağız. Size verilecek mesajlarımız var."

"Bakın beyler, daha uygun bir zamanda gelin. Yarın erken saatte sınavım var."

"İçeri geçelim," dedi Araplardan biri. Polat itelenip kakalanmamak için çaresiz içeri aldı adamları.

"Siz Prenses Aylin'i tanıyor musunuz?"

"Benim Aylin diye bir arkadaşım var."

"Ne zamandan beri?"

"Çocukluk arkadaşımdır. Beraber büyüdük. Her ikimiz de Boğaz'da otururduk yazları."

"Şimdi de görüşüyor musunuz?"

"Elbette, insan çocukluk arkadaşlarıyla görüşmez mi? Ara sıra görüşürüz."

"Buraya gelir gider mi?"

"Bakın beyler, ben bekâr bir adamım. Buraya birçok genç kız ve kadın gelir gider. Kimi sevgilimdir, kimi sadece arkadaşım. Aylin de arkadaş olarak gelenlerin arasında olabilir."

"Evinize gelenler herhalde sevgilinizdir."

"Hiç de değil. Biz sizlerden farklı kültürle yetişiriz ülkemizde. Kız arkadaşlarımız da vardır, evimize gelen, ama elimizi sürmediğimiz."

"Prenses Aylin bir daha bu eve adım atmayacak. Yoksa sonunuz fena olur," dedi öteki Arap.

"Bir daha beni ziyarete gelecek olursa, mesajınızı bildiririm. Ama bu mesajı vermek benim değil, sizin işiniz. Bizim geleneklerde evden konuk kovmak yoktur."

"Sizi son kez uyarıyoruz. Bu kadını bir daha görmek yok!" dedi Araplardan biri.

"Yanlış bilgi edinmişsiniz. Aylin Hanım benim çok eski çocukluk arkadaşımdır."

Araplar ellerini bellerindeki silahlara götürerek selam verdiler Polat'a. Polat bunun anlamlı bir işaret olduğunu hemen anladı. Adamlar çıkıp gittikten sonra bir an ne yapacağını bilemeden durdu odanın ortasında. Başları büyük bir belaya girmek üzereydi. Aylin'e bir haber uçurmalıydı. Buraya bir süre gelmemesi için bir acil haber. Düşünüp durdu bir süre, en sonunda Nilüfer'i aramaya karar verdi.

Nilüfer'in kendinden hiç hoşlanmadığını biliyordu. Taa İstanbul'dayken bir kere tanışmışlardı. Hiç yüz vermemişti Nilüfer. Birkaç kere de Aylin'i almak için evlerine gittiğinde soğuk davranmıştı Polat'a. Kardeşinin evli iken bir başkasıyla ilişkisi olmasını hoş görmemesini normal karşılıyordu Polat. Ama bu haber mutlaka ulaşmalıydı Aylin'e. Saat on ikiye geliyordu. Polat istemeye istemeye numarasını çevirdi Nilüfer'in. Birkaç kere Aylin'i onun evinden araması gerekmişti, bir kenarda yazılıydı numara. Allahtan atmamıştı.

Aylin de zor bir gece yaşıyordu otelde. O akşam, yemeklerini odalarına getirtmişti Prens. Yemekte her zamanki gibi şarap içmemiş, suyla yetinmişti. Ağzını açıp tek laf etmemişti. Aylin biraz tedirgin olmuştu. Nitekim garsonlar akşam yemeğinin artıklarını çıkarır çıkarmaz, "Konuşmamız gerekiyor," demişti karısına.

"Ne hakkında?"

"Sizin bazı uygunsuz davranışlarınız hakkında."

"Anlayamadım."

"Bal gibi anladınız Aylin. Hem evli bir kadının görevlerini yerine getirmiyor, hem de evli bir kadına yakışmayan davranışlarda bulunuyorsunuz. Her gün bazı yerlere ziyaretlerde bulunuyorsunuz. Bu davranışlar hemen son bulmalıdır."

"Beni ne ile suçladığınızı bilmiyorum ama, benim de bazı şikâyetlerim olacak, uygunsuz davranışlar ve yerine getirilmeyen sözler ve görevler üzerine."

"Ne gibi?" Çok şaşırmıştı Prens.

"Ben de sizin bazı geceler hiç izahat vermeden ortalıktan yok olmanızdan şikâyetçiyim. Evlilik her iki tarafı da bağlar."

"Ben bir erkeğim."

"Evlenmeden önce bu evliliğin içinde her medeni karı koca gibi eşit olacağımıza dair bana söz vermiştiniz."

"Ben sözümde durdum, ama siz beni aldattınız Aylin."

"Siz de beni aldattınız efendim. Hiçbir vaadinizi yerine getirmediniz. Ne düğünümüz gerçekleşti, ne de bana söz verdiğiniz gibi bir evimiz oldu."

"Sürgünde olduğumu unutmayınız."

"Bana sürgün şartlarından hiç söz etmemiştiniz."

"Bunu anlayabilmeniz gerekirdi."

"Ben sizden saray değil, bir apartman katı istedim sadece. Karılık görevlerime gelince sizin o görevleri yerine getirecek kimseleriniz olduğundan şüphem yok. O şüphe de içimde durdukça ben sizi bir eş olarak memnun edemem."

"Bunlar sizin hayal ürünleriniz."

"Beni suçladığınız şeyler de sizin hayal ürünleriniz."

"Benim elimde somut deliller var."

"Peşime adamlarınızı taktınız demek. Ne aşağılayıcı bir tutum."

"Bunu siz istediniz."

"Her istediğimi vermeye hazırsınız madem, sizden özgürlüğümü isteyebilir miyim? Size iyi bir eş olamadığım gibi benim de gönlüm hayal kırıklıklarıyla dolu. Başarılı bir evlilik olmadı bizimki. Müsaade edin, boşanalım."

"Asla!" dedi Ben Tekkouk Senusi. Oda kapısını hızla çekip çıktı. Bir süre sonra Aylin dışarı çıkmak istediğinde kapının kilitli olduğunu gördü. Dehşete kapıldı. Polat'a telefon edemiyordu. Edebilmesi için telefon numarasını santrala yazdırması gerekliydi, bunu yapamazdı. Nilüfer'i aradı. Odaya kilitlenmiş olduğunu söyledi.

"Sakın korsiyerj ile yüz göz olup kapıyı açtırtmayı deneme," dedi ablası.

"Senusi adamlara bahşiş vermiştir, tembihlidir onlar. Yarına kadar bekle bakalım. Sabah lobide olacağım. Birlikte kahvaltı ederiz."

Nilüfer, Aylin'in telefonunu yeni kapatmıştı ki, Polat'ın telefonu geldi. "Kardeşimin başını belaya soktunuz Polat. İşler büsbütün karışmadan, derhal çekilin hayatından Aylin'in," dedi Nilüfer.

"Bana kızmanızı anlayışla karşılıyorum, ama bazı şeyler insanların elinde olmadan gelişiveriyor. Aylin'i çok merak ediyorum. Buraya gelmesini önleyin ve bana mutlaka haber ulaştırın," diye yalvardı Polat.

"Herhangi bir yere gidebilmesi zaten önlenmiş durumda. Siz hiçbir şekilde ortalıkta görünmeyin. Aylin'e telefon da etmeyin. Ben sizi ararım," dedi Nilüfer.

Nilüfer, saat ondan beri George V'in lobisindeydi. Koca bir gazeteyi okur gibi suratına kapatmış, Aylin'i bekliyordu. Saat on ikide kardeşi hâlâ gözükmeyince telefon etti odaya.

"Nerdesin, saatlerdir seni bekliyorum," dedi Aylin. Sesi ağlamaklıydı.

"Ben de lobide seni bekliyordum. Senusi açar diye telefon etmek istemedim odaya."

"O burada değil ki," dedi Aylin, "dün gece çıktı gitti, daha gelmedi. Kapı da hâlâ kilitli."

"Şimdi geliyorum yukarı," dedi Nilüfer. Suitin bulunduğu kata çıktı. Kat hizmetçisi odaları temizliyordu. Kadına bahşiş verip kapıyı açtırdı. İki kardeş sarıldılar birbirlerine. Nilüfer alelacele Polat'ın başına gelenleri anlattı Aylin'e. Aylin korkudan tiril tiril titriyordu.

"Ben gitmeliyim Aylin," dedi Nilüfer. "Kapıyı açtırtabildiğimizi öğrenmesin. Temizlikçi kadının başı da belaya girer sonra. O kadından anahtarın eşini yaptırmasını isteyeceğim."

"Beni telefonsuz bırakma."

"Merak etme, bir çıkış yolu bulacağız. Sabırlı olman gerek. Tüm bu belaların sebebi hep senin mantıksız davranışların. Bir tek hata daha yapmayacaksın tamam mı?" dedi Nilüfer. İşaret parmağını burnuna doğru salladı kardeşinin. Çıktı odadan, asansörü beklemeden merdivenlerden indi, evine döndü.

Senusi o gün akşamüstü geri geldi otele. Aylin'le fazla bir şey konuşmadı. Yemeklerini yine sessizce odalarında yediler. Yemekten sonra kapıyı Aylin'in üstüne kilitleyip çıktı. Birkaç gün böyle geçti. Dördüncü gün Aylin dayanamadı.

"Bu tutsaklık daha ne kadar sürecek?" diye sordu kocasına.

"Sizin aklınız başınıza gelene kadar."

"Benim aklım tamamen kaçmak üzere. Kaç gündür hava bile alamadım."

"Bu gece yemeği dışarda yiyebiliriz," dedi Senusi. Aylin hemen giyinmeye başladı.

"Gezmeyi de pek seviyorsunuz," dedi Senusi alaylı bir sesle. Yanıtlamadı Aylin. Makyajını tamamladı, karı koca, yanlarında iki koruma çıktılar. Bir süreden beri beş kişilik korumalar ikiye indirilmişti. Bu adam iyice parasız kalıyor diye düşündü Aylin. Yemekte hiç konuşmadılar. Yine de otel odasından kurtulduğu için memnundu, hiç olmazsa bir iki insan yüzü görüyordu günlerden beri.

"Yarın beni odaya kilitlemeyin. Bu size hiç yakışmıyor," dedi Aylin bir ara. "Kilitlemezseniz dışarı çıkmayacağıma söz veririm."

"Düşüneceğim," dedi Senusi.

İki kardeş o haftayı huzursuz bir bekleyişle geçirdiler. Nilüfer Aylin'le her gün uzun uzun birkaç kere konuşuyor, Polat'tan da haber veriyordu. İki sevgilinin arasında haberleşmeye yardımcı olmazsa, birbirlerini aramaya kalkıp büsbütün belaya bulaşmalarından korktuğu için yapıyordu bunu. Yoksa değil yardımcı olmak, Polat'ı bir kaşık suda boğabilirdi.

Hafta sonunda Nilüfer Senusi'ye telefon ederek, Aylin'le onu akşam yemeğine evine çağırdı. Senusi hiç itirazsız kabul edince şaşırdı Nilüfer. Çok güzel bir mönü hazırladı. Libyalı'nın hoşuna gideceğini tahmin ettiği kuskuslu bir yemek yaptı. Yemek boyunca karı koca birbirleriyle hiç konuşmuyorlardı. Dargın oldukları belliydi. Nilüfer'le Aziz, bu durumu anlamamazlığa geliyorlardı. Nilüfer akşamın sonuna doğru dayanamadı, hiçbir şeyden haberi yokmuş gibi, "Neyiniz var, allahaşkına sizin?" diye sordu.

"Kardeşiniz mutlu değilmiş, boşanmaktan bahsediyor."

Küçük bir kahkaha attı Nilüfer, "Şaka ediyorsunuz Prens. Aylin böyle bir şey isteyemez, çünkü benim ailemde boşanma asla kabul edilemez. Bu lafın şakası bile hoş karşılanmaz. Babam bunu duymasın," dedi. Yan gözle karısına baktı Senusi. Aylin suratını asmış oturuyordu.

"Benim ailemde de öyledir."

"Karı koca anlaşmazlıkları iki kişi arasında halledilir," dedi Nilüfer.

"Ama kardeşiniz bu fikirde değil."

"Ben kardeşimle konuşurum," Aylin'e döndü. "Yarın bir öğlen yemeği yiyelim mi seninle baş başa?"

Aylin kocasına baktı.

"Siz nerede yemek yiyecekseniz, ben arabayla aldırırım sizi, oraya göndertirim. Sonra da şoförüm sizi eve bırakır, Aylin'i de otele," dedi Senusi.

"Lipp'e gidelim, ne zamandır gitmedik," dedi Nilüfer.

"Yarın yarımda hazır olun o zaman," dedi Senusi.

İki kardeş Lipp'te buluştukları zaman, Aylin mutluluğundan ağlamaya başladı.

"Nilüfer, otel odasından hiç kurtulamayacağımı zannettim. Artık oraya dünyada dönmem ben," dedi.

"Olmaz Aylin. Bugün dönmek zorundasın. Bu adamdan kurtulabilmen için sabır gerekiyor. Aziz bir avukatla görüştü. Bu işler o kadar kolay olmayacak," dedi Nilüfer.

"Polat'la konuştun mu?"

"Bırak şimdi onu. Ben hayatını kurtarmaya uğraşıyorum, sen neden bahsediyorsun."

İki kardeş bir süre atıştılar. Sonunda Nilüfer kardeşini ikna etmeyi başardı. Bir süre daha bu oyuna devam edeceklerdi. Aylin, Nilüfer tarafından ikna edilmiş gibi yapıp, boşanma lafını ağzına almayacaktı. Taa ki yaz gelip, Aziz ve Nilüfer İstanbul'a dönmeye hazır olana kadar.

"Sorun sadece bu da değil, bu adamla yatmak da istemiyorum. Üstüme geldikçe, içimden kendimi pencereden aşağı atmak geliyor."

"Bunu evlenmeye karar verirken düşünecektin. Hani içine işleyen kara gözleri vardı?"

"Benimle alay etme."

"Aylin ne yaparsan yap, ama bir daha gebe kalma," dedi Nilüfer. Bir endişesi de Polat'tı Nilüfer'in. Aylin'e Polat'ı hiçbir şekilde görmeyeceğine dair yemin üstüne yemin ettiriyordu.

•••

Senusi, zaman içinde biraz sakinleşmiş gibiydi. Aylin'i sadece Nilüfer'e gitmesi için dışarı bırakıyordu şoförüyle. Ama gece kalmasına izin vermiyordu eskisi gibi ve akşamları kendi çıkarken yine odasına kilitliyordu karısını. Birçok geceyi de dışarıda geçiriyordu. Aylin bu kilit faslı bitene kadar kocasına, aynı yatakta yatmayacaklarını söylemişti. Yastığını ve battaniyesini alıp salondaki geniş kanapenin üstünde yatıyordu sabaha kadar.

Nilüfer, Aylin'in katına bakan hizmetçiyle ahbaplık kurmuştu. Onu bir gün kendi evine götürüp kardeşinin bu zalim Arap tarafından nasıl istismar edildiğini anlatmıştı ağlayarak. Zaten kadın da farkındaydı Aylin'in bir esaret içinde olduğunun. Kadına çok yüklü bir para teklif etmişti. Bütün istediği oda anahtarının bir kopyasıydı. Bir gün hayatı tehlikeye girecek olursa, kardeşi kaçabilsin diye. Bunu hiç ama hiç kimse asla bilmeyecekti. Aylin'e bile anahtarı nasıl yaptırdığını söylemeyeceğine dair yemin üstüne yemin etti Nilüfer. Ve neticede Aylin'in oda anahtarının bir eşini elde etti.

Aylin haftada bir, limuzin ile Nilüfer'e kadar geliyor, orada bir-iki saat kalıp yine oteline dönüyordu. İçeri girer girmez hemen telefona sarılıp Polat'ı arıyordu. Bir iki kere o kadar çok yalvarmış ve ısrar etmişti ki, Nilüfer, Aylin gelmeden birkaç saat öncesinde Polat'ı eve almış, korkusundan Aylin gittikten sonra birkaç saat de evde tutmuştu. Evinde Aylin'i Polat'la buluşturduğunu Aziz'den de saklıyordu elbette. Polat'ın geleceği günler kocasına bir sürü sipariş verip eve geç gelmesini temin etmeye çalışıyordu. Ama heyecandan ve korkudan fenalıklar geçiriyordu gün boyu. Sonunda isyan etti. Bir daha asla bu eve Polat'ı çağırmamasını söyledi kardeşine. Nilüfer'den yüz bulamayınca Aylin, Polat'la bambaşka adreslerde buluşmayı denedi.

Bir keresinde Nilüfer'in evinden çıkmış otele giderlerken Galerie Lafayette'den bir küçük alışveriş yapmak istediğini söyledi şoföre. Zaten dükkân yollarının üzerindeydi.

"Burada duramam efendim," dedi şoför.

"Beni bırak, bir tur at gel, kapıda beklerim seni," dedi Aylin, "geldiğinde kapıda değilsem bir tur daha at. Belki gişeler kalabalıktır, beklemek zorunda kalırım."

Yanıt beklemeden indi arabadan, dükkânın mahşeri kalabalığına karıştı, asma kata çıktı. Giysi reyonunun önünde bekleyen Polat'la buluştu. Polat önceden aldığı bir-iki yüz kremini ve parfümü sıkıştırdı Aylin'in eline. "Bunları ödemek için vakit kaybetmeni istemedim," dedi.

Reyondan birkaç etek, birkaç da bluz alıp soyunma odalarından birine girdiler. Kendini Polat'ın kollarında buldu Aylin. Deliler gibi öpüşmeye başladılar. "Nasıl gidiyor?" diye soran satıcı kıza eteklerin küçük geldiğini birer beden büyüklerini kapıp gelmesini söyledi Aylin. Yaklaşık bir yarım saat sonra soyunma odasından çıktığında saçı başı darmadağınıktı, ama suratına gülümsemelerin en mutlusu yapışmıştı. Kapıya çıktı. Biraz bekledi, trafikte gözüken arabaya el salladı.

"Kaç kere döndüm bu bloku biliyor musunuz?" dedi şoför.

"Kadınlar alışveriş ederken saat mevhumunu kaybederler. Üstelik çok da sıra vardı," dedi Aylin.

"Prens'e söylemeyin alışveriş etmek için Lafayette'ye girdiğinizi, yoksa bana çok kızar," dedi adam.

"Allah Allah, alışveriş etmek niye yasak olsun anlayamadım ama, madem öyle istiyorsun, bu aramızda kalacak söz veriyorum," dedi Aylin. İçinden bir "ohh" çekti. İşini kolaylaştırıyordu şoför bilmeden. Çantasından aynasını çıkarıp saçlarını düzeltti, rujunu tazeledi.

Aşk güzel şeydi, insan ölüm korkusunu ensesinde hissederken bile güzeldi aşk.

Aziz'in baldızını boşatabilmek için tuttuğu avukat, Senusi'nin peşine bir dedektif taktırmış, gezdiği gece kulüplerinde birtakım kadınlarla resimlerini çektiriyordu. Boşanma davası açmak için en doğru zamanı bekliyorlardı. Bu arada Nilüfer, dayısından da yardım istemişti. Zavallı Hilmi Bey, ablasının yadigârı Aylin'in dertlerine ilgisiz kalamadı, yine imdadına yetişti. Paris'e gelip durumu yakından incelemeye aldı. Yeğeni son derece mutsuzdu. Zaten incecik olan kız büsbütün zayıflamış, bir deri bir kemik kalmıştı. Tutsaklığı çekilmez bir hale geliyordu. Bu iş daha fazla uzamadan bitmeliydi. Hilmi Bey de bir Türk avukata danıştı. Fransa'da evlenen bir Türk vatandaşını, Türk Konsolosluğu evliliği tasdik ettiği takdirde İstanbul'daki mahkemelerde boşatabilmek mümkündü. Kanunlar bu türde bir işleme elverişliydi. Aylin'in evlilik cüzdanı hemen konsolosluğa yollandı. Allahtan Senusi bu gibi evrakı kasada değil, yatak odasındaki çekmecede saklıyordu.

Plan hazırlanmış sıra uygulamaya gelmişti. Aziz, temmuz ayında izne çıkıyordu. İstanbul'a arabayla döneceklerdi. Giderken yanlarında Aylin de olacaktı. Fransa sınırından çıktıkları anda kurtulacaktı Aylin. Fransa'dan İsviçre'ye geçilirken pasaport bile sorulmazdı çoğu kez. O iş kolaydı da, Senusi'nin otelde bulunmayacağı bir gün yapılmalıydı bu yolculuk. "Bu adam nasılsa haftada en az bir iki gün dışarda yatıyor. Bekleyeceğiz. Aylin bize telefonla haber verecek, biz de o gecenin sabahında, erkenden çıkacağız yola," dedi Nilüfer Aziz'e.

Beklediler. İlk hafta Senusi her gece otelde kaldı. Aylin'in asabı bozulmaya başlamıştı. İkinci hafta çarşamba akşamı, "Ben bu gece çıkıyorum. Dönmeyebilirim," dedi karısına. "Yemeğini ısmarla ben gitmeden."

Aylin kendine çorba ve söğüş et ısmarladı. Garsonlar gelip servis yaptılar. Yemeğini saat sekiz sularında bitirdi Aylin. Kitabını alıp kanapeye uzandı. Senusi oda servisini çağırtıp tabakları toplattı. Giyindi ve Aylin'in üstüne kapıyı kilitleyip gitti. Bir on dakika sonra Nilüfer'i aradı Aylin.

"Bu gece tamam," dedi.

"Anahtarını kontrol et."

"Nilüfer belki yüz kere kontrol ettim."

"Sakın valizini hazırlayıp ortaya bırakma, bakarsın geliverir."

"Merak etme. Sabah yedide kapıda olacağım. Eğer yoksam gece geri dönmüş demektir."

"Acaba geceden mi çıksak?"

"Hayır. Aziz gece araba kullanmayı sevmiyor. Sabah erkenden çıkıp uzaklaşabildiğimiz kadar uzaklaşırız. Eğer gece dönmezse yarın öğlenden evvel nasılsa gelmez. Hem de sabah yedide oteldeki tüm ekip değişiyor. Ben saat yediyi onun için istedim," dedi Aylin. Son derece soğukkanlıydı.

"Ya dönerse?"

"Yine deneriz. Bir başka gece. Ama bu gece dönmeyecek Nilüfer, geçen hafta hiç gitmedi nedense. Bu adamın libidosunu bilmiyorsun sen. Yarına kadar gelmez, eminim."

Nilüfer'in sabaha kadar gözüne uyku girmedi. Aylin saati altıya kurup yattı, mışıl mışıl uyudu. Altıda çalan saati susturdu, hemen giyindi. Torba tipi çantasına bir pantolon, bir bluz ve bir-iki çamaşır tıktı. Pasaportunu ve evlenme cüzdanını çıkardı çekmecenin en alt köşesinden. Senusi onları bir başka büyük zarfın içinde ilgisiz birtakım kâğıtlarla birlikte saklamıştı. Aylin'in iki günde bir onları kontrol ettiğini bilmiyordu elbette. Saat yediye beş kala oda kapısını açtı anahtarıyla. Dışarı çıkınca kapıya, "rahatsız etmeyin" notunu asıp kilitledi yine kapıyı. Asansöre binmedi, merdivenlerden indi. Üstünde bir pantolon ve bir penye bluz, saçları at kuyruğu, gözlerinde uzak gözlükleriyle çilli sıska bir öğrenci gibiydi. Üçüncü katın suitinde kalan şık ve hoş prensese zerre kadar benzemiyordu. Bir hayal gibi süzüldü dışarı. Nilüfer'le Aziz'in arabası karşı kaldırımdaydı. Işıkları bekledi karşıya geçti. Arka koltuğa oturdu.

"Gazla Aziz," dedi Nilüfer.

Bir süre sonra İsviçre sınırından girmişlerdi. Çığlık çığlığa bağırışıyorlardı arabada.

"Şurada dur tuvalete gideceğim," dedi Nilüfer.

"Duramam. İlk duracağım yer benzinim biterken benzinci olacak," dedi Aziz.

"Aziz, çok sıkıştım."

"Donuna yap Nilüfer. Ben günlerdir donuma yapıyorum heyecan ve korkudan. Öldürsen durmam," dedi Aziz. Hayatında hiç yapmadığı kadar hızlı sürüyordu arabayı.

Aylin kollarını yanlara doğru açtı. Kafesin parmaklıklarından süzülüp dünyaya çıkmayı başarmıştı. BAŞARMIŞTI. Şimdi yeni ufuklara doğru kanat açacaktı.

"Hürüm! Özgürüm! Özgürüm!" diye bağırdı.

"Daha değilsin," dedi Nilüfer. "Henüz boşanmadın. Hürriyetin bedeli bu kadar ucuz değil kızım. Daha çook beklemen lazım özgürlük için!"

Aylin'in hayatının en heyecan verici yolculuğu idi bu. Her kilometre aşıldığında, biraz daha yaklaşıyordu sanki hürriyetine. Nilüfer'in, keyfine limon sıkmasına bile aldırmıyordu. Avaz avaz şarkı söylüyordu arkada oturduğu yerden. Birden:

"Aziz, kenara çek, lütfen dur," diye bağırdı.

"Senin de mi çişin geldi?" dedi Aziz.

"Kusacağım."

Aziz aynadan arkaya baktı. Bembeyazdı yüzü Aylin'in. Kenara çekti arabayı. Aylin dar attı kendini dışarı. Öğürdü öğürdü, geri geldi. Arabanın arka koltuğuna uzandı.

"Heyecandan altüst oldu vagatonik sistemi kızın," dedi Aziz.

"Bana bak Aziz, ilk eczanede dur, hem ben tuvalete gideyim, hem de bir kolonya alalım yanımıza. Aylin iyi görünmüyor," dedi Nilüfer.

...

Aziz'in eski hızı kesilmişti. Saat on iki olduğunda Senusi'nin otele dönüp Aylin'in kaçtığını anladığını varsayıyorlardı ama, artık onlar çok uzaktaydı. Aziz, Aylin'in mide bulantıları yüzünden ikide bir durmak zorunda da kalsa, beş saattir yoldaydılar ve kimse onlara yetişemezdi artık.

İlk molayı Trieste'de verdiler. Ne Aziz'de daha fazla yol alacak hal kalmıştı ne de kızlarda. Aylin'in mide bulantıları geçeceğine artmıştı. Nilüfer Aylin'le aynı odada kalmak istedi. Odalarına çekildiklerinde sordu kardeşine, "Nedir bu bulantılar? Hastalanıyor musun, yoksa hamile misin yine?"

"Bilmiyorum Nilüfer."

"Nasıl bilmezsin? Hani yatmıyordun Senusi'yle?"

"Yatmıyordum."

"Zorladı mı seni yoksa?"

"Elbette zorladı. Birkaç kere tokat bile attı bana. Ama direndim. Ben kazandım yani."

"Eh, o halde hamile değilsin. Asabiyetten öğürüp duruyorsun," dedi Nilüfer. Hiç cevap vermedi Aylin. Yavaşça banyoya geçti. Nilüfer peşinden gitti kardeşinin.

"Niye kaçar gibi bir halin var?"

"Hiç öyle bir halim yok."

"Ben tanırım kardeşimi. Ne saklıyorsun benden? Senusi ile yatmadınsa hamile olamazsın öyle değil mi? Cevap ver Aylin."

"Olamam," dedi Aylin.

"Aylin bu sesi beğenmiyorum. Yoksa sen... Sen... Polat'la mı?" Aylin yanıtlamadı.

"Ne zaman yaptın bunu? Sen bir canavarsın! Nasıl yapabildin? Nasıl tehlikeye atabildin kendini? Nerede buluştun o solucanla? Söyle haydi söyle. Kaç kere? Nerede? Hiç mi korkmazsın sen? Ne biçim insansın sen? Sen bir mahluksun, insan değilsin." Ağlamaya başladı Nilüfer. Eline geçirdiğini Aylin'in kafasına atıyordu.

"Ben o düşüncesiz herife göstereceğim gidince İstanbul'a. Rezil edeceğim onu. Babasına şikâyet edip parasını dövizini keseceğim."

"Sakin ol Nilüfer. Hamile filan değilim. Ben ağzımı bile açmadım. Neler çıkarıyorsun sen?" dedi Aylin.

"Ben malımı bilirim," dedi Nilüfer.

Paris'ten yola çıkmalarının üçüncü gününde İstanbul'daydılar. Cemal Bey'in Şişli'deki evinin kapısından girdiklerinde kâbus bitmiş gibi duruyordu. Aylin, benzini sarmısak kokan Bulgaristan yollarını öğüre öğüre geçmiş ama, Edirne'ye girdikleri anda düzelivermişti. İstanbul'a gelene kadar dört saat içinde bir kere bile bulanmamıştı midesi. Nilüfer yaptıklarına biraz pişman olmuştu.

Hafta başını bekleyip pazartesi günü kendilerini dayılarının avukatı Salim Tamer'in bürosuna attılar. Aylin boşanmak için vekâletini verdi. Salim Tamer Onuncu Asliye Hukuk'ta açtı boşanma davasını. Dava celbini Fransa'ya yolladılar. Cevap alamayınca bir gazeteye ilan verdiler. Ellerinde Paris'te Senusi'nin gece kulüplerinde kadınlarla çekilmiş fotoğrafları da vardı. Ama esas kültür farklılığının getirdiği "imtizaçsızlıktan" açılıyordu dava.

"Şimdi sabırlı olup bekleyeceksiniz Aylin Hanım," dedi Salim Bey. "Boşanana kadar uslu durun. Tek başınıza bir erkekle hiçbir yerde görünmeyin. Geceleri gezmek istiyorsanız mutlaka yanınızda ailenizden biri bulunsun."

Aylin'in o yaz gecelerinde gezecek hali zaten olmadı. Yaz tatilini geçirmek için İstanbul'a kendinden çok daha önceden dönmüş olan Polat'ı buldu. Polat, Aylin'in altın kafesinden kurtulmuş olmasına çok sevinmişti. Ama sevgilisinin vereceği başka bir haber hiç de iç açıcı değildi. Hamileydi Aylin. Bebeği aldırmaktan başka da çareleri yoktu. Polat son derece muhafazakâr bir ailenin oğluydu, tahsil hayatına yeni başlamıştı, hemen evlenmesi söz konusu değildi. Zaten Aylin'in de bu yönde bir isteği olmadı. Tek istediği bu işe Nilüfer'i bulaştırmamaktı. Hem Polat'a karşı cephe almış olan hem de kaç zamandır Aylin'in dertleriyle uğraşıp duran ablasını bir de bu işe karıştırmak istemiyordu. Polat bir doktor ayarladı, Aylin gidip kürtajını oldu, evine döndü.

Aziz, Küçükçekmece'de oturan babasına yatıya gitmişti. Nilüfer ve Aylin evde babalarıyla birlikteydiler. Aylin eve geldikten sonra kendisini iyi hissetmediğini söyleyerek erkenden yatmıştı. Nilüfer akşam yemeğine Nişantaşı'nda oturan Ecla teyzesine gidip döndü. O da odasına çekildi. Aylin'in çoktan uyuduğunu zannediyordu. Yatağında kitap okuyordu kardeşinin kendini çağıran sesini duyduğunda. Kalkıp yan odaya geçti. Aylin yatağın içinde bir kan gölünün ortasında oturuyordu. Yüzü bembeyazdı. Birden bayılacağını zannetti Nilüfer.

"Nilüfer bir doktor bul. Kanamam var."

"Aman Allahım," dedi Nilüfer.

"Gürültü etme, babamı uyandırmayalım."

"Sen ne yaptın? Hamileydin değil mi? Yol boyunca o kusmalar. Ah Aylin. Kürtaj mı oldun yoksa benden habersiz?"

"Bugün oldum."

"Kim ayarladı bunu? O solucan mı?"

"Şimdi bunların sırası mı?"

"Madem onun yüzünden bu başına gelenler, gelsin kendi pisliğini kendi temizlesin," dedi Nilüfer, salondaki telefona yürüdü.

"Nilüfer lütfen yapma. Onun evinde büyük bir parti var bu gece. Gelemez."

Nilüfer büsbütün kızdı.

"Sen burada geberirken, o parti mi veriyor evinde?"

"Beni al, bir taksiye binip Amerikan Hastanesi'ne gidelim. Ya da Sağlık Yurdu'na."

"O gelecek," dedi Nilüfer. "Bu işin sorumlusu o. Ya bana telefonunu verirsin ya da taksiye atlar evine gider alır getiririm."

"Veririm ama bir şartla. Ona terbiyesizlik etmeyeceksin. Söz ver."

"Ne yapayım istiyorsun? Senin başına bu işleri açtığı için teşekkür mü edeyim."

"Hiçbir şey yapmasan olmaz mı? Normal davransan? Bu işte onun kadar benim de katkım var unutma."

Nilüfer dilinin ucuna gelen lafları zor tuttu. Aylin iyi görünmüyordu. Kanaması giderek artıyordu.

"Numarayı söyle çabuk," dedi. "Ben onunla sonra hesaplaşacağım, bu gece değil. Hele seni kurtaralım da, sonra gösteririm ben ona."

Telefonu kapayınca kardeşine yardıma geldi Nilüfer. Üstüne bir etek giydirdi. Kan, dere gibi akıyordu bacaklarından Aylin'in. Ayakta duracak hali yoktu. Bir ara babalarının sesini duydular.

"Baba merak etme, Aziz gelip bizi gezmeye götürecek, dışarı çıkıyoruz Aylin'le," diye seslendi Nilüfer. Saat biri biraz geçiyordu.

On beş dakika sonra Polat kapıdaydı. Aylin'i kucaklayıp arabasına indirdi.

"Amerikan'a mı gidelim?" dedi Polat.

"Orası olmaz. Çok tanıdığa rastlarız orada. Etfal'e git. Hem de en yakın hastane o."

Aylin'i ilk yardımdaki doktorlara teslim ettiler. Bir sigara yaktı Nilüfer.

"Polat nasıl yapabildiniz böyle bir şeyi? Ya Senusi yakalasaydı sizi, her nerede buluştunuzsa? İkinizi de öldürebilirdi. Hiç mi izan, akıl yok sizde?" dedi.

"Haklısınız Nilüfer. Ama Aylin o kadar kötü bir durumdaydı ki, ona moral vermem şart diye düşünmüştüm. Otel odasına kilitlenen bir genç kadın. Dışarı çıkamıyor, içinde bulunduğu durumdan kurtulamıyor, devamlı ağlıyor. Size gelebildiği günlerin sonunda ara sıra buluşamazsak, aklını kaçırır diye korktum. Onu benim de terk ettiğimi sanmamalıydı. Oldu işte. Çok üzgünüm," dedi.

"Ailenizin bu durumlardan haberi var mı?"

"Hayır, hiçbir şey bilmiyorlar. Arkadaşlarım bile bilmiyor."

"Kimse bilmesin sakın," dedi Nilüfer.

Doktorlar Aylin'in içinde kalmış parçayı temizlediler, kanı durdurucu bir iğne yaptılar. Hastaneden çıkarlarken gün ışımaya başlamıştı. Polat kızları evlerine bıraktı, Boğaz'ın yolunu tuttu. Misafirlerine kendi davetinden birden bire yok olmasını nasıl izah edeceğini düşünüyordu kara kara.

Aylin birkaç gün sonra iyileşti. Ama hem çok halsizdi hem de gönlü çok kırıktı. Hayatını her yönden mahvettiğini düşünüyordu. Artık otel odasındaki tutsak değildi, ama özgür bir genç kadın da değildi. Kimbilir ne kadar zaman alacaktı boşanması. 'Kimbilir neler yapacaktı Senusi kaçtığını öğrendiğinde. Başına buyruk girdiği evlilik, birkaç gazetenin baş sayfasında resimlerinin yayımlanmasının dışında hiçbir şey getirmemişti ona. Hoş bir anı bile bırakmamıştı. Üstelik yapmak istediği tıp tahsili için de geç kalmıştı bir manasız evlilik yüzünden. Bunlar yetmezmiş gibi, acı veren bir evlilikten sonra, yine acı veren, sonu olmayan bir büyük aşk yaşamıştı. Polat'ın ailesinin ilerde tahsil bittikten sonra bile evlenmelerine izin vermeyeceğini tahmin edebiliyordu Aylin. Polat'tan iki üç yaş büyük, boşanmış bir genç kadın... Oğullarının evliliklerine izin vermeyen babalarının maddi manevi ezalarını, Nilüfer'le Aziz'in yaşamında yakından izlemişti. Karnı toktu böyle durumlara.

Senusi'nin Paris'te dört dönüp Aylin'i aramakta olduğu haberlerini alıyorlardı. Karısını bıraktığı yerde bulamayınca, Nilüfer ile Aziz'in evine gitmişti Prens. Onlar artık Paris'te değillerdi. Leyla ve Melih Birsel'den başlayarak, Paris'te tanıdığı bütün Türkleri teker teker aratmıştı. Polat'ın Fransa'dan çıkış tarihini buldurmuş, Aylin'in kaybolmasından çok önce gitmiş olduğunu öğrenip biraz sükûnet bulmuştu. Durmadan telefon ediyordu İstanbul'a. Sonunda Cemal Bey tavrını koydu.

"Bu adam senin resmen nikâhlı olduğun kocan. Ondan sürekli kaçamazsın. Ya telefona çık konuş ya da bir mektup yaz," dedi kızına. "Ve babanın evinde olduğunu mutlaka bildir."

Aylin uzun bir mektup döşendi, kelimeleri itina ile seçerek evliliklerini bitirme nedenlerini sıraladı. Bu ayrılığın her ikisinin de hayrına olduğunu iknaya çalıştı kocasını. Senusi'den birçok mektup geldi. Kiminde yalvarıyor, kiminde tehditler savuruyordu. İstanbul'a gelmesinden korktular.

Ama Senusi besbelli Fransa'dan dışarı çıkamıyordu. 1964 yazı, Aylin için bir kâbus gibiydi.

Yaz sonunda Aylin, Nilüfer'le birlikte Cenevre'ye geldi. Tıp okumayı kafasına koymuştu. Hiç kimse vazgeçirememişti onu inadından. O günlerde, Hilmi dayıları da Cenevre'deydi. Kızları bir süre otelinde ağırladı. Nilüfer Paris'e geçince, Aylin'i Cenevre'de yaşayan bir arkadaşının Toby von Schweir'in evine yerleştirdi ve Amerika'ya döndü.

Aylin, Fransa'da ve İsviçre'de tıp okumak için üniversitelere başvuruyor ve sürekli red cevapları alıyordu. Fransa'daki üniversitelerin hiçbiri Aylin'i kabul etmedi. İsviçre'nin Cenevre ve Lozan kentlerindeki üniversitelerden de red yanıtı geldi. Sonunda Neuchâtel Üniversitesi bir küçük ümit ışığı yaktı. Aylin'in başvuru mektubunu incelemişler, görüşmek üzere üniversiteye çağırıyorlardı. Gözlerine inanamadı Aylin. Mektubu tekrar tekrar okudu ve hemen Nilüfer'e telefon etti müjdeyi vermek için. Nilüfer' in de o günlerde Aziz ile sorunları vardı. Evin sıkıntılı havasından kurtulmak için Cenevre'ye gitti. İki kardeş bir araba kiralayıp Neuchâtel'in yolunu tuttular. Aylin birkaç profesörle ve bölüm başkanıyla görüşmeler yaptı. Amerikan Kız Koleji'ni çok yüksek notlarla bitirmişti. Zeki bir öğrenci olduğundan şüphe yoktu. Ama Paris Üniversitesi yarıda bırakılmıştı. Annesinin ölümünün onu nasıl etkilediğini ve sonuçta meslek seçiminde de rolü olduğunu anlattı. Aylin'i dinleyenler onun iyi bir tıp öğrencisi olacağına ikna oldular. Ama bu kez idari bölümde takıldı Aylin.

"Yirmi beş yaş limitimizdir, siz yirmi beş yaşını birkaç ay önce doldurmuşsunuz," dedi idari memur. Aylin başını ellerinin arasına alıp bir süre hiç kımıldamadan oturdu. Adam hayretle karşısındaki genç kıza bakıyordu.

"Tek sorun buysa, bunu halletmeme izin verir misiniz?" diye sordu Aylin.

"Nasıl halledeceksiniz?"

"Siz onu bana bırakın. Bir dahaki gelişimde doğum tarihim 1939 olacak. Yeter ki beni o zaman kabul edeceğinize söz verin, boşuna uğraştırmayın beni."

"Çok kararlı bir küçük hanımsınız. Pekâlâ söz veriyorum," dedi adam.

Aylin otele döner dönmez avukatı Salim Tamer'e bir telgraf çekti ve yaşını bir yıl küçültmesini rica etti.

Aylin ve Nilüfer arabalarına binip Cenevre'ye döndüler. Aylin beklemeye başladı. Kendini dünyaya doğmayı bekleyen ana rahmindeki bebekler gibi hissediyordu. Az sonra, çok az bir zaman sonra, dünyaya geri gelecekti. Geç kalmış olabilirdi, ama işte hayat bütün fırsatları ile yine onun önündeydi. Yaşam onu bekliyordu. Bir meslek onu bekliyordu. Kaybettiği yılları geri istiyordu Aylin. Evlilik sorunlarıyla boğuşan Nilüfer aynı fikirde değildi kardeşiyle.

"Çok uzun ve zor bir yola girdin. Bir hata daha yapıyorsun," dedi.

"Hayır Nilüfer," diye yanıtladı Aylin. "Başka hata yapmayacağım. Hata faslı kapandı."

# JEAN-PIERRE

Neuchâtel Üniversitesi'nde tıp tahsiline başladığında yirmi altı yaşındaydı Aylin. Saçlarını kahkül kestirip dümdüz bırakmıştı omuzlarına. Paris'te giydiği Lanvin, Dior, Balanciaga markalı giysilerinin tümünü, ince uzun topuklu Jourdan ayakkabılarını, küçük şapkalarını, Prenses unvanıyla birlikte fırlatıp atmıştı uzaklara. Şimdi daracık pantolonlar, vücuduna yapışan tişörtler, düz ayakkabılar giyiyor, makyajsız yüzüyle kolunun altında kalın tıp kitapları, yirmi yaşlarında bir çocuk gibi koşturuyordu okulun taş koridorlarında.

Hilmi dayının arkadaşı Toby von Schweir, Aylin'in yanına, Neuchâtel'e giderken bin dolar vermişti zorla. Yaşamını bu paraya göre kutulara bölerek tanzim etmişti Aylin. Okul taksitlerini ayırmış, yurt ücreti, yemek paraları gibi mecburi harcamaları bir başka kutuya, cep harçlığını bir başka kutuya yerleştirmişti. Hiç alışık olmadığı bir para disipliniyle yaşıyor ve hayatından memnun görünüyordu. Zaten bu küçük talebe şehrinde para harcanacak yer de yoktu. Dersler o kadar yüklüydü ki, gece ikilere kadar çalışmak zorunda kalıyordu. İlk sene çok mühimdi. Tıp tahsilinde en büyük silkelenme ilk yılın sonunda olurdu. Giden gider, kalan yoluna devam eder ve mutlaka sonunu getirirdi. Yılın sonunda Aylin gidecekti, ama başarısız öğrenciler gibi arka kapıdan sokaklara değil, ön kapıdan en yüksek notları almış olarak, Lozan Üniversitesi'ne gidecekti.

Lozan Üniversitesi'nin yatay geçiş şartlarını öğrenmişti yıl ortalarında. Şimdi harıl harıl kendini Lozan'a atabilmek için çalışıyordu.

Nitekim bir yıl önce Aylin'i kapıdan döndüren Lozan'daki tıp fakültesi, bir yıl sonra aynı kızı hiç itiraz etmeksizin ikinci sınıfına kabul ediyordu. Hilmi dayı, Nilüfer,

Aziz, Cemal Bey ve hatta Toby von Schweir bile şaşıp kalmışlardı bu işe.

1965 Ekim'inde Lozan Üniversitesi'nin Tıp Fakültesi'ne başladı Aylin. Dersler daha da ağırlaşmıştı. Ama derslerin ağırlığı vız geliyordu. O hayatından memnundu. Ne zamandır özlemini çektiği öğrenci hayatını yaşıyordu Lozan'da. Her yer genç insanlarla doluydu. Kent adeta öğrenciler için inşa edilmişti. Üstelik o yıllar hippilerin, çiçek çocuklarının yıllarıydı. Bahçelerde, parklarda, açık kahvelerde, sokaklarda, yanağına, alnına çiçek resimleri çizmiş, bir sürü gitarlı genç, yırtık pırtık jeanlerinin içinde şarkı söyleyerek dolanıp duruyorlardı. Altmışlı yılların ortalarında gençler için lüks yoktu, giyim kuşam yoktu. Derbederlik ve doğallık modaydı. Bu moda da parasını idare etmek zorunda olan Aylin'e çok uygun düşüyordu.

Noel'de Nilüfer, Lozan'a kardeşini ziyarete geldi. Aylin'i peronda uzaktan gördüğünde tanıyamadı. İki yıl önce Paris sokaklarında başları çevirten, bir lokantaya girdiğinde kadın erkek tüm oturanları kendine baktıran alımlı, havalı ve şık Aylin, saçlarını at kuyruğu yapmış, üstüne bir rengi atık blue-jean geçirmiş, trenden inenler arasında ablasını arıyordu.

"Bu halin ne senin? Çok mu parasız kaldın?" dedi Nilüfer eve vardıklarında.

"Yoo, paramı idare ediyorum. Cep harçlığı kutum bile boşalmadı daha."

"Saçların... hiç berber görmemiş gibi."

"Berbere gitmiyorum."

"Yarın seni berbere ben götüreyim," dedi Nilüfer.

"Nilüfer okulda berberi ne yapayım. Herkesin saçı böyle. Ben öğrenciyim, unuttun mu?"

"Tamam. Derslerin nasıl gidiyor? Bu fakülte biraz daha zor diyordun."

"Fizikte çok zorlanıyorum. Liseyi bitireli kaç yıl oldu. Unutmuşum elbette."

"Özel ders mi alsan acaba?"

"Özel ders alıyorum zaten."

"Paran yetişiyor mu?"

"Para vermiyorum ki."

"Yaa?" dedi Nilüfer. "Bir Türk öğrenci ayarladın herhalde. Enayilik Türklere vergidir."

"Yoo. Jean-Pierre diye bir fizik asistanı var okulda. O ders veriyor bana."

"Bu dünyada para almadan, insaniyet namına ders verecek tek bir İsviçreli bile bulunabileceğini hiç sanmazdım," dedi Nilüfer.

"Bir tane varmış," dedi Aylin. Dik dik baktı kardeşine Nilüfer. Aylin, makyajsız yüzü, çilleri, uzak gözlükleriyle bir fizik asistanını baştan çıkaracak birine hiç benzemiyordu. Yine de sivri dilini tutamadı.

"Başka karşılıklar istemeye kalkmasın da bu fizikçi asistan," dedi yavaşça. Aylin kahkahalarla güldü bu lafa. "Yarın üniversiteye gel de kampusu gezdireyim sana," dedi, "Jean-Pierre oralardaysa, onunla da tanışırsın."

Ertesi gün üniversiteye gitti Nilüfer. Kardeşinin ders yaptığı sınıfları gezdi. Bir odanın kapısını tıklattı Aylin. İçeri baktılar. Her iki yanına yığılmış kalın kitapların arasında gözlüklü genç bir çocuk oturuyordu masada.

"Egger, ablamı tanıştırayım sana," dedi Aylin. Çocuk ayağa kalktı. Fasulye sırığı gibi uzadıkça uzadı, boyu hiç bitmeyecekmiş gibi geldi Nilüfer'e. Jean-Pierre'in sanki hiç eni yoktu da sadece boyu vardı.

"Bu adam tek boyutlu galiba," dedi Nilüfer Türkçe, "Bu senden de sıska Aylin. Dün söylediğim sözü geri alıyorum. Kimseden bir şey isteyecek hali yok bunun."

El sıkıştılar, bir iki nezaket lakırdısı edip ayrıldılar odadan.

"Sen onun görünüşüne bakma, bir fizik dâhisi o. Gerçek bir 'genious'," dedi Aylin.

Aylin öğrencilik hayatına çok iyi uyum sağlamıştı. Sanki başından tuhaf bir evlilik geçmiş, kürtajlar olmuş, acılar çekmiş, boşanmış bir genç kadın değil de, dünyaya tıp okumak için gelmiş, on sekiz yaşında bir genç kızdı. Tüm dünyasını dersleri, kitapları, imtihanları, üniversitesi oluşturuyordu. Ve inanılmaz derecede mutlu görünüyordu. Nilüfer içi çok rahat ayrılıyordu Lozan'dan. Tren kalkmadan önce kardeşini son kez öpmek için eğildi pencereden.

"Biliyor musun, sen tıpkı bukalemun gibisin. Her ortama uyuveriyorsun," dedi Aylin'e.

O yaz İstanbul'a Aylin, Jean-Pierre Egger ile birlikte geldi. Jean-Pierre'nin Deuxchevaux arabasına binmiş, karayoluyla toz toprak içinde ulaşmışlardı İstanbul'a. Birkaç gün İstanbul'da kalıp yine arabalarıyla Anadolu'yu keşfe çıktılar. İzmir civarını gezip sahili takip ederek bütün Ege ve Akdeniz kıyılarını dolaşacaklardı. Yanlarında bir de kamp çadırı vardı.

İki-üç yıl önce Aylin'i prenses kişiliğinde gören akrabaları ve arkadaşları kızdaki bu değişikliğe inanamıyorlardı. Bir tek Betin yadırgamıyordu gördüklerini. Betin o kadar yakından tanıyordu ki arkadaşını, hangi kılığa girerse girsin, Aylin'in ruhunun hiç değişmeyeceğini adı gibi biliyordu.

Jean-Pierre yeni keşfettiği ülkeye bayıldı. Para beklemeksizin evlerini açan, ayranını çorbasını, azığını paylaşan köylüler, Yunan ve Roma çağlarıyla iç içe girmiş, yedi bin yıl geri gidebilen bir tarihi barındıran mütevazı köyler, kasabalar, hiç bozulmamış, el değmemiş, olduğu gibi bırakılmış harabeler. Nefis bir iklim, temiz bir deniz, güneş, kumsal, bereketli ovalar... Aylin de kendi ülkesini ilk kez Jean-Pierre ile birlikte keşfediyor ve hayran kalıyordu.

O yaz Aylin'in hiç unutamayacağı anılarla dolu geçti. Öncelikle o güne kadar hiç tanımadığı memleketinin doğasını, insanını, değerlerini görmüş, Batı Anadolu'nun sunduğu güzellikler, ruhunda ve yüreğinde yepyeni bir pencere açmıştı. Dünyaya bakış açısı değişmişti adeta. Yeni keşfettiği bir boyut daha vardı dünyada. Paris'in, Londra'nın,

İsviçre şehirlerinin mamur, medeni, görkemli heybetlerine karşın efsunlu, ilkel ve doğal bir güzelliği vardı Ege kasabalarının. Halkında ise burjuvazi kültüründen çok değişik, ağırbaşlı ve mütevazı bir bilgelik. Kendi ülkesinde bir "şey" bulmuştu. O "şey" Aylin'i düşündürüyor, sevindiriyor ve olgunlaştırıyordu.

Aylin'in büyümesine yardımcı olan bir başka olgu da, o yaz Nilüfer'in kocasından boşanmak istediğini açıklamasıydı. O kadar yakın bildiği ablasının yıllardır uyumsuz bir evliliği sürdürmekte olduğunu hiç ama hiç görememişti. O kadar meşguldü ki, kendi sorunları, kendi aşkları, kendi sevinçleri ve acılarıyla, burnunun dibindeki kişilerin yaşamakta oldukları sıkıntıları fark edememişti. Hatta Nilüfer'in o yaz bir aşk yaşadığını bile algılayamamıştı, kendisi söyleyene kadar.

"Ne diyorsun Nilüfer, hayatında biri mi var Aziz'den başka!" diye sormuştu kulaklarına inanamayarak.

"Evet. Ben de senin gibi bir insanım ve ben de âşık oldum," demişti Nilüfer.

Aylin o güne kadar ablasını sadece Aziz'in karısı olarak bildiğini düşünmüştü. Evlendiğini söylediği andan o güne dek ne genç, ne de yaşlı bir kadındı. Ne güzeldi, ne de çirkin. İki sıfatı vardı Nilüfer'in, Aziz'in karısı ve Aylin'in ablası olmak. Şimdi ilk kez ablasına başka bir gözle baktığında genç, güzel, duyarlı ve heyecanlı bir kadın görüyordu. Şaşkındı.

"Aziz'e ne diyeceksin?"

"Doğruyu söyleyeceğim."

"Ölür Aziz."

"Ölmez. Zaten yıllardan beri böyle bir şeyi bekliyor olmalı."

"Aranız iyi değil miydi yıllardan beri? Ben hiç fark etmemişim."

"Aramız iyi idi. O başka şey Aylin. Ama yıllardır karı koca gibi yaşamıyorduk."

"Ya ne yapıyordunuz?"

"Ben bugünü, bu adamı bekliyordum herhalde. O da ufak maceralar yaşıyordu sürekli."

"Ve sen bunları biliyordun. Bilip göz yumuyordun."

"Evet."

"Neden Nilüfer? Sevmiyor muydun kocanı?"

"Seviyordum."

"Nasıl sevgi bu?"

"Hayatta gri renkler vardır," dedi Nilüfer. "Hiçbir şey siyah beyaz değildir. Hele sevgiler hiç değildir."

"Kim bu yeni adam? Tanıyor muyum?"

"Tanımıyorsun ama adını mutlaka duydun," dedi Nilüfer.

"Aziz'den ayrılacak mısın? O adamla evlenmeyi düşünüyor musun?"

"Paris'e döner dönmez, ayrılmak için elimden geleni yapacağım ve boşanır boşanmaz da evleneceğim. İnşallah."

"Kim bu adam?"

Nilüfer derin bir nefes aldı, kardeşinin gözlerinin içine baktı ve, "Kasım Gülek," dedi.

"NE?" dedi Aylin. Yanlış duyduğunu düşünüyordu. Derken avaz avaz gülmeye başladı.

"Bana doğruyu söyle, haydi, oynama benimle. Kim bu adam?"

Nilüfer hiçbir şey söylemedi. Ama yüzündeki ifade her şeyi açıklıyordu.

"Sen çıldırmışsın. Deden yaşında Kasım Gülek. Hatta dedenin dedesi yaşında."

"Sen deden yaşında adamla evlenmedin mi?"

"O dedem yaşında değildi. Babam desen anlarım."

"Kasım Gülek de dedem yaşında değil. Babam desen anlarım," dedi Nilüfer.

"Kasım Gülek seni almaz. Yılların bekârı o! Ayağı çarıklı politikacı! Yüz yaşında mıdır nedir kimbilir! Kendimi bildim bileli vardı. Dünya kurulduğunda da vardı eminim!"

Birden rolleri değiştirdiklerini fark ettiler. Nilüfer hayatı boyunca Aylin'in yanında gördüğü her erkekte tenkit edilecek bir kusur bulmuştu. Son olarak Jean-Pierre ile uğraşırken, şimdi tenkit sırası kardeşine gelmişti.

"Kasım Bey'i tanıyınca sen de seveceksin. Ama ben şu fasulye sırığı gibi renksiz, ensiz, beyaz gözlü adamı hiç sevemeyeceğim. Onunla evlenmeye sakın kalkma," dedi Nilüfer.

"Yine mi uğraşıyorsun benimle. Sen kendine bak! Nasıl tanıştın Kasım Gülek'le. Nerede tanışılır ki bir politikacıyla?" diye sordu Aylin lafı değiştirmek için.

"Bir başka politikacının evinde. Esma teyzemde."

"Hemen asıldı mı sana?"

"O nasıl laf, terbiyesizlik etme. Yıllar önce bir kokteylde karşılaşmıştık teyzemlerde. Uzun uzun sohbet etmiştik. Derken bu yaz başında İstanbul'da Hilton'da bir davette gördüm. 'Siz hâlâ bekâr mısınız?' diye sordum. 'Evet,' dedi. 'Kimi bekliyorsunuz?' dedim. Parmağıyla beni işaret etti. Elbette ciddiye almadım. Aramızda ertesi gün Kilyos'a gitmeyi planlıyorduk arkadaşlarla. Meğer bizi duymuş. Ertesi gün Kilyos'ta kumlarda yatarken, bir de ne göreyim, karşımda durmuyor mu! Her gün aramaya başladı. İnanılmaz derecede kültürlü ve ilginç bir adam. Aylin, sen aşk nedir biliyor musun?"

"Nilüfer ben Senusi ile evlenmek istediğimde bana söylediğin her şeyi şimdi ben de sana tekrar etmek istiyorum," dedi Aylin.

"Ben boşuna nefes tüketmişim. Sen bari tüketme. Çünkü kimse karşısındakini dinlemiyor, insanlar doğrularını ve yanlışlarını kendileri bulmak zorundalar," dedi Nilüfer.

Aylin ve Jean-Pierre, Lozan'a döndükten sonra birlikte oturmaya başladılar. Toby von Schweir'in Aylin'e verdiği dolarlar, çok dikkat etmesine rağmen, suyunu çekiyordu. Hilmi dayısının yolladığı parayla ancak okul ücretini karşılayabiliyordu, istese daha fazlasını da yollardı ama, dayısına parasızlıktan şikâyet etmeye hiç niyeti yoktu. Dayısının onu Senusi'den boşatabilmek için harcadığı paralar bile dünya kadar tutmuştu.

Jean-Pierre'nin güzel bir katı vardı okula yakın ve çoğu akşamlarını onunla birlikte geçiriyordu. Hem Jean-Pierre ile çok iyi anlaşıyorlardı hem de genç çocuk, Aylin'in sıkıştığı fizik, kimya gibi derslerde en büyük yardımcısı oluyor, imtihanlarına çalışırken destek veriyor, tezlerini daktiloya çekiyordu. Aylin nerdeyse okulu ancak Jean-Pierre'nin yardımları sayesinde bitirebileceğine inanmaya başlamıştı. Tıp fakültesindeki desteğinin yanı sıra yepyeni bir bakış açısı getirmişti Aylin'e. Doğa ile iç içe yaşıyorlar, hafta sonları bisikletle dağlarda geziyorlar, kayak kaymaya gidiyorlar, şalelerin kocaman şöminelerinde çıtırdayan kütüklerin karşısında tarçınlı şaraplarını içiyorlar ve ufacık şeylerden mutlu oluyorlardı.

Bir gün Aylin oturmuş hesap kitap yapıyordu.

"Bu ayın sonunu yine çok zor getireceğim Jean-Pierre," dedi, "anatomi kitapları dünyanın parası tutuyor."

"İkinci el olanları alsana."

"Zaten öyle yapıyorum. Ama kitap parası vermekten iflahım kesildi."

Bir süre oralarda dolaşıp durdu Jean-Pierre. Bir şeyler düşünüyor gibi bir hali vardı.

"Aylin, bir şey söylemek istiyorum. Ama sakın yanlış anlama," dedi.

"Ne var?"

"İsviçreli olduğun takdirde, fakülteye bedava devam edebileceğini biliyor musun?"

"Biliyorum. Ama İsviçreli olmadığımı da biliyorum ne yazık ki."

"İstersen olabilirsin."

"Bu Hıristiyan olmaya benzemiyor canım. Kilisenin papazına gidip 'ben İsviçreli olmak istiyorum, papaz efendi' dediğinde İsviçreli olamıyorsun."

"Ama kilisenin papazına 'Ben Jean-Pierre ile evlenmeyi kabul ediyorum,' dediğinde İsviçreli olabiliyorsun," dedi Jean-Pierre.

Aylin nutku tutulmuş gibi bakakaldı Jean-Pierre'e. Neden sonra boğuk bir sesle, "Ne diyorsun sen?" diye sordu.

"Benimle evlenir misin, diyorum."

"Bunu fakülteyi bedavaya getireyim diye mi istiyorsun?"

"İşte yanlış anlamandan bu nedenle korkuyordum. Hayır, seni sevdiğim için, seninle çok mutlu olduğum için ve zaten birlikte yaşadığımız için evlenmek istiyorum."

"Ne zaman?"

"Hemen."

"Evet, evet, evet," diye bağırdı Aylin. Jean-Pierre Aylin'i kucakladı, bir süre birbirlerine sarılıp, dönüp durdular odada. Birden Aylin kurtardı kendini Jean-Pierre'nin kollarından.

"Jean-Pierre hiç hoşuna gitmeyecek bir şey hatırladım," dedi.

"Ne hatırladın?"

"Ben zaten evliyim."

Aylin'in boşanabilmesi için uzun süre beklemesi gerekiyordu. Mahkemeye şahitler getirilmiş, karı kocanın geçinemedikleri gözler önüne serilmiş, Senusi gazetelerde çıkan ilanlarla aranmış, bulunamamıştı. Her şeyin yolunda gitmesi için avuçla para dökmüştü Hilmi Bey. Dava neticelenmiş ve Aylin boşanmıştı. Ama yine bir süre beklemesi gerekiyordu. Kısa bir zaman sonra Türkiye'de boşanmış olacaktı resmen. Fransa'da da boşanmış sayılması için Fransız mahkemelerinin kararı tasdik etmesi gerekiyordu.

"Pisliği çubuklamayalım," demişti avukatları. "Aylin Hanım bir gün yine Fransa'da evlenmeye kalkarsa o zaman düşünürüz."

Bu arada Nilüfer de Aziz'i ikna etmişti boşanmaya. Türkiye'ye dönmek üzereydi. Kardeşine Paris'ten ayrılmadan önce veda etmek için telefon etti. Aylin çok yakından tanıdığı, sevdiği, on beş yıllık eniştesi Aziz'i kaybediyor olmaktan dolayı mahzundu.

"Nilüfer ne olur evlenmek için acele karar verme," diye yalvardı ablasına.

"Ben kararımı çoktan verdim," dedi Nilüfer.

"Sen o dedeyle evlenirsen, ben de sırıkla evleneceğim bilmiş ol," dedi Aylin.

"Sana sırıkla mutluluklar diliyorum," dedi Nilüfer.

•••

Kız kardeşler yaşamlarında bir yol ayrımına gelmişlerdi. Birbirlerinden hem epeyce uzağa düşüyorlar, hem de yakınlaşıyorlardı. Aralarındaki coğrafi mesafe açılıyordu ama yaşları arasındaki mesafe de o ölçüde birbirine yaklaşıyordu. Aylin büyüyor, olgunlaşıyor, olaylara değişik açılardan bakmasını öğreniyor ve ilk defa ablası onun için değil de, o ablası için endişe ediyordu. Nilüfer de yıllardan sonra yepyeni bir aşk yaşıyor olmanın coşkusuyla çocuklaşmış gibiydi.

Nilüfer Türkiye'ye döndükten sonra hemen boşanacak ve Kasım Gülek'in Ankara Bahçelievler'deki evinde, çok sade bir nikâhla ikinci evliliğine adım atacaktı.

Aylin, Salim Tamer'den beklediği haberi alır almaz, dayısını aradı. "Sevgili dayıcığım," dedi. "Sayende bu beladan da kurtuldum. Artık kuşlar gibi hürüm. Boşanma ilamım elime ulaştı. Şimdi bana İsviçre'ye gelebileceğin tarihi bildir. Nikâh günümü ona göre ayarlayayım."

"Hani kuşlar gibi hür olduğuna seviniyordun," dedi dayısı. "Yeni bir evliliğe cup diye atılman doğru mu?"

"İki yıldır beraberiz Jean-Pierre'le," dedi Aylin. "Bu kez ne yaptığımı iyi biliyorum."

Hilmi Bey yeğeninin kendi yaşına uygun, üniversitede zekâsı ile sivrilmiş, genç, akıllı, medeni ve kültürlü bir atom fizikçisiyle evlenecek olmasından memnundu aslında. Aylin'in bir kocası olduğunda, kendi omuzlarındaki sorumluluk da azalacaktı.

Hilmi Bayındırlı'nın eşi Rozi, Verbier'de kayak yapmaya gitmişti. Hilmi Bey bir uçağa atlayıp geldi. Rozi'ye Aylin'in nikâhı için hazırlanmasını, araba yollatıp onu aldıracağını söyledi. Rozi turkuaz rengi bir manto ve kaplin şapkayla geldi Leysen'e. Nikâhta sadece Egger ailesi, bir de Bayındırlılar vardı. Hayatında gördüğü en sade gelindi Aylin. Şapka bile giymemişti başına. Üstünde açık yeşil bir döpiyes vardı. Kendi şapkasından tedirgin oldu Rozi. Çarçabuk kıyılan nikâhtan sonra yakınlardaki bir restoranda yemek yediler, yeni evlilerin şerefine şampanya kadehlerini kaldırdılar ve Aylin'i mutlu bir gelin olarak, Jean-Pierre ile paylaştığı dairesine yolladılar.

İki öğrencinin bu evliliği, zaman içinde, Aylin'in dış görüntüsünü olduğu kadar iç dünyasını da değiştirecekti. Aylin Jean-Pierre ile birlikte yaşadığı günlerde, tıp ilmi ile yakından tanışıp, ufkunun pencerelerini o zamana kadar hiç bilmediği yepyeni bir dünyaya ardına kadar açacak, peşinden koştuğu gerçek zenginliğin, dış dünyanın görkemli vitrinlerinde değil de insanların iç âlemlerinde bulunduğunu öğrenecekti.

# YENİ DÜNYA-YENİ UFUKLAR

New Rochell Hospital Medical Center, Aylin'in yaşamının doksan derecelik bir açıyla başka ufuklara yönelmesine yol açan olaylar dizisinin başlangıç noktası oldu.

1971 yılının sıcaktan kavrulan bir temmuz gününde asistanlığını yapmak üzere New Rochell Hospital'a adım atarken, Aylin üniversiteyi yeni bitirmiş ve New York gibi bir metropolde kendine asistanlık ayarlayabilme şansını yakalamış genç bir doktordu sadece.

Jean-Pierre, Los Alamos'taki Nükleer Araştırma Merkezi'nden geri çeviremeyeceği bir teklif almıştı. Aylin çölün ortasındaki New Mexico'ya gitmek istemedi. Aylin'i Amerika'da kabul eden yerler arasında Los Alamos'a uzak olmasına rağmen, en uygun hastane kuşkusuz New Rochell'di.

Jean-Pierre ve Aylin boşanmayı hiç düşünmemişlerdi ama, birbirine kilometrelerce uzakta, iki ayrı şehirde yaşayan genç karı kocaların evliliğinin yürüyemeyeceğinin de bilincindeydiler. Onların birbirlerine karşı olan sorumlulukları artık bitiyor ve müşterek hayatları bir yol ayrımına giriyordu. Şimdi mesleklerinde kendilerine büyük imkânlar açan kapılardan girmekteydiler. Her ikisinin de çok uzun yıllar emek verdikleri birer tahsil dönemleri ve beklentileri vardı. Beklentilerinin arasında çocuklar, aile hayatı, domestik mutluluklar öncelikli değildi. Onlar normal zekâlarda, normal beklentileri olan sıradan insanlar da değildiler. Her ikisi de üstün yetenekli, sıradışı kişilerdi. Birlikte ya da yakın yerlerde olmak için imkânlarını zorlamadılar. Kendi kaderlerinin onlara tayin ettiği istikametlere doğru yola çıkarken, evliliklerini oluruna bırakıp, el sıkıştılar ve ayrıldılar. Ellerinde, bu evlilikten altı yıllık sağlam bir dayanışma ve derin dostluk duygularıyla dopdolu gençlik anıları kaldı sadece.

Aylin çok ciddiye aldığı işine büyük bir heyecanla başladı. Asistanlığın ilk yılında genç doktorlar hem öğrenir, hem de çalışırlardı. Bakımlarına verilen hastalar, çalıştıkları hastane koğuşlarında yatan kişiler olurdu. New Rochell, son derece hareketli bir hastaneydi, işi çok yoğundu. Aylin'in başını kaşıyacak vakti yoktu. Bu koşuşturma arasında hoş sürprizler de eksik olmuyordu Allahtan. New Rochell'de tanıştığı Afganistanlı genç meslektaşı Azim'in karısı, on bir yaşından beri arkadaşı olan Zeynep Tarzı çıktı. Zeynep ile çocukluğundan itibaren sık sık kesişen yolları, bir kere de New York'ta birleşiyordu.

Aylin geçici olarak tuttuğu evi değiştirip, Zeyneplerin çok yakınında 40. Cadde'de yeni bir eve taşındı. İki arkadaşın hemen hemen her günleri birlikte geçmeye başladı. Azim ve Zeynep, Aylin'i gittikleri yerlere birlikte götürmek istiyorlardı. 1972 kışında Afgan Sefareti'nde verilen bir kokteyle de onlarla birlikte gelmesi için Aylin'e ısrar ettiler.

Aylin gece hayatını ve gezmeyi çok sevdiği için arkadaşlarına takılmaktan gocunmuyordu. O gece kokteyl için hazırlanırken, hayatının en büyük aşkıyla tanışacağını ve uzun yıllar bu ümitsiz aşkın peşinde dünyayı dolaşacağını bilmiyordu elbette. Ama nedense o gün bir önseziyle, giyimine ve makyajına her zamankinden daha fazla vakit ayırdı.

Afgan Sefareti'nin salonunu dolduran insan kalabalığının arasında Aylin ilk bakışta gördü onu. Zaten onu gördükten sonra da başka kimseyi görmez oldu. Uzun boylu, esmer, insanın içine işleyen yeşil gözleri ve kır düşmüş saçlarıyla, bir zerafet abidesi gibi duruyordu pencerenin önünde. Sigara içiyordu.

Zeynep'e "Kim bu adam?" dedi.

"Kim? Haa o mu, Paswak... Birleşmiş Milletler'in Afganistan sefiri. Ne hoş adam değil mi?"

"Beni hemen tanıştır ona."

"Aylin, Paswak evlidir haa!"

"Zeynep beni tanıştır ona," dedi Aylin. Azim, Zeynep ve Aylin Paswak'a doğru yürüdüler. Paswak arkadaşlarının yanında ona doğru gelmekte olan genç kadına baktı. Bir bulutun içinden sıyrılmış da, bilinmeyen bir diyardan kaptığı nemi hâlâ üzerinde taşıyormuş gibi şeffaf, ışıklı, gizemli, ince, uzun, hayal gibi bir genç kadın.

"Size Aylin'i tanıştırmak istiyorum Ekselans," dedi Azim.

"Bu kadar hoş ve zarif bir Amerikalıyla ilk defa tanışıyorum," dedi Paswak.

"Ben Türküm Ekselans."

Paswak'ın hayran bakışları bir süre Aylin'in sarı-yeşil kedi gözlerine takılı kaldı.

Sonrasını hiç hatırlamıyor Aylin. Ne söylediler birbirlerine, ne yaptılar, nereye gittiler. Aylin artık bitmesini hiç istemediği bir rüyadaydı. Hayatında her şey ilk kez yerli yerine oturuyor, parçalar yerlerini buluyordu. Kendini, kadınlığını, duyarlılığını, derinliğini öğreniyordu.

Paswak, Oxford aksanıyla mükemmel bir İngilizce konuşuyordu. Ana dili gibi Fransızca biliyordu. Şairdi. Afgan dilinde okuduğu şiirleri dinlerken, her kelimesini anladığını düşünüyordu Aylin. Paswak ona yeni bir ufuk açmıştı. Şiire, edebiyata, resme, müziğe kısacası tüm sanat dallarına, onun yönlendirmesiyle sağlam adımlar atıyor, verdiği kitapları hatmedercesine okuyor, önerdiği konserlere, sergilere gidiyordu. Tüm kadınları peşinde koşturan Paswak da Aylin'e tutulmuştu delice. Nerdeyse kızı yaşındaki bu ilginç kadında her şeyi birden bulmuştu. İnanılmaz bir zekâ, espri yeteneği ve fışkıran bir enerji. Orta yaşı geride bırakmış bir adam için, hayat kaynağı gibiydi Aylin.

Aylin, Paswak'a karısı hakkında tek bir soru bile sormadı. Evli olduğunu, karısının memleketinde yaşadığını, hatta üç yetişmiş çocuğu olduğunu da duymuştu. Bu konular aralarında hiç konuşulmadan kendiliğinden tabulaşmıştı. Bilmek de istemiyordu ayrıca. Bilmediği sürece rahattı. Paswak da Aylin'in Los Alamos'ta çalışan bir atom fizikçisi kocası olduğunu duymuştu. O da bu konunun üstüne hiç gitmedi.

Aylin ve Paswak ayrı evlerde oturmakla beraber, hemen hemen haftanın üç dört gecesini birlikte geçirmeye başladılar.

Aylin asistanlığının ikinci yılında, hastane dışındaki hastalarla da ilgilenmeye başladı. Liason-Konsultasyon denilen bir çalışma sistemine girmişti. Başka şikâyetlerle, örneğin apandisit ameliyatı olmak için hastaneye yatmış olan bir hastada, depresyon, uykusuzluk gibi arazlar başgösterirse, hastanede yattığı sürece onun ruh sağlığı bakımını da üstleniyordu. Ayrıca gece nöbetleri vardı. Nöbetçi olduğu akşamların ertesinde erken yatıp uykusunu almak istiyordu. Ayrıca kız arkadaşlarıyla programlar yaptığı oluyordu. Bu gibi nedenlerle ikinci yıl Paswak'la daha az birlikte olabildiler.

Kolejden birkaç yakın arkadaşını daha bulmuştu New York'ta. Örneğin sınıf arkadaşı Emel Güzelbahar'ı sık sık görüyordu. Paswak'ın da kendi mesleğinin gereği birçok akşamı dolu olabiliyordu. Yine de ikisi, yakın arkadaşlarının arasında, ayrılmaz bir çift oluşturmuşlardı ve tüm tatillerini birlikte geçiriyorlardı.

Bir yaz, önce Türkiye'ye, oradan Afganistan'a gittiler. Aylin sevgilisini tüm akrabalarına, babasına, ablasına, dayısına, yeğenlerine, kuzinlerine tanıştırdı. Aile Aylin'in kolunda çıkagelen Doğulu adamlara alışmış gibiydi. Paswak'ı Libyalı Senusi'den çok daha hoş, kültürlü ve zarif buldular. Ailenin yaşlıları, adama hayran kalmakla birlikte bu işin nereye varacağını da sormamazlık edemiyorlardı.

Afganistan'da Aylin, Paswak'ın ailesine tanıştırılmadı. Ona rağmen Aylin, sevgilisinin ülkesinde olmaktan, onun içinde büyüdüğü, renkleri, kokuları, tatları, âdetleri tanımaktan büyük bir mutluluk duydu. Tanıştırıldığı insanlarla çok sıcak ilişkiler kurdu. Paswak'ın ailesine dair hiç soru sormadı, kendine anlatılanlarla yetindi.

1972'nin sonuna doğru, Paswak Londra'ya tayin edildi. Aylin hayatının, mutluluğunun ellerinin arasından kayıp gittiğini düşündü. Paswak'tan ayrılmamak için Londra'daki hastanelerde iş aramaya başladı. Oysa kısa süre önce ihtisasını yapmak için gerekli tüm formaliteleri tamamlamış, istediği hastanelerin sıralamasını yaparak başvuruda bulunmuş ve şansına New York'un en önemli hastanelerinden biri olan Mount Sinai'ya bağlı Roosevelt Hospital'da ihtisas hakkı kazanmıştı. Bir süredir hem psikiyatri bölümünde çalışıyor, hem de araştırma yapıyordu. Bu genç bir doktor için kaçırılmaz bir fırsattı. Zeynep ve Azim'in, Aylin'i bir çılgınlık yapmaması, istifa etmemesi konusunda ikna etmek için dillerinde tüy bitti.

Aylin öylesine âşıktı ki, gözü hiçbir şey görmüyordu. Paswak da hiçbir zaman istikbal vaat edemeyeceği bu genç kadının, kendi yüzünden önündeki parlak meslek hayatına gölge düşürmesini istemiyordu. Azim ve Zeynep de, âşıkların birbirlerine yeteri kadar zarar verdikleri kanısındaydılar. Paswak gibi bir diplomat varken onun değil de Waldheim'ın Birleşmiş Milletler Genel Sekreteri seçilmesinin tek nedenini Aylin'le olan ilişkisine bağlıyorlardı. Aylin'i Londra sevdasından vazgeçirmek için çok dil döktüler.

Sonunda, Aylin New York'tan ayrılmaktan vazgeçti. Sık sık Londra'ya seyahat etmek ve tüm tatillerini birlikte geçirmekle yetinmeye karar verdi. Paswak New York'tan ve Aylin'den ayrılıp Londra'ya gitti.

Aylin o yılı aklı beş karış havada geçirdi ve bir yıl içinde dört kere Avrupa'ya uçtu. Aralarına giren mesafe aşklarını söndüreceğine büsbütün alevlendirmişti. Her üç ayda bir Paris'te, Roma'da veya Londra'da buluşuyorlardı. Paswak Aylin'i şiirlerle, güllerle, şampanyalarla ve sevgi sözcükleriyle bir masal dünyasında yaşatmaya devam ediyordu.

1974 yılında Paswak'ın bu kez Hindistan'a tayini çıktı. Aylin, kaderin ağlarını onlar için giderek daha çileli iplerle örmekte olduğunu nihayet görmeye başladı. Ya mesleğine boş verip sevdiği adamın peşinde adım adım dünyayı dolaşacaktı ya da mesleğini ön plana alacaktı. Hayat bir meslek uğruna aşktan vazgeçmeye değer miydi? Tam "değmez" demeye hazırlanıyordu ki, çalıştığı hastanede psikiyatri bölümü şefliğine terfi ettirildi.

Aylin bu atamanın ona açacağı ufku görmezlik edemedi. Mesleğinden de aşkından da vazgeçmeyecekti. Kendi kendine, mümkün olamayacağını bile bile, geçersiz formüller aramaya koyuldu. Her ikisi de Müslüman olduğuna göre, Paswak'ın ikinci eşi olamaz mıydı? En büyük tepkiyi Zeynep gösterdi.

"Bir kere yaptın zaten böyle bir saçmalık. Bir kere daha yapıp babanın yüreğine mi indireceksin," dedi hışımla.

"Paswak'ı o Arap'la bir tutma."

"İkinci eşmiş. Yakışır mı sana? Tuu yazıklar olsun."

"Ben Paswak için peçeye bile girerim."

"Gir o zaman. Hastaların dertlerini peçenin arkasından dinlersin artık. Deli misin sen Aylin? İki yılda bir dünyanın bir başka köşesine atanan evli bir adamın peşinde daha kaç sene dolanacaksın?"

"Zeynep sen aşk ne demek bilmiyorsun. Henüz böyle bir duyguyu tatmadın."

"Beni de senin kadar akılsız yapacaksa, hiç tatmayayım daha iyi," dedi Zeynep.

Zeynep'in evliliği de yürümüyordu bir süredir. Azim'le yetişme tarzlarındaki farklılıklar iyice su yüzüne çıkmıştı. Zaten çok uzaktan akraba olan kocasıyla bir mantık evliliği yapmışlardı. Beraberlikleri sürekli kişilik çatışmasına dönüşünce, mantığı da kalmamıştı evli olmanın. Kendi evlilik gemisini karaya oturtan Zeynep, kendi kadar Aylin için de üzülüyordu. Sonunda Aylin'in sağduyusu aşkına galebe çaldı. Şimdilik kaydıyla sevgilisinin peşinden Yeni Delhi'ye gitmekten vazgeçti. Paswak en kısa zamanda buluşacaklarına söz vererek Hindistan'a doğru yola çıkarken, aşk ve hasret çeken Aylin'i, teselliyi votkada aramaya bıraktı.

Aylin gönlü yaralı bar kuşunu çok kısa bir süre oynadı. Sonra toparlandı ve işinin başına döndü. Hastanede işleri o kadar yoğundu ki çoğu kez Paswak'ı düşünecek zaman bile bulamıyordu. Bir ara değişiklik olsun diye rotasyon sisteminden faydalanarak İstanbul'a geldi ve Bakırköy Akıl

Hastanesi'nde üç ay boyunca hem kendi konusunda incelemeler, hem de doktorluk yaptı.

Bu son derece hızlı hayata rağmen, Paswak'ı unutmak ya da ondan vazgeçmek mümkün olamıyordu. Paswak Aylin'e iki kere Yeni Delhi'ye gelmesi için bilet yolladı.

Bir seferinde de Katmandu'ya gittiler. Aylin her Hindistan seferinden büyülenmiş olarak dönüyordu. Muhteşem renkleri ve aromaları olan bu gizemli ülkeye vurulmuştu. Paswak da Aylin'e yaşadığı memleketi sevdirmek için onu hoşlanabileceği her yere götürüyor, hoşlanmayacağından emin olduğu karanlık yüzünü ondan saklamasını iyi biliyor, ince bir dantel örer gibi titizlikle yönlendiriyordu Aylin'i. Uzakdoğu'nun büyüsüne kapılan Aylin, son Hindistan ziyaretinde Yeni Delhi'de Şehir Hastanesi ile konuşmuş, kendine bir de iş ayarlamıştı. New York'a dönerken, Zeynep'e onu havameydanında karşılaması için telgraf çekti.

Zeynep, Aylin'in anlattıkları karşısında dehşete düştü. Bu aptal kadın dünyanın bir ücra köşesinde kendini heder edip gidecekti. Bu işi desteklediği için Paswak'a da fena halde kızmaya başlamıştı. Paswak'ın damadı Afganistan'da maliye bakanı olmak üzereydi. Aylin'e ailenin böyle bir skandalı kaldıramayacağını, çoluk çocuk herkesin ondan nefret etmeye başlayacağını anlatmaya çalıştı. Bunca tahsil, bunca emek, bir kadın doktorun hastanede çok zor kapacağı bir pozisyon, tüm bunları evli bir adamın metresi olmak için tepmeye hazırlanıyordu çocukluk arkadaşı.

Zeynep, Aylin'i kararından vazgeçirmek için çırpınıyordu. Kendi hayatı da çok bulanıktı. Aylin Hindistan'da iken, Azim evden ayrılmıştı. Yalnızlığını ve bunalımını öne sürerek, Aylin'i bir süre birlikte oturmaya ikna etti. Madem her ikisi de çok zor bir dönemden geçiyorlardı, evlerinde tek başlarına olacaklarına, bir süre aynı evi paylaşsınlardı. Aylin geçici bir süre için Zeynep'e taşındı.

•••

Azim'in meslektaşı olan Doktor Bayram Karasu, Zeynep'in de yakın arkadaşıydı. Karı kocanın ayrılmasından sonra, her ikisiyle de görüşmeye devam etmişti. Çalıştığı hastanede görev yapan ve tıpkı kendi gibi Türkiye'den gelme bir psikolog olan Mişel Radomisli'yi tanıştırdı Zeynep'e. Hoş bir adamdı Mişel. Bir akşam Bayram'la Mişel'i, evine spagetti yemeye davet etti Zeynep.

# MİŞEL RADOMİSLİ

Bayram ve Mişel hastaneden birlikte çıktılar o akşam. Önce bir markete uğrayıp iki şişe kırmızı, iki şişe de beyaz şarap aldılar. Birkaç blok yürüdüler konuşa konuşa. Bayram, Mişel'e Zeynep'in evinde tanışacağı kadın hakkında bilgi verdi. İstikbali çok parlak bir psikiyatri doktoruydu. Kendi konusunda üstün yetenekleri vardı, Türkten çok Amerikalıya benziyordu, çok uzun boylu ve sarışındı, gırgırdı, neşeliydi. Ama son günlerde sevgilisi Hindistan'a gittiği için morali oldukça bozuktu. Zeynep de arkadaşını neşelendirmek için çareler arıyordu. Bu geceyi de o yüzden ayarlamıştı.

Mişel gözünün önüne, Amerikalıya benzeyen, iriyarı bir kadın getirdi. Doktorluk gibi uzun tahsil yılları isteyen bir meslek seçtiğine göre pek güzel olmamalıydı. Yoksa bırakmazlardı onu.

"Onu da pek bırakmamışlar zaten. Evlenip boşanmış," dedi Bayram. Ayrıntılı bilgi vermedi. Zeynep'in evine ilk kez gidiyordu Mişel. Daha önce bir barda Bayram tanıştırmıştı ikisini. Bir çiçekçiye uğrayıp çiçek almak istedi.

"Gecikiyoruz. Şarap aldık ya," dedi Bayram.

Kapıyı Zeynep açtı misafirlerine. Selamlaşma faslı bitince kapının hemen karşısındaki mutfağa yöneldi Mişel, elindeki şarapları bırakmak için. Mutfakta ocağın önünde bir şeyler karıştıran kadın içeri birinin girdiğini duyunca döndü ve Mişel'in gözlerinin içine baktı. Mişel o anı hep "Çarpıldım," diye tarif eder. Aylin ne Türke ne de Amerikalıya ne Fransıza, o güne kadar gördüğü kadınların hiçbirine benzemiyordu. Kızıl saçları ve içinde muzip ışıltılar dolaşan tuhaf renkli gözleri vardı. Bütün bir gece gözlerini Aylin'den alamadı Mişel. Hep peşinde dolaştı, yemek bitince mutfağa ona yardım etmeye gitti, kahve içerken kanepede yanında oturdu. Sanki bir mıknatıs Mişel'i garip bir şekilde

Aylin'e doğru çekiyordu. Gece sona erip, misafirler gittikten sonra Zeynep heyecanla sordu.

"Nasıl buldun Mişel'i?"

"Öyle bir adam işte."

"Nasıl bir adam yani?"

"Öyle, sıradan."

"Yakışıklı bulmadın mı?"

"Fena sayılmaz. Ama Paswak'la mukayese bile etmem."

"Bırak onu şimdi," dedi Zeynep. "Akıllı ve hoş bulmadın mı?"

"Kendini ispat etmek için biraz fazla çabaladı bence." Ayağa kalkıp kapıya yürüdü.

"Heyy, nereye gidiyorsun, oturmuş konuşuyoruz şurada."

"Yeni Delhi'ye telefon edeceğim," dedi Aylin.

İki gün sonra Mişel, Zeynep'le Aylin'i Çin lokantasına akşam yemeğine davet etti. Önce bir barda buluştular. Yemekten sonra, da caz dinlenen kulüplerden birine gittiler.

Başka bir gün, Aylin balık sevdiği için kızları balık yemeye götürdü Mişel.

Ertesi gün ona, okuyup çok etkilendiği bir kitabı getirmek istedi. Gelmişken akşam yemeğe de kaldı. O gittikten sonra Aylin, "Ayy, hiç gitmeyecek zannettim, oysa Paswak telefon bekliyordu benden," dedi. Tam o sıralarda yıllık izni yaklaşmakta olduğu için, yine Yeni Delhi'ye gidebilmek için programlar yapıyordu.

Artık asistanlığını tamamlamıştı ve "fellowship"ine hazırlanıyordu. Hastanenin bağlı olduğu Cornell Medical School'da ders vermeye de başlamıştı.

Günler, haftalar geçiyor, hayat Aylin için hastanesi, okulu ve evi arasında tekdüze akıp gidiyordu.

New York'un sıcaktan kavrulduğu bir pazar günü Mişel, Zeynep'e telefon etti ve akşam kablolu televizyonların alabildiği bir kanalda Ingmar Bergman'ın yeni filmlerinden birinin oynayacağını söyledi. Zeyneplerde kablolu televizyon yoktu. Kalkıp gittiler Mişel'e. Yoldayken yağmur bastırdı. Sırılsıklam girdiler içeri. Mişel kurulanmaları için havlular getirdi. Aylin'in kabarık kızıl saçları sıçana dönmüştü, çok güldüler. Atıştırmak için bir şeyler de hazırlamıştı Mişel. Yiyecekleriyle şaraplarını alıp televizyonun karşısına kuruldular. Filmin ortalarına doğru Zeynep'e afakanlar bastı. Dışarda kapalı, boğucu bir hava, televizyonda iç kapatan, karı-koca geçimsizliğini anlatan kasvetli bir film.

"Ben bu filme tahammül edemiyorum, kusura bakmayın çocuklar, eve dönüp yatacağım," dedi Zeynep.

Zeynep'e bir taksi çağırdılar.

"Aylin'i eve ben bırakırım film bitince," dedi Mişel.

Zeynep gecenin içinde bir ara uyandığında saat üç buçuğa geliyordu. Aylin'in geldiğini duymadım diye düşündü. Tuvalete kalktığında, meraklanıp arkadaşının oda kapısını araladı yavaşça. Yatak hiç bozulmamıştı. Aylin dönmemişti. Suratında kocaman bir gülümsemeyle yatağına geri döndü.

Aylin için yepyeni bir sayfa açtı Mişel. Paylaşabilecekleri binlerce şey vardı. Aynı şehirde yaşamışlardı, aynı okulda okumuşlardı. Kolej her ikisi için de dünyaya bedel anılarla doluydu. Aynı dili konuşuyorlardı. Mişel'in eski İstanbul şarkılarından, ellili, altmışlı yılların popüler hitlerine, Fransız şansonlarına kadar bilmediği şarkı yoktu. Ev davetlerinde, piyanoya oturdu mu, hafif boğuk sesiyle o alır götürürdü geceleri. Memleketinden renkler ve sesler getiren o geceler Aylin'in hayatına Mişel'le birlikte girdiler. Bir sürü kolejli müşterek arkadaş, Leylalar, Emeller, Mayalar, Talatlar, onların evlerinde danslı müzikli gece yemekleri, toplantılar, şarkılar, danslar... Piyanoda hep Mişel, boğuk genizden gelen sesiyle alaturkadan Napolitenlere, Rock and Roll'a kadar... Bir İstanbul çocuğunun, başkalarına benzemeyen o tuhaf cazibesi! Ve Türkçe... Sevişirken, itişirken, kızgınken, üzgünken, sevinçliyken, o en doğal, en sıcak dil, ana dili. Bir de üstelik aynı dalda çalışan, birbirinin ne dediğini lep demeden anlayan iki insan.

Aylin kendinden çok daha yaşlı bir adama sevdalı geçirdiği uzun yıllardan sonra, bitmez tükenmez bir rüyadan uyanıyor gibiydi. Kendi yaşlarına yakın genç bir adamla hayata yeniden dönüyordu. Paswak ile salt iki kişilik, kapalı kapılar ardında kalması gereken bir ilişkiyi o kadar uzun bir süre sürüklemişti ki, etrafındaki cıvıltılı kalabalığa hemen alışamadı. Neşeli bir tatil geçiriyor zannetti kendini. Etrafına bir mutluluk bulutu sinmişti. Farkına bile varmadan kapılıp gitti Mişel'e. Mişel ise deli gibi âşıktı Aylin'e.

Aylin, Yeni Delhi'ye planladığı gezisini iptal etti. Mişel karısından bir yıl önce ayrılmıştı ve boşanmanın kesinleşmesi için bir yıl doluncaya kadar beklemesi gerekiyordu. Aylin de Jean-Pierre'e mektup yazarak bir boşanma vekâleti yollamasını rica etti. Böyle bir isteği ne zamandır beklemekte olan Jean-Pierre hiç aksatmadan, tüm gerekenleri yaptı.

Mişel'le Aylin önce 63 East'te bir ev tuttular ve birlikte oturmaya başladılar. Ev üç yatak odalıydı. Odalarının ikisini kendilerine ofis yaptılar. Mişel'in o sıralarda dokuz, on yaşlarında olan oğulları Timothy ve Greg haftada bir iki gece onlarla kalıyordu. Çocuklar Aylin'e hayrandılar. Bir yıl önce kavgalı dövüşlü bir boşanmanın ortasında kalan ve anne-babalarının birbiriyle mücadelesine seyirci olan oğlancıklar kendilerini bir huzur ortamında bulunca müthiş rahatladılar. Aylin akıllara durgunluk veren bir üvey anne tipiydi. Çocuklarla oynuyor, spor yapıyor, gırgır geçiyor, babalarının koyduğu disiplini bir ölçüde gevşetiyor ve tüm beklentilerin aksine kendi anneleriyle hiç mi hiç uğraşmıyordu. Üstelik uzun kızıl saçları, yeşil-sarı gözleri incecik bedeniyle çok da güzeldi. Birlikte plaja gittiklerinde Aylin'in üzerinde toplanan hayran bakışlarla çok iftihar ediyor, kumsalda yaptıkları koşmaca, kum atmaca oyunları ve yüzme yarışlarıyla da çılgınca eğleniyorlardı. Aylin, çocuklar çok sevdiği için sık sık karides partileri yapıyor, patlarcasına tıkınabilecekleri kadar bol karidesi önlerine seriyor, dersleriyle, dertleriyle ilgileniyordu. Aylin'i, babalarından ayrıldıktan sonra bile, hiç azalmayan bir hayranlıkla sevecek olan Tim ve Greg, babalarının Aylin'le evlenmesini adeta desteklediler. Mişel ile Aylin'in evlenmesi zaten onları tanıyanlar için kaçınılmaz ve doğal bir durumdu. Birbirini bu kadar çok seven ve anlaşan iki insan, evlenir, ölünceye kadar da mutlu yaşardı.

Bütün arkadaşlarının, meslektaşlarının, çocuklarının ve Cemal Bey'in de gönülden desteğine karşın Aylin'le Mişel'in evliliğine bir kişi karşı çıktı: Nilüfer.

Nilüfer bilinmez bir nedenle, Mişel'e karşı amansız bir savaşa girişti. Bu savaşı öylesine manasız boyutlara taşıdı, öyle akla gelmez işler yaptı ki, Aylin'in yakın çevresindeki arkadaşları Betin, Kler ve Feride bir süre Nilüfer'le görüşmek bile istemediler. Nilüfer'in kusuruna sadece Aylin bakmıyordu. Nilüfer'in söyledikleri, yaptıkları bir kulağından giriyor, bir kulağından çıkıyordu. Aylin nedense doğduğu andan itibaren, Nilüfer'in ona yapacağı haksızlıklara ve edepsizliklere karşı, tılsımlı bir zırhla kaplanmış gibiydi. Hayatı boyunca ablasının yaptığı abuk subuklukları affetmesine hiç gerek kalmadı, çünkü ona hiç kızamadı.

Ama Nilüfer'in Mişel'e karşı açtığı gereksiz savaşta yaralananlar da yok değildi.

Mişel'in Bebek'te oturan erkek kardeşi Rafa'ya bir gün Gülekler tarafından bir telefon geldi. Nilüfer Hanım bir hususta görüşmek için kendilerine kısa bir ziyarette bulunacaktı. Rafa şaşırdı. Acaba Aylin'in ailesi, yakında evlenecek olan kızları için düğüne ilişkin bir şeyler mi konuşacaklardı.

"Elbette, ne zaman isterlerse buyursunlar," dedi.

Rafa'nın Bebek'teki evine Nilüfer, yanında birkaç kişiyle birlikte, tam söz verdiği saatte geldi. El filan sıkmadı, salona geçip oturdu. Rafa'nın çay kahve ikramlarını sertçe geri çevirdi. Lafa hiç uzatmadan girdi.

"Ben buraya Aylin'in Mişel'le evliliğini engellemenizi istemeye geldim," dedi.

"Ben otuz yaşını geçmiş insanların kararlarına karışamam," dedi Rafa.

"Siz Musevi değil misiniz?"

"Evet!"

"Kardeşinizin bir Müslüman kadınla evleniyor olması sizi üzmüyor mu?"

"Hayır."

"Ne biçim Musevisiniz siz öyle. Ben aklımı kaçırmak üzereyim."

"O sizin sorununuz," dedi Rafa.

"Sizin de bir küçük sorununuz var," dedi Nilüfer. Çantasından katlanmış bir gazete çıkardı, Rafa'ya uzattı.

"Bunu dikkatle okuyun. Hem Mişel'in, hem de yakını olduğunuz için sizin ve ailenizin başı dertte. Ben sizin yerinizde olsam, bu evliliği durdurmak için elimden geleni yaparım."

Rafa gazeteyi eline aldı evirip çevirdi. Radikal sağcı basının dört sayfadan ibaret, düşük tirajlı saçma sapan bir gazetesiydi. İkinci sayfada saçlı sakallı bir Arap'ın resminin altında, Şeyh Senusi'nin yıllar önce rızası hilafına ondan ayrılan Türk asıllı karısını bulmak ve bir Yahudi ile evleneceğinden dolayı cezalandırmak için Türkiye'ye geleceği ve Aylin'le nişanlısını her yerde aradığı yazılıydı. Rafa'nın bacakları titremeye başladı, gözleri karardı. Renk vermemek için gayret sarf etti.

Nilüfer'in yanındakiler ağızlarını açıp tek bir söz etmemişlerdi. Sfenks gibi oturuyorlar, önlerine bakıyorlardı. Bir okul skeçinin gönülsüz oyuncusu gibiydiler.

Nilüfer kalktı. Peşinde adamları kapıya yürüdü, hepsi birlikte çıkıp gittiler. Rafa oturduğu yerden kalkamadı bir süre. Korkunç bir kâbus görmüş gibiydi. Kendine gelince, Amerika'ya bir telefon yazdırdı, o gün yapacağı tüm işlerini iptal edip telefonu beklemeye başladı. Telefonun başında iki gün bile bekleyecek olsa Mişel'e haber vermeliydi. Mişel haberi duyduğunda Rafa'nın beklediği tepkiyi göstermedi.

"Nasıl inanabildin bu aptal komediye? Libyalı, Aylin'i bulmak istese bunca yıl bekler miydi, üstelik araya bir de Hıristiyan koca girdi," dedi.

"Ama ben gazeteyi gözlerimle gördüm Mişel."

"Kasım Bey'in hatırına, gazete sahibi ahbapları düzmece bir gazete basmışlar anlaşılan. Ben böyle şeylere pabuç bırakmam, sen de boş ver, korkma sakın Rafa, keyfine bak," dedi Mişel.

Nilüfer'in boyutlarında olmasa bile Zeynep Tarzı da yine zorluk çıkarıyordu. Aylin'in, Paswak'tan ayrılıp kendine çeki düzen vermesi için çok uğraşmış, Mişel'le ilişkisini de çok desteklemişti ama, onun iki ay gibi kısa bir zamanda yeni bir evlilik kararı almasını doğru bulmuyordu. Bir gün arkadaşını çok ciddi konularda konuşmak için öğle yemeğine çıkardı.

"Sen delisin Aylin, hayatı hiç ciddiye almıyorsun. Önce ne idiği belirsiz bir Arap, derken bir hippi koca, onun nikâhı boynundayken evli ve yaşlı bir adamla kaybolan yıllar."

"Onlar kaybolan yıllar değildi Zeynep. Dolu dolu yaşanmış, hayatımın en güzel günleriydi."

"İyi de, şimdi niye yine evlenmeye kalkıyorsun? Böyle bir süre idare edip, gerçekten ne yapmak istediğini öğrensen fena mı olur?"

"Ben ne yapmak istediğimi çok iyi biliyorum. Mişel'i istiyorum. Evlenmek ve çocuk sahibi olmak istiyorum. Zaman geçiyor. Vaktim azalıyor."

"İnsan çocuk yapacağım diye rasgele evlenir mi?"

"Rasgele evlenmediğimi biliyorsun."

"Aylin sen hiç uzak görüşlü olamaz mısın? Sen bir psikiyatrsın, oysa Mişel sadece psikolog. Ondan mesleki açıdan çok daha yüksek bir yerdesin. Erkekler karılarının altında kalmaktan hoşlanmazlar. Yarın öbür gün komplekslere, kıskançlıklara kapılıp, seni hırpalamaya başlar."

"Neler geliyor aklına! Mişel niye kıskansın beni, o da kendi alanında en iyilerden biri."

"Olabilir ama rütbe olarak senin altında."

"Orduya mı yazılıyoruz, kuzum?"

"Sen kendinden üstün adamlara alışıksın. Paswak gibi."

"Paswak'tan kopmam için elinden geleni yaptın. Mişel'e de sen iteklemedin mi beni?"

"Paswak evliydi. Bir yanlıştı o. Mişel'le gez eğlen istedim. Senin şıpsevdi olduğunu unutmuşum."

"Paswak bir rüyaydı, bir fanteziydi. Şimdi ne yaptığımı bilerek, Mişel'i sayarak, severek, bir ömür yaşamak için evleneceğim. Ayrıca o olgun bir erkek, senin tabirinle 'rütbe' farkına pabuç bırakmaz," dedi Aylin. Sesinde, gözlerinde, yüreğinde inanılmaz bir samimiyet vardı. Zeynep de hissetti bunu. Arkadaşının elini tuttu sımsıkı.

"Unut dediklerimi, inşallah bu sefer her şey yolunda gider," dedi.

Aylin deliler gibi çocuk istiyordu. Mişel'in nerdeyse yetişmiş iki çocuğu vardı ve çocuklar yüzünden boşanma sırasında çok sıkıntı çekmişti. Her ikisi de meslek sahibiydiler, sabahın erken saatlerinden akşamın yedisine kadar çalışmak zorundaydılar, belli bir düzene oturtmuşlardı hayatlarını. Aylin kırkına yaklaşıyordu, Mişel kırkını geçmişti. Bu saatten sonra evin içinde cıyaklayan bir bebekle yeni baştan bu işlere girişmek istemiyordu. Ama ne dese kabul ettiremiyordu Aylin'e. Belki faydası olur diye, bir kurnazlık etmeyi düşündü.

"Bak Aylin," dedi. "Fanatik değilim, ama dinime ve âdetlerime çok bağlıyım. Çocuklarımın Musevi dininin dışında başka bir din disipliniyle yetişmesini istemem."

"Çocuğumuzu Musevi olarak yetiştiririz. Hiç fark etmez. Zaten benim için bütün dinler kutsaldır."

"İki tane engel var. İlki, bizim dinimizde çocuk annesinin dinini alır. Bu değişmez bir kuraldır, ikincisi de Nilüfer Yahudi bir yeğene izin vermez, bakarsın çocuğumuzu zehirler."

Aylin bir süre baktı kaldı Mişel'in yüzüne. Sonra bir kahkaha patlattı.

"Sen o engelleri halletmeyi bana bırak," dedi.

Mişel ve Aylin yeni tuttukları evlerinde sade bir törenle, çocuklarının ve çok yakın arkadaşlarının arasında, birbirlerini gerçekten çok severek ve isteyerek evlendiler.

Aylin Mişel'e sürpriz yaparak tam bir Musevi düğünü düzenlemişti. Bu amaçla nikâhtan önce Mişel'e haber bile vermeden gerekli yerlere başvurmuş, gereken formaliteleri yerine getirmişti. Böylece Mişel'in çocuk konusunda ona gösterdiği engellerden en önemlisini ortadan kaldırmış olduğunu düşünüyordu.

Mişel Aylin'in yaptıklarını öğrenince şok geçirdi. Şimdi ona, karısının çok istediği, uğruna din değiştirdiği çocuğa evet demek düşüyordu.

Aylin onları evlendirecek olan hahamın önüne Zeynep'in babası Fettah Tarzı'nın kolunda geldi. Karı koca bir havlunun altına girdiler, dualar okundu, bardaklar kırıldı, şarkılar söylendi, danslar edildi ve Aylin'le Mişel uzun yıllar mutlulukla yaşanacak bir evliliğe çok neşeli, çok sıcak bir ortamda adım attılar.

Aylin hemen hamile kaldı, ilk düşük olayını da, bu hamileliğinin üçüncü ayında yaşadı. Şiddetli bir kanamayla hastaneye kaldırılırken, bebeğini kaybettiğini biliyordu, ama umudunu yitirmiyordu. Bir daha, bir daha, bir daha deneyecekti. Bir seferinde Aylin o kadar kan kaybetti ki ölümden kılpayı döndü. Uzun bir süre de kendine gelemedi. Aylin, Mişel'le evliliği sırasında korkunç acılara ve hayal kırıklıklarına mal olan altı düşük daha yapacak, sonunda pes edecekti.

Hayatını tehlikeye sokan düşüğü yaşadığı yılın yazında Aylin Türkiye'ye gitmek istedi. Hem kocasının ailesiyle tanışacak, hem de onu kendi babasına tanıştıracaktı. Mişel, Nilüfer yüzünden tedirgindi ama, Aylin'in geçirdiği travmatik düşükten ve yaşadığı hayal kırıklığından sonra, o ne derse yapmaya hazırdı.

Nilüfer bir mektup yazarak, Aylin'i Ankara'daki evde ağırlamak istediğini bildirmişti. Mişel büsbütün tedirgin oldu. Haklı olarak Nilüfer'in evinde kalmak istemiyordu.

"Bu barışmanız için bir fırsat olur. Niyeti iyi olmasa, neden beni Ankara'ya çağırsın," dedi Aylin. Çaresiz kabul etti Mişel.

Cemal Bey Ankara'ya daha önceden gitti. Nilüfer'le konuşup, onun Mişel'e karşı yapabileceği herhangi bir taşkınlığı önlemek istemişti. Kasım Bey de Nilüfer'i Mişel'e iyi davranması için sıkıştırıp duruyordu. Evlerine gelen misafire saygısızlık etmek törelerinde yoktu. Kasım Bey böyle bir davranışı asla kabul edemezdi. Bütün söylenenleri Nilüfer gözlerini tavana dikerek dinliyor, hiç sesini çıkartmıyordu.

Aylin Nilüfer'i kızdırmamak için İstanbul faslını sonraya bıraktı. Madem ablası hazırlanmış onları bekliyordu, önce Ankara'ya gidilecekti. Mişel'le Aylin'i Ankara'da havameydanında Kasım Bey'in şoförü karşıladı, doğru Bahçelievler'deki villaya gittiler. Aylin'in kapıyı çalarlarken yüreği ağzına gelmek üzereydi. Kapıyı uşak açtı, çalışma odasına ilerlediler, Kasım Bey, Nilüfer ve Cemal Bey ayakta onları bekliyorlardı. Kasım Bey Aylin'e sarılıp öptü, Mişel'in elini sıktı, "Hoş geldiniz efendim," dedi. Nilüfer de kardeşine sarıldı, sonra kendine elini uzatan Mişel'e korkunç bir böcek görmüş gibi bakarak ve yüzünü buruşturarak "ayyy," dedi ve arkasını döndü. Cemal Bey hemen atıldı, Mişel'i "Hoş geldiniz oğlum," diyerek yanaklarından öptü ve koluna girerek onu iç salona geçirdi. Mişel neye uğradığını şaşırmıştı. Bir an için evden çıkıp gitmeyi düşündü. Ama koluna girmiş olan yaşlı adam, adeta ağlamaklı bir sesle yalvarıyordu. "Siz onun kusuruna bakmayın, geçirdiği kazadan sonra böyle oldu. Biliyorsunuz, gitti geldi. Herkes nasıl yaşadığına şaşırıyor. Neyse ki Allah onu bize bağışladı, olduğu gibi kabul ediyoruz artık." Sonra arkalarından gelen Aylin'in allak bullak olmuş yüzünü gördü. Karısının dudakları titriyordu. Kısa bir süre önce az daha kan kaybından yitiriyordu Aylin'i. Ondan bir çocuk sahibi olmak için, nice acılara katlanan sevgili karısının yüzü bembeyazdı.

"Vız gelir bana Nilüfer'in davranışı," diye düşündü. Aylin'in ipe sapa gelmez nedenlerle üzülmesine sebep olmayacaktı.

"Haydi Aylin, bavulları odamıza çıkaralım, sonra hemen ineriz," dedi. Mişel, Aylin'in o anda bakışlarında yakaladığı minneti hiç unutamadı.

Kasım Bey başta olmak üzere, Aylin'le Mişel'i en iyi şekilde ağırlamak için bütün bir ev halkı didindi durdu. Hele bir küçük Hulusi garson vardı ki, hizmet etmek için peşlerinden ayrılmıyor, her ikisinin de gözlerinin içine bakıyordu. Mişel, Cemal Bey'i hem çok sevdi, hem de çok yakışıklı buldu. Cemal Bey de nihayet kendi ana dilini konuşan, efendi bir damada kavuştuğu için mutluydu. Tayibe uçuyordu. Sevgili teyzesinin, kendini şımartan bir enişteyle birlikte gelmesinden en çok o alıyordu nasibini. Annesine şımarамayan küçük kız, teyzesinin sevgisinden olabildiğince yararlanmaya bakıyordu. O gidince yine yalnız kalacaktı.

Nilüfer, on beş gün boyunca Mişel'le tek bir kelime dahi konuşmadı. Mişel de sanki Nilüfer o evde yaşamıyormuş gibi davrandı. Birbirlerine baktıkları halde birbirlerini görmediler, duymadılar, hissetmediler. Bu durum önce Mişel'in çok ağrına giderken, bir süre sonra eğlenmeye bile başladı. O da Nilüfer'i aynı silahla vuruyor, onu yok farz ediyordu. Diğerleriyse bu durumun farkında bile değilmiş gibi davranıyordu. On beş gün sonra fars bitti. Aylin ve Mişel, Cemal Bey'i de yanlarına alarak İstanbul'a döndüler. Mişel kendini ömrünün en zor ve en saçma imtihanını vermiş gibi hissetti.

O yaz, Gülekler Tayibe ve Hulusi'yi New York'a yolladılar. Tayibe'yi iki aylık bir dil okuluna yazdırmışlardı. Küçük kız dokuz yaşına yeni basmıştı ve hiç İngilizce bilmiyordu. Yine de okula hemen uyum sağladı ve ömrünün en güzel yaz tatilini geçirdi. Hulusi'ye gelince; o, hayalinden bile geçiremeyeceği şeyleri yaşamak üzere bir serüvene başladığının henüz farkında değildi. Radomislilerin yanına ev işleri yapmaya geldiğini zannediyordu.

Greg ve Tim her çarşamba akşamını ve her on beş günde bir, bir hafta sonunu babalarında geçiriyorlardı. Aylin hayatlarına girdiğinden beri, baba evindeki akşamlar iple çekilir olmuştu, ama Tayibe'nin geldiği o yaz, tatil bir şölene dönüştü.

Radomisliler yaz için Fire Island'da kumsalın üzerinde bir ev tutmuşlardı. Tayibe'nin beş haftalık dil kursu bitince, onu ve oğlanları alıp tam bir aile hayatı yaşamak üzere yazlıklarına geçtiler. Sabahları yataktan kalkar kalkmaz mayolarını giyip kumlara fırlıyor, kahvaltılarını bile kumların üstünde yapıyorlardı. Sabahtan akşama kadar ya balık tutma ya bisiklet ya yüzme yarışındaydılar. Öğlenleri Aylin kocaman bir tasa doldurduğu karidesleri atıyordu çocukların önüne. Tim, Greg ve Tayibe hayatları boyunca o yaz ki kadar çok karides ve dondurma yemediler. Akşamları mangal yakıp, ateşte köfte, sosis ya da balık kızartıyor, her tarafları vıcık vıcık yağ olunca doğru denize koşuyorlardı.

Aylin, komşuların çocuklarını da çağırarak, onlara bir "pasta atma" partisi bile düzenlemişti. Bir sürü çocuk bir sürü pastayı birbirlerinin suratına fırlatıp durmuşlardı gün boyu ve o kadar eğlenmişler, o kadar çok gülmüşlerdi ki akşam Tayibe'nin karın kaslarına sancılar girmişti. Tim ve Greg işten eve döndükten sonra klasik müzik dinlemekten başka hiçbir şey yapmak istemeyen babalarının yaşamındaki bu olağanüstü değişime şükredip duruyorlardı.

O yaz, hepsini etkileyecek önemli kararlar alındı. Dördüncü sınıfa geçen Tayibe beşi bitirince, Aylin ve Mişel'in yanına alınacaktı. Tabii, Nilüfer ve Kasım Bey kabul ederlerse. Yaz sonunda Tayibe Ankara'ya, oğlanlar annelerine, Radomisliler de Hulusi'yle birlikte evlerine döndüler. Yapılacak çok iş vardı. Evlerinin üç yıllık kontratı bitiyordu. Kendilerine hem ev hem de ofis bulmak zorundaydılar. Mişel'le Aylin tüm imkânlarını zorlayarak 60 East End Avenue'de muhteşem manzaralı bir kat aldılar. Evlerinin tam karşısındaki 75 East End Avenue'ye de ofislerini taşıdılar. İki odası ve bir bekleme salonu olan ofisi yine müşterek kullanacaklardı.

O kışı yeni evlerine ve yeni ofislerine taşınarak, onları dekore ederek ve "House Warming" partileri vererek geçirdiler. Aylin'in çok güçlü bir sosyal yanı vardı. Çalıştığı hastanede herkesle dost olmuş, kendini herkese sevdirmişti. Bölüm şefleriyle olduğu kadar tüm doktorlarla, hastabakıcılarla, temizlikçilerle bile iyi geçiniyordu. O kış Radomislilerin evlerinden misafir eksik olmadı. Bu sosyal hareketlilik, kısa sürede iş hayatlarına da yansıdı.

Yine bir davette, New York Hospital'ın başhekimi, Mişel'e, "Sayın Radomisli," dedi, "Sizin Einstein'daki şöhretinizi, bizim hastanede herkes duydu. Keşke bizde de sizin gibi değerli bir psikolog bulunsaydı. Eğer tavsiye edebileceğiniz biri varsa, bana bildirir misiniz?"

"Değerime gerçekten inanıyorsanız, kendimi teklif edebilirim," dedi Mişel. Allanın günü Bronx'a kadar gideceğine, evine çok yakın bir hastanede, hem de Aylin'le birlikte olmak...

Mişel, New Rochell'de çalışmaya başlayınca, Aylin gibi o da Cornell'de öğretim üyeliğine de getirildi. Radomislilerin her ikisinin de mesleki hayatları doruğa doğru yükseliyordu. İlişkilerinin ve sosyal hayatlarının da etkisiyle, karı kocaya hastalar yağmur gibi yağmaya başlamıştı. Evlerinin borcunu tahmin ettiklerinden çok daha kısa zamanda ödediler.

Aylin yaz sonunda yine hamile kaldı, ve birkaç ay sonra yine düşük yaptı.

Dört-beş yıl boyunca bu evlilikte Aylin'i, düşürdüğü çocukların dışında mutsuz kılan hemen hemen hiçbir şey olmadı. Mişel karısının gözünün içine bakıyordu. Evleri çok güzeldi. Sevdikleri, anlaştıkları arkadaşlarıyla sık sık birlikte oluyorlardı. Aylin'in kolejden arkadaşı Bige'nin kocası Coşkun Kırca, Birleşmiş Milletler'e daimi delege olarak atanmıştı. Üner ve Berna Kırdar, Emel ve Paul, Zeynep Tarzı, Maya Karaca, Mişel'in kolejden sınıf arkadaşları İvan Shick ile Talat Halman ve eşleri, en sık görüştükleri Türklerin arasındaydı. Hele Leyla ve İvan onlarla aynı apartmanda oturdukları için hemen hemen her gün beraberdiler. Aylin hem kendinden altı-yedi yaş büyük, hem de çok aklı başında olan Leyla'yı adeta kaybettiği annesi Leyla Hanım'ın yerine koyuyor, her sabah ona bir kahve içmeye uğruyor ve her şeyini ona danışıyordu. Hastaneden ve başka çevrelerden de bir sürü arkadaşları vardı. Türkler de eksik olmuyordu New York'tan. Betin'le Ender orada okuyan kızları için çok sık gelip gidiyorlardı. Ara sıra da sevgili Hilmi dayısıyla Rozi geliyordu. Yıllar, yoğun yaşanan iş hayatı ve eğlenceli bir sosyal yaşamla, dolu dolu geçip gidiyordu. Aylin uzun yıllardır aradığı huzura kavuşmuş gibiydi.

Tayibe'nin yanlarına gelmesiyle mutlulukları daha da perçinlendi. Aylin sürekli düşüklerden sonra kaderine razı olmuştu. Tanrı'nın vermediği çocuğu, belki de böylece Nilüfer vermiş oluyordu ona. Leyla Hanım yıllar önce nasıl Nilüfer'e Aylin'i vermişse ve Nilüfer Aylin'i kardeşi değil de çocuğu yerine koymuşsa, Nilüfer de şimdi ona Tayibe'yi veriyordu. Tayibe'yi öz evladı gibi sevecek, ona bir annenin verebileceği sevgiyi, ilgiyi, sabrı, özeni, kısacası her şeyi bol bol verecekti.

Tayibe New York'ta temelli kalmaya, yaz tatilini Adana'da annesi ve babasıyla geçirdikten sonra, bir eylül günü gelmişti. İlkokul beşi bitirmişti o yıl. Artık tahsiline teyzesinin yanında devam edecekti. Kasım Bey, hem kızı çok iyi dil öğrensin istemişti, hem de Mustafa'ya delice düşkün olup, Tayibe'yi ihmal eden Nilüfer'den, giderek içine kapanan kızını uzaklaştırmanın iyi bir fikir olacağını düşünmüştü. Aylin çok mutluydu. Mişel de, Aylin nihayet bir evlada kavuştu diye seviniyordu. Oğlanlar iki yaz evvel birlikte çok eğlendikleri arkadaşlarına tekrar kavuşmuşlardı.

Tayibe New York'a ikinci gelişinde de tıpkı ilk seferde olduğu gibi yalnız başına uçağa bindirilmiş, hosteslere teslim edilmişti. Üstelik bu kez yanında Hulusi de yoktu.

Nilüfer birkaç yıl önce, Suudi Arabistan'da korkunç bir trafik kazası geçirmişti. Kalça kemiği kırılmış, yüzü gözü paramparça olmuştu. Aylarca komada kalmıştı. Doktorların hayatından ümitlerini kestikleri bir sırada, yavaş yavaş açılmış, hayata geri dönmüştü. Ama o dünya güzeli yüzü tanınmaz haldeydi ve gözlerinden biri hiç açılmıyordu. Nilüfer'in tedavisi çok uzun yıllar sürdü ve çok ıstıraplı oldu. Bu yıllar içinde felakete uğrayan pek çok insan gibi Nilüfer de dini arayışlar içine girdi ve kendini İslama verdi. Bir ara tesettüre girdi, beş vakit namaz kıldı ve çevresini hocalarla doldurdu. Bu dini eğitimden Tayibe de nasibini bolca aldı. Beşi bitirdiği yıl, bütün bir yaz Nilüfer çocuğa dualar ezberletti, abdest almasını, namaz kılmasını öğretti ve Amerika'ya giderken de yanına bir namaz seccadesi, bir namaz örtüsü, bir tespih ve kuran verdi.

Aylin, Tayibe'yi karşılamak için havaalanına giderken içinde bir sıkıntı vardı. Çok yakın arkadaşlarından birinin kocası vefat etmişti. O gün mevlit okunacaktı. Çalışan arkadaşlarının da gelebilmesi için özellikle geç saate konmuştu mevlit. Oraya gitmemezlik edemezdi. Yurdundan uzakta yaşayanlar için bu gibi törenler çok daha derin anlamlar taşıyordu. Aylin Tayibe'yi ya hemen eve bırakacak ya da yanında mevlite götürecekti. Küçücük bir kızı duaların okunacağı, gözyaşının akacağı o ağır havalı eve nasıl sokacaktı? Gelir gelmez yalnız kalmasını da istemiyordu. Ne kötü bir tesadüftü bu.

Tayibe iki uzun örgüsüyle bir söğüt dalı gibi incecik çıktı gümrük kapısından, gözleriyle kalabalığın arasında teyzesini aradı. Teyze yeğen, hasretle kucaklaştılar. Aylin kızına kavuşmuştu sonunda. Arabada giderlerken Aylin sıkıla sıkıla durumu anlattı küçük kıza. Acaba onunla beraber mevlite gelmek ister miydi?

"Gelmek isterim teyze," dedi kız.

"Ama Tayibe'ciğim bilesin ki, küçük bir kız için pek eğlenceli bir şey değildir mevlit. Çok sıkılırsan yatak odasına geçer, orada sesini açmadan televizyon seyredersin."

"Sıkılmam ben teyze."

Aylin'le Tayibe mevlit okunacak evin garajına girdiler. Aylin arabasını park etti.

"Teyze bagajı açar mısın lütfen?"

"Ne alacaksın oradan?"

"Valizimde başörtüm ve Kuran'ım var. Onları istiyorum."

"Ne?" dedi Aylin.

"Başörtümle, Kuran'ım..."

Aylin bir ara yanlış duyduğunu sandı. Gözlerini kırpıştırarak baktı Tayibe'ye. Çocuk çok ciddiydi. Bagajı açtı, Tayibe'nin valizini çıkardı. Kız eliyle koymuş gibi buldu aradıklarını. Kuran'la başörtünün yanı sıra bir de tespih çıkarmıştı.

Yukarı çıkıp eve girdiler. Herkes yan yana dizilmiş iskemlelerde oturuyordu. Dua başlamıştı. Aylin'in üstünde askılı, çiçekli bir yazlık elbise vardı. Başına çantasından çıkardığı Hermes eşarbını örttü. Diğer kadınların da kıyafetleri Aylin'inki gibiydi. Tayibe kenarları oyalı tülbent bezinden beyaz namaz örtüsünü doladı başına, saçları kapandı, sadece ince küçük yüzü ortada kaldı. Kuran'ını kucağına açtı, tespihini eline aldı, gözlerini kapayarak hocalarla birlikte dudaklarını kıpırdatarak ağıtı tekrara başladı. Salondakiler teker teker fark etmeye başladılar Tayibe'yi. Birbirlerini dürtüp, gözleriyle işaret ettiler. Bir müddet sonra herkes küçük kıza bakıyordu. Tayibe oradaki cemaatin bilmediği her şeyi biliyordu bu konuda. Doğru yerlerde ayağa kalkıyor, selam veriyor, doğru yöne dönüp sırt sıvazlıyor, ilahilere katılıyor, hocalarla bir ağızdan duaları okuyordu. Aylin gülsün mü ağlasın mı şaşırmıştı.

O gün eve dönerlerken Tayibe Aylin'e bütün bir yaz Nilüfer'in nezaretinde aldığı din eğitimini anlattı. Acaba her sabah bir namaz kılacak olsa, Aylin ne derdi?

"İyi yürekli, ahlaklı, doğru dürüst bir insan olmak için namaz kılmanın yetmeyeceğini biliyorsun değil mi Tayibe?" dedi Aylin.

"Biliyorum teyze."

"İyi yürekli, temiz ahlaklı, dürüst bir insansan eğer, Tanrı seni namaz kılmasan da sever."

"Onu da biliyorum."

"O zaman kararını sen ver. Kılmak istiyorsan kıl. Bu senin seçimin."

"Teyze benim namaz kılmamın tek bir nedeni var."

"Neymiş o?"

"Anneme söz verdim."

Aylin durdurdu arabayı, sımsıkı sarıldı Tayibe'ye. "Sen dünyanın en iyi, en temiz kulusun Tayibe," dedi. "Kılsan da kılmasan da Tanrı seni çok seviyordur. Nasıl istersen öyle yap sen."

Tayibe'nin gelişi Hulusi'yi de çok sevindirmişti. Hem evin içine bir canlılık getirmişti küçük kız, hem de eski bir dosta kavuşmuştu Hulusi. O günlerde uzayamayan boyu, çıkmayan sakalları için hanımının zorla uygulattığı bir tedavi altındaydı.

"Çok inatçı bu teyzen senin," demişti bir gün, "Bana dünyanın hapını yutturuyor, her gün de kalçama bir iğne yiyorum. Ankara'da koskoca hastanede yapılamayanı bana teyzen mi yapacak yani?"

"O kafasına koyduğunu yapar."

"Benim boyumu uzatamaz ama."

"Bir bildiği var ki ısrar ediyor Hulusi."

"Gönlü kırılmasın diye kabulleniyorum ben de. Sırf gül hatırı için."

Tayibe'ye oğlanların yattığı oda verildi. Çarşambaları ve hafta sonları geldiklerinde, araya takılan perdeyi çekiyor ve güya odaları ayırıyorlardı. Aslında o kadar çok azıp, o kadar çok eğleniyorlardı ki Mişel sık sık gidip onları uyarmak zorunda kalıyordu.

Hayatları çok muntazamdı. Aylin'le Mişel hafta içinde, erkenden kalkıyor, çoğu zaman saat yedide işte oluyorlardı. Bu nedenle hafta içleri erken yatmaya da gayret ediyorlardı. İlk hastalarını saat yedi sularında kabul etmeye başlıyordu Aylin. Bunlar çoğunlukla işe gitmeden önce doktorlarını görmeye gelen stresli profesyonellerdi. Mişel psikolog, Aylin psikiyatrdı. Mişel psikolog olarak reçete yazma yetkisi olmadığı için ilaca ihtiyacı olan hastalarını Aylin'e devrediyordu. Böylece birçok kişi müşterek hastalarıydı. Öğlen yemeğini de ofislerinin hemen karşısındaki küçük lokantada ya da New York Hospital'ın yemekhanesinde yiyorlardı. Yemek boyunca hastalarının sorunlarını konuşuyorlar ve bir nevi konsültasyon yapıyorlardı. Öğleden sonra randevuları, altıdan, yediden önce bitmiyordu. Haftanın iki günü de hastaneye bağlı tıp okulunda derse gidiyorlardı. Aylin tıp öğrencilerine, Mişel de tez hazırlayan psikologlara ders veriyordu.

Eve ilk dönen Tayibe oluyordu. Ödevlerini yapıp Mişel ile Aylin'in gelmesini bekliyor, Hulusi ile laflıyordu. Mişel eve gelince klasik müziğini açıyor ve bir saate yakın Tayibe'nin dersleriyle ilgileniyordu. Sonra sofralarına oturup Hulusi'nin hazırladığı lezzetli Türk yemeklerini yiyorlar, yemek boyunca en çok Tayibe'nin okulunda yaptıkları, ettikleri, öğrendikleriyle ilgileniyorlar, tatlı sohbetler yapıyorlar, yemekten kalkınca da televizyon seyrediyor, müzik dinliyor ve erken yatıyorlardı. Tayibe'nin televizyon müsaadesi saat ona çeyrek kala bitiyordu. Oğlanların olduğu geceler ve hafta sonları daha renkli geçiyordu. Hafta sonları ekseri bir sayfiye yerine gidip dönüyorlar, geceleri dostlarıyla çıkıyorlar ve bazen yazları kumsalda bir ev tutuyorlardı.

Aylin'in çok özenle hazırlandığı günler ve geceler vardı. Çocukların doğum günleri, Noel ve Şükran Günü bunlardan bazılarıydı. Aylin Müslüman doğmuş, sonradan da bir çocuk yapma uğruna Musevi olmuştu ama, kutlamak için en çok neşeli ve renkli Hıristiyan bayramlarını seviyordu. Boynunda bir zincirin ucunda maşallahla birlikte bir haç, bir de Yahudi yıldızı taşıyordu. Çok basit bir açıklaması vardı. Bütün insanları Tanrı yaratmıştı. İnsanlar Tanrıya yakarmak için değişik yollar bulmuş, değişik dinlerle etiketlemişlerdi bu yolları. Tanrı herkesin tanrısıydı. Aylin de dinleri ne olursa olsun, bütün insanları seviyordu. Bir doktor olarak ayırım yapmamak için yemin etmişti. Her insana ve her dine saygısı eşitti. İspatı da bir zincirin ucunda boynundaydı. Aylin böyle biriydi işte ve Mişel bayılıyordu karısına.

Aylin'de insan sevgisi ne kadar yoğunsa, gözü karardığında cesareti de o denli delice idi. Özellikle birilerine haksızlık edildiği kanaatine varırsa, haksızlığa uğrayanı korumak için göze almayacağı şey yoktu.

Bir çarşamba akşamı Mişel, Aylin ve çocuklar küçük bir lokantada yemek yemek üzere evden çıkmış, karşı caddeye geçmek için trafik ışıklarının değişmesini bekliyorlardı. Birden köşeden hızla fırlayan bir siyah Cadillac, ışıklarda duran küçük Volkswagen'e çarptı. Volkswagen'de genç bir karı koca vardı. Genç adam arabasından indi ve Cadillac'a doğru gitti. Birden Cadillac'ın kapısı açıldı, mafya kılıklı iki herif genç adamı yaka paça arabaya atıp kapıları kapattılar. Bunlar bir saniyenin içinde oldu. İkinci saniyede Aylin Cadillac'ın yanındaydı. Kapıları tekmeleyip camları yumrukluyor ve avaz avaz bağırıyordu. Mişel yanına gidene kadar ışıklar yandı ve araba vınlayıp gitti.

"Aklını mı kaçırdın, adamlar seni öldürebilirdi!" dedi Mişel.

"Elime geçirseydim ben onları öldürürdüm," dedi Aylin. O anda kanında, Giritli Deli Mustafa Naili'nin genleri dolaşıyordu şüphesiz. Aylin'in hasta seçimleri de böyleydi. Hiç kimsenin almaya cesaret edemeyeceği en belalı hastaları almaktan çekinmezdi. Laurie Kraus, Aylin'e gönderildiğinde Mişel bu hastayı kabul etmemesi için çok yalvarmıştı Aylin'e.

"On iki kere intiharı denemiş birine ne yapabileceğini zannediyorsun. Ümitsiz vaka bu kız," demişti.

"Kızı gördün mü sen Mişel?"

"Dosyasını inceledim Aylin. Alma bu kızı, yalvarırım."

"Çok genç. Çok öfkeli. Kendini görseydin, böyle demezdin."

"Hiçbir doktor, her an intihar etmeye hazır bir psikopatın töhmeti altında kalmak istemez. Hastan mı eksik Aylin? Kuyrukta bekliyorlar seni. Bunun yerine üç ayrı insana hayrın dokunsun. Boşuna zaman harcama, alma bu kızı."

"Kızın gözlerinde bir şey vardı Mişel. Yaralı bir hayvan gibiydi. Ona yardım edebileceğime eminim."

"Sen iflah olmazsın Aylin," dedi Mişel.

Aylin Laurie'nin tedavisine başladığında, kızı intihar fikrinden vazgeçirebilir, başka bir saplantıya yönlendirebilir miyim diye düşünüyordu sadece. Bir gün onun tamamen iyileşmiş bir genç kadın olarak, kendine destek olmaya kalkabileceğini tahmin bile etmiyordu. Ama artık Aylin'in de genç kız olma yolunda bir küçük kızı vardı ve ergenlik sorunlarını daha yeni geride bırakmış bir başka kızdan nasıl esirgeyebilirdi sevgisini. Oysa doktorlar hastalarına sevgi vermek zorunda değildiler. Hatta sevgi vermemeliydiler. Hastalar tedavi olmak, yönlendirilmek, doğru yola sevk edilmek için gelirlerdi doktorlarına. Ama Aylin'e bunu anlatmak mümkün olmuyordu. O her hastasıyla bir sevgi-dostluk-paylaşma ilişkisine giriyor, rapor vermek zorunda kaldığı üstlerini de fıttırtıyordu. İşte böyle bir ilişki daha başlıyordu: Laurie Kraus. Aylin, Laurie vakasına sadece akademik bilgilerini değil, artık kendini bir anne bildiği için yüreğini de koyacaktı.

Tayibe de rüyasında görse inanamayacağı bir ana-kız ilişkisinin içine girmişti. Teyzesine, annesine hiç olmadığı kadar yakındı. Ona bütün dertlerini açabiliyor, onunla arkadaşlık ediyor, birlikte deli gibi eğleniyorlardı. Her konuda hoşgörüsü çok geniş olan Aylin, bir tek dersleri konusunda kendi uçuk kişiliğinden beklenmeyecek kadar disiplinliydi. Kötü nota asla göz yummuyor, ödevlerin çok muntazam yapılmasında ısrarlı oluyordu. Evdeki diğer düzenlerin sağlanmasından Mişel sorumluydu. Yatma, kalkma saatleri, hafta sonu yapılacak alışveriş listeleri, sinema, tiyatro seçimleri, Tayibe'nin yaşı icabı hangi sinemalarda ve televizyonda filmleri ve programları seyredip seyredemeyeceği Mişel'den soruluyordu.

Sosyal hayatını yönlendirense yine Aylin'di. Küçük kıza apartmanlarında birçok çocuk tanıştırmış, hem onları hem de Tayibe'nin okulda sevdiği birkaç arkadaşını sık sık eve çağırmıştı.

Tayibe bir gün oynamak için gittiği parkta Türkçe konuşan bir küçük kız gördü. Teyzesinden tanışmak istediği insanlara çekinmeden gidip kendini tanıtması gerektiğini, böyle davranmanın hiç ayıp olmadığını öğrenmişti. Aslında Anadolu terbiyesi ile yetişmiş, "küçükler izinsiz konuşmaz, her lafa karışmaz, tanımadığın kimselere sakın bulaşma," gibi fikirlerle şartlanmış çocuğun, çekingenliğini yenmesi kolay olmuyordu, ama teyzesine o kadar hayrandı ki onun her söylediği mutlaka doğruydu. Kızın yanına yaklaştı.

"Seni Türkçe konuşurken duydum, ben de Türküm," dedi. Küçük kız şaşırdı, parka birlikte geldiği kadına koştu.

"Bak, o da Türkmüş! O da Türkmüş!"

"Benim adım Tayibe Gülek, Marymount School'a gidiyorum."

"Benim adım Gülcan Kırca. Babam Birleşmiş Milletler'de büyükelçi." İki çocuk el sıkıştılar. Biraz birlikte oynadılar sonra Tayibe eve döndü ve Aylin'e o gün tanıştığı küçük kızı anlattı.

"Adı neymiş?" dedi Aylin.

"Gülcan."

"Soyadı da Kırca olmasın sakın."

Tayibe teyzesinin nasıl böyle her şeyi bildiğine şaştı kaldı.

"Sen bugün onunla tesadüfen tanışmasaydın, iki gün sonra nasılsa tanışacaktın. Perşembe akşamı onlara yemeğe davetliyiz," dedi Aylin.

Bu arada Tayibe'yi görmek için ara sıra Nilüfer de gelip kalıyordu onlarda. Hâlâ konuşmuyordu Mişel'le. Ama Mişel'in evine gelip kalmakta bir sakınca görmüyordu. O ev onun kardeşinin eviydi. İstediği zaman gelir, istediği kadar kalırdı. Aldırdığı yoktu Mişel'in. Nasılsa Nilüfer pek ender geliyor, on beş yirmi günden de fazla kalmıyordu. Mişel, Nilüfer'in aklından zoru olduğuna inandırmıştı kendini. Bir kaçık yüzünden Aylin'le Tayibe'yi kırmamaya kararlıydı. Ama bazen ilginç atışmalar geçebiliyordu aralarında.

Nilüfer New York'tayken, saatlere uyum sağlayamıyor, geceleri çok geç saatlere kadar uyuyamıyor, salonda televizyon seyrediyordu ve saat on ikide, birde, bir buçukta canı çay veya başka bir şey istedi mi gidip Hulusi'nin kapısını vurmaya başlıyordu. Hulusi'nin uykusu çok ağırdı. Kolay kolay kalkamıyordu. Bir gece kapı vuruşları Mişel'i uyandırdı. Mişel yatağından kalktı, koridora çıktı.

"Hayrola, rahatsızlandınız mı?"

"Hayır."

"Niye Hulusi'yi uyandırıyorsunuz?"

"Bana çay yapsın diye."

"Ben yaparım çayınızı. Lütfen siz salona dönün," dedi Mişel.

"Ben çayımı Hulusi yapsın istiyorum."

"Hulusi benim adamım. Ben onun bu saatte uyanmasını istemiyorum."

"Benim de adamım."

"Hayır Nilüfer Hanım. Senelerdir maaşını ben veriyorum. O benim adamım. Hulusi'nin bu saatte uyandırılmasını istemiyorum. Çayınızı ben yapacağım."

"Hulusi benim adamım, ama illa da çayı sen yapmak istiyorsan, açık olsun," dedi Nilüfer, arkasını dönüp kırıta kırıta salona yürüdü. Mişel çayı kaynattı, tepsiye koydu götürdü.

"Şuraya koy."

Tepsiyi masaya bıraktı. Çayından bir yudum içti Nilüfer. "Beğenmedim," dedi, "çok koyu olmuş."

Mişel yutkunup, yatak odasına döndü. Aylin de uyanmış, yatakta oturmuş onu bekliyordu. Ne olduğunu sordu. Mişel anlatırken gülme krizine tutuldu. O kadar çok güldü ki, Aylin bir ara telaşa bile kapıldı. Ertesi gün Aylin ablasına, "Sessiz ve derinden amacına ulaşıyorsun Nilüfer," dedi. "Mişel'in senin yüzünden aklını kaçırmasına ramak kaldı."

Yaşam Radomislilerin evinde tek düze, huzurlu ve sorunsuz akıp gidiyordu. Hayatlarında hiç kötü bir şey olmuyordu. Hiçbir uyumsuzluk yoktu. Çocukların hepsi mutluydu, Hulusi'nin boyu bile uzamaya başlamıştı, hele o, her zamankinden daha da mutluydu. Mişel karısına tapıyordu. Aylin birden bu kadar mutluluktan sıkılıverdi. Bu sıkıntının ilk işaretlerini, birkaç kat aşağıda oturan arkadaşları Leyla gördü önce.

Leyla'nın kocası İvan, Mişel'in kolejden sınıf arkadaşıydı. Her iki karı koca da birbirlerine çok yakındılar. İvan işi icabı sık sık başka memleketlere, uzun süren seyahatler yapıyordu. Leyla koca şehirde, ergenlik çağının sorunlarını yaşayan kızıyla tek başına uğraşmaktan ve yalnızlıktan bunalmıştı. O da hep Aylin'e dert yanardı. Yine Aylin'in kahveye indiği bir gün, kocasının yokluğundan yakınıyordu ki, Aylin sözünü kesti.

"Sen ne kadar şanslı olduğunun farkında bile değilsin Leyla," dedi. "Sana nefes alabileceğin bir zaman kalıyor. Ya benim yerimde olsan ne yapardın?"

Leyla şaşırdı. "Sen mutlu değil misin Aylin?" diye sordu.

"Mutsuz sayılmam. Ama bazen boğulacak gibi oluyorum."

Bir süre hiç konuşmadan oturdular. Leyla konuyu deşmeye çekindi. İşitmek istemediği şeyleri duymaktan korkuyordu.

"Yanlış anlama, Mişel'in hiçbir suçu yok, ama ben bir makine gibi hep aynı saatte aynı işleri yapmaktan yoruldum," dedi Aylin.

"Bir tatile çıksan," dedi Leyla.

"Bu tatilin halledebileceği bir şey değil. Çok beraber oluyoruz. Beraber yatıp beraber kalkıyoruz, beraber işe gidip, beraber dönüyoruz. Beraber yemek yiyor, beraber çalışıyoruz. Bizim ayrı ayrı bir şeyler yapmamız gerek."

"Ne mesela?"

"Ne bileyim ben. Keşke Mişel'in hayatında bir kadın olsa."

"Delirdin mi sen Aylin!"

"İnan bana çok iyi olurdu. Biliyor musun Leyla, bana seksten de gına geldi. Hayatında biri olsa, Mişel isteksizim diye bana gücenmezdi o zaman."

"Senin hayatında biri mi var yoksa?" Leyla ödü patlayarak sordu bu soruyu.

"Asla," dedi Aylin. "Tam tersine, ben bir süre erkeklerden de aşktan da, seksten de uzak kalmak isterdim. Şööööyle kendi kendime kalmak."

"Bunları söylemek kolaydır," dedi Leyla. "Mişel gerçekten birini bulursa, sen de yapayalnız kalırsan, o zaman görürüm seni."

Böyle bir şeye her ikisi de ihtimal vermediler. Leyla, o sabah konuşulanları, kocalarından şikâyetleri olan iki komşu kadının güncel dertleşmelerinden biri zannetti. Üstünde bile durmadı. Oysa Aylin, o sabah ilk kez dışa vurduğu duygularını analiz edip, kendini dinlemeye başlamıştı bile. O huzurlu, mutlu, güzel evlerindeki uyum hızla bozulmaya başladı.

Önce yaz tatili programları sorun yarattı. Aylin South Hampton'da, Fire Island'da ya da kente yakın herhangi bir sayfiye yerinde bir yazlık ev kiralamak istiyordu. Mişel'in o yıllarda oğlanların okul masrafları yüklü miktarlar gerektirdiğinden yazlık ev tutacak parası kalmamıştı.

"Ben yaz kış aynı evde oturmak istemiyorum," dedi Aylin. "Ben İstanbulluyum. Biz de zengin değildik, ama her yaz ne yapar eder yazlığa giderdik. Öyle büyüdüm ben."

"Sen istiyorsan İstanbul'a git yazın."

"Saçmalama Mişel. Hastaları bırakamayacağımı bile bile nasıl söylersin bunu."

"Sen de, oğlanlar biraz daha büyüyene kadar yazlık tutamayacağımı bile bile nasıl istersin bunu?"

Sonra hafta sonları programlarıyla ilgili sorunlar döküldü ortaya. Aylin her hafta sonu Long Island'da oturan arkadaşlarına gitmek istiyor, Mişel de hafta sonunu bir araba direksiyonunda saatler süren bir yolda yoğun trafik içinde geçirmek istemiyordu.

"Sen yeşilden, ağaçtan, denizden hiç zevk almaz mısın allahaşkına?" diye bağırdı Aylin bir gün. Mişel sakin olmaya çalışarak, "Hayır," dedi. "Benim için hafta sonu, ne ağaç, ne deniz, ne de yeşilliktir. Benim kafamı dinlemek için bunlara ihtiyacım yok. Benim için hafta sonu huzurlu geçen..."

"Şu Allahın belası müziğini bağırtarak dört duvar arasında oturmaktır, öyle değil mi?"

Yanıtlamadı Mişel. Aylin Tayibe'yi alıp Boston'a Suzan'la Nur Yalmanlara gitti o hafta sonu. Döndüğünde evi çiçekler içinde buldu. Mişel aralarının düzelmesi için arayış içindeydi. Uzatmadı Aylin. Barıştılar. Ama artık evlerinin eski tadı kalmamıştı.

Mişel akşamüstleri eve gelip klasik müziğini pikaba koyduğu zaman önceleri bu müzikten zevk alan, en azından zevk alıyormuş gibi gözüken Aylin, kendine bir kadeh şarap doldurup, çekip odasına gidiyor, kapısını da müziği duymamak için sımsıkı kapatıyordu. Mişel de, Aylin'in her akşam iş dönüşü içki içmeye başlamasına gereğinden fazla tepki gösterir olmuştu. Aslında bütün gün dertli insanların derdini dinleyen ya da delilerle uğraşan birinin eve geldiğinde biraz rahatlamak için bir iki kadeh içki içmesinden daha normal bir şey olamazdı ama, alkol sorunu olan ilk eşinden çok çekmiş ve içki içenlerin en korkunç yüzünü çok yakından görmüş olduğu için Mişel'in içkiye en ufak bir toleransı yoktu. Aylin'in bir bardak beyaz şarabı, cinlerinin tepesine çıkmasına yetiyordu. Ayrıca Mişel sadece hafta sonları değil, hafta içlerinde de dışarı çıkmaya tepki göstermeye başlamıştı.

Sevgi Gönül, New York'a sık gelen bir arkadaşlarıydı. Her gelişinde Aylin'i mutlaka arar, yemeğe veya tiyatroya gitmek için program yaparlardı. Son birkaç keredir, Mişel bu programların dışında kalmayı tercih ediyordu.

Aylin, "Para da ödeyecek değilsin, Sevgi davet ediyor, neden gelmiyorsun Mişel?" diye sorduğunda yanıt çoğu kez aynı oluyordu.

"Sabah erken kalkacağım."

Evde de eskisinden çok daha az konuşmaya başlamışlardı. Baş başa kaldıkları zaman gergin bir ortam oluşuyordu. Yatakta ise Aylin ya uyur gibi yapıyor ya da hasta olduğunu söylüyordu. Bir seferinde Mişel dayanamadı.

"Ama Aylin bu ay tam dört kere âdet gördün," dedi.

Gülmeye başladı Aylin. Ama bu kez sorunlar gülmek ve şakaya vurmakla üstesinden gelinemeyecek kadar yoğunlaşmıştı.

"Aylin," dedi Mişel. "Mutsuz ve huzursuzsun. Bu, evliliğimizin her köşesine yansıyor. Seni mutsuz eden nedir? Hayatında başka biri mi var? Ayrılmak mı istiyorsun?"

"Ne hayatımda biri var, ne de ayrılmak istiyorum."

"Ne istiyorsun peki?"

"Mişel, birbirimizi bir süre serbest bıraksak diyorum. Her evli çiftin on beş yılda yaşayabileceği beraberliği biz beş yılda yaşayıverdik. Çok fazla beraber oluyoruz."

"Ofislerimizi ayırmamızı ister misin?"

"Hayır."

"Sana bir şey söyleyeyim mi Aylin, senin sıkıntının esas nedeni başka. Benim param sana yetmiyor. İstediğin hayatı yaşatamıyorum sana. Ama işin kötü yanı da şu ki, benim hiçbir zaman bundan daha fazla param olmayacak. Ben hayatımdan memnunum. Yazlık evim, hafta sonu kulübem, son model arabam olsun istemiyorum. Egzotik seyahatler yapmak da istemiyorum. Sahip olduklarım bana yetiyor. Ama sana yetmiyor. Seni seviyorum, ama tatminsizlik seni değiştiriyor, hırçın ve huysuz oluyorsun. Sevişmekten zevk almaz oldun. İçki içmeye başladın. Seni gerçekten sevdiğim için, iyiliğini istediğim için söylüyorum bunu; sorunu tek bir şekilde çözebiliriz, eski yaşamımıza geri dönerek."

"Eski yaşamımıza dönemeyiz. Ben çok sıkıldım Mişel."

"Boşanmak mı istiyorsun?"

"Hayır," diye bağırdı Aylin. "Ne kadar gaddarsın. Boşanma lafını duymak bile istemiyorum. Ben de seviyorum seni. Ama hayat tarzımızı bir süre değiştirelim ne olur. Koskoca olgun insanlarız. Bir deneme süresi geçirelim, boşanmadan."

"Nasıl yapalım bunu?"

"Mesela haftanın iki günü birbirimize izin verelim."

"Ne izni?"

"Özgür olma izni. Canımız ne isterse onu yapma izni. Mesela sen o gece biriyle yemeğe çıkarsın, ben de belki operaya giderim."

"Beraber gitsek olmaz mı?"

"Olmaz, işin özü, ayrı ayrı bir şeyler yapabilmek. Birbirimize yapışmadan yaşamak."

"Ama biz evliyiz Aylin."

"Ama evliliğimiz süratle eskiyor Mişel. Evliliğimizi kurtarmak için söylüyorum bunları."

"Yani sen benim biriyle yemeğe çıkmama izin veriyorsun öyle mi?"

"Elbette."

"Eee, başka neler yapabilirim ben o akşam? Yemekten sonra bir dansa da gideriz belki."

"Neden olmasın."

"Eh, o saatte kafaları da çekmişiz, 'haydi gel bize gidelim, bir içki de evde içelim. Karım çok güzel içki hazırlar,' desem olur mu?"

"Hayır olmaz. Elbette bu eve atacak değilsin kadını. Ama bir otele ya da onun evine gidebilirsiniz."

"Ya sen? Sen de böyle mi yapacaksın?"

"Eve atma faslına kadar evet, ben de bir yemeğe, bir konsere, sinemaya, bara, dansa filan gidebilirim."

"Sonra?"

"Sonrası yok. Sen demiyor muydun bana, sana soğukluk arız oldu, seni Bayram'a yollayayım da bu işe çare bulsun, diye. Benim canım hiç seks istemiyor bu ara."

"Ya isterse?"

"O zaman sana gelirim."

"Yani sen bana bir kadınla beraber olmam için izin veriyorsun öyle mi?"

"Evet."

"Hiç kıskanmayacaksın?"

"Kattiyen."

"Emin misin?"

"Çok eminim."

"O zaman sen beni gerçekten sevmiyorsun Aylin," dedi Mişel. Sesi kırıktı. "Senin bana aşkın bitmiş. Ben ne yapsam canlandıramam bunu. Bu işin en temizi boşanmaktır."

Aylin ağlamaya başladı. Çaresiz bir hali vardı. Mişel'i ikna etmeye çalıştı. Mişel ayrı hayatlar yaşamaya, Aylin de boşanmaya katiyen yanaşmıyordu. Mişel fazla üstüne gitmedi Aylin'in. Aslında o da boşanmak için değil, Aylin'i korkutmak için ediyordu bu lafları, işleri oluruna bırakmaya karar verdi. Aylin Mişel'in ona ihanet etmeyeceğinden, etse bile bunun çok geçici bir şey olacağından emindi. Mişel yıllardan beri güvendiği, dayandığı, inandığı ve sevdiği tek erkekti.

Ondan asla vazgeçemezdi. Ama sıkılıyordu. SIKILIYORDU. Ruhu kanatlarını takmış, çırpınıp duruyor, bir türlü havalanamıyordu. Belki onun da bir analize, bir psikiyatra ihtiyacı vardı. Durumu o kadar komikti ki, tüm doktorlar her ikisinin de arkadaşlarıydı. Hangi biri ona kendine bir sevgili bul, biraz ortam değiştir, bu bunalımdan ancak öyle çıkarsın diyebilirdi?

Aylin günah çıkartmak için Emel'i seçti. Emel de Leyla gibi ne zamandır farkındaydı Radomisli çiftinin evliliklerine yaklaşmakta olan fırtınanın. Radomislilerin evlerinde düzenledikleri düğünlerinden bu yana, en sık görüştükleri arkadaşları arasındaydılar Emel'le kocası. Piyanoların, gitarların çalındığı, şarkıların söylendiği, danslı, coşkulu, neşeli akşamlar, geçmiş yıllarda kalmıştı ne zamandır. İnsanlar yaşlanıyordu. Yaşlandıkça duruluyorlar, hayatları tekdüzeleşiyordu. Herkes kendi rutinine baş eğmesini öğreniyordu. Aylin'den başka. Aylin hep en yükseklerde uçmak istiyordu. Uçuyordu da. Görüştüğü en yakın dokuz-on arkadaşından hiçbiri onun gibi meslek sahibi değildi. Aylin, yıllardır mesleğinin de zirvesindeydi üstelik. New York'un en aranan, en sükseli, en pahalı psikiyatrlarından biriydi.

"Aylin, işinin getirdiği başarıyla yetinemiyor musun?" diye sordu Emel.

"Özel hayatım ne olacak? Duygularım, arzularım?"

"Özel hayatın yok sanki! Seni seven, sana düşkün, çok yakışıklı bir kocan var."

"Keşke bu kadar düşkün olmasaydı. Belki bir süre birbirimize nefes aldırabilsek... belki onu kaybetme tehlikesiyle karşı karşıya kalırsam... her şey değişebilir."

"Çok tehlikeli sularda yüzüyorsun Aylin. Mişel gibi bir adamı kapan götürür. Sonra çok üzülürsün."

"Gitmez o, sen merak etme. Biz gerçekten çok derin bağlarla bağlıyız birbirimize. Ama bazen boğulacak gibi oluyorum. Biraz nefes alabilsem... Bana yardım et, Emel."

"Sen ne yapmamı istiyorsun?"

"Ona birilerini tanıştır."

"Delirdin mi sen?"

"Allahaşkına Emel. Sen benim en eski arkadaşımsın. Başka kimseye söyleyemem bunu. Hoşlanacağı birilerini tanıştır. Biraz uzaklaşalım birbirimizden. İkimize de çok iyi gelecek."

"Çok pişman olacaksın Aylin," dedi Emel. "Sen bu konuyu bir kere daha düşün."

Evlerinde haftada iki gece izin uygulaması başlamıştı. Mişel bu işe Aylin'in saçmalığı olarak bakıyor ve sonunda yürümeyeceğini bildiği için, bir süre böyle idare etmek istiyordu. Belki de karısının haftada bir-iki gün, akşamları istediğini yapması, bu evlilik krizini çözerdi, kimbilir. O zaman değmez miydi denemeye.

Çarşamba ve Cuma akşamları ayrı ayrı çıkmaya başladılar. Aylin çoğu kez yakından tanımak istediği hastalarından biriyle bir barda buluşuyor, Mişel'in suçlayan bakışlarından uzakta bir-iki kadeh beyaz şarap içiyordu. Mişel, içki konusunu, elinde olmadan abarttığını bildiği için, bu bar fasıllarının ayrılmasına aslında memnun olmuştu. Aylin'in temposunda çalışan herkesin rahatlamak için biraz içkiyi hak ettiğini o da biliyordu. Mişel'i bu konuda rahatsız eden, içki içilmesi kadar, bu içkilerin hastalarla içilmesiydi. Bu konuda çok kesin kurallar vardı. Ama kurallar her zaman Aylin'e vız gelmişti. O hastasının özel ilgiye ihtiyacı olduğuna karar verdiği zaman kural mural dinlemiyordu. İşin garip tarafı da, ofis dışında ilişki kurduğu hastalarının süratle ruh sağlıklarına kavuşmalarıydı.

"Psikiyatrların en büyük marifetleri, hastalarını açmak, onların yüreklerinin ya da bilinçaltlarının derinliklerinde gizlenen korkuları, acıları bulup çıkartmak değil mi? Hastalar steril ofis odalarında mı, yoksa kendilerini rahat hissedecekleri mekânlarda mı daha kolay açılırlar?"

Bu mantık karşısında ya susuyorlardı meslektaşları ya da "Ama kurallar?" diyorlardı.

"Kuralları işe yaramadıkları zaman göz ardı ederim."

"Başın belaya girebilir."

"Ben bu riski alıyorum. Hastalarımın ruh sağlığı, aptalların koyduğu kurallardan daha önemli."

Böyle duru bir mantık karşısında akan sular duruyordu.

Aylin özel izin akşamlarının çoğunu, hastalarını, eğilimlerine göre ya bir bara ya da bir sergi açılışına veya konsere götürerek geçiriyordu.

Mişel birkaç kere evde kalmış, sonra da tek başına Bayramlara, Leylalara, Emellere gitmeye başlamıştı. Arkadaşları da bu saçma sapan işi, Aylin'in geçici bir kaprisi olarak kabullenmişlerdi. Mişel'in ara sıra tanıdığı bir doktor hanımı ya da bir arkadaşını yemeğe çıkarttığı da oluyordu. İzin gecelerinde her ne yapmışlarsa eve döndüklerinde ya da ertesi gün ayrıntılarıyla anlatıyorlardı birbirlerine. Aylin aralarında dürüstlüğün devamına çok önem veriyordu. Eğer herhangi biri duygusal bir ilişkiye girecek olursa, bunu diğerine haber verecekti. Böylece işlerin kontrolden çıkmasını önlemeyi mi düşünüyordu acaba?

Aralık ayı başlarında Aylin, Suzan'ın göğsündeki kanserin beynine de sıçramış olduğunu öğrendi. Delilere döndü. Annesi de hemen hemen aynı yaşlarda kanserle boğuşmuş ve yenik düşmüştü. Şimdi de bir başka dünya güzeli, sevgili Suzan'ı kanserle boğuşuyordu. Durumun ümitsiz olduğunu, Suzan'ın kendinden başka bütün arkadaşları biliyorlardı. Betin Noel'i ve yılbaşını onunla geçirebilmek için, İstanbul'dan Boston'a geliyordu. Aylin Noel'i Boston'da Suzanlarla geçirmek istedi. Hem Nur'un hem de Suzan'ın morale ihtiyacı olacaktı. Aksi gibi Nilüfer de Noel'i ve yeni yılı geçirmek için New York'a gelmeye karar vermişti. Ne derse desin, Nilüfer'in programını değiştirmeyeceğini biliyordu Aylin. Çaresizlikten kıvranırken aklına bir fikir geldi. Emellerin New Jersey'deki evlerine hafta sonları ara sıra yatıya giderlerdi. Emeller de New York'a çok geç bitecek bir operaya veya davete geldiklerinde onlarda kalırlardı. Emel'e telefon etti, "Nilüfer'le Mişel'i evde baş başa bırakırsam cinayet çıkar," dedi Emel'e, "Noel tatilini Mişel sizinle geçirsin, ne olur."

Emel çok sevindi.

"Bir de arkadaş çağır Mişel için," dedi Aylin.

"Bak ben o işe karışamam."

"Emel, akşam yemeğine misafir davet ederken kadın erkek sayısını eşit tutmaya çalışmaz mısın, sırf şıklık olsun diye. Biri olursa kendini yalnız hissetmez."

Aylin'in Noel'de onu yalnız bırakıp gitmesine canı sıkıldı Mişel'in ama, Suzan'ın çok hasta olduğunu o da biliyordu. Evde Nilüfer ile kalacağına Emellere gitmeyi tercih etti. Paul'la briç oynardı hiç olmazsa. Aylin'i havaalanına bıraktı, bir kasa Beaujoulais şarabı satın alıp, New Jersey'e gitti.

Emellerin o gece yemeğe davetli birkaç arkadaşları daha vardı. Barbara ile o gün tanıştı Mişel. Hafif balıketinde, sarışın, akıllı, eğlenceli bir kadındı. Yıllar önce kocasından boşanmıştı, bir sanat dergisinde sinema eleştirileri yazıyordu. Noel gecesi hep birlikte çok eğlendiler. Hem Mişel hem de Barbara sırayla piyanoda şarkılar çalıp, marifetlerini sergilediler, Noel şarkıları söylediler, danslar ettiler.

Mişel hafta sonunu Emellerde geçirdi. Barbara gece yatısı misafiri değildi ama, ertesi günlerde de geldi, briç ve scrabble oynadılar. Mişel, Nilüfer'den dolayı Aylin gelmeden eve dönmek istemedi. Yeni yılın ertesi gününe kadar kaldı Emellerde. Bu kez Barbara her akşam, yeni çıkan filmlerin kasetlerini getirdi. Onları seyrettiler videoda. Mişel'le Barbara arasında gelişen ilişki Emel'in gözünden kaçmadı.

Bu durumdan çok rahatsız olduğu için, Mişel'le konuşmaya karar verdi. "Aylin de sen de bizim çok iyi arkadaşlarımızsınız Mişel," dedi, "Barbara'yı sana biz tanıştırdığımız için Paul ve ben suçluluk duyguları içindeyiz."

"Aylin'in bana uzun süredir bir 'girl friend' bulmam için ısrar ettiğini biliyor muydun?"

Yanıtlamadı Emel.

"Şimdi niye rahatsız olduğunu söyler misin bana? İşte Aylin'in istediğini yaptım, bir flört buldum."

"Bu işe ben alet olmak istemezdim. Herhalde Aylin'e bir nevi ceza vermek için böyle davranıyorsun Mişel. Ciddi değilsin."

"Aylin'e ceza için bir başka insanı kullanmak çok ayıp olmaz mı o insana karşı. Ben gayet ciddiyim," dedi Mişel. Aynı gün Emellerden ayrılıp, Barbara'nın yanına taşındı.

Aylin yeni yılın ikinci günü New York'a döndüğünde evde sadece Nilüfer'i buldu. Emel'den telefonda bazı tatsız gelişmeler olduğunu duymuştu, ama pek ciddiye almamıştı. Nilüfer gidene kadar, hiç renk vermedi. Mişel evine Nilüfer yüzünden dönmüyor zannetti. Allahtan Nilüfer iki gün sonra gitti. Nilüfer'in gitmesine rağmen Mişel hâlâ dönmeyince, Aylin Mişel'i olup bitenleri konuşmak üzere iş çıkışı eve çağırdı. Akşam hastalardan sonra, Mişel'le birlikte evlerine döndüler.

"Anlat bakalım, ben yokken neler yaptın? İyi vakit geçirdin mi?" dedi Aylin.

"Sen yokken senin hep yapmamı istediğin şeyi yaptım. Bir 'girl friend' edindim," dedi Mişel.

"Bana tanıştıracak mısın?"

"Sanmıyorum."

"Nasıl biri bu?"

"Hoş biri."

"Benden daha mı hoş?"

"Aylin, lütfen."

"Benden daha mı hoş?"

"Hayır. Ben senden daha hoş bir kadınla asla tanışamayacağıma eminim. Ama şu var ki benimle senden daha fazla ilgileniyor. Bu da bana çok iyi geliyor."

"Bu yüzden mi onun evine taşındın?"

"Öncelikle, Emellerde daha fazla kalmak istemedim. İkincisi, Nilüfer'le aynı çatı altında yaşamak istemedim ve son olarak, geceleri Bobby'le birlikte olmak hoşuma gittiği için taşındım."

"Yani yatıyorsun bu Bobby'le, bu erkek isimli kadınla?"

"Bu hep istediğin şey değil miydi senin, benim koynuma birini sokmak?"

"Ama sana kalk da onun evine taşın hiçbir zaman dememiştim. Âşık olmak da yoktu pazarlığımızda."

"Ben hiçbir pazarlık yapmadım seninle."

"İyi. O zaman şu andan itibaren evine dön."

"Ben senin şamar oğlanın değilim," dedi Mişel, "İplerimi istediğin gibi çekebileceğini zannettin. Sana o kadar zaafım vardı ki, istemediğin zaman gideceğim, çağırdığında geri döneceğim sandın. Karısına ne kadar âşık olursa olsun, şerefli hiçbir erkek bunu yapamaz. Bu iş bitti. Anlaşma manlaşma yok!"

"Sen bir rezilsin. Sen anlaşmamıza ihanet ettin. Evliliğimize de. Ben seni hiç aldatmadım. Oysa sen... sen... Allah cezanı versin senin."

Aylin önce önündeki sehpada duran vazoyu fırlattı yere, sonra hızını alamayıp tablaları attı teker teker. Şarap bardağını Mişel'in kafasına nişanladı, Mişel yana eğilince, duvarda patladı bardak, şarap yerlere döküldü. Mişel sakin sakin kapıya yürüdü, "Ektiğini biçiyorsun Aylin," dedi, çıktı.

Aylin önce avazı çıktığı kadar bağırdı. Sonra hıçkırarak ağlamaya başladı. Demirden bir pençe yüreğini sıkıştırıyor, eziyor, parçalıyordu. Allahtan ne Hulusi ne de Tayibe evdeydiler. Tayibe Selcan Kırca'ya yatıya gitmişti, Hulusi de izindeydi. Tek başına bağıra çağıra bütün ıstırabını boşalttı yüreğinin. Bir şişe şarabı bitirdi. Başı çatlıyordu. İki de optalidon aldı.

Ertesi sabah, Mişel, Aylin'in işe gelmediğini görünce evi aradı. Telefon cevap vermedi. Sekreterle anahtarları yollattı Leyla'ya. Leyla yukarı çıktığında Hulusi yeni gelmiş, savaş meydanına dönmüş salonun ortasında alık alık bakınıyordu. Aylin yatağındaydı. Dün akşamın onca yorgunluğundan, içkisinden, üzüntüsünden sonra, doğrulamıyordu bile yatakta. Çatlıyordu başı. Bir acı kahve pişirtti Leyla, bir bardak suda alkaseltser eritti, içirdi Aylin'e.

"Mişel beni terk etti," dedi Aylin, sesi bitikti.

"Sen bunu hak ettin."

Ağlamaya başladı Aylin, "Ben böyle olsun istemedim, Leyla."

"Ah Aylin ah, her şeyi kontrol edebilirsin sandın. Mişel'i yönlendirebileceğini zannettin, o hastalarından biri değil ki."

"Ben ne yapacağım şimdi?"

"Sen bana demez miydin hep, 'sen de annem gibi Leyla'sın ve bana annem gibi nasihat ediyorsun' diye. Bir kere olsun sözümü dinle Aylin. Üstüne gitme Mişel'in. Bu durumun mimarı sensin ve ancak yine sen düzeltebilirsin. Bir süre rahat bırak onu, dırdır etme, boşanmaktan sakın söz etme."

"Eden kim!" diye bağırdı Aylin. Gözyaşları yüzünde siyah yollar çizmişti.

"Haydi toparlan şimdi, işinin başına git, soğukkanlı ol. Zaman her şeyi halleder," dedi Leyla. "Mişel seni sevmese, seni düşünmese bana anahtarı yollatır mıydı? Ödü patlamıştı sabah, sana bir şey oldu diye."

Mişel'in Barbara ile ilişkisi uzun sürmedi, ama Aylin'e de dönmedi tekrar. Karısına çok kırılmıştı. Ona iyi bir ders vermek istiyordu. Kısa bir süre evine gelip, çocukların odasında kaldı, sonra da kendine bir yer bulana kadar Leylalara geçti. Leylalarda kalmasını biraz da Aylin tezgâhlamıştı. İvan'la Leyla'nın, barışmaları için Mişel'in beynini yıkayacaklarını biliyordu. Üstelik aynı apartmanın içinde onu sık sık görebilecekti de.

Bu formül Mişel'in de işine geldi. Hem yine ofisine çok yakın olacaktı hem de Hulusi'nin hizmetlerinden yararlanabilecekti.

"Sen gerçekten ne istediğini bilmiyorsun Aylin," dedi İvan. 'Hem işte, hem evde burun burunayız' diye sıkılan sen değil miydin. Şimdi de uzağa gitmiyor diye seviniyorsun."

Mişel, Leylalara taşındıktan sonra, Hulusi her sabah Leylalara inip, Mişel'in ütülerini yapmaya, çamaşırlarını da eve getirerek yıkamaya başladı. Aylin de, hemen hemen haftada iki gece yemeğe veya en azından bir içki içmeye Leylalara gidiyordu. Yani tamamıyla ayrılmış değillerdi. Zaten Mişel'le Aylin tam olarak hiçbir zaman ayrılamadılar. Yıllar sonra boşandıktan, ofislerini ayırıp, her ikisi de başkalarıyla evlendikten sonra bile, haftada bir kere buluşup öğle yemeği yiyecekler, birbirlerine eşlerini tanıştıracaklar ve tüm dertlerini ve sevinçlerini hep birbirleriyle paylaşacaklardı.

Aylin, Mişel'i eve geri döndüremeyince, kendi hayatını yeni bir düzene sokmaya karar verdi. Aslında kocasını uzaklaştırmış olduğu için deliler gibi pişmandı, ama Mişel'le aynı düzende yaşamaya yeniden başlamaları ihtimalini düşündükçe de boğulacak gibi oluyordu. Çocuklar da büyümüş oldukları için, çarşambaları gelip kalmıyorlardı eskisi gibi. Zaten Greg tahsil için Avrupa'ya yollanmıştı. Tim de artık büyümüştü. Kız arkadaşlar edinmiş, kendi hayatını yaşıyordu.

Aylin birkaç kere, eskiden olduğu gibi aile günleri tertipledi ama, Mişel bu işe bile pek sıcak bakmadı. Aylin'in durumu sulandırmasına izin vermiyordu. Ayrı hayatlar yaşamak isteyen madem Aylin'di, ayrılığın getireceği şartlara razı olması gerekiyordu. Tayibe de dersleri çok yüklü olduğu için, çoğu zaman okuldaki kütüphanede çalışıyor, eve geç geliyordu.

Aylin kendini koca evde yapayalnız bulunca, imdada dayısı ve yengesi yetiştiler. Hilmi Bayındırlı, karısı Rozi ile bir süre New York'ta kalarak, en sevgili yeğeninin bu zor günlerinde ona destek olmaya karar verdi.

Hilmi Bey'in New York'ta birçok tanıdığı vardı. Aylin'in evine yerleşince, biraz da yeğenlerini oyalamak için, sık sık evde küçük davetler vermeye başladılar ve bu akşamların birinde Aylin, dayısının av arkadaşı George Kroner ile tanıştı.

George Kroner, Hilmi dayıdan bile oldukça yaşlıydı. Yetmiş yaşlarını sürdüğü besbelliydi. Son derece şık, zarif, hoşsohbet, Macar asıllı bir beyefendiydi. Güzel kadınlardan hoşlanan bir çapkındı üstelik. Aylin'i görünce feleğini şaşırdı. Pek ender rastlanan bir mücevher bulmuş gibi oldu. Hem bir manken kadar hoş ve alımlı, hem de kültürlü, zeki ve meslek sahibi bir genç kadın vardı karşısında. Kroner, dünyayı Aylin'in ayaklarına sermeye hazırdı ve bunu da hiç saklamadı.

Mişel her zaman, "Bu kızda garip bir şey var, bir topluluğa girdiği an, o odada bulunan en yaşlı erkeklerle arasında bir elektriklenme oluyor sanki, onları hemen buluyor, en çok onlarla ilgileniyor ve onları kendine hayran ediyor," derdi.

Aylin, bir akşam Leyla'ya içkiye indiğinde gördüğü Mişel'e, "İnanmayacaksın ama, yine en yaşlı erkeği bulup çıkardım, bir sürü kişinin arasından. Bana aklına gelecek her türlü teklifte bulundu, ben içlerinden sadece Japonya seyahatini seçtim," dedi.

"Evlenme teklif ettiyse neden kabul etmedin? Sen yaşlılara bayılırsın," dedi Mişel.

"Evlenmeye meraklı olsam, senden ayrılmazdım."

"Aşk, heyecan ve eğlence arıyorsan, genç bir sevgili bulsana."

"İnsanların seks dışında da paylaşabilecekleri çok şey vardır. İlişkilerde senin gibi sadece sekse önem verenlere bunu anlatmak çok zor," dedi Aylin. Kahvesini bitirince çıkıp gitti. Mişel'in canının sıkıldığı Leyla'nın gözünden kaçmamıştı.

"Ne o, kıskandın mı Mişel?" diye sordu.

"Hayatını heba etmesine üzülüyorum."

"Bir Japonya seyahati yüzünden mi heba oluyor hayatı?"

"Babası yerinde biriyle işi ne? Kendine daha uygun, daha yakışan birini bulamaz mıydı?"

"O zaman daha mı memnun olurdun Mişel? Bence onun da hayatına biri giriyor diye bal gibi kıskandın."

"Belki de öyledir," dedi Mişel.

"O zaman hâlâ seviyorsun Aylin'i."

"Elbette seviyorum. Bu işleri başlatan ben değilim, biliyorsun bunu."

"O zaman nedir ikinizin de bu çocukça inadı. Birbirini gerçekten seven iki harika insan, yıllarca sürmüş başarılı bir evlilik ve meslek hayatı. Deli misiniz nesiniz siz?"

Leyla Mişel'in karşısına oturup, ellerini tuttu ve ağlamaya başladı. Her iki arkadaşının da akıl almaz biçimde bir evliliği paramparça etmelerini kabullenemiyordu.

"Aylin sana bütün kapıları açık bıraktı. Onları teker teker sen yüzüne kapadın. Çocuklarla çarşamba yemeklerine bile sıcak bakmadın. Şimdi de bana onu sevdiğini söylüyorsun. Ne aptalca bir gurur bu." Yaşlar sel gibi akıyordu yanaklarından aşağı. Mişel etkilenmişti.

"Bu kız bir ilişkiye girerse, bu işin geri dönüşü olmaz, iyi düşün Mişel," dedi Leyla.

"Kroner'la ilişkiye gireceğini sanmıyorum."

"Ben sanmıyor, biliyorum. Onlarınki sadece bir arkadaşlık. Yaşlı adam ömrünün son günlerinde hoş ve akıllı bir kadınla birlikte seyahat etmek istiyor. Ama sen Türkiyelisin, karının değil yaşlı, ölü bir adamla bile Japonya'ya gitmesini asla kaldıramazsın. Bu son şansın Mişel, iyi düşün ve acele et."

"Bu seyahatten vazgeçerse, dönerim evime," dedi Mişel.

Leyla ayaklarında terliklerle fırladı dışarı, asansöre koştu. Otuz yedinci kata ulaştığında, kırk yıldır bildiği daireye gitmek için, koridorda ters tarafa yürüdü heyecandan. Alelacele geri döndü, kapıyı gümbür gümbür vurdu, zili de ısrarla çaldı.

"Ne oluyoruz yahu, kim var orada," diye seslendi içerden Hulusi.

"Benim, ben. Aç kapıyı Hulusi."

"Hayrola Leyla'nım. Bir kötülük mü var aşağıda," dedi Hulusi, "İvan Bey'e bir şey mi oldu yoksa?"

"Kötülük ne kelime, iyilik var, iyilik! Nerede Aylin Hanım?"

"Odasında, çağırayım mı?"

"Çağırma, ben giderim yanına," dedi Leyla, peşinde Hulusi, Aylin'in odasına yürüdü. Kapıyı vurup yanıt beklemeden girdi ve kapı önünde merakla dikilen Hulusi'nin yüzüne kapadı kapıyı.

"Aylin, konuşmalıyız!"

Aylin aynanın karşısına oturmuş pür dikkat gözlerini boyuyordu. Bir gözü boyanmış, rimellenmiş, koskocaman, öteki gözü çipil çipil hayretle baktı arkadaşına. Radyoda avaz avaz çalan müziği susturdu Leyla.

"Dinle beni Aylin, bırak şimdi makyajı filan," dedi.

"Yarım saat sonra Kroner gelip alacak beni, Russian Room'a gideceğiz."

"Yarım saat sonra belki de bambaşka şeyler olacak, dinle beni," dedi Leyla, "Aylin, Japonya seyahatinden vazgeçersen, Mişel geri dönmeye hazır... Öyle bakma yüzüme, inanamadığını biliyorum ama, doğru bu. Mişel'in geri dönmesini ne kadar çok istediğini biliyorum Aylin. Haydi, öteki gözünü de boya, inelim aşağıya. Yok, yok! O yukarı gelsin, daha iyi."

Odanın dışında, Hulusi kapının önünde kulak kesilmiş, içerde konuşulanları duymaya çalışıyordu.

Yirmi dakika sonra çıktı odadan Leyla, terliklerini sürüye sürüye, kapıya yürüdü, kapıyı çat diye vurup gitti. Hulusi şaşkın şaşkın baktı arkasından. Leyla, on birinci kattaki dairesine indiğinde on bir yaş ihtiyarlamış gibiydi. Bitkindi. Gözlerini Mişel'den kaçırarak, "Japonya seyahatinden vazgeçmiyor," dedi yavaşça.

# HULUSİ

Hulusi, yarım saatten beri gözlerini ayırmadan bulutlara bakıyordu. Bulutlar yeni atılmış hallaç pamuğu gibi öbek öbek, tümen tümen altından, üstünden, sağından solundan geçiyorlardı. Ellerini uzatıp onlara dokunmak istiyordu ama, pencereyi açabileceği bir kulp yoktu. Biraz önce yanında oturan küçük kıza, "Bu cam açılmaz mı?" diye sorduğunda, Tayibe o kadar çok güldü ki, sorduğuna soracağına pişman oldu Hulusi. Bu ailede herkes böyle ukaladır, diye düşündü, yedisinden yetmişine hepsi böyledir bunların. Ama Hulusi, işte bu aile sayesinde, iyilik perisinin değneği ile dokunduğu kül kedisi gibi, rüyasında görse inanamayacağı bir oluşum içindeydi... Başına devlet kuşu konmuştu. Amerika'ya uçuyordu. Sadece üç ay önce ona, "Hulusi, kız sen Amerika'ya gideceksin," deselerdi, "Başınıza benim kadar taş düşsün, siz kendinizle dalga geçin Allahsızlar," diye yanıtlardı kuşkusuz.

Dalga geçilmek Hulusi'nin değişmez kaderiydi çünkü. Yeşil gözleri, süt beyazı kılsız teni, çıkmayan sakalı, uzamayan boyu gibi, dalga geçilmek de onun bir parçasıydı, ona her edilen lafta, mutlaka bir küçümseme veya alay olduğunu varsayıp hemen tepki göstermek de. Hulusi, bulutları avuçlamak, onları yüzüne gözüne sürmek arzusunu zor bastırarak babasına yazacağı ilk mektubu şekillendirmeye başladı kafasında.

"Çok değerli babacığım," diye yazacaktı, "Sizden ayrıldıktan sonra, otobüsle İstanbul'a geldim. Yolculuk iyi geçti. Yemek molasında kabak dolması ile pilav, bir kâse de yoğurt yedim ve hep sizi düşündüm."

Ailesini düşününce, birden efkâr bastı Hulusi'ye, bir sigara yaktı. O sırada yanlarından geçmekte olan hostes, ayıplayan, kınayan bakışlarla süzdü Hulusi'yi. Hulusi koluyla Tayibe'yi dürttü, hostesi işaret etti.

"Ne bilsin o senin yaşını," dedi Tayibe. İkisi de kıs kıs güldüler.

Görünüşe bakılırsa, dokuz yaşlarında bir kız ve ondan biraz kabaca bir oğlan çocuğu, tek başlarına, hayatlarında ilk defa, Amerika'ya giden bir uçakta seyahat ediyorlardı. Yakınlarında oturanlar için oldukça garip bir çift oluşturuyorlardı bu uzun kahverengi saçlı, kâhküllü, ipince tüy gibi kız ve hemen hemen aynı boyda, büyümüş de küçülmüş sıska oğlan. Üstelik dil de bilmiyorlardı. Ellerindeki, "Su isterim, çay isterim," gibi İngilizce cümlelerin yazılı olduğu bir kâğıdı göstererek hosteslerle anlaşmaya çalışıyorlardı.

Bolu nere, Amerika nere! Zaman zaman Hulusi de inanamıyordu başına gelenlere, ama ona bir erkeklik hormonunu çok gören yüce Allah, Amerika yolunu esirgemedi işte. Hep köydekileri düşünüyor ve için için gülüyordu Hulusi. Hepsi de biliyordu Amerika yolunda olduğunu. Hiç üşenmemişti, Ankara'dan Bolu'ya kadar gidip, tüm köyü dolaşmış, el öpüp, helallaşmıştı. Aralarında, keşke ben de hadım olsaydım da, Amerika'ya gitseydim, diyenleri bile vardı belki.

Hulusi 1951 yılında ailenin dördüncü çocuğu olarak doğduğunda, anası, iki erkek çocuktan sonra bir kız gelir de ev işini paylaşır diye beklediğinin erkek çıktığını görünce bayağı üzülmüştü. Ama Hulusi, uslu, sakin bir çocuktu. Uzun kirpikli yeşil gözleriyle kardeşlerinin en güzeliydi üstelik. Annesini üzmeden büyüdü. Ne var ki, yılların içinde Hulusi'nin tüm yaşıtları hatta ondan çok sonra doğanlar bile ergenliğe girdikleri halde, bu çocukta en ufak bir gelişme olmuyordu.

Önce evdeki ağabeyler başladılar küçük kardeşlerini gırgıra almaya, sonra mahalleli ve nihayet köy halkı. Hulusi'nin ne sesi kalınlaşıyor, ne kılları çıkıyor, ne de boyu uzuyordu. Üstüne üstlük burnu da koku almıyordu. Hulusi'nin yaşıtı köy delikanlıları askerlik çağına varıp sırayla ayrılıyorlardı köyden. Hulusi'yi askere de almadılar. O, köyün "Kız Hulusi"si olmuştu. Dedesi yukarı yamaçlardaki el kadar tarlasını satınca, biraz para ayırdı torununa ve baba oğul doktorlara görünmeye Ankara'ya indiler. Hulusi ilk kez böyle büyük bir şehir görüyordu. Gözlerine inanamadı. Oysa Hulusi'ye daha nice büyük şehirler görmeyi nasip etmişti kader.

Hulusi'nin çok bel bağlanan ameliyatından umulan netice alınamadı. Ameliyattan sonra ilaçla tedavinin uzun süre devam etmesi ve bir müddet sonra bir ameliyat daha geçirmesi gerekiyordu.

Hulusi on iki, on üç yaşında bir cılız oğlan çocuğu görüntüsü altında yirmi yaşına varmıştı. Beyninde erkeklik hormonunu çalıştıran bir gudde görevini yapamıyordu ama, aklı, sağduyusu ve ileri görüşü saat gibi tıkır tıkır çalışıyordu. Babasıyla köye geri dönmeden önce uzun uzun düşündü. Adı Kız Hulusi'ye çıkmış, köy halkının eğlencesi olmuştu. O burada kalacak, çalışacak, para kazanacaktı. Ankara'da onun yaşını başını bilen de yoktu.

Hulusi, Ankara'nın yolunu tuttuktan sonra bir süre ayakkabı boyacılığı yaptı. Sonra bir hemşerisi ona çalıştığı Gül Palas Oteli'nde komilik ayarladı. Atatürk Bulvarı'nın üstündeki bu otelde genellikle Anadolu'dan gelen iş adamları kalırdı. Hulusi onların getir götürüne koştururken, bir yandan da boyundan büyük laflar ile onların gönüllerini alıyor, anlattıklarını dinliyor, bol bol da bahşişlerini topluyordu. Kısa sürede bu cin gibi, uzun kirpikli, yeşil gözlü oğlan, otelin maskotu haline dönüştü. Müşteriler geldiklerinde Hulusi'yi soruyor, hizmetlerini ona gördürmek istiyorlardı. Önceleri Hulusi de hayatından memnundu. Köyde ona musallat olan komplekslerinin çoğundan kurtulmuştu, cebi para görmüştü. Yaşları aslında kendinden küçük, ama görüntüleri büyük birtakım gençlerin arasında sigarasını ustalıkla tüttürerek ve görüntüsünden beklenmeyecek olgunlukta laflar ederek dolanıyor, hayranlık topluyordu. Ankaralı arkadaşları gerçek yaşını bilmedikleri için onu "fırlama çocuk" yerine koyuyorlardı. Ama bu kandırmaca nereye kadar sürdürülebilirdi ki? Aradan birkaç yıl geçtiğinde, bu sefer de Gül Palas'ın maskarası olmaktan korkuyordu Hulusi.

Nitekim ikinci yılın sonuna gelindiğinde ergenlik çağına girmesi beklenen Hulusi'nin sakallarının hâlâ çıkmamış, sesinin çatlamamış olması bazılarının dikkatini çekmeye başladı. Hulusi'nin bu sefer de başka bir hemşerisi imdadına yetişti. Eniştesinin kardeşi Durmuş Ağa, Bahçelievler'de çok tanınmış bir ailenin yanında bahçıvanlık yapıyordu. Güleklerin evi, bazı dönemlerde öyle çok misafir ağırlamak zorunda kalırdı ki, değil üç-beş yardımcı, on yardımcı bile zor yetişirdi. İşte böyle bol misafirli bir zamanda Durmuş Ağa bir iş teklifi getirdi. Hulusi bir süre için otelden izin alıp Kasım Gülek Beyefendi'nin evinde çalışamaz mıydı?

Bu teklif o sıralarda bir başka açmazda olan Hulusi'nin işine geldi. Otelde çalışan arkadaşları onu, genelevlere götürüp ilk cinsel tecrübesini yaşatmak için ısrarlara başlamışlardı. Gülekler'in evinde çalışmaya başlarsa, bu sorun kendiliğinden hallolacaktı. Hulusi kaç para vereceklerini sormadı bile. Nasılsa otelde kazandığı bahşişleri hiçbir maaşın karşılayamayacağını biliyordu. Önemli olan kazanacağı parayla yapacağı iş değildi. Kendine bir itibar edinmişti. Hiç kimse onunla "Kız Hulusi" diye alay etmiyordu. Kimse onu yüzüne karşı veya arkasından gırgıra almıyordu. Kimse ona acımıyordu. Bu durumun sürebilmesi için her bedeli ödemeye razıydı Hulusi. Şu anda ise bedel, sırrı ortaya dökülmeden, otelden kaçıştı. İşi kabul etti ve Gül Palas'taki ranzasını, sevgili arkadaşlarını, bahşişlerini bırakıp Güleklerin Bahçelievler'deki villalarının müştemilatına, Durmuş Ağa'nın odasını paylaşmaya gitti.

Ev gerçekten de kalabalıktı. Girenin çıkanın haddi hesabı yoktu. Yatıya gelenlerin yanı sıra sabahın kör karanlığından gece yarılarına kadar her gün onlarca kişi girip çıkıyordu eve. Durmuş Ağa'sı, Hulusi'ye politikacıların evlerinin hep böyle olduğunu anlatıyor, evin dolup dolup boşalmasıyla iftihar ediyordu adeta.

Hulusi önceleri ayak hizmetlerine, getir götüre koşturulurken, becerikli ve zeki olduğu için kısa sürede aşçı tarafından keşfedildi ve mutfağa terfi etti. Önce aşçı yamağı olarak çalıştı, bol bol soğan doğradı, patates soydu. Bu arada iyi yemek yapmanın püf noktalarını, işin sırrını vermek istemeyen aşçıbaşıya rağmen, dağarcığına atıp duruyordu.

Derken Nilüfer Hanım, bu eli yüzü düzgün, temiz yüzlü çocuğa sofrada servis yaptırmak istedi. Hulusi'nin zaten otel günlerinden kalma bir servis bilgisi vardı. Bu işin de üstesinden geldi. Evde bahçıvan yamaklığından mutfağa, oradan da garsonluğa terfi eden Hulusi'nin, her kademede üstü başı da biraz daha düzeliyordu.

Hulusi'nin keyfi yerindeydi. Eline geçen para oteldeki kadar değildi ama, bu evde onun bir türlü uzamayan boyuyla ya da çıkmayan sakalıyla alâkadar olunmuyor, yanıtlamak istemediği sorular sorulmuyordu. O bu evde ne Kız Hulusi'ydi, ne de büyümesi, kıllanması ya da geneleve gitmesi gereken Hulusi'ydi. Durmuş Ağa'nın akrabası Hulusi'ydi, o kadar...

Sıcak bir yaz günüydü. Halimanım yatak odalarının bulunduğu katta kıyı köşe bir temizliğe girişti. Aşçıya, özel misafirlere ikram edilen Adana işi yemekler ısmarlandı. Hulusi'ye temiz bir gömlek giymesi, kravat takması tembihlendi. Evde ne zamandır bir telaş ve koşuşturma vardı zaten. Nilüfer Hanım'ın Amerika'da yaşayan kız kardeşi, yeni evlendiği kocası ile ziyaretlerine geliyordu.

Kulakları delik Hulusi, evde konuşulanlardan, yeni damadın Nilüfer Hanım tarafından hüsnü kabul görmeyeceğini çoktan öğrenmişti. Yeni damat Amerika'da yaşayan, İstanbullu ve Musevi asıllı bir psikologdu, her ne demekse o.

Kasım Bey'in tüm ikna kabiliyetini kullanmasına ve ricalarına rağmen, karısı nuh diyor peygamber demiyordu. Kardeşi bir Yahudi ile evlenmemeliydi. Asla affetmeyecekti onu. Hulusi hayatında hiç Yahudi görmemişti. Hanımı da bu kadar karşı olduğuna göre bu Yahudi adam herhalde çok çirkin, uzun burunlu, kambur zumbur bir şey olmalıydı. Evde kaç gündür süren gerginlik Hulusi'ye de tesir etmişti. O da ötekiler gibi, konukları heyecan içinde bekliyordu. Tek anlayamadığı şey, hanımının istemediği bir kişi için böylesine titiz bir hazırlığa soyunmuş olmasıydı. Bunu Halimanım'a sorduğunda "Ne aptalsın," demişti Halimanım, "bu hazırlıklar Aylin hanım için yapılıyor, Yahudi kocası için değil. Hanımefendi dünyada en çok kız kardeşini sever... Tabii Mustafa' dan sonra!"

Kafası iyice karışmıştı Hulusi'nin. Çok sevilen bir kardeş, hiç sevilmeyen kocası, çok sevilen bir erkek evlat Mustafa, tartaklanan bir küçük kız Tayibe. Herkesin karşısında el pençe divan durduğu, korku ile karışık bir saygıyla tir tir titrediği Kasım Bey ve onun bile söz geçiremediği Nilüfer Hanım... İlginç bir aileydiler doğrusu.

Daha dün sabah çaylarını getirirken duymuştu Hulusi. Kasım Bey yalvar yakar konuşmaktaydı karısıyla; "Rica ederim Nilüfer Hanım, olan olmuş artık. Size evinize kadar gelen misafire kötü davranmak yakışır mı hiç? Lütfen makul olunuz," diyordu. Hulusi kararını verdi, bu Nilüfer Hanım biraz tuhaftı.

Hazırlıklar tamamlandı, bahçeye çay masası kuruldu. Kasım Bey'in arabası havameydanına gönderildi. Hulusi bir gün önce yıkayıp ütülediği garson ceketini geçirdi sırtına, saçlarını limon kolonyasıyla ıslatıp taradı. Çay servisini tepsiye dizip bahçeye taşıdı. Kapının önüne dikilip beklemeye başladı.

"Ne dikiliyorsun orada bostan korkuluğu gibi," dedi Halimanım, "mutfağa gidip yardım etsene. Haydi yallah."

Halimanım'ın ukalalığı yüzünden Aylin Hanım'la kocasının gelişlerini kaçırdı Hulusi. Ama bir müddet sonra çay servisi başladığında, bahçeye çıkınca gördü misafirleri. Kütüphanenin bahçeye açılan kapısından elinde çaydanlıkla geçerken birden kendini rüyada sandı. Bahçedeki hasır koltukta, ömründe bugüne kadar gördüğü en güzel kadın oturuyordu. Böyle bir kadını değil gerçek hayatta, Amerikan filmlerinde bile görmemişti. Eşikte ağzı açık kalakaldı.

"Ne bakıyorsun oğlum aval aval, çayı soğutacaksın."

Nilüfer Hanım'ın sesiyle kendine geldi Hulusi. İlerledi ve gözleriyle kambur zumbur Yahudi kocayı aradı. Kasım Bey'in karşısında oturan yakışıklı adam Aylin Hanım'ın kocası olamazdı. O hiç Yahudi'ye benzemiyordu. Eğer gerçekten oysa, bu Nilüfer Hanım iyice çatlak olmalıydı. Hulusi çay servisini tamamlayıp mutfağa döndüğünde ona tokat gibi çarpan güzellikten sersemlemiş gibiydi. Bir koşu tuvalete gidip saçlarını bir kez daha taradı. Eğer Tanrı birbirleri için yaratılmış çiftlerden sorumlu ise, bu kez gerçekten iyi iş becermişti. Aynen böyle düşünüyordu Hulusi. Sarı saçları, uzun boyu, incecik biçimli bedeni ile Aylin Hanım nasıl göz kamaştıran bir güzellik sergiliyorsa, kocası Yahudi bey de uzun boyu, geniş omuzları, muntazam yüz hatları ve kalın ses tonuyla karısının yanına yakışıyordu doğrusu. İnce sesli, cılız Hulusi için Mişel Radomisli'nin sıfatları bir ilahta bulunması gereken niteliklerdi ve dünya yüzünde Aylin Hanım'la kocasından daha yakışıklı bir karı-koca olabilemezdi.

Hulusi üç gün boyunca hayranlığını gizlemeye çaba göstermedi. Misafirlerin her ikisinin de tüm hizmetlerini gönüllü olarak üstlendi, peşlerinde dolandı durdu. Evde bu ziyarete en az Hulusi kadar sevinen biri daha vardı: evin küçük kızı Tayibe.

Tayibe, teyzesi eve adım attığından beri hiç alışık olmadığı bir sevgi ve ilgi selinin ortasında buldu kendini. Erkek çocuk beklerken kız çocuk doğuran annesini hayal kırıklığına uğratan Tayibe'nin pabucu, erkek kardeşinin doğumu ile iyice dama atılmıştı. Nilüfer, Kasım Bey'in Adanalı avanesinin etkisinde, Doğu ve Güney bölgelerine özgü, erkek çocuğu baş tacı eden ve kız çocuğu yok sayan geleneğin rüzgârına kaptırmıştı kendini. İlgisi, şefkat ve sevgisi oğluna odaklanmıştı.

Kasım Bey'in gerçi kız çocuklara karşı olumsuz bir tutumu yoktu ama, hem yaşlı, hem de çok meşgul bir babaydı.

Tayibe sevgi ve ilgiden pek nasibini alamayan bir çocuk olarak büyüyordu. Ama o kadar iyi huyluydu, öylesine olgundu ki, kardeşi Mustafa'nın payına düşen ilgi ve sevgiyi hiç kıskanmadığı gibi, kendine uzak duran annesine ve çok sık göremediği babasına karşı da büyük bir sevgi besliyordu.

Aylin'in eve gelmesiyle önce gündelik yaşamında, sonra da hayatında büyük bir değişiklik olacaktı. Aylin, Tayibe'yi zaten doğduğu andan beri kendi doğuramadığı çocukların yerine koymuştu. Ona herhangi bir teyzenin yeğenine besleyebileceği sevgiden çok daha derin duygularla bağlıydı. Belki de Nilüfer'in kız kardeşini ilk gördüğü an yüreğinin en derininde hissettiği o sahiplenme, koruma, kendini anne yerine koyma duygusunun aynını duymuştu. Ablası ona anneleri gibi, "bu bebeği senin için yaptım Aylin," dememişti ama, o bu bebeğin bir gün ona bir evlat kadar yakın olacağını,biliyor gibiydi.

Aylin Mişel'le sahip olamadığı çocuğun özlemini Tayibe ile gidermeyi kafasına koyduğunu uzun süre kocasına açamadı. Aslında Mişel de aynı düşünceleri evirip çeviriyordu kendi kafasında. Tayibe ile geçirdiği birkaç günün sonunda, bu aşırı hassas, çok zeki, yaşına göre de müthiş bir olgunluk sergileyen küçük kıza derin bir sevgi beslemeye başlamıştı. Kasım Bey'in günlük yaşamı küçük bir çocukla ilgilenmeye vakit ayıramayacak kadar doluydu. Geç yaşta sahip olduğu ilk çocuğunu çok seviyordu, ama bir misyonun adamı olarak, zamanını elinde olmadan işine ayırmak zorunda kalıyordu. Partililer, delegeler, hemşeriler sabahın erken saatlerinden gece yarılarına kadar evinin içindeydiler. Ayrıca resmi davetlere, sefaretlere, kordiplomatiğe ayırdığı saatler, okunması gereken evraklar, yazılması gereken yazılar, seyahatler, konferanslar...

Aylin korka korka yaptığı önerinin kocası tarafından içtenlikle desteklendiğini görünce derin bir nefes aldı. Şimdi iş Nilüfer ile Kasım Bey'i iknaya kalmıştı. Aylin'in Mişel'le evlendikten sonra taşınmayı planladıkları muhteşem apartman katında bir yardımcıya ihtiyaçları olacağı kısa sürede belli oldu. Karı koca yorgun argın evlerine döndüklerinde değil yemek yapmakla, ne yiyeceklerini düşünmekle bile uğraşmak istemiyorlardı. Zaten öğle yemeklerini dışarıda lokantalarda ya da hastane kantinlerinde yemek zorundaydılar. Ama akşam evlerine girdiklerinde bir sıcak yemek onları bekliyor olsa fena mı olurdu? Evlerde gece yatan hizmetçiler New York'ta ancak milyarderlerin üstesinden gelebilecekleri bir masraftı. Ama Aylin ve Mişel İstanbulluydular. Yatılı bir yardımcının lüks sayılmadığı ortamlarda yetişmişlerdi. Aylin, ablasına, birini bulup kendisine yollamasını rica etti.

Tayibe ile Hulusi'nin şans çarkları aşağı yukarı aynı anlarda döndü. Hulusi Radomislilere hizmet etmek için yollanırken, Tayibe de ilkokulu bitirdiğinde tahsiline devam edeceği ülkeyi bir görmesi ve Aylin'in yanında mutlu olup olmayacağını anlaması için bir deneme ziyareti niteliğinde tatile gönderildi. Tayibe henüz dokuz yaşındaydı.

Tayibe ile Hulusi'yi havaalanında Mişel ve Aylin birlikte karşıladılar. Tayibe kendini sevgili teyzesinin kollarına dar attı. Sımsıkı sarıldı Aylin'e. Hulusi de Aylin'e sarılmamak için zor tuttu kendini. Sevincinden içi içine sığmıyordu.

Arabada Tayibe ile Hulusi arkaya oturdular. Küçük kız için bir peri masalıydı ışıklar içindeki bu şehir. Yanlarından akan araba seline, ucunu göremediği yüksek binalara hayretle bakıp duruyordu. Ama Hulusi, bir peri masalı değil, bir rüya da yaşamaktaydı. Acaba öldüm de cennete mi geldim, diye soruyordu kendine. Rengârenk ışıkların, acayip demir köprülerin, tarifsiz bir kargaşanın arasından geçip, bir uzun binanın otuz yedinci katına vardıklarında, Hulusi hayatında görebileceği en muhteşem manzaraya baktı ve dondu kaldı. Evin dört bir yanında dünya ayaklarının altına serilmişti. Ancak bir tanrı böylesine kuşbakışıyla görebilirdi yeryüzünü. Şehrin bütün ışıkları avucunun içindeydi, sanki pencereden biraz uzansa bilmediği bir güçle donanıp uçup gidiverecekti o aşağıdaki pırıltılı cennete. Çok çok yükseklerden ışıltılı dünyayı seyrediyor ve ruhu bir türlü büyüyemeyen küçücük bedenine sığmıyor, taşıyordu.

Gündüzleri temizliğe gelen Helen'den yapması gereken işleri, etraftaki bakkalı, çakkalı, kasabı, manavı, temizlikçiyi çabucak öğrendi. Ütü, çamaşır, yemek, servis gibi ev işlerinin zaten Ankara'dayken âlâsını öğrenmişti. Kısa zamanda Helen'in yerini doldurdu ve her işi tek başına görür oldu. Bu arada çat pat dil öğrenmeye de başlamıştı. Aylin Hanım'ın verdiği İngilizce ders kitaplarını akşamları işi bittikten sonra dikkatle okuyor, alıştırmaları yapıyordu.

Amerika'daki ilk hüsranını Tayibe Türkiye'ye geri dönerken yaşadı. Sanki bu küçük çocuğun gitmesiyle, memleketine olan son bağı da kopuvermişti. Tayibe'nin gittiği gece, odasına kapanıp gizli gizli ağladı. Tayibe'nin evden ayrılmasıyla büyük bir yalnızlığın içine de düşmüştü. Karı koca Radomisliler evden sabah dokuzda çıkıyor, akşam saatlerine kadar dönmüyorlardı. Hulusi'ye Türk Sefareti'nin aşçısı Nâzım ile garsonu Haşim'i tanıştırdılar. İzin günlerinde onlarla takılmaya ve şehri gezmeye başladı. Her hafta aldığı on doların dışında tüm parasını evine, annesiyle babasına yolluyordu. Yedi yaşından beri içtiği sigaranın dışında hiçbir masrafı yoktu.

Aylin, neden gelişemediğine dair sorularla kendini sıkıştırmaya başladığında yirmi beş yaşındaydı Hulusi. Çoktan vazgeçmişti bu sorunun üzerine gitmekten. Ama hanımı ısrarcıydı. Onu iki doktora ve üç ayrı kliniğe taşıdı. Röntgenlerini çektirdi, hormon testleri yaptırdı. Hulusi hiçbir değişme olmayacağını bile bile kuzu gibi takip ediyordu hanımını. Aylin'in kafasına koyduğu bir şeyden asla vazgeçmeyeceğini öğrenmişti. Kapı kapı gezdiler, ellerindeki raporlar dosyaya sığmaz oldu. Hulusi'nin "Callmum Syndrome" adı verilen derdine, kesin tedavi usulü saptandı. Haftada üç kere kalçadan iğne ve her Allahın günü hap. Hapın dört tanesi yüz otuz dört dolar tutuyordu.

"Ben bu paraları ödeyebilseydim, on sekiz yaşında yapardım bu işi Ankara'da abla," dedi Hulusi.

"İlaç paralarını ben vereceğim. Sen sadece ihmal etmeden haplarını yut," diye yanıtladı Aylin.

Tedaviye başlamadan önce Hulusi'nin cepheden ve yandan resimleri çekildi, boyu, kilosu not edildi. Aylin iğneleri kendi yapıyordu Hulusi'ye. Bir süre sonra Hulusi'nin bu işten çok rahatsız olduğunu görünce, ona kendi kendine iğne yapmasını öğretti. Hulusi sadece bir meslek daha öğrendiği için sevindi. Gerekirse iğnecilik de yapabilirdi artık. Gelişemeyeceğine emindi, sırf Aylin'i memnun etmek için uyguluyordu tedaviyi.

Sekiz ay sonra Hulusi kendinde birtakım değişiklikler hissetti. Suratına sivilceler basmıştı. Sanki boyu da uzuyordu. İzin günlerinin gecelerinde Haşim'le birlikte sokaklarda dolanıyorlardı. Haşim belli sokaklarda bulduğu kızları otele attığında, o bir kahvede beklerdi ekseri. Arkadaşının işi bittiğinde sırf laf olsun diye sorardı, "Nasıldı abi?" Haşim'in verdiği ayrıntılı bilgiyi dinlemezdi bile. Hiçbir zaman yaşayamayacağı zevkleri, duyguları niye dinlesindi ki. Köyde nasıl da ısrarla anlatmaya çalışmıştı arkadaşları ona gül kokusunu, toprak kokusunu, tezek kokusunu, sarmısak kokusunu. O bilmiyordu. Bilmemekten gocunmuyordu. Ama insanlar öylesine duyarsızdılar ki özürlülerin hislerine. Haşim'e terbiye icabı sorduğu soruyu, Haşim terbiye icabı geçiştirmiyor, ha babam anlatıyordu.

Tayibe'nin bir yıl sonra New York'a gelip yanlarına yerleşmesine deli gibi sevinenlerden biri de Aylin'in yanı sıra Hulusi oldu. Kendini bu küçük kızın hâmisi ve gerçek ağabeyi yerine koyarak, yaban ellerde onu kollamayı ve kayırmayı görev edindi. Dışardaki lokantalarda ve okulda kazara domuz eti yememesi için ikazlarda bulunuyor, sofrada herhangi bir et servisi yaparken, kendi uydurduğu bir özel mesajla elini kalbine bastırarak haber veriyordu; "Bu et domuz değil, yiyebilirsin." Bu tedbirleri daha başka boyutlara taşımaya kalkınca, aralarında bazı sorunlar oluştu.

"Tayibe, teyzen bazen eti şarapla pişirtiyor. Öyle olduğu zaman ben sana önceden haber veririm, sen de et yemek istemediğini söylersin, tamam mı?"

"Hulusi senin şarapla alıp veremediğin nedir?"

"Müslümanlar şarap içmez. Annen duyarsa çok kızar."

"Annem şarabı sever de, içer de. Sen de biliyorsun bunu."

"Olsun, seni kollamak benim görevim."

"İçkiye bu kadar karşıysan neden viski ve votka içiyorsun sen?"

"Kim demiş viski, votka içtiğimi?"

"Ben diyorum. Kaç kere gördüm seni, teyzemle Mişel'in olmadığı akşamlar içki dolabını açıyorsun, koca bir bardak dolduruyorsun, üstüne de buz koyup içiyorsun. Hatta votkanın Rus isimlisini içiyorsun hep."

"Bak kızım," dedi Hulusi bilgiç bilgiç. "Kuran'da şarap içmeyin diye yazıyor, viskiden votkadan söz etmiyor. Ben şarabı ağzıma koymam. O senin gördüklerini de ilaç niyetine, soğuk algınlığıma iyi gelsin diye içmişimdir, tamam mı?"

"Bak Hulusi, Kuran'da şarapla pişmiş et yemeği diye değil, domuz eti yemeyin diye yazıyor. Ben de şaraplı bonfileyi hazımsızlığıma iyi geliyor diye yiyeceğim, tamam mı?" dedi Tayibe.

"Seninle uğraşılmaz, bu yaşta nah bööyle dil! Sen küçük bir şeytansın, şeytan," dedi Hulusi ve bir ay kadar içki dolabına yanaşmadı.

Tedavinin ikinci yılına girdiğinde, Haşim'in ona kadınlarla kapandıktan sonra yaptıklarına dair her ayrıntıyı anlatmasını ister oldu nedense. Çenesi de kıllanmaya başlamıştı tek tük. Sonra bir gün hanımına, "Bu son aldığımız pantolon kötü mal çıktı, bir yıkayışta çekti, gidip şikâyet etsek," diyeceği tuttu. Aylin gözlerini kısıp baktı Hulusi'ye.

"Buraya gel Hulusi, pabuçlarını çıkar, dayan şu duvara," dedi. Kurşunkalemle işaret koydu Hulusi'nin tepesine. Mezurayı getirip ölçtü. Hulusi neticeyi duyduğunda bayılabilirdi sevinçten. Uzuyordu. Evet, çaktırmadan uzuyordu. Aylin elini Hulusi'nin yanağında gezdirdi. Sakalları da çıkıyordu hafif hafif. Sonra emretti, "Soyun!"

"Soyunamam abla," dedi Hulusi.

"Aptallık etme, ben doktorum. Çıkar gömleğini, hadi çabuk!" Hulusi gömleğini çıkardı, kollarını havaya kaldırdı Aylin'in incelemesi için.

"Koltuk altlarında kıllanma başlamış Hulusi. Pantolonunu da çıkar bakayım."

"Abla yapma, elini ayağını öpeyim. Onu çıkaramam bak."

"Saçmalama oğlum."

"Abla, öldür beni daha iyi. Aylin Hanım'ım yapma." Ağlamaya başladı.

"İyi, pekâlâ," dedi Aylin. "Mişel gelince o bakar."

İkinci yılın sonunda Hulusi normal bir erkek görünümüne büründü. Boyu uzamaya devam ediyor, iki üç günde bir tıraş da oluyordu. Odasına kapanıp açık saçık dergiler karıştırmaya, hatta mastürbasyon yapmaya bile başladı. Artık parasının çoğunu evine yollamıyordu. Bir erkek olarak bazı ihtiyaçları vardı. Tıraş kremleri, jiletler, porno dergiler, Haşim'le izin gecelerinde kızlara para yedirmeler. Ama henüz bir kadınla birlikte olmaya cesaret edemiyordu. Ergenliğini yaşayan bir genç çocuk gibiydi.

Tedavinin üçüncü yılı ortalanmıştı. Hulusi neredeyse yakışıklı bir genç adam görünümündeydi. Sık sık resim çektirip köyüne yolluyordu.

Haşim'le voltaladıkları akşamların birinde bir arabanın tepesinde, bacak bacak üstüne atarak oturmuş çok güzel bir kıza rastladı. Canı çok çekti, ama Haşim'den utandı nedense. Arkadaşının yanında kızı götürmek istemedi. Haşim'den bir bahaneyde ayrılıp doğru eve gitti. Odasına girdi, çamaşırlarının arasına biriktirdiği paralarını aldı, koşa koşa aynı yeri geri döndü. Kız hâlâ arabanın üstündeydi. Bacak bacak üstüne atmış, sigarasını tüttürüyordu. Yaklaştı. Yüreği o kadar hızlı atıyordu ki, sesini bile bastırıyordu gürültüsü. "Kaça?" diye sordu. "On dolar."

"Tamam, hadi," dedi Hulusi. Seksen altıncı caddede berbat bir otele girdiler. "On dolar da otel parası vereceksin." On doları resepsiyondaki zenciye tosladı Hulusi. Kız önden yürüdü, Hulusi süklüm püklüm takip etti. Perdeleri eprimiş, pis odada kız yatağa oturdu, "Sutyeni çıkarırsam, bir beşlik daha alırım," dedi. O çıkarsa beş dolar, bu çıkarsa beş dolar daha. Bitmeyen bir eziyet başladı. Hulusi'nin biriktirdiği paralar, beşer onar eriyordu. Umurunda bile değildi, isterse yüz dolar desin verecekti. Eli ayağı titriyordu. Bütün duyguları tek bir noktada toplanmıştı. Mastürbasyon yapmak istiyor, utanıyordu.

"Bu ilk seferin mi yoksa," dedi kız.

"Evet, ilk." Ohh, rahat bir nefes aldı.

"Koca herif seni." Kız yatağa sürükledi Hulusi'yi, alelacele soydu. Hulusi ne yapacağını bilmeden, elleriyle önünü örtmüş, öylece oturuyordu yatağın ucunda, utancından ölecek gibi oluyordu. Hulusi'nin organını ellerine aldı kız. İçine bir baygınlık bastı Hulusi'nin.

"Bir onluk daha bastırırsan, ağzıma da alırım," dedi.

"Ne istersen yap. Ne yaparsan yap." Sonrasını ancak hayal meyal hatırlıyordu Hulusi. Sanki yanındaki kız erkek de, o kadındı. Kendini tamamen kıza bırakmıştı. Kız bir üstündeydi Hulusi'nin, bir altında. Sağından giriyor, solundan çıkıyor, inliyor, elliyor, okşuyor, ağzına götürüyor, dişliyordu. Hulusi öte dünyalarda bir yerlerde nefes nefese koşmakta, içinde çağlayanlar boşalmaktaydı. Derken yüksek bir tepeden bağırarak, böğürerek düştü, düştü.

"Haydi tamam. Geldin işte, toparlan bakalım," dedi kız, yatakta sersem sepelek yayılıp kalmış Hulusi'nin paralarıyla çekip giderken.

"Bu odayı bir saatten fazla işgal edemezsin, sakın uyuyup kalma ha!" diye de tembihlemeyi unutmadı. Hulusi yattığı yerde bir süre daha yaşadı rüyasını. Ne kadar sürmüştü bu cennet? Bir ömür mü, bir saniye mi bilemiyordu. Her anı tekrar tekrar düşündü. Sonra başı hafifçe dönerek kalktı yataktan, giyindi, sokağa çıktığında yüzüne çarpan soğuk havayla kendine geldi. Eve kadar koştu, tam on blok. Eve vardığında saat ikiyi geçmişti. Aylin çoktan uyumuştu. Kapısını vurdu. Duymadı Aylin. Daha hızlı, daha hızlı vurdu.

"Ne var, ne oluyor?" diye yatağından fırladı hanımı, kapısını açtı.

"Hulusi, aman Allahım, Mişel'e, Tayibe'ye bir şey mi oldu? Ne var?"

Hulusi'nin kulaklarına kadar yayılmış ağzını gördü yarı karanlıkta.

"Hayrola Hulusi, ne istiyorsun bu saatte?"

"Aylin Hanım, abla. Oldu o iş."

"Hangi iş? Ne işi? Ne sırıtıp duruyorsun, söylesene."

"Oldu o iş."

"O iş? Hangi iş? Aaa, yoksa sen. Ne? NEE? Yoksa sen şey mi yaptın?"

"Becerdim sonunda abla."

"Becerdin mi? Birini mi?"

"Oldu abla, oldu. Vallahi de, billahi de oldu."

Aylin sabahlığını kapıp dışarı fırladı. Şimdi Hulusi'yle sarmaş dolaş dönüyorlar, dönüyorlardı. Hiç bitmeyen bir dans yapıyorlardı sanki. Hulusi'nin gözyaşları sel gibi boşalıyordu yanaklarından. Aynı anda, hem hıçkırıyor, hem gülüyor, hem de konuşuyordu.

"Allah senden razı olsun hanımım. Allah tuttuğunu altın etsin. Sen olmasaydın." Ağlamaktan konuşamıyordu Hulusi. Derken bir gülme krizine yakalanıyordu. Aylin'e de sirayet ediyordu gülme. Bu kez kahkahalar atarak dönüyorlardı odanın içinde. Koltuklara devrilip, yerlerde yuvarlanıyorlardı. Toparlanıp kalkıyor, yine dönüyorlardı, çılgınlar gibi.

"Mutfağa yürü," diyordu Aylin, "Bunu kutlamalıyız." Buzdolabından şampanya çıkarıyordu.

"Abla o içki beni ishal ediyor. Ben votka içsem."

Aylin yanaklarından iki sıra gözyaşı akarken, gülmekten de katılıyordu.

"Ne içersen iç. Ben Mişel'i arayıp haber vereceğim."

"Bu saatte mi? Yarın söylesek."

"Olmaz," diyordu Aylin, "Bu müjde bekleyemez. Çabuk telefonu getir bana."

Hulusi ilk tecrübesinden sonra yerinde duramaz oldu. Ne var ki bu işe para dayanır gibi değildi. 80. Sokak'ın kızları, hayatın tadını geç keşfetmiş Hulusi'yi soyup, soğana çevirmeye başladılar. Bir gün Hulusi suratı kıpkırmızı yolunu kesti Mişel'in.

"Bir şey soracağım size, çok özel," dedi.

"Sor bakalım Hulusi."

"Yok böyle ayak üstü olmaz. Ofise gelebilir miyim?"

"Hayrola, bir derdin mi var?"

"Evet, erkek erkeğe konuşmak istiyorum."

Gülmemek için kendini zor tuttu Mişel. "Saat altıda gel," dedi. Tam altıda Mişel'in karşısındaydı Hulusi. Son günlerde dikkatini çeken bazı arazları anlatmaya başladı.

"Oğlum, ben psikoloğum, bu iş benim işim değil," dedi. "Ben seni bu işten anlayan bir uzmana göndereyim."

"Beraber gitsek," dedi Hulusi. Bir bu eksikti diye düşündü Mişel.

"Benim İngilizcem yetmeyebilir de."

"Tamam," dedi Mişel. Ertesi sabah erken, 163. Cadde'deki kliniğe gittiler. Uzman doktor, Hulusi'yi içeri aldı, Mişel bekleme odasında bekledi. Birazdan çağırdılar içeri. Amerikalı doktorun anlattıklarını dinledi Mişel, Hulusi'ye döndü.

"Hulusi, tahmin ettiğim gibi, belsoğukluğu kapmışsın. Ne olduğunu biliyor musun?"

Hulusi kasım kasım kasıldı. "Bilmez olur muyum abi," dedi. Durumuyla ne kadar iftihar ettiği her halinden belli oluyordu. Amerikalı doktor yine bir şeyler söyledi.

"Doktor, korkmamanı söylüyor, bir antibiyotikle halledecek işini," dedi Mişel.

"Ne korkması Mişel Bey," dedi, "sen söyle ona, biz Türküz böyle şeylerden korkmayız evelallah!"

1983 başlarında haber saldı köyüne. Köyde haber bomba gibi patladı. Kız Hulusi evlenmek için kız arıyormuş. Kimi dalgasını geçti, kimi inandı, kimi de inanmadı. Resimlerine bakıp duruyorlardı ama, resme inan mı olurdu? Hulusi'nin köyünden hiç kimse Amerika'ya gitmek uğruna bile kız vermedi Hulusi'ye. İmdada yine Nilüfer yetişti. Evinde çalışan Fehime'nin kız kardeşini istetti, başlık parasını da tıkır tıkır ödedi.

Hulusi, düğünü inadına kendi köyünde yaptı. Kara kaşlı, kara gözlü fıkır fıkır karısı Şerife'yi alıp davul zurnayla götürdü köyüne. Köy halkı bir mucize nasıl gerçekleşmiş görmeye geldiler. Kızlarını vermeyen analar da saçlarını yoldular. Ailesi oğulları evlenince gelir kaynağından oldukları için Şerife gelini sevemediler. Hulusi bir kondu, alıp, oturttu karısını, bir yıl sonra da biraz daha para biriktirmek için New York'a geri döndü.

New York'ta bazı şeyler değişmişti yokluğunda. Tayibe, Tim ve Greg hafta sonları okuldan geldiklerinde ev eski neşesine kavuşuyordu, ama hafta içlerinde çocuklar yokken eksikliği hissedilen şeyler vardı. Evin eski tadı tuzu kalmamıştı. Mişel eve girer girmez klasik müziğini koyup köşesine siniyor, Aylin de surat asmaya başlıyordu. Aralarında konuşup gülüşmüyorlardı eskisi gibi.

Karı koca Hulusi'ye çok garip gelen bir yaşam tarzı başlattılar. Haftada iki gece ayrı ayrı geziyorlardı. Bazen biri çıkıp öteki evde kalıyordu. Artık tatillere de birlikte gitmez olmuşlardı. Aylin daha çok Türkiye'den gelen kız arkadaşlarıyla, Betin ve Kler'le çıkıyordu tatile. Mişel sinirliydi, özellikle Tayibe'nin dersleriyle ilgili sert uyarılar yapıyordu kıza, hafta sonları ders çalışma saatleri koyuyor, ödün vermiyordu.

Bir gün izinden döndüğünde evi altı üstüne gelmiş buldu Hulusi. Yerlerde cam kırıkları vardı. Bir iki vazo, birkaç tabla ve tabak kırılmıştı.

"Burası savaş meydanına dönmüş," dedi Tayibe'ye.

"Mişel'le teyzem savaştılar. Mişel Leylalar'a gitti," dedi Tayibe. Çok üzgündü, okula gitmek için evden ayrılırken sımsıkı sarıldı Hulusi'ye. "Ne olur dua et de barışsınlar," dedi.

Hulusi odasına girdi, bildiği bütün duaları okudu arka arkaya. Sonra birden "Allahım beni affet," diye fırladı, banyoya koştu, abdest alıp sil baştan okudu dualarını. O hafta duaları kabul olsun diye ağzına bir damla içki koymadı.

Birkaç gün sonra geri geldi Mişel. Ama artık Aylin'le, karı-kocadan çok iki arkadaş gibi yaşıyorlardı. Mişel çocukların odasında yatıyordu. Bazı geceler beraber yemek yiyorlardı, bazen tamamen ayrı programlar uyguluyorlardı. Kavgaları bitmişti. Hulusi nasılsa yakında yine eskisi gibi olurlar diye düşünüyordu. Onun gözünde ne Aylin'den daha güzel bir kadın, ne de Mişel'den daha yakışıklı bir adam vardı bu dünyada. Onlar birbirleri için yaratılmışlardı.

Aylin bir gün karşısına aldı Hulusi'yi. "Sana bir şey söylemek istiyorum Hulusi, otur şöyle," dedi. Sesi üzgündü. Hulusi çok kötü bir şeylerin olacağını sezmişti. Elleri buz gibi oldu. "Biz Mişel'le ayrılmaya karar verdik. O yakında taşınacak." Lafı nasıl getireceğini bilemiyordu. "Böyle olsun hiç istemezdim ama, artık sana ihtiyacım olmayacak Hulusi. Sen kendine bir iş aramaya başla. Ben de Mişel de senin için elimizden geleni yapacağız. Ben tekrar evlenecek olursam, zengin birini bulursam hele, hemen aldırırım seni yanıma," dedi.

Hulusi otuz yedi kat aşağıdaki ışıklı yeryüzüne son kez baktı odasının penceresinden. 1978 yılında, bu pencerenin önünde ilk durduğu anı hatırladı. Kendini bir tanrı gibi hissetmişti. Göklerde, yıldızların arasında oturan bir tanrı. Şimdi cennetinden kovuluyor, içini ürperten bir serüvene adım atmaya hazırlanıyordu, New York denen cehennemde.

•••

Talih Hulusi'nin yüzüne 1985 yılının son günlerinde bir kere daha gülecekti. Aylin'in yeniden evlenme ihtimali ufukta belirince, Nilüfer, Hulusi'yi koca New York'ta arayıp tarayıp bulacak ve onu Aylin'in evleneceği adamın evinde işe koşacaktı. 1986 yılı hayırlı uğurlu gelecekti Hulusi'ye.

# AVARE YILLAR

Aylin ve George Kroner, Japonya'ya gitmeden önce Londra ve Paris'e de uğradılar. Semra'nın o yıllarda Londra'da Sloane Square'de bir evi vardı. Amcasının kızı Ayşe Kulin de, İngiltere'de okuyan çocuklarını görmek için Londra'ya gelmiş, Semra'da kalıyordu. Aylin ve Ayşe belki de yirmi yıldır görmemişlerdi birbirlerini. Soysal Apartmanı'nda evcilik, saklambaç ve seksek oynadıkları çocukluk günlerinin ve Hilmi dayının Bostancı'daki evinde düzenlenen gençlik partilerinin, bahçe pikniklerinin üstünden yıllar, yıllar akmıştı. Evlilikleri, boşanmaları, mutlu veya acılı günleri ağızdan ağıza aktarılıp durmuştu birinden diğerine. Uzun yıllardan sonra nihayet buluşacaklardı. Semra bu çok önemli buluşmayı özel olarak kutlamak istedi. Ma Tante Claire'de üç kişilik yer ayırttı.

"Semra, şehirdeki en pahalı lokantayı seçmek şart mıydı?" dedi Ayşe.

"Sen karışma, ikinizi de ben davet ediyorum. Her birimiz dünyanın bir başka ucunda yaşıyoruz, bakarsın bir daha hiç buluşamayız," dedi Semra.

Cebinde parası olduğu zaman o parayı son kuruşuna kadar harcamak ve her şeyin en pahalısını, en iyisini almak mecburiyetini duyan kişilerdendi.

Ayşe ve Semra, erkenden hazırlanıp, uzun yıllardır görmedikleri kuzinlerini beklediler heyecanla. Aylin tam vaktinde çaldı kapıyı. Semra'nın dairesi o tipik İngiliz evlerinin en üst katındaydı. Otomatiğe bastı Semra, Aylin'in merdivenleri koşar adım çıkan ayak seslerini duydular ve birazdan Aylin, bir bahar rüzgârı gibi daldı içeri. Çığlıklar içinde birbirlerini kucakladılar üç kadın. Avaz avaz bağrışarak, ne kadar değiştiklerini, ya da hiç değişmediklerini, birbirlerini ne kadar özlediklerini, yılların içinde neler yaptıklarını anlatmaya çalışıyorlardı bir ağızdan ve bir anda. Bu coşkulu, kavuşma sevinci dolu bağrışmaların arasında açık unuttukları kapının dışında, nefes nefese yukarı tırmanan yaşlı adamı ilk Ayşe fark etti.

"Bir ihtiyar geliyor yukarı. Bu da kim, şimdi? Ayol adam merdivende tıkanıp kalacak, baksanıza," diye bağırdı. Yaşlı adam kapıya dayanmış, bembeyaz kesilmiş yüzüyle onlara bakıyordu.

"George bu, benim arkadaşım," dedi Aylin.

"George bence senin değil, dedenin arkadaşı olmalı," dedi Ayşe. Semra koluyla dürttü kuzinini, Ayşe'nin kahkahası dudaklarında dondu kaldı.

"Ben George Kroner," dedi yaşlı adam, Semra'yla Ayşe'nin ellerini öptü, salona geçip oturdu.

Ayşe'nin nutku tutulmuştu. Bir süre içeri giremedi. Mutfağa gitti, orada oyalanırken, Semra geldi peşinden.

"Aylin'in 'boy friend'i bu adam. Sen ne gaf yaptın öyle?" dedi gülerek.

"Neden daha önce söylemedin bana?"

"Onu da getireceğini bilmiyordum."

"Gücenmiş midir bana Aylin?"

"O hiç aldırmaz öyle şeylere," dedi Semra "hadi, burada durma öyle cezalı gibi, içeri gel."

Ayşe bir süre ne yapacağını bilemeden dolandı mutfakta. O güzelim Aylin'in yanındaki ihtiyarı düşündükçe, boğazına bir şey tıkanır gibi oluyordu. Kroner onlarla birlikte yemeğe gelmedi. Evden hep beraber çıktılar, adam yapacak işleri olduğunu söyleyip, ayrıldı onlardan. Ayşe, Aylin ve Semra bir taksiye atlayıp Ma Tante Claire'e gittiler. İlk şarap şişesi yarılandığında Aylin Ayşe'ye;

"Kıvranıp durma karşımda, sana hiç gücenmedim. George'un ne kadar yaşlı olduğunu, üstelik yaşından da fazla gösterdiğini ben de biliyorum," dedi.

İkinci şişe yarılandığında Ayşe, "Aylin," dedi yavaşça, "George Kroner, üstündeyken ölüverir diye korkmuyor musun hiç?"

"Hayır," dedi Aylin. "Korkmuyorum, çünkü öyle bir durum hiç olmuyor."

Aylin, Ayşe ve Semra birbirlerini görmeden geçirdikleri uzun yılları kapamak istercesine, hayatlarında hiçbir ayrıntıyı unutmadan birbirlerine aktarırlarken deliler gibi eğleniyorlar, çılgınlar gibi gülüyorlardı. Sanki Aylin'le Ayşe, binlerce yıl öncesinin Soysal Apartmanı çocukları olmuşlardı. Her bir çocukluk anısı, kahkahalar içinde ortaya dökülüyordu.

Yanlarındaki masaya iki arkadaşıyla Esra Bereket gelip oturmuştu. Masada patlayan kahkahaların bir türlü kesilmediğini görünce uzanıp;

"Yahu kızlar, bize de söyleyin neye gülüyorsanız, eğlencenizi kıskandık, haberiniz olsun," dedi.

"Çok uzun yıllardan beri üçümüz ilk kez bir araya geliyoruz, çok da şarap içtik, kusura bakma Esra," dedi Semra.

"Kusura bakmıyorum, gıptayla bakıyorum," diye yanıtladı Esra Bereket.

Aylin'le Ayşe seslerini ve kahkahalarını ayarlamaya çalıştılar. Üçüncü şarap şişesi lokantayla birlikte boşaldı. Semra çoktan ödemişti hesabı, ama laf bir türlü bitmek bilmiyordu. Garsonlar dört dönüyorlardı masanın etrafında.

"Kovulmadan kalkalım kızlar," dedi Semra. Birbirlerine tutunarak ancak kalkabildiler.

Sokağın soğuğu yüzlerine çarptığında Ayşe belki de böylesine sevgi ve özlem dolu, duyarlı, eğlenceli, sıcak ve samimi bir üç saati bir daha hiç yaşayamayacağını düşünüyordu. İyi bilmişti.

Aylin Londra'dan sonra Paris'e geçti Kroner'la. Yaşlı adam, yanındaki kadının her arzusunu emir kabul ediyor, onu en iyi lokantalarda ağırlıyor, en pahalı şarapları içirtiyor, tiyatroların, operaların, müzikallerin en iyi yerlerini ayırtıyordu.

Çok ender de olsa ara sıra aklına geliyordu Aylin'in, New York'taki evinin yatak odasında Leyla'nın çırpınışı. Yüreğinin derinliklerinde bir yer sızlıyordu bir an. Sonra kendini East End Avenue'deki evlerinde bir iş dönüşü hayal etmeye çalışıyordu. Mişel kitaplarını yanındaki sehpanın üzerine dizmiş, ayaklarını pufa uzatmış, müziğini sonuna kadar açmış. Kendi kucağında hasta dosyaları.

"Bu hafta sonu, Long Island'a..."

"Beni hafta sonu trafiğine sokma da ne istersen yap Aylin," diyordu. Birazdan yattıklarında sevişmek de isteyecek. Hiç bıkmadan usanmadan her gece, ya da iki gecede bir. Tanrım, ne güçlü bir libido! Aylin şampanyasından bir yudum içip, gözlerini kırpıştırıyordu, bu hayali kovmak için.

"Bir şey mi istediniz, güzelim," diye soruyordu Kroner, "Şampanyayı mı beğenmediniz, hemen geri yollayalım."

Gecenin sonunda, ellerini dudaklarına götürecek, parmaklarının uçlarını öpecek, yanağına, dudaklarının kenarına birer öpücük konduracak, "İyi uykular güzelim, sabaha görüşürüz," diyecek.

Paris'ten sonra Japonya. Uzakdoğu'da, bir Uzakdoğulu prenses gibi el üstünde tutularak, şımartılarak. Oysa Aylin gerçek bir prenses olduğunu sandığı günlerde bile bu kadar itibar görmemişti. İpek kimonoların, incilerin içinde yüzüyordu. Tokyo'yu, Kiyoto'yu bir uçtan öbür uca geziyordu.

Aylin New York'a döndüğünde Mişel'in kendine bir küçük daire tutarak Leylaların evinden taşındığını öğrendi. Japonya seyahati, bu evliliğe son noktayı koymuş oluyordu. Bir süre Mişel'le beraberliğinin son bulmasının acısını yüreğinde taşıyarak dolandı. Bir evliliği bitirmişti. Bir hiç uğruna bitirmişti. Artık ne Tayibe'nin, ne de kendinin okul ve iş dönüşlerinde sığınacakları sıcak bir yuvaları yoktu. Dertlerini açacakları, dayanacakları, danışacakları bir aile reisleri de yoktu. Şimdi yalnızdı Aylin, yapayalnızdı. Annesini kaybettiğinde duyduğu yalnızlığı ve çaresizliği andırıyordu içinde taşıdığı boşluk. Tayibe daha çocuktu, çok şeyi anlamaktan, onun dertlerine ortak olmaktan ne kadar uzaktı. Ama iyi ki vardı, hiç olmazsa o vardı. Şimdi düzeni bozulmuş, disiplini azalmış bekâr evlerinde baş başa kalmışlardı. Kolunu kanadını kendi elleriyle kırmış bir genç kadın ve ilk gençliğini yaşayan bir körpe kız. Sorumluluğunu yüklendiği bu küçük kız için fedakârlık etmesi gerekiyordu. Başıboş bir kuş gibi uçup duramazdı, özgürlüğünü gönlünün istediği gibi kullanamazdı. Aynı çatının altında yaşıyordu Tayibe. Öyle bir yaştaydı ki, huzura, güvene ve kendine örnek olacak bir "anne" modeline her şeyden çok ihtiyacı vardı. Bunları düşündüğünde "ah, ben ne yaptım," diyordu kendi kendine Aylin. Kendini zor günlerin beklediğinin farkındaydı.

O yıl, Amerika'da yaşayan Robert Kolej Mezunları Derneği'nin başkanlığına tekrar seçilmek istemedi, adaylığını geri çekti. Ama dernekle ilgisini hiç koparmadı ve toplantıları izlemeye gayret etti. Bu dernek onun vatanı, gençliği ve geçmişiyle arasındaki organik bağdı. Dernekten ne zaman arasalar, bir yardım isteseler, iki eli kanda olsa koşup gidiyordu. Türkiye'den gelen konuklar için verilen davetleri hiç kaçırmıyordu.

Böyle bir dernek gecesinde mütevelli heyetinin üyelerinden Timothy Childs'la aynı masaya düştü.

Timothy Childs, herhangi bir genç kadının ilgi alanına girebilecek yaşı çoktan aşmıştı ama, Aylin'in erkekler konusunda yaş sınırlaması yoktu. Adamın Türklere olan sempatisinden, Türkiye hakkındaki derin bilgisinden çok etkilendi. Childs ise yemeğin sonunda Aylin'in kolayca etkilediği birçok erkek gibi, dünyada hiçbir kadının aynı anda bu kadar hoş, zeki ve eğlenceli olamayacağını düşünüyordu. Masadan kalkmadan önce Aylin'in kulağına eğilerek fısıldadı.

"Genç ve bekâr olsaydım, size delice âşık olur, evlenme teklif ederdim."

"O halde başka bir teklifte bulunmayı deneyin Mr. Childs," dedi Aylin, "Mesela birlikte çok hoş vakit geçiren iki arkadaş olabiliriz. Buna ne evliliklerimiz, ne de yaşlarımız mani."

Tim Childs ile Aylin zaman içinde birbirlerinin operayı çok sevdiklerini ve her yeni oyunun ilk gecesi için kombine biletleri olduğunu keşfettiler. Aylin galalarda hep Tim Childs'a rastlıyor ve karısını sorduğunda aynı yanıtı alıyordu: "Eşim opera sevmez." Böyle dört-beş rastlantının sonunda, Tim Childs Aylin'e geri çeviremeyeceği bir teklifte bulundu. Niye bu gala gecelerine birlikte gitmesinlerdi. Operadan önce veya sonra yiyecekleri bir hafif yemekle, sohbet imkânı da elde edebileceklerdi.

İlkin, opera öncesi, erken yemeyi denediler ama Aylin'in geç saatlere kadar sürebilen hasta randevuları, bu erken yemekleri sekteye uğrattı. Operadan sonra "supe" yapmayı denediler, bu kez de Childs geç saatlerde kentin epey dışındaki evine gitmekte zorluk çekiyordu. Derken harika bir formül buldular. Yemeklerini operanın restoranında, ilk iki perde arasında yiyorlar, tatlılarını ikinci ve üçüncü perde arasına ya da temsil sonrasına bırakıyorlardı. Childs, arabasını bir garaja park ediyor ve o gece için kiraladığı şoförlü bir limuzin ile alıyordu Aylin'i evinden. Araba onları operaya bırakıyor, temsil çıkışı da kapıda bekliyordu. Böylece taksi bulmak için koşuşturmaya da gerek kalmıyordu. Bu formül Aylin'in çok hoşuna gitmişti. Prensesler gibi gezmek, prensesler gibi ağırlanmak. Ama nedense Childs'ın kendini ofisinden almasını hiç istemiyordu. Son hastasını yolladıktan sonra ofise çok yakın evine kadar koşturuyor, evin kapısında bekliyordu Childs'ı. Ayrı yaşadığı kocasından çekindiğini fark eden Childs, bir gün dayanamayıp sormuştu; "Seni ofisinden almamda bir sakınca mı var?"

"Henüz boşanma işlemlerimiz tamamlanmadı. Mişel kıskanç bir adamdır. Bir terslik çıkmasını istemiyorum," demişti Aylin. Aslında Mişel'in hiçbir terslik çıkarmayacağını biliyordu ama, ayrıldığı kocasının onu yaşlı bir adamın limuzinine binerken gördüğü takdirde yanlış şeyler düşünmesinden çekiniyordu. Mişel'in kafası, içinde cinsel ilişki bulunmayan kadın-erkek ilişkisini almazdı. Ayrılmış olmalarına rağmen hâlâ "Mişel benim için kötü şeyler düşünmesin," endişesindeydi Aylin. Önce Kroner, arkadan Childs. Mişel onu zengin ihtiyar avına çıkmış bir "famme fatale" gibi görsün istemiyordu. Bu yüzden dikkatli olmalıydı.

Aslında Mişel'den, boşanmaya ilişkin bir teklif de gelmemişti henüz. Aylin de bu konuyu hiç açmıyordu. Boşanma işlerine girdiklerinde her ikisinin de maliki bulundukları apartman dairesini paylaşmaları gerekecek, bir sürü tatsız işlem çıkacaktı ortaya, böylece Mişel ile olan son bağı da koparmış olacaktı. Sonsuz bir boşluğa yuvarlanmaktan korkuyordu o zaman. Allahtan Tayibe vardı. O küçük kız, Aylin'in ruh sağlığı ve kimlik sigortası gibiydi. Karamsarlığa, umutsuzluğa kapılacağı anlarda, onun varlığını ve sorumluluğunu düşünüyor, kendine çeki düzen veriyordu. Bir gün Tayibe'ye bu kadar düşkün olan Aylin'in neden üç evliliğe rağmen çocuk yapmadığını sormuştu Tim Childs.

"Çocuk sevgin o kadar derin ki, hayret ediyorum, neden bir çocuğun olsun istemedin?" demişti. Aylin'in her zaman muzip ışıklar saçan gözlerine, ilk kez bir hüzün düşmüştü bir anda.

"İstemez olur muyum, Tim. Yedi-sekiz tane çok ısdıraplı düşükten sonra, denemekten vazgeçtim. Son seferinde hayatım da tehlikeye girmişti. Sonra ablam, bana Tayibe'yi verdi."

"Tayibe'yi sana Tanrı vermiş bence. Ablan kızını sana teslim etmeyi kabul etmeyebilirdi."

"Etti ama. Ben de bu borcumu ona yaşadığım sürece ödemeye hazırım. Her türlü kaprisine, hiç gocunmadan boyun eğiyorum Tim," demişti Aylin.

Aylin o yıllarda mesleğinin zirvesindeydi. New York'un en gözde, en aranan psikiyatrı olmuştu. Hayatında yeni oluşan boşluğu doldurmak için deli gibi çalışmaya devam ediyor, tatillerde Croner'ın, geri çevrilmesi zor seyahat tekliflerini çoğunlukla kabul ediyor, Çin, Japonya, Paris, Londra, Macaristan'da dolaşıyordu. Opera galalarına Tim Childs'la, akşam yemeklerine başka bir yaşlı hayranı Sid Tauker'la çıkıyordu. Yaşamını öyle bir ayarlamıştı ki, belki de tek bir saniyesi bile boş değildi, hiç yalnız kalmıyordu. Ama bütün bu koşuşturma ve kalabalık içinde, yapayalnızdı. Kendinden çok yaşlı hayranları tarafından el üstünde tutulmasına, iltifatlara gark olunmasına karşın, yüreği bomboştu. Yatağı da. Hayatındaki bu eksiliğinin farkındaydı. Ama nedense yaşlı dostlarının iltifatlarına, sınırsız hayranlıklarına ihtiyaç duyuyordu, tıpkı bir müptela gibi.

Bugünlerin birinde nihayet yaşça babası yerinde olmayan, hoş, çekici ve entelektüel bir erkekle tanıştı: Richard Ekstrakt. Çoğu yaşlı dostları gibi, onu da Hilmi dayısının vasıtasıyla tanımıştı ama, o, diğerlerinden çok daha gençti. Richard'ı Hilmi Bayındırlı'nın mali işlerini idare eden borsacı Michael Brannerman tanıştırdı Aylin'e. Sanat dergileri yayımlayan bir yayıncıydı ve dolayısıyla Aylin'in çok önemsediği sanatsal değerlere sahipti, resimden, müzikten, antikadan anlıyordu.

Richard, Aylin'le iki yıla yakın flört etti. Bu arkadaşlık ne Kroner'ın ne de Childs veya Tauker'ın dostlukları gibi yaşlı erkekler tarafından genç ve hoş bir kadına duyulan derin hayranlık üstüne kurulu steril bir arkadaşlık değildi. Richard Aylin'den, operaya, sergi açılışına ya da tiyatroya gittikleri akşamların devamında evine de gelip kalmasını istiyor, itiraz edildiğinde sinirleniyordu. Üstelik Aylin'e diğer yaşlı hayranları gibi sonsuz iltifatlar da etmiyordu. Oysa Aylin ne zamandır ruhunu, abartılı komplimanlar, sınırsız hayranlık gösterileriyle beslemeye alıştırmıştı. Erkeklerin gözlerinde devamlı bir "senden güzeli, akıllısı, esprilisi yok" bakışı görmek istiyordu. Richard'ın ilgisini çekebilmek için aşırı hareketlerde bulunuyor, abartılı danslar, kahkahalar, davranışlarla gerçi çok dikkat çekiyordu ama, Richard'ınkini değil.

Richard Ekstrakt, Aylin'in ruhunu okuyabilen belki de tek erkek olmuştu. Karşısındaki kadının değerinin kesinlikle farkındaydı. Aylin gerçekten de üstün zekâlı, üstün yetenekli, çok hoş ve güzel bir kadındı. Çok eğlenceliydi.

Bir toplantıda onun yanında oturup da eğlenmemek, gülmemek ve bilgi dağarcığının ne kadar çeşitli ve geniş bir malzemeyle yüklü olduğuna şaşmamak mümkün değildi. Ama ruhunun bir köşesinde bir türlü dolduramadığı bir boşluk vardı sanki Bir şeyler ona bir türlü yetemiyordu. Bir türlü tatmin olamıyordu. Bir türlü huzura kavuşamıyordu. Aradığı ne paraydı, ne lükstü, ne cinsellikti, ne de güçtü. Hatta ruhunu beslediğini zannettiği kendine duyulan hayranlıklar, söylenen güzel sözler de değildi peşinde koştuğu. Bir türlü neye doyamadığını, neyin arayışı içinde olduğunu kendisi de bilemiyordu ki, Richard bilebilsin.

Ama o, Aylin'i tatmin edebilmenin ya da ettiği takdirde bunu sürekli kılmanın mümkün olamayacağını çabuk gördü. Aylin'le çok ciddi boyutlara varabilecek bir ilişki geliştirmekten kaçındı. Aylin de zaten o sıralarda hiçbir erkeğe kayıtsız şartsız bağlanmak niyetinde değildi. İlişkileri yukarı doğru yükselen bir doğru çizerken, önce bir yatay çizdi, sonra da alçalmaya başladı. Aylin ve Richard birbirlerini hiç kırmadan, hiç incitmeden, iki sevgili konumundan birbirleriyle iyi vakit geçiren iki arkadaş konumuna geliverdiler.

Bu ilişkinin bitişine, Aylin'in dostları arasında en sevinen Ömer Koç oldu. Ömer, Aylin'in arkadaşı değil, çocuğu olacak yaştaydı. Sevgi halasının sınıf arkadaşı olan bu renkli kadını Amerika'ya tahsile gittiği zaman halası tanıştırmıştı ona. Ömer, Aylin'e bayılmıştı. Onun mesleğine gösterdiği ciddiyet ve titizliğe karşın, sosyete kurallarını altüst eden umursamaz halinin yarattığı tezatı çok ilginç bulmuştu. Aylin'in dostları arasında yaş limitinin de olmaması hoşuna gidiyordu. Seksen yaşında bir erkekle flört edebildiği gibi, on sekiz yaşındaki bir gençle de arkadaşlık kurabiliyordu.

Ömer, Tayibe'yi de tanımıştı. Aylin vasıtasıyla. Ama onun esas arkadaşı Aylin'di. Bazı hafta sonları Aylinlerde kaldığı için Richard'la da tanışmıştı. Evet, sanatsal bir yanı olabilirdi ama Richard Ekstrakt tuhaf kıyafetler giyiyordu nedense. Bir hafta sonu ağabeyi Mustafa ile birlikte rastlamışlardı Aylin'in evinde Richard'a. New York diz boyu kar altındaydı. Richard üstünde bir kürk palto ile gelmişti.

"Öğğğ, mide bulandırıcı! Gerçek bir beyefendi asla kürk giymez..." demişti Anglofil Mustafa.

Ömer, Richard'ın uzun bir zaman ortalıkta görünmeyişinden işkillenip, "Kürklü adam nerelerde?" diye sormuştu Aylin'e.

"Kürkçü dükkânına geri döndü."

"İyi etmiş. Sana layık değildi."

"Aa, ben onu sevdiğini sanıyordum. Sanat üstüne konuşur dururdunuz."

"Sanattan anlıyordu ama, giyinmesini bilmiyordu," dedi Ömer Koç.

"Madem giyimden bu kadar anlıyorsun, söyle bakalım, Üner Kırdar'ın yılbaşında vereceği kıyafet balosuna ne giyeyim?" dedi Aylin.

"Kıyafet balosu mu var? Ayy ne hoş!" dedi Ömer Koç.

"Sen de gel."

"Davetli değilim ki."

"Benim kavalyem olursun. Ha ha ha, ne eğleniriz. Aylin morukları bıraktı, gençlere başladı diye dedikodu ederler."

"Estağfurullah."

"Hiç aldırmam ben öyle şeylere. Ne isterlerse desinler. Söyle bakalım, ne giyelim o gece?" dedi Aylin.

"Kendinle tam tezat teşkil edecek bir şey ol. Mesela bir rahibe," dedi Ömer.

"Ah, ne iyi bir fikir. Üstelik uygulaması da kolay. Nancy bana âlâsını bulur rahibe kıyafetinin."

"Bana da, kavalyen olacağıma göre, ister istemez papaz olmak düşüyor," dedi Ömer.

O yılbaşı partisi, herkesin deliler gibi eğlendiği bir gece oldu. Coşkun Kırca, kayınbiraderi Özcan Ergüder'in ona Cidde'den getirdiği cebellayı giymiş, sakal bıyık takmıştı. Gerçek bir Arabistanlı gibiydi. Tanınmamak için karısıyla birlikte gelmemişti. Sinan Korle ise başında melon şapkası, redingotuyla bir getto Yahudisi olmuştu. Coşkun onu görünce, "Ehl-i Yehuda" diye bağırarak, belindeki kılıcı çekip üstüne yürüyünce, Üner Kırdar'ın, kavga çıkacak diye yüreğine inmişti. Rahibe kıyafetini giyince Aylin'in yüzüne de nurlu bir ifade gelip oturmuştu ki, en başta Coşkun Kırca, herkes dalga geçiyordu. Sonunda Aylin dayanamadı;

"Papaz efendi oğlum," dedi Ömer'e. "Şunlara söyle, kafamı fazla kızdırmasınlar. Rahibe kıyafetimi çıkarıveririm, içime de hiçbir şey giymedim, haberleri olsun!"

Aylin özgürlüğünün tadını çıkarıyor gibiydi.

Mişel de bu arada birkaç kişiyle kısa süren beraberlikler kurmuş, sonunda tekrar evlenmeye karar vermişti.

Aylin'e boşanmaları için ilk teklifi o yaptı. Aylin'in, biraz da boşanmayı yokuşa sürmek gayreti içinde, ev konusunda sorun çıkarabileceğini tahmin ettiğinden evi tümüyle ona bırakmaya karar vermişti.

"Bu evi her ikimiz de paralarımızı birleştirerek aldık ve borcunu birlikte ödedik. Gerçekten evi bana mı bırakıyorsun Mişel?" diye sordu Aylin.

"Evi satalım, bedelinin yarısını bana ver desem kabul edecek misin?"

"Hayır. Ben bu evde oturuyorum, boşanmak isteyen de sensin."

"Evde sen otur, bana da yarı değerini öde desem?"

"Öyle bir birikimim yok, bunu sen de biliyorsun."

"Tamam işte, evi sana bırakıyorum. Böylece bir bedel ödüyorum boşanmak için."

Aylin hiç savaşmadan kolayca kazanmaktan hoşlanan biri değildi.

"Ama evin yarısı senin."

"Aylin, seninle evli olmasaydık, senin sosyal yönünden faydalanmasaydım, ne kadar iyi bir psikolog olursam olayım, bunca hasta edinebilmeme imkân yoktu. Senin sosyal ilişkilerdeki başarın yüzünden, yıllarca başımıza gökten yıldız yağar gibi hasta yağdı. Sen olmasan bu kadar çok para kazanamaz, böyle bir evin sahibi de olamazdım."

"Biz çok iyi birer uzmanız, Mişel."

"Elbette öyleyiz, ama bizim kadar iyi olan başkaları bizim kazandığımız paraları kazanamıyor."

"Yani evi bana bırakıyorsun, öyle mi?"

"Evet. Evi bir gün satacak olursan, belki bana da bir şey ayırırsın," dedi Mişel.

"Bir gün vasiyet hazırlatacak olursam, Tim ve Greg'e mirasımdan pay bırakacağım. Onlara çok emeğim geçti, onlar benim de çocuklarım sayılırlar," dedi Aylin.

Mişel'le Aylin, denk düşerse on günde bir, en azından ayda bir kere birlikte öğlen yemeklerine çıkıyorlardı. Ofislerini son zamanlara kadar paylaşmışlardı. Ama Richard Ekstrakt'la flört etmeye başladıktan sonra, muayenehaneye gelen flörtünü Aylin, "Bak Mişel bu Richard, yeni sevgilim, bu da kocam Mişel," diye birbirlerine tanıştırdıktan sonra Mişel son derece rahatsız olmuştu. Aylin'in bunu özellikle onu kızdırmak, hatta kıskandırmak için yaptığını biliyordu. Ayrıca birlikte yaşadığı Rita'ya karşı da eski karısıyla aynı ofisi paylaşıyor olmak istemiyordu. Yakınlarda bir yer aramış, bulmuş ve kısa bir süre önce ayrılmıştı muayehaneden.

"Ne kadar tutucusun, başka bir asra aitsin sen," demişti Aylin. O da boşalan odaya bir başka doktor bulmak zorunda kalmıştı. Artık ofiste karşılaşma imkânı kalmadığına göre, hem özel hem de mesleki görüşmelerini öğlen yemeklerinde yapar olmuşlardı.

"Bu çarşamba sana uygun mu?" diye sordu Mişel telefonda.

"Saat 12:30'da her zamanki yerde," dedi Aylin. Her zamanki yer, paylaştıkları ofisin hemen hemen karşısına düşen küçük bir İtalyan lokantasıydı.

Çarşamba günü Mişel Aylin'den yirmi dakika önce geldi lokantaya. Hiç âdeti olmadığı halde bir bardak beyaz şarap istedi. Aylin geldiğinde şarabını bitirmiş, bardağını geri yollamıştı. Önce Tayibe'nin genel durumunu, derslerini sordu. Sonra Tim ile Greg'den bahsettiler bir süre. Derken

Aylin, Laurie Kraus'tan söz açtı. Yemeğin sonuna doğru Mişel; "Aylin, sen ne durumdasın bu günlerde?" diye sordu.

"İyiyim, Allah'a şükür."

"Gerçekten iyi misin?"

"Ne demek istiyorsun, kuzum?"

"Bana doğruyu söylemeni istiyorum."

Aylin eliyle saçlarını kabarttı, "Kötü mü görünüyorum Mişel. Çok mu değiştim? Yaşlandım mı?"

"Ben senin fiziksel görüntünden söz etmiyorum. Her zamanki gibi hem çok hoş, hem de çok şıksın merak etme. Ama için ne durumda Aylin, mutlu musun?"

"Mutsuz değilim."

"Richard'la ilişkinin eskisi gibi olmadığını biliyorum."

"Onunla arkadaşız."

"Aylin bizim yaşlarımızda insanlar arkadaşlıklarla yetinemezler. Baban yaşında bir sürü adamla dolanıyorsun. Hepsi de arkadaşın. Sevgilin olabilecek kişileri ne yapıp edip itiştiriyor, arkadaş statüsüne getiriyorsun? Sonuçta yalnız kalıyorsun. Belki bir sürü arkadaşın var, ama tek bir tane hayat arkadaşın yok. Bu niye böyle? Niye doğru dürüst bir ilişki kurup götüremiyorsun? Bu konuda düşündün mü hiç? Belki de yardıma ihtiyacın vardır."

Aylin bir süre hiçbir şey söylemeden durdu. Konuşmaya başladığında sesi hafifçe titriyordu.

"Sen bana hâlâ kızgınsın Mişel," dedi, "evliliğimizden sıkılıp, biraz nefes almak istemiş olduğum için, beni hiç affetmeyeceksin."

"Aylin ne saçma böyle değerlendirmen. Ben senin iyiliğini istediğim için..."

"Gerçekten benim iyiliğimi isteseydin, her şey çok başka türlü olabilirdi. Bana anlayış gösterir, bir deneme yapmaya çalışırdın. Kendine hemen bir sevgili edinip, boşanmaya kalkmazdın."

"Normal, sıradan insanların hayatlarını biriyle paylaşmaya ihtiyaçları vardır."

"İşte tam üstüne bastın canım, ben sıradan değil, sıradışı biriyim. Dolayısıyla benim ihtiyaçlarım da değişik oluyor."

"İyi," dedi Mişel, "sıradışı olduğun için o ihtiyarlarla dolana dur. Ama sen gerçek hayattan bucak bucak kaçıyorsun ve bunun farkında bile değilsin."

"Ben hayattan değil, tekdüzelikten kaçıyorum, asıl sen bunun farkında değilsin."

Yanıtlamadı Mişel. Aylin'e duymak istediği şeyleri söyleyebilmekte hiçbir zaman başarılı olamamıştı. Aylin çantasını toparlayıp kalktı, iskemlenin arkasına astığı ceketini koluna aldı, "Yemek için teşekkürler Mişel," dedi, "bir sonraki benden olsun."

"Ay sonuna doğru ararım seni. Tayibe'yi de çok öp, selam söyle," dedi Mişel. Aylin çıktıktan sonra, "Bana bir bardak beyaz şarap daha getir," diye seslendi garsona.

# JOSEPH CATES

New York Hospital'ın psikiyatrı Dr. Gordon, Aylin'i komşusu Joe Cates'e tanıştırmadan önce, ona epey söz etmişti Aylin'den. Joe'nun, genç kızlık dönemine yeni girmekte olan sorunlu bir kızı vardı. Alex, tam anlamıyla geri zekâlı sayılmazdı ama, ona normal demek de mümkün değildi. Okumayı sökmek için özel hocalardan ders almış, normal çocukların bir yılda öğrenebildiğini o üç yılda öğrenmiş ve en basit aritmetik işlemlerini bile sökmeyi becerememişti. Buna karşın mekanik el becerisi isteyen aletleri ondan daha iyi kullanabilen hiç kimse yoktu ev halkının arasında. Bir sürü insanın telefon numarasını ve araba plakasını ezbere biliyordu. Alex'in Uzakdoğulu annesi, üç küçük kızını bırakıp giderken, hiçbirini yanına almak istememiş, Joe'nun onlara kendinden daha iyi annelik yapacağından emin olduğunu söylemiş ve boşandıktan sonra da kızlarıyla pek az ilgilenmişti.

Alex babasından gördüğü ilgi ve sevgiye rağmen annesinin eksikliğini hep hissetmişti. Şimdi de New York'ta gençleri bekleyen en büyük tehlikelerden biriyle karşı karşıyaydı. Babası sorunlu kızının erkek arkadaşı vasıtasıyla uyuşturucuya bulaşmasından korkuyor, Alex'in ablaları Valerie ve Phoebe'den kardeşleriyle ilgilenmelerini istiyordu. Ama onlar kız kardeşlerine vakit ayırabilecek durumda değildiler.

Phoebe, aktör Kevin Kline ile evliydi ve sinema dünyasında kendine yer edinmeye çalışan, televizyon dizilerinde rol alan küçük çapta bir oyuncuydu. Tüm vaktini deneme çekimlerine ayırıyordu. Valerie, Colombia Üniversitesi'nden sanat tarihi üstüne masteri olmasına karşın, tiyatro oyunculuğuna soyunmuştu ama, önemli rolleri almakta zorlanıyordu. Kocası bir reklam şirketinde başarılı bir sanat yönetmeni olarak çalışırken, ressam olmaya karar vererek istifa etmişti. Resimleri çok satmayan bir ressamdı. Para sıkıntısı çeken genç karı kocaya Joe, maddi yönden destek olmaya çalışıyordu. Kısacası, kendi sorunlarıyla haşır neşir olan ablalarının yaşamında, Alex'e hiç yer yoktu.

Alex gerçekten yardıma muhtaç durumdaydı ama, çocukluğundan beri sık sık psikiyatrlar ve doktorlar elinde kaldığından, doktor lafı edildiğinde sinir krizleri geçiriyordu.

Dr. Gordon, Aylin'in ümitsiz vaka olarak nitelendirilen Laurie Kraus üstündeki mucizesine tanık olmuştu. Laurie'yi yıllardan beri tanıyordu. Her intihar teşebbüsünden sonra tilkinin kürkçü dükkânına dönmesi gibi, acilde bulurdu onu, belki bu kez bir neticeye ulaşılır diye, bir başka psikiyatrın bakımına verirdi. Kendi de birkaç yıl boyunca uğraşmıştı Laurie'yle. Derken Dr. Radomisli'yi bulmuştu Laurie. İki yıl sonra, "Radomisli'yi tanımamış olsaydım, bugün hayatta olamazdım," demişti Dr. Gordon'a.

Joe, zihinsel özürlü kızının İspanyol asıllı arkadaşından yediği tokat yüzünden patlayan kulağının tedavisi için gelmişti Acil'e. Dr. Gordon'a haber yollatmıştı. Kızı için çok üzülüyordu. Aylin'den Joe Cates'e bahsetmeye işte o gün karar vermişti Gordon.

"Benim psikiyatr bir arkadaşım var, gerçekten çok başarılı bir doktor. Alex'e yardım edebileceğine inanıyorum. Tanıştırmamı ister misin?" diye sormuştu arkadaşına.

"Bu çocuk çok zor ilişki kuruyor. Ona nasıl yardım edebileceğimi ben de şaşırdım artık."

"Ama Radomisli mucizeler yaratabiliyor, inan bana, bir kere denemelisin onu."

"Alex'i götürmeden önce, tanışmak isterim onunla. Hem çocuğun geçmişini anlatmam gerekiyor, hem de Alex'in hoşlanmayacağı biriyse, boşuna vaktini almayalım kadının, biliyorsun kızımın durumunu."

"Bir gün her ikinizi de bana çağırayım, eğer aklın yatarsa, randevu alır götürürsün Alex'i," demişti Gordon.

Bir akşamüstü birkaç arkadaşını evine içkiye davet etti Steven Gordon. Joe, son dakikada çıkan bazı sorunlardan dolayı erken ayrılamadı ofisten, en geç o geldi davete. İçeri girdiğinde, birkaç kişi ayakta, ellerinde içki bardakları sohbeti koyulaştırmışlardı. Birkaç kişi de uzun divana oturmuş, konuşuyorlardı. Bazılarını tanıyordu. Dr. Radomisli'nin odadaki kadınlardan hangisi olabileceğini tahmin etmeye çalıştı. Fazla bir seçeneği yoktu, tanımadığı sadece iki kadın vardı odada, bir tanesi manken ya da sinema yıldızı filan olmalıydı. Doktor olamayacak kadar hoş, şık ve alımlıydı. Öteki kadına doğru yürüdü.

"Dr. Radomisli?"

Kadın şaşkın şaşkın baktı yüzüne. "Dr. Radomisli değil misiniz?"

"Yoo. değilim. Benim adım Peckwood."

"Çok özür dilerim," dedi Joe Cates. Doğru ev sahibinin yanına gitti.

"Hani çağırıyordun onu?"

"Kimi?"

"O doktor kadını."

"Çağırdım tabii."

"Gelmedi mi?"

"Niye gelmesin? Bak şurada duran o işte." Arkadaşının işaret ettiği yere baktı Cates.

"Aman Allahım, doktor dediğin o mu?"

"O."

"O... o, doktora hiç benzemiyor. Ben onu şey zannettimdi."

"Ne zannettin?"

"Movie star."

"Doktorların eciş bücüş olmaları mı gerekiyor?" Gülmeye başladı Gordon, sonra, "Ayliin," diye seslendi. Aylin döndü, yeşil gözlerinde tuhaf pırıltılarla baktı onlardan tarafa ve gülümseyerek yanlarına geldi.

"Sana Joe Cates'i tanıştırmak istiyordum ne zamandır. Joe film yapımcısıdır. Seni film yıldızı zannetmiş. Belki de önünde yeni bir meslek açılıyor, ne dersin?"

"İyi olur derim. Bir değişikliğe gerçekten çok ihtiyacım var," dedi Aylin, sonra Joe Cates'e elini uzattı.

"Ben Aylin Radomisli. Genç kız rolleri için geç kalmış olabilirim ama, bir süredir gerçek hayatta 'annecilik' oynamaktayım. Bana göre bir anne rolünüz var mı?" diye sordu.

"Çocuklarınız mı var?"

"Bir kızım var," dedi Aylin.

"Sorunlu mu?"

"Sorunsuz çocuk var mı?"

"Gelin benimle," dedi Joe, Aylin'i salonun dibindeki koltuklara doğru çekiştirdi. Gözleri istemeden önünde yürüyen kadının biçimli, uzun bacaklarına takılıp duruyordu. Bir saat sonra Joe, Gordon'u mutfakta yakaladı.

"Alex'e iyi gelir mi gelmez mi umurumda değil ama, bu Radomisli, kesinlikle bana çok iyi gelecek. Nefis bir kadın bu Steven, niye tanıştırmadın onu bana, bunca zamandır?" diye sordu.

Joe o akşam sona erdiğinde Aylin'in Türk asıllı olduğunu, İngilizce ve Fransızcayı ana dili Türkçe kadar iyi konuştuğunu, boşanmış olup, öz kızı yerine koyduğu yeğeni ile birlikte oturduğunu, Trinity School'da okuyan yeğenini Harvard Üniversitesi'ne yollamayı planladığını ve New York'un en başarılı psikiyatrları arasında sayıldığını öğrenmişti.

Aylin de Joseph Cates'in Tony ödüllerinin yapımcılığını üstlendiğini, birinci evliliğinden bir oğlu, ikinci evliliğinden de biri sorunlu olmak üzere üç kızı olduğunu, damadının Kevin Cline, kızının da "Dantel" filminde oynayan Phoebe Cates olduğunu biliyordu artık. Ayrıca Joseph Cates, zengin ve bekârdı.

Ertesi sabah Mişel'e telefon etti Aylin.

"Mişel, son buluşmamızda sen bana ne demek istemiştin?" diye sordu.

"O konu seni sinirlendiriyor. Bir daha o konuyu hiç açmayacağım Aylin. Sonradan düşündüm de benim senin özel hayatına karışmaya hiç hakkım yoktu. Senden o gün söylediklerim için özür dilerim."

"Yoo, sana gücenmiş değilim Mişel, aynı konuyu ben açıyorum şimdi. Sen beni en iyi tanıyan kişisin. Sahi ne demeye çalışıyordun o gün bana?"

"Fikrimi söylersem, kızmayacağına söz veriyor musun?"

"Söz."

"Özel hayatını bir düzene sokman gerekiyor diye düşünüyordum. İşinde başarılı olman, mutluluğun için yeterli değil. Senin yaşında bir kadının düzenli bir ilişkiye ihtiyacı var. Birçok arkadaşın olmasına rağmen, çok yalnız olduğunu hissediyorum."

"Evlenmem gerektiğini mi söylüyorsun."

"Evlenmen gerekmez. Orta Anadolu'da değil, New York'ta yaşıyorsun. Ama hayatını paylaştığın, yaşına uygun biri mutlaka olmalı yaşamında. En azından ben böyle düşünüyorum," dedi Mişel.

"Tamam Mişel, anladım sağol," dedi Aylin.

"Hayrola Aylin?"

"Sanırım öyle birini buldum."

Mişel telefon kapandıktan sonra bir süre şaşkın şaşkın durdu elinde ahizeyle.

Joe Cates, Steven Gordon'un evindeki akşamdan iki gün sonra, Aylin'e telefon edip, onu akşam yemeğine davet etti. Aylin'i New York'un en gözde lokantalarından birine götürdü. Aylin o geceye özel olarak hazırlanmıştı. Saçlarına röfle attırmış, çok şık bir elbise giymişti. Joe gözlerini alamıyordu karşısındaki kadından. Gecenin sonunda, "Bütün Türk kadınları senin gibi midir?" diye sordu Aylin'e.

"Nasıl yani?" dedi Aylin.

"Güzel, zarif, şık, zeki, kültürlü, neşeli, esprili, eğlenceli, konuşkan."

"Sıfatlar tükendi Joe."

"Kabahat bende değil Aylin."

"Başka Türk kadınlarını da tanımak istersen, sana birkaç arkadaşımı tanıştırayım."

"Şeref duyarım," dedi Joe.

Bir hafta sonra Aylin ve Joe birlikte Emel (Güzelbahar) ve Paul Gliksner'in evine akşam yemeğine gittiler. Aylin'in sarışın güzelliğinden sonra karşısında bu kez de bir esmer güzeli bulunca, Joe Türk kadınlarının dünyanın en güzel dişileri olduklarına karar verdi. Paul ve Emel, Joe'ya sıcak davrandılar. Joe Cates, Aylin'in bir önceki flörtü Richard kadar ilginç ve seçkin olmayabilirdi, ama çok daha babacan ve sıcakkanlı bir adamdı. Aylin'e hayranlığını hiç gizlemiyordu. Kadınlar bir ara mutfağa geçtiklerinde Emel, "Bu tonton ayıyı nereden buldun Aylin?" diye sordu.

"Richard tanıştırdı. Beğendin mi?"

"Şeker bir adam, ama biraz şişman, öyle değil mi?"

"Ben şişko adamlara bayılıyorum. Neşeli ve içten oluyorlar. İnsana güven veriyorlar."

"Ne zamandan beri şişkolara bayılıyorsun?"

"Joe'dan beri, tamam mı? Şişman erkekler bence sıskalardan daha seksi."

"Öyle olsun," dedi Emel, "senin de bir bildiğin var herhalde."

O akşam kapıda vedalaşırlarken, Joe görür görmez ısındığı Emel'in kulağına, "Talk me up to Aylin," diye fısıldadı. Emel arkalarından kapıyı kapatıp kocasına döndü, "Şu işe bak, yeni tanıştığımız Joe, onu Aylin'e methetmemizi istiyor," dedi.

"Edelim bari," dedi Paul, "paralı pullu, kellifelli, ayağı yere basan bir adam. Belki de yıllardır aradığı budur Aylin'in, bakarsın bu kez tutar."

Joe on altı yaşındaki Alex'i Aylin'e muayenehanede değil, bir öğle yemeğinde tanıştırdı. Aylin kendine has metotlarıyla iki-üç saatlik bir süre içinde hiç belli etmeden çok şey öğrendi kız hakkında.

"Alex, sizlerin sandığından çok daha akıllı bir kız Joe," dedi, "Onu hiç adam yerine koymamışsınız. Üstüne biraz sorumluluk yükleseniz, ona güvendiğinizi hissettirseniz, çok daha değişik bir davranış içine girer."

"Alex'in tedavisini kabul ediyorsun şu halde."

"Onu herhangi bir hasta gibi ofisimde kabul edemem. Zaten çocuk bu tür hasta-doktor ilişkisinden illallah demiş. Ama Alex'le ilgileneceğim. Bir dost olarak güvenini kazanabilirsem ona çok faydam dokunabilir. Sana söylemek istediğim, şu sıra kızın çok üstüne varma. Bırak kiminle görüşmek istiyorsa görüşsün, ilişki kursun. En duyarlı, en bunalımlı dönemini yaşıyor, müthiş bir değişimden geçiyor. Onu kolla, gözetim altında tut, ama bunu ona hiç belli etme. Yoksa, kızı kaybedersin."

Aylin, Alex'le sağlam bir dostluk kurmayı başardığında, Joe'nun Aylin'e olan hayranlığı tapınma derecesine varmıştı. Aylin, Alex'i hiç ürkütmeden, incitmeden, onun güvenini kazanmış, arkadaşlık ettiği uyuşturucu kullanan gençler hakkında gerekli tüm bilgileri almış, kızı tam zamanında bu batağa saplanmaktan kurtarmış, hatta arkadaşlarına da zaman zaman grup terapileriyle yardımcı olmaya çalışmıştı. Üstelik Alex, Aylin'in desteklemesi, iteklemesi sonucunda bir plakçı dükkânında çalışmaya başlamış, kendine güveni gelmişti.

Artık Cates ailesinde bir değil iki hayranı vardı Aylin'in. Alex hayatta hiç kimseye güvenmediği kadar, önce Aylin'e sonra da onunla yakından ilgilenen, onu kendi arkadaşlarıyla tanıştıran, toplantılara, eğlencelere davet eden, dertlerini dinleyen Tayibe'ye güveniyordu.

1985 yılının Ocak ayında Coşkun ve Bige Kırca'nın büyük kızları Selcan, Aylin'e taşındı. Babasının kış ortasında birdenbire Kanada'ya tayini çıkmıştı. Aile şaşkınlık içindeydi. Selcan, okulda tam dönem ortasındaydı.

Başbakan Özal, Birleşmiş Milletler'de Türk Büyükelçisi olan Coşkun Kırca'yı siyasi eğilimlerinden dolayı fazla sevmezdi. Eşi Bige Kırca da, New York'u ziyaretleri sırasında, Başbakan'ın eşine alışık olduğu yağcılığı yapamamıştı. Böylece bir siyasi sürgün niteliği taşıyan tayin, zamansız gerçekleşince Kırcalar çocuklarını ne yapacaklarını bilemediler. Coşkun Kırca, sorumlu bir devlet memuru olarak, devletinin onu yolladığı yere gidecekti ama, okula giden kızlarını, dönem sonuna kadar arkadaşlarının evlerine yollamak zorunda kalıyordu. Aylin, Selcan'ın onlarla kalması için ısrar etti. Tayibe ve Selcan zaten çok yakın iki arkadaştılar. Alex'e böylece bir arkadaş daha bulunmuş oluyordu. Selcan da, Aylinlerde kaldığı bir yıl boyunca Aylin'den çok etkilendi ve çok şey öğrendi. Babasının yolladığı harçlığın yetmediğinden şikâyet eden Selcan'a Aylin, o yaşta her Amerikalı gencin yaptığı gibi çalışmasını önerdi. Selcan, Aylin'in desteğine güvenerek bir restoranda garsonluk yapmaya başladı. Okul bittikten sonra, üç saatliğine işe gidiyor ve cep harçlığını çıkartıyordu.

Aylin evde kızların Yalan Rüzgârı, Dallas gibi pembe dizileri seyretmelerine çok kızardı. Onca kültür ve sanat programı dururken bu aptal dizilerin karşısına oturmaya, o evdeyken imkân yoktu. Bir gün Selcan eve geldiğinde Aylin'i odasına kapanmış televizyon izlerken buldu. Bir şey sormak için girdiğinde bir de ne görsün, Aylin Dallas'ı seyrediyor, hem de ne dikkatle!

"Aylin teyze, bir şey soracaktım," dedi.

"Şimdi olmaz, dizi bitince gel."

"Hani siz bu dizileri seyretmezdiniz?"

"Selcan, çık dışarı. Dizi bitince konuşuruz."

Selcan kapıyı kapatıp çıktı, ama çok şaşırmıştı. Yarım saat sonra Aylin odasından çıktı, salona geldi. Selcan ders çalışıyordu.

"Selcan, sen bu diziyi uzun zamandır izliyordun değil mi?"

"Evet."

"Bana baştan sona anlatsana, kim kimdir? Neler oldu şimdiye kadar?"

"Nasıl anlatırım en başından, yıllardan beri oynuyor Dallas."

"Olsun. Bildiklerini anlat. Bobby, Pamela, Sue Ellen, JR, hepsi, kim bunlar? Birbirleriyle ilişkileri nedir?"

"Hani siz nefret ederdiniz bu tür dizilerden?" diye sordu Selcan.

"Hâlâ ediyorum. Ama bir hastam var, kendini Pamela zannediyor."

"Ne?"

"Dizideki olaylar zincirini hemen öğrenmem lâzım. Çünkü sanıyorum Bobby vurulmak üzere. Bu kendini Pamela zanneden hastam, abuk subuk bir iş yapmadan, onu durdurabilmek için Dallas'da olan biteni bilmeliyim. Haydi canım, otur da anlat bana," dedi Aylin.

Selcan, Aylin gibi güzel, hayat dolu bir kadının nasıl bu kadar çok çalışabildiğine bir türlü akıl erdiremiyordu. Aylin sabahın yedi buçuğunda evden çıkıyor, evde dinlendiği akşam saatlerinde bile, aklından zoru olanların telefonları bitmek bilmiyordu. Çalan telefonlara cevap verirken, "Dama çıktım, atlamak üzereyim," ya da "Bana hemen doktorumu bul, yoksa bileklerimi keseceğim," diyenler, tehdit edenler karşısında, telefonları açmaz olmuştu. Ama Aylin bu telefonlardan zerre kadar rahatsız olmuyordu.

Bir keresinde evde misafirler varken, telefona yine Selcan bakmıştı. Bir kadın sesi;

"Çabuk Aylin'i ver, kendimi öldürmek üzereyim," diyordu. Selcan eli ayağı titreyerek Aylin'e koştu.

"Biri kendini öldürüyor Aylin teyze, hemen gel."

"Adını sor ve sonra arayacağımı söyle. Bir daha aramasın."

Selcan denileni yaptı. Kadın avaz avaz bağırıyordu.

"Kapat telefonu," dedi Aylin.

Biraz sonra telefon yine çaldı. Bu kez Aylin cevap verdi. Selcan merakını yenemeyip, paralel ahizeyi kaldırdı.

"Ben sana haber yollamıştım, sonra arayacağım diye. Neden dinlemedin sözümü?" Aylin çok sert konuşuyordu.

"Kendimi öldüreceğim."

"Hayır, öl-dür-me-ye-cek-sin," dedi Aylin. "Bu saçma lafı bir daha duyarsam, beni kaybedersin. Yarın sabah seni arayacağım. Tamam mı?"

"Tamam, affedersin. Sesini duymak çok iyi geldi. Yarın sabah görüşürüz," dedi kadın. Hayretler içinde kaldı Selcan. O akşam misafirler gittikten sonra bunu nasıl başardığını sordu Aylin'e.

"Bunu başarabilmek için yıllarca eğitim gördüm, sana bunca birikimi tek kelimeyle nasıl anlatabilirim ki Selcan," dedi Aylin.

Selcan o kış korkunç bir acı yaşadı. 12 Mart'ta, Kanada'da büyükelçilik yapan babasını Ermeni teröristler öldürmeye teşebbüs etmişler, Kırca pencereden atlayarak, bahçedeki betona çakılmıştı. Ölmemişti ama, bütün kemikleri kırılmış, ameliyatlar geçirmiş, uzun süre hastanede yatmıştı. Bu olaydan sonra sinirleri bozulan genç kızı okula Joe götürüp getirmeye başladı. Hiç kimse ondan böyle bir şey istememişti ama, Joe, Aylin'in bir süre için Selcan'ın sokaklarda yalnız gezmesini istemediğini biliyordu. Aylin'le dostluğunu derinleştirebilmek ve ilişkilerini aşka dönüştürebilmek için her yolu deniyordu Joe.

1985 kışında Joe Aylin'i, Tayibe'yi, Mustafa'yı ve Alex'i alarak İsviçre'ye kayak yapmaya götürdü. Aylin öğrencilik yıllarından beri İsviçre'de bu kadar uzun süre kalmamıştı. Gençliğinin ve öğrenciliğinin geçtiği ülkede bulunmaktan ötürü çok duygulandı. Joe'ya ve çocuklara mezun olduğu okulu, yaşadığı evleri gösterdi. Jean-Pierre'i de aradılar, ama bulamadılar. Onun hakkında tek öğrenebildikleri, Jean-Pierre'in Aylin'den boşandıktan sonra tekrar evlendiği ve Amerika'da yaşadığı idi. Ama kimse nerede olduğunu bilmiyordu.

Aylin ve Tayibe, İsviçre'deki kayak gezisinden çok memnun döndüler. Tayibe yumuşak başlı, uyumlu ve iyi niyetli bir kız olduğu için herkesle kolay ilişki kuruyordu, ama Joe'yu gerçekten çok sevmişti. Joe da ona öz kızına davrandığı gibi davranıyordu.

"Teyze, Joe ile evlenmeyi düşünmez misiniz?" diye sorduğu oluyordu ara sıra.

"Benim evliliklerimi yürütemediğimi biliyorsun Tayibe, belki de evlenmemek en iyisidir," diyordu Aylin, ama kafasının gerisinde bir yerlerde de Mişel'in ona söyledikleri duruyordu: "Yıllar akıp gidiyor Aylin, kendine bir düzen kurman şart."

"Tedbirli, temkinli, tutucu Mişel!" diyordu kendi kendine, "beni istemediğim şeylere yönlendirdiğin için patla emi!"

Joe, Aylin'i, oğlu Philip'e, büyük kızları Valerie ve Phoebe'ye ve kocalarına da tanıştırmıştı. Aylin'le Philip hemen anlaşmışlardı. Ama Valerie'den hiç hoşlanmamıştı nedense. Valerie'nin, kocası Darrell'in resimlerini bir türlü satamamasının suçunu başkalarında arar gibi bir hali vardı. Aylin kızın bu olumsuz tutumundan bolca almıştı nasibini. Daha ilk merhaba da bile bir düşmanlık sezmişti sesinde.

Phoebe ise Aylin'le tanıştığı günlerde, "Dantel" filmindeki başarısının getirdiği gururla doluydu. Çinli annesinin Asyalı özelliklerini taşıyan yüzünde, çekik gözleri hiç de dostça bakmıyordu. Kocası Kevin Kline daha sıcak davranmıştı Aylin'e. Yine de ailenin tüm fertleri, Alex belasını başlarından bir ölçüde aldığı için ellerinden geldiği kadar iyi davranmışlardı babalarının arkadaşına. Bunca yıldır bekâr yaşayan babaları herhalde bundan sonra da evlenmeye kalkışmayacaktı. Yanında hoş, kültürlü, meslek sahibi bir kadınla dolaşmasına göz yumulabilirdi. Üstelik Alex delisi de ne zamandır, hiç olmadığı kadar akıllı, sakin ve mutlu görünüyordu.

Yazın, okullar tatil olduktan sonra Tayibe ve Aylin, Joe'nun Ramsenburg'da deniz kenarındaki evine taşındılar yaz için. Tabii Alex de onlarla birlikte geldi. Ev kocaman teraslı, bol yatak odalı, bakımsız kalmış, tipik bir Amerikan sahil eviydi. Yapıldığından bu yana boya badana görmemişti ama, çoluk çocuk bir ailenin keyifle yaşayabilmesi için ideal bir konumdaydı.

Tayibe elinde olmadan çocukluğunda Fire Island'da geçirdikleri yazları hatırladı ve içinin sızladığını hissetti. Acaba ara sıra durgunlaşıveren teyzesi de mi aynı şeyleri düşünüyordu. O yıllardaki gibi neşe dolu, uyumlu bir aile sayılmazlardı ama, Joe hem onu hem de teyzesini memnun etmek için elinden geleni yapıyordu.

1984'te teyzesinin Mişel'den ilk ayrıldığı yaz, Emellerle birlikte tuttukları Bridge Hampton'daki yazlık evde geçirdikleri tatilden çok daha neşeli bir yaz yaşıyorlardı. Aylin ne o yaz olduğu kadar gergin, ne de o kadar mahsundu. Her şey yavaş yavaş yoluna giriyor gibiydi. Bu babacan iriyarı adam, doğal davranışları, içtenliği ile hem Tayibe'nin hem de Aylin'in kalbini kazanıyordu yavaş yavaş.

Aylin, Hulusi evlerinden ayrıldıktan sonra gündeliğe gelip gitmesi, evi temizleyip yemek yapması için Vildan adında bir Türk kadınla anlaşmıştı. O yaz Vildan'ı da ev işlerine yardım etsin diye birlikte getirmişlerdi. Joe, Türklerin ona sağladığı her türlü kolaylıktan çok memnun görünüyordu.

Yazın sonuna doğru, Joe'nun bir çekim için West Hampton'dan ayrılıp bir yolculuğa çıkması gerekti. Aylin ve çocuklar Ramsenburg'da kaldılar. Aylin yaz boyunca tüm komşularıyla tanışmış, onları sık sık ev toplantılarına, ya da sahilde pikniklere davet etmişti. Bir akşam komşulardan oyuncak fabrikatörü Stanley Cohen birkaç dostunu yemeğe çağırdı. O akşam Stanley'e Betty Ross, Kurt Duldner ve Aylin de davetliydi. Yemekte iyice neşelenen gruba, yemekten sonra Stanley, "Şimdi kalkıp dansa mı gidelim, yoksa benim motorla bir deniz gezintisi mi yapalım?" diye sordu.

Aylin deniz gezintisini duyar duymaz atıldı: "Ben Boğaz'da büyüdüm. Hayatta en sevdiğim şey, mehtapta denizde dolaşmaktır. Haydi tekneye!"

Herkes koşa koşa deniz kenarına Stanley'in teknesine binmeye gitti. Ama ne yazık ki o gece mehtap yoktu ve denizin üstü zifir gibi kapkaranlıktı. İçkili olan Stanley, son sürat sürüyordu teknesini. Arkadaşları da neşeyle avaz

avaz bağrışıyor, şarkı söylüyorlardı. Birden Stanley denizde ne olduğunu bilmediği bir şeye çarptı, havaya fırladı ve denize düştü. Betty Ross da teknenin içinde düşmüş, ayağa kalkamıyordu. Motoru kapatıp, tekneyi durdurmayı hiç kimse beceremiyordu. Allahtan motor fırlayıp gitmemişti, kendi etrafında döne döne daireler çiziyordu. Stanley suda çırpınıp "Boğuluyorum," diye bağırıyordu. Kendinde olanlar sadece Aylin ve Kurt Duldner'di. Aylin, Kurt'a kesin bir emir verdi, "teknenin direksiyonuna geç ve yavaşlatmaya çalış!" Duldner, kendine söyleneni yaptı.

"Şimdi tam Stanley'in yanından geçerken onu yakalayıp içeri çekmeye çalışacağım, yanıma gel ve yardım et."

Yerde yatan Betty avaz avaz ağlıyordu. Aylin ona da bir emir savurdu; "Zırlayıp durma, sesini kes, teknenin öteki ucuna git ve bekle."

"Ayağa kalkamıyorum, kolum kırıldı galiba," dedi Betty.

"O zaman yuvarlanarak veya sürünerek git. Hepimiz aynı tarafta olursak, tekne alabora olur, denize düşer boğulursun. Hadi, ne diyorsam yap çabuk." Kadın sürüne sürüne karşı köşeye geçti. Ağlaması durmuştu. Duldner ve Aylin, Stanley'i yakalayıp binbir güçlükle tekneye çektiler. Aylin adamı yüzü koyun yatırıp, ciğerlerine bastırarak yuttuğu suyu boşaltmaya çalıştı.

Sahildeki evlerden bir kaza olduğunu fark edenler, polise ve ambulansa haber vermişlerdi. Yardım yetiştiğinde, Stanley'e ilk yardım Aylin tarafından yapılmıştı bile. Kurt Duldner hayatlarını Aylin'in kurtardığını düşünüyordu. Bir kişi daha katılmıştı Aylin'e hayran yaşlılar kervanına. Stanley üç gün süreyle hastanede müşahade altına alınırken, Betty Ross da Stanley'i tazminat için mahkemeye veriyordu. Aylin "Türkler ölseler bile dostlarını böyle bir şey için mahkemeye vermezler, dünyanın en kibar ve sadık insanlarıdır," diyordu Duldner'a.

O yaz sonu bir başka sadık Türk, Hulusi, Nilüfer'in New York'ta bir dedektif titizliği ile yaptığı araştırmalar sonucu bulunmuş ve Joe'nun bekâr evine temizliğe gitmeye başlamıştı.

1986 kışında Valerie ve Phoebe, babalarının Aylin'le ilişkisinin giderek daha ciddi bir hal almasından rahatsız olmaya başladılar. 86 yılının büyük bir kısmını Joe, Aylin'in evinde geçirdi. Mişel ile Aylin'in boşanması da yine o yıl resmiyet kazandı.

Uzun zaman önce açılıp, sonra askıya alınan boşanma davasının neticelenmesini isteyen Aylin'e telefon etti Mişel.

"Hayrola Aylin, bu işleri hızlandırmak istediğine göre hayırlı bir haber mi var?" diye sordu.

"Sen değil miydin, 'kendine bir düzen kur, bir hayat arkadaşı bul, yalnızlığı iyi taşımıyorsun' diye kafa ütüleyen?" dedi Aylin.

"Senin için çok sevinirim. Bana tanıştıracak mısın müstakbel eşini?"

"Elbette, ilk fırsatta."

"Biraz ön bilgi ver," dedi Mişel.

"Adı Joe Cates, film yapımcısı, tonton, babacan bir Yahudi."

"Yahudi mi?"

"Evet, niye şaştın?"

"Nilüfer ne dedi bu işe? Seni kardeşlikten reddetmiyor mu?"

"Etmiyor. O da yaşlandı, olgunlaştı artık," dedi Aylin.

"Benim günahım neydi?" diye sordu Mişel.

"Kimbilir, belki de seni sevmemi kıskanmıştı."

"Bu Joe Cates'i sevmiyor musun yoksa?" diye sordu Mişel.

"Her sevginin içeriği başkadır," dedi Aylin.

Her sevginin içeriği başkaydı. Aylin bu kez evleneceği adamı, ona stresten uzak, rahat, huzurlu, güvenli bir hayat temin edeceği için seviyordu. Artık ödemekten nefret ettiği vergi borçlarıyla, karşılayamadığı faturalarla uğraşmayacaktı. Para işlerine hiçbir zaman ermemişti aklı. Hiçbir gün hesap kitap yapamamıştı. Ne, ne kadar harcadığını, ne de ne kadar kazandığını bilirdi. Parayla uğraşmak aşağılayıcı bir işti Aylin için. O sadece harcardı, paraya hiç dokunmadan kredi kartı ile. Gönlü ne çekerse alırdı. Alır alır giyerdi, alır alır hediye ederdi. Nasıl karşılayabileceğini düşünmeden, başından büyük işlere kalkışırdı, Hulusi'nin ömür boyu tedavisini veya Tayibe'nin bakımını, tahsilini üstlenmek gibi. Bir antikacıda çok eski bir tıp kitabı görür, fiyatını bile sormadan onu Mişel'in tıp okuyan oğlu Tim için alıverirdi. Ya da kuş koleksiyonu yapan bir arkadaşına, Meissen bir papağan, kaça olursa olsun, beğendiği anda satın alınırdı. Yaşamı boyunca bu tür giderleri düzenleyen, onu ara sıra uyaran ya da açıkları kapatan kocaları olmuştu hep. Ama Mişel'den ayrıldığından beri ipin ucunu iyice kaçırmıştı. Sekreterlikten çok özellikle bu tür işlerle uğraşması için işe aldığı, eski hastası Irene ile dalaşıp duruyordu son günlerde.

"Artık para harcama Aylin. Ödememiz gereken yığınla fatura birikti. Vergi borçların var," diyordu Irene, ama bir kulağından girip, ötekinden çıkıyordu Aylin'in. Hayat yaşamak, sevmek, almak, vermek, vermek ve vermek içindi. Joe'yu da bu yüzden seviyordu. Onun önüne, alışageldiği olanakları, kapamamak üzere açıyordu Joe. Pahalı butiklerin vitrinlerinde ne beğenirse alabilecek, bol bol seyahat edebilecekti. Cömert gönlünün dilediği gibi, hem kendisi, hem sevdikleri, hem de muhtaç olanlar için parasını savurabilecekti. Belki de hastalarının sayısını azaltıp, başka işlere, örneğin sanat etkinliklerine daha fazla vakit ayırabilecekti. Şimdikinden daha ilginç bir yaşamı olabilecekti. Joe ile dünyayı dolaşırken beyazperdede ün yapmış kimselerle de tanışabilecekti. Yıllardan beri sabahın yedi buçuk, sekizinde başlıyor, taa akşam saatlerine kadar durmadan çalışıyordu. Bıkkındı, biraz da yorgundu.

Ve aldığı gibi, verecekti de... Joe'ya ve Alex'e sevgi, ilgi, yuva verecekti. Onlara kendi rengârenk dünyasının ve kocaman yüreğinin kapılarını açacaktı. Tatmadıkları lezzetleri tadacaklar, duymadıkları müzikleri dinleyecekler, bilmedikleri ülkeleri göreceklerdi. Üstelik farkında bile olmadan başka şeyler de kazandırıyordu Joe'ya Aylin.

Joe, oğlu Philip'in annesi Norma'dan ayrıldıktan sonra güzelliğine kapıldığı yarı Çinli Lilly ile evlenmiş ve ondan üç tane çocuk yapmıştı. Lilly, ne iyi bir eş ne de anne olmayı becerebilmişti. Karısı bir doktor olan ağabeyi hep küçümsemişti evliliklerini. Neden Joe kendine aklı başında bir kadın bulmazdı? Neden hep güzellik uğruna, olmadık kadınlarla, yürütemeyeceği evliliklere dalardı? Şimdi kendi gibi film yapımcısı olan, ama bu sahada kendinden çok daha fazla ünlü, Los Angeles'da yaşayan ve yıllardan beri Oscar ödüllerinin filmlerini yapan ağabeyine bir gol atıyordu Joe; o da bir doktorla evleniyordu. Üstelik çok alımlı, çok güzel, mesleğinin yanı sıra çok başka şeyler, örneğin başka diller de bilen, sanattan anlayan, kültürlü, bilgili, görgülü, esprili bir kadınla evleniyordu.

Kızı Alex evleneceği kadının sayesinde büyük bir aşama yapmış, bir plakçı dükkânında çalışmaya başlamıştı. Darmadağınık, bakımsız evinden kurtulacak, Türk uşağı tarafından temizlenen, bakımlı, iyi döşenmiş bir evde yaşayacak, dostlarını en iyi şekilde ağırlayabilecekti. Hayatına bir güneş doğuyordu sanki. Joe kaçırılmaması gereken fırsatları görebilen bir iş adamıydı. Aylin'i kaçırmaya hiç niyeti yoktu. Tek sorunu Valerie ve Phoebe'yi bu evliliğe karşı çıkmamaya ikna etmekti.

Aylin, Mişel'den ayrıldıktan sonra geçirdiği ilk yalnızlık döneminde kafasını Laurie Kraus'a takmıştı. Kendini bu genç kıza öylesine vermişti, onu düzlüğe çıkarmaya öylesine kararlıydı ki, biraz da bu nedenle ayrılık krizini beklenenden hafif atlatmıştı. Joe'nun kızlarının olumsuz tavırları da yine o sıralar işine çok dönük olması yüzünden fazla etkilemedi onu.

Laurie gerçekten de Mişel'in tahmin ettiği gibi idaresi çok zor bir hastaydı. Kendini etrafı yüksek duvarlarla örülü bir yere hapsedilmiş gibi düşünüyor, bir türlü duvarının dışına çıkamıyordu. Ağır bir bunalım içindeydi yıllardır. Çeşitli nedenlerle durmadan intihara teşebbüs ediyor, her intihar teşebbüsünden sonra bir başka ruh doktorunu deniyordu. Beklediği mucizeyi hiçbir doktor gerçekleştirememiş, hepsi yaka silkerek bir başkasına havale etmişti Laurie'yi. Hiçbir doktorla çalışamıyordu. Birçok kere neticesiz konsültasyonlara girmişti. Sonunda bir psikiyatri merkezinde nasıl bir ruh doktoru istediği konusunda bir anket kâğıdı doldurtmuşlardı kıza.

Neticeyi ona Dr. Wiesezner bildirmişti.

"Laurie," demişti. "Bu tarif ettiğin doktor, yok. Böyle bir doktor olamaz. Bu düşündüğün bir fantezi. Ama düşündüğüne biraz yakın birini biliyorum." Bir kâğıda adını ve telefonunu karalamıştı o doktorun. "Radomisli'yi bir dene. Ondan da memnun kalmazsan, sana başka hiç kimse yardım edemez."

Laurie, elinde kâğıtla çıkmıştı oradan. Bir süre evinde karabasanlarıyla mücadele etmiş, sonunda dayanamamış, kendine son verilen ismi de denemek istemişti. Ne olacak, bir kere de onun tedavisi altında kesiverirdi bileklerini. Ceket ceplerini araya araya bulmuştu Dr. Wieszner'in verdiği kâğıdı. Dr. Radomisli'nin numarasını çevirmiş, Irene'den randevu almıştı.

Irene ile Aylin'in çoktan haberleri vardı Kraus'dan. Kızın dosyasının fotokopisi ne zamandır çekmecesindeydi Aylin'in. Ama Laurie bunu bilmiyordu.

# LAURIE

Önce etekliğini gördü. Üstünde gökkuşağı gibi, pastel renklerde, çiçekli uzun bir eteklik vardı Doktor'un. Masasının arkasına geçip oturduktan sonra, kedi bakışlı yeşil gözlerini uzun süre gözlerine dikip baktı Laurie'nin. Kız asık suratıyla domuz gibi oturuyordu karşısında.

"Anlat bakalım," dedi.

"Neyi?"

"Neden kendini sevmediğini?"

"Ben gürültücü, yoz, cahil, paragöz, tutucu, boktan bir Yahudi ailesinin, boktan bir kızıyım."

"Yine de benden bir gömlek daha iyisin."

Yanlış duyduğunu zannetti.

"Ne diyorsun be?"

"Ben o kadar bile değilim."

"Nasıl yani?"

"O beğenmediğin Yahudilerin ikinci sınıfından sayılırım. Sonradan olma Yahudiyim yani."

"İnanmıyorum."

"Yemin ederim."

"Neden yaptın bunu."

"Musevi olan kocamı çocuk yapmaya razı etmek için."

"Çocuk yaptın mı bari?"

"Beceremedim Laurie. Beş ya da altı kere, sayısını bile unutmuşum, korkunç ısdıraplı, kanamalı düşükler yaptım. Her seferinde ölümlerden döndüm. Sonunda pes ettim."

"Deme be!"

"Yaa böyle işte. Dünyadaki tek umutsuz vaka sen değilsin."

"Bana baksana sen, ben senin derdini dinlemek için mi geldim?"

"Yoo, yeri geldi de söyledim işte."

"Aptal olduğun kendi rızanla Yahudi olmandan belli, insan o berbat dini seçer mi hiç?"

"Yahudi olmak ya da olmamak umurumda değildi. O sadece bir formaliteydi benim için. Unuttum gitti çoktan, içim değişmedi, içim hep aynı."

"İçin nedir senin, Hıristiyan mı, Budist mi?" diye sordu kız.

"Bir Tanrı'nın var olduğuna bütün kalbiyle inanan bir insan, din ayırımı yapmaz. Zaten dinlerin de hiç farkı yoktur birbirinden."

"Hiç de değil. Sen gerçek bir Yahudi olmadığın için, bu rezilliği bilmiyorsun," dedi kız.

"Benim tanıdığım Yahudiler nedense hep çok zeki, çok yetenekli, sıcakkanlı, sevecen, sempatik insanlardır. Rezillerini de bana sen anlat bakalım," dedi Doktor.

"O zaman sana babamı anlatayım da gör," dedi Laurie. Babasının çirkin suratını ve iğrenç aksanını taklit etmeye çalıştı.

"Seni şimdi öldüreyim mi Laurie, geberteyim mi seni ha? Ha? Haaa?" elini vurdu, vurdu, vurdu masaya.

"Yetti be," dedi Doktor, "Anladık, vurma artık."

Doğru mu duydu kız?

"Bana mı dedin?" diye sordu.

"Evet. Ne yaptın da bu dayakları hak ettin piç kurusu?"

"Bana bak Doktor, deviririm şu masayı kafana."

"Devir. Burada her şey sigortalı."

"Kafanı da kırarım."

"O da sigortalı."

"O rüküş eteğini paramparça ederim."

"Bak işte onu yapma. Çok para ödedim eteğe," dedi Doktor. Kız gülmeye başladı. Doktor da güldü. Karşılıklı bir süre kahkahalar attılar.

"Kaç yaşındasın Laurie?" diye sordu Doktor.

"Yaşım önündeki dosyada yazmıyor mu?"

"Orada yazan kronolojik yaşın. Ben sana soruyorum, kaç yaşındasın sen?"

"Yüz on iki."

"Benden iki yaş büyükmüşsün," dedi Doktor.

Doğru yerdeydi kız. Doğru adrese gelmişti. Doktoru yüz on yaşındaydı. Gözleri çok güzeldi. Zekiydi. Onu eğlendiriyordu.

Giydiği çiçekli eteğin eşi kendinde de olsun istiyordu. Evet, bu kez seçimini doğru yapmıştı.

Doktoru koltuğunu yana çevirmişti, kıza değil, karşısındaki duvara bakıyordu. Kız bacaklarını karnına doğru çekmiş, kafasını bacaklarının arasına sokmuştu, kendi koltuğunda.

Bir saattir anlatıyordu. Hiç durmadan Allahın en büyük cezası olan babasından yediği azarları, küfürleri, cahil, rüküş, korkak annesinin onu nasıl koruyamadığını anlatıp duruyordu. Bunları anlatırken en ağır argoları kullanıyor, en galiz küfürleri savuruyordu. Kılı bile kıpırdamıyordu karşısında oturan, nazik görüntülü kadının. O, sorunlarının üstünde durmak yerine, yeteneklerini keşfetmeye çalışıyordu kızın. Bir saat geçmiş olmalı ki, sekreteri bitti kapıda.

"Irene, bize birer kahve yapsana," dedi Doktor, "sen sütlü mü içersin Laurie?"

"Ben kahve içmek istemiyorum. İçkin yok mu?" diye sordu kız. Şimdi bana o kedi gözlerini devire devire, doktor muayenehanesinde içki bulunmaz, diyecek. Bilirim hepsini bunların, tam on dokuz "kafacı" geçti elimden diye düşündü.

"Cin mi istersin, viski mi, yoksa şarap mı?"

Haydaaa! Ne içecekti şimdi?

"Cin olsun," dedi.

"Bize birer tonikli cin hazırla, Irene."

Sekreter karı kapıda dik dik bakıyor, getirmeyecek içkileri, diye düşündü kız.

"Öyle bakma, kendine de yap bir tane. Saat altı buçuğa geliyor. Bizim orada, bu saate (anlamadığı bir şeyler söyledi) derler," dedi Doktor.

"Nece bu?" diye sordu kız.

"Türkçe."

"O da nesi?"

"Türklerin konuştuğu dil."

"Kimmiş bunlar?"

"Türkiye'de yaşayan insanlar. Hoş insanlardır. Bir gün gider görürsün belki Türkiye'yi, kimbilir."

"Eğer yaşarsam," dedi kız.

"Yaşarsın merak etme," dedi Doktor. "Gerçekten ölmek isteseydin, ölmüştün bu güne kadar."

"Sana bir bilek keseyim de gör," dedi kız. "Aman burada yapma, halıları daha yeni değiştirdim." Çattık diye düşündü kız. Ne yapacaktı bu Türkle şimdi, her neyse o.

İçkileri geldi. Birer dilim de limon koymuş bardaklara sekreter. Bir yudum içti, iyi geldi. Ohh dünya varmış, dedi içinden.

"Senin randevu saatin doldu. Şimdi sohbet ediyoruz, iki dost gibi," dedi Doktor. "İstediğin kadar kalabilirsin. Daha anlatmak istediğin şeyler var mı? Ya da sormak istediklerin?"

"Yani bana para yazmayacak mısın fazladan zaman için?"

"Hayır. Ne zaman, ne de cin tonik için."

"Bu Türkler bir tuhaf," dedi kız.

"Öyledirler. Paragöz değildirler, ilgilenirsen anlatırım onları sana, bir gün," dedi Doktor.

Türklerle ilgileneceğini, bir sürü Türk arkadaş edineceğini, kalkıp iki kez Türkiye'ye gideceğini nereden bilebilirdi o sırada. Ona cin tonik ve zaman ikram etmiş birine terbiyesizlik etmemek için, "bana ne ulan Türklerden," demedi, kafasını sallamakla yetindi.

Bir yarım saat daha konuştu. Boğazı kurudu anlatmaktan. Sustu. Doktor ilaçlarını yazdı. Kalktı. Cin içini bir hoş etmişti, iyi hissediyordu kendini.

"Biliyor musun, eteğini parçalamayı hiç düşünmedim. Aslında çok güzel bir etek," dedi, gülümseyerek.

"Gerçekten beğendin mi?"

"Evet."

Aaa, ne yapıyor bu kadın? Deli mi ne? Doktor elini beline götürüp fermuarını açtı. Etek dizlerine indi, sonra da yere düştü. Bacakları ince jüponundan hayal meyal seçiliyordu. Eteğin içinden atlayıp çıktı.

"Ben lezbiyen değilim," dedi kız.

"Ben de değilim. Ne iyi, bak bir müşterek noktamızı bulduk," dedi Doktor. Askıdaki beyaz doktor gömleğini üzerine geçirdi.

"Al bunu Laurie." Eteği kıza uzattı. "Benim için renkleri fazla genç. Eteği beğendiğinin, odaya girdiğinden beri farkındayım. Al, dostluğumuzun ve bana güveninin bir simgesi olsun. Bana güveniyorsun değil mi?"

"Eh, yani düşmandan saymıyorum seni, en azından. Diğer 'kafacılarıma' göre, iyi yerde sayılırsın," dedi kız. Kendine uzatılan eteği hemen alamadı. Ama almamazlık da edemedi. İyice aptallaşmış durumdaydı. Bu doktor benden hızlı davranıyor, ben onu tuşa getirmeden, o beni mat etti diye düşündü. İçinden bir ses, bırak kendini ona, diyordu. Bu sesi dinlemek istiyordu Laurie. Eteği önüne tuttu.

"Giyebilir miyim?" diye sordu.

"Elbette."

Üstündeki kusmuk rengi pantolonu çıkarıp, eteği giydi. Ohh, ne hoş bir duyguydu bu! Yumuşacık, kaygan kumaş su gibi dökülüyordu üstünden. Kendi etrafında döndü. Eteğin uçları hafifçe havalandı. Harika... Kız odadan çıktığında, Irene ile gözgöze geldi. Sekreterin gözleri yuvalarından uğramış gibiydi. Masasından kalkıp, içeri koştu.

Bir etek için doktorumu öldürdüm sanıyor aptal karı, diye düşündü Laurie.

Eteklerini uçura uçura çıktı kapıdan, serin havaya kavuştu. Binanın çıkışındaki ağacın dibine köpeğini işetmekte olan yaşlı kadına, "İntihar etmeyeceğim. Ne bu gün, ne de yarın," dedi Laurie. Kadının şaşkın bakışlarını üstünde taşıyarak, kırıta kırıta uzaklaştı.

Laurie, Aylin'in elinde yeniden şekilleniyordu bir yıldır. Bu mucizeye kendi de inanamıyordu. Bütün gözyaşlarını onun ofisinde akıtmıştı. Tek bir damla bile kalmamıştı göz pınarlarında. On sene ağlamayabilirdi artık. İçini dışına doğru ters yüz etmişti Aylin. İlk düş kırıklığını, ilk depresyonunu, yaralı yüreğini, babasından yediği dayakları, işittiği hakaretleri, azarları, aşağılanmaları, birinci, ikinci, üçüncü, dördüncü intiharlarını, herkesin bir ağızdan konuşup, kimsenin birbirini dinlemediği aile toplantılarını, on üç yaşındayken, evi terk eden babasının arkasından nasıl sevinç çığlıkları attığını, yeryüzünde annesiyle babasının ayrılmasına sevinebilen yegâne çocuk olduğu için, akrabalarının, öldüren bakışlarıyla birlikte sundukları horlanmaları anlatmıştı.

Koleji bitirince de koca dünyada başka iş yokmuş gibi, gidip o hınzır babasının yanında çalışmaya başlamasını, küçümsemelere, itilip kakılmalara göğüs germesini, ilk aşkının hüsranla bitişini ve bu kez de aşk uğruna kesilen bileklerini, yuttuğu haplardan ötürü durmadan yıkanan midesini, sekizinci, dokuzuncu, onuncu intiharlarını anlatmıştı bir yıl boyunca. İçindeki tüm kötülükler şırıl şırıl dışarı akınca, babasının sürekli kafasına kaktığı beceriksizliği ile kalakalmıştı Laurie.

Tüm gücüyle kızın yeteneklerini zorluyordu şimdi Aylin. Bu kadar keskin bir zekânın, neden bugüne kadar yönlendirilemediğine şaşıyordu.

"Koleji burslu okuduğuna göre, aklın yerinde olmalı. Öyle herkese burs vermez okullar," demişti Laurie'ye.

"Doğru yahu. Bugüne kadar niye hiç düşünmemişim bunu," demişti kız. Yahudi olmaktan da öyle eskisi gibi utanmıyordu artık.

"Baksana, bazıları gönüllü seçiyor bu dini. Elizabeth Taylor bile sonradan Yahudi oldu," demişti Aylin, "demek ki utanılacak bir şey değil."

"Sen girsen bizim ailenin içine de görsen o Noel ağacı gibi on parmağı yüzüklü, yakaları broşlu, kulakları küpeli rüküş karıları, o, ha babam tıkman göbekli herifleri, Öööööğğ, mide bulandırıcı alt kimlik!" demişti Laurie.

"Bütün bu küçümsediğin şeyler yüzünden ölünür mü, budala?" demişti Aylin, "Yahudilerden nefret ediyorsan, onlardan uzak durursun. Sevgilin kalbini mi kırdı, seni terk mi etti, herifin canına okur sonra da kendine yeni birini bulursu. İntihar edersen, vicdan azabından öleceğini mi sanıyorsun erkeklerin. Belki bir hafta, on gün üzülür arkandan, sonra unutup gider. O toprağın üzerinde fink atarken, sen altında çürüye durursun. Beni de aldattı kocam. Ne olmuş yani?"

Öyle bir anlatıyordu ki Aylin, Laurie hak veriyordu çaresiz. Üstelik en ciddi olayda bile gülünecek bir taraf buluyordu. En çok bu yönünü seviyordu Laurie doktorunun. Bir gün çekine çekine;

"Sana bir şey söyleyeceğim ama gülmek yok," demişti.

"Neymiş o?"

"Benim şu andaki üvey babam kim biliyor musun?"

"Kim?"

"Babamın şimdiki karısının eski kocası."

"Ayy ne ilginç!" demişti Aylin, "tıpkı Woody Allen filmleri gibi." Bu kadını irkilten hiçbir şey yok mudur hayatta, diye düşünmüştü Laurie. Kolay mıydı Woody Allen filmlerini gerçek hayatta yaşamak.

"Yani utanç verici bir durum değil mi sence?"

"Ben senin hep sıradan bir Yahudi ailesinde doğduğun için üzüldüğünü zannediyordum. Al işte sana sıradışı bir durum. Niye utanç verici olsun, kuzum? Kaç kişi vardır bu dünyada, üvey babası, üvey annesinin eski kocası olan. Durumunun değerini bil," demişti Aylin.

Laurie, yepyeni açılarla bakmayı öğreniyordu dünyaya. Aylin'in kitabında kötü, ayıp, günah diye kavramlar yoktu. İnsanlar dünyaya, başlarına gelebilecek şeyleri yaşamak için geliyorlardı. Her şey gelebilirdi başlarına. Bu nedenle hoşgörülü olmak şarttı. Ayıplamak, kınamak yanlıştı.

"Kimseyi kırmamak, üzmemek şartıyla, istediğin her şeyi dene. Bir gün çekip giderken, geride ne aklın kalsın, ne de senin yüzünden kırılmış bir yürek," demişti bir keresinde Aylin.

"Senin kırdığın yürek hiç yok mu?"

"Olmaz olur mu. Bir sürü."

"Eee, kendi yapamadığını bana niye satıyorsun?"

"Lafa bak. Kendim çalamıyorum diye, piyano dinlemem yasak mı yani?" demişti Aylin.

Artık küfür etmiyordu eskisi gibi Laurie. Argo da konuşmuyordu. Aylin'in iteklemesiyle sanat yapıtları pazarlayan bir kurumda iş bulmuştu. İlk kez babasından apayrı, tek başına çalışacaktı. Bir işi vardı artık, bir de arkadaşı. Arkadaştan da öte, bir ablası hatta annesi. Evet, bir annesi. Kollarına sığındığı, her şeyini anlattığı, paylaştığı, akıllı, güzel, şeker bir annesi. Uçuyordu mutluluktan.

Aylin ona, bileklerindeki kesik izlerini örtmesi için kalın gümüş bilezikler armağan etmişti. Çiçekli eteği paralanana kadar giymiş, sonra da bir benzerini almıştı. Bir de mucize gerçekleşmişti hayatında. Seanslar sırasında, çocukken bir hayvanı olmasını ne kadar çok istediği çıkmıştı ortaya. Evden izin vermedikleri için, kedisi bile olamamıştı. Bir at almasını önermişti Aylin. At çok pahalıydı. O zaman da bir haraya gidip at binme dersleri almasını söylemişti. Laurie, iş çıkışlarında ve hafta sonları at binmeye gider olmuştu. Bir yıl sonra, sattığı resimlerden kazandığı komisyonlarla, hep bindiği siyah atı satın almayı düşünmüştü.

"Hiç durma, hemen al," demişti Aylin.

"New York'un göbeğinde yaşayan biri at alır mı?"

"Alır."

"Ama elimdeki bütün para ata gidecek."

"Gitsin. Laurie, çok istediğin bir şeyi yapıver bir kerecik. Kapa gözlerini ve al o atı."

Laurie bir ömür bütün istediklerini engellemiş olan annesiyle babasını düşünmüştü. Telefon etmişti Aylin'e.

"Aylin, alıyorum atı."

"Al kız, al. Hiç düşünme."

Almıştı atı. Simsiyah bir attı. Adı da Kara Onix'di. Laurie, her gün iş çıkışı gidiyordu haraya. Laurie'nin sesini duyunca, kişneyip şaha kalkıyordu at. En az bir saat boyunca dört nala koşturuyordu atı Laurie. Ter içinde kalıyordu. Onu koştururken, hiçbir kötü düşünce gelmiyordu aklına. Yıllar boyu kafasını, ruhunu kemiren ölüm isteği çok uzaklarda kalmıştı. Central Park'ta dolu dizgin gittiği bir gün, kendini doğaya haykırırken yakaladı: "Yaşamak ne kadar güzel. Benden uzak dur ölüm!"

# DÖRDÜNCÜ EVLİLİK

"Müslümanlarda bile, dörtten fazlasına izin yok. Ona göre ha, bak bu son koca olacak," dedi Kasım Gülek, baldızına.

"Bu son, enişte," dedi Aylin, "Nilüfer'in bile itirazı yok Joe'ya. Demek ki bu evlilik yürüyecek."

"Kızları ne yapacağız, kızları..." diye lafa girdi Hulusi. Tam o sırada kahve getiriyordu Kasım Bey'e.

"Sen işine bak, haydi bakalım, doğru mutfağa," dedi Nilüfer.

Hulusi, bir gün önce Joe'nun evine temizliğe gittiğinde, kızlarla babalarının arasında geçen konuşmalara kulak misafiri olmuştu. Hulusi'nin, konuşurken İngilizcesi kırık olduğu için, söylenenleri de anlayamadığını zannediyorlardı. Oysa, leb demeden leblebiyi anlıyordu o. Her söyleneni de duymuş, ertesi gün Aylin'e yetiştirmişti.

"Bu kadın seninle paran için evleniyor," demişti Valerie.

"Kadınların yüzde doksanı öyle yapar, kızım. Sen de evlenirken biraz para düşünseydin, gözün şimdi benim paramda olmazdı."

"Seni paran için seven biriyle evlenmeyi kabul ediyorsun yani."

"Sen de beni param için sevmiyor musun?"

Valerie kapıyı vurup çıkmıştı. Joe, diğer kızına, insanların her türlü nitelikleriyle bir bütün olduklarını, varlıklarının veya yoksulluklarının da kişiliklerinin ayrılmaz bir parçası olduğunu anlatmaya çalışmıştı.

"Ben de onu meslek sahibi, kültürlü ve gösterişli olduğu için istiyorum, bu bir suç mu?" demişti.

"Ama o para için..."

"Aylin sokaklarda sürünmüyor Phoebe. Benim param olmaksızın da, lüks içinde yaşayabilecek parası var. New York'un en iyi yerinde, muhteşem bir katı var. Kirasını karşıladığı bir ofisi var. Para getiren bir mesleği var. Bu saplantıdan kurtarın kendinizi. Ben de sonunda Rockefeller değilim."

Phoebe bu kez başka bir şey bulmuştu Aylin'i karalamak için.

"Bu kadın içiyor."

"Niye içmesin? Sen de içiyorsun. Ablan da içiyor. Ben de öyle."

"Ama o alkolik."

"Saçmalama kızım. Davetlerde bir-iki bardak içen insana alkolik denmez."

"O sarhoş oluyor."

"Hayır olmuyor. Onun dışa dönük, renkli, çok sesli bir kişiliği var. Dans etmeyi, eğlenmeyi, kahkaha atmayı seviyor. Keşke sen ve Valerie de hayattan bu kadar zevk alabilseniz."

Hulusi, hanımı için duydukları karşısında dayanamamış, hırsla içeri girerek, bu evi temizlemeye ilk geldiği günlerde, nasıl etrafın toz toprak içinde, çarşaflarınsa kirden keçeleşmiş olduğunu, evin pisliğini sökebilmek için, en kuvvetli deterjanlarla günlerce uğraştığını yarım yamalak İngilizcesiyle anlatmış, kapıyı vurup tekrar mutfağa dönmüştü. Baba kız hiçbir şey anlamadan bakakalmışlardı arkasından. Sonra Phoebe babasına, "Bu Türklerin hepsi deli," demişti.

"Olabilir, ama sen ve Valerie isteseniz de istemeseniz de, ben Aylin'le evleniyorum. Bu fikre kendinizi alıştırın. Bütün derdiniz paraysa, vasiyetimi hazırladım bile, merak etmeyin, haklarınızı iyi korudum." Bu konudaki son sözleri böyleydi Joe'nun.

60 East End Avenue'deki son günlerini yaşıyordu Aylin. Evini satışa çıkartmıştı. Joe ile evliliklerine yepyeni bir evde başlayacaklardı. İçinde eski yaşamlarından, eski

karılarından, eski kocalarından hiçbir iz taşımayan, kendileri için dayayıp döşemiş oldukları bir evde.

Joe, 74. Sokak'ta, Park ve Madison Avenue'lerin arasında, Amerikalıların Brown Stone dedikleri, kocaman üç katlı bir ev satın almıştı. Evin giriş katına Aylin'in muayenehanesini taşıyacaklardı. Arka bölümde Hulusi ve nihayet Türkiye'den getirteceği karısı Şerife yerleşecekti. Birinci katta salon, yemek ve oturma odaları ile mutfak, üst katlarda yatak odaları bulunacaktı. Tayibe ile Alex'e son kat ayrılmıştı. Ev dayanıp döşenmişti. Salonlara Türk halıları yayılmıştı. Halıların çoğunu, Aylin'le Joe yazın, İstanbul'a gittiklerinde Kapalıçarşı'dan almışlardı. Bazılarını Nilüfer ve Kasım Bey vermişti. Evin içinde Osmanlı evlerini andıran bir mistik hava vardı. Koyu renk ahşap döşemelerle, lacivertli, bordolu kilimlerle loş ve ağırbaşlı duruyordu salon. Evde sadece birkaç ayrıntı kalmıştı tamamlanacak.

Aylin, eşyalar çıktıktan sonra daha da geniş ve aydınlık duran evinde, pencereden dışarı baktı. Evin satış kontratını, on gün sonra imzalayacaktı. Katını sattığında, Joe ile evlenmiş olacaktı. Bu aydınlık, ferah ve sadece ona ait olan evden, loş, içine dönük ve ona yabancı başka bir mekâna geçecekti. Doğru mu yapıyordu?

"Ya kızları ne yapacağız, kızları?" diyerek, yangına körükle gitmişti Hulusi... Nilüfer kendi kardeşiydi onunla başa çıkabilmiş, Mişel'e karşı takındığı düşmanca tavra aldırış etmemesini öğrenmişti. Şimdi karşısına, iki kadın daha çıkıyordu, bir evliliği burnundan getirmek için. İlk kez zavallı Mişeli'n Nilüfer yüzünden neler çekmiş olabileceğini yüreğinde hissediyordu. Oysa hep şakaya almış, alaya vurmuştu ablasıyla eski kocasının savaşını.

Son günlerde kızlar biraz yumuşamış gibiydiler Aylin'e karşı. Bu evlilikten dönüş olmadığını anladıklarında, daha dostça bir yaklaşım içine girmişlerdi. Aylin de, onları kazanmak için, akşam yemekleri düzenlemiş, hoşlanabilecekleri hediyeler almış, sonra da birdenbire bezmişti tüm bu işlerden. Her ikisi de, yirmilerini çoktan geride bırakmış, evlenmiş, ev bark sahibi olmuş kadınlardı. Çok komik gelmeye başlamıştı kendisini düşman ilan etmeleri.

Nilüfer, kardeşinin aklından geçenleri sezmiş gibi, "Nikâhta keramet vardır, derler Aylin, düşünüp durma arpacı kumrusu gibi. Her şey yoluna girer, kızlar da alışırlar zamanla. Alex zaten şimdiden bayılıyor sana," demişti.

"Nikâhtaki o kerameti ben henüz yakalayabilmiş değilim."

"Yanlış koca seçiyordun da ondan."

"Senden ilk kez itiraz yükselmiyor ben evlenirken, bakarsın bu kez kerameti de bulurum."

"Bul da bu son olsun, Aylin."

"Son olsun, Nilüfer," dedi Aylin, içtenlikle.

Dört yüz kadar davetiye dağıtılmış, tüm düğün hazırlıkları tamamlanmıştı. Nikâha sadece üç gün kalmıştı. Aylin birkaç gündür, kendi katı boşalmış olduğu için, Park Avenue'deki evde kalıyordu. Joe akşamüstü eve, elinde birtakım kâğıtlarla geldi ve Aylin'e onları imzalamasını söyledi.

"Nedir onlar?" diye sordu Aylin. "Okusana."

"Ay okutma bana iç sıkıcı şeyleri Joe. Nedir o kâğıtlar kuzum?"

"Evlilik kontratımız."

"Ne?"

"Evlilik kontratı."

"Ne demek o?"

"Yani, ben ölecek olursam ya da ayrılmaya kalkarsak, senin nelere hakkın olup nelere olmayacağına dair."

Dondu kaldı Aylin.

"Ben tam üç kere evlendim, hiç böyle bir şey imzalamadım joe," dedi.

"Ama benim dört tane çocuğum var, Aylin."

"Mişel'in de iki tane vardı."

"Şunları bir okusana sen."

"Ne okurum ne de imzalarım. Biz evleniyoruz. Sen veya ben ölürsek, kanun ne diyorsa o olur."

"İmzalamazsan evlenemeyiz."

"İyi, evlenmeyiz o zaman," dedi Aylin. Çantasını kaptı, kapıyı vurup çıktı. East End'e kadar koşar adımlarla yürüdü. Kendini son derece aşağılanmış hissediyordu. Nilüfer'in oteline telefon etti, kimseyi bulamadı. Emel'i aradı, yoktu. Mişel'den ayrıldığı için, onu bir türlü affedemediğini hissettiği Leyla'ya da söylemek istemiyordu bu durumu. Akıl danışacağı kimse kalmamıştı ortalıkta. Kurt Duldner'ın numarasını çevirdi. Kurt Allaha şükür evdeydi. Onun sesini duyar duymaz başladı ağlamaya.

"Evlenmiyoruz Kurt. Nikâh kaldı."

"Ne diyorsun Aylin sen?"

"Çok çirkin bir şey yaptı Joe. Asla kabul edemem böyle aşağılanmayı."

"Nerdesin sen şimdi?"

"Kendi apartmanımdayım. Evime döndüm. Allahtan daha satışını imzalamamıştım." Gözyaşları sel gibi akıyordu yanaklarından.

"Bekle beni, geliyorum. Gelince anlatırsın," dedi Kurt Duldner.

"Hemen gel ama evde oturacak bir minder bile kalmadı, bilesin," dedi Aylin.

Kurt Duldner gelene kadar, Nilüfer, Kasım Bey ve her iki tarafın avukatları da bulunmuştu. Hepsi rezil olmamaları için, Joe ve Aylin'i ikna etmeye çalışıyorlardı. Aylin, hırsından, Joe'dan iki milyon dolar istetmişti karşılık olarak.

Joe, böyle bir reaksiyon beklemediği için şaşkındı. İşi şakaya vurmak için, Aylin'in avukatına, "Evlenirken Aylin'in ailesine iki deve, on koyun, bir de çadır veririm," demiş, bu espriye kimse gülmemiş, buz gibi bir hava esmişti. Kendini bu yola iteleyen kızlarına da, bu konuda hiç anlayış göstermeyen Aylin'e de kızıyordu.

Sonunda, bir anlaşma zemini bulundu. Hem Joe yaptığına, hem de Aylin gösterdiği tepkiye pişman olmuş gibiydiler. Ama düğünden tam üç gün önce, işin bütün tadı tuzu kaçmıştı.

Aylin'le Joseph Cates, 1987 yılının Haziran ayında, New York'un en görkemli otellerinden biri olan, Madison Avenue'deki Caryle Oteli'nin büyük seremoni salonunda evlendiler. Düğünlerine New York'ta yaşayan tüm Türk kolonisi, Aylin'in kolej ve iş arkadaşları, bazı özel hastaları, Joe'nun filmci dostları, tam kadro akrabaları ve Musevi sosyetesinin önde gelenleri davetliydi. Birkaç kişinin dışında, üç gün önce yaşanan krizi kimse bilmiyordu. Joe'nun kızları bile.

Aylin, inanılmayacak kadar hoş ve şıktı. Timothy Childs, "Gelin olmak sana ne kadar yakıştı, Aylin," dediğinde, "Ben de bu yüzden sık sık evleniyorum ya," diye yanıtlamıştı Aylin. Üstünde bulut gibi uçuşan elbisesiyle, konuklarının her birini ihtimamla ağırlamaya çalışıyordu. Pırıl pırıl gözleri, içten gelen neşesiyle gerçekten de çok mutlu gözüküyordu. Birkaç gün öncesinin tüm gerginliğini, kırgınlığını geride bırakmayı başarmıştı. Yepyeni bir evde, yepyeni bir hayata başlıyordu. Mutlu, iyi niyetli, umutluydu. Joe ve Aylin, balayı için Paris'ten geçerek, Türkiye'ye gittiler. Önce birkaç gün İstanbul'da kaldılar.

Nilüfer ve Kasım Gülek, Büyükada, Anadolu Kulübü'nde yeni evliler için bir davet verdiler. Aylin, bu davete, İstanbul'da yaşayan akrabalarının ve sınıf arkadaşlarının çağrılmasını istedi. Bir yaz ayında, dört bir yana dağılmış İstanbulluları bir araya toplamak kolay olmadı ama, haber ulaştırılanların çoğu geldi. Yıllardan sonra, Ankara'daki Soysal Apartmanı'nın çocukları, Nilüfer, Aylin, Betin ve Ayşe ilk kez bir araya geliyorlardı. Ve yine yıllardan sonra, kuzinler Nilüfer, Semra, Aylin ve Ayşe de ilk kez buluşuyorlardı. Duygu yüklü buluşmalar ve hatıralarla dolu geçen gecede, Kasım Bey, hoş bir konuşma yaptı ve baldızına sonsuz mutluluklarla "son" evlilik diledi.

İstanbul'dan ayrıldıktan sonra, Aylin'le kocası Göcek'e inip, Betinler'in teknesiyle bir mavi yolculuğa çıktılar. Joe, karısına olduğu kadar, Türk sahillerine ve Türklere de hayran gözüküyordu. Hayatının en doğru evliliğini yaptığını düşünüyordu.

Park Avenue'deki "town house" da yaşam, başlarda Joe ile Aylin'in umduklarından da iyi geçmeye başladı. Öncelikle, Aylin meslek hayatının en çok emek verdiği tedavilerini, en mucizevi iyileşmelerini bu dönemde gerçekleştirdi. Rahibe Nancy, Laurie Kraus, hatta tedavi sonrasında sekreteri olmayı kabul eden Irene Ansmann, hep bu evliliğin ilk yıllarına rastlayan başarılardı.

Evliliklerinin ilk yılında, yine Türkiye'ye, İsveç'e, İngiltere'ye ve Paris'e gittiler. Hem Joe hem de Aylin iyi bir evlilik yaptıklarına inanıyorlardı. Tayibe, Alex'i kendi arkadaşlarına tanıştırmıştı. Arkadaşları kızın durumunu büyük bir anlayışla karşılamıştı, Alex'i gruplarına katmışlardı. Alex hayatında hiç olmadığı kadar mutluydu.

Tayibe o yıl Harvard Üniversitesi'nde ilk yılını okuyordu. Yeni bir okul, yeni bir ev, yeni arkadaşlar, yeni bir aile. Onun için de yenilikler ve heyecanlarla dolu bir yıldı 1987. O da teyzesi gibi, Joe'nun çocukları arasında en akıllı ve şeker bulduğu, büyük oğul Philip'i seviyordu. Philip, annesi ve babası ayrıldıktan sonra, annesinin yanında büyümüş, değişik değerlerle yetişmişti. Tayibe onu nedense kendilerine daha yakın buluyordu. Alex ise, aynı yaşta olmalarına karşın, sorumluluğunu üstlendiği, koruması altına aldığı küçük kardeşi gibiydi.

Evde sık sık Türk yemeklerinin ağırlıkta olduğu akşam davetleri veriliyor, aile toplantıları yapılıyor, hayat, kalabalık ailelere mahsus gürültü patırtı içinde geçiyordu.

Aylin geleneksel Şükran Günü'nü yine ihmal etmemişti. Ailenin tüm çocuklarının yanı sıra, Mişel'in oğulları Tim ve Greg de yemeğe davetliydi. Joe bu mutlu aile havasından memnun görünüyordu. Valerie ile Phoebe bile uyum içindeydiler.

Eve gelip giden misafirler arasında çok sayıda ünlü aktrist, şarkıcı, gösteri sanatçısı ve film yıldızı vardı.

New York'un tanınmış oyuncuları Jill Clayburg ile David Rabe, Kate Ederman, şarkıcı Neil ve Leba Sedaka, futbol oyuncusu Frank Gifford ve sinema oyuncusu Kathy Lee Gifford, Cateslerin evine sık sık gelen ünlüler arasındaydılar. Aylin evlerine gelip giden bu tanınmış kişilerin arasında en çok komedyen Robert Klein'dan hoşlanmıştı. Klein da espri anlayışı gelişmiş Aylin'i çok seviyor, sık sık birlikte oluyorlardı. Amerikan halk müziği yıldızı Johnny Cash ile David Copperfield da Aylin'in yakın dostları arasına girmişti.

Aylin güzel evinin keyfini çıkarıyordu. Hulusi ve karısı zor yetişiyorlardı davetlere. Ara sıra Vildan da yardıma geliyordu.

Evin hay huyu arasında bir de Joe'nun poker partileri vardı. Joe haftada birkaç gün arkadaşlarıyla oturup saatlerce poker oynuyordu. Aylin'in tanıştırdığı Richard da, poker arkadaşlarından biriydi. Böyle gecelerde Aylin genellikle Kurt Duldner ile operaya veya tiyatroya gidiyordu. Kurt, Joe'nun poker akşamlarında, Aylin'in kavalyesi haline gelmişti. Joe, "her kadının hayatında, kesinlikle bir Kurt'u olmalı" diyordu. Aylin'in yoğun iş günlerinin akşamlarına, bunca etkinliği nasıl sığdırabildiği akıl alır gibi değildi. Ama Aylin, akşamları sosyal hayatını canlı tutarak sanki özel bir güç aktarıyordu damarlarına. Mişel'le evliyken, erkenden yatmak, sabaha dinlenmiş olarak güne başlamak ne kadar verimli olduysa, Joe ile yaşadığı bu hızlı hayatta da, bir o kadar, belki de daha fazla verimliydi. Hastalar kapısından en iyi neticelerle ayrılıyorlardı. Etrafında, ev halkı dahil, hiç azalmayan bir kalabalık vardı. Mutlu mu mutsuz mu düşünmeye, kendini dinlemeye vakit bile bulamıyordu. Yaşam, fırtınada dönen bir yeldeğirmeni gibiydi. Rüzgâr hızıyla koşuyordu Aylin.

Derken, üç katlı taş binanın üzerinde de hafiften bir rüzgâr esmeye başladı.

Aylin, kendine ait lüks dairesini satınca, onunla West Hampton'da bir yazlık almak istemişti.

"O mahallede benim bir yazlık evim var, ikincisini neden alalım," demişti Joe.

"Senin evin dökülüyor Joe. Koca evi tamir etmeye veya boyamaya kalksak, yeni bir ev alır gibi para akıtmak gerekecek. Eskiyle uğraşayacağımıza, eli yüzü düzgün bir evimiz olsun."

Avukat ücretleri, vergiler ödenip de, almak istediği eve para yetişmeyince, Joe maddi yardımda bulunmuştu. Aylin'e paraca yardım etmesi gerektiğinde etmiyor değildi ama, çenesi de hiç durmuyordu. Kocasının sürekli paradan söz etmesi, çok para harcıyor olmalarından şikâyetlerde bulunması sinirine dokunmaya başlamıştı Aylin'in. Joe harcama üstüne tenkitlerini o kadar abartıyordu ki, Hulusi'nin çamaşırlara kullandığı deterjanların çok çabuk bittiğinden bile şikâyet edebiliyordu. Hulusi, "Joe Bey'e söyleyin, Aylin Hanım, biz Türkler her hafta çarşaf değiştiririz. Deterjanları torbaya doldurup beşinci caddede satmıyorum herhalde, kullandığımız için bitiyor," dediğinde, Aylin'in içinden Joe'yu öldürmek gelmişti.

Bir başka sefer, Joe ve Aylin, Coşkun ve Bige Kırca'yı akşam yemeğine, Coff'a davet etmişlerdi. Pahalı bir Fransız balık lokantasıydı. Joe ilk kez tanışacaktı Kırcalarla. Yemekler ısmarlanırken çok mükrim davranan Joe, sıra şarabı ısmarlamaya gelince, nedense en ucuz şarabı seçti. Aylin, kocasının garsona "Blanc de Blanc" ısmarladığını duyunca, hırsla çekti şarap listesini elinden, liste, Joe'nun çenesine çarptı. Aylin listeye bakıp, "Puliguy-Montrachet getirin," dedi, garsona. Ismarlanan iki şarap arasında, iki yüz dolara yakın bir fark vardı. Joe'nun suratı asıldı.

"Coşkun Kırca şaraptan çok iyi anlar. Ona herhangi bir şarabı ikram edemeyiz Joe," dedi Aylin. Ama sofrada artık buz gibi bir hava esiyordu. Yemeğin sonunda vestiyerden mantolarını alırlarken, Coşkun karısının kulağına, "Bu evliliğin uzun süreceğini sanmıyorum," diye fısıldadı, "Benim bildiğim Aylin, nekes adamlarla yapamaz."

Bu arada Aylin'in canını bir de işiyle ilgili bir konu sıkmaya başlamıştı. New York Hospital'ın psikiyatri bölümü olan Payne Whitney Hospital'da çalışan bir tıp öğrencisi intihara teşebbüs etmiş, kurtarıldıktan ve bir müddet hastanede yattıktan sonra, tedavi için Aylin'e gönderilmişti. "Kendine öyle bir ün yaptın ki, bileğini kesen, balkondan atlayan ya da midesi yıkanan herkesi sana yolluyorlar. Allah sana akıl versin," demişti Mişel.

Samantha, "Depressive Disorder" teşhisi ile gelmişti Aylin'e. Bir yıla yakın bir süre, kızı hem ilaçla hem de terapi yöntemleriyle tedavi etmişti Aylin. Kız iyileşmişti, okula geri dönmek ve daha fazla zaman kaybetmeden, asistanlığına devam etmek istiyordu. Aylin, kızın göreve devam edebilir hale geldiğine dair rapor yazıp yollamıştı Payne Whitney'e. Üç uzmandan oluşan bir üst kurul, kızı değerlendirmeye almış ve henüz göreve dönmeye hazır olmadığına karar verip, başvuruyu geri çevirmişlerdi. Aylin konunun üstüne gitmiş, bir rapor daha yazmıştı. Aylin'i toplantıya çağırmışlardı. Değerlendirmeyi yapan doktorlardan biri Payne Whitney'in Psikiyatri Bölümü Başkanıydı. Aylin, Samantha'nın kendi hastası olduğunu, hiçbirinin kızı onun kadar iyi değerlendiremeyeceğini, kıza tüm kapıları kapayarak, onu yeni depresyonlara itmekte olduklarını çok sert bir dille bildirmişti. Toplantıdaki doktorlar şaşırıp kalmışlardı. Dr. Baker, Aylin'i daha yumuşak bir üslupla konuşması için uyarmıştı.

"Size anlatmak istediklerimi ifade eden kelimeler bunlardan ibaret. Beni süslü laflar bulmaya zorlamayın," demişti Aylin. Doktorlar aralarında ikiye ayrılmışlardı.

Fakülte Dekanı, Aylin'i bir kere daha çağırmıştı görüşmeye. Kıza altı aylık bir süre daha tanımasını istemişti. Kabul etmemişti Aylin.

"Samantha, bu mesleğin en seçkin, en iyi üç uzman doktoru tarafından değerlendirildi. Onların yanıldıklarını mı söylüyorsunuz Dr. Radomisli?" demişti Dekan. O üç doktordan biri de kendisiydi.

"Evet, yanılıyorlar."

"Nasıl oluyor bu?"

"Oluyor, çünkü siz etrafınızı beceriksiz ve korkak doktorlarla çevrelemişsiniz."

Ayağa kalkıp, kapıya yürümüştü Dekan. Aylin de dimdik takip etmişti adamı.

"Raporumu değiştirmeyeceğim efendim. Samantha iyileşti," deyip çıkmıştı kapıdan. Cornell Üniversitesi ve Payne Whitney' deki doktorlar, bir daha hasta yollamayacaklardı Aylin'e.

Dekan'ın yanından ayrıldıktan sonra eve dönmedi Aylin. O gün, belki toplantı uzun sürer diye, hasta almamıştı öğleden sonra. 5. Cadde'de dükkânlara girdi çıktı, alışveriş yaptı, sonra da sinirleri yatışsın diye bir sinemaya gitti. Film bittiğinde, hava kararmıştı. Canı yürümek istedi eve kadar. Evin önüne geldiğinde, anahtarlarını çıkartmak için çantasını açarken fark etti, arkasında bitiveren adamı. Adam bir eliyle omuzunda asılı çantayı çekiyor, öteki eliyle boğazına dayadığı bıçağı tutuyordu.

"Çantanı ver, yoksa gebertirim seni, karı."

Aylin ayakkabısının sivri topuğunu adamın hayalarına doğru savurdu. Adam beklemediği bu hareket karşısında bir an sendeledi. Aylin adama döndü. Yüzüne bir başlık geçirmiş olmasına rağmen, bir zenci olduğunu anlayabiliyordu. Şimdi bir eliyle sımsıkı çantasını tutuyor, diğer eliyle adama yumruk indiriyordu. Adamsa bu kez bir eliyle Aylin'in kolunu arkasına büküyor, diğeriyle boğazını sıkıyordu. Aylin, hem tekmelerini art arda indiriyordu adamın bacaklarına, hem de avazı çıktığı kadar bağırıyordu. Evin içinden ayak sesleri duyulunca, adam yere düşmüş olan Aylin'in böğrüne bir tekme savurup kaçmaya başladı. Hulusi kapıyı açtığında bir an, karanlıkta hiçbir şey göremedi. Sonra yerde kıvrılmış Aylin'i fark etti.

"Aman Allahım, Aylin Hanım yaralı mısınız? Kımıldamayın, sakın kımıldamayın."

"Koş, herifi takip et, beni bırak onun peşinden koş, haydi koşsana..."

"Hırsızın peşinden koşulur mu hiç? Ölümüme susamadım ben," dedi Hulusi.

"Çantamın sapını koparmış," dedi Aylin. Sımsıkı kavradığı sap, omuzunda sallanıyordu, ucunda çanta yoktu.

"Siz iyi misiniz?" Aylin'in kalkmasına yardım etti Hulusi. Üstü başı çamur içinde kalmıştı. Boynunda hırsızın parmak izleri mor lekeler bırakmıştı, böğrü sızlıyordu. Zorlukla ayağa kalktı, Hulusi'ye abanarak içeri girdi. Joe olanları öğrenince kulaklarına inanamadı.

"Kaç para vardı çantanda?" diye sordu.

"Kırk dolar nakit, kredi kartlarım, makyaj malzemem vardı. Kendime yeni bir ruj almıştım. Daha bugün..."

"Sen deli misin Aylin," dedi Joe. "Kırk dolarla bir yeni ruj için hırsızla boğuşulur mu? Ya seni bıçaklasaydı? Ya öldürseydi?"

"Ne yapmalıydım sence? Buyur al çantamı mı deseydim?"

"Elbette. Verirsin, gider. Hayatından daha mı kıymetli malın?"

"Siz Amerikalılar hepiniz korkaksınız," dedi Aylin.

"Siz Türkler de, hepiniz delisiniz," dedi Joe.

"Ben değilim," dedi Hulusi, "bir çanta için ölümü göze alamam. Ama bizim hanım alır."

Valerie ile Phoebe'nin barışçıl havaları uzun sürmedi. Ramsenburg'daki evin kendilerine sorulmadan satılıp, yeni evin de Aylin'in üstüne alınmasına çok bozulmuşlardı. Babalarının, "Kızlar, ben mülklerimi alıp satarken, sizlerden icazet alacak değilim," demesine karşın, söylenip duruyorlardı. Aylin, yine bütün iyi niyeti ile elinden geleni yapmaya çalışıyordu. "O evin yerine yenisi kondu, tatillerde kullanmak istiyorsanız, bize sormanıza bile gerek yok, gidin, istediğiniz kadar güle güle oturun," dediğinde, Valerie, "Orası senin evin. Bizim değil," demişti.

"Ne fark eder evin tapusunun kimin üstüne olduğu. Biz bir aileyiz Valerie."

"Madem fark etmez, tapu niye senin üzerine Aylin?"

"Çünkü o evin parasını ben ödedim."

"Senin o kadar paran var mı?"

"Babanla evlendiğim zaman, o güne kadar oturduğum katımı satmıştım. O parayla ödedim.

"Bu terbiyesiz kızlara hesap vermek zorunda değilsin Aylin," demişti Philip.

"Hesap vermek istiyorum. Kız kardeşlerinin kafasında, babanızın servetinde gözüm olduğuna dair bir saplantı var. Bu saplantıyı düzeltebilirsem, hepimiz için çok iyi olur."

"Sabrına hayranım, cicianne." Philip, elini Aylin'in omuzuna dostça vurup çıkmıştı odadan. Aylin'in sabrına gerçekten hayrandı.

Aylin ve Joe, 1988 yazında Türkiye'de Betinlerle önce Bodrum ve çevresinde, sonra da Göcek'te bir mavi tur yaptıktan sonra, Hilmi dayının Bozcaada'daki evinde de kalmışlardı bir süre. Köy hayatıyla yeni tanışıyordu Aylin. O yaz, birdenbire, bunca yıldır, beton binalı şehirlerde yaşamaktan ne kadar bunalmış olduğunu fark etti. Yemyeşil kırlarda, kısa boylu Akdeniz bitkilerinin, mandalina ve zeytin ağaçlarının arasında, mis gibi kekik ve yasemin kokularını ciğerlerine doldura doldura dolaşırken, yepyeni bir özlem yeşertti içinde. Doğanın kucağında yaşamak!

"Ömrümüz güneşin doğuşunu ve batışını göremeden, upuzun taş yığınlarının içinde geçiyor, Joe," dedi, "çok daha sağlıklı ve mutlu yaşamak istemez miydin?"

"Türkiye'ye mi yerleşelim?"

O kadar da değil. Ama Amerika'da, bal gibi doğayla içiçe yaşayabiliriz."

Karısının sözlerinin üstünde durmadı Joe. Amerika'ya döndükleri zaman, Aylin önce Virginia'da bir çiftlik almalarından söz etti. Bu konuda o kadar ısrarcıydı ki, Joe ile birlikte, Virginia'ya gidip, bazı satılık çiftlikleri bile gezdiler. Joe, ayakları yere basan bir adam olarak, bu tür hayallerin hiçbir zaman gerçekleşmeyeceğini biliyordu. Aylin, New York'ta kurduğu düzeni bırakıp hiçbir yere gidemezdi, hastalarından vazgeçse, onlar Aylin'den vazgeçemezdi. Ama Aylin'le dalaşmak yerine, iyi bir yol bulmuştu, "Olur, olur" diyerek, işi zamana bırakmak. Nitekim Virginia'da çiftlik alma hayali bir zaman sonra unutuldu. Ama Aylin bu kez, gerçekleşmesi, Virginia da çiftlik almaktan çok daha kolay bir başka hayalin peşinden koşmaya başladı. New York'un biraz dışında, doğanın kucağında, bol ağaçlı sayfiye yerleri vardı. Örneğin Connecticut'ta bir ev bakabilirlerdi.

"Her ikimiz de yaşlanıyoruz. Şehrin gürültüsünden uzak, kafa dinleyerek yaşamak istemez misin?" diye soruyordu kocasına sık sık.

"İşlerimiz ne olacak? Doktorluğu bırakacak mısın?"

"Bir saat mesafede oturursak ne diye bırakayım? Haftada birkaç gün gider gelirim. Sen de öyle yaparsın. Bu yaştan sonra her gün işe koşturmayı sen de istemiyorsun zaten."

"Bu koca ev ne olacak?"

"Beğendimiz bir ev bulursak, bunu satar, onu alırız." Joe, her zaman işleyen formülü uygulamıştı. "Madem öyle düşünüyorsun, kendi işini kendin hallet. Birkaç uygun ev bul, gider bakarız," demişti. Zaman içinde, Aylin'in bu konuyu unutup gideceğini düşünüyordu. Ama bu kez yanılmıştı. Birkaç ay sonra, Aylin, New York'un bir-iki saat dışında, geniş arazileri olan üç, beş evi göstermek için Joe'nun karşısına dikildi. Gidip evlere baktılar. Gerçekten de hepsi orman içinde, şahane evlerdi. Hele içlerinden biri, Bedford'da sekiz-dokuz dönümlük bir arazide, muhteşem orman manzarası olan, içi çok iyi planlanmış, üç katlı bir evdi. Parası da çok uygundu. Town House'larını iyi pazarlayabildikleri takdirde, bu evi aldıktan sonra artacak parayla, kent içinde bir başka küçük daire bile alınabilirdi. Joe, bir kelepir buldu muydu kaçırmak istemezdi. Aylin, kocasının bu yönünü bildiği için, üstüne fazla yüklenmedi, işi oluruna bıraktı. Zaten o sıralarda, Aylin kendini yeni bir hastanın iyileşmesine adamıştı. Banliyödeki evi almak için, kurt artık Aylin'in değil, Joe'nun kafasını kemiriyordu.

"Bu hastayı sana yolladığım duyulursa, başım Payne Whitney'le belaya girer," demişti Baker.

"Neden? Oradan bana yollayıp da iyileştiremediğim bir vaka mı varmış?"

"Mesele o değil, biliyorsun. Adamlarla dalaştın. Dekana bile yapmadığın kalmadı."

"Onlarla dalaşmak, benim mesleki becerilerimin göstergesi olamaz."

"Ben de öyle düşündüğüm için yolluyorum sana bu rahibeyi. Çekilmez birisin. Keçi gibi inatçısın. Ama sen, bu kadının son şansısın. Kadın da senin son şansın."

"Aptal aptal konuşma, Payne Whitney'den başka hastane mi yok, koca şehirde? Kapımın önünde hastalar kuyruk oluyor, Baker."

"Olabilirler. Ama senin Payne Whitney'le ilişkilerini bozduğun için, çok üzüldüğünü..."

"Halt etmişsin sen. İstemem, yollama hastanı."

"Yolluyorum. Bu iyiliğimi unutma. Gözlerim üstünde olacak. Hastane törelerini altüst etmek yok. Hastayla özel ilişki kurmak yok. Samantha olayını unutturman için, bu hastayla başarı sağlaman lazım."

"Kendine başka bir köle-doktor bul." Çatt diye kapattı telefonu Aylin.

Bir hafta boyunca evde sinir küpü gibi dolaştı. Tayibe bile teyzesinin gerginliğini fark etmişti. Hulusi, Şerife, Alex, Tayibe ayak altında dolaşmamaya çalışıyorlardı. Joe, sinirlenmesin diye para lafı etmez olmuştu. Hulusi, Aylin muyanehaneden yukarı gelir gelmez ona bir kadeh beyaz şarap, ya da bir buzlu cintonik getiriyordu hemen, gevşemesi için.

O hafta içinde bir akşam, New York'u ziyaret etmekte olan Joe'nun ağabeyi ve karısıyla birlikte, kentin batı kıyısında, rıhtım üzerindeki balıkçı lokantalarından birine gittiler. Soğuk beyaz şarap ve ıstakoz ısmarladılar. Aylin'in keyfi yerine gelmişti. Güle oynaya yemek yerlerken, biraz ötelerinde bir arbede koptu. Bağıra çağıra iki adam, bir zenciyi suya ittiler. Zenci nefes nefese kafasını sudan çıkardıkça, adamlardan biri, zenciyi tekrar suyun içine itiyordu. Aylin bir anda yerinden ok gibi fırladı, su kenarına koştu ve zenciyi suya iten adamları tekmelemeye başladı. Joe ve kardeşi bir an donup kaldılar, sonra onlar da yerlerinden fırlayıp, Aylin'in peşinden koştular. Joe Aylin'i koltuk altlarından, ağabeyi de bacaklarından yakalayarak zor kaçırdılar olay yerinden. Masalarına geri döndüklerinde Joe karısını azarlamaya başladı.

"Başımızı belaya mı sokmak istiyorsun? Ne işin vardı senin kavganın ortasında?"

"Görmediniz mi, zenciyi öldürüyorlardı?" "Sana ne Allahın zencisinden? Kimbilir hangi uyuşturucu kaçakçısının adamıdır."

"Gitmeseydim, boğulmuş olabilirdi." "Sen de bıçaklanmış olabilirdin. Deli misin nesin sen Aylin?" "Ben insan hayatı kurtarmaya yemin etmiş bir doktorum," dedi Aylin.

O gece eve döndüklerinde Joe, "Neden bu ara bu kadar sinirlisin?" diye sordu karısına, "hastalardan biriyle bir sorunun mu var?"

Kocasını yanıtlamadı Aylin. Ertesi gün Baker'a telefon etti. "Bana geçen hafta sözünü ettiğin rahibeyi, başka birine yolladın mı?" diye sordu.

"Hayır. Senin telefonunu bekliyordum."

"Ettim işte."

"Allah yardımcın olsun," dedi Baker. Telefonu kapadığında, avını tuzağa düşürmüş hain bir avcı gibi kıs kıs gülüyordu.

## RAHİBE NANCY

Sekreterin karşısında, tek bir söz söylemeden, öyle dimdik heykel gibi oturuyor. Kocaman siyah evrak çantası dizlerine dayalı. Saçları ve gözleri kahverengi olmasına karşın, her şeyi gri hissini veren, silik, renksiz bir kadın.

Adını soran Irene'ye cevap vermiyor. Randevu saati on beş dakika geciktiği halde şikâyet etmiyor. Sanki bir put. Irene, konuşma zorluğu çeken bir rahibe beklediklerini bildiği için, bu Rahibe Nancy olmalı diye düşünüyor. Üzerinde gri bir etek ceket var. Irene'ye dağılmamış bir duman hissi veren bu rahibenin beyaz başlığı ve siyah cüppesi niye yok? Geleneksel kıyafeti içinde çok daha gizemli olmaz mıydı?

Rahibe karşısındaki kadında düş kırıklığı yarattığının farkında. Ömür boyu alışık o karşılıklı düş kırıklıklarına. Ama artık umurunda değil. Çok uzun süredir hiçbir şey umurunda değil. Buraya gelmesinin tek nedeni zaman kazanmak. Ona bir yıl daha süre tanıdılar. Kilise bir yıl boyunca psikiyatri seanslarının parasını ödeyecek. Dört yıldan beri ağzını açıp tek kelime söylemeyen ve bunalımını kronik hale getiren bir rahibeye, Kilise daha fazlasını yapamaz. Radomisli'nin tedavisi de netice vermezse Rahibe Nancy evine yollanacak. İşte bu bir yıllık zamanı kullanabilmek için Nancy, Radomisli'nin seanslarına gidip gelmeye kararlı. Bir yıl sonra Allah kerim. Oysa yıllar boyu Nancy, Kilise'yi yardıma muhtaç kulların sığınma yeri diye bellemişti. Demek değilmiş. Yine de Kilise'den başka gidecek bir yeri yok. Arkadaşlarını, akrabalarını çoktan yitirdi. İnancını da. Bir tek Tanrı kaldı tutunabileceği. Zaten intihar etmemesinin tek nedeni de, bu pamuk ipliği ile bağlı olduğu tanrısı. Onun verdiği canı, kendi elleri ile alamıyor.

Irene'nin telefonunun üstündeki yeşil ışık yanıyor.

"Doktor Radomisli sizi bekliyor, girebilirsiniz," diyor Irene. Rahibe Nancy, bu Rus isimli kadını, hep Rus suratlı düşündü nedense. New York'a çıraklık eğitimine yollandığında, hastabakıcılık yaptığı üç yıl boyunca göçmenlerle çalıştı durdu. Rusların patates burunlu fizyolojilerini, "R" harfine ağırlık veren kaba aksanlarını yakından tanıyor. Siyah çantasını toparlayıp kalkarken, Radomisli'nin çenesinde, başrahibeninki gibi sakallar olabileceğini de düşünüyor hatta. Bütün başrahibelerin çeneleri sakallıdır nedense. Nancy, bu bunalımı yüzünden, sakallı bir üst olma imkânını yitirdiğinin de bilincinde.

Kapının dışında duruyor şimdi. Yıllardır din adamlarının telkinlerinin, İsa'ya yalvarmalarının, bir sürü doktorun ve tonlarca ilacın yapamadığını bu çenesi sakallı Rus kadın yapacak ha! Tokmağı çeviriyor Rahibe ve büyük bir şaşkınlık geçiriyor. Masasının başında otururken bulacağını umduğu Radomisli, kapının hemen ardında, onu karşılamaya gelmiş. Yok, bu kadın Radomisli olamaz. Bu kadın uzun boylu, ince, çok güzel, sarı saçları ve rengini tam çıkaramadığı gözleri var. Üstüne hantal bir tayyör ya da beyaz önlük yerine, yeşilli mavili bir bluz ve açık yeşil bir etek giymiş.

"Sister Nancy, buyurun, ben Doktor Radomisli." Elini uzatıp, Rahibe'nin elini, avucunun içinde sıkıca tutuyor. "Biliyor musunuz, Kilise'ye mensup ilk hastam sizsiniz. Bu yüzden çok heyecanlıyım. Şöyle geçin Sister. Koltuk biraz rahatsızdır, iriyarı Amerikalılara göre yapılmış, arkanıza şu yastığı koymama müsaade edin. Ne zamandır değiştirmeyi düşünüyorum, ama hep ihmale uğruyor. Bu işlerde öyle tembelim ki."

Sister Nancy şaşkınlık içinde oturuyor. Bu aksan Rus aksanı değil. Bu kadın bugüne kadar gördüğü hiç kimseye benzemiyor. İçinde bulunduğu oda, bir doktor muayenehanesinden çok bir evin oturma odasını andırıyor.

"Sister Nancy, bana bunalımınıza neden olan olayları anlatır mısınız?"

Yanıt yok.

"Bana ne anlatmak istiyorsanız onu anlatın."

Sessizlik.

"Sister, siz İskoçyalısınız. Dünyanın en güzel memleketlerinden biri. En iyisi, doğduğunuz kenti anlatın. O meşhur göllerden birinin kenarında mı büyüdünüz?

Rahibe ince dudakları birbirine kenetli, taş gibi öylece oturuyor ve yere bakıyor. Hayat işareti veren yegâne uzvu elleri. Elleri hiç durmaksızın, sanki avucunda tuttuğu bir topu yoğurur gibi sürekli hareket halinde. Aylin karşısında oturan, omuzları çökmüş, başı önüne eğik bu sessiz kütleye çaresizlik içinde bakıyor Mişel onu uyardı. Uyarmakla da kalmadı, Rahibe'den uzak durması için yalvardı adeta. Bunun Baker'in bir tuzağı olduğunu, Rahibe'nin umutsuz bir vaka teşkil ettiğini defalarca söyledi. Baker'in oyununu görmek, onun kozundan kaçmamak fikri büsbütün tahrik etti Aylin'i. Bu hastayı ne pahasına olursa olsun almaya karar verdi. Mişel'in, "Çok pişman olacaksın, sakın yapma," demesine rağmen. İçinden bir ses, "Korkma, başaracaksın," dedi! "Sister Nancy, biz birbirimize mecburuz. Bir yıl boyunca haftada iki kere birer saat süreyle, bu odada karşılıklı oturacağız. Siz manastıra girerken nasıl yemin ettinizse ben de doktor olurken benzeri bir yemin ettim. Bana gelen veya gönderilen hastaları geri çevirmeye hakkım yok. Yalvarırım birbirimize yardımcı olalım. Sorularımı yanıtlamıyorsunuz, ama ne olur başınızı kaldırıp yüzüme bakın. Ben şimdi önümdeki dosyadan size ait birtakım bilgiler okuyacağım, itirazınız olursa belirtin."

Rahibe bir an başını kaldırıp, Aylin'le göz göze geliyor ve yine hemen başını öne eğip ellerine bakmaya başlıyor. Ama Aylin o bir anlık bakışta, gözlerindeki çığlığı duydu bile.

"Sister Nancy, 17 Eylül 1942 yılında, İskoçya'nın Dumbarton kentinde on dört çocuklu bir ailenin beşinci çocuğu olarak doğdunuz. Adınız Mary."

Rahibe şiddetle başını sallıyor. Anlıyor Aylin, o artık Sister Nancy. Ailesinin taktığı isimle çağrılmasına karşı.

Aile içindeki kimliği ile barışık olmayabilir mi? Aylin avını izleyen bir pars gibi, tüm duyuları sivrilmiş, her jesti, her hareketi, her bakışı değerlendirmeye hazır, okumaya devam ediyor.

"Aile varlıklı değil, ama sefalet içinde de yüzmüyor. Fertler birbiriyle genelde uyumlu. Sağlıklı kardeş ilişkileriniz var. Sizin en sevgili kardeşiniz sizden iki yıl sonra doğan ve kan kanserinden ölen, erkek kardeşiniz Brian, küçük kız kardeşinizin çocukken ölümü de çok sarsmış sizi."

Rahibe'nin ellerinin çırpınışı durdu. Gözlerini hiç kaldırmıyor yerden. Sanki taş kesildi.

"Kan kanseri başta olmak üzere, tüm kanser türlerine çok kurban vermişsiniz. Üç erkek, iki kız kardeşiniz, anneniz, babanız hep kansere yenik düşmüş... (Acaba bu kadın onlar gibi kanser olmadığı için kendini suçlu mu hissediyor?) Ne olur yüzüme bakın Sister Nancy."

Bir an başını kaldırıp tekrar eğiyor Rahibe.

"Sizin on sekiz yaşında manastıra kapanmadan önce, pek önemli olmayan bir gönül maceranız olmuş. Mahallenizden beraber büyüdüğünüz, ağabeylerinizin bir arkadaşı size âşık olmuş. O genç adamdan ayrıldıktan sonra, manastıra kapanıyorsunuz."

Rahibenin elleri yine o görünmez topu yoğurmaya başlıyor.

"Anneniz, kardeşleriniz, özellikle babanız şiddetle karşı çıkmışlar rahibe olmanıza. Onları dinlememişsiniz. Dokuz aylık bir eğitim döneminden sonra yemin ederek Kilise'ye girmişsiniz. Sonra uzun süren bir hastabakıcılık devri. İşte hayatınızın özeti. Bu zor yolu seçmenize ne sebep oldu Sister? Kız kardeşinizin çok acı çekerek ölmesi mi, o genç erkeğin sizi düş kırıklığına uğratması mı, belki de size tecavüz etmeye kalktı, ne dersiniz?"

Hiçbir şey bilmiyorsun diye düşünüyor Rahibe, benim hakkımdaki bir dosya dolusu bilgi, gerçeklerin yanından bile geçmiyor. O genç adam bana değil, ablama âşıktı. Kızıl kahve saçları, dalga dalga omuzlarına dökülen, gözleri derin ve durgun göllere benzeyen ablam dururken, neden tozlu bir sincaba benzeyen beni sevsindi ki... Onu sevdi. Bunu bir tek ben biliyordum. Biliyor ve kendime saklıyordum. Tıpkı ablamın gizli aşkını da sakladığım gibi. Bir pembe dizide oynar gibiydik, ablam evli bir erkeği, Willie ablamı, ben de Willie'yi seviyordum. Ve ben hep susuyordum. O zaman bile susuyordum. Oysa yeminimi etmemiştim daha, konuşmak manastırda olduğu gibi yasak değildi. Benden başka herkes konuşuyordu. Ablam da, Willie de umutsuz aşklarını bana anlatıyorlardı. Ben sadece dinliyor ve susuyordum.

•••

"İlaçlarınızı yazıyorum, Sister Nancy," diyor Aylin. "Lütfen almayı ihmal etmeyin, pembe hapları sabah kalkınca, diğerlerini gece yatarken alacaksınız. Sizi rahatlatır bunlar. Ben de alıyorum ara sıra, iyi geliyor."

Rahibe bu beklemediği ilgiden oldukça şaşkın.

"Çarşambaya görüşmek üzere. Buraya otobüs durağı da çok yakındır, Irene size tarif etsin."

Rahibe'yi sokak kapısında uğurlayan Irene'nin yeşil ışığı yanıyor yine. Irene kapıyı kapatıp mutfağa yöneliyor. Bir bardağa cin, tonik, bol buz ve bir dilim limon koyup Aylin'in odasına geçiyor.

"Bana hemen Baker'ı bul, bu kadın hakkında kesinlikle daha fazla bilgi sahibi olmalıyım." Cininden kocaman bir yudum alıyor.

Telefonu bağlıyor Irene.

"Baker, Rahibe hakkında bana verdiğin bilgiler yeterli değil."

"Elimde ne varsa hepsi dosyada," diyor Baker.

"Bana akrabalarının adres ve telefonları lazım. Tabii bağlı olduğu Kilise'nin de."

"Kendi hastanın işini kendi sekreterine gördür," diyor Baker, "Bu işin kolay olmayacağı konusunda ben seni uyarmıştım. Haa, bir şey daha, gözlerim üstünde Radomisli, bu kez kendini iyi kolla, hasta ile ofis dışı ilişki kurduğunu duyarsam, şikâyet dilekçemi işleme koyacağım, haberin olsun."

"Allah belanı versin Baker." Çatt diye kapatıyor telefonu Aylin. Irene'nin yeşil ışığı yanıyor yine. Irene kafasını uzatıyor kapıdan.

"Ben senden cin istedim, tonik değil. Şu bardağa doğru dürüst cin koy."

"Senin içeceğin fazla cin Rahibe'nin dilini çözmez."

"Ukalalık dinleyecek durumda değilim Irene."

"Bana bağırmak da Rahibe'nin dilini çözmez."

"Cinimi getir," kükrüyor Aylin.

Elinde cin şişesiyle giriyor Irene. Bardağa biraz daha cin koyuyor.

"Bu Rahibe'nin bağlı olduğu kurumu, hastaneleri ara, bak bakalım New York'ta bir akrabası veya çocukluğunu bilen bir eşi dostu var mıymış. Şişeyi de masama bırak."

Irene cin şişesini bırakmadan çıkıyor. Sesini çıkartmıyor Aylin. Buzlu cinden büyük bir yudum daha alıyor. Baker'ı elinden gelse parçalayacak, dövecek, hakaret edecek. Adamın mesleki kıskançlığı had safhaya ulaştı.

Aylin'i tedirgin etmek için elinden geleni yapıyor. Kendi hastaları başarı gösteremedikçe, Aylin'in tedavi yöntemleri ile uğraşıyor. Ama böylece hasmını büsbütün tahrik ettiğinin farkında değil.

Aylin önündeki dosyayı tekrar dikkatle okumaya başlıyor. Rahibe ile ilgili notlarını ilave ediyor. Kasedi çalıp konuşmaları dinliyor. Bir monolog. Kadının sesini duymayı bile başaramadı. Ama pes etmeyecek. Baker'a ve hafta sonu Joe'ya, başarıya ilişkin ettiği ukalalıklarından sonra başarması şart.

Bir süredir Joe'ya haksızlık ettiğinin farkında. Çocuklarının terbiyesizliklerinin faturasını nedense bu konuda hiç suçu olmayan kocasına çıkartmaya başladı. Valerie'nin onu sevmediğini başından beri biliyor, ama buna hiç aldırmıyordu. Hatta yaptığı münasebetsizlikleri, babasına çok düşkün bir kız evladın kıskançlığına verip, anlayışla karşılıyordu. Ama geçen Noel'den beri, kız giderek daha çok sinirine dokunuyor Aylin'in. Her işlerine burnunu sokuyor, işi gücü, kocası, evi barkı olan bir kadının ayaklarına dolanmasına kızıyor Aylin. Son olarak Aylin'in kent dışında almak istediği eve taktı. Babası, New York'a o kadar uzak bir evde oturamazmış. İşte bu aralarında yükseleduran tansiyon, geçen hafta sonu birden patlayıveriyor ve Aylin'in Valerie'ye tepkisi yanlış hedefi vuruyor. Valerie'nin, resim sanatı ve kocasının resimleri üstüne yaptığı sıkıcı monoloğun sonunda, "Ben ne kadar bahçıvansam, Darrell da o kadar ressam," deyiveriyor Aylin.

Aylin'in bahçıvanlığı tüm ailenin alay konusu. Doğayı çok sevdiği için eve sürekli saksı içinde bitkiler taşıyan Aylin'in bitkilerinin tüm çabalara rağmen, iki haftadan fazla yaşamadığını hepsi biliyor.

"Sanırım yanılıyorsun Aylin," diyor Joe, "Çünkü Darrell hayatını resimlerini satarak kazanıyor."

"Hayır kazanmıyor, çünkü Darrell resimlerini satamıyor."

Valerie'nin bakışlarındaki derin nefret büsbütün azdırıyor Aylin'i.

"Darrell'e haksızlık ediyorsun Aylin," Joe'nun sesi buz gibi.

"Psikolojide gerçeklerle yüzleşmek bir tedavi yöntemidir. Birçok sorunu çözer."

"Darrell bu işi para için değil, sevdiği için, tatmin olmak için yapıyor."

"Başarısız tatmin olmaz."

"Bizimle niye uğraşıyorsun Aylin?" diyor Darrell.

"Sizinle uğraşmıyorum, ama senin karının burnunun sürekli kocamla bana ait olan meselelerin içinde olmasına kızıyorum."

Joe, iki ateş arasında kalmış gibi bunalıyor. Aylin, Joe'yu ve Darrell'i kırdığı için pişman ve ezik. Ama, Valerie'nin de canını acıtmış olduğu için gizli bir sevinç duyuyor.

Aslında uzun zamandır kendini tanıyamıyor Aylin. Karıncayı incitmekten korkan kadını, bir şımarık kız cadılaştırdı adeta. Bunu Mişel ile ilk fırsatta konuşacak. Bir büyük yudum cin daha içiyor ve o an içeri girip, kendine kötü kötü bakan Irene'ye, "Bazıları tepkisini ertelemek için, içinden ona, yirmiye kadar sayar. Ben on yudum cin içiyorum, sayı saymaktan hem daha keyifli hem de daha etkili oluyor," diyor.

•••

Rahibe, arkasında Aylin'in eliyle yerleştirdiği yastık, kocaman siyah çanta bacaklarına dayalı, taş gibi oturuyor yine. Çıt yok. Aylin anlatıyor, o dinliyor. Belki de dinlemiyor. Bugün gözlerini yerden kaldırmamaya iyice kararlı. Geçen seferden daha az bir iletişim içindeler.

"Sister Nancy, sizden iki yaş küçük kardeşiniz on bir yaşında ölmüş. Hastalığı süresince yanından hiç ayrılmamışsınız. Bu sizi çok etkilemiş olmalı. Belki de rahibe olup, hastalara bakma fikri o günlerde yerleşti size. Öyle mi?"

Nancy'nin elleri yine o görünmez topunu yoğurmaya başlıyor.

"Anneniz ölen kızına çok düşkünmüş. Sizinle arası nasıldı acaba? Bu ölüm ikinizi yaklaştırmış olmalı. Ne olur yüzüme bakın Sister. Gözlerinizi görmeme müsaade edin."

Nancy kaldırır gibi yaptığı başını hemen tekrar eğiyor.

Gözlerimi görmene müsaade etmeyeceğim. Ben duygularımı kırk yıldır saklıyorum Radomisli. Sana mı açacağım şimdi! Ölüm annemle beni yaklaştırmışmış. Hıh! Bizi hiçbir şey yaklaştırmadı. Ben onun en sönük, en silik kızıydım. Ne saçlarım kızıldı, ne gözlerim yeşildi, ne de boyum uzundu. Bir sürü genç kızın ve genç erkeğin arasına sıkışmış bir kahverengi tahtakurusu gibiydim... Sarı saçlı güzel kardeşim ölürken, benim yüzümde ergenlik sivilceleri çıkmaya başlamıştı. Annemin, niye o, diye soran bakışlarını ömür boyu unutamam. Kardeşim çok uzun, çok acılı bir ölümle ölüyordu. Her gün bir mum gibi eriyerek. Onun yerine seve seve giderdim bu dünyadan. Annem de isterdi bunu eminim. Belki bir tek Johny üzülürdü benim ölümüme. Ben onun küçük sincabıydım. Ama Tanrı seçimi bizlere bırakmıyor. Kız kardeşimi aldı, sivilcelerim ve şekle girmeyen saçlarımla ben kaldım. Üstelik Johny'nin de gidişini görmek için. Kanser insanı bağırta çağırta alır. Ama sen bunu nereden bileceksin ki?

Aylin'in elleri terlemeye başladı. Bu kadın bir duvar. En ufak bir aralık bırakmıyor ışık sızması için. "Ah Mişel, niye dinlemedim seni..."

"Sister Nancy, sevdiklerimizin acı içinde ölümleri ruhlarımızı çok derinden yaralar. Yıllar sonra bile çıkabilir bu tepkiler. Siz çok kurban vermişsiniz kansere. Kimbilir ne çok acı çektiniz. Benim de annem kanserden öldü. Çok gençtim. Onun acısını dindirememek ve onu kurtaramamak, benim tüm hayatımı etkiledi, inanın. Belki de bu yüzden doktor olmak istedim." Nancy, bir an başını kaldırıp Aylin'e bakıyor. Bir dostluk pırıltısı görür gibi oluyor Aylin.

"İlaçlarınızı yazıyorum. Almayı sakın ihmal etmeyin. Pazartesi buluşuruz. Sister Nancy, belki yavaş yavaş, ama kesinlikle sizi kemiren kurdu bulup yok edeceğim. (Seni de öyle Baker. Sen benim itici gücümsün. Bu kadını bana, beni mahvetmek için yolladın. Ama sonunda kim kazanacak, bekle gör.)"

Irene, sevgili fedakâr, becerikli Irene, yine başardı. Rahibe'nin çocukluğunu bilen birini buldu. Bronx'da oturuyormuş. Yol parasını ödeyecekler, salı günü saat ikide muayenehanede olacak. Rahibe'nin çarşamba seansından önce, Aylin elinde çok önemli bir anahtar tutuyor olabilir. O kadar coşku içindeler ki, bir şişe şampanyayı buzlukta soğutup patlatıyorlar. Irene, hasta koltuğuna oturmuş, Rahibe'nin elleriyle oynarken taklidini yapmaya başlıyor. Onları gören olsa... Kahkahayı patlatıyor Aylin, onları Baker görse acaba ne düşünür? Kapının zili çalıyor. Aylin ile Irene donup kalıyorlar, Irene şampanya şişesini ve kadehleriyle mutfağa koştururken, Aylin radyoyu kapatıyor, elleriyle üstünü başını ve saçlarını düzeltiyor.

"Hani randevum yoktu. Kim olabilir bu?"

"Randevumuz yok. Kim acaba?"

Irene kapıyı açıyor, karşısında emektar postacı Steve.

"Amma gürültü yapıyorsunuz, parti mi var?"

Aylin yaşlı adamı kolundan tutup içeri çekiyor, "Irene, bir bardak daha getir, partiye misafir geldi."

Yaşlı kadın, koyu mavi gözleri, beyazlaşmış saçlarıyla uslu uslu oturuyor Aylin'in karşısında. Aylin kulak kesilmiş, her kelimeyi değerlendirerek dinliyor. Kadının ağır bir İskoç aksanı var. Anlayamadığı bazı şeyleri iki kere tekrar ettiriyor Aylin.

McCinlopların, Dumbarton'un kenar mahallelerinde yaşayan herhangi bir İskoç ailesinden hiçbir farkları yokmuş. Herkes gibi onların da az paraları ve çok çocukları varmış. Birbirlerine bağlı, Katolik, geleneksel bir aileymişler, işte... Babaları elbette çok içiyormuş, kim içmiyormuş ki. Üstelik adamcağız ömrü boyunca çocuklarının teker teker ölümünü görmüş. Mary, hiçbir fiziki özelliği olmayan, çalışkan, akıllı bir kızmış. Elleri çok marifetliymiş. Evde kırılan bozulan ne varsa o tamir edermiş. Bu konuda erkek kardeşlerinden bile iyiymiş. Babası ona "Tesisatçı" adını takmış. Mary'nin en sevdiği kardeşi, bir büyüğü olan Johny'miş. Sırlarını onunla paylaşırmış, bir çocuğun ne sırrı olursa, işte. Kız kardeşinin ölümünün onu çok sarstığında herkes hemfikirmiş. Johny, bir akşam Mary'yi, kardeşini değil de onu alması için Allah'a yalvarırken duymuşmuş. Hasta kızın başından hiç ayrılmamışmış Mary. Son nefesini verirken bile sımsıkı tutuyormuş ellerini. Ama ölüm sonrasında çok ilginç bir tutum sergilemiş. Çok ağlayıp bağıracağını, bunalıma gireceğini zannetmişler, oysa son derece soğukkanlı davranmış. Cenazeden sonra kardeşi hakkında tek bir laf etmemiş. Sessiz kalmış. Sessizlik adeta onun kaderi gibiymiş. Öyle, acayip bir çocukmuş Mary. Ha, ilk aşkı mı? Hiç önemli bir şey değilmiş. Mahallelerinde oturan, ağabeylerinin de arkadaşı, Willie... Zaten beraber büyümüş hepsi. Kızlar mahalledeki çocuklara tutulurmuş ya usulen. Öyle, geçici bir şeymiş. Çok da uzun sürmemiş. Mary'ye, Willie sersemi aşkı tattırmamış olmalı ki, kız bir yılı bulmayan bu flört devresinden sonra manastıra girmek istemiş.

Kadın gittikten sonra notlarını tekrar tekrar okuyor Aylin. Büyük bir dikkatle yap-boz oynar gibi, parçaları yan yana getiriyor, ayırıp başka türlü koyuyor. Ne yapsa boş. Önemli bir ipucu veremedi yaşlı kadın. Mişel'e danışsa mı? Ama ne demişti Mişel, beni sakın bu dilsiz Rahibe'ye bulaştırma. Aylin Irene'nin düğmesine basıyor, Irene kafasını uzatıyor içeri.

"Cin mi, şampanya mı?"

"Hiçbiri!"

"Ne oldu?"

"İşime yaramayan bir sürü şey anlattı."

"Boşuna yol parası verdik desene."

"Yol parası önemli değil, boşuna zaman kaybettik."

"Ama doğrusu sayesinde iyi eğlendik. Postacı bu kutlamayı uzun zaman unutmayacaktır. Ne olacak şimdi?"

"İskoçya'daki akrabalarını deneyeceğiz. Telefonlarını buldun mu?"

"Kiliseden bir-iki numara verdiler," diyor Irene, "Burada sabahken orada gece, ne yapsak acaba?"

"Ben bu gece telefon etmek için saati üçe kuracağım. Birkaç adım ilerlemem şart," diyor Aylin, "Baker'a beni mat etme zevkini tattırmayacağım."

"Ben seni Baker'sız da bilirim," diyor Irene, "Baker bahane."

Rahibe, Aylin'in karşısında oturuyor. Çantasıyla yine bacaklarını örtmüş. Randevularına bir saniye bile geç kalmıyor. Ne bir saniye erken ne bir saniye geç. Üç oldu mu kapıyı çalıyor. Bu niteliğinden dolayı Irene ona "saat ayarı", Aylin de "İsviçre treni" adını taktılar.

"Sister Nancy, dokuz aylık bir eğitim döneminden sonra, yemin töreniniz var. Artık manastırda öğrenci değil, üniformalı, tesettürlü bir rahibesiniz. Sizi New York'a bir hastaneye yolluyorlar. Üç yıl boyunca deliler gibi çalışmışsınız. Hep ek görevler isteyerek, hep daha fazla işe ve zorluğa gönüllü olarak. Hatta ameliyathane görevlisi olmak da sizin arzunuz. En yorucu işlerden biridir bu. Neden kaçıyordunuz? Bence, bir günah işlediğinize inanıyordunuz. Bu günah sakın ölen kız kardeşiniz ile ilgili olmasın? Onu, sizden daha güzel diye kıskanıp, ölmesini mi istemiştiniz için için? Yüzüme bakın Sister Nancy, gözlerimin içine bakın haydi!"

Ah, gerçeklerden ne kadar uzaksın Radomisli. Ama sana hiç acımıyorum. Kimseye acımıyorum artık. Ölsün istediğimi sandığım kardeşime kendi ömrümü vermeye hazırdım ben. O yaşlarda ne kadar saf ve yumuşaktım. Karşımda kıvrandığını biliyorum. Ama ben de az kıvranmadım ömrüm boyunca. Gözlerine bakaymışım. Al işte, bakıyorum. Oku okuyabilirsen!

Boşa geçen bir saat...

Rahibe, Aylin'in karşısında her zamanki yerinde oturuyor. Yere bakıyor ve elleri ile oynuyor. Kırk beş dakikadır dil döküyor Aylin, konuşmaktan boğazı kuruyor. Rahibe'yi en son randevu olarak almaya başladı son haftalarda. Çünkü Sister Nancy'den sonra başka hasta ile uğraşacak hali kalmıyor. Tüm enerjisini emiyor bu ufak tefek, sessiz kadın. Aylin uzun meslek hayatında böyle bir inatla karşılaştığını hiç hatırlamıyor. Umudunu kaybetmek üzere. Bu kaçıncı seans. Hiçbir ilerleme yok. Sanki oraya sırf ilaçlarını almaya geliyor Rahibe. Acaba bu ilaçları bir pazarlık konusu yapsa mı? Aylin'i nerdeyse parmağında oynatmaya başladı.

Bir süredir de suratına alaycı bir ifade yerleşti sanki. Aylin seans sonunda yine reçeteyi yazıyor.

•••

Boşa geçmiş bir gün daha.

"Sister Nancy, ikimize de yazık oluyor. Dünya sizin yüreğinizde sakladığınız sorunlarla heba edilmeyecek kadar güzel. İster konuşun, ister konuşmayın. Ne yapayım yani, ne haliniz varsa görün. Oturun köşenizde, heykel yoğurur gibi ellerinizle oynayın. (Heykel! Bu kadına heykel yaptırmayı denese.) Siz çıkıp gidince, ben sırf sizin yüzünüzden bir koca cin tonik devirip rahatlayacağım. Ama siz ne yapacaksınız? (Heykel... Neden daha önce akıl etmedi? Mutlaka denemeli.) Sizden başka dertli insan yok mu zannediyorsunuz? Belki de benim sorunlarım sizinkinden ağırdır. Benden nefret eden üvey çocuklarımla uğraşmak zorunda olduğumu biliyor musunuz? Hem de bir değil, iki değil tam dört tane. Ben ne yaptım onlara? Hiçbir şey. Üstelik de geri zekâlı olanı için kendimi tükettim. Evet, doğru duydunuz, kızlardan biri zekâ özürlü. Sizin gibi akıllı değil, ama yine de konuşuyor. Konuştuğu için ona yardım edebiliyorum. Onu olduğundan daha akıllı gibi gösterebiliyorum. Yine de ablalarının takdirini kazanamadım. Ablalarının gözünde ağır suçluyum ben. Benim suçum babalarıyla evli olmamda. Adım, arkam dönükken 'paragöz, sarhoş karı', ne paragöz ne de sarhoş olduğum halde. Yaa, işte bunlar da benim sorunlarım. Ohh içim rahatladı. İyi ki döktüm içimi. Ne olurdu siz de bana yüreğinizi açsaydınız? Ama yapmıyorsunuz bunu. Yüreğiniz avucunuzda sımsıkı kapalı. Haydi size güle güle. Eve gidince oturup düşünün bakalım tek dertli insan siz misiniz? Çarşambaya görüşürüz."

Kadınla birlikte her zaman olduğu gibi kapıya yürüyor, Irene mutfağa girmiş. Rahibe çıkınca, sesleniyor.
"Cinin hazır, getireyim mi?"

"Bırak şimdi cini mini, çabuk buraya gel. Bana kil bulman lazım."

"Kil de nesi?"

"Kil, çamur, her neyse işte. Heykel yapmak için gerekli malzeme."

Irene hayretle bakıyor Aylin'e. "Bu da nereden çıktı şimdi?"

"Irene, lütfen sorup durma, hemen çık şimdi istediklerimi bul ve al."

"Sana bir şey söyleyeyim mi, giderek daha eksantrik oluyorsun," diyor Irene.

Rahibe Nancy her zamanki saatinde gelip, her zamanki yerine yerleşiyor. Önüne kocaman bir tepsi içinde bir yığın çamur koyuyor Aylin.

"Sister Nancy, ellerinizle sürekli bir şey yoğurur gibi oynuyorsunuz ya, ben de size kil aldım. Bir deneyin bakalım, ellerinizin çok marifetli olduğunu biliyorum."

Rahibe'nin şaşkın bakışlarına aldırmadan bir tıp dergisi alıyor eline, döner koltuğunu sola çeviriyor ve güya okumaya başlıyor. Aslında karşısındaki camlı dolaba yansıyan kadını seyrediyor sezdirmeden. Yüreği ağzında. Tanrım yardım et diyor içinden, ne olur hem bana, hem bu garip kuluna acı. On dakika hiç kıpırdamadan oturuyor Rahibe. Sonra yavaş yavaş uzatıyor ellerini, kili avuçluyor. Kıyma yoğurur gibi, sıkıyor, top yapıyor, yassıltıyor çamuru. Aylin nefes almaya bile korkuyor. Ah, Irene ona şu anda bir bardak buzlu cin getirse. Bu strese dayanamayacak. Hayır dayanacak. O her zaman güçlü oldu. Kadını gözetliyor, başını oynatmaya bile korkarak. Sanki odada çıt çıksa büyü bozulacak. Yarım saat geçiyor. Rahibe'nin parmakları arasında kil, eziliyor, büzülüyor, uzuyor, toparlanıyor, şekilden şekile giriyor. Yavaşça dönüyor Aylin. Kadının yanakları alev alev. Ellerinin arasında ata benzer bir şey şekillenmekte. Dış dünyaya kendini kapamış gibi. Aylin'in korkusu boşuna, Rahibe top atılsa duyamaz, o elindeki çamurla bambaşka bir âlemde şimdi. Küçük bir kız çocuğu olmuş, doğduğu memleketin dağlarında, çamları göllere düşen ormanlarında koşuyor.

Yirmi dakika, otuz dakika, kırk dakika geçiyor. Irene bilse, tahmin etse, bu odaya hiç telefon bağlamasa. Rahibe'nin avucundaki kille ruhu arasında oluşan bu güçlü akımı kesmese. Yumuşak hareketlerle kalkıyor Aylin, dışarı süzülüyor.

Saat yedi buçuk. Aylin bu kez okur gibi yapmıyor dergisini, gerçekten okuyor. Irene çoktan gitmiş. Rahibe son yaptığı parçayı da bırakıyor masaya. Bir at, kuşa benzer bir şey, bir haç ve çocuk kafasını andıran bir topak. Rahibe'nin elleri kucağında kavuşmuş kıpırdamadan sakin sakin duruyorlar.

"Sister Nancy, harika bunlar. İnanamıyorum. Sizde gerçekten büyük bir yetenek var."

Evirip çeviriyor önündeki nesneleri. "Bu ne? Bu bir kafa mı?"

"Kafa."

Aylin doğru mu duydu, yoksa bir düş mü görüyor? Kulaklarının bir oyunu olmasın sakın? Aman Allahım, bunca zaman sonra bir kelime, tek bir kelime... Kafa... Aylin masasının kenarlarını kavrıyor. Tanrım bana yardım et, doğru adımı attırt. Onu ürkütmemeliyim. Hiçbir şey olmamış gibi davranmalıyım.

"Elbette bir kafa. Hatta bir çocuk kafası bu," sesi titriyor, elinde özenle tuttuğu topağı masasına bırakıyor. Artık anahtar avucunun içinde Aylin'in, sıra kapıyı aralamaya geldi. Sakin olmalı, tepki göstermemeli. Ama Aylin ne zaman duygularına yenilmedi ki? Birden koltuğundan fırlıyor, Rahibe'nin dizlerinin dibine çökmüş, kadının elleri onun avuçlarında, tırnaklarına çamur dolmuş ellerini sımsıkı tutmuş, öpüyor. Sesi yalvarır gibi.

"Sister Nancy, bana güvendiğiniz için teşekkür ederim."

Kadını ellerinden çekerek ayağa kaldırıyor. Kollarını Rahibe'nin boynuna dolayıp, sımsıkı sarılıyor. Bir an, çok kısa bir an kendini bırakıyor Rahibe, sonra hemen dikleniyor. Aylin sevinç çığlığını güçlükle bastırıyor.

Başardı... Başardı...

Rahibe Nancy mutfağını bir tür atölyeye çevirdi. Kocaman masanın üstü yontu aletleri, kil ve tahtayla dolu. Sabah kahvaltısını eder etmez doğru masasının başına koşuyor. Bazen yemek bile yemediği oluyor. Saatlerce yontuyor, yoğuruyor, sürekli bir şey üretiyor. Elleri, üstü başı toz toprak içinde kalıyor. Yontmaya başladığı an her şeyi unutuyor. Gece yattığında yorgunluktan başının yastığa değişini bile hatırlamıyor çoğu kez. Radomisli, ona her gidişinde resim ve heykel sanatı ile ilgili birtakım kitaplar veriyor, kimi iade edilmek üzere, kimi de armağan olarak. Böylece evinde bir kütüphane oluştu Nancy'nin. Radomisli ile seanslarını haftada ikiden bire düşürdüler. Haftada bir de Modern Sanat Müzesi'nde buluşup, bir şeyler atıştırıyor, sonra da yeni açılan resim ve heykel sergilerini geziyorlar. Radomisli onun bir heykel kursuna gitmesi için çok ısrar etti. Hatta ona bir dershane bile ayarladı. Ama o ısrarla reddediyor. Zaten o kadar yetenekli ki, sadece kitaplardan öğrenerek neler üretti neler. Yaptıklarının çoğunu doktoruna hediye etti. Doktor'un sekreteri Irene, ona sokak satıcıları arasında bir alıcı buldu. Pazar günleri kurulan sokak pazarlarının birinde kuşları ve atları satılıyor. Aslında tüm objelerin arasında en iyi yaptıkları kuş ve at heykelleri. En çok onları yapmayı seviyor. Böylece üç-beş dolar da kazanır oldu. Yarın öbür gün Kilise, doktor paralarını kestiğinde belki de kendi parasını çıkartabilmeye başlar. Radomisli daha büyük boyutlarda yapıtlar üretmesi için baskı yapmakta, ama o mutfağın dışına taşmak, kendine ait olmayan yerlerde çalışmak istemiyor.

Aylin, Rahibe'ye heykel yapma merakını aşıladığından beri, çok büyük yol katettiğinin farkında. Rahibe'nin Aylin ve Irene ile aralarında sessiz bir iletişim kuruldu. Hâlâ konuşmamakta direniyor ama evet, hayır anlamına gelen işaretlerle anlaşıyorlar. Terapi seansları ve ilaçlar devam ediyor. Artık Rahibe'nin bir işlevi ve müze gezmek gibi hobisi var. Fakat bunlar Baker için kâfi değil.

Kadının, karşısında bülbül gibi şakımasını istiyor. Aylin'i iki de bir sıkıştırıyor. Aylin az zamanı kaldığının bilincinde. Elinden geleni yapıyor. Gece üçlere kadar kitap karıştırıyor. Joe, bu Rahibe'nin konuşmama durumu daha uzarsa, yatak odasını ayıracağını söyledi, çünkü Aylin'in gecenin bir saatinde yataktan fırlayıp ışık yakmasından ve haşır huşur sayfa çevirmesinden bunaldı. Aylin umudunu hiç yitirmiyor. Elindeki anahtarla tüm kapıları teker teker zorluyor. Bir gün, o anahtarı doğru olan kilide sokacak ve çevirecek. İşte o zaman dikilecek Baker'ın karşısına, "Haydi bakalım Baker efendi," diyecek, "Senin bütün kurallarını çiğnedim. Hastamla ofis dışında buluştum, yemeğe çıktım, müzelere gittim, ona kocamla olan sorunlarımı anlattım. Ona sarıldım, ellerini öptüm, hatta öpüp başıma da koydum. Sen el öpüp başa koymanın ne olduğunu da bilmezsin elbette, cahil herif. Ona sarıldım, onu kucakladım. Ama o şimdi senin benim gibi konuşan ve gülen bir insan oldu. Haydi, git şimdi beni komisyonuna şikâyet et. Hodri meydan."

Başka bir gün... Aylin bu kez hastasına resim ya da heykelle ilgili bir kitap değil, bir roman getirmiş.

"Sister, bu kitap sizin gibi heykel yapan ve heykel yapmayı dünyada her şeyden fazla seven bir kadın hakkında. Ben kitabı okumadım ama, bu kadının hayatını konu eden bir film görmüştüm. Çok etkilenmiştim. Geçen gün kitap gözüme çarptı, sizin için aldım. Hoşlanacağınızı sanıyorum. Kimbilir belki de okur, bana anlatırsınız."

Aylin hınzır bir ifadeyle göz kırpıyor Rahibe'ye. Sister Nancy, Aylin'in masasında duran kitaba şöyle bir göz atıyor, "BİR KADIN - CAMILLE CLAUDEL".

Elini uzatıp almıyor bile kitabı. Aylin bugün biraz sinirli. Zamanı azalıyor. Elinden gelen her şeyi deniyor ama, istediği sonuca varamıyor. Mişel'e yalvardı yakardı, bir konsültasyon istedi. Perşembe günü buluşacaklar. Bayram da gelecek. Bütün umudunu bu görüşmeye bağladı. Yeni bir ilaç için desteğe ihtiyacı var. Oysa Mişel, kadına hiçbir ilacın fayda vermeyeceğine inanıyor. Ona göre Rahibe'de kemikleşmiş bir inat var, tuzruhu bile sökemez. Ah, bazen ne kadar özlüyor Mişel'i.

Seansın sonunda, "Bugün bize gidecektik, evde heykellerinizi nereye koyduğumu gösterecektim. Çıkalım mı yukarı? Bir fincan da kahve içeriz," diyor Aylin. Evet anlamına gelen bir baş sallama. Aylin, çekmecesine kâğıtları tıkıştırıyor, Rahibe kocaman siyah çantasını toparlıyor. Masanın üzerindeki kitabı, Aylin hatırlatıyor kadına. Rahibe çaresiz, kitabı alıp siyah çantaya sokuyor.

"Sister Nancy, ilk geldiğiniz günden beri merak eder dururum, şu kocaman çantada ne taşırsınız. Belki bir gün bana gösterirsiniz ha?" Rahibe Nancy, gülmemek için dudaklarını ısırıyor. Aceleyle çekmeceyi açıyor Aylin, kâğıtları döke saça Rahibe'nin dosyasını çıkartıyor ve hemen not düşüyor.

"S. N.: Gülmemek için kendini zor tutuyor. 12 Eylül, 1988."

Rahibe Nancy hayranlık içinde, duvarlardaki resimleri inceliyor. Hiç bu kadar güzel bir ev görmemişti. Yaldız çerçevelerdeki resimler güzel, raflarda duran biblolar güzel, yerlerdeki halılar çok çok güzel. Loş salonda kendini bir sarayda zannediyor adeta. Radomisli büyük bir incelikle, onun heykelciklerini, kanepenin yanında duran, üstü yerlere kadar kadife bir örtü ile örtülü yuvarlak masaya koymuş. Tam da salonun orta yerine. Bu ev Amerikan evlerine benzemiyor. Değişik bir havası var. Nedir, nedir? Hah buldu işte, bu ev oryantal havalı. Eh, bir Macar için pek de şaşırtıcı değil. Ne de olsa Macaristan, Avrupa'nın en doğusunda.

Sister Nancy, uzun zamandan beri Aylin'in Macar olduğuna inanıyor.

"Sister Nancy, heykelleriniz için seçtiğim yeri beğendiniz mi?"

Rahibe yanakları utançtan kızarmış, başıyla itiraz ediyor.

"Ne, beğenmediniz mi? Anlıyorum, onları daha kıyı köşe bir yere koyacağımı sandınız. Hayır efendim, o yapıtların yeri tam orası. Şu kuşun kanatlarındaki güce bakın. Bıraksanız uçacak. Tıpkı benim gibi."

Rahibe at heykelini bulunduğu yerden alıp, kütüphane rafına yerleştiriyor.

"Olmaz Sister, olmaz efendim. O atın yeri burası. Bunu neden yaptığınızı biliyorum. Kimse görüp de, bu ne güzel şey, kim yaptı bunu diye sormasın. Ah bu alçakgönüllülük! Herkes soracak, ben de pür iftihar, benim bir hastam yaptı diyeceğim. O kadar da hakkım var herhalde."

Birden arkalarında bir gürültü... Rahibe irkilerek dönüyor. İriyarı babacan bir adam.

"Sister Nancy, bu benim kocam, Joe Cates. O sizi tanıyor sayılır."

"Hem de nasıl," diyor adam, "Sizdeki o müthiş gelişmeyi takip ediyorum."

Rahibe'nin şaşkın bakışlarını görünce hemen düzeltiyor. "Heykeltıraşlığınızı yani. İlk yaptıklarınızı da gösterdi Aylin. Artık bir profesyonel oldunuz."

"Sağolun."

İnce, titrek, ürkek bir ses. Joe ve Aylin bakışıyorlar. Aylin nefesini tutuyor, doğru mu duydu? Nancy'nin sesi mi bu?

Yanlış bir şey söylememesi, yapmaması, kadını ürkütmemesi için gözlerini lokma gibi açmış, Joe'ya bakıyor, kaş göz işaretleri yapıyor. Joe tam bir şey söyleyecekken, yutkunuyor, bir an ne yapacağını bilemeden kalıyor.

"Ben... Ben bugünü, yani buluşmamızı mutlaka kutlamak istiyorum Sister. Bugünü bir şampanya ile kutlamalıyız."

Joe dışarı çıkıyor. Aylin olağanüstü bir durum yokmuş gibi, her şey sıradanmışçasına Rahibe'ye doğru yürüyüp, elini omuzuna koyuyor. "Ben hep söylüyorum Sister Nancy, heykel işini çok ilerlettiniz. Joe'nun sanat konusundaki görüşlerine çok güvenirim. Bu işten anlar o. Siz artık daha büyük boyutlarla çalışmalısınız. Joe da böyle düşünüyor. Belki de taş yontmaya başlamalısınız. Ben sizin bu taş işini araştıracağım."

Joe, peşinde Hulusi ile içeri giriyor. Hulusi'nin elindeki tepside bir şişe şampanya ve kadehler var. Hulusi şampanyayı patlatıyor, bardakları dolduruyor, ikram ediyor. Rahibe, bir an tereddüt geçiriyor sonra alıyor kadehini.

"Bugünün şerefine, yetenekli bir heykeltıraşı tanımanın şerefine," diyor Joe.

Ne olur bu bir adım olsun, bu titrek sesle söylenmiş "Sağol" sonun başlangıcına sağlam bir adım olsun, diye düşünüyor Aylin. İlk sözü duyduğundan beri, belki dört aya yakın bir zaman geçti. Her yeni söz için dört ay bekleyecekse, işi tamamdır. Baker'ın defterini dürmesine fazla bir şey kalmadı.

Rahibe Nancy, Irene'nin iki gün önce yollattığı taşı, elektrikli yontu aletiyle, büyük bir gürültü çıkararak yontuyor. Aslında komşuların şikâyet edeceklerini biliyor, ama hiç aldırmıyor. Komşular bu konuşmayan garip kadına ne söyleseler boş. O yüzden de çoğu kez bir şey demiyorlar. Yontulan taştan savrulan zerreciklerden yüzü, kaşı, gözü, saçları bembeyaz oluyor. Yepyeni bir serüven bu. Uzun süre bırakamıyor elinden, sonunda yorgunluk değil de gürültü canına yetiyor. Bir duş alıp yatacak, yemek bile yemeden. Dar ve sert yatağına uzanıyor Rahibe. Başucu masasının üzerindeki lambasından sarı bir ışık düşüyor, orada aylardır duran kitaba.

*Yaratıcılıkta Otuz Yıl - Akıl Hastanesinde Otuz Yıl*

Bütün kemikleri sızlıyor, uykusu da var. Acaba bu kitabın içinde, işine yarayacak bir bilgi bulunabilir mi? Ne de olsa bir heykeltıraş kadınla ilgili. Şöyle bir karıştırıyor kitabı. Birden bir cümleye takılıyor gözü.

*"Avucunda ısıttığı minnacık bir heykel: Dünyadan gizlenen yüreği..."*

On, yirmi sayfa atlayıp, başka bir yerden okuyor.

*"Tanrı'sını anlatırken; bir buluşmadan, bir başka aşktan, endişeli, kaçamak ve tutkulu çılgınca bir aşk öyküsünden söz eder gibiydi..."*

Dikiliyor yatağında. Kim yazmış bunları. Onun yüreğinin derinliklerinde sakladığı sırları kim dile getirmiş. Olabilir mi böyle bir şey? Mümkün mü? Okuyor, okuyor... Bütün duyuları ayakta. Kim bu Camille? Onun acılarını çeken, onunla özdeşleşen bu kadın da kim? *"Dünyadan gizlediği yüreği"* çarpıyor. Saat on iki oluyor, bir oluyor, iki, üç, beş oluyor, tan ağarıyor. Güneşin ilk ışıkları doluyor odaya. Camille ve Nancy iç içe giriyorlar, tek oluyorlar. Rahibe, kitabı bitirdiği an, yeniden okumaya başlıyor. Elleri titriyor, ruhu titriyor. Bir kadın, o doğarken ölen bir başka kadın, Mary neler yaşadıysa, neler hissettiyse, hepsini biliyor. Sanki bir ömür, bittiği an, yeniden başlar gibi.

*"Aşkların en büyüğünün göstergesi, sevdiğine hayatını vermektir."*

O da vermedi mi hayatını sevdiğine? Camille, Rodin'i sevmişti. Onun sevdiği ise Willie'ydi. Ona hayatını açmıştı. Yüreğinin, bedeninin, ruhunun en gizli köşelerini açmıştı. Onun yerine Tanrıyı koymak zorunda kalınca (ah birini, bir şeyi koymaya mecburdu; onca duygu, onca sevgi, onca özveri boşa akıtılamaz), tüm yaşamını, *hayatını* vermedi mi Tanrısına!

*"Rodin onu belinden kucaklayıp götürüyor, tıpkı tuzağa düşen bir av. Camille görmek istiyor, gözleri açık... Yoğrulduğunu, kalıplandığını sanıyor, ağzını açıyor, artık bekleyemez, o bir saniye bıraktığında, kendi kendini yoğuruyor, göğüslerini avuçluyor... Vücuduna değen onun organını, çırpınışını, vuruşunu duyuyor, daha da açılıyor. Hiç öğrenmemişti ama anlıyor onun dilinden, onu istiyor, her şeyini alsın istiyor."*

Mary'nin içinde bir alev yanıyor. Alev karnından başlayıp tüm vücuduna yayılıyor. İçinden bir şeyler kopup boşalıyor. Kendisini Willie'nin gövdesine daha da bastırıyor. Hiç *öğrenmemişti,* ama her şeyi biliyor, erkeğini onun coşkusu yönlendiriyor. Bir rüzgâr onu kaldırıp kaldırıp yere çarpıyor, bir nehir, içinde çağıl çağıl akıyor. Dudakları, elleri, her tarafı, her yeri yanıyor, yanıyor. Sunak başında bir kurban gibi, kendisini açmış, vermeye hazır, Willie'nin kabaran organına yaslanıyor. Willie inliyor, sıcak nefesi kulağının dibinde ve dudaklarında ince bir çığlık gibi ablasının adı. Willie ablasının adını inleyerek... Taş kesiliyor Mary. İçindeki alev bir anda sönüyor, bacaklarından akan dereler kuruyor, yüreği çöle dönüşürken, ruhu donuyor. "Tanrım, işlemekte olduğum günaha ne insafsız bir ihtar, ne acımasız bir ceza bu!"

*"Bir acı onu yerine bağlamıştı sanki. Acısız bir acı, karnına inen bir yumruk, sanki tabure yavaşça içine giriyordu, arzuya benzer bir şey, yuvarlanma isteği veren bir arzu. Garip bir biçimde ona bağlı olan bir arzu deliliğe dönüşüyordu. Ona, 'Mösyö Rodin, lütfen elinizi karnımın altına koyun,' deme deliliği. İşte istediği buydu."*

Bir acı onu yerine bağlamıştı. Ay ışığı Willie'nin tam üstüne düşüyordu. Willie bahçedeki ağaca sırtını dayamış, ablasının yatak odasını gözetliyor. Kendisini bildi bileli, hatta doğduğu andan beri sevdiği erkek, onun Willie'si, ablası için yüzü ter içinde, gözleri yarı kapalı, o ağacın altında kıvranarak, acı çekerek, zevk alarak, bir öne, bir arkaya...

eriyor... Willie sanki onun içini oyuyor. Willie ne olur beni tut... Kendini değil, beni tut. Beni sev, beni öp, beni okşa...

*"Şişman kadın, bacaklarını açıp adamın kucağına oturmuş, vidalanmışlar, adam da gayet kaba oturuyor. Camille onda kır tanrısının boynuzlarını görüyor. Bir kolu kadının sağ baldırının altında. Organının üstünde gidip gelen sol elini tutmuş. Kadına gömülmüş. Kadın kendini ve onu okşuyor. Camille çevresindeki mermer grupları gibi hareketsiz duruyor. Mösyö Rodin beyaz omzun arkasında nefes nefese..."*

*"Camille ölüyor. Elini göğsünün üzerine kapattı. Ona ait kalbi, bedeni onu alıp uzaklara götürüyor."*

Bulunduğu yerde kımıldamadan, kökü yere bağlı bir ağaç gibi durmuş seyrediyor. Bir acı, denize atılmış çıpa gibi onu oraya mıhlamış. Mary yüreğini tutuyor, tümüyle Willie'ye ait kalbi, bedeni onu alıp uzaklara, çok uzaklara götürüyor.

*"... Sonra rahip uzandı. Genç kızın başlığını kaldırdılar, bir rahibe yaklaştı elinde makasla, kızın saçları yere düşmeye başladı. Hatırlıyorum, onun yüzü de tıpkı biraz önce senin yüzün gibi duru kayıptı. Kökünden kopartılan bir ruh gibi... Hatırlıyorum, sonra onun başına başlığını geçirdiler, döndü, örtünün kanatları ardında çarpan bir o yüz kalmıştı geriye..."*

Kesilen saçları ayaklarının dibine düşüyordu. Orada, yerde kızıl bir öbek oluşmuştu. Oysa o saçlarını hep renksiz zannederdi. Kızıl saçlar ablasına aitti. Töreni seyreden kalabalığın arasında babasının gözlerini gördü. Derin kuyular gibiydiler. Kupkuru. Yaşları içine akıyordu. Her ikisi içinde utanmadan, salya sümük ağlayan Johny'di, ona manastıra girmemesi için dizlerinin üstünde yalvaran sevgili kardeşi. Sonra başlığını giydirdiler. İşte o an ruhunu onlara verdi, başlığını giydirenlere. Ona, sadece yaralı yüreği kaldı.

*"Camille nereye gittiğini, ne yaptığını bilmiyor. Çalışıyor. Gözleri beyaz, elleri beyaz, yüzü beyaz. Kalbi çarpıyor. Çok hızlı. Çok yorgun. Sıcaklıyor. Kimi geceler ayakta duracak hali kalmıyor. Saçları toz, çamur, taş, toprak parçalarıyla dolu, yorgunluktan sendeleyerek eve dönüyor."*

Rahibe Nancy, delice bir tempo ile çalışıyor. Üç kişinin yapabileceği işleri tek başına üstleniyor. Başkalarının nöbetlerini tutuyor. Fazla iş için başvurularında öyle ısrarlı ki, onu ameliyat bölümüne aldılar. Yüzü bembeyaz, ama gözleri kor gibi, hiç durmadan çalışıyor. Bembeyaz önlüğü kan, sidik, cerahat lekeleriyle dolu, yorgunluktan sendeleyerek eve dönüyor.

*"Sana yazmakta çok geciktim, ama o kadar soğuktu ki zorlukla ayakta durabiliyorum... O kadar soğuk ki parmaklarımın ucu uyuşuyor ve kalem tutamıyorum. Bütün kış ısınamadım. İliklerime kadar donuyorum. Soğuk beni ikiye bölüyor... Dayanılır gibi değil. Montdevergues'in soğuğunu anlatamam."*

New York buz gibi. Her taraf kar altında. Başrahibe geceleri kaloriferleri yaktırtmıyor. Yakıttan tasarruf edecekleri paraları, kimsesiz çocuklar fonuna gönderecek. Bazı geceler soğuktan uyuyamıyorum. Ellerimin, ayaklarımın parmak uçları donuyor. İçim donuyor. Soğuk, dayanılmaz bir diş ağrısı gibi yoğun ve keskin. Üşümek acıya dönüşüyor.

*"Mösyö, bunlar çalışma saatleri, sorgulama saatleri, ruhumun yandığı saatler. Siz yiyip içerken, dalga geçerken, oburca hayatı tıkınırken, ben heykelimle yalnızdım ve yavaş yavaş akan benim hayatımdı, bu toprağın derinliklerine kanımı akıtıyordum, yaşama zamanımı.*

Başrahibe, size hiç gocunmadan hayatımı sundum. Gençliğimi ve tüm enerjimi. İçimde biriken güzellikleri ve hedefini bulamayan o büyük aşkı sizlere yönlendirdim. Hiçbir şey istemeden hep verdim, sadece verdim. Sizin için akan *"Benim hayatımdı."* Size *"Yaşama zamanımı akıtıyordum."*

Sonra size yalvardım, herkesten çok sevdiğim Johny'im, sevgili kardeşim ölüyordu, ömrümü uğruna heba ettiğim, güzeller güzeli ablam, acılar içinde bir kadavraya benzemiş, eriyerek, çırpınarak ölüyordu. Annem, babam ölüyorlardı. Sizden her seferinde birkaç güncük istedim yalnızca. Sanki hepimiz lanetlenmiştik ve bir tek ben tüm acıları seyretmeye mahkûm edilmiştim. Benim cezam da bu olmalıydı. Benim cezamı bana çektirtmeyerek ikiye katlıyordunuz. Bana her seferinde iki gün izni çok gördünüz. Bana her seferinde, burada da insanların öldüğünü ve benim bakımıma muhtaç olduklarını söylediniz. Bir duvar gibiydiniz. Gözlerinizde, İsa'ya çok yakışan o derin şefkatten, acıma duygusundan bir nebze bile yoktu. Yüreğim zaten ölmüştü, ruhumu da siz öldürdünüz. Size sığınmıştım, size sonsuza kadar hizmet vermeye yeminliydim. Ama işte sizi de terk ediyorum. Bana sığınacak sadece Tanrı kaldı.

*"Camille dört duvar arasında. Acı keskin ve sert. Kalbi buran acı. Duvarlara vuruyor, aynalara onun ismini bağırıyor... Bezginlik ve sıçrayış, reddediş, yenildiğini ne zaman kendine itiraf edecek... Oysa tüm dünyanın gözünde sevdiğinin hüzünlü yansıması olarak kalacağını biliyor."*

Beni hücreye koydular. Suskunluğumu Tanrı'ya bir başkaldırma olarak yorumluyorlar. Hücremde oturacak ve dua edeceğim. Hep dua edeceğim. Konuşmadığım sürece çalışmam yasaklandı. Neden konuşmadığımı merak bile etmiyorlar. Dört duvar arasında, dua etmeden, düşünmeden, kıpırdamadan oturuyorum. Artık hiç konuşmayacağım. Dua da etmeyeceğim.

*"Gençlik o! Tanınmayan! Hayatımızdan bir an gelip geçen."*

Benim gençliğim sadece bir gece sürdü. Tek bir gece. Willie' nin beni sevdiği akşam, genç oldum, ihtiyar oldum. Gençlik! Hayatımızdan bir anda gelip geçen!

*"Camille... Dopdolu, kimseyi kıskanmıyor, hiç pişmanlık duymuyor, ne terk edilmekten, ne kırgınlıktan, ne sessizlikten. Kız kardeşini de kıskanmıyor. Kocası yok, çocuğu yok, sevgilisi yok. Artık alan o, karar veren o, kendi elleriyle heykel yaratan o. Dilediğinde, dilediğine, öylece birden, sevinçle, harika, özgür biçimde kendini verecek bir kadın!"*

Kocam yok. Çocuğum yok, sevgilim yok, annem, babam, kardeşlerim yok. Kimsem yok. İnancımı da yitirdim. Artık hiçbir şeyden korkmuyorum. Geçmişim, geleceğim kalmadı. Özgür ve yapayalnızım...

Hayır artık değilim. YALNIZ DEĞİLİM. Camille var! Epeşim, özbenliğim, bir ömür önce yaşamış kendim, bir replikam var. Benim acılarımı çekmiş, benim soğuğumda donmuş, benim yangınımda yanmış Camille'im var.

Elleri titriyor, dudakları titriyor. Kendi hayatını mı okudu? Bir insan aynı ömrü iki kez yaşayabilir mi? Şimdi onu otuz yıllık bir çile daha mı bekliyor? Ama Camille sırasını savdı. Ona bunu bir kez daha yapamaz. YAPAMAZ!

Camille'in avucunda ısıttığı minnacık, dünyadan gizlenen yüreği şimdi onun elinde.

Mary Sarah McCillop, Rahibe Nancy, kitabı kapatıp yüreğinin üstüne bastırıyor. Bu dünyada olmasa bile, öte dünyalarda, başka bir yerlerde Camille var olmalı. Yalnızlık bitti!

"Sister Nancy, bugün randevunuz yoktu ki..."

Kapıyı vurmadan içeri dalmış. Gözleri kan çanağı gibi, belli ki geceyi uykusuz geçirmiş. Saçları taranmamış, didik didik. Gri bluzunun ikinci düğmesini iliklemeyi unutmuş. Tanrım, bu ne hal! Kötü bir şeyler olmalı. Aylin'in yüreği ağzına geliyor.

"Durmayın orda, gelin oturun, neyiniz var sizin allahaşkına?"

Rahibe elindeki kitabı yüzüne doğru sallıyor Aylin'in.

Aylin önce anlayamıyor. Sadece kadının perişanlığının farkında. Dikkatini neden sonra çekiyor kitap. Bilecek bu kitabı. Neydi, neydi? Ahh evet, heykeltıraş Camille'in hayatı*. Hatta kitabı Nancy'ye kendi verdi. Aylin düşüp bayılmak üzere. Ah keşke kitabı okumuş olsaydı. Filmini görmüştü yıllar önce. Tanrım, nasıldı? Nasıldı? Rahibe'yi neyin etkilediğini bilmiyor, ama doğru tahmin yapması lazım. Ve hemen vakit kaybetmeden, hemen yapması lazım.

Yerinden kalkıp, gözleri yuvalarından uğramış Nancy'nin yanına geliyor. İki elini birden sımsıkı tutuyor. Gözlerinin en içine, ruhunu görmek istercesine ısrarla bakıyor. Şansını denemeli.

"Sister Nancy, hiçbir azap sonsuza dek çekilmez. Gelin bu azabı bitirelim. Gelin kurtaralım onu."

Rahibeyi dizlerinin üzerine düşerken tutmak ve kaldırmak istiyor, ama beceremiyor. İkisi birden dizlerinin üstündeler şimdi. Kadının başını göğsüne bastırıyor Aylin. Derin hıçkırıklarla sarsılan bu başı okşuyor, usul usul.

Nancy'nin kendini üçüncü kez çırılçıplak hissedişi bu. ilk sefer, Willie'ye soyunduğu o geceydi. Sonra, 1968'de rahibelerin tesettürden çıkışları... İlk günü hiç unutamayacak. Yıllarca uzun eteklerin altında kalan bacaklarını gizlemek için o koca siyah çantayı kullanmayı adet edinmesi o ilk günden kaldı. İşte şimdi de Aylin'in karşısında çırılçıplak... Üşüyor. Ruhuna sahip olan bir şeytan gibi Aylin. Ona her şeyi anlatması gerekiyor. Her şeyi. Ruhunun efendisi artık o. Camille'i ve kendini açmalı ona. Doktorunun kollarında sendeleyerek koltuğa yürüyor Rahibe. Boş bir çuval gibi bırakıyor kendini. Radomisli'nin arkasına yastığı

---

* *Bir Kadın - Camille Claudel* (Çev: Ayşe Kurşunlu Ortaç, Everest Yayınları.)

yerleştirmesinin, bir bardak su getirip içirmeye çalışmasının, ayaklarını pufun üzerine uzattırmasının hayal meyal farkında. Yorgun ve titrek sesiyle hep aynı cümleyi tekrar ediyor:

"Tımarhanede otuz yıl. Tanrım ne büyük bir haksızlık bu! Ne büyük bir haksızlık bu!"

Upuzun masanın çevresinde oturmuşlar, Hulusi'nin yemekleri daha masaya getirilmemiş. Kadehlere şampanyaları boşaltıyor Joe. Irene, Tayibe, Alex, Philip, Phoebe, Kelvin, Valerie ve Darrell, hepsi oradalar. Aslında, bu aile tam takım hazır bulunduğunda, Aylin'in hiç keyfi ve huzuru olmaz. Ama bu çok özel bir gün. Cadıların şahı Valerie bile, yemek boyunca uslu duracağa benziyor. Joe, karısının başarısıyla o kadar iftihar ediyor ki, onun ve Aylin'in neşesini bu günlerde hiçbir şey bozamaz. Baker, Rahibe ile ilgili raporu hazırlamış. Kurula sunmak üzere. Aylin adamın üstüne üstüne gidiyor. Hastasını tüm kuralları yıkarak iyileştirdiğini rapora koyması için baskı yapıyor. Bir ümitsiz vakanın Aylin'in terapi koltuğunda kesin şifa bulması, bazı kuralların değişime uğraması demek. Baker yine kaybetti. Aylin'e karşı kaçıncı yenilgi bu.

Irene, "Aylin, Baker elinden gelse seni öldürecek," diyor. Aylin'in cevabı hazır. "Onda cinayet işleyecek cesaret ve zekâ ne gezer."

Joe elinde kadehi, ayağa kalkıyor.

"Bu yemeği karımın şerefine düzenledim. Aylin çok zor bir işin üstesinden geldi. Benim karım New York'taki psikiyatrların en müthişi, en başarılısı. Sister Nancy, iyileşti. Bu kadını ilk geldiği gün görseniz, gözlerinize inanamadınız... Yaralı bir vahşi hayvan gibiydi..."

"Sen ilk geldiği gün gördün mü, baba?" Valerie hasetini ne zaman saklayabildi ki! Aylin hiç duymamazlığa geliyor. Irene sinir içinde atılıyor, "Babanı bilmem, ama ben gördüm Valerie. Aynen anlattığı gibiydi."

"Babama da sen anlattın herhalde."

"Rahibe bu eve geldi. Biz onu gördük," diyor Alex.

"Akıl hastalarını eve mi alıyorsunuz siz?"

"Valerie, bundan sonra, eve birini çağırırken, mutlaka sana telefon eder izin alırım canım," diyor Aylin.

Joe elinde kadehi, keyfi kaçmış dikilip duruyor. Neden bu kızı hep mesele çıkarır böyle? Belki de Aylin'in ona kızmakta hakkı var.

"Lafımı kesme Valerie," diyor, "Bugün tartışma istemiyorum. Aylin'in başarısını kutluyoruz." Aylin'e dönüyor, "Daha nice başarılara Aylin. Bir hediyeyi hak ettin, şimdi söyle bakalım, dile benden ne dilersen?"

"Bir Uzakdoğu seyahati iste," diyor Phoebe.

"Teyze, hani o zümrüt yüzük vardı ya, Tiffany'de görmüştük..."

"Belki Güney Amerika'ya gidip yüzünü gerdirirsin," diyor Valerie.

"Onu da zamanı gelince yaptıracağım Valerie," diyor Aylin.

"Ama ben babandan başka bir şey istiyorum."

"Neymiş o?"

Aylin, elinde şampanya bardağı ile dikilen ve yanıt bekleyen kocasının gözlerinin içine bakıyor.

"Bedford'daki evi, Joe."

## AŞINAN İLİŞKİLER

Joe ve Aylin, Bedford'daki evi almaya 1988 sonunda karar verdiler. İçinde oturdukları evin satılması, evin tamir edilmesi, eşyaların taşınmadan önce elden geçmesi, Aylin'in muayenehane olarak kullanacağı bir ofisin bulunması gibi işler yüzünden, yeni evlerine ancak 1989 Aralığında taşınabildiler.

Taşındıklarında her ikisi de manen ve maddeten çok yorgundular. Hem evlilikleri hem de ilişkileri iyice aşınmıştı. Aylin, yeni bir evin getireceği sorunları görebilseydi, belki de bu işe hiç soyunmayabilirdi.

Evliliğin yıpranmasında, Valerie ve Phobe'ye de pay düşmüyor değildi. Bedford'da bir ev alınacağı haberi, özellikle Valerie'yi çok sinirlendirmişti. Bu kadın resmen babasının parasını yiyordu. Joe kızını çok kere makul olmaya çağırmıştı.

"Kızım, oturduğum evi satıp, yerine başka bir tane alıyorum. Ortada kaybolan, harcanan, savrulan para filan yok. Bu evi bir milyon dolara aldım. Aylin içini dayayıp döşedikten sonra, bu haliyle görenlere üç misline satıyorum. Üstelik kârdayım," demişti.

"Sen hep şehirde yaşamaya alışık bir insansın. Dağın başında ne işin var?"

Aslında bu soruyu kendi kendine de sormuyor değildi Joe.

"Artık yaşlanıyorum. Doğanın koynunda, sakin bir hayatı ben de özlemeye başladım. Bahçeyle ilgilenmek, köpek, tavuk, tavşan beslemek istiyorum."

"Güldürme beni baba," demişti kızı.

Aylin, işlerine birilerinin devamlı burnunu sokması karşısında, bir zamanlar Philip'in hayran olduğu sabrını kaybetmiş görünüyordu. İyi niyetin bir işe yaramadığını görünce o da gayret göstermekten vazgeçmişti. Valerie'den çok daha zeki olduğu için, genellikle oturttuğu lafların altında kalıyordu üvey kızı, bu da kızın büsbütün hırçınlaşmasına, iplerin daha da gerilmesine neden oluyordu.

Valerie'nin baş destekçisi kardeşi Phoebe'ydi. Aylin çok iyi anlaştığı Philip'le ne yazık ki pek ender görüşebiliyordu. Oğlanın kendi evi barkı, işi gücü vardı. Ona dostluk elini uzatabilecek sadece yarım akıllı Alex kalıyordu, kala kala. Alex'i gerçekten çok seviyordu. Ama ona dertlerini açabilmesi, ondan yardım beklemesi mümkün değildi. Harvard'da dersleriyle boğuşan Tayibe'sini de kendi sorunlarıyla üzmek istemiyordu. Çok yalnız hissediyordu kendini Aylin. Peşinden hiç ayrılmayan Laurie ve Irene de olmasa büsbütün çaresiz kalacaktı.

Laurie, Aylin'e derin bağlarla bağlanmıştı. Onu annesi yerine koyuyor, her işine, her derdine koşuyordu. Onu, Joe ile evlenirken düğününe davet etmişti Aylin. Laurie nedense Joe ile yakınlık kuramamıştı. Aylin'le evlendiği, ona çok yakın olduğu için, belki de biraz kıskanmıştı. Düğün günü Aylin'e yaptıklarını hatırladıkça yüzü kızarıyordu Laurie'nin. Nasıl da kırıcı olabiliyordu zaman zaman.

"Joe ne hoş bu akşam değil mi Laurie?" demişti Aylin düğünde.

"Sen daha güzelsin."

"Erkekler güzel olmaz."

"Sen daha güzelsin işte..."

"Ama o da iyi yürekli, tonton ve de..."

"Zengin," demişti Laurie.

"Evet zengin de. Bunun bir kabahat olduğunu sanmıyorum."

"Senin paraya ihtiyacın yok."

"Herkesin paraya ihtiyacı var. Ama ben Joe'yu parası için değil, kişiliğinden dolayı seviyorum. Şeker bir insan o."

"Şeker ve şişman."

"Ben toplu adamları seksi bulurum."

"Ben bulmam."

"Senin asıl takıntın şişmanlara değil, Yahudilere Laurie. Ben senin bu takıntını hallettiğimi sanıyordum, meğer edememişim," demişti Aylin.

"Kızıyor kocasını beğenmediğim için," diye düşünmüştü Laurie, "Üstelik Yahudiymiş de. Hem Yahudi, hem şişko... Aptal, aptal kadın..."

Laurie, Joe'ya bayılmamakla birlikte çok sık gitmişti evlerine sonradan. Hulusi'den Türk yemekleri öğrenmiş, ona da birkaç Yahudi yemeği tarifi vermişti.

"Bu tarifleri verebildiğine göre, demek kimliğinle barışmışsın," diye alay etmişti Aylin.

"Evet sen beni baştan yarattın, yaratıcım, tanrım, ilahem! Her şey sayende oldu," demişti Laurie, alayına karşılık vererek.

"Senin tabirinle, 'kafacıların' işi budur şekerim. Yoksa ne diye alalım haftada iki, üç kere paranızı. Şaka bir tarafa, sen gerçekten iyileştin, artık bana ihtiyacın yok, Laurie," demişti Aylin.

"Benim sana hep ihtiyacım var. Ölene kadar."

"Sadece arkadaşın olarak. Benim de sana var, canım. Ama artık hasta-doktor ilişkimiz bitti. Sen iyileştin."

"Olamaz. Sen benim annem, arkadaşım, doktorum, her şeyimsin."

"Anneler ve arkadaşlar, görüşmek için para almazlar. Ben artık sadece doktorun değilim. Sen ruhen benden daha sağlıklısın şu anda."

"Senin bir derdin mi var?" diye sormuştu Laurie, "Sen de bir kafacıya gitsene."

"Benim işimi 'kafacı' halledemez. Etse etse kocam halleder. Koskocaman kızlarına, üvey anneleriyle uğraşmanın saçmalık olduğunu, onlara ancak babaları anlatabilir. Joe da bunu yapmıyor."

"Öyleyse o bir 'kafacıya' gitsin."

"Evinde bir tane var. İkincisine bulaşmak istemeyebilir," demişti Aylin.

Irene de önce hastasıyken, sonra sekreteri ve nihayet en yakın arkadaşı olmuştu. Bir zamanlar yüreklerine, beyinlerine ayna tutabildiği, içlerini ters yüz edebildiği, dertlerine deva olduğu insanlara, daha yakın hissediyordu kendini nedense. Kocasından veya üvey kızlarından herhangi birine yakınamazdı ki. Keşke Betin sürekli yanında olsaydı... Ama o da taa İstanbul'da yaşıyordu.

Aylin, evliliğin gerginliğini hafifletmek için, kafasını ve zamanını başka yerlere harcaması gerektiğinin farkındaydı. Joe ile evlendikten sonra, Cumhuriyetçi Parti örgütüne yazılmıştı. Ofis dışındaki çoğu zamanını parti toplantılarına katılarak, onlar için para toplayarak ya da bazen kendinin de konuşmacı olarak katıldığı konferanslar düzenleyerek geçiriyordu. Kendini bayağı kaptırmıştı bu işe. Joe, karısının bu etkinliğinden hoşnuttu. Onunla birlikte, Beyaz Saray'da davetlere katılıyor, senatörlerle, bakanlarla tanışıyordu. Aylin, Başkan'ın dostu olmanın, ülkeyi idare eden güçlerin yakın çevresinde dolaşmanın fiyakasının, şanının keyfini sürerken, kocası da, bu çevrelerden iş çıkarma hayalleri kuruyordu.

Memnuniyetlerinin nedenleri değişik de olsa, her ikisini de mutlu ediyordu bu etkinlikler. Ama, yine ortak paydada birleşmiyorlardı, çünkü Joe da rakip partiye kayıtlı, koyu bir demokrattı.

Yeni evlerini döşeme heyecanının ve parti çalışmalarının yanı sıra, Aylin'i o günlerde mutlu eden bir başka şey de, Rahibe Nancy'nin tamamen iyileşmesi olmuştu. Kadının dilini çözüp, konuşturabildikten sonra, Nilüfer'e telefon açmıştı.

"Bak Nilüfer, ben senin misafirlerini ağırlayıp duruyorum yıllardır, hiç gocunmadan. Şimdi de sen benim için bir misafir ağırlayacaksın," demişti.

"Kimi yolluyorsun başıma?"

"Sister'ı."

"O da kim?"

"Sister Nancy'yi canım, şu tedavi ettiğim rahibeyi."

"Konuşmayan heykeltıraşı mı?"

"Ta kendisi."

"Ne yapacağım ben onu? Burada sıkılır o."

"Hiçbir şey yapman şart değil. Adana'daki evde bir oda ver, yeter. Nancy, tarlada çalışacak."

Nilüfer'in nutku tutulmuştu. Aylin o kadar ısrar ediyordu ki, hayır da diyemiyordu. Sonuçta Nancy, elinde eski ve küçük valizi Adana'ya gelmiş ve bahçe katında bir odaya yerleşmişti. Her gün güneş doğarken kalkıyor, köylülerle birlikte inekleri sağıyor, tavukların altından yumurtaları alıyor, kahvaltı sofrasını kuruyor, sütlü kahvesini içerken de Kasım Bey'le uzun sohbetlere girişiyordu. Sonra da, kamyonetin kasasına oturup, köylülerle birlikte tarlaya gidiyordu pamuk toplamaya. Kilo almış, güneşten yanmıştı. Tek tük Türkçe kelimeler paralıyordu İskoç aksanıyla. Çaya tay, süte sut, suya sü diyordu. Gülmekten kırılıyordu köylüler. Hayatı boyunca beğenmediği saçları kızıl kızıl parlıyordu sabah güneşiyle.

Kasım Bey'in kâhyası Hüseyin Ağa, hiç böyle çalışkan ve güleryüzlü bir kadın tanımadığını düşünüyordu. Üstelik çok da ciddiydi. Gâvur olmasına rağmen, elbiselerinin etek boyları neredeyse ayak bileklerine, kol boyları da dirseklerine iniyordu. Hep sade ve derli toplu giyiniyordu. Hüseyin Ağa'nın karısı öleli iki yıl olmuştu. Çocukları evlenip büyük şehirlere göçmüşlerdi. Yalnızlık çekmekteydi.

"Hanımım, bu Sister Hanım'ın memlekette kocası var mıymış acaba?" diye sormuştu bir gün Nilüfer'e.

"Yok, o bekâr," demişti Nilüfer.

Hüseyin Ağa, pek bir dolanır olmuştu civarlarında. Nancy'nin geri dönmesine on gün kala, gözleri yerde, boynu yana bükük, dikilmişti Nilüfer'in karşısına.

"Sen benim hanımımsın, halden anlarsın."

"Söyle bakalım Hüseyin Ağa."

"Bu Sister Hanım, buralara pek bir alıştı. Eli de işe yatkın..." Susup, durmuştu.

"Eee?" demişti Nilüfer, ne geleceğini tahmin ediyor, hınzırlığından hiç yardımcı olmuyordu ağaya.

"Diyordum ki, acaba bu Sister Hanım... gitmeyip kalmak ister mi?"

"Yani kışı burada mı geçirsin?"

"Siz rıza gösterirseniz, Hanımım, bu Sister Hanım'ı ben nikâh edip..." Yine susmuştu Ağa.

"Bizim Sister'e evlenme mi teklif ediyorsun sen, Ağa?"

"Siz rıza gösterirseniz..."

"Benim rızam neye yarar, sen bunu kendine sorsana."

"Ben dil bilmem, sen benim için soruver," demişti Hüseyin Ağa.

Nancy bu haberi duyunca önce inanamamıştı, sonra basmıştı kahkahayı. Kilise'de rahibe yemini ettiği günden beri ne bu kadar çok, ne de bu kadar içten gülmüştü.

Nancy'nin bir rahibe olduğunu, onun nikâhının Tanrı ile kıyılmış olduğunu, başka biriyle asla evlenemeyeceğini anlatmak bir türlü mümkün olmamıştı Hüseyin Ağa'ya.

"Bu nasıl iş öyle?" deyip duruyordu, "Beni beğenmediyse, gönlü sevmediyse bir şey demem de, Tanrı'yla nikâhlı olmak da neymiş öyle. Tövbeee."

Rahibe Nancy, kendi çok mutlu, çok sağlıklı, ama arkasında kırık bir kalp bırakarak ayrılmıştı Adana'dan. New York'a döndüğünde Aylin'i kendi gibi sağlıklı ve mutlu bulmamıştı, ne yazık ki. Aylin solgun görünüyordu. O kadar çok isteyerek aldığı evinde sorunları vardı.

New York'un civcivli kalabalığına, gürültüsüne patırtısına alışık olan Joe, dağ başındaki eve alışamamıştı bir türlü. Akşamları poker arkadaşlarını arıyor, devamlı surat asıyor ve eve taşıdığı film kasetlerini televizyona takıp saatlerce eski Hollywood filmlerini seyrediyordu. Aylin bu durumu anlayışla karşılamaya çalışıyordu, ama tahammül edemediği, Joe'nun kafasını, West Hampton'daki evi satmaya takmış olmasıydı. New York dışında iki tane sayfiye evine lüzum yok diye tutturmuştu.

"Evlerin biri dağda, diğeri deniz kenarında. Paraya mı ihtiyacımız var, bırak dursunlar," diyordu Aylin.

"Dünya kadar vergi, aidat, bakım parası ödüyoruz boş duran eve, yazık değil mi?" diye yanıtlıyordu Joe.

Karı koca arasında bitmek tükenmek bilmeyen, paraya ilişkin sert konuşmalar olmaya başlamıştı. Joe, vergi borcu, ev tamiri faturaları ve yüksek mutfak giderleri ödemekten, Aylin de duymaya hiç alışık olmadığı bu tür şikâyetlerden bıktığından yakınıyordu. Ve ne gariptir ki kader, her ikisinin de önüne sürekli yeni münakaşalara yol açan, yeni mülkler çıkarıyordu. Bedford'daki ev alındıktan sonra artacak parayla, şehir içinde küçük bir daire almayı kararlaştırmışlardı.

Aylin, Joe'ya 75 East End'de, kendine yeni satın aldığı muayenehanenin üst katındaki, iki yatak odalı küçük apartman dairesini almasını önermişti. Joe bu öneriyi çok olumlu bulmuştu, ama kızların yine itirazları vardı. Aylin kızlar yüzünden patlama noktasına gelmişti. Joe gerçi kızların oyuncağı olmuyor, kendi doğru bildiğini okuyordu ama, sürekli işlerine karışmalarına da kesin tavır koymuyor, Aylin'e yönlendirdikleri haksız eleştirilere sert yanıtlar vermiyordu.

Aylin'in canını sıkan bir başka şey de Bedford'da, evin altına hazırladığı muayenehanesine henüz hiçbir hastanın gelmemiş olmasıydı. New York'taki ofisinde haftada üç gün çalışıyordu. Haftada üç gün de, yeni evinde hasta bakacağını düşünmüştü. Koskoca Bedford'da psikiyatra muhtaç kimse yoktu, demek ki. Herkesin ruh sağlığı yerindeydi. Aslında bir duyuru, bir tanıtım yapmadığı takdirde, kim duyup da gelecekti. Sadece birkaç arkadaşına, bir de yakın komşularına haber verebilmişti. Tanıtım, masraf demekti.

Masraf, Joe ile yeni tartışmalara girmekti. Bu yeni eve taşındığından beri, geliri de eskisi gibi değildi ki, kendi karşılasın masraflarını. Keşke vazgeçmeseydi New York'taki iki iş gününden. Bedford yüzünden, bazı hastalarını başka doktorlara devretmişti. Verilen hastayı geri almak kolay değildi. Hasta geri dönerdi dönmesine de, meslek ahlakına sığmıyordu, bir doktordan hasta almak.

Ne diyordu kocası durmadan. "Çok akıllı olabilirsin ama, iş ve para konusunda hiçbir duyarlılığın yok." Yine haklı çıkıyordu Joe. Kaç kere ona, Bedford'daki yeni hastaların sayısını belirlemeden, New York'takileri başka doktorlara devretme demişti. Dinlememişti Joe'yu. Hiç kimseyi hiçbir zaman dinlemezdi ki... Yanlış da yapmazdı işin tuhafı. Ama, işler eskisi gibi yürümüyordu bir süredir. Aylin artık hatalar yaptığını fark etmeye başlamıştı.

Aylin hem meslek hayatının hem de Joe'nun ailesinin getirdiği gerginliklere alkol dozunu artırarak göğüs germeye çalışıyordu. Birkaç kadeh beyaz şarap ya da buzlu cin tonik, geçici olarak rahatlatıyordu onu. Ama bir gün, sabrının son dayanma noktasına geldiğinde, herhalde kötü şeyler olacaktı. O anı elinden geldiğince ertelemeye çalışıyordu. Joe ise, karısının gerginliğine karşı, bilerek ya da bilmeyerek bir duyarsızlık içindeydi. Aylin'in vergi borçlarının ödenmesine katkılarının, evlerini ikisinin adına, müştereken almış olmasının ve kendi ısrarıyla Tayibe'nin okul parasını üstlenmesinin evliliklerinin selameti için yeterli olduğuna inanıyordu. Aylin'i en çok üzen de onun bu tutumuydu zaten.

Bu sorunlar yetmezmiş gibi, bir de Tequila sorunu çıkmıştı ortaya. Aylin'in çocuğu gibi sevdiği şivava cinsi köpeği, bir türlü evin içinde çiş yapmamayı öğrenememişti. Günde üç-dört kere tuvalet ihtiyacı için sokağa çıkarılan köpeğin, ara sıra evin çeşitli yerlerine de işeyiverdiği oluyordu.

Evin içine sık sık girip çıkan Ross ise, yıllardan beri Joe'nun muhasebe işlerine bakan, hesaplarını tutan bir elemanıydı. Uzun yıllar bekâr yaşayan Joe'nun evlenmesine son derece bozulmuştu. Sanki, bu evlilikle, evin içindeki konumu değişecek, eski etkinliği kalmayacaktı. Nitekim, Joe'nun elemanı Ross ile Aylin'in adamı Hulusi de birbirlerini hiç sevemediler. Mutfağın efendisi Hulusi, Ross'un keyfince mutfağa girip çıkmasına, etrafı karıştırmasına, buzdolabını açıp, kimseye sormadan kokakola veya bira almasına, kendine çay, kahve yapmasına ifrit oluyordu. Her seferinde ya bir laf ediyor ya da kötü kötü bakıyordu Ross'a. Bu gergin hava yetmezmiş gibi, bir gün Tequila, Ross'un oturma odasında bir köşeye bıraktığı dosyaların üzerine işeyiverdi. Ross, özenle hazırladığı rakamların okunmaz hale geldiğini görünce, kızılca kıyamet koptu. Olaya, Joe da karıştı, Hulusi'yi köpeği zamanında sokağa çıkarmamakla, Aylin'i de köpeğine terbiye vermemekle suçladı. Hulusi, Ross'un dolapta bira, meşrubat bırakmadığından şikâyet etti. Aylin, eve ait olmayan insanların sürekli evin içinde dolaşıyor olmasından yakındı. Ev halkı birbirine girdi. Bu gürültü ve patırtıdan tedirgin olan köpek, halıya bir kere daha işeyerek protestoda bulundu.

Üç gün sonra, Joe ve Aylin akşam yemeğine oturmak üzereyken, koşa koşa odaya geldi Hulusi, yüzü bembeyazdı.

"Aylin hanım, çok kötü bir şey oldu," dedi Türkçe.

"Ne diyor Hulusi?" diye sordu Joe.

"Köpek ezilmiş! Tequila... Bir araba çarpmış..."

Aylin ve Joe yerlerinden fırladılar. Hulusi içeri aldığı köpeğin üzerine, Aylin görmesin diye bez örtmüştü. Köpeği kimin dışarı bıraktığı ve hangi arabanın çarptığı bulunamadı.

"Bu işi o kadın yapmıştır," dedi Hulusi, Aylin'e. Aylin yemeden içmeden kesilmişti. Ross'un yüzüne bile bakmıyordu.

"Köpeği Ross öldürmüş olamaz, Aylin," dedi Joe.

"Biliyorum, Joe ama, elimde değil. O kadın sinirime dokunuyor."

Kısa bir süre sonra, Ross işi bıraktı ve Cateslerin evine bir daha hiç gelmedi.

"Tequila, vazifesini yaptı ve bu dünyadan gitti," dedi Aylin, tevekkülle. Ama hâlâ Tequila için yastaydı.

Bir gün Irene'den azar işitti, "Benim küçük bebeğim öldü, Aylin," dedi Irene. "Tek oğlumdu. Bir köpek için bu kadar üzülmen, en azından bana karşı çok ayıp oluyor." Aylin, bir tokat yemiş gibi oldu yüzüne.

Bir ay sonra, Tequila'nın yerine Toby alındı. Bir sabun köpüğü gibi bembeyaz ve kıvır kıvır tüylü kanişe, Aylin, gözlerini örten beyaz perçemlerinden dolayı, yıllar önceki sadık dostu Toby von Schweir'in adını verdi.

Aylin'le Joe'nun en iyi anlaştıkları anlar, seyahatte oldukları zamanlardı. Ev ortamından ve kızlardan uzak olduklarında, hemen hemen hiçbir sorun çıkmıyordu aralarında. Yolculuk her ikisine de iyi geliyordu. Biraz bu nedenle, biraz da Aylin'in son günlerdeki mutsuzluğunu göz önünde tutarak, Joe, her yıl "Circus Festival"i filme çekmek için, görevli olarak gittiği Monaco'ya Aylin'i de birlikte götürmek istedi. Prens Rainier'in himayesindeki "Circus Festival" yaklaşık üç hafta sürüyordu.

"O kadar uzun zaman hastaları bırakamam," dedi Aylin.

"O halde sen de son hafta gel. Zaten bütün davetler o haftaya rastlıyor," dedi Joe. Bu teklif hoşuna gitti Aylin'in. "Joe Avrupa'ya uçtuktan sonra, biraz kafa dinler, kendime gelirim, rahatça hazırlanır giderim," diye düşündü. Ama keyfini kaçırmak için Valerie hazırda bekliyordu.

"Sen babamla gitmiyor musun Aylin?" diye sordu telefonda.

"Hayır Valerie, ben iki hafta sonra gideceğim."

"Neden? Ancak iki haftada mı bitirebileceksin Monaco'da giyeceğin giysilerin alışverişini?"

"Evet. Ve bütün alışverişi babanın kredi kartıyla yapıp, her şeyi ona ödettireceğim," dedi Aylin. Telefonu kapadığında sinirden titriyordu. Mişel'i aradı hemen.

"Bu kız beni deli edecek," dedi. "Sakinleştirici alayım mı ne dersin?"

"Sakın ha!" dedi Mişel. "Sen böyle şeylere pabuç bırakacak insan değildin. Ne o, yaşlanıyor musun yoksa?"

Aylin telefonu kapadıktan sonra, gidip aynaya dayadı burnunu. Hiç bu kadar yakından bakmamıştı kendine. Evet, yaşlanıyordu. Görmemezliğe de gelse, sık sık çok hoş olduğunu da söyleseler, yaşlanıyordu. Kaçınılmaz bir gerçekti bu. Yüzünü gerdirebilir ya da silikonlatabilirdi. Geçici birtakım tedbirlere başvurabilirdi. Ama kendine tedaviye gelen, küçümsediği o zengin Amerikalı kadınlar gibi, yüzünü gerdirse de, çektirse de yine yaşlanacaktı. Yaşlanma bunalımına girdiğinde, o da bir psikoloğa başvuracak mıydı acaba, bu gerçeği kabullenebilmek amacıyla?

Belki de kadınlar için, annesininki gibi erken ölüm en iyisiydi. Kocasının, çocuklarının, dostlarının gözünde hâlâ genç ve güzelken. Bu endişesini kiminle paylaşabilirdi? Laurie, Alex ve Tayibe anlayamazlardı, onlar çok çok gençtiler. Nancy anlayamazdı, onun yaşamında yaş olgusu yoktu. Nilüfer, güzel yüzünü parçaladığından beri, yaşlanmak, güzellik veya çirkinlik onun indinde başka boyutlara bürünmüştü. Suzan anlayabilirdi, ama o ölmüştü. Betin anlayabilirdi, Ayşe anlayabilirdi belki... Onlar da uzaktaydılar. Hayal meyal hatırladığı bir memleketteydiler. Çocukluğunun, ilk gençliğinin memleketinde. Aylin birden çok yalnız hissetti kendini.

Aylin hazırlıklarını tamamlayıp Monaco'ya uçarken, sorunsuz, dırdırsız bir hafta geçireceğini düşünüyordu. İlk günler gerçekten de öyle oldu. Her gece bir davet vardı. Joe ile birlikte koşuşturup duruyorlardı. Derken büyük gün geldi. Prens Rainier'in himayesindeki son akşam yemeği, sarayda veriliyordu. Joe'yu sirk müdürlerinin bulunduğu masaya oturtmuşlardı. Ama Aylin, Prens Rainier'in bulunduğu uzun masanın ucuna oturtulmuştu. Masadakiler, aralarında Fransızca konuşuyorlardı.

"Ben yirmi yaşlarındayken, Monte Carlo'ya babamla birlikte birkaç kere gelmiştik. 'Dünyanın en güzel yerlerini görmelisin,' diyerek, babam bilhassa getirmişti beni buraya. Memleketinize hayran kalmıştım," dedi Aylin.

"O zamandan beri hiç gelmediniz mi?" diye sordu Bakan.

"Ne yazık ki hiç fırsat olmadı."

"Bunca yıl aradan sonra, nasıl buldunuz Monte Carlo'yu, değişmiş mi?"

"Çok değişmiş. Güzelim şehri mahvetmişsiniz. Üst üste binalar inşa edilmiş. Kasino görgüsüz Araplarla dolmuş. Haddinden fazla kalabalık var. Turizm uğruna, değer miydi?"

"Fransızlar bize biraz fazla yer vereydiler, böyle olmazdı," dedi Bakan, sesi buz gibiydi.

"İyi ki vermemişler, o yerleri de böyle yapılarla doldururdunuz herhalde," dedi Aylin. Masaya bir ölüm sessizliği çöktü.

Ertesi gün, bir gece evvel, Aylin'in masasında oturan, hem Saray'a yakın, hem de Joe'nun arkadaşı olan bir Amerikalı, kahvaltıda Joe ile Aylin'in masasına geldi. Aylin büfeden bazı şeyler almaya gitmişti.

"Cates, karının söylediklerinden dolayı, Prens sana biraz kırıldı," dedi.

"Ben de üzüldüm, ama karımın sözleri beni bağlamaz, Turner."

"Onu kontrol etmek sana düşüyor."

"Bunu nasıl söylersin, Prens kendi kızlarını kontrol edebiliyor mu?"

O sırada Aylin masaya döndü.

"Dünkü sözleriniz herhalde yanlış anlaşıldı Mrs. Cates," dedi Turner, "Eminim öyle demek istememiştiniz ama..."

"Her kelimesini bilerek söyledim," dedi Aylin. "Başıboş yapılaşmaya izin vererek doğayı bozanlara çok kızıyorum. Ben fikrimi söyledim."

"Kocanızın iş ilişkileri söz konusu olduğu zaman, belki fikirlerinizi söylememelisiniz Madam."

"Kocam iş adamı, ama ben doktorum," dedi Aylin.

Monte Carlo seyahati, üstüne bomba düşmüş gibiydi. Joe, bıkıp usanmadan, "Senin yüzünden yüz bin dolarlık işimden oldum," diye söyleniyordu. Aylin de alttan almak yerine, üstüne üstüne gidiyordu Joe'nun.

"Sen paradan başka bir şey düşünemez misin? Senin için para dışında hiçbir değer yok mudur? Para senin Allahın olmuş."

Karı koca birbirlerini yiyerek döndüler Amerika'ya. Seyahat boyunca bitmeyen dırdır, evde de sürdü. Derken başka dırdırlar çıktı. Aylin, havayı yumuşatmak, aralarını düzeltmek için bir aile yemeği tertipledi. Bütün çocukları davet etti. Yemeğe sadece Philip'le karısı ve Kevin katılacaklarını bildirdiler...

Phoebe, provası olduğu için gelemeyeceğini bildirmişti. Valerie ve kocasından bir mazaret bile gelmedi. Aylin bozuldu. "Terbiyeli insanlar, gelemeyeceklerini bildirirler," dedi Joe'ya.

"Sen Darrell'a hakaret ettin. Gelmemeleri çok normal," dedi Joe "Ne zaman hakaret ettim ben?"

"Ben ne kadar bahçıvansam, sen de o kadar ressamsın demedin mi?"

"Joe, o bir şakaydı ve bir yıl evveldi."

Sonunda Joe'nun arabuluculuk yapmasıyla, günler yeniden ayarlandı ve herkes geldi. Masa bahçeye kurulmuştu. Aylin güzel yemekler hazırlamıştı. Gün boyu açık olan havanın gece bozacağını kimse düşünmüyordu. Birdenbire gök gürlemeye başladı ve bir sağanak indirdi. Herkes içeri kaçıştı. Yemekleri de mutfağa taşıdılar. Şimşekler art arda çakıyor, yağmur bardaktan boşanırcasına yağıyordu. Ama hava aynı ölçüde boğucu ve sıcaktı.

Gelin havuza girelim, yağmurda yüzmek çok eğlenceli olur," dedi Aylin.

"Sen delisin," dedi Joe, "Bu yağmurda yüzülür mü hiç?"

"Ben çocukken, İstanbul'da hep denize girerdik yağmur yağarken."

"Artık büyüdün, çocuk değilsin, Aylin," dedi Valerie.

"İçindeki çocuğu öldürürsen, hayatın tadı kalmaz," dedi Aylin. "Ben gireceğim, benimle gelmek isteyen var mı?"

Tayibe ve Alex, "Biz de, biz de," diye bağrıştılar.

"Sen giremezsin, biz müsaade etmiyoruz Alex," dedi Valerie.

"Neden?"

"Çok tehlikeli. Şimşekler çakıyor. Ya bir yıldırım düşerse havuza. Bu kadar elektrikli havada dışarı çıkılmaz, hele havuza hiç girilmez."

"Ablan doğru söylüyor, bahçede çok ağaç var. Ağaç yıldırım çeker. Kömür olmak istemiyorsan, sen içerde kal, kızım," dedi Joe.

"O zaman onlar da havuza girmesin," dedi Alex.

"Aylin kafasına koyduğunu yapar," dedi Phoebe.

Aylin ve Tayibe, mayolarını giyip bahçeye çıktılar, havuza atladılar. Evdekiler burunlarını cama dayayıp bir süre seyrettiler, yağmur altında, çığlık çığlığa eğlenen, akrobasi numaraları yapan Aylin'le Tayibe'yi, sonra mutfağa geri döndüler.

"Gel şunlara bir oyun oynayalım," dedi Aylin.

Havuzdan sessizce çıkıp, mayolarını çıkarttılar. Mayolarını havuzun üstüne bırakıp koşa koşa içeri girdiler. Aylin'in yatak odasındaki penceresinden salonu görebiliyorlardı. Işığı söndürüp beklediler. Mutfaktakiler yavaş yavaş salona gelmeye başladılar. Yağmur bütün şiddetiyle devam ediyordu. Joe pencereye doğru yürüyüp dışarı baktı. Eliyle Phobe'yi çağırdı. Phoebe ellerini gözlerine siper ederek havuzu görmeye çalıştı. Aylin ve Tayibe, onların ne konuştuklarını duyamıyor, ama yüzlerindeki ifadeyi çok rahat görebiliyorlardı. Bir anda bütün aile camın önünde birikti. Dehşetle havuzun üstündeki içi boş mayolara bakıyorlardı. Aylin'le Tayibe'nin mayoların içinden yok oluşlarına hiçbir anlam veremiyorlardı. Alex'in gözleri korkudan yuvalarından uğramıştı. Aylin'le Tayibe yatak odasında gülmekten katılıyorlardı.

"Teyze, bunlar bizim öldüğümüzü zannediyorlar herhalde, gel üstümüze çarşafları geçirip hortlak gibi üstlerine yürüyelim," dedi Tayibe.

Bu şakaya sadece Philip, Kevin ve Alex güldü. Diğerleri için, iki çatlak Türkün deli saçmasıydı yağmurda havuza girmek... Zaten New York'a bu kadar uzakta yaşamak da deli işiydi. Onlar da bir akşam yemeği için buralara kadar geldiklerinden deli sayılırlardı.

Aylin, Joe'nun ailesine karşı ne yapsa yaranamayacağını anlayınca, gayret göstermekten vazgeçti. Bu, aralarının daha da gerginleşmesine yol açtı. Artık evde her ikisi de köşesine çekiliyor, Aylin kitaplarını okuyor, Joe filmlerini seyrediyor, aileyi hiç davet etmiyor, birlikte, ama yalnız yaşıyorlardı. Aylin, Joe'ya tahammül gösterebilmek için, içki dozunu artırmıştı. Joe da her dakika, Aylin'in içkisi üstüne bir sivri laf ediyor, karısını çileden çıkarıyordu.

Birlikte çıkmaları gerektiğinde, giyinip dostlarıyla birlikte oluyorlar, gülüp eğleniyorlardı. Joe, içinden ne kadar kızarsa kızsın, arkadaşları arasında kolunda şık, hoş ve akıllı karısıyla gözükmekten hoşlanıyordu. Aylin de Joe'nun işinden dolayı tanıdığı insanlarla birlikte olmaktan zevk alıyordu.

Zaman içinde, hayatlarını biraz da olsa dengelemesini öğrendiler. Joe haftanın birkaç günü, New York'ta kalmaya başladı. Böylece poker arkadaşlarına kavuşmuş oldu. Aylin de Joe'nun olmadığı akşamlar eve kendi arkadaşlarını davet ediyor ya da Kurt'la tiyatroya gidiyordu. Hafta sonları Bedford'da buluşup, dostlarına yemekler, piknikler düzenliyorlardı. Devamlı birbirlerinin ayağı altında dolaşmamak, her ikisine de iyi gelmiş gibiydi.

Aralarını düzelttikten sonra, Karayipler'e bir seyahat yaptılar. Monaco gezisiyle ölçüldüğünde, çok başarılı bir yolculuk sayılabilirdi.

New York'a döndükten kısa bir süre sonra, Tony Ödülleri'nin dağıtıldığı geceye katıldılar. Masalarında, meşhur dedikodu yazarı Cindy Adams, Anthony Quinn ve karısı, New York Belediye Başkanı'yla karısı da vardı. Aylin dans etmeyi çok sevdiği için, pistten inmiyor, rumbadan sambaya, orkestra ne çalarsa, tepinip duruyordu. Bir ara çarliston çalmaya başlayınca, kendini tanımadığı genç bir grubun ortasında buldu. Uzun zamandır eğlenmediği kadar eğleniyordu. Birden kolundan hızla çekti biri. İtekleyip dans etmeye devam etti. Bu kez daha şiddetle çekildi. Az daha düşüyordu. Dönüp baktı. Suratı karmakarışık olmuş Joe'yu gördü.

"Gel sen de benimle çarliston yap," diye bağırdı.

"Çabuk masana dön. Kendini rezil ediyorsun," dedi kocası.

"Ben sadece dans ediyorum. Niye rezil olayım?"

"Belediye Başkanı'nın masasında oturuyorsun, şu dans, yaşına yakışıyor mu?"

"Belediye Başkanı'yla aynı masada oturduğum için Kuğu Gölü Balesi mi yapayım?"

"Hiçbir şey yapmasan olmaz mı? Sadece yerinde otur."

"Masaya gidince herkese soracağım, bakalım onlar da senin gibi mi düşünüyor," dedi Aylin. Joe, onu sürükleye sürükleye başka bir masaya götürüp oturttu. "Bekle beni burada, hemen geliyorum," dedi. Birazdan elinde Aylin'in çantası ve şalıyla çıkageldi. "Haydi yürü," dedi. "Gidiyoruz".

Arabada, "Sen aklını mı kaçırdın Joe?" diye sordu. Gerçekten ne olduğunu anlayamamıştı Aylin.

"Sen bir doktorsun. Başkanın masasına oturtulmuşsun. Çarliston! Bu yaşta, eteklerini sallaya sallaya çarliston... Herkes seni sarhoş zannedecek. Anthony Quinn'in karısı kalkıp çarliston yaptı mı, Cindy Adams yaptı mı, Başkan'ın karısı..."

"Başlatma beni Başkan'dan," diye avaz avaz bağırdı Aylin, "Kızların adımı 'alkolik karı'ya çıkartmasalardı, kimsenin sarhoş olduğumu zannetmeye niyeti yoktu."

"Her kavganın içine kızları sokma."

"Ama her kavganın içinde dolaylı da olsalar onlar var. Sende benim içkimle ilgili saplantı yarattılar."

"Aylin," dedi Joe, "Hem bu kadar akıllı hem de bu kadar kaçık nasıl olabiliyorsun, gerçekten anlayamıyorum.

Hastalarıyla mucizeler yaratan biri, dans pistinin ortasında on beş yaşında kız çocuğu gibi davranır mı?"

"İçindeki coşkuyu öldüren biri mucizeler yaratabilir mi?" diye sordu Aylin. O akşam uzun uzun düşündü, acaba Joe, içindeki coşkuyu mu öldürüyordu yavaş yavaş.

Aylin'in keyfinin iyice kaçık olduğu günlerin birinde, Sevgi Gönül aradı telefonla.

"New York'ta mısın? Seni çok özlemiştim. Randevularım erken bitiyor, yedide buluşalım," dedi Aylin.

"Biraz zor," dedi Sevgi gülerek, "Houston'da olabilir misin yedide?"

"Ne Huston'u? Nerdesin sen? Ne oldu?" dedi Aylin telaşla.

"Paniğe kapılma hemen. Houston'da hastanedeyiz Doğan'la. Yarın sabah by pass'a giriyor. Ben de seni hastane odamızdan arıyorum," dedi Sevgi.

"Sevgi, kim var yanınızda? Yalnız mısınız?"

"İkimizden başka kimse yok."

"Yarın cuma, hastalarım biter bitmez, uçağa atlayıp geliyorum. Hafta sonunda beraber oluruz," dedi Aylin.

"Şekerim, hiç gerek yok. Ben bir sesini duymak için aramıştım," dedi Sevgi.

Cuma akşamı Aylin, Houston'da, Gönüllerin yanındaydı. Hafta sonunu Sevgi'yle birlikte geçirip pazar akşamı New York'a döndü. O kadar yolu sırf çocukluk arkadaşını zor gününde yalnız bırakmamak ve ona moral vermek için yapmıştı.

Ya ona kim moral verecekti? Kimleri düşünürse düşünsün kürkçü dükkânına dönen tilki gibi, yine aynı kişiye dönecekti derdini dökmek için. Mişel'i aradı.

Mişel'le bir öğlen saatinde, her zamanki İtalyan lokantasında buluştular. Aylin, Joe ile olan sorunlarına getirdi lafı.

"Sen yine bıkmaya mı başladın yoksa evlilik hayatından?" diye sordu Mişel, "Hani âdetindir de..."

"Bu kez benim suçum yok," dedi Aylin. "Hayatımda hiçbir erkeğe göstermediğim kadar iyi niyet gösteriyorum. Ama bu kez çetin cevize çattım."

"Çok merak ediyorum Joe'yu," dedi Mişel.

"Tanışmak ister misin?"

"Sırf merakımı gidermek için isterdim ama, herhalde doğru olmaz. Joe hoşlanmayabilir."

"Neden?" dedi Aylin, "Ben onun ikinci karısıyla tanıştım. Eve davet ettim, geldi çay içtik. Alex'in dışında, büyük kızlar kızdılar ama, ben Lilly'yi çok sevdim. Joe senin oğlanları tanıyor, her Şükran Günü'nde bizdeler. Ben de senin karınla tanışıyorum. Sizin başınız kel mi, siz de tanışın."

"O zaman acele edelim," dedi Mişel. "Benim başımın kel olmasına fazla bir şey kalmadı."

Joe hiç itiraz etmedi Mişellerle yemeğe çıkmaya. Emelleri de davet etti Aylin, bir lokantada yer ayırttı.

Joe, Mişel'den çok etkilenmiş gözüktü. Aylin'in eski kocasıyla olan dostluğunu biliyor ve saygıyla karşılıyordu. Yemek sıcak bir hava içinde geçti. Herkes hayatından memnundu, taa ki yemekten sonra, Aylin misafirlerine konyak isteyip istemediklerini sorana kadar. Joe pat diye, "Aylin eskiden de böyle içki meraklısı mıydı?" diye sordu Mişel'e.

Mişel şaşırdı. Masadakiler nereye bakacaklarını bilemediler.

"Aylin her zaman ikramın inceliklerini bilen, çok iyi bir hostesti," dedi Mişel.

"Joe herhalde bize konyak ısmarlamak istemiyor," diye şakaya vurmaya çalıştı Emel.

"Karımın içki kültürü çok geniştir," dedi Joe. "Sabahları Bloody Mary veya bira, akşam üstü viski veya sherry, yemekte şarap, yemekten sonra konyak. Nasıl?"

"Biz Türkler, yemek ve içki konusunda boğazımıza düşkün insanlarız," dedi Mişel.

"Peki Mişel, sana çok ciddi bir soru sorabilir miyim?" dedi Joe.

"Ne kadar ciddi?"

"Çok ciddi."

"Akşam yemeğinde mi? Mesleki bir şey soracaksan, istersen yarın ofise gel," dedi Mişel.

"Yok, şimdi soracağım. Sence Aylin'in içki sorunu var mı?" Bakakaldı Mişel. Bir an yanlış duyduğunu sandı. Masada çıt çıkmıyordu.

"Şaka etmiyorum, çok ciddiyim, sence Aylin alkolik mi?" "Ben de şaka etmiyorum, çok ciddiyim. Aylin'in içki sorunu yok. Aylin alkolik değil," dedi Mişel.

Tatlı başlayan yemek tatsız sona erdi. Aylin böyle bir gece düzenlediği için bin pişmandı. Allahtan Mişel'in karısı hariç, diğerleri çok çok yakınlarıydı. Onların önünde rezil olmak gibi bir sorunu yoktu Aylin'in.

Ertesi gün Aylin'e telefon etti Mişel, "Joe'nun hepimizin içinde seni böyle hırpalaması ve küçük düşürmeye çalışması için bir nedeni olmalı Aylin," dedi. "Bana bir reaksiyon gösterdiyse, önemi yok ama..."

"Ne yazık ki reaksiyon sana değildi, banaydı."

"Nedenini bul ve hallet, yoksa çok yıpranırsın Aylin," dedi Mişel.

"Elimden geleni yapıyorum, inan bana. Ama sorunlar bitmiyor."

"İyi, her işte bir hayır vardır. Sorunlarla didişmekten, bu evlilikten sıkılmaya vaktin olmayacak," dedi Mişel. Sesi kırıktı.

"Bana bu ara taş atma Mişel," dedi Aylin. "Çok kırılganım bugünlerde."

•••

Aylin o yıl Şükran Günü'nde ve Noel'de aileyi yine bir araya getirmek üzere çaba harcadı. Kızlar gelmediler. Joe da kızlarla karısının arasında sürüp giden anlaşmazlıklardan rahatsız oluyordu. Karısına Amerikalılar arasında çok popüler bir uygulama olan, "Aile Terapisti"ne gitmelerini salık verdi. Joe'nun birinci ve ikinci evliliklerindeki anlaşmazlıkları gidermek için, eskiden beri gittiği bir psikiyatrı vardı. Aylin kabul etti. Aylin, Joe, Philip, Valerie, Phoebe ve Alex, hep birlikte Dr. Goldman'ın ofisinde buluştular.

Tayibe, çok saçma bulduğu bu işe bulaşmak istemedi. Bir süre önce, Alex, ailede herkesin karşı çıktığı serseri sevgilisi yüzünden bunalıma girmiş ve yine böyle bir "aile terapisi"nde buluşmuşlardı. Alex'in dertlerine çare aramak için yapılan toplantı, Valerie ve Phoebe'nin, Aylin'den şikâyet etme seansına dönüşmüştü. Tayibe hem kızmış hem de fena halde sıkılmıştı.

"Daddy bizi artık sevmiyor musun, daddy bizimle eskisi gibi ilgilenmiyorsun," diye yakınan koskoca kadınlara gülsün mü ağlasın mı bilememişti. Bu seferki toplantıya katılmayacağını bildirdi.

Terapinin ana fikri, herkesin açık açık, birbiri hakkındaki düşüncelerini söylemesi, kafasında, yüreğinde ne varsa açığa çıkart-masıydı. Böylelikle birbirini bilmeden, istemeden kırmış insanların, birbirleriyle barışmaları içlerini döküp, kırgınlıkları ortadan kaldırmaları bekleniyordu. Ama Cateslerin terapisi, bir anlaşma zeminine değil, bir savaş alanına dönüştü. Aylin'in savunmasız kalarak, aile fertlerinden dayak yediği bir savaş alanı. Söyleyebildiği yegâne cümle, "Kızlar, beni babalarının servetinde gözü olan, paragöz bir kadın olarak görüyorlar ve bu inancı asla değiştirmiyorlar," oldu. Sonra susturuldu ve bir daha hiç konuşamadı.

Valerie ve Phoebe, Aylin'in ne servet avcılığını, ne alkolikliğini, ne deliliğini bıraktılar. Üvey anneleri, babalarını mutsuz ediyordu, sadece kendini düşünüyordu. Yaptığı gaflarla işine zarar veriyordu. Joe'yu kızlarından soğutuyordu, babalarını onlardan koparmak için evlerini dağın tepesine taşımıştı. Yerden yere vuruyorlardı Aylin'i. Philip bile onu savunmak için ağzını açıp bir şey söylemiyordu. Birkaç kere Alex kekeleyerek bir şeyler söyleyecek oldu, kimse dinlemedi. Joe, yüzünde, "Bak, insanlar senin için nasıl düşünüyor," diyen bir ifadeyle oturuyordu. Aylin şaşkına dönmüştü. Nasıl bir hata yapmıştı da bunca husumeti biriktirebilmişti yüreklerinde? Niye nefret etmişlerdi ondan bu kadar?

Dr. Goldman, sonunda Aylin'e döndü, "Şimdi sıra sizde. Siz de anlatın bakalım duygularınızı," dedi.

"Benim bu durum karşısında söyleyecek hiçbir sözüm yok," dedi Aylin.

"Radomisli, siz bir psikiyatrsınız. En az benim kadar biliyorsunuz, içinizdeki zehri dökmenin faydalarını."

"Bugün yeteri kadar zehir akmış bulunuyor. Benimki eksik kalsın," dedi Aylin.

O hafta sonu, içini ilk olarak Tayibe'ye döktü.

"Keşke ben de katılsaydım teyze, seni yapayalnız bırakmasaydım," dedi. Tayibe, Philip, Alex ve Joe'nun, hele Joe'nun Aylin'i bu saldırılar karşısında yapayalnız bırakmalarına inanamıyordu. Akşam Joe ile karşılaştığında, "Teyzemi fena hırpalamışsınız Joe," dedi. "Sen niye korumadın onu?"

"Terapilerde herkesin içindekini dışa vurması esastır. Aylin, başkalarının onun hakkında neler düşündüğünü bilmeli."

"Bu dünyada teyzem hakkında kötü şeyler düşünen sadece Valerie ve Phoebe var," dedi Tayibe. Münakaşayı uzatmamak için hemen odasına gitti.

Aile terapisi, Aylin'in gözlerini açmıştı. Bir şeyler yapmalıydı. Bu sevgisiz ortamdan kurtulmak, hayatını yeniden düzene sokmak, Bedford'a taşınarak kaybettiği hastaları geri kazanmak için, mutlaka bir şeyler yapması gerekiyordu.

Joe karısının çok kırıldığının farkındaydı. Bu yüzden, o hafta, şehre poker oynamaya inmedi. Bir akşam Aylin elinde şarap kadehi, şöminenin ateşine gözlerini dikmiş bakarken, "Ne düşünüyorsun derin derin?" diye sordu.

"Buradan gitmeyi düşünüyorum Joe."

"Nereye gideceksin?"

"Uzağa, çok uzağa."

"Bir seyahat mi istiyorsun? Karayipler'den yeni döndük."

"Körfez Savaşı'na katılmak istiyorum."

"Ne?"

Joe yanlış duyduğunu zannetti.

"Körfez Savaşı. Hani Irak'ta bir savaş var ya?"

"Mata Hari mi olacaksın?"

"İlginç olurdu aslında. Ama ben sadece, savaşta ruh sağlığı bozulan askerleri tedavi eden doktor olmayı düşünüyorum."

"Sen asker değilsin ki. Seni savaşa sokmazlar."

"Bahse girer misin?" dedi Aylin.

"Bu kaçıncı şarabın senin?"

"Yemekte içtiklerimle beraber, dördüncü kadeh."

"Demek artık çabuk sarhoş olmaya başladın."

"Bu sarhoş lafını duymak istemiyorum," dedi Aylin. Kadehi Çaat diye masanın üzerine bırakıp yatmaya gitti.

Joe bu konuşmanın üzerinde durmadı bile. Aylin'in öylece söylediği saçma sapan laflar diye düşündü. Ertesi haftayı şehirde geçirdi. Hafta sonu Bedford'a geldiğinde bu konuyu unutmuştu bile. Aylin, daktilosunun başında birtakım yazılar yazıyordu. İlgilenmedi.

Aynı konuya ancak bir ay sonra döndüler.

"Körfez'e gidemiyorum ama, Körfez'den dönen askerlerin bulunduğu bir hastanede "görevlendirilebilmem için bir umut ışığı var," dedi Aylin.

"Neden bahsediyorsun sen?" diye sordu Joe merakla.

"Söylemiştim sana. Savaşa katılmak istemiştim ya..."

"Sen ciddi miydin?"

"Elbette."

"Eee, kabul etmediler değil mi? Ben dedimdi, asker olmayanı almazlar, hele bir kadını asla."

"Alıyorlar Joe. Benim niteliklerime sahip olan bir doktoru geri çeviremeyeceklerinden emindim. Savaşın içine değil ama, savaştan dönenlerin arasına alacaklar beni belki."

"Atıyorsun!" dedi Joe. Ağzı bir karış açık kalmıştı.

"Atmıyorum. Ama daha yürümem gereken çok yol var. Sadece bir ümit ışığı belirdi, dedim."

Joe'yu derin bir düşünce aldı bir süre. "İşler yolunda giderse ne olacak?"

"O zaman savaştan dönenleri barındıran hastanelerden birine tayinim çıkacak."

"Neredeymiş bunlar?"

"Amerika'nın muhtelif yerlerinde."

"Öyle bir şey olursa gidecek misin?"

"Gideceğim."

"Bu evliliğimizden bir kaçış anlamına mı geliyor?"

"İlgisi yok. Öyle bir niyetim olsa, orduya değil, avukata giderim," dedi Aylin. "Beni yıpratan sorunlar senden değil, kızlarından kaynaklanıyor. Benim, çocuğum yaşında iki kıza pabuç bırakmaya hiç niyetim yok."

"O halde, niye gitmeye kalkıyorsun?"

"Bambaşka nedenlerle. Yıllardır tüm enerjimi kişisel bunalımlara yönlendiriyorum, çoğunlukla zengin sınıfın, şımarıklıklarından kaynaklanan dertlerine çözüm getiriyorum. Ordunun içinde, hem kitlesel bir çalışma yapabilirim hem de gerçek sorunlarla uğraşırım. Ayrıca, kafamda ne zamandır geliştirdiğim başka projelerim de var."

"Aylin, ben seni çok iyi anladım da, başkaları anlar mı? Herkes, senin bu evlilikten bıktığın için gittiğini düşünecek."

"O herkes kim?" diye sordu Aylin. "Eğer, Valerie ve Phoebe'yse, doğrusu Joe, umurumda değil."

"Arkadaşlarımız, akrabalarımız, bizi tanıyan herkes."

Aylin yanıtlamadı. Henüz hiçbir şey belli değilken, yersiz münakaşalara meydan vermek istemiyordu. Gücünü, mücadeleyi yapması gereken doğru zamana saklayacaktı. Joe da üstelemedi. Nasılsa kesin hiçbir şey yoktu ortada. Bu proje de tıpkı Aylin'in Virginia'da çiftlik alma projesi gibi, bir süre gündemi meşgul eder, sonra da unutulup giderdi.

Aylin, başvurularının peşinden koşarken, tüm bu yazışmaları, Irene'den gizleyemedi.

"Neler oluyor kuzum, nedir bu askerlikle ilgili yazılar, dilekçeler?" diye sordu bir gün. Aylin dilinin döndüğü kadar anlattı. Kulaklarına inanamadı Irene.

"Ne yani, bu iş olursa, kalkıp orduya mı gireceksin?"

"Niye bu kadar şaştın?"

"Hayatımda böyle saçma şey duymadım," dedi Irene.

"Desteğine hayran oldum."

"Böyle bir saçmalığı kim destekler allahaşkına? Joe biliyor mu?"

"Evet."

"Kabul etti mi? Karısının kalkıp orduya girmesine, onca erkeğin arasına girmesine göz yumuyor mu Joe?"

"Ne kadar dramatiksin," dedi Aylin. "Orduya doktor olarak gidiyorum, striptizci olarak değil."

"Her neyse, kabul etti mi?"

"Bilmiyorum Irene," dedi Aylin. "Sonuçlar kesinleşmeden bu münakaşalara girmek istemiyorum."

Irene, Aylin'i hastaların oturduğu koltuğa oturttu, pufu çekip dizinin dibine de kendi oturdu.

"Aylin, sana tedavi için geldiğimde bana söylediklerini hatırlıyor musun?"

"O kadar uzun zaman geçti ki..." dedi Aylin.

"Ben sana hatırlatayım o zaman. Bir kalp hastası doktora gittiğinde, doktor hastasına sigara içip içmediğini sorar. Hasta günde bir paketten fazla içiyorsa, 'önce sigaranı bırak, öyle gel, yoksa ben sana yardımcı olamam,' der, demiştin."

"Öyle mi demiştim?"

"Evet, sonra, 'Ben de şimdi sana diyorum ki, önce kocanı bırak, öyle gel, yoksa ben sana yardımcı olamam,' demiştin."

"Evet, hatırladım. Ama senin kocan ümitsiz bir alkolikti ve seni her Allahın günü dövüyordu."

"Tamam, ben de seni dinlemiştim. Kocamı bıraktım, ruh sağlığıma kavuştum, ilaçlardan kurtuldum, kendime güvenim geldi, çalışmaya başladım sayende."

"Niye sayemde olsun. Ben sendeki yeteneği görüp, sana iş teklif ettim."

"Her neyse, demek istediğim şu; sana çok şey borçluyum, dünyada senin iyiliğini benim kadar çok isteyecek insan azdır." "Ne söyleyeceksen söyle, içime baygınlık geldi," dedi Aylin. "Sen benim doktorumdun, ben seni dinledim ve kazandım. Şimdi sıra sende, ben de senin dostunum, beni dinlemen lazım."

"Tamam."

"Kocanı bırakıp gitme. Gidersen, bu evlilik bozulur."

"Merak etme Irene, bozulmaz."

"Çok mutlu olmadığının farkındayım ama, sen kötü koca nasıl olur bilmiyorsun. Lütfen gitme. Hiçbir koca bu kadar uzun süre bırakılmaz. Dünya, erkek arayan dişi piranalarla dolu."

Gülmeye başladı Aylin. Bir yandan da yüreğine sıcak duygular doluyordu. Onu gerçekten seven, onun için endişe eden gerçek dostları vardı. Bu dostları o, alınteriyle, özverilerle, gayretlerle kazanmıştı. Mesleği ona milyonlar getirmemiş olabilirdi ama, milyonlara değen dostluklar kazandırmıştı.

Körfez Savaşı lafını duyan Laurie de Irene gibi, çılgına dönmüştü.

"Sen asker değilsin ki," demişti. "İntihar bu, deli misin nesin?"

Aylin alaylı alaylı bakmıştı yüzüne. "Sen mi söylüyorsun bunu?"

"Evet ben... Aaaa... demek ki ben gerçekten iyileştim Aylin."

"Elbette."

"Ne olur gitme oralara."

"Asker olarak değil, doktor olarak gideceğim, üstelik Körfez'e değil, Körfez'de zarar görmüş askerleri tedaviye, Oklahoma'ya."

"Joe'dan kaçmak için mi taa oralara kadar gitmek istiyorsun? Sen hep demez miydin bana, sorunlarından kaçma, onların üstüne yürü ve hallet diye?"

"Joe'dan kaçmıyorum. Kızlardan demek daha doğru olur. Ama işin aslı ne biliyor musun Laurie, bugüne kadar hep New Yorkluların incir çekirdeğini doldurmayan dertleriyle uğraştım. Biraz da ölümle burun buruna gelmiş, gerçekten ruh doktoruna ihtiyacı olan kimselerin derdine deva olayım."

"İnanmıyorum buna. Gidiş nedenin bu değil. Mutsuzsun ve ben sana hiç yardımcı olamıyorum. Dertlerine çözüm getiremiyorum. Ama karı kocanın arasına kim girebilir ki? Görüyor musun, boşuna nefret etmemişim Yahudilerden ben! Ne yaparım sen gidersen Aylin?"

"Üzülme sen, daha kesin bir cevap almış falan değilim," dedi Aylin...

Oysa ihtimaller git gide büyüyordu. Aylin'in ümidi arttıkça, hevesi de aynı oranda artıyordu. Bir müddettir, ordudan, orada yapacağı çalışmalardan başka bir şey düşünemez olmuştu. Bir de kesin yanıt aldığı takdirde, bunu Joe'ya nasıl izah edeceğini düşünüyordu kara kara. Nihayet, kaçınılmaz gün geldi.

"Sadece iki yıllık bir kontrat bu, Joe," dedi Aylin. "Göreceksin göz açıp kapayıncaya kadar geçecek iki yıl. Bir sürü tatil var, birlikte olabileceğimiz. Böyle bir değişiklik yapmaya nasıl ihtiyacım var, bilemezsin."

"Değişiklik istiyorsan, çalışma günlerini azalt, sık sık seyahate çıkalım," dedi Joe. "Hayatındaki değişikliği bu kadar dramatik bir şekilde yapmanı kabul edemiyorum."

"Bu iki yıl, benim mesleğim için altın değerinde."

"Hiç kimse yutmaz bunu Aylin. Herkes, bu işi evlilikleri yürümüyor diye yorumlayacak."

"Benim için önemli olan herkesin değil, senin yorumun. Sen biliyorsun ya benim neden gittiğimi, bana yeter bu."

"Senin için yorumum önemli ise, duygularım da önemli olmalı. Ben gitmeni istemiyorum. Bu evde yapayalnız kalmak istemiyorum. Tek başıma yaşamak için evlenmedim ben."

"Göreceksin Joe, bana olduğu kadar, sana da iyi gelecek bu ayrılık. Biraz kafa dinleyeceksin bensiz. Ve birbirimizi özlemenin evliliğimiz için ne kadar yararlı olduğunu anlayacağız ikimiz de," dedi Aylin.

# FORT SILL-OKLAHOMA

Aylin üniformasını, ilk kez 1992'nin soğuk bir Ocak günü giydi üstüne. Aynaya baktı ve rüya görmediğine iyice inanmak için, ellerini, omuzları yarbay yıldızlarıyla süslü siyah ceketinin yanlarından aşağı doğru yavaş yavaş indirerek, adeta okşar gibi sıvazladı. Rüya görmüyordu. Aynadaki üniformalı kadın oydu; Aylin Devrimel Radomisli Cates'di. Üniforma çok yakışmıştı. ince uzun gövdesi, kesinlikle bu üniformayı taşımak için yaratılmıştı. Sanki bunca yıldır, bu üniformayı giyeceği anı beklemişti. Sanki üniforma birkaç saat sonra çıkarıp atacağı bir giysi değildi de, onun kendi derisiydi, onun kişiliği, kimliği, benliği idi.

Oysa ne kadar karşı koymuşlardı orduya girmesine. Onu çok iyi tanıdığını iddia eden en yakınları bile.

"Senin gibi biri nasıl uyum sağlar ordu disiplinine," demişlerdi arkadaşları.

"Her şey olabilirsin de... asker olmak... güldürme beni," demişti Joe.

Valerie'yi babasına, "Orduyu, tiyatro sahnesi sanıyor. Bırak gitsin de aklı başına gelsin," derken duymuştu.

"Sen orduda yapamazsın. Ağır disiplin gerektirir. Sana göre değildir ordu," diye iknaya çalışmıştı onu Mişel. O bile... Kimse anlayamamıştı uyum sağlayabileceğini.

Onlara göre, bu ya geçici bir hevesti ya da bir kaçıştı. Belki biraz da öyleydi. New York'un sorumsuzluktan, boşluktan sapıtan şımarık, zengin hastalarının abuk subuk sorunlarıyla uğraşmaktan da bıkmıştı, Joe'dan da bıkmıştı. Evliliği yine yürümüyordu. Her geçen gün kocasıyla biraz daha uzaklaştığının farkındaydı.

Ve kızlar... Terbiye sınırlarını çoktan aşan kızlar... Ve kaçışı hazırlayan "Aile Terapisi"; o aptal, o yıkıcı, grup terapili aile toplantısı. Herkesin içinden zehrini boşalttığı ve birbirini tamiri imkânsız biçimde kırdığı, Amerikan icadı... Kızların tümünün, onca emek verdiği Alex'in bile üstüne yürüdüğü, insafsızca hırpaladığı, ağır sıfatlarla suçladığı ve Joe'nun onu korumak için kılını kıpırdatmadığı o lanet toplantı. Aylin, etrafına ne gerekçe gösterirse göstersin, orduya katılmak ve evden uzaklaşmak için kesin kararını bu aile içi hesaplaşma gününün sonunda aldığını biliyordu.

Başlarda, sadece bir ümidin peşine takılıp, hayal kurmuştu. Ve o hayal, giderek gerçek olmaya başlamıştı. Başvurularına cevaplar alıyor, görüşmelere çağrılıyordu. Yine bir sivrilik yaptığını sanıyorlardı onun. Gidecek, Oklahoma, Fort Sill'de askercilik oynayacaktı.

Oysa, Aylin hiçbir zaman "oynamamıştı". Ne iyi kadını, kötü kadını, prensesi, hippiyi, ne âşık kadını, şımarık kızı, koketi, fındıkçıyı, öğrenciyi, öğretmeni, ne doktoru, ne de anneyi... hiç oynamamıştı. Hep "olmuştu" o.

Her ne role büründüyse yaşamı boyunca, büründüğü rollerin ta kendisiydi. Sürecini tamamlayana kadar, yüreği, beyni, benliği ile o "rol"dü, her zaman.

Şimdi de bu üniformanın içinde, tek bir doğru vardı: Yarbay Aylin... Aylin'e asker olmak yakışmıştı. "Askerlik" onun genlerindeydi.

Aynaya uzun uzun baktıktan sonra, "Başardım!" diye bağırdı, "BAŞARDIM!" Aylin'in, ilk başarı çığlığı değildi kuşkusuz bu. Ama şimdi, çok değişik bir iş başarmıştı. Şu üstünde taşıdığı üniformayı giymesi kolay olmamıştı. Başvurular, geri çevrilmeler, tekrar başvurmalar, beklemeler, bitmek tükenmek bilmeyen görüşmeler, soruşturmalar, yazılı, sözlü imtihanlar. Joe'yu ikna etmek için verdiği savaş. Ve sonunda işte buradaydı, bu üniformanın içindeydi.

Aylin'in Fort Sill'de bir psikiyatr doktor olarak, askeri eğitime katılma mecburiyeti yoktu. Hele onun yaşında bir kadından hiç kimse arazi eğitimine çıkmasını beklemiyordu. Bu yüzden, ocağın ayazında, arazi giysileriyle taburun içindeki sarışın kadını gören Çavuş, gözlerine inanamadı.

"Siz eğitime katılmak zorunda değilsiniz, Yarbay," dedi.

"Değilim, ama katılabilirim de öyle değil mi?"

"Elbette."

"O halde katılmak istiyorum."

"Zorlandığınız yerde, hemen bırakın."

"Tamam."

Aylin'in içinde bulunduğu kıta önce bir süre uygun adım yürüdü. Sonra daha uzaktaki eğitim bölgesine doğru yola koyuldu. Çavuş, "Kooş," dedi. Tüm askerler tek sıraya geçip koşmaya başladılar. Yarım saatlik bir koşudan sonra, Çavuş yanında bitti Aylin'in.

"İyi misiniz?"

"Ben iyiyim, ya siz?" dedi Aylin.

Çavuş içinden, "Sen şimdi görürsün gününü," diye geçirdi.

Bir hendeğin önünde durdular. Çavuş saat tuttu. Hendeğe koşarak girip, yüzükoyun sürünerek ilerlediler. Yukarı dikilmiş üç metrelik tahtalara, iplere tutunarak tırmanmaya çalıştılar. Tahtanın tepesinden, kumlara atladılar. Aylin ara sıra Çavuş'un şaşkın yüzünü görüyor, gülmemek için kendini zor tutuyordu. Grubun içinde iki kadın daha vardı, ama onlar henüz yirmi yaşlarındaydılar ve Aylin'le aşağı yukarı aynı performansı gösteriyorlardı. Tek bir farkla, Aylin bir kere bile, "ay, of, aman," dememişti.

Akşam yemekhanede Çavuş, Aylin'in oturduğu masaya geldi, "Sizi bugün gösterdiğiniz performans için tebrik ederim, Yarbay Radomisli," dedi, "yarın eğitim sabah altıda, yine katılmayı düşünüyor musunuz?"

"Sabah altıda görüşürüz Çavuş," dedi Aylin.

Aylin arazi eğitimine aksatmadan devam etti. Yeni gelen hamhalat erlere, yapamadıkları bazı hareketlerin istenirse yapılabileceğini ispat etmek için, "Şu bizim ellilik Lady Yarbay'ı çağırıverin," diyordu Çavuş. Aylin arazi kıyafetiyle geliyor, bir anda maymun gibi iplere tırmanıp, duvarın öte yanına geçiyor, havada iki taklak atıyor, yüksek çitin üstünden zıplayıp hiç değmeden çiti aşıyor, rüzgâr gibi koşuyor, yılan gibi sürünüyordu.

9 Kasım 1992'de, ordunun fiziksel aktiviteler sınavını 279 puanla en yüksek değerlendirmeyi tutturarak, hem de rekor kırarak geçti ve ordudaki ilk "Başarı Sertifikası"nı bileğinin gücüyle kazandı.

Bu, madalyonun bir yüzüydü. Madalyonun diğer yüzünde, koşup tırmanmaktan ve nişan alırken hedefi tutturmaktan çok daha önemli şeyler geliştirmekteydi.

16 Kasım 1992'de aldığı terfiyle, Yarbay Doktor Radomisli, Reynolds Army Community Hospital'ın Psikiyatri Bölümü'nün başına getirilmişti. Başında bulunduğu bölümde, Körfez Savaşı'ndan depresyon, uykusuzluk ve uyumsuzluk şikâyetleriyle dönen askerler için, o güne kadar ordunun sadece Alaska'da kullanmış olduğu IŞIK TERAPİSİ'ni devreye sokmak istiyordu.

Bunu da başarması zor olmadı. Gizli dosyası, en yüksek notlarla, başarılı sonuçlarla, çalışkanlığına, yardımseverliğine, zekâsına ve uyumuna ilişkin övgülerle doluydu. Hastanede ona istediği alanı tahsis edip, istediği aygıtları da satın alıp, emrine sundular. Reynolds Army Community Hospital'da yaptığı grup terapilerden, kişisel tedavilerden, yönlendirme, yüreklendirme ve uyum sağlama programlarından, hazırladığı seminerlerden o kadar büyük başarılar elde etmişti ki, 1 Temmuz 1993 tarihinde Yarbay Doktor Aylin Radomisli'ye, Topçu Alayı'nın en yüksek nişanı olan "THE HONORABLE ORDER of SAINT BARBARA" nişanı ve beratı verildi.

Aylin güneş ışınlarının sadece yararlı özelliklerini taşıyan ışınları yayan aygıtlardan dört adet aldırtarak, kalabalık bir asker grubu üzerinde çalışmalarına başlamıştı. "Işık Terapisi" inanılmaz bir katılım ve başarıyla yürüyordu.

Aslında sinir hastalarının güneş ışınlarıyla tedavisi, taa eski Yunan ve Roma imparatorluklarından beri bilinen ve tarih içinde zaman zaman kullanılmış bir metottu. Kış aylarının karanlık günlerinde birçok insanın enerjisinin azaldığı, durgunlaştıkları, uykuya ve karbonhidratlara, yani şekerli gıdalara ihtiyaçlarının çoğaldığı gözlenmişti. Kış mevsiminde, insanlar da, hayvanlar gibi, ruhi bir kış uykusuna yatıyordu sanki. Aynı olumsuz belirtiler, gece işlerinde çalışıp, gün ışığından yararlanamayan kimselerde de görülüyordu.

Güneş ışını yayan lambalar sayesinde, ışınlar gözlerdeki retinadan beyindeki salgı bezlerine geçip, hipofiz bezinde kimyasal bir reaksiyona neden oluyor ve bu şekilde vücudun ihtiyacı olan madde yeteri kadar salgılanabiliyor, insanların depresyon halini tedavi ediyordu. Bu uygulamanın hiçbir yan etkisi yoktu. Anti depresif ilaçların bedende yaptığı tahribatı da yapmıyordu. Üstelik yarım saat süren oturumlarda, birkaç lambadan birçok asker aynı anda yararlanabiliyordu. Aylin, bu uygulamayla, ordu için çok da ekonomik bir tedavi usulü bulmuştu.

Reynolds Army Community Hospital'da bir kadın doktorun uygulamaya geçirdiği tedavinin başarıları duyulmaya başlayınca, Aylin'e dört bir yandan teklifler yağmaya başladı. 27 Nisan 1993' te Lawton Public School'da bu tedavi metoduyla ilgili bir eğitim programı düzenledi. İki ay sonra, 19-20 Haziran'da California Üniversitesi'ne bağlı, San Diego School of Medicine'de, Işık Terapisi ve Biyolojik Ritimler üzerine yapılan seminere konuşmacı olarak katıldı. 29 Haziran 1993'te Headquarters U.S. Army Medical Department'den bir takdirname daha aldı. Artık tüm mahalli gazeteler, Aylin'den ve uyguladığı ucuz, yan etkisiz ve son derece başarılı Işık Tedavisi'nden bahsediyorlardı. Fort Sill'e bu uygulamayla ilgili, ayrıntılı bilgi almak isteyen kurumlardan mektuplar yağmaya başlamıştı. Aylin, yine parlamıştı... Işıltısı hiç azalmayan kutup yıldızı gibi.

Ama işinde ve dış görünümünde ışıldayan pırıltıdan, yüreğinde bir zerre bile yoktu.

Önceleri, New York'un renkli, şamatalı yaşamından ve tüm yakınlarından bu kadar uzakta, kendine bile itiraf edemediği bir yalnızlık çekmişti. Tayibe'yi, Irene'yi, Laurie'yi, Mişel'i hatta Joe'yu bile özlemişti. Hastalarıyla uğraştığı, işini ve eğitimini yaptığı zamanların dışında, nerdeyse, Valerie ve Phoebe'yle giriştiği münakaşaları bile arar olmuştu.

Kadınların tek tük bulunduğu erkek ağırlıklı bu toplulukta, her şey, erkekler için düşünülmüştü. Garnizonun dinlenme odalarındaki televizyonlarda çoğunlukla futbol maçları ya da diğer spor aktiviteleri gösterilip duruyordu. Asker arkadaşlarının aralarında yaptıkları güncel, havadan sudan konuşmalara, bir kadın olarak zor giriyordu. Onu ilgilendiren konuların çoğu, diğerlerini hiç ilgilendirmiyordu. Opera, müzik, müzeler, sergiler, galeriler, pahalı butikler... hoş ve şık insanların boy gösterdiği görkemli restoranlar ya da eğlenceli, gürültülü bistrolar... hepsi birer hayaldi artık. New York bir hayaldi. Geceleri yatağında gözlerini sımsıkı kapattığı zamanlar, en ince ayrıntısına kadar görmeyi umut ettiği bir rüyaydı. Yıllarca, temposunun, gürültüsünün, renginin farkına bile varmadan içinde yaşadığı şehri özlüyordu.

Ekim ayında, Irene'yi yalvar yakar getirtmişti Oklahoma'ya. Birlikte bir hafta sonu geçirmişlerdi. Hafta sonları için bir at kiralamıştı Aylin. Irene'ye kendi atını göstermiş ve ona da bir at ayarlamıştı; uzun saatler ata binmişler, gece de uzun uzun konuşmuşlardı. Sabah uyanıp, gözlerini açtığı andan başlayarak, yatağa düşene kadar, New York'taki her dakikasını anlattırmıştı Irene'ye. Tiyatrodaki oyunları, operadaki gösterileri, sinemaları sormuştu. Vitrinlerde neler vardı? Sokakların yeni yıl ve Noel dekorasyonları nasıldı? Yılbaşında kimler nerelere gidiyorlardı?

Bu tarifsiz özleme karşın, Aylin hiç denecek kadar az içki içiyor, huzurlu ve mutlu görünüyordu, Irene Aylin'i uzun zamandan beri bu kadar sağlıklı, bu kadar zinde gördüğünü hatırlamıyordu. Yüzü güneşten yanmış, saçları da doğal olarak meçlenmişti. Zaten incecik olan vücudu, günlük eğitimler yüzünden büsbütün forma girmiş, kasları kuvvetlenmiş, sırtı dikleşmişti. Tören üniformasından, partal eğitim tulumlarına kadar her türlü askeri giysiyi kendine çok yakıştırarak taşıyordu.

"Aylin, sen asker olarak doğmalıymışsın. Öyle doğal bir halin var ki üniformanın içinde... Baban mı askerdi acaba?" diye sormuştu Irene.

"Büyükannemin babası askermiş. Benim çılgınlıklarımı biraz onun hallerine benzetirler," demişti Aylin.

•••

Joe, iki yıl içinde tek bir kerecik, Tayibe ile birlikte, ilk Noel'de gelmişti onu görmeye. Mustafa ve Nilüfer de oradaydılar o günlerde. Tüm aile, Aylin'i ordudaki ilk Noel'inde yalnız bırakmamak için, Oklahoma'ya taşınmıştı. Aylin, subaylara tahsis edilen evlerden birine yerleşmişti. Evli olanlara oldukça büyük bir apartman veriyordu ordu. Aylin de bu nedenle kocaman ve lüks bir dairede kalıyordu. Joe'yu ve ailesini bu dairede ağırladı ve hepsi oradayken, Noel'de, her yıl yaptığı gibi, kalabalık bir davet verdi. Tanıdığı yüksek rütbeli subayları, doktor arkadaşlarını, komşularını ve bazı hastalarını davet etti. Joe, İkinci Dünya Savaşı'na pilot olarak katılmış ve gösterdiği kahramanlıklar için bir savaş madalyası olan "Purple Heart" nişanını kazanmıştı. Dolayısıyla, onun da bu asker topluluğu içinde söyleyecek lafı, anlatabileceği savaş anıları vardı. İyi vakit geçirmiş, karısı hakkında övgü dolu sözleri dinledikçe koltukları kabarmıştı.

"Bu sizin karınız inanılmaz biri, kıymetini çok iyi bilin," demişti Ordu Komutanı, "Bugüne kadar hiçbir kadının almayı başaramadığı puanları topladı. Eline hangi silahı versek, bir-iki gün içinde üstesinden geliyor. Tabanca, tüfek, pompalı, ne olursa olsun, hedefi on ikiden vuruyor. Müthiş nişancı, çok iyi ata biniyor, herkesin mızmızlanarak yattığı kamp yataklarında yatarken hiç şikâyet etmiyor. Böyle asker, değil kadınların, erkeklerin arasında bile zor çıkar."

Oklahoma'dan, karısıyla iftihar ederek, ağzı kulaklarında ayrılmıştı Joe. O günlerde sık sık telefonlaşıyorlar, hatta mektuplaşıyorlardı.

Aylin'in kazandığı ödüllerle, beratlarla, nişanlarla ve mesleğinde gösterdiği olağanüstü başarıyla gururlanıyor, ordudaki yükselişini ilgiyle izliyordu. Aylin her aldığı notu ve değerlendirmeyi fakslıyordu kocasına. Ondan da yüreklendirici, destekleyici yanıtlar alıyordu.

Joe'nun tek derdi, Bedford'daki evde yalnızlıktan sıkılması ve evlerden birini satmak istemesiydi. West Hampton'daki evi satması için yine baskı yapmaya başlamıştı.

Oklahoma'da iyi vakit geçirmiş olmasına ve Aylin'in, "Sadece evlilere verilen üç yatak odalı bir daireye yerleştim, ara sıra gel de bari ayıp olmasın," diye yalvarmalarına karşın, bir daha hiç gelmemişti. Canı ne zaman isterse, Aylin kalkıp gelebilirdi New York'a. Joe, "O uzun uçuşu göze aldıktan sonra, Oklahoma'ya gelene kadar, gidebileceğim onca hoş yer var haritada," diyordu. Aylin elbette bozuluyordu kocasının bu tutumuna.

Bazı noktalarda kendi hatalarını da görebiliyordu Aylin. New York'un en civcivli yerinde yaşamaya alışık olan Joe'ya, şehrin göbeğindeki evi sattırıp, Bedford'da dağın tepesinde bir villa aldırtmıştı. Sonra da onu dağın tepesindeki evinde yapayalnız bırakıp, taa buralara kadar gelmişti. Ama, bu ayrılık sadece iki yıl içindi. Birinci yıl geçip gidiyordu bile. Sonra dönecek, vaktinin çoğunu Bedford'da doğanın kucağında geçirecekti. Kendi kendine bir şeyler ispat etmiş olduğundan, belki de kızların terbiyesizliklerine çok daha fazla hoşgörü gösterebilecekti.

Joe'nun Aylin'in başarılarına ve terfilerine olan ilgisi, 1992'nin yazında giderek azalmaya başladı ve yaz sonu bitti. Cates, ev satışlarıyla ilgili ısrarlarının dışında, tam bir sessizliğe gömüldü.

Artık telefonlarda sadece West Hampton'daki evi satarak, New York'ta bir daire almak istediğinden söz eder olmuştu. Aylin bu evin satışına yanaşmıyor, ev Aylin'in üstüne olduğu için de Joe, onun onayı olmaksızın hiçbir şey yapamıyordu. Bedford'da, dağın tepesinde tek başına yaşamaktan da usanmıştı. Aylin'in 75 East End Avenue'deki bürosunun üst katındaki küçük daire kiradaydı. Orayı da kullanamaz olmuştu Joe. Haftada iki-üç gece poker için toplanan grubuna katıldığında, şişe şişe biradan sonra, karanlıkta iki saatlik yola koyulmak zor olduğu gibi, gündüzleri de onca yolu tepmek istemiyordu işe gitmek için. Ömrü boyunca işiyle evi arasına birkaç bloktan fazla mesafe sokmamış olan adam, kaderin ya da Aylin'in kendine ettiği oyuna inanamıyordu. Sen kalk, sırf karını memnun etmek için, dağların tepesinde inzivaya çekilmeyi kabullen, şehrin göbeğindeki güzelim evini sat, karın evde seninle birlikte yaşamak yerine, orduya yazılıp, çekip gitsin...

Artık telefon konuşmaları bir "satarım-satmam" dalaşına dönüşmüş durumdaydı. Aylin de kocasının başka laf etmemesinden ve üstüne bu kadar çok gelmesinden sıkılmıştı. Joe'nun bu ısrarcı ve dayatmacı tavrının karşısında, evet diyecekken, tuhaf bir inatla hayır demeye başladı. Aslında mantıkla düşünse, Joe'ya hak verebilirdi. Gerçekten de New York'ta alınacak bir daire, hem Joe'nun hem de ordu dönüşü, onun çok işine yarayabilirdi. Ama her şeye duygusal yaklaşan Aylin, mantıkla hareket etmenin ne olduğunu belki de hiç bilmediğinden, ayrıca bu iş bir inatlaşmaya binmiş olduğundan, bir türlü olur diyemiyordu. Kocasını dağ başındaki evde tek başına düşündüğünde, hem hüzünleniyor hem de gülmemek için zor tutuyordu kendini. Joe bir kere de telefonu tatlı bir sesle açsa, "Merhaba güzelim, nasılsın, seni özledim," dese, ev satışına girmeden önce, bir-iki laf etseler, ona neler yaptığını sorsa, dinlese, başarılarıyla övündüğünü belirten bir söz söylese, tek bir söz söylese... ev faslına sonra gelseler, yavaş yavaş, yeri geldiğinde girseler bu konuya, belki de çok şey bambaşka olabilirdi.

West Hampton'daki ev, satılmak üzere kiralanmıştı. Kontratı Joe imzalamıştı. İçinde oturan kiracı, kontrattaki haklarına dayanarak evi satın almak istemişti. Aylin'in, kiracısına evi satmaktan vazgeçtiği taktirde, belli miktarda ceza ödemesi gerekliydi. Aylin kendi arzusu hilafına yapılan bu anlaşmayı kabul etmeyince, mahkemelik oldular. Aylin davayı kaybetti. Ya cezayı ödeyecek ya da evi satacaktı. Bu kez davayı temyiz etmeye kalkıştı. Temyize gitmeden önce, mahkemeye yüklü bir teminat yatırması gerekiyordu. Joe ile birbirlerine girdiler. Joe avukatlara dünya kadar para ödemekten bıkmıştı. Evi zaten sayfiyede olan birinin, sayfiyede ikinci bir ev için bu kadar ısrarlı olmasını anlayamıyordu. Karı koca arasındaki telefonlar hep aynı formatla tekrarlanıyor ve neticesiz kapanıyordu. "Bu yaptığına aptallık denir Aylin, vazgeç bu ham inadından," ve "Canın New York'ta ev almak istiyorsa, kendi paranla al, bana ait bir mülkü satman gerekmiyor," ve "Senin beğendiğin evi almak için bütün nakitlerimi kullandım. Bunu bal gibi biliyorsun. Bundan böyle ne avukatları ne de cezayı ben ödemeyeceğim, haberin olsun," ve "Yetti artık bu konu, sen başka laf bilmez misin?" ve çat diye kapanan telefonlar.

New York'la iletişimi sadece Joe'ya bağlı değildi Allahtan. Laurie ve Irene ile sık sık haberleşiyordu. Bir yıldan beri Londra'da London School of Economics'de master yapmakta olan sevgili Tayibe'si de arıyordu haftada bir. Dayısı ve Rozi arıyorlardı sık sık. Nancy bile üç kez telefon etmişti, hatırını sormak için.

Uzun mektuplar yazıyordu Laurie. Aylin iyi ki ona bir at alması için ısrar etmişti. "Her işte bir hayır var," derdi ya Türkler, Laurie, hafta sonları atına binmek için gittiği harada, haranın sahibi olan Newby ile tanışmıştı. Newby, Laurie'nin yazdığına göre, sarışın, mavi gözlü, uzun boylu, yakışıklı bir Amerikalıydı. Atları vardı, birlikte uzun uzun ata biniyorlardı ve Laurie giderek Newby'ye âşık oluyordu. Her mektupta Newby'nin bir başka niteliği çıkıyordu ortaya. Üçüncü mektupta adamın oldukça varlıklı, beşinci mektupta, iyi bir avukat olduğunu öğrenmişti, yedinci mektupta da sağır ve dilsiz.

Hemen telefona sarılmıştı Aylin, "Sağır ve dilsiz birine mi âşık oldun Laurie?"

"Ahh, evet," demişti Laurie, gırtlaktan gelen hafif kalın sesiyle, "Harika bir adam o, Aylin."

"Seni hiç yalnız bırakmaya gelmiyor. Bir bunalıma daha sürüklenirsen, ben daha bir yıl yanında değilim, haberin olsun."

"Ne bunalımı, mutluluktan uçuyorum ben."

"Dilsiz adamla nasıl anlaşıyorsun allahaşkına."

"Newby duyduğun en doğru ve en güzel İngilizceyi konuşuyor Aylin, tanıyınca sen de bayılacaksın. Bilgili, kültürlü, nefis biri. Princeton'u bitirmiş, Harvard'dan masteri var."

"Seni duymuyor ama!"

"Dudak okuyor."

"Ya karanlıkta?" dedi Aylin.

"Karanlıkta başka şey yapıyoruz, konuşmuyoruz," dedi Laurie hafif kalın sesiyle.

Joe, 1992 yazında zayıflamak için gittiği Pritikin sağlık merkezinde, aynı kliniğe, kendi gibi zayıflamak için yatmış olan, kırk beş yaşlarında, Latin asıllı bir dul kadınla tanıştı.

Aylin, şubat başında, hem oyalanmak hem de kimselerin bilmediği yalnızlığını ve New York özlemini yenmek için, belki de biraz Joe'ya gösteriş olsun diye, Lawton'un mahalli tiyatrosuna katılmaya karar verdi. Tiyatro yöneticileri, karşılarında yarbay üniformalı, alımlı kadını görünce şaşırıp kaldılar. Bayan Yarbay, tiyatrolarına katılmak, sahnelemek üzere oldukları oyunda küçük de olsa bir rol almak istiyordu. Orduya Radomisli adıyla katılan bu hanımın gerçek adı Cates'di. Yani, Monaco Sirki'nin, Tony Ödüllerinin, Beyaz Saray gösterilerinin yapımcısı Joseph Cates'in eşiydi, Akademi Ödüllerinin yönetmeni Gerald Cates'in baldızıydı, televizyon dizilerinde oynayan Phoebe Cates'in üvey annesiydi, aktör Kevin Kline'nin kayınvalidesiydi. Ağlarına kocaman bir balık takılmıştı. Bütün bu isimlerle, görülmemiş bir tanıtım yapabilirlerdi. Tiyatrolarının 41. yılını kutlamak üzere sahneledikleri, "Social Security" adlı oyunda, gökten sahnelerine düşen bu yıldıza, ikinci rollerden birini verdiler.

Aylin, hastane koridorlarının dışındaki zamanını, replik ezberleyerek geçirmeye başladı. Her işini olduğu gibi, bu oyunu da çok ciddiye almıştı. Oyunun yönetmeni ve yapımcısı, ilk gece, birinci bölümün perdesi indiğinde, salon alkıştan yıkılırken, Aylin'e başrol yerine, ikinci derecede bir rol verdikleri için çok hayıflandılar. Yarbay Radomisli, ordudaki görevinden dolayı birçok provayı kaçırmış olmasına karşın, sanki on yaşından beri tiyatro sahnelerinin tozunu yutmaktaymış gibi rahat ve doğaldı. Tek bir kelime unutmamıştı, tek bir falso yapmamıştı. Oynadığı, tipik Musevi anne rolünü, bedenine uygun gelen bir giysi gibi geçirivermişti üstüne. İkinci perdenin sonundaki alkışların çoğu ona aitti.

Kuliste etrafını sarıp, başarısının sırrını soranlara ve gazetecilere şöyle derken buldu kendini:

"Bizim ailede herkes gösteri sanatıyla ilgilendiği için, evimizde sahneye ilişkin konuşmalar sık yapılır. Tiyatro oyunculuğumla, ben de onlardan biri oldum... Bundan böyle, sahne hakkında konuştuklarında, artık ben de oyuncu olduğuma göre, onları çok daha iyi anlayabileceğim, konuşmalarına katılabileceğim ve dışlanmayacağım."

"Vayy canına," dedi içinden. "Amma da koymuş bana bu kızların tavırları. Farkına bile varamadan, içime işlemiş onlar tarafından dışlanmak. Ben ne kadar yaralanmışım meğer."

Uzun zamandır hiç aramayan Joe'nun yavaş yavaş avuçlarından kaymakta olduğunu sezdiğinden, içgüdüsel bir savaş veriyordu, bu kaçışı yavaşlatmak için. Orduyla kontratı sona erip, evine döndüğünde, Aylin soruna başka türlü yaklaşmaya kararlıydı. Bu kez, uzlaşmacı bir tavır takınıp şaşırtacaktı onları. Ne yaparlarsa yapsınlar kızmayacak, alttan alacak, oralı olmayacaktı. Terbiyesizlikleri görmezliğe, attıkları lafları duymazlığa gelecekti. Bir de böyle deneyecekti, eve dönünce. Kararlıydı buna.

Joe'nun mektubu, işte o günlerin birinde geldi. Aylin postadan kendine gelen zarfları toplamış terapi odasına yürüyordu. Zarflardan birinin üstünde kocasının el yazısını görünce şaşırdı. Dosyasını ve diğer mektupları koltuğunun altına sıkıştırıp, dişleriyle yırttı zarfı, içindeki tek sayfa kâğıdı çıkarıp bir hamlede okudu. Kuru, sert, incelikten uzak, kısa bir mektuptu. Joe, boşanmak istediğini, Aylin'in bir an önce avukatına vekâlet vermesi gerektiğini yazıyordu.

Aylin suratına şiddetli bir tokat yemiş gibi oldu. Kâğıt parçası parmaklarının arasında titriyordu. Sert ve kısa mektubu bir daha okudu. Joe lafı hiç dolandırmamıştı. "Uzun zamandır mutsuzum. Boşanmaya karar verdim. Gereğini yapalım."

Aylin, birazdan koca lambaların aydınlatacağı terapi odasına bir ruh gibi süzüldü. Terapinin başlamasına henüz yarım saat vardı. Karanlık odanın bir köşesinde, başı ellerinin arasında, bitkin, yıkılmış, iskemleye öylece atılıvermiş bir asker ceketi gibi, içi bomboş oturup kaldı. Düşünemiyordu. İnanamıyordu. Ne yapması gerektiğini bilemiyordu. İçinden avaz avaz bağırmak geliyordu ama, bağıramıyordu. Ağlamak isteyip, ağlayamıyordu.

Yarım saat sonra, odaya girmeye başlayanlar, doktorlarını, gözlerinin altı çökmüş, yüzünde bugüne kadar hiç görmedikleri şaşkın ve üzgün bir ifadeyle, en kenardaki sandalyede otururken buldular. Çavuş Friggs, Aylin'e bir süre baktıktan sonra, dayanamadı yanına gitti.

"Hayrola Yarbayım! Bir şeye mi sıkıldınız?" Aylin bir rüyadan uyanır gibi irkilerek sıçradı, hemen toparlandı, ayağa kalktı. "Evet Friggs, evden üzücü bir haber aldım da. Yoo, yüzünden o kötü ifadeyi hemen sil, başa çıkamayacağım bir şey değil." Sonra içeri girenlere döndü, sesinin her zamanki neşeli tonlamasıyla, "Haydi bakalım," dedi. "Oturun yerlerinize. Bugün size dinletmek için çok güzel bir müzik parçası seçtim. Bakalım beğenecek misiniz?"

Aylin, terapi süresi biter bitmez odasına koştu. Evi aradı, cevap alamadı. Telesekreter bile takılı değildi. Joe'nun ofisini aradı. Sekreter, Mr. Cates'in hafta başına kadar işe gelmeyeceğini, nerede olduğunu bilmediğini söyledi.

"Atma Cynthia," dedi Aylin. "Nerede olduğunu bilmemene imkân yok."

"İnanın bilmiyorum Mrs. Cates," dedi kız. "Bir hafta tatil yapmak istediğini söyledi. Ara sıra arıyor. Telefon ederse, söylerim arasın sizi."

"Bana mutlaka telefonunu ver. Çok önemli. Şaka yapmıyorum Cynthia, mutlaka görüşmeliyim kocamla."

"Nerede olduğunu bilmiyorum."

"Biliyorsundur, haydi canım, ver numarasını."

"Yemin ederim bilmiyorum. Beni ararsa elimden geleni..."

Çat diye kapattı telefonu Aylin. Bir müddet yatağın üstünde gözlerini tavana dikip yattı öylece. Olanlara bir türlü inanamıyordu. Kötü bir rüya gördüğünü hayal ediyordu. Birazdan uyanacak, bu kâbus bitecekti. Ama kâbus hiç bitmedi. Aylin belki bir saate yakın yattığı yataktan kalktı, aynanın karşısına oturup yüzünü inceledi. Orta yaşa şiddetle karşı koymasına rağmen, artık genç gözükmeyen bu yüz, yaşadığı şokun da etkisiyle, iyice çökmüştü. Yüzünü buruşturarak kalktı aynanın önünden, duşa girdi. Soğuk suyun altında dakikalarca durdu. Sanki akan sular, üstüne yapışmış kötülükleri alıp götürüvereceklermiş gibi, bir türlü çıkamadı duştan. Üşüdü. Niye üşüdüğünü anlayamadı önce. Sonra birden fark etti, buz gibi suyun altında duruyordu ne zamandır. Sıcağa çevirdi suyu. Bu kez de tenini yakan sıcak suya direndi inatla. Vücudundan dumanlar yükseldi, buğu içinde kaldı banyo. Neden sonra çıktı duştan, kurulandı, giyindi, yine aynanın karşısına geçip uzun uzun, itinayla makyaj yaptı. Fondötenini, pudrasını, allığını sürdü, gözlerini boyadı; kirpiklerini rimelledi, dudaklarının kenarına kalemle bir çizgi çekip, içini parlak bir tonla doldurdu. Saçlarını kabarttı. Gözlerini kısarak neticeye baktı. Duş öncesinden çok farklı duruyordu. Biraz önceki yaşlı, bitkin, çökük kadın gitmiş, Aylin yine o yaşı belli olmayan çekici kadınlar kategorisine dahil olmuştu. Rahat bir nefes aldı.

Dış görüntüsünü tamir etmişti ama, içinin de tedaviye ihtiyacı vardı. Hemen bara gidip bir şeyler içmeliydi. Hemen... Fort Sill'e geldi geleli ilk defa içki içme ihtiyacını hissettiğini düşündü. İçki içmişti elbette. Eli boş kalmasın diye, ikram edilen bir kadehi geri çevirmemek için, ara sıra ya bir kadeh beyaz şarap ya da buzlu, tonikli bir bardak cin yudumlamıştı. Ama kendiliğinden canı içki çekmemişti hiç. "Allah belanı versin Joe," dedi dişlerinin arasından.

Barda, arkadaşlarının arasına karışınca, kendini biraz daha iyi hissetti. "Ooo, bugün ne kadar hoş görünüyorsunuz Yarbay," dedi uzun boylu, yakışıklı Albay Carlston.

"Bundan böyle artık hep hoş görünmem gerekecek," dedi Aylin. "Koca aramaya başlıyorum."

"Sizin bir kocanız yok muydu?"

"Vardı ama, galiba artık yok."

"Eh, koca aramak için çok uzağa gitmenize gerek yok. Burası erkek dolu, beni de bir aday olarak listenin başına yazıverin, Yarbay Radomisli."

Aylin'in keyfi yerine gelmişti. Barın önüne toplanmış subaylara ilk içkilerini ikram edeceğinin müjdesini verdi.

"Neyi kutluyoruz?" diye sordu içlerinden biri.

"Yeni bir dönemi," dedi Aylin. Hepsi kadehlerini kaldırıp, Aylin'in yeni döneminin şerefine içtiler.

Akşamın sonuna doğru, Aylin'in pırıltısı sönmeye başladı. Başı çatlarcasına ağrıyor, midesi bulanıyordu. Kimseye veda etmeden ayrıldı, odasına döndü, yatağına uzandı. Buraya geldi geleli başı hiç ağrımamış, Türkiye'den getirttiği optalidonlarından hiç kullanmamıştı. "Sakla samanı gelir zamanı," diye düşündü. "Yahu şu bizim Türklerin ne kadar gerçekçi atasözleri var. Amerikalılarda hiç böyle cuk oturmuş laf yoktur," dedi kendi kendine. Güldü, "Nasıl olsun ki," dedi bu kez, "iki yüz yıllık milletin atası yok ki atasözü olsun."

Zorlukla kalktı yataktan, çekmecelerin içinde optalidonlarını aradı. Musluğun başında, avucuna doldurduğu suyla yuttu iki tane, yine uzandı yatağa. Joe'nun mektubu gözlerinin önünde dans etmeye başladı. Kocasının, soğuk, sevimsiz, duygudan, dostluktan, sevgiden bir yudum nasibini alamamış, nezaketsiz mektubu... Gözlerinden akan yaşlar, yüzünde ince siyah yollar çizerek aktılar çenesine doğru.

Aylin, içini yakan acıyı, gözyaşlarıyla akıttıktan sonra, Irene'yi ve Laurie'yi aradı telefonla. Irene'nin hiçbir şeyden haberi yoktu, şaşırdı kaldı. Uzun uzun konuştular. Aylin, mektubu almamış gibi davranmak istediğini söyledi.

"Hiçbir işe yaramaz," dedi Irene her zamanki pratik zekâsıyla, "Bir süre bekler, sonra ikinci mektubunu yazar. Sonuna kadar kaçamazsın ya mektuplardan. Bence bir an evvel göğüsle bunu ve konuşarak, anlaşarak, dostlukla işini halletmeye çalış. Belki de unutur gidersiniz bu mektubu."

Laurie çok daha duygusal yaklaştı olaya. Bunun bir kızgınlık anında yazılmış olabileceğini söyledi. Hafta sonu Newby ile mutlaka Oklahoma'ya gelmeliydiler. Zaten ne zamandır Newby'yi tanıştırmak istiyordu Aylin'e. Sakın üzülmesindi. Kafa kafaya verir her şeyi hallederlerdi. Newby müthiş bir adamdı, mutlaka bir çözüm, bir çıkar yol bulurdu.

Evini kimbilir kaçıncı kere aradı, uzun uzun çaldırıp kapattı telefonu. Joe ondan kaçıyordu. Mesajlarını bile duymamak için önlem almıştı. "Bu işte bir kadın parmağı olmalı," diye düşündü Aylin. Doğru düşünmüştü, Aylin'in daha evden ilk ayrıldığı aylarda karışmıştı bu işe bir kadın parmağı.

Aylin, şaşkınlığını ve acısını hakkıyla yaşayamadı. Mektubu almasından birkaç gün sonra, hapishanede yatan mahkûmlardan biri için, özel bir toplantıya çağrıldı.

"Tatsız bir durum var, Yarbay Radomisli," dedi Albay. "Hapishanedeki mahkûmlardan biri hakkında konuşmak istiyorum sizinle. Teğmen Jones, kesinlikle hapishane duvarları arasında kalması gereken azılı bir katildir. Ama öyle de olsa, kanunlar bize onun bakımını yapmamızı emrediyor. Hastaneye nakletmek istemiyorum. Bazı midevi rahatsızlıkları olmuş. Kimseyle irtibat kuramıyor. Belki sizin gibi deneyimli bir doktor sayesinde, bu sorunu çözümleriz."

"Öğleden sonra gider bakarım," dedi Aylin.

"Adamı gördükten sonra, bana bilgi verin," dedi Albay.

"Dosyasını inceleyebilir miyim?"

"Dosyası şu anda burada değil."

"Ben onu görmeye gitmeden, lütfen dosya elime geçsin."

"Onu bugün görebilir misiniz?"

"Öğleden sonra görürüm."

"Dosya yetişmeyebilir."

"O zaman, görüşmeyi yarına ertelerim."

Albay bir süre gözlerinin içine baktı Aylin'in. "Dosya olmadan hastayı görmeyi kabul edemem, efendim," dedi Aylin. "Hastanın hangi teşhisle yatırıldığını ve geçmiş klinik durumunu bilmem şart. El yordamı ile olmaz bu işler."

"Pekâlâ, dosyayı hazırlatır, yollatırım."

Aylin, neden dosyanın hazırlanmasının zaman alabileceği üstünde durmadı. Kafası Joe ile meşguldü. Ordu hapishanesine ilk defa gideceği için biraz heyecanlanmıştı.

Ertesi gün, son anda gelen dosya koltuğunda, Jones'u görmeye gitti. Hapishane müdürünün Aylin'in geleceğinden haberi vardı. Aylin'i güler yüzle karşıladı, ama mahpusun yanına tek başına girmesine itiraz etti. "Çok tehlikelidir. Beş tanesi kesin, sekiz cinayet işlediği sanılıyor. Son derece saldırgan bir adam. Sizi yalnız bırakamam yanına."

"Ben gerekirse yardım çağırırım."

Kusura bakmayın ama olmaz, sizin güvenliğinizden ben sorumluyum."

Aylin, müdürle münakaşa ederek vakit kaybetmek istemiyordu. Adamın dediği gibi, yanına iki gardiyan alarak indi aşağı kata. Kocaman anahtarlarla kocaman demir kapıları açıp, Aylin'i uzun koridorlarda yürüttüler, kapılar açıp kapattılar, merdivenlerden indirip, değişik koridorlardan geçirdiler ve nihayet onu, içinde bir masa ve iki iskemle olan, dar ve uzun bir odaya soktular. Heyecanla bekledi. Birazdan karşısına elleri zincirli, saçları kazınmış, hapishane giysili genç bir adam getirdiler. Gardiyanlar duvarın dibine gidip durdular.

"Merhaba," dedi Aylin, "Benim adım Radomisli. Yarbay Radomisli."

Kötü kötü baktı Jones.

"Konuşmaktan hoşlanmadığını biliyorum Jones. İstemiyorsan konuşma, ama seni sancılarından kurtarmak için, teşhis koymamız lazım. Ben sana doğruları söyledikçe, sen başını salla. Tamam mı?"

Jones'ın kılı kıpırdamadı.

"Konuşmayanlara çatmak da benim kaderim oldu," diye düşündü Aylin.

"Sancı midenin sağ tarafına mı saplanıyor?"

Hiç oralı olmadı adam.

"Sol tarafına... gaz gibi?.. Bıçak saplanmış gibi keskin?.. Tüm karnının içinde ağrı? Burada mı?.. Şu tarafta mı? (eliyle kendi karnını gösteriyordu) Eee patla be, apandisitin dağılsın da gör." Başını salladı Jones.

"Apandisitten şikâyetçisin, yani sen de farkındasın bunun?" Adam hayır anlamına salladı başını.

"Haa, anladım, ölmek istiyorsun. Apandisitin patlayınca öleceksin güzelce."

Adam evet anlamına başını salladı.

"Ben senin yerinde olsam, ölümün kolayını seçerdim. Başkalarına hık diye ölüm ikram etmiş biri, ne diye acılar içinde kıvrana kıvrana, pisliğe belenip ölsün. Sen değil miydin komşunu bir bıçak darbesiyle temizleyen, hiç acı çektirmeden. Sevgilini de tek kurşunla yollamışsın öteki tarafa. Apandisit nasıl patlar bilir misin? Hiç hoş değil... Bence iyileş ve elektrikli sandalyede adam gibi öl."

Duvarın dibine sinmiş gardiyanlar kıpırdandılar.

Çantasından bir sigara çıkardı Aylin. "Sen de içer misin?" diye sordu. "Haydi al bir tane. Öyle şaşkın şaşkın bakma, senin katil olman beni hiç ilgilendirmiyor. Beni ilgilendiren, seni öldürmeye iten nedenler. Bak, onları bilmeyi çok isterdim. O nedenleri öğrenebilmek için, senin yaşamanı da çok isterdim. Ben onları senin sayende öğrendikten sonra, ikimiz de çok şey kazanırdık. Sen, belki yaşamını, ben de senin gibileri ölümden döndürebilecek bilgiyi. Ama ne yazık ki sen, beni kendindeki bilgi kaynağından mahrum bırakarak, şu dört duvar arasında geberip gideceksin, bu durumda," dedi. Sigara paketi hâlâ elinde, adama uzatılmış duruyordu. Bir tane çekip aldı Jones. Aylin önce adamınkini sonra kendi sigarasını yaktı çakmağı ile. Hiç konuşmadan sigaralarını içmeye başladılar. Gardiyanlara, "Bir tabla getirsenize," dedi Aylin.

"Getiremeyiz."

"O halde, külünü yere silk Jones, izmariti de yere atıp söndür," buyurdu Aylin. Jones aynen öyle yaptı.

"Haydi Jones, bana derdini söyle. Sadece mideni kemiren ağrıları değil, kafanı, ruhunu, yüreğini kemirenleri de. Derdini söylemeyen çare bulamaz." Aylin adamı ayağa kaldırıp, mide nahiyesinde bazı yerlere bastırdı. Ağzını açtırıp diline baktı.

"Seni muayene eden dahiliyecinin teşhisine ben de katılıyorum. Ama sana ayrıca bir hap daha yazdım. Alırsan pişman olmazsın. Hadi şimdilik eyvallah, beni özlersen, çağırmamazlık etme," dedi.

İki gün sonra, hapishaneden telefon ettiler. Jones, Aylin'i görmek istiyordu. Terapi saatinden sonra üç-dört hastanın randevularının bitmesini iple çekti Aylin. Arabasına atlayıp hapishaneye koştu. Akşama eve gelince, ilk iş Laurie'yi aradı.

"Canım, sakın yanlış anlama," dedi. "Hem seni çok özledim, hem de Newby'yi tanımayı çok istiyorum. Ama, bu hafta çok önemli bir işim çıktı. Bütün hafta sonu çalışmak zorundayım."

"Yeni bir proje mi Aylin?"

"Yeni bir hasta. Sen 'Kuzuların Sessizliği' filmini görmüş müydün?"

"Evet."

"İşte şimdi benim de bir Hannibal'im var."

"Yani seri cinayet işlemiş bir katilin mi var?"

"Aynen öyle. Onun tedavisini üstlendim. Her gün bir görüşme yapmalıyım, hiç ara vermeden, anlıyorsun değil mi?

Dondu kaldı Laurie. "Senden başka birini bulamadılar mı Hannibal'in tedavisi için?" diye sordu.

"Ben onu tanıdıktan sonra özellikle istedim tedavisini üstlenmeyi."

"Başkalarını öldürebilenler, intihara yeltenenlere benzemez, dikkatli ol," dedi Laurie.

Jones'un adı, Aylin'le Laurie'nin arasında, "Kuzuların Sessizliği" adlı filmde Antony Hopkins'in canlandırdığı katile atfen, Hannibal olarak kaldı. Laurie sık sık telefonla arıyor ve soruyordu: "Hannibal nasıl?"

"Gayet iyi. Bu hafta ellerindeki zincirleri çözdürebildim nihayet."

"Nasıl yaptılar bunu? Hani yasaktı?"

"Çözmeleri icap etti, çünkü Hannibal'e kalem kâğıt verdim, bazı şeyleri çizerek anlatıyor. Çok güzel çizgisi var."

"Bir heykeltıraştan sonra, bir de ressam... Aylin, bir ben kesat çıktım senin hastalarının arasında, hiçbir şey olamadım."

"Sen dünya tatlısı, akıllı, çalışkan bir kız oldun. Benim de en yakın dostumsun, yetmez mi?"

"Şimdilik idare ediyor," dedi Laurie. "Hannibal'e selam söyle, bana bir at çiziversin."

Aylin, Archibald P. Jones ile, en az haftada iki kez görüşmeye devam etti. Uzun koridorların, kilitli kapıların ardında, zincir ve anahtar şakırtılarından ve ayakkabıların taşlarda çıkardığı gürültüden başka hiçbir sesin duyulmadığı steril bir dünyada, kafasının içindeki cehennemle küçücük bir odaya tıkılmış genç adama tarifi çok zor duygularla bağlanmıştı.

Jones'un apandisit ameliyatının üstünden üç ay geçmişti. Üç ay sonra, midesindeki ağrılar yeniden başladı. Uzman hekimlere göre, bu ağrılara neden olabilecek hiçbir bulgu, hiçbir neden yoktu. Yine Aylin'e devretmişlerdi Jones'u. Onunla artık, yanlarında gardiyanlar olmaksızın görüşebiliyordu. Gardiyanlar, demir parmaklıklı kapının dışında bekliyorlardı onları. Tehlike anında çalması için de, bir zil vermişlerdi Aylin'e. Hiçbir zaman kullanmayacağına inanıyordu Aylin, zili. Bir dostluk gelişmişti. Aylin o daracık aralıktan bakarak, dostluğunu bozmadan, kendine ait olmayan sırları karıştırmaya çalışıyordu. Sanki ellerini kapkara bir perdenin arkasına uzatmış, ne notaları ne de tuşları görmeden piyano çalmaktaydı. Şu ana kadar hep doğru tuşlara basmıştı ama, bir hata, tek bir hata o kara perdeyi başına geçirebilirdi.

Hannibal, Aylin'e bir şeyler çizip veriyor, Aylin de hem şehir, hem de hastane kütüphanesinden evine taşıdığı kitaplarına gömülüp, okuyor, araştırıyordu. Sonra yine yolunu tutuyordu hapishanenin.

"Archy, şu resim. Bak şu resme, bu sensin değil mi? Öldürürken gülüyorsun."

Archibald P. Jones melül melül baktı.

"Öldürmek sana zevk mi veriyor Archy? Hoşuna gittiği için mi öldürüyorsun? Nasıl bir duygu bu? Orgazmik mi? Bir rahatlama duygusu mu, sevişirken aldığın haz gibi mi?" Archibald sallanmaya başladı iskemlesinde. Huzursuzdu.

"Şimdi de şu çizdiğine bakalım. Bu da ne? Yumurta mı ne bu böyle?"

Bir şeyler daha çiziştiriyordu genç adam.

"Bir ilaç kutusu... haplar... Bir hap bu. Hapın içine kurşun resmi çizdin. Vee, şu resimde, birini öldürüyorsun... devam et Archy, çiz oğlum, çiz... öldürüyorsun, ama... senin karnındakide ne öyle? Karnında bir hap var." Archy'nin sallanması hızlandı.

"Archy, sen öldürmeden önce hap içtiğini mi anlatmaya çalışıyorsun?" Archibald P. Jones çizdi, çizdi, daha daha hızlı çizdi. Hiç durmuyordu kalemi. Sonra birdenbire durdu.

Aylin çizdiği eskizleri ve kalemi aldı elinden.

"Artık dinlenebilirsin canım. Bana çok şey anlattın. Bir sürü formül ve ipucu verdin. Bu formülleri çözmek ve sırrını bulmak, şimdi benim işim," dedi.

Aylin karargâhta, arşivlere inip, bazı dosyalara bakmak istediğini söyledi görevliye. Kompüterin başına geçip oturdu. Bir saat, iki saat geçti. Ekrana bakmaktan gözleri yanmaya başladı Aylin'in. Devamlı notlar alıyordu.

"Archy, şimdi beni dikkatle dinle. Seni kurtarmak üzereyim. Seni hem hapisten hem de sebepsiz karın ağrılarından kurtarabilirim... eğer bana yardımcı olursan."

Kalemi eline aldı Archibald P. Jones. Aylin, uzanıp kâğıdı çekti önünden.

"Yok, bugün çizmek yasak. Bugün konuşmamız gerekiyor. Konuşmamız şart, Archy. Hiç karnın ağrıyor numaraları yapma bana, yutmam. Konuşmak istemiyorsan, başını salla, evet veya hayır anlamına." Archy kalemi ağzına sokup sinirli sinirli kemirmeye başladı.

"Sen ateş hattına yollanırken, hap mı alıyordun, bir nevi cesaret hapı?" Başını önüne eğdi Archy.

"Bu hap alışkanlık yaratıyor. Ya da öldürmek bir alışkanlığa dönüşüyor. Savaşırken ya da öldürürken yakaladığın o üstünlük duygusunu, o heyecanı bir daha, bir daha yaşamak istiyorsun. Çok yanlış olduğunu, bunun seni ölüme götüreceğini bildiğin halde, önüne geçemiyorsun, öyle mi Archy. Tıpkı bir esrarkeşin esrardan vazgeçememesi gibi. Onun için mi bu karın ağrıların? Dönüşü olmayan bir yola itilmişsin. Şu anda suçlu sensin ama, esas suçlu... ilk suçlu... en suçlu, sana o hapı içiren, seni ateşe süren kimse, o."

Aylin'in Hannibal'i, ellerini boğazına doğru uzattı doktorunun. Cebindeki zili çalmakla çalmamak arasında bir an tereddüte düştü Aylin. Çalarsa o kurtulacaktı, çalmazsa, belki Archy.

"Artık sırrını bildiğime göre, aynı zevki tadamayacaksın. Boşuna öldürmeye kalkma beni Archy."

Archy'nin elleri boğazındaydı Aylin'in. Çaldı zili. Gardiyanları o anda içerde gördü. Uçtular mı, odaya mı ışınlandılar? Bu kadar çabuk nasıl girdiler içeri? Yaka paça çekip, ayağa kaldırdılar Archy'yi. Boynunu ovuşturdu Aylin.

"Pes etmedim Archy, yine geleceğim. Beni öldürmek değil, korkutmak için böyle yaptığını biliyorum. Haydi git dinlen, biraz da düşün. Bu sefer, bir insan yerine, içindeki caniyi öldürmek istemez misin?"

Tekrar arşivlere indi Aylin. Görevli değişmişti. Kompüter şifrelerini vermemekte direndi. Aylin hiç pes etmedi. En otoriter sesiyle, görevlinin ona hemen yardımcı olmasını emretti. Bu kez daha uzun kaldı kompüterlerin başında.

O akşam ordu kafeteryasında, Fort Sill'e geldiğinden bu yana yakın dostluk kurduğu, çok güvendiği ve sevdiği bir meslektaşı olan Binbaşı Finch'i arayıp, buldu.

"Finch, bana ayırabilecek zamanın var mı?"

"Olmaz olur mu? Yarın sabah..."

"Şimdi!"

"Şimdi mi? Hayrola, bir şey mi var?"

"Hemen görüşmek istiyorum seninle."

"Gel masaya geçelim, Aylin," dedi Binbaşı Finch.

"Yok, burada çok gürültü var, bana gidelim."

"Ne oldu kuzum?"

"Arabam kapıda, haydi gel yolda anlatırım," dedi Aylin, Binbaşı peşinde, hızlı hızlı yürüdü kapıya.

Evde, alelacele içki doldurdu bardaklara, eline günlerdir tuttuğu notları aldı, Finch'i berjere oturtup, pufu yakına çekti, burnunun dibine girdi adamın. Söyleyeceği tek bir kelimeyi bile kaçırmamak için kulak kesildi. "Şimdi anlat bakalım dostum," dedi, "Ordu, elindeki askerleri denek olarak nasıl kullanır?"

"Birçok yoldan," dedi Finch, "Bunu illa bu gece mi öğrenmek istiyorsun?"

"Bir tez hazırlıyorum da, bu bilgiyi de kullanmam lazım."

"Orduda araştırmalar üç koldan yürütülür. Nükleer, kimyasal ve elektronik alanlarda, düşmanı etkilemesi planlanan projeler geliştirilir. Mesela, elektronik olarak, sinir sistemine yönelik çökertici dalgalar şuur kaybına, kusmaya neden olabilir."

"Ya nükleer deneyler?"

"Elbette nükleer deneyleri, ordu kendi vatandaşlarının üstünde denemez ama, bir tekniker, oynadığı aletin tehlikesinin farkında olmayabilir ve herhangi bir küçük yanlışlıkta..."

"AIDS virüsünün de böyle laboratuvarda üretilirken, laborantlara yanlışlıkla bulaştığı söylentileri var," dedi Aylin.

"Varsayımlar üstüne tez üretemeyiz Aylin. Bunlar sadece söylentiler."

"Peki, ya kimyasal çalışmalar?"

"Aylin, tüm bunlar yarını bekleyemez miydi? Gecemi bu sorular için mi harcadın benim?"

"Daha sorularım bitmedi ki, başka şeyler de öğrenmek istiyorum."

"İyi de seni öyle heyecan içinde görünce, çok önemli bir şey var zannettim. Ah kadınlar! Hepiniz her arzunuz anında yerine getirilsin isteyen şımarık mahluklarsınız," dedi Finch. Aylin Finch'in bardağına bir parmak viski daha koydu.

Aylin, bir hafta sonra, hazırlığını tamamlamış, Albay'ın karşısındaydı.

"Bu bilgileri nasıl edindiniz Radomisli?" dedi Albay.

"Dosyalara girdim."

"O dosyalar gizlidir. Herkesin el atması yasaktır."

"Orduda görevli, yarbay rütbeli bir doktora da mı yasaktır? Arşiv görevlisi sizin gibi düşünmedi."

"Hata etmiş."

"Gizlediğiniz nedir?"

"Gizlediğimiz hiçbir şey yok. Her orduda değişik deneyler yapılır. Vatanın üstün menfaatleri için yapılır bu işler."

"Evet, doğrusu da bu herhalde. Ama ben, bu tür deneyleri ve uygulamaları, kendim okuyunca çok etkilendim. Örneğin, savaşta karşı tarafın gözlerine patlatılan ışıklardan dolayı, sadece geçici körlük olur zannediyordum. Oysa, kalıcı körlük vakaları da olmuş."

"Bunlar sizi niye ilgilendiriyor, Radomisli?"

"Özür dilerim, benim ilgi alanım bu değildi. Ben buraya A. P. Jones adlı er hakkında konuşmaya geldim," dedi Aylin.

Bugüne kadar, arasının çok iyi olduğunu zannettiği Albay'dan kendine doğru dostça olmayan bir elektrik yayılıyor gibi geldi ona.

"O zaman Jones'un durumunu görüşelim. Sizi ilgilendirmeyen alanlarda dolaşmayın lütfen, Yarbay," dedi üstü.

"A. P. Jones, düşmana kahramanca saldırabilmesi için, ona yutturulmuş bazı ilaçların yan etkisi altında kalmış, Albayım," dedi Aylin.

"Yani?"

"Yani ordu, kahraman yaratayım derken cani üretir duruma düşmüş."

"Sözlerinizi dikkatli kullanın Yarbay."

"Şimdi siz de beni dikkatle dinleyin Albay..." dedi Aylin. Cesaret hapı yutmamıştı ama, kanındaki Giritli Deli Paşa'nın genlerinin hareketlendiğini, şakaklarının zonklamaya başladığını hissediyordu.

Yirmi dakika sonra, kapıda bekleyen er, Albay'ın odasından çıkarken Yarbay Radomisli'nin sinirli bir sesle, "Bu bilgileri gerekli yerlere aktarmak benim görevim," dediğini duydu.

Aylin, Hannibal'ini hem tedavi etmek hem de suçsuzluğunu ispat etmek kaygısıyla koşuşturup dururken, Joe ile olan durumunu askıya almış gibiydi. Yakında, ordu ile yapmış olduğu kontrat süresi doluyordu. Orduda kaldığı takdirde, Albay rütbesine yükseltilecekti. Ama ne var ki, Joe ile arasını düzeltecek de olsa, boşanacak da olsa, New York'a dönmesi gerekiyordu. Bu nedenle, terfi teklifini bile göz ardı ederek, kontratı uzatmayı kesinlikle reddetti.

İrtibat odasından acilen çağrıldığında, Oklahoma'dan ayrılmasına çok az bir zaman kalmıştı. "Hayırdır inşallah," diyerek, koşturarak gitti ofise.

"Yarbay Radomisli, sizi acilen çağırttığım için özür dilerim ama, hemen imzalamanız gereken bazı evraklar geldi postadan," dedi Yüzbaşı Atleen.

"Ne evrakı Yüzbaşı?"

"Sanırım özel bazı evraklar," dedi Yüzbaşı. Ofisteki diğer görevlilerin duymasını istemeyen bir hali vardı. Aylin kendine uzatılan kâğıtları aldı, gözlüğünü takıp baktı ve hemen bir iskemleye çöktü.

"Bir kahve getireyim mi size?" diye sordu Yüzbaşı Atleen.

"Hayır istemem, sağolun," dedi Aylin, sesinin titremesine mani olamayarak.

"Bana bir kalem verin de imzalayayım şunları."

Joe'nun büyük bir terbiyesizlik yaparak, Fort Sill'e yolladığı boşanma davası tebligatının sayfalarını imzaladı. Evine döndüğünde Joe'nun ofisine telefon etti.

"Joe'yu bağla Cynthia," dedi sekretere.

"Burada değil, Bayan Cates."

"Ne zaman orada olur?"

"Hiç bilemiyorum."

"Hâlâ aynı numara mı Cynthia?"

"Ben sadece bana verilen talimatı yerine getiriyorum efendim."

"Tamam, madem senin aracılığınla konuşacağız, kocama de ki, boşanma evraklarını ofisime yollatmış olmasını son derece ayıpladım. Bir centilmen olsaydı, bunu yapmaz, evrakları ev adresime yollatırdı. Hatta bir ay daha bekleyiverir, bu işi ben New York'a döndükten sonraya bırakırdı.

Şimdi, ordudan ayrılmama sadece üç hafta kala, son derece mutaassıp bir muhit olan Lawton'da ve karargâhta bu haber bir skandal niteliği taşıyacak ve herkes bunu konuşacak. 'Yarbay Radomisli görevdeyken, kocası bir sevgili bulup kaçmış,' diyecekler. Bana ya acıyacak ya da gülecekler. Açık ya da üstü kapalı sorular soracaklar. Ben ne diyeceğimi bilemeyeceğim. Tam veda turlarıma ve veda davetlerime başlarken, Joe beni rezil etti. Bir beyefendi böyle davranmazdı. Ama zaten kocam bir beyefendi olsaydı, ben şimdi seninle değil, onunla konuşuyor olurdum telefonda. Ona şunu da söyle, o beni çok üzdü, ama ben de onu çok üzmeye hazırlanıyorum."

Telefonu kapar kapamaz ağlamaya başladı Aylin. Zor günler vardı önünde. New York'a döndüğünde, iki ayrı cephede mücadele, onu bekliyor olacaktı. Ne, ordudaki erlerin savaş anında uğrayabilecekleri zararların, sonradan hayatlarına mal olmasına karşı vereceği mücadeleden vazgeçmeye niyeti vardı, ne de Joe'yu, savaşmadan bırakmaya.

# ZOR GÜNLER

Aylin, eve dönüşünü Bedford'da verdiği büyük bir davetle kutladı. 1993 yılının Noel'inde, New York'ta yaşayan bütün Türk ve Amerikalı arkadaşlarının yanı sıra, Tayibe ve Mustafa'nın da arkadaşlarının bulunduğu, Hilmi dayıyla ailesinin Florida'dan gelerek katıldığı genç, yaşlı, her kuşaktan dostlarına açık, kalabalık bir parti verdi. Hulusi, karısı ve Vildan yardıma geldiler.

Aylin, davet boyunca, misafirlerine hayatının karışıklığından doğan endişelerini hiç belli etmedi. Olağanüstü neşeli ve mutlu görünüyordu. Sık sık işi dolayısıyla New York dışına çıkan Joe'yu da konuklar, yine bir film işinden ötürü seyahatte zannettiler. Aylin, gecenin içinde bir ara, kocası ile arasının açık olduğunu sadece Hilmi dayısına fısıldadı.

"Nerede şimdi o?" diye sordu Hilmi Bayındırlı.

"Bilmiyorum dayı."

"Döndüğünden beri hiç görüşmediniz mi?"

"Hayır. O beni aramadı, ben de onu ne zaman aradıysam bulamadığım için, döndüğümde bir kez daha aramaya zahmet etmedim."

"Aylin, bu iş çocuk oyuncağı değil, kendine bir avukat tuttun mu?" dedi dayısı. Aylin'in evlenmelerinden ve boşanmalarından usanmış bir hali vardı.

"Bu hafta Felder'e gitmeyi düşünüyorum."

"İyi bir avukat mı?"

"New York'un en iyisi."

"İhmal etme," dedi yaşlı adam. Mutluluğu bir türlü yakalayamayan yeğeni için duyduğu üzüntü, yüzüne yansımıştı.

Hulusi ve karısı, Aylinlerle birlikte Bedford'a gelmemişlerdi. Hulusi yıllardır biriktirdiği parasıyla bir el arabası edinmiş, 2. Avenue'de sebze ve meyve satmaya başlamıştı. Aylin, yıllar öncesinde vermiş olduğu sözü tutuyor, Hulusi'nin hormon haplarının parasını ödemeye devam ediyordu. Hulusi de iki eli kanda olsa, Aylin'in ihtiyacı olduğunda koşup geliyordu.

Bedford'daki evin temizliğine, Joe ile birlikte yaşarlarken Vildan bakmıştı. Aylin askere gittikten, Joe da evden ayrıldıktan sonra, Vildan sadece 75 East End'deki muayenehanenin temizliğinden sorumlu tutulmuştu. Aylin Vildan'ı tekrar Bedford'a getirtmeyi düşünüyordu ki, Joe'nun başka manevralarıyla karşı karşıya kaldı.

Joe, müşterek hesaplarını kapatmış, Aylin'in kredi kartları da otomatik olarak iptal edilmişti. Yıllardır hesaplarına Joe'nun muhasebecisi bakıyordu. O adam da Joe gibi ortalıktan toz olmuştu. Para işleri ile uğraşmaktan nefret eden Aylin, ne bankada kaç parası olduğunu biliyordu ne de, ne kadar borcu olduğunu. Tüm bu işleri Irene'nin üstüne yıktı. Irene haftalarca çalışıp çabaladıktan sonra, upuzun bir borç listesiyle geldi. Kredi kartıyla yapmış olduğu pek çok alışveriş, hesabı kapandığı için ödenememişti. Yaklaşık iki yıldır, adına kayıtlı mülklerin vergileri, aidatları da ödenmemişti. Bir de üstüne üstlük, iki yıldır New York'ta olmadığı için, hastası yoktu. Nakit sıkıntısı içindeydi, çünkü birikimlerini, servetini gayrımenkullere yatırmıştı.

Şimdi, her şeye yeni baştan başlaması gerekiyordu. Aylin, Vildan'ı değil Bedford'a yatılı getirtebilmek, bu durumda ofisini bile temizletemeyeceğini anladı.

"Kusura bakma Vildan," dedi, "Çok isterdim, konuştuğumuz gibi kalabilmeni ama, biliyorsun boşanmanın eşiğindeyim, para sıkıntılarım var. Sana bir süre için ofisi bile temizlettiremeyeceğim."

"Paranın hiç önemi yok," dedi Vildan. "Eğer isterseniz ben yine kalırım sizinle. İşlerinizi yoluna koyana kadar para filan istemem." Aylin kabul etmedi. Vildan hiç olmazsa haftada bir-iki kere ofisin temizliğini yapmakta ısrar etti. Tam o sırada, Irene parlak bir fikir attı ortaya.

"Ofisteki iki odadan birini neden kiraya vermiyoruz?" diye sordu.

"İkinci odadaki raflar kitap dolu," dedi Aylin, "Kitaplarımı atamam."

"Aman Aylin, düşündüğün şeye bak," dedi Irene. "Kitapların raflarında dursun. Sen rafları değil, odayı kiralayacaksın. Taşınacak olan kimse, o da az kitap getirir, işte o kadar." Irene gerçekten pratik çözümler üretebilen biriydi.

Yine bir psikiyart olan. Dr. Benjamin Leigh adında, garip görünüşlü bir adam kiraladı ofisi. Irene'e onun da sekreterliğini yaptığı takdirde, para vermeye hazırdı.

"Sadece telefonlarınıza bakar, randevularınızı ayarlarım, o kadar," dedi Irene. Nasılsa, bütün gün telefonun başında oturuyordu. Böylece hem Aylin hem de Irene, maddi yönden biraz rahatlamış oldular. Vildan da haftada iki kere temizliğe gelmeye başladı.

Şubat ayında, Aylin, Bob ve Şirin (Devrim) Trainer'in evlerinde verdikleri bir kokteylde Tim Childs ile karşılaştı. Tim, Aylin'in iki yıl için Fort Sill'e, orduya katılmaya gittiğini duymuş, hayretler içinde kalmıştı. Onu New York'ta görünce çok sevindi. Aylin uzun uzun Oklahoma günlerini ve ışık terapisini anlattı Tim'e. Sonra damdan düşer gibi, "Beni bu gece yemeğe davet etsene Tim," dedi. Tim çok memnun oldu.

"Ama bir arkadaşımı daha davet edeceksin. Çünkü bu akşamı onunla geçirmeye söz vermiştim."

"Tabii, kimmiş o?"

"Benim taa Türkiye'den bir okul arkadaşım, Sevgi Gönül."

Tim Childs, Sevgi Gönül ve Aylin hep birlikte yemeğe çıktılar. Tim bir ara, "Kocan nerede Aylin?" diye sordu.

"Ayrıldık," dedi Aylin kısaca.

"Aa, şu halde, opera galalarımıza yeniden başlayabiliriz, ne dersin?"

"Harika olur, derim," dedi Aylin. "Benim iki hafta sonraki Premier'e bir biletim var."

"Benim de. Aida oynayacak. Seni evinden mi, yoksa ofisinden mi alayım?"

"Evime kadar gelmen tuzluya mal olur Childs," dedi Aylin, "Ben taa Bedford'da oturuyorum. Sen beni ofisten alır, ofise bırakırsın."

Aylin, sosyal hayatını yeniden düzenlerken gösterdiği özeni, boşanma işine gösteremiyordu bir türlü. Sanki günlerden bir gün, bir boşanma davasının görüleceğini, zihninin uzaklarında bir yerlere itmişti. İşleri bu kadar oluruna bırakmaması için hem Irene hem de Laurie durmadan ikaz ediyorlardı. Sonunda, Oklahoma'ya gitmeden birkaç yıl önce, Tony Ödülleri'nin dağıtıldığı bir gecede tanıştığı ve davetlerde sık sık karşılaştığı, ahbaplık ettiği, ünlü yıldızların ünlü boşanma avukatı Felder'i aramaya karar verdi. Joe, Aylin'in avukatının, yırtıcılığıyla ve davalarını üstlendiği kadınlara en iyi anlaşmaları sağlamasıyla tanınan Felder olduğunu duyunca irkilmişti ama, öte yandan da rahat bir nefes almıştı. Aylin'in nihayet bir avukata başvurması, boşanmayı kabul etmesi demekti. Şimdi iş pazarlığa kalıyordu.

Aylin, evde çalışması için, Gail adında bir yardımcı bulmuştu Bedford'da. Kız haftanın iki-üç günü gelip temizlik yapacaktı. Devamlı ve yatılı birini henüz tutamıyordu.

Joe evin kendi üstüne olan ısınma ve çöp toplama anlaşmalarını da iptal ettirmiş olduğu için, ev buz gibiydi ve çöpler dağ gibi yığılmıştı bahçe kapısına. Yeni bir ısınma anlaşması imzalayabilmesi için, eski borçları ödemesi gerekiyordu. Kocası eski borçları bile ödememişti. Aylin'in dönüşünü beklemeden, yatak odasındaki çift kişilik yataklarını ve evin duvarlarını süsleyen resimleri alıp götürmüştü. Aylin belki de kendini bu kadar çileden çıkartacak haksızlıklarla karşılaşmasaydı, başka türlü davranırdı. Ama Joe sanki bir sevgili edinen kendisi değilmiş gibi, üstelik düşmanca da davranıyordu.

Aylin'i bunlardan daha da fazla üzen, Joe'nun, duygularına karşı olan savruk tutumuydu. Evde, çekmecelerin içinde, kocasının sevgilisiyle çekilmiş poz poz resimlerini bulmuştu. Baş ucundaki komodinin üstünde, şişesinde o kadının adı yazılı, yarı bitmiş bir öksürük şurubu unutulmuştu. Televizyon odalarındaki yazı masasının gözünde, Joe ile Joan'ın çift kişilik otel rezervasyonu faksı ve uçak biletleri bırakılmıştı. Ara sıra telefonda tanımadığı bir kadın sesi, Joe'nun orada olup olmadığını soruyordu. Kadının Aylin'i çileden çıkararak, bir an önce boşanmaya itmek istediği ya da Joe ile arasını daha da gerginleştirmek istediği aşikârdı. Ama hiç olmazsa Joe, sevgilisinin bu tutumunu frenleyemez miydi? Evden ayrılırken, ona ait şahsi eşyaların ortada bırakılmaması için özen gösteremez miydi?

Aylin, Felder'in ofisine, bu duygular içinde gidip, ona hem vekâletini hem de talimatını verdi:

"Felder, parçala onu. Mahvet, yok et, bin pişman et!"

O kış, hem Hilmi dayısı hem de Nilüfer, onu yalnız bırakmayarak sık sık New York'a geldiler ve Aylin'de kaldılar. Aylin zor günlerinde ailesinin arasında olmaktan büyük bir huzur duyuyordu. Betin de çok sık geldi New York'a, o ara. Kızı Serra'nın küçücük bir oğlu vardı. Betin'in torun özlemi çok işine yarıyordu Aylin'in. Betin geldiği zamanlar, Kler'i de görüyordu sık sık. Onlarla birlikte, özlemini çektiği Ankara, İstanbul ve kolej yıllarına dönüyordu. Hep geçmişe dair konuşuyorlardı aralarında.

Nilüfer'in, her gelişinde yanında birileri oluyordu. Aylin hiç gocunmadan ağırlıyordu onları da evinde. Allahtan kocamandı ev, bir sürü yatak odası vardı.

Salih de işte Nilüfer'le gelen adamlardan biriydi. Aylin sormuyordu bile, kimin nesi bu insanlar diye.

"Sana yeni bir Hulusi getirdim," dedi Nilüfer.

"Aman inşallah sakal derdi filan yoktur," dedi Aylin, "başıma yeni bir Hulusi çıkartma sakın Nilüfer."

"Hiçbir derdi yok. Ankara'da yanımda çalıştırdım bir süre, memnun kaldım. Bu koca ev adamsız olmaz, Aylin. Gail yine gelir gider ama, hem devamlı biri, hem de bir erkek lazım buraya," dedi Nilüfer.

"Erkek lazım değil. Benim silahlarım var," dedi Aylin. Ama Salih yine de evde kaldı. Aylin Salih'e Hulusi'ye ısındığı gibi ısınamamıştı ama, bahçede ve evde epey iş gördüğü için, sesini çıkarmıyordu. Salih çok az konuşan, sessiz bir adamdı. Tek derdi Toby'di. Köpeğin emek verip ektiği çiçek tohumlarını eşelemesine deli oluyor, sık sık şikâyet ediyordu: "Bu köpeği zincirsiz bahçeye bırakmayın, bütün çiçekleri bozuyor."

"O bir köpek, esir değil," dedi Aylin, "bahçede serbest dolaşması, koşuşturması da lazım."

"Çiçekler ne olacak?"

"Oldukları kadar."

Salih, köpeğin, çiçeklere tercih edilmesini hiç anlamadı ve bir süre surat astı. Az konuşan ve gülmeyen biri olduğu için, Aylin farkına bile varmadı adamın kırgınlığının.

Aylin Toby'den ancak seyahata çıktığı zamanlar ayrılıyordu. Uçakla bir yere gitmesi gerektiğinde, köpeğin bir kafes içinde, bagaj bölümünde, seyahat etmemesi için, onu yanına almak istemiyordu. Betin'le buluşacağı bir İsviçre seyahatinde, Toby'yi Salih ve Gail'e emanet ederek yola çıktı. Ama ayrılmadan önce de çok sıkı tembihlerde bulundu Salih'e. "Güllerin hepsini de mahvetse, benim için önemi yok. Köpeğe asla kötü muamele etmeyeceksin ve zincire bağlamayacaksın. Her gün mutlaka en az bir saat bahçede serbest dolaşacak. Komşularım gelip kontrol edecekler," dedi Aylin. Komşusu Jill Clayburgh'a da ara sıra evi kolaçan etmesini rica etti.

Aylin'in evden ayrılmasının haftasında, Toby kayboldu. Salih ve Gail tüm Mount Kisco civarında sabahtan akşama kadar köpeği aradılar. Bütün komşu evlere gidip, sordular.

Bahçenin sınırındaki ormanın içinde karış karış bakınarak gezindiler. Sonunda polise başvurup, köpeğin tarifini verdiler. Her ikisi de, Toby'yi adeta çocuğu yerine koyan Aylin'e ne cevap vereceklerini bilmiyorlardı. O akşam Gail evine dönerken, yorgunluktan bitkindi. Hiç durmadan saatlerce köpeği aramıştı Salih'le. İki gün sonra, evi temizlemeye geldi. Salih ortalıkta yoktu. Mutfağa, odalara baktı. "Saalih, Salih!" diye seslendi. Yine köpeği aramaya çıkmıştır, birazdan gelir diye düşündü. Alışverişe gidecek olsa, araba evin önünde duruyor olmazdı. İki saat sonra, Salih hâlâ gözükmeyince, bodrum katındaki odasına indi. Dolabını açtı, bomboştu. Çekmeceleri açtı... Her şey alınmıştı, baş ucundaki saat, duvara astığı aile resimleri... Salih gitmişti. Köpeğin kaybolduğunu Aylin'e söyleyemeyeceği için, kaçmıştı. Gail, ne yapacağını bilemeden bir süre dolanıp durdu odanın içinde. Acaba kendi de mi toz olsaydı? Aylin köpek kayboldu diye, öldürecek değildi herhalde onu. Yukarı çıktı, işlerini bitirdi, tam üstünü değiştiriyordu ki, bir uluma duydu dışarda. Pencereye koştu. Toby, kir pas içinde, mutfak kapısının önünde durmuş, kuyruğunu sallıyordu.

Aylin seyahatten döndüğünde, köpek hikâyesini dehşetle dinledi. Toby, iki gece için çapkınlığa çıkmış olabilirdi ama, hem Salih'in hem Gail'in evde olduğu bir sırada kaybolmaması gerekiyordu. Demek ki, yardımcıları Toby'ye yeterince önem vermiyorlardı. Salih, kendiliğinden çıkmıştı. Gail'i de Aylin çıkardı ve yerine, köpeklere çok düşkün yeni bir hizmetçi buldu. Virginia, yakında oturan Porto Ricolu bir kadındı. Eski bir polisti. Bu nedenle, Aylin'in silahlarını temizlerken tedirgin olmuyordu ve Toby'ye köpek değil de insanmış gibi davranıyordu. Aylin'in içi rahat etmişti.

O günlerin birinde, Fort Sill'den bir telefon geldi. Archibald P. Jones, tüm mahkûmların açık görüşmeye çıkartıldıkları gün, kaçmıştı. Jones'u her yerde arıyorlardı. Acaba Aylin'le bir irtibat kurmuş muydu?

"Benim ev telefonumu bilemez, telefon rehberine kayıtlı değil, istihbarat da tembihli, kimseye vermezler," dedi Aylin, "ama rehbere bakıp, ofisimi arayabilir."

"Sizi ararsa, yerini öğrenmeye çalışın, mutlaka bize ve polise bildirin Yarbay."

"Arama ihtimali var. Aramız iyiydi. Ne zaman kaçtı Jones?"

"Şu anda yirmi dört saati dolmak üzere. Hâlâ Oklahoma sınırları içinde olduğunu sanıyoruz. Ama siz yine de tedbirli davranın Yarbay."

"Ondan bana kötülük geleceğini sanmıyorum," dedi Aylin. "Keşke düşmanlarımın hepsi, Jones gibi olsalar. Nerede durduğumu bilir, arkamdan bıçaklanmazdım."

"Anlayamadım"

"Zarar yok Yüzbaşı. Bugünlerde beni kimse anlamıyor zaten," dedi Aylin. Jones'un ofise telefon etme ihtimaline karşı, Irene'yi sıkı sıkı tembihledi. Aradığı takdirde, mutlaka onunla irtibat kurmak istiyordu. Ama Jones hiç aramadı Aylin'i.

Felder'in Joe ile boşanma pazarlığı oldukça şiddetli geçti. Bu tür davaların uzmanı olan Felder, bütün marifetlerini kullandı. Ayrılmak isteyen Joe'ydu. Hayatında başka bir kadın olduğu için, kusurlu olan da Joe'ydu. Aylin'i iki yıl için Fort Sill'e gitti diye suçlayacaksa, bu suçlamayı iki yıl önce yapması gerekiyordu. O zaman rıza göstermişti ki, gidebilmişti karısı. Üstelik, Joe da Oklahoma'ya kadar gitmiş, Aylin'in meslektaşlarına karısının seçimi ile ne kadar iftihar ettiğini belirtmişti. Sonra da hayatına genç bir kadın girmişti. Olağan, çok rastlanan bir durumdu, ama faturası ödenecekti çaresiz. Ne var ki Joe da, eşine ender rastlanır bir tacirdi. Felder'e kök söktürdü.

"İsterseniz ön anlaşma yapmayalım, kararı hâkime bırakalım," dedi Felder. O zaman boşanamama riski bile vardı. Joe, ilk kez para konularında kendini köşeye sıkışmış hissediyordu. Üstelik öteki kadın da yaman çıkmış, Joe'yu kıskıvrak yakalamıştı. Bir an önce boşanması için baskı yapıyordu. Ergenlik çağında bir oğlu vardı. Oğlan annesinin evlilik dışı ilişkisine hoş bakmıyordu. Onlar dini bütün bir Katolik aileydiler. Bu iş ya biterdi ya biterdi. İki ateş arasında kalmıştı Joe. Nilüfer'i ve Kasım Bey'i arayarak, Aylin'i boşanmaya ikna etmelerini rica etti. Nilüfer, ilk defa mantıklı bir yaklaşımla nasihat etti Aylin'e. "Zorla güzellik olmaz, ne alacaksan al, boşan ve hayatını yeniden kur," dedi.

Bu arada, hırsından Aylin de boş durmuyordu. Eline geçen her kuruşu Joe'yu zıvanadan çıkarmak için kullanmaya kararlıydı. Kendine bir PR şirketi bulmuştu. Bir televizyon kanalında, "Olaylar" programına konuk edilmiş, üniformasını giyerek gitmiş, orduya katıldığı için, film yapımcısı kocası Joseph Cates'in, onu boşamaya karar verdiğini anlatmıştı. O sıralarda "Sofi'nin Seçimi" ve "Wanda Adında Bir Balık" filmleriyle adını duyurmuş olan Kevin Kline'nin de üvey annesi olduğunu söylemeyi de ihmal etmemişti. PR uzmanı sayesinde, hem televizyonlarda hem de birçok gazetenin sosyal olaylar bölümünde, kendinden ve Joe'dan sık sık bahsettiriyordu.

Joe ve Aylin, uzun bir küskünlük devresinden sonra, avukatlarıyla bir araya gelip, birbirleriyle görüşmeye başlamışlardı. Ön anlaşma yapabilmeleri için, bu şarttı. Aylin, fırsattan istifade, Joe'ya telefon ediyor, "Joe, dün akşamki programı seyrettin mi televizyonda? Güzel çıkmış mıyım ne dersin?.. Aaa, niye kızdığını anlayamıyorum, ben sadece, 'Kocamı seviyorum, bana geri döneceğine inanıyorum ve sabırla bekliyorum,' dedim, kötü bir şey söylemedim ki," gibi laflarla, Joe'yu çileden çıkarıyordu.

Joe, bu işi bir an evvel bitirebilmek için, Felder'in, önüne sürdüğü şartları kabul ediyordu ama, Aylin, bu kez yeni bir şartla çıkageliyordu. Maksadı boşanmayı yokuşa sürmekti.

Felder de, sık sık fikir değiştiren ve anlaşmayı bir türlü bitiremeyen müvekkilinden sıkılmaya başlamıştı.

"Aylin," dedi sonunda biraz sert bir sesle, "bu aldıklarımızdan başka hiçbir şey alamayız. Bedford'daki evi eşyaları ile birlikte, South Hampton'daki evi ve ofisinin üstündeki daireyi sana bırakıyor. Nakit para da cabası, imzala şunu artık."

"Biraz daha düşüneyim," dedi Aylin.

"Bana telefon etme artık. Bundan sonra, telefonda görüşebileceğimiz bir şey kalmadı. Sekreterimden randevu al, gel ve imzala tamam mı?"

"Düşüneyim, bildiririm."

"Bana değil, sekretere bildir, imza için."

Aylin uzun bir süre Felder'i aramadı. Joe'dan başka bir şeyler daha koparamayacağını o da biliyordu ama, bütün bunları zaten bir şeyler koparmak için yapmıyordu.

Derken bir gün, Felder'i aradı. Felder telefon'a çıkmadı. Ertesi gün de görüşmedi Aylin'le. Sekreter, patronunun ya bir toplantıda ya da dışarda olduğunu söyleyip duruyordu Aylin'e. Aylin, kendisini araması için mesaj üstüne mesaj bırakıyordu. Ama Felder son sözünü söylemişti.

"Sadece imza için gel!"

Akşam saatlerinde ve hafta sonları Felder'in numarası, çok önemli mesajlar için, bir kayıt alma şirketine bağlanıyordu. Şirketin kaydettiği, önemli ve acil mesajları Felder anında öğrenebilirdi. Aylin, Felder'le bir türlü irtibat kuramayınca, bu numaraya telefon etti. "Avukat Felder'i arıyorum," dedi ağır İngiliz aksanıyla.

"Kim arıyor?"

"Ben, Prenses Diana adına arıyorum, Londra'dan. Lütfen, Sayın Felder, size vereceğim numarayı acilen arasın. Bir boşanma davası konusunda bazı bilgiler almak istiyorduk. Ve... bu konunun gizlilik gerektirdiğini anladığınıza eminim, teşekkür ederim," dedi.

Aylin'in telefonu on beş dakika sonra çaldı.

"Buyur Felder, ben Prenses Diana," dedi Aylin.

"Aylin! Tahmin etmeliydim. Telefon numarası tanıdık gelmişti. Ahh aptal kafam."

"Seni hayal kırıklığına uğrattığım için üzgünüm ama, telefonlara çıkmıyordun."

"Çünkü senin için yapabileceğim hiçbir şey kalmadı. Senin gelip anlaşmayı imzalaman gerekiyor."

"Ofisin bana biraz sapa."

"Bütün mesele oysa, ben dosyayı sana yollatırım," dedi Felder.

"Joe istediğini yapmış oluyor böylece."

"Hayır, Joe'nun ne kadar nekes olduğunu bilmiyor musun? Adamın ciğerini söktük. Belki de her şey için bin pişman. O bu işten çok daha ucuza kurtulmak isterdi. Onun değil, senin istediğini yapıyoruz Aylin. İmzala şu kâğıtları."

Hiç sesini çıkartmadı Aylin.

"Yollatıyorum dosyayı ofisine, hafta başında," dedi Felder. Ertesi sabah gazetelere baktıklarında, baş köşede bir haber gördüler.

"PRENSES DİANA, CHARLES'DAN BOŞANMAK İÇİN HOOLYWOOD STARLARININ ÜNLÜ AVUKATINI MI TUTUYOR?"

Haberin altında da Diana'nın kocaman resimleri yer almıştı.

"Yaptığını gördün mü?" diye telefon etti Felder, "santral şirketi, haberi hemen basına sızdırmış. Ben ne yapacağım şimdi. Başımı belaya soktun Aylin."

"Senin için müthiş bir reklam oldu. Bana teşekkür edeceğine kızıyorsun," dedi Aylin. Felder, bu haberin gazetelerde yer almasına çok sinirlendiğini söylüyordu ama, o günden sonra, gazetelerde çıkan bu haberler kocaman çerçeveler içinde, ofisinin duvarlarını süslemeye başladılar.

Aylin'in Diana skandalını yaratmasının üstünden birkaç gün geçmişti ki, Nilüfer telefon etti.

"Ben yılbaşı için gelirken, yanımda bir de misafir getireceğim," dedi.

"Bu sefer kimi getiriyorsun?"

"Karataş Belediye Başkanını."

"O da kim, Nilüfer."

"Kasım Bey'le benim çok sevdiğimiz bir dostumuz, Adana' dan. Amerika'yı hiç görmemiş. Ben ona söz verdim..."

"Tamam, tamam," dedi Aylin, "başıma bırakmayıp, sen meşgul olacaksan getir. Nasıl bir adam bu?"

"Çok esmer."

"Onu sormadım Nilüfer, renginden bana ne," dedi Aylin.

Altan Kazova, Adana'da yaşayan, bir petrol şirketinin yönetiminden emekli olmuş bir tanıdıklarıydı. Gülek ailesinin birçok işlerinde, mal mülk satışlarında, kira toplamalarında onlara yardımcı olurdu. Nilüfer'in Belediye Başkanı ile birlikte New York'a gitmeye hazırlandığını duyunca, o da heveslendi.

Nilüfer, "Kardeşimin evinde ancak bir kişiyi misafir edebilirim, Altan Bey," dedi.

"Benim kalacak yerim var. Ama aynı zamanda orada olursak, ben de sizin birikimlerinizden yararlanır, Aylin Hanım'la da tanışmak şerefine nail olurum," diye yanıtladı, Kazova. Nilüfer, adamın niye Amerika'ya birlikte gitmek istediğinin yorumunu yaptı hemen.

"Altan, Aylin'den medet umuyorsa, boşuna heveslenmesin, Aylin ona yüz vermez," dedi Kasım Bey'e.

Yola çıkmalarına üç gün kala Karataş Belediye Başkanının çocuğu hastalandı, seyahatten vazgeçti. Nilüfer tek başına bindi uçağa. Altan Bey de arkalarda turist mevkiinde oturuyordu. Yolculuk boyunca, Altan Bey, hiç yalnız bırakmadı Nilüfer'i. Sürekli gelip bir şey isteyip, istemediğini sordu. Gazeteler, dergiler, çikolatalar taşıdı Nilüfer'e. Valizlerini beklerken de yardımcı oldu. Birlikte çıktılar gümrükten. Aylin, ablasına şoförlü limuzin göndermişti. Nilüfer birden Altan Bey'e döndü.

"Aylin'in evinde Belediye Başkanı gelemeyince yer açıldı, gelmek ister misiniz?" diye sordu. Adam da zaten bu daveti bekliyordu. Birlikte gittiler Bedford'a. Aylin çok esmer bir adam yerine, sarışın birinin geldiğini görünce, şaşırdı.

"Yolda yıkadın da rengi mi soldu bunun?" diye fısıldadı ablasının kulağına.

"Bu başka biri," dedi Nilüfer.

•••

Altan Kazova, yukardaki yatak odalarından birine yerleşti. Aylin ve Nilüfer'e o kadar yardımcı olmaya başladı ki, Aylin bu adamı birlikte getirdiği için teşekkür bile etti ablasına. Arabayı kullanıyor, Nilüfer'i şehre indirip, geri getiriyor, alışverişe gidiyor, evdeki ufak tefek tamir işlerini yapıyor, sırasında yemek bile pişiriyordu.

Nilüfer, harcadıktan sonra, artan kısmını Aylin'e bırakmak için, çok parayla gelmişti yanında. Paraların hepsini çantasının fermuarlı bölümünde saklıyordu. Kendine yetecek kadar bir miktarı cüzdanına koymuştu. Bir gün fermuarlı bölümdeki parayı saymaya karar verdi. İki bin dolar kadar eksikti. Bir daha, bir daha saydı.

"Aylin, çantamdan iki bin dolar uçmuş," dedi kardeşine.

"Nilüfer, sen de bu kadar parayı çantanda mı saklıyorsun?"

"Bu sadece çaldırdığım miktar."

"Deli misin sen? Kredi kartı diye bir şey var, duymadın mı?"

"Para paradır. Cebinde durur, harcarsın."

"O zaman da böyle kaybedersin işte."

"Ukalalığı bırak da paraya ne oldu onu söyle."

"Çalındı herhalde. Çünkü benim çantamdan da beş yüz dolar alınmış."

"Kim yapabilir bunu."

"Evde senden, benden ve o adamdan başka kim var?"

"O yapmaz."

"Göreceğiz bakalım," dedi Aylin. Adamı, acilen avukata verilmek üzere birtakım dosyalarla, New York'a yolladılar.

Kaptıkaçtıya binip, gitti Altan Bey. Aylin odasına girip, çekmecelerini, dolaplarını karıştırmaya başladı. Valizinin içinden, Aylin'in banyosunda duran, henüz ambalajları açılmamış sabunlar, küçük gümüş tuzluk ve biberlikler, birkaç adet çatal bıçak ve ordu nişanları çıktı. Aylin'in askerlik kemerlerini, çoraplarını da dolabın altına saklamıştı.

•••

Üç saat sonra geri geldiğinde elinde bir sürü paket vardı.

"Bunlar nedir?" diye sordu Nilüfer.

"Hazır New York'a inmişken, biraz da alışveriş yaptım," dedi Altan Bey. Odasına doğru yürüdü. Beş dakika sonra, Aylin, elinde ordu tabancası, odasına girdi adamın. Altan Bey, paketlerden çıkardığı giysileri dolaba yerleştiriyordu. Kapısını vurmadan içeri dalan Aylin'i görünce afalladı.

"Ellerini kafanın üzerine koy ve duvara dön," dedi Aylin.

"Kovboyculuk mu oynuyoruz."

"Dediğimi yap, yoksa kafanı dağıtırım," dedi Aylin. Adam o zaman fark etti Aylin'in elindeki tabancayı.

"Yoo, işte bunu yapamazsınız."

"Öyle bir yaparım ki. Bana saldırdı, ben de kendimi korumak zorunda kaldım derim. Üstelik çaldığın paraların numaralarını da almıştık. Hepsi poliste kayıtlı," dedi Aylin. Adam elleri başının üzerinde duvara döndü. Aylin yaklaştı, ceplerini aradı. Hiç sesi çıkmıyordu Altan Bey'in.

"Şimdi, bavullarını topla, evden aldıklarını da yatağın üzerine bırak." Şaşkın şaşkın baktı adam.

"Haydi sallanma. Gümüşleri, tuzlukları, kemerlerimi, nişanlarımı hepsini yatağa bırak." Elindeki tabancayı adama doğrultmuş, konsola dayanmış duruyordu.

"Ben hastayım Aylin Hanım. Size kötülük olsun diye yapmadım." Ağlamaya başladı adam. "Beni polise vermeyin."

"Çaldığın iki bin beş yüz doları öde."

"O kadar param yok."

"Bir çek yaz ve imzala öyleyse."

Adam elleri titreyerek, dolarları Türk parasına çevirerek hesaplayan Aylin'in dediğini yaptı. Eşyalarını valizine doldurdu. O kadar çok alışveriş yapmıştı ki, valize sığmayan bir sürü ıvır zıvır ortada kalmıştı.

"Bana bir bavul ödünç verir misiniz?"

"Yüzsüz herif," dedi Aylin.

Yarım saat içinde, Altan Bey, Nilüfer'in çağırdığı taksiye binmiş, yanında valizi ve bir sürü naylon poşetiyle, ayrılıyordu Bedford'dan. Aylin arabaya yaklaşıp bağırdı.

"Seni bu dünyada bir kere daha karşımda görecek olursam, ya da ablama veya ailesine yaklaştığını duyarsam, bugün dağıtmadığım kafanı o gün dağıtırım, bilmiş ol!" dedi. Araba ağır ağır uzaklaşırken, Nilüfer süklüm püklüm duruyordu bahçede.

"Yemin ederim, bu son, bir daha kimseyi peşime takmayacağım," dedi Aylin'e.

"Boşuna yemin etme Nilüfer, alışmış kudurmuştan beterdir," dedi Aylin.

# TELEFON

Aylin'le Nilüfer sonraki birkaç haftayı oldukça huzursuz geçirdiler. Altan Kazova'nın, bu kadar aşağılanarak kovulmasının ardından, mutlaka bir intikam peşine düşeceğini sanıyorlardı. Aylin, en azından bir telefon edip, ya özür dileyeceği ya da tehdit savuracağı kanısındaydı. Ama Altan Kazova'dan hiç ses çıkmadı.

Aylin'in canını sıkan telefon, ondan değil de, A.P. Jones'un savunmasını yapacak avukattan geldi. Avukat da doğal olarak ordu mensubuydu ve gizlilik gerektiren nazik konularda hassastı. Aylin'den raporunda sözünü ettiği bazı bulguları ortaya dökmemesi için ricada bulunuyordu. Aylin'in kararlı tavrı karşısında, "Bu işi telefonda görüşemeyiz. Karşılıklı konuşmamız gerekiyor," demişti çaresiz.

"Benim işimi gücümü bırakıp taa Oklahoma'ya mı gelmemi istiyorsunuz?"

"Ben önümüzdeki haftaların birinde New York'a geleceğim. Size birkaç gün önceden haber veririm, buluşuruz."

"Memnuniyetle. Bir yemek bile yeriz birlikte. Ama, kararımı değiştireceğimi beklemeyin."

"Radomisli, beni dinledikten sonra, böyle düşünmeyeceğinize eminim. Mensubu olduğunuz ordunun menfaatlerini, herhangi bir katilin çıkarları üstünde tutacağınıza inanmıyorum."

"Söz konusu katil, onun da çıkarları biraz gözetilseydi, bir katil olmayacaktı," dedi Aylin.

"Nasıl emin olabiliyorsunuz?"

"Ben her şeyden önce doktorum. İnsanları yargılamak için değil, tedavi etmek ve yaşatmak için yemin ettim."

"Çok iyi. Ama ayrıca, bir askersiniz de. Başka yeminler de ettiniz. Bunu unutmayın."

"Yeminlerimin arasında tercihe mi zorlanacağım. Şunu bilin ki ben tercihimi..."

Avukat lafını kesti Aylin'in. "Hele beni bir dinleyin Radomisli," dedi, "karşı karşıya oturup görüşelim, New York'ta. Size telefonda aktarmak istemediğim başka şeyler de var."

"Benim telefonumu kimse dinleyemez."

"Yerin kulağı vardır," dedi Avukat. Vedalaşıp kapattılar.

Yılbaşına çok az zaman kalmıştı. Aylin bir bunalımın eşiğinde olduğunu hissediyordu. Üstünde bir sürü baskı vardı. Bir yanda Joe'nun avukatı, diğer yandan Felder boşanma sözleşmesi imzalaması için dayatırlarken, bir de ordu avukatının baskısıyla karşı karşıya kalmıştı. Sadece Newby'ye üstü çok kapalı bahsetmişti son durumdan.

"Onlar benim ne çetin ceviz olduğumu bilmiyorlar. Güya gelip beni ikna edecek. Geleceği varsa, göreceği de var," demişti Newby'ye.

"Başına yeni bir dert açma, yeteri kadar sıkıntın var," demişti Newby kelimelerin üstüne basa basa. Newby, her sağır dilsiz gibi, her bir hecenin hakkını vererek konuşuyordu.

"Newby, bu sefer konuşma tarzın çok yerindeydi, gayene ulaştın, sözünü dinleyeceğim," demişti Aylin gülerek.

Aylin'in, avukatların yanı sıra, ödenmesi gereken bir sürü vergi ve borçla da başı dertteydi. Boşanma kâğıtlarını imzaladığı anda, eline yüklü bir para geçecekti. Birçok borcu anında kapatabilirdi. Ama eli varmıyordu bir türlü o imzayı atmaya. Irene'den Nilüfer'e kadar tüm çevresindekilerin baskısı onda ters tepkiler doğuruyordu sanki. Bu konuda domuz kesilmişti adeta. Neden böyle yaptığını soranları yanıtlamaz olmuştu. Hırçındı, yorgundu, karamsardı.

İşte o esrarengiz telefonların ilki, Aylin'in en kırılgan olduğu bu günlerin birinde geldi. Eve erken dönmüş şöminenin karşısındaki kanepeye uzanmış, gözleri kapalı müzik dinliyordu. Evde yalnızdı. Uzun uzun çalan telefona yattığı yerden erişemiyordu. Doğrulup, telefonun olduğu yere yürürken, işlerini yoluna koyar koymaz yatılı bir uşak tutmaya söz verdi kendi kendine. Hiç olmazsa her çalan telefona koşturmak zorunda kalmazdı.

"Alo," dedi en sıkkın sesiyle.

"Radomisli ile görüşmek istiyorum."

"Görüşüyorsunuz."

"Radomisli siz misiniz?"

"Evet dedik ya."

"Emin olmak istedim."

"Oldun işte. Ne var?"

"Size çok önemli bir şey söyleyeceğim."

"Ne kadar önemli?"

"Çok."

"Evlenme mi teklif edeceksin?" Bir sessizlik oldu.

Öbür uçtaki adamın nefesini duyabiliyordu. "Boşuna zahmet etme, henüz boşanmadım," dedi.

"Siz hiçbir şeyi ciddiye almaz mısınız? Çok önemli diyorum."

"Bak ne söyleyeceksen çabuk söyle ve mutlaka önemli olsun. Çünkü beni yattığım yerden kaldırıp buraya kadar getirttin. Kimsin sen?"

"Kim olduğum önemli değil..."

Çat diye kapattı telefonu Aylin. Bu gece manyaklarla uğraşmaya hiç niyeti yoktu. Yerine dönüp uzanmadan önce, müziğin sesini biraz daha açtı. Telefon çalmaya başladığında, yeni uzanmıştı kanapeye. Telefon hiç durmadan çalıyordu. Kalktı bir yastık kapattı telefonun üstüne, müziği sonuna kadar açtı. Bir ara sustu gibi geldi telefon. Daldı gitti. Aylin'i çınlayan telefon uyandırdı yine. Üşümüştü. Mutfağa gitti, buzdolabından bir şişe su çıkarttı, bir bardağa doldurup geri geldi. Çalan telefonun üzerine bir yastık daha attı. On dakika sonra, ya Nilüfer arıyorsa diye düşündü. Tayibe'nin de başına bir şey gelmiş olabilirdi. Fırladı yerinden, koşarak gitti, yastıkları fırlattı, açtı telefonu.

"Alo?"

"Lütfen kapatmayın." Deminki adamdı.

"Allah senin belanı versin," diye bağırdı avaz avaz, "gecemi mahvettin."

"Bir şey söylemem lazım."

"Söyle çabuk. Söyle de kurtulalım ikimiz de."

"Orada başka biri var mı?"

"Telefonu kapatıyorum. Bir daha ararsan polise haber vereceğim. Kafadan çatlaksan, beni ofisimden ara, evimden değil," dedi.

"Durun, kapatmayın," diye yalvardı adam. "Söylüyorum işte. Kendinize dikkat edin. Çok dikkat edin."

"Olur, ederim. Sağol!" Bu tür delilerle çok uğraşmıştı Aylin. Böyle fikri sabitleri olan kaç hasta tedavi etmişti. Başka bir zaman olsa, karşısındaki zavallı ile ilgilenebilirdi ama, hiç havasında değildi o anda. Dünyanın tüm yükü omuzlarındaydı sanki. Kendini yorgun, çaresiz ve inanılmaz derecede yalnız hissediyordu. Ve ne gariptir, bir başka çaresiz bula bula onu bulmuştu bu gece.

"Beni ciddiye almadınız. Daha fazla bilgi veremem. Kendinize dikkat edin, tamam mı."

"Tamam. Edeceğim. Cereyanda kalmayacağım. İyi besleneceğim. Sigarayı zaten azalttım. Spor da yapıyorum sayılır."

"Tekrar ediyorum. Dikkatli olun."

"Çok teşekkürler ilgin için. iyi geceler," dedi Aylin.

Telefonu kapattığında derin bir ohh çekti. Nerden buldu bu deli numaramı diye düşündü. Herhalde, ona tedaviye gelen bir başka hastadan almıştı. Aslında hep niyet ederdi ev numarasını hastalarına vermemeye ama, sonra dayanamazdı. Ya gece krize girerlerse? Ya ona ulaşamazlarsa? Ders olsun bana, diye söylenerek yeniden uzandı kanapeye ama, huzuru kaçmıştı. Toparlandı, bardağı elinde yatak odasına geçti. Soyundu, duşunu aldı, saçlarını fırçaladı uzun uzun. Bu saç fırçalama âdeti taa annesinden kalma bir alışkanlıktı. Küçücük bir kızken, her gece dakikalarca saçlarını fırçalardı Leyla Hanım, kızının. "Fırçalanan saçlar parlak ve kuvvetli olur," derdi.

Yatağına girmiş, ışığı yeni söndürmüştü başucundaki telefon çaldığında. Sinir içinde dikildi yatakta. Kaldırdı ahizeyi.

"Yetti be. Dikkat edeceğiz dedik ya. Uykuya da mı rahat yok?"

"Ne diyorsun sen? Ne bileyim bu saatte tavuk gibi uyuyacağını? Terbiyesizin zoruna bak," dedi Nilüfer.

"Dur, dur kapatma... Pardon. Başkası zannettim. Delinin teki bütün gece rahat vermedi"

"Ne istiyormuş?"

"Ne bileyim. Kendine dikkat et, diye tutturdu."

"Et tabii. Belki de Joe'nun adamıdır."

"Joe'nun adamı neden beni arasın?"

"Sana tehlikeyi haber vermek için."

"Ne tehlikesini?"

"Aylin, ben Joe'nun yerinde olsaydım, gebertmiştim seni şimdiye kadar."

"Sen de ablam olacaksın."

"Haklıya haklı... Herif ne istedinse verdi. Hâlâ naza çekiyorsun kendini."

"Ona olan aşkımdan. Memnun olması lazım. Sevgilisine fiyaka yapıyordur, vazgeçilmez ve paylaşılmaz adam olduğu için."

"Ona olan nefretinden. Sırf onu illet etmek için."

"Neden aradın beni?"

"Tayibe ile konuştum biraz önce. Yeni yılın ilk haftasında, Emre Bey'le birlikte New York'a geliyorlarmış. Konuşmacı olarak çağırmışlar Emre'yi..."

"Harika bu. Ne kadar özlemiştim onu," diye bağırdı Aylin, "Yaşa Nilüfer, çok hoş bir haber verdin bana." Aylin'in sesinde birden kuşlar cıvıldamaya başladı.

"Ben de, bari biraz daha kalıp, onunla beraber döneyim dedim."

"Çok iyi ettin canım," dedi Aylin. "Dönüyorsun diye üzülüyordum. Çok yalnız hissediyorum kendimi bu ara."

"İyi işte, hepimiz birlikte olacağız yakında. Haa, kimdi o seni arayan?"

"Bilmiyorum. Bir telefon sapığı olmalı. Başucumdaki telefonu fişten çekeceğim seninle konuştuktan sonra. Bütün gece uğraşamam onunla," dedi Aylin.

Tayibe, Harvard Üniversitesi'nden mezun olduktan sonra, Londra'da London School of Economics'de master yapmış ve Türkiye'ye dönmüştü. Aylin gerçekten çok özlüyordu yeğenini. Ona parti içindeki ilişkilerini kullanarak, harika işler bulmuştu, ama Tayibe bütün teklifleri geri çevirmişti. Annesiyle babasından yıllarca uzak yaşamış olduğu için vicdan azabı içindeydi.

"Vicdan azabı çekmeye gerek yok. Sen on yaşındaydın buraya geldiğinde. Herhalde senin kararın değildi Amerika'da okumak," demişti Aylin. Ama Tayibe babası çok yaşlanmış olduğu için, bir süre onun yanında kalmak istediğini söylemişti. Haklıydı. Doksan yaşına varmıştı Kasım Gülek.

Tayibe, Türkiye'de elindeki diplomalarla, hangi işe başvursa alınırdı. Dış İşleri'nin imtihanına girmişti, imtihan başarılıydı ama, Türkçesi yeterli değil diye kabul edilmemişti. Oysa Ankara'ya gelişinden bir ay sonra, mükemmel Türkçe konuşuyordu artık.

O sırada Tansu Çiller Başbakan, Emre Gönensay da Başbakanlık Başdanışmanıydı. Emre Gönensay, kendi mezun olduğu okuldan masteri olan bu üstün zekâlı, parlak genç kızı elinden kaçırmak istemedi. Üstelik Tayibe onun dalında ihtisas yapmış, ekonomi okumuştu. Onu kendine asistan olarak Başbakanlığa aldırdı. Böylece Dış İşleri'nin kaybı, Başbakanlığın kazancı oldu.

Aylin, Tayibe'nin hele böyle bir iş yakaladıktan sonra, en azından çok uzun bir süre New York'a dönmeyeceğini seziyordu. Daha sonraları da, herhalde evlenir, tamamen yerleşirdi Türkiye'ye. Tanrı ona on küsur sene müddetle, dünyanın en iyi, en şeker, en munis evladını vermişti. Her anne, bir gün uçuruverirdi değerli kuşunu yuvasından. Böyle düşünerek teselli bulmaya çalışıyordu. Hatta çok sonraları, kendi de emekli olduktan sonra, eğer Tayibe Türkiye'de yaşıyorsa, belki ben de onun yaşadığı kente yerleşirim diye düşünürdü zaman zaman.

Ertesi sabah, bir gece önceki telefon sapığını unutmuştu. Ancak ofise ulaştığında, Irene'yle konuşurken hatırladı. Irene'nin aklına hemen Jones geldi.

"O çoktan yakalandı. Şimdi yine içerde," dedi Aylin.

"Tekrar kaçmış olmasın?"

"Kaçsa haber verirlerdi. Üstelik yakında mahkemesi var. Ben de katılacağım ya, uzman doktor olarak ifade vermek için, durumunu sürekli takipteyim. Hem de onun sesi değildi telefondaki ses."

"Telefonda sesini hiç duymadın ki."

"Olsun. Aksanını tanıyorum."

"Evden kovduğun adam olmasın?"

"O kadar İngilizce konuşsa, daha ne ister."

"Belki başkasına arattı."

"Neden yapsın bunu?"

"Psikiyatr sensin. Nedenini sen bul."

"Polis değilsin. Psikiyatr değilsin. Sorgu hâkimi de değilsin, tamam mı?"

"Eee?"

"Dolayısıyla SUS!" Aylin odasına yürüyüp, kapıyı çaatt diye kapattı, Irene dilini çıkardı arkasından, elini başına götürüp deli işareti yaptı. Sonra sırayla telefon numaralarını aramaya girişti bazı yerlerin. Önce A.P. Jones'un hücresinde olduğunu öğrendi. Sonra New York havaalanında çıkışlara bakan polisi aradı. Altan Kazova isimli şahsın çıkış yapıp yapmadığını araştırdı. Neticeye varmak için iki gün uğraşmak zorunda kaldı. İki gün sonra, adamın üç gün önce İstanbul'a, giden bir uçağa binmiş olduğunu öğrendi. Bunları Aylin'e anlattığı zaman, "Sen yanlış ofistesin. Burada olacağına bir dedektif bürosunda olmalıydın," dedi Aylin.

Bu arada, telefon sapığı iki kere daha aramış, yine kendine dikkat etmesini söylemişti.

"Bu telefonlar devam ederse, polise haber verelim de, telefonunu kodlasınlar, kimin aradığını bulsunlar," dedi Irene.

"Olabilir. Gerçi zararsız bir deli ama, her telefona kalk otur, evdeyken bayağı sıkıcı oluyor," dedi Aylin.

Polise haber vermeye gerek kalmadı, adam telefon etmekten kendiliğinden vazgeçti. Aylin kendini Noel ve yeni yıl hazırlıklarına kaptırdı. Her sene olduğu gibi yine evinde Noel partisi verecekti. Yılbaşı alışverişleri, Noel hediyeleri ve süsleri alınacaktı. Tayibe'nin odasını hazırlaması gerekiyordu. Sürekli onunla olmayacaktı elbette ama, hiç olmazsa hafta sonunda gelip kalabilirdi Tayibe. Sevinç ve heyecan içindeydi Aylin. Kendini çok daha iyi hissediyordu, Tayibe'nin geleceğini öğrendiğinden beri.

# GERİ SAYIM

***(23 Aralık 1994, Cuma, HULUSİ)***

Noel öncesi, Şerife ile birlikte, benim oğlanı da alıp, Aylin Hanım'ın evine gittik. Ertesi günkü Noel davetinin yemeğini hazırlayacaktık. Bizi sık sık çağırırdı. Oğlanı çok severdi, eksik olmasın. Her gidişimizde hem çocuğa giysiler, oyuncaklar, hediyeler verir hem de cebimize bahşiş doldururdu. Bu çocuğu bile ona borçluydum bir yerde. Hatırı büyüktü, kıramazdık. Gece de kalmamızı istedi. Yarının bulaşıklarını da kaldırır öyle döneriz, dedik.

Bahçeye her türlü zerzevatı ekmiştik Şerife'yle. Toby eşelemesin diye üstünü naylonla kapatmıştım zerzevatların. Domates, hıyar, dereotu, maydanoz, nane, pazı, mantar... Ne ararsan bulunurdu bahçede.

Şerife, ertesi güne dolma yapmak için pazı topluyordu duvar dibinde, birden çığlığını duyduk. Ben mutfaktaydım. Aylin Hanım yatak odasından fırladı. Şerife yere çökmüş, kımıldamadan duruyor, vapur düdüğü gibi ötüyordu. İkimiz de aynı anda gördük duvar dibindeki yılanı. Ben dondum kaldım. Aylin Hanım bir anda, yan tarafa yığılı şömine odunlarından birini aldı, indirdi yılanın kafasına. Yılan duvara tırmandı kaçmak için. Şerife, geri attı kendini, yılan tehlikesi bitince ağlamaya başladı. Aylin Hanım bir daha bir daha vurdu yılana. Öldürene kadar. Ben hâlâ taş kesilmiş, bakıp duruyorum.

"Öyle zombi gibi durma, bak bakalım yuvası var mı?" dedi bana. Kendime geldim. Duvar dibinde bir yuva bulduk. Yavrusunu da ben öldürdüm artık, ayıp olmasın diye.

"Kış günü yılan mı olurmuş? Yılan yazın çıkar ortaya," dedi Şerife. Gerçekten de Aralık ayazı içimize işlerken ne işi vardı yılanın bahçede?

"Bir yerini soktu mu yılan?" diye sordu Aylin Hanım.

"Bilmiyorum. Korkudan hiçbir şey hatırlamıyorum," dedi Şerife.

"Kızım, hiç acı hissetmedin mi?"

"Korku hissettim."

Aylin Hanım, kütüphanesinden kitapları indirip, yılan sokmasına karşı tedavi yöntemlerini okudu. Ama belli ki Şerife'yi yılan sokmamıştı. Mutfakta akşama kadar çalıştık Şerife'yle. Ertesi gün, bir sürü misafirimiz vardı. Betin Hanım annesini de getirmişti bu yıl İstanbul'dan, birkaç gece Bedford'da kalacaklardı. Kler Hanımlar, Feride Hanım, çocukları, bütün Türkiyeli arkadaşları davetliydiler Noel yemeğine. Türklerin seveceği yemekleri de hazırlıyorduk, hindinin yanı sıra. Aylin Hanım bize yardım ediyordu.

"Her işte bir hayır vardır. İyi ki biz bulduk yılanı. Öldürmesek, Toby'yi ya da senin oğlanı sokabilirdi bir gün," dedi.

"Kış günü ortaya çıkan yılan hayra alamet değildir diye bilirim," dedi Şerife. "Bizim köyde hiç hayra yormazlar, bir uğursuzluk getirir arkasından."

"Geleceği kadar geldi uğursuzluk, belki de yılan, sonun müjdecisiydi," dedi Aylin Hanım. Her şeyde bir iyi taraf arardı mutlaka.

***(7 Ocak 1995, Cumartesi, AYLİN GÖNENSAY)***

Aylin aradığında, valizleri yeni açmış, dolaplara yerleştiriyordum. New York'taki otelimize yerleşeli yarım saat bile olmamıştı henüz. "Geldiğimi de nereden öğrendin? Daha kimseye haber vermeye vakit bulamadım ben," dedim.

"Ben öğrenirim," dedi. "Hafta sonunu Bedford'da beraber geçirelim, Tayibe de bizimle olacak. Mutlaka bekliyorum."

"Emre'yi bırakamam Aylin. Hafta içi buluşur, bir yemek yeriz birlikte."

"Olmaz, Emre'yi de bekliyorum. Evimi görmeyen tek arkadaşım sen kaldın. Hiç bahane uydurma. Geleceksiniz," dedi.

"Emre gelemez, yapacak çok işi var. Ben de tek başıma oralara gelemem..." Lafımı kesti Aylin, "Ben oteline şoförlü araba yollayacağım, seni alıp getirecek, gece kalmak istersen ne alâ, istemezsen, akşam yemeğinden sonra da geri götürür. Sen bana gelmezsen, ben de Emre'nin konuşmasını dinlemeye gelmem. Tamam mı?"

"Tamam," dedim.

Cumartesi sabahı, Madison Avenue'nün köşesinde dikilip, Aylin'in yolladığı arabayı bekledim. Bir kaptıkaçtı durdu önümde.

"Aylin Hanımefendisiniz, değil mi?" dedi, arabayı kullanan adam. Türkçe konuşuyordu.

Şaşaladım, bindim arabaya.

"Siz Aylin Hanım'ın şoförü müsünüz?" diye sordum.

"Hayır, ben Nilüfer Hanım'ın ekibindenim. Zaman gazetesi için makineler almaya geldikti, ben dönemedim, kaldım. Burada ne iş olursa yapıyorum. Bazen Aylin Hanım'a servise gidiyorum. Nilüfer Hanım geldikçe de, onun işlerine koşuyorum," dedi. Arabayı hızlı kullanıyordu. Birazdan ana yoldan saparak, kenti geride bıraktık. Bir saat kadar sonra, yapraklarını dökmüş çok yüksek ağaçların kapladığı bir bölgeye geldik. Müthiş bir klostrofobi hissi geldi bana, bitki örtüsünü hiç sevmedim nedense. Bir müddet gittikten sonra, yoldan sağa saptık, kapı gibi bir yerden geçip, ancak üç veya dört evin bulunduğu bir dar yoldan kıvrıla kıvrıla yukarı tırmanmaya başladık. Ağaçlar yine o upuzun boylarıyla, üstüme üstüme geliyorlardı. Sağda bir ev gördüm, evin önünden önce sola, sonra sağa kıvrıldık, bir daha kıvrıldık ve şoför yukarlarda bir yerde, Aylin'in villasını gösterdi. Çıplak ağaçların arasında, kocaman pencereleri olan büyük bir evdi. Avludaki çiçekli göbeğin etrafında dolanıp, burnunu garaja döndürerek durdu araba. Aylin pencereden el salladı, "Eve garajdan gir," diye bağırdı. Garajın içi kümelenmiş saman yığınlarıyla doluydu. Oradan gitmek istemedim, evin esas girişi olan merdivenlere doğru yürüdüm. Cümle kapısı, kocaman bir hole açılıyordu, duvarda Sevgili Aylin'e, diye imzalanmış George Bush'un kocaman bir resmi ve Aylin'in güzel bir portresi asılıydı. Aylin'le kucaklaştık. Evin içindeki Türk halılarının dışında, bembeyaz mermer kaplı yer döşemeleri, yüksek tavanları, çepeçevre geniş sürme pencereleriyle, Hoolywood filmlerindeki gibi bir evdeydim. Sağa doğru yürüyüp, pencereleri yere kadar inen, yüksek tavanlı, geniş salona girdik. Dışarda yine o çok uzun soluk ağaçlar ve bir havuz vardı. Bana nedense çok sevimsiz gelen bu doğanın içindeki tek şirin varlık, pencerenin önünde gezinip duran ve ara sıra kafasını cama dayayıp içeri bakan attı.

"Bak, bu da benim son arkadaşım," dedi Aylin, atı göstererek.

"Adı Karizma, Oklahoma'dan geldi benimle birlikte. Artık bir kocam yok ama, bir atım var. Ne güzel bir hayvan, değil mi?"

Salonun ucundaki iki taraflı şömine, salonu yemek odasından ayırıyordu. Beni yemek odasına doğru yürüttü Aylin. Kocaman masanın üstü içi evrak dolu kutularla kaplanmıştı.

"Başıma açılan dertleri hiç sorma," dedi, "Bugün hesap uzmanı gelecek ve bu yığının içinden çıkmaya çalışacak. Dünya kadar vergi borcum birikmiş. Hiç anlamam bu işlerden. Eskiden Joe'nun muhasebecisi bakardı. İki yıldır kimse ilgilenmemiş. Bakalım başıma ne işler açılacak."

Yemek odasına girmeden, mutfağa yürüdük. Kocaman, modern, aydınlık bir mutfakta, beni getiren adam, üstünü değiştirmiş, bu kez ocağın önünde yemekle meşgul oluyordu. "Nilüfer'in bitmez tükenmez adamlarından biri," dedi Aylin kulağıma, başıyla adamı işaret ederek.

Yemeği, Tayibe, Nilüfer ve biz iki Aylinler, mutfağın ucundaki yuvarlak masada yedik. Aylin sık sık masadan kalkıp bir yerlere gidiyor, devamlı Tayibe'den bir şeyler istiyor ve bir türlü huzur bulamıyordu. Kafası dağınıktı. Hiçbir konuyu sonuna kadar getiremiyorduk. Sanki, bedeni orada ama aklı bambaşka bir yerdeydi. O, masadan kalkıp içeri geçtiğinde, Nilüfer hemen Aylin'in son zamanlarda boşanma nedeniyle çok huzursuz ve asabi olduğunu anlatmaya başlıyordu.

"Geçen kış, Kasım Bey'le beni aradı Joe, Aylin'i boşanmaya ikna etmemizi söyledi. Bill Clinton'un yakını olan bir kadına âşık olmuş. Oradan bazı faydalar göreceğini sanıyor herhalde. Aylin'i çok zor ikna ettik boşanmaya. Bu ev her ikisine de aitti. Ama Joe evi olduğu gibi ona bırakıyor. Alt katta muayenehanesi var, çalışmalarına burada da devam edebilecek, niye bu kadar üzülüyor, anlayamıyorum," diyordu.

Aylin sofraya geri döndüğünde, uygun bir zamanı kollayıp, "İlk kez boşanmıyorsun ya, gelecek yıla kalmaz, Joe'dan çok daha iyisini nasılsa bulursun. Sen elini sallasan ellisi gelir. Takma kafana boşanmayı," dedim.

"Bu benim için bir gurur meselesi," dedi Aylin. Sonra konuyu değiştirmek ister gibi, "Gel sana evin üst katlarını gezdireyim," dedi, kalktık masadan, yukarı kata çıktık. Tayibe'yle Mustafa'nın odalarına baktık. "Tayibe benim kızım oldu," dedi Aylin. "Öz çocuğumdan farkı yok. Dolayısıyla vârisim de o. Bu ev, diğerleri, her şeyim. Ben ölünce ona kalacak."

"Emre'yle ben de çok seviyoruz onu ama, daha senin de benim de ölümümüze çok var Aylin. Yaşamımızın sonbaharına değil, baharımızın sonuna doğru, yeni yeni geliyoruz," dedim.

Başka bir odaya geçtik. "Burası benim 'ordu odam,'" dedi Aylin. "Üniformalarım, sırt çantalarım, orduya ait tüm eşyalarım burada duruyor. Her an göreve dönebilirim, çağrıldığım zaman da her şey elimin altında olmalı."

Sonra aşağı kata, Aylin'in yatak odası bölümüne indik. Yine yerlere kadar pencereleri olan büyük bir odaydı.

"Bu koca pencereli, panjursuz evde tek başına kalmaya korkmuyor musun Aylin?" diye sordum, içim ürpererek.

"Bir hırsız girip sana bir kötülük yapsa kimsenin ruhu duymaz."

Baş ucunda duran silahı aldı eline. "Kimse bana bir kötülük yapamaz, bak silahıma," dedi, tabancayı bana uzatarak, "üstelik ben müthiş bir nişancıyım da..."

"Koy o silahı yerine çabuk!" dedim.

O sırada kapı çalındı ve Aylin'in hesaplarını düzenleyecek olan adam geldi. Aylin bir süre onunla yemek odasına kapanmak zorunda kaldı. Akşam üstüne doğru, New York'tan Laureen adında başka bir arkadaşları geldi. Aylin sürekli hesaplarıyla meşgul olmak zorunda kaldığı, bizim yanımıza gide gele kafası dağıldığı için, hem Laureen hem de ben o gece orada kalmayıp, dönmeye karar verdik. Aylin kalmamız için çok ısrar etti ama, dinletemedi.

Arabada, Laureen'in yanındaki ön koltuğa yerleştim ve bir süre, bahçede bizi geçiren Nilüfer'e, Tayibe'ye ve Aylin'e el salladım. Uzun soluk gövdeli, çıplak ağaçların çevrelediği dik yokuştan aşağı inerken içimde nedenini bilmediğim tuhaf bir korku, bir huzursuzluk vardı. Ne sevimsiz bir yoldu bu.

***(9 Ocak 1995, Pazartesi, Bedford, NİLÜFER)***

Aylin son günlerde inanılmayacak derecede gergindi. Akşamları eve yorgun dönüyor, hemen bir kadeh beyaz şarap dolduruyor ve şöminenin karşısında gözlerini alevlere dikip saatlerce oturuyordu. Ancak akşam yemeğinden sonra başlıyorduk konuşmaya. Sabahın üçüne kadar konuştuğumuz oluyordu. Gece bu kadar geç yattıktan sonra, sabah erkenden nasıl toparlanıp çıkabiliyordu, anlamıyordum. Kilo vermişti, yüzü yorgundu. İki gün sonra boşanma kesinleşecekti. O günü iple çekiyordum. Bu boşanma Aylin'in bir yerde kurtuluşu olacaktı. Kafasından atacaktı bu tatsız olayı. Ben de içim rahat, Pazar günü evime dönecektim. Pazartesi akşamı erken yattık. Ertesi gün oldukça yüklü bir programı olduğu için, Aylin o gece sabahlara kadar oturup konuşmadı Allahtan. Odama çekildim, biraz meditasyon yaptım. Davanın sonucunun Aylin'e hayırlı gelmesi için dualar ettim. Uyumuşum.

Kimbilir sabahın kaçıydı. Odamda tıkırtılarla uyandım, Aylin tepemde... Önce ödüm patladı, uyku sersemi ne olduğunu anlayamadım. Başucumdaki lambayı yakıp, yatağın kenarına oturdu. Gözyaşları yüzünde uzun ince yollar çizmişti.

"Nilüfer, sana bir haberim var," dedi, "Deli misin nesin? Bu saatte ne haberin olacak?"

"Ben boşanmaktan vazgeçtim."

"Neee?"

"Vazgeçtim. Boşanmıyorum."

"Ne biçim şaka bu sabahın üçünde?"

"Çok ciddiyim. Bak, kâğıtlar burada, hepsini yırttım."

Yatakta doğruldum. Gerçekten de avucunda dörde parçalanmış sayfalar vardı. Gözlüğüm... gözlüğüm nerede? Gerçekten boşanma anlaşmasını mı parçaladı bu deli?

"Sapıttın mı Aylin?"

"Yoo. Sadece düşündüm. Kaç gündür düşünüyorum. Bana bu kadar acı çektiren Joe'ya ve sevgilisine, ben de biraz eza etmeye karar verdim. Onlar da benim gibi üzülsünler, uğraşsınlar bakalım. İşlerini kolaylaştırmayacağım. Savaşa devam edeceğim."

Nutkum tutulmuş aval aval bakıyordum.

"Felder'in telesekreterine mesaj bıraktım, boşanmaktan vazgeçtim diye. Joe'ya haber vermesini söyledim."

"Şu halde ayın on ikisinde duruşma yok?"

"Yok."

"Bu haberi alınca Joe hırsından deliye dönecek."

"Biliyorum."

"Sana bir kötülük etmesin?"

"Ne kötülüğü edecekmiş bana? Yapacağını yaptı zaten. Kredi kartlarını iptal etti, beni kış ortasında soğuktan dondurdu, çöpü dağ gibi biriktirdi. Daha ne yapacakmış?"

"Öyle şeyler değil... ne bileyim ben korkuyorum işte. Joe'dan çok o kadın korkutuyor beni. Onun nedense evlenmek için çok acelesi var, bir kötülük yapmasın."

"Amaan Nilüfer, neler düşünüyorsun böyle."

"Sabah olsun bir kere daha düşünür, konuşuruz. Ben de içim rahat dönecektim Türkiye'ye güya."

"Nilüfer, ne olur pazar günü dönme. Biraz daha kal."

"Benim de bir kocam olduğunu unuttun galiba."

"Lütfen. Aynı uçuş perşembe günü de var. Bari perşembeyi bekle." Yalvaran kedi gözlerini gözlerime dikmiş bakıyordu. Bu yalvaran bakışları ve onların üstümdeki etkisini bilirdim, çaresiz değiştirecektim biletimi.

"Aylin, çekil tepemden. Uyuyacağım. Sabah konuşuruz tamam mı.

Aylin yine ağlamaya başladı. Yorganı açtım, yanıma girdi. Sarıldım kardeşime. Bir süre kollarımda hıçkırdı. Sonra sanırım yorgunluktan daldı gitti. Kollarımı kurtardım başının altından, "Hayırlısı neyse o olsun," dedim yavaşça ama hayırlı şeyler olmayacakmış gibi bir his, bir sıkıntı vardı içimde.

***(10 Ocak 1995, Salı, Bedford, TAYİBE)***

Annemle teyzemin ofisinde buluştuk. Bana Bedford'a dönmem için ısrar ediyordu ama, Emre Bey ve ekibiyle birlikte olmaya mecburdum.

"Hiç olmazsa, birlikte yemek yiyelim," dedi, kıramadım. Teyzemin bekleme odasında, hastanın gitmesini bekliyorduk. Aslında üst kata, teyzeme ait daireye de çıkabilirdik ama, teyzem, annemin deyişiyle, "her zamanki gibi hayırsız bir hayır işi," yapmış, muayenehanesini kiraladığı Benjamin Leigh'e yukardaki yatak odalarından birinde kalma izni vermişti. "Deli misin nesin? Hem de beş kuruş para almadan, ne mecburiyetin vardı?" diye sormuştu annem.

"Acıdım, kalacak yeri yoktu. Kendine ucuz bir daire arıyor, bulunca taşınacak," demişti teyzem, iki aydır yukarı katı işgal ediyordu adam.

Aralık ayında, Mustafa buradayken, teyzem yukarı katta, holde duran şifonyerin çekmecesinden, mezurayı alıp gelmesini söylemişti Mustafa'ya. Mustafa elinde mezura ve üç adet el bombasıyla çıkagelmişti. "Bunlar da nesi, bombaya benziyorlar?" Teyzemin gözleri faltaşı gibi açılmıştı.

"Benzemiyorlar teyze, bombanın dik âlâsı bunlar."

"Nereden buldun?"

"Şifonyerin sol çekmecesinde buldum."

"Sol çekmece Mr. Leigh'e ait. Sağdakine bakmalıydın."

"Nereden bilebilirdim teyze, önce sol çekmeceyi açtım. Erkek çorapları vardı. Senin ordu çorapların zannettim, altlarına elimi sokunca, bunları buldum."

"Mustafa, el bombaları olduğuna emin misin?"

"Teyze, ben askeri okulda okudum. Sen orduda bulundun. İnsaf et!"

"Ne yapıyor acaba bu adam el bombalarıyla?"

"Bir an önce öğrensen iyi olur," demişti Mustafa. Benjamin Leigh, kendine göre bir açıklama getirmişti ama, annem artık üst kata çok zor çıkıyordu.

"Ben o delinin yaşadığı yere gitmem," diye tutturmuştu. Bu nedenle teyzemi ofisinde bekliyorduk.

"Aylin sana boşanmaktan vazgeçtiğini söyledi mi?" dedi annem Irene'ye.

"Söyledi."

"Ne olacak şimdi?"

"Joe köpürecek herhalde. Ayın on ikisinde boşanacağını umuyordu," dedi Irene.

"Bana Joe'yu arasana Irene. Bu son durumu öğrenmesi lazım," dedi annem. Irene telefonu çevirdi. Joe'nun sekreterine Bayan Gülek'in aradığını söyledi, telefonu anneme uzattı. Irene'nin önündeki düğmelerden birine bastım. Böylece Joe'nun sesini hepimiz duyabilecektik. Konuşma çok kısa sürdü. Annem elinden geldiği kadar nazik olmaya çalışarak, "Bunu sana söylerken, çok zorlanıyorum Joe, ben de çok üzüldüm ama, Aylin boşanmaktan vazgeçti," dedi. Uzun bir sessizlik oldu. Hiç köpürmedi Joe.

"Yaaa?" dedi buz gibi bir sesle. Uzun bir sessizlik daha oldu.

"Her şeye yeniden başlıyoruz demek ki!" Joe'nun sesi yılan tıslar gibiydi.

"Biraz zaman geçsin, yine konuşursunuz," dedi annem.

"Konuşma faslı bitmiştir. Şimdi, başka bir yol düşünmem gerekecek," dedi Joe. Kapattı telefonu. Bir an konuşmadan durduk üçümüz.

"Bu telefon konuşmasını Aylin bilmesin," dedi annem. O gece onlar Bedford'a döndüler. Ben New York'ta kaldım.

***(11 Ocak 1995, Çarşamba, Bedford, LAURIE)***

Akşam yemeği için kocaman bir tavuk pişirmişti Aylin. Nilüfer ve Newby ile birlikte akşam yemeği için mutfak masasına dizelenmiştik. Aylin son derece sakin, boşanmaktan vazgeçtiğini, anlaşma kâğıtlarını yırtıp attığını, işi oluruna bıraktığını söyledi. Newby ile bakıştık. Nilüfer yakaladı bakışmamızı.

"Tasvip etmiyorsanız, söyleyin," dedi.

"Mesele tasvip edip etmemek değil," dedi Newby. "Yeniden bir çatışma zemini açılıyor. Bu savaşa devam etmek Aylin'in sinirlerini büsbütün yıpratmayacak mı?"

"Joe boşanmayacağını duyunca kuduracak ve kimbilir neler yapacak bu sefer," dedim.

"Yapacağını yaptı zaten," dedi Newby, "iki yıldır kan kusturdu Aylin'e. Onun yüzünden elektrikler bile kesildi bir süre. Daha ne yapacak dersin?"

"Bu lafları duymaktan gına geldi," dedi Nilüfer.

"O kadının gözü o kadar dönmüş ki, bir an önce Joe'yla evlenmek için her şeyi göze almış. Umarım ki kötülük yapmaz," dedim.

'Ne yani beni dövdürtecek mi?" diye sordu Aylin, "keşke denese.

"Dener mi hiç, ordu eğitimli birine kimin gücü yeter?"

Gülmeye başladık. Aylin'in kadınla oğlundan ve Joe'nun kızlarından nasıl dayak yiyeceği veya onları nasıl döveceği üstüne değişik senaryolar üretip çok eğlendik. Aylin de kahkahaları patlatıyordu ama, sinirli olduğunun farkındaydım.

"Bu kadın seni dövmek için Joe'nun kızlarıyla kendi oğlunu kullanmaz bunu bil Aylin. Elbette bu iş için, özel yetiştirilmiş birilerine gider," dedi Newby.

"Rambo'yu mu kiralar?" Aylin bu soruyu sorarken gülüyordu ama, ellerinin hafifçe titrediğini görüyordum.

"Yetti artık bu konu," dedim sertçe. "Newby, sen de fazla gecikme hayatım, yolun uzun."

"Haydi bakalım, siz Türklerin deyişiyle, evli evine köylü köyüne," diyerek kalktı Newby. Ben gece Aylin'de kalacaktım, sabah birlikte inecektik şehre.

Tam kapıdan çıkmadan, Aylin, "Newby, senden istediğim şeyi ihmal etme, emi canım?" dedi.

"Hangisini Aylin?" Newby o kadar çok işine bakıyordu ki Aylin'in.

"Vasiyet işini. Bir an önce tamamla."

"O iş hazır, sana söylemiştim ama, unutmuşsun. Bir imza atman gerekiyor, bir türlü büroya gelmeye vakit bulamadın ki."

"Aaa, doğru Newby, unutmuşum," dedi Aylin. "Yarın ofisten sonra uğrarım. Bitirelim artık bu vasiyet işini."

"Ne vasiyeti?" diye sordu Nilüfer.

Kimseden ses çıkmayınca, ben, "Aylin vasiyetini değiştirmek istiyordu. Newby ona yeni bir vasiyet hazırladı," dedim.

Nilüfer şaşkın şaşkın bakıyordu.

"Ne bakıyorsun öyle hortlak görmüş gibi, herhalde vârisimin Joe olmasını istemezsin," dedi Aylin.

"İstemem elbette, ama bu vasiyet neyin nesi şimdi? Senin böyle vasiyetler filan düşünmene daha çok zaman var, çatlak sen de," dedi Nilüfer. Kendine ölümü yakıştırmasına bayağı bozulmuştu kardeşinin.

"Dayımın oğlunun düğününe, Atlanta'ya giderken, uçak çok fazla sallandı, bir ara çok korktum," dedi Aylin, "işte o zaman düşündüm ki, bu uçak düşerse, her şey Joe'ya ve dolayısıyla o kadına kalacak. New York'a döner dönmez, Newby'ye yeni bir vasiyet hazırlamasını söyledim. Yeni vasiyette, tek vârisim Tayibe."

"Aman, ne yaparsan yap," dedi Nilüfer.

"Yaptım zaten. Bir imzaya kaldı iş," dedi Aylin.

"Dün gece de beni hiç uyutmadı bu deli. Ben yatmaya gidiyorum, yorgunum," diyerek, gazeteleri toplayıp çıktı Nilüfer. Newby de gidince, baş başa kaldık Aylin'le. Aylin şarap şişesini alıp şöminenin karşısına kuruldu.

Beni uçurumlardan kurtaran, boşluk içinde kıvranırken, mutlu, sorunsuz bir insan kılan Aylin'in sessiz kederi karşısında, hiçbir şey yapamamanın korkunç ezikliğiyle öylece oturuyordum yanında. İçindeki isyanı, kızgınlığı anlıyordum. Düş kırıklığını, gururunun incinmesini de anlıyordum. Ama ağzımı açıp da, "Bu hissettiklerinin çaresi, ne elindeki şarap kadehinde ne de uykusuz gecelerde değil," diyemiyordum. "Vazgeç bu işten, at tekmeyi kıçına, kurtul Joe'dan," diyemiyordum. Öylece oturuyordum lök gibi, hiçbir işe yaramadan... Fazla içmedi Aylin. Bardağa doldurduğu şarabı bitirmedi bile. Uyukluyordu. Ya da ben öyle zannediyordum.

Bir ara gözlerini araladı, "Biliyor musun Laurie," dedi. "Bütün erkekler, kocalarım beni hep terk ettiler."

Yalandı bu, kocaman bir yalan.

"Hayır Aylin, sen onların seni terk etmeleri için zemin hazırladın ve sanki onlar seni bırakıyormuş gibi yapıp, hep sen bıraktın onları," dedim. Gözleri kapalıydı, beni duydu mu acaba?

***(16 Ocak 1995, Pazartesi, TAYİBE)***

Pazartesi günü, Emre Bey'le birlikte Washigton'dan döndük. Hem Amerikan Hükümeti'nin ileri gelenleriyle hem de Dünya Bankası'yla çok güzel temaslar yapılmış, olumlu sonuçlar alınmıştı. Teyzeme her şeyi anlatmak için sabırsızlanıyordum. Sabah ofisinde buluştuk. Uzun uzun konuştuk.

Sakin, olaysız, sıradan bir gündü. Çok şey konuştuk ama, bütün sabah boyunca, teyzemin Joe'dan boşanmasına ilişkin tek bir laf etmedik. Sanki aramızda, bu konunun onu ne kadar üzdüğünü bilmemizden dolayı, sessiz bir anlaşma yapılmıştı. Boşanma konusuna kimse değinmiyordu. Ama devamlı kaçış olanaksızdı. Joe'nun tepkisinin yansımaları nasılsa yakında gelecekti kulağımıza. Avukatlar savaşı yeniden alevlendirecekti. Biz şu anda, büyük bir fırtınadan önceki anormal durgunluğu yaşıyorduk sadece. Öğle yemeği için çıkmaya hazırlanıyorduk kapı çaldığında.

"Kimseye randevu vermemiştim bu sabah. Kim acaba?" dedi teyzem. Irene izinliydi. "Ben bakarım," dedim ve kapıyı açmaya gittim. Aman Allahım! Kapının önünde, upuzun boylu, yırtık pırtık giysiler içinde saçı sakalına karışmış bir serseri duruyordu. Tam kapıyı kapatacaktım ki, "Aylin içerde mi?" diye sordu. Bir an yanlış duyduğumu zannettim.

"Aylin'i arıyorum," dedi yine. Nefesinden yayılan leş gibi içki kokusu burnumun direğini sızlatıyordu.

"Bekle burada," dedim, çaresiz. Kapıyı kapatıp içeri gittim.

"Teyze seni bir serseri arıyor."

"Serseri mi?"

"Adını biliyor, Aylin dedi."

"Nasıl biri?"

"Uzun boylu, mavi gözlü, pislik içinde..."

"Ah, Dean olmalı," dedi teyzem.

"Teyze! Bu partal herifi tanıyor musun?"

"Dur, gidip bakayım," dedi teyzem. Birazdan serseri peşinde, içeri geldi.

"Şu tuvalete gir de elini yüzünü yıka," dedi adama. Adam tuvalete girip kapıyı kapattı. Şaşkınlık içindeydim.

"Teyze, kim bu?"

"Bu Dean," dedi teyzem, "Kler ile benim serserimiz."

"Ne demek bu?"

*"Our bum,"* dedi İngilizce.

"Onu anladım da nasıl yani?"

Adam o sırada geri geldi. "Sonra anlatırım," dedi teyzem. Mutfaktan bir şişe şarap ve bir kese kâğıdı getirdi, çantasından birkaç dolar çıkardı, adama verdi.

"Sana sevdiğin tavuklu sandviçlerden iki tane yaptırdım," dedi.

"Sağol," dedi serseri, sonra bana döndü, "bu... Tey... Tay... Teybi olmalı, öyle değil mi?"

"Ta kendisi," dedi teyzem.

Adam elini uzattı bana. Ne yapacağımı bilemedim.

"Tayibe!" dedi teyzem sertçe. Çaresiz ben de uzattım elimi, el sıkıştık.

"Bendeniz Dean. Yani 'dekan' anlamına değil, sadece adım böyle. Aslında babam 'Dean' olmamı isterdi ama, kısmet!" dedi. Ben aval aval bakıyordum.

"Haydi bana eyvallah, Aylin," dedi serseri.

"Kendine iyi bak. Ölesiye içme," dedi teyzem. Çıktı gitti adam. Ellerimi yıkamaya banyoya koştum. Geri döndüğümde, teyzem çıkmaya hazır ayakta beni bekliyordu.

"Teyze, rüya mı gördüm ben? Demin olanlar gerçek miydi?" dedim.

"Niye bu kadar şaştığını anlayamadım," dedi teyzem.

"O gelen bir sokak serserisiydi. Bir *bum'dı."*

"Evet, n'olmuş?"

"Teyze, nereden bulursun bu tipleri? Korkmaz mısın? Hırlı mıdır, hırsız mıdır? Alkolikti adam bal gibi?"

"Sana alkoliklerin hırsız olduğunu da kim söyledi?" dedi teyzem. "O gördüğün adam bir insandı Tayibe. Üstelik görmüş geçirmiş, üniversitenin yarısından terk, filozof bir adamdı. Hayat onu bu yola itmiş. Burası Amerika, başaramayınca, baba evine dönüp, annenin etekleri arasına sığınamıyorsun, bizde olduğu gibi. Böyle, sokaklara düşüyorsun işte."

"İyi de teyze, nasıl tanıştın, hastan mı yoksa?"

"Bir gece Kler'le yemeğe gidiyorduk Park Cafe'ye. Yolda dileniyordu. Bizden para istedi, 'içki mi alacaksın?' diye sordum. 'Karnım aç, yiyecek bir şeyler alacağım,' dedi. Ben de, gerçekten karnı açsa, ona yemek ısmarlayacağımı söyledim. Park Cafe'den vazgeçip, McDonalds'a girdik. Üç porsiyon Big Mac, iki tane elmalı pasta yedi. Gerçekten açmış."

"Eee?" Masal dinliyor gibiydim.

"Eee'si o kadar. Yemek yerken lafladık. Hayatını anlattı bize. İnanılmaz bir yaşam öyküsü var. Aslında ruhen çok soylu biri. Arkadaş olduk. Pazartesileri ara sıra uğrar, sandviçini, şarabını alır. Bazen de para veririm."

"İyi de teyze, kaç kişiye bakıyorsun sen? Hulusi'nin ilaçları, Vildan'ın çocuğunun okul kitapları, daha neler de neler, bir de serserinin içkisiyle sandviçleri. Ona para vereceğine tedavi etsene."

"Deneyebilirdim ama istemiyor. Zorla güzellik olmaz," dedi teyzem.

"Teyze bu insan sevgin... bu... bu... insana, hayvana herkese, her şeye yetişmek, bu aşk... seni yormuyor mu?"

"Tayibe," dedi teyzem, "hayatı kaldıramayabilirdim, 'bu bendeki aşk olmasa.'"

***(17 Ocak 1995, Salı, sabah, öğlen ve akşamüstü)***

Öğlene doğru, Aylin ve Nilüfer birlikte New York'a indiler. Aylin, Nilüfer'i bir arkadaşlarının evine bırakıp, berbere gitti. Sonra Tayibe ile buluştular ve American-Turkish Society'nin tertiplediği, Emre Gönansay'ın konuşma yapacağı öğlen yemeğine katılmak üzere, Plaza Oteli'ne gittiler. Biraz erken gelmişlerdi. Tayibe ile Oak Room'da bir kahve içmeye karar verdiler. Emre Gönensay, Aylin ve kızları Nazlı da Oak Room'daydılar. Bir süre birlikte oturup, sohbet ettiler, sonra yemeğin düzenlendiği Terrace Room'a geçtiler. Salon kalabalıktı. New York'ta yaşayan Robert Kolejli Türklerin ve Türk diplomatların hemen hepsi oradaydı.

Aylin, biraz dalgın olmakla birlikte, her zamanki gibi neşeliydi. Uzun süredir görmediği arkadaşlarıyla özlem gideriyor, şakalaşıyor, flört ediyordu.

Yemekte, Tayibe ve Aylin, Talat Halman'la eşi, Şarık Tara ve The Bank of New York'tan bir bankacıyla birlikte oturdular. Derneğin Başkanı Ahmet Ertegün açılış konuşmasının ardından, günün konuşmacısı, Türkiye Cumhuriyeti Başbakanlık Başdanışmanı Prof. Emre Gönensay'ı kürsüye davet etti. Gönensay, 1994 ekonomik krizini ve Türk hükümetinin bu krizi nasıl atlattığını anlatmaya başladı Amerikalı işadamlarına.

Tayibe'nin dikkat kesilmesine karşın, Aylin pek ilgilenmedi konuyla. Zaten kendi masalarında onlar daha çok sanattan, müzikten ve tiyatrodan konuşuyorlardı. Aylin yemekte bir kadeh kırmızı şarap istedi, o kadar. Kafası sürekli boşanma davasındaydı.

Asla belli etmemesine rağmen, son durumu duyunca, Joe'nun göstereceği tepkiden korkuyordu. Joe çoktan boşanmadan vazgeçtiğini duymuş olmalıydı. Acaba ne demişti? Ne yapmayı düsünmüştü? Bir süre önce, televizyon programına çıkıp, "Ben kocamı seviyorum, asla boşanmayı düşünmüyorum," demesini bile tiksintiyle karşılamıştı Joe. Aslında Joe'yu sinirlendireceğini bilerek girişmişti bu işe, sırf inadından. Sonradan işi şakaya vurmuş, gırgır geçmiş ama, Joe'yu ilk kez güldürememişti. Hızla kalın bir duvar örülüyordu aralarında. Hep o Little Rock, Arkansaslı, Bill Clinton'ın yakını olan, Katolik kadının yüzünden.

Birinin ona bir şeyler söylemekte olduğunu neden sonra fark etti. Bir süre boş boş baktı, sonra bir kahkaha patlattı.

"Biliyor musun, ben ağır işitmeye başladım nedense. Vaktinden önce yaşlanıyor olabilir miyim? Ne demiştin sen, bir daha söyle." Arkadaşı şaşırmıştı, içinden "Zil olmuş bu," diye geçirdi. Oysa kadehindeki şaraba dokunmamıştı bile

Aylin. Dalgınlığının nedenleri bambaşkaydı ve ne zamandır eski Aylin değildi. Ancak onu çok çok iyi tanıyanlar, neşesindeki bir iki oktavlık düşüşü ve kafasının bambaşka yerlerde olduğunu fark edebilirlerdi. O gün orada karşılaştığı eski dostu İvan da bunlardan biriydi işte. Evine döndüğünde karısı Leyla'ya, "Aylin'de bir tuhaflık vardı," diyecekti.

Yemekten sonra, Tayibe ile Aylin, Gönensaylarla birlikte, kahve içilen bölüme geçip, uzun uzun sohbet ettiler. Emre, Aylin'e akşam birlikte yemek yemelerini teklif etti.

"Yarın yine Washington'a dönüyoruz, sonra uzun süre görüşemeyebiliriz," dedi, "Tim Childs'la operaya gideceğim. İmkânı yok atlatamam. Çok önceden kararlaştırdık," dedi Aylin.

"Kendine, genç bir kavalye bulsana," dedi Aylin Gönensay.

"Gençler kadınların kıymetini yaşlılar gibi bilmez," dedi Aylin.

Onlardan ayrıldıktan sonra, ofisine dönüp, bir hasta kabul etti.

Hasta gittikten sonra, banyoda makyajını tazeledi, rujunu sürdü, saçlarını taradı, parfümünü fıslattı, doktor gömleğini çıkarıp, dik yakası fırfırlı pembeli grili buluzunu ve gri tayyörünü giydi yine, öğlen yemeğinde de taktığı ay yıldızlı antika broşunu çantasından çıkarıp, iliştirdi yakasına. Osmanlı yüzüğü zaten parmağındaydı sabahtan beri. Tayibe ofise geldiğinde, bir opera gecesi için hazırdı Aylin.

Saat altıyı on geçe, kapıyı çaldı Timothy Childs. Her operaya gidişlerinde yaptığı gibi, bu gece için de şoförlü bir limuzin kiralamıştı. Arabayı park etmek ya da taksi bulmak için koşuşturmayacaklardı, ohh ne güzel! Aylin günlerden beri ilk kez gerçekten bir damla mutluluk hissetti yüreğinde. Çok güzel bir gün geçirmişti ve şimdi de limuzine kurulup Donizetti dinlemeye gidiyordu. Hayat Joe'ya rağmen güzeldi, yaşamaya değerdi.

***(17 Ocak 1995 Salı, 18.10-24.00, TIMOTHY CHILDS)***

Aylin'le, kararlaştırdığımız gibi, 75 East Avenue'deki muayenehanesinde, saat altı sularında buluştuk. Sevimli yeğeni Tayibe de oradaydı. Ayak üstü konuştuk. Tayibe ne hoş bir genç kız oluvermişti öyle... Aylin, köpeğini yukarı katta oturan arkadaşına bıraksın diye, Tayibe'ye verdi, çıktık.

Metropolitan Operasına, Donizetti'nin 'L'ELISIR D'AMORE' sini görmeye gidiyorduk. Bu opera geceleri Aylin, Joe Cates ile evlenmeden önce sık yaptığımız bir programdı. Her ikimiz de opera düşkünü olduğumuz ve sürekli birlikte gidecek birer arkadaş bulmakta zorlandığımız için, abonman biletlerimizle, her yeni başlayan prodüksiyonun galasına birlikte katılırdık. Operadan önce ya da sonradan hafif bir yemek yer, yemek boyunca da çok eğlenirdik.

O gece, özellikle Doktor Dulcamara ve Yüzbaşı Belcore rollerini oynayan tenorların seslerini çok beğendik. Korodaki askerlerin hantal hantal yürüyüşleriyle de dalga geçip çok güldük.

Aylin her zaman olduğu gibi çok şıktı. Parlak, açık gri renkte, bulut hissi veren bir döpiyes giyiyordu. Eteği çok ince pliliydi ve yürürken öylesine güzel hareketleniyordu ki, erkeklerin olduğu kadar, kadınların da kaçamak hayran bakışlarını yakalayabiliyordum. Elbisenin rengi, sarı-gri gözleriyle uyum içindeydi. Aylin'in buğulu gibi duran, sarımsı yeşil gözleri bence en güzel yeriydi zaten.

Gözlerinin herkesi etkilediğinin bir de kesin delili vardı, o geceden kalma. Operada rastladığım bir eski diplomat arkadaşıma Aylin'i tanıştırmıştım. Ayak üstü sohbet etmiştik. Aylar sonra, bu dostumu bir daha gördüğümde, "Operada sana tanıştırdığım hanımı hatırlıyor musun?" diye sormuştum.

"O kadar güzel gözleri olan bir kadını nasıl unutabilirim," diye yanıtlamıştı.

Aylin saçlarını açık bırakmış, kendi halinde taramıştı. Çok doğal duran bu saç biçiminin, usta bir kuaförün elinden çıktığı kesindi.

Yemeğimizi Metropolitan Operası'nın "Belmont Room" adlı restoranında yedik. Daha doğrusu, her zaman yaptığımız gibi, yemeğimize temsilden önce başladık, tatlımızı da perde arasında bitirdik.

Yemek boyunca Aylin çok neşeli görünüyordu. Kocasından ve boşanma işlemlerinden, bu kez hiç söz etmedi. Ben zaten onun artık boşanmış olduğunu düşünüyordum. Ertesi gün New York' ta orduyla ilgili bir toplantıya katılacağını söyledi. Bir süre için bile olsa, bir ordu hastanesinin başında bulunmaktan hem gurur duyduğu hem de keyif aldığı belliydi. Bedford'daki evinde bir at beslemeye başlamıştı. Atı ile uzun gezintiler yapabilmek için, New York'taki ofisini tamamen Bedford'a taşımaktan söz ediyordu. Üç katlı villanın bodrumunda kendisine bir ofis hazırlamış olduğunu biliyordum. Ondan bundan konuşurken, birden damdan düşer gibi, "Sence ben iyi bir diplomat olabilir miyim?" diye sordu. Biraz şaşırdım, ama belli etmedim. Aylin bugüne kadar her kafasına koyduğunu yapmıştı. Halkçı Parti iktidara gelirse, Türki devletlerden birine büyükelçi olmayı düşünüyordu. Belki bunu da başarırdı, ama öylesine doğal, öylesine olduğu gibi bir insandı ve ülkesi söz konusu olduğunda öylesine duygusaldı ki, Amerikan hariciyesinde on iki yılını geçirmiş eski bir diplomat olarak, Aylin'i, gerçek duyguları gizlemeyi gerektiren büyükelçilik mesleğine oturtamadım doğrusu. Bence, şansını zorlayacağına, orduya geri dönmeliydi. Döndüğü takdirde, Albay rütbesine yükseltilecekti ve bu kadar kısa zamanda böyle bir yükseliş, herhalde çok az insana nasip olabilmişti. Yine de, benden onay beklediğini hissettiğim için, bu düşüncelerimi ona açmadım.

Yemekte sadece bir kadeh içki içti. Benimle şampanyayı paylaşması için ısrar ettiğimde, o gece hem Bedford'a döneceğini, hem de ertesi gün çok önemli bir toplantısı olduğunu söyleyerek reddetti.

Operadan çıkar çıkmaz, vakit kaybetmeden 75 East End Avenue'deki muayenehanesine gittik. Köpeği Toby'yi alıp, evine dönecekti. Bedford'a kadar araba süreceğini bildiğim için, gecikmesini. istemiyordum. Aylin'in o gece tek başına bu geç saatte o uzun yolu yapmasını hiç ama hiç istemedim. Israrla şehirde bir yerde kalmasını, ablasını ya da Tayibe'yi bulmasını önerdim. Aylin fikrini asla değiştirmezdi.

Onu ofisinin kapısında bıraktım ve içeri girene kadar bekledim. Uçuşan duman rengi eteğiyle, bir hayal gibi girdi kapıdan, sonra döndü ve bana el salladı. Sarımtırak kedi gözlerinde neşeli pırıltılar vardı. Bu onu son görüşüm oldu.

***(18 Ocak 1995, Çarşamba, NİLÜFER)***

Salı gecesi Tayibe ile Harvard Club'da kaldık. O kadar ısrar etmemize rağmen, Aylin'i operadan sonra bizimle kalmaya ikna edemedik. Oysa ertesi gün, Felder'de randevumuz vardı. Aylin boşanma kâğıtlarını yırttığını söylediğinden beri, avukatıyla bir araya gelememişti. Akşamüstü altıda buluşup son durumu konuşacaktık. Bu işten Felder de bıkmıştı artık. Aylin'e daha fazla hiçbir şey alamayacağını söyleyip duruyordu. Anlamıyordu ki Aylin'in gözü parada, malda mülkte değildi. Bir başka kadının kendine tercih edilmesini yediremiyordu. Belki Felder onu hâlâ ikna edebilirdi. Tek umudum bu son buluşmadaydı.

Tayibe ile saat dört sularında 75 East End'de buluştuk. Irene erken ayrılmıştı ofisten. Yukarda Aylin'i beklemeye başladık. Aylin'den hiç haber çıkmayınca, Tayibe aşağı kata indi. Kapısının altında ışık görmüştü.

"Teyzem hastaları varken rahatsız edilmeyi hiç sevmez, o yüzden kapıyı vurmadım," dedi. Saat beş buçukta Tayibe yine indi aşağı. Geri geldiğinde "Valla anne, ben teyzemi rahatsız edemem, işi bitince gelir nasılsa," dedi.

Ben indim bu kez. Kapıyı vurdum, cevap yoktu. Hızlı hızlı vurdum, yine cevap yoktu. Yukarı geldim. Hastalarıyla işinin erken bittiğine onun da dışarı çıktığına karar verdik. Işığı açık unutmuş olmalıydı. Evini aradık, cevap vermiyordu. Herhalde birazdan döner, diye düşündük, beklemeye başladık.

Aylin gecikmişti. Yollar çok kalabalık olmalıydı. Telefonu boşuna çevirip duruyordum. Hiç cevap yoktu. Felder'i aradım, oraya da gitmemişti. Saat altı oldu. Yedi oldu. Kaç bardak çay ve kahve içtiğimi Allah bilir. Bir Felder'in bir Aylin'in ofisini arayıp duruyordum boşu boşuna. Tayibe, "Telefonu devamlı çevirip durma anne, kapısına kâğıt koydum, gelince görecek zaten, arar bizi," diyordu ama, elimde değildi.

Yedi buçuğa doğru Felder bizi aradı.

"Bu saatten sonra, gelse de görüşemem artık, çıkıyorum," dedi.

Bu kadar önemli bir randevuya boş verilir miydi? Felder, karşı tarafa ne diyeceğini bilemediği için söylenip durdu. İnşallah görüşememesine rağmen, faturasını yazar benim savruk kardeşime, dedim içimden.

Tayibe, Tim Childs'ın karısı ile konuştu. Tim henüz eve dönmemişti. Elime geçirince ben bilirdim ona yapacağımı. Ancak bir kaza yaptıysa bağışlanırdı bu yaptığı.

Saat dokuz oldu, Aylin'den hiç haber yoktu. Artık kızmaktan vazgeçtim, sadece çok merak ediyordum. Tanrım, kardeşimin başına bir şey mi gelmişti. Kler'i, Emel'i, Leyla'yı aradım. Hiçbiri bir şey bilmiyordu. Tayibe Mişel'e, sonra da Aylin Gönensay'a telefon etti. Onların da haberleri yoktu. Neredeydi bu kız? Ev de cevap vermiyordu. Tayibe, "Teyze, bir yanlış anlaşma mı oldu, biz Harvard Club'a dönüp, senden haber bekliyoruz, çok merak ediyoruz," diye mesaj bıraktı. Allahın cezası ev, cehennemin dibinde olmasa, atlayıp gidecektim.

Harvard Club'da, çıktığımız odaya yeni baştan yerleştik. Tayibe de bana belli etmemekle birlikte en az benim kadar meraktaydı. Karar verdik, bu gece de ondan haber çıkmazsa, yarın sabah Bedford'a gidecektik... Ama evde yoktu, biliyorduk bunu. Telefon da bozuk değildi. Bozuk olsa hiç açılmazdı. Oysa telesekreter çıkıp, "mesajınızı bırakın," diyordu. Belki elli tane mesaj bıraktık. Neredeydi bu Aylin, ne yapıyordu? Yılların içinden çıkarak, Paswak mı geri dönmüştü?

Joe'nun sevgilisini öldürmek için Connecticut yolunda mıydı? Çok içip bir yerlerde uyuya mı kalmıştı? Son zamanlarda morali hiç iyi değildi. Bence bir depresyonun eşiğine gelmişti. Bu şişko Yahudi canına okumuştu kardeşimin.

Akşam olmuştu. Aylin'den tıs yoktu! Aklımı kaçırmak üzereydim. Aylin'e kötü bir şey olmadıysa, önce onu bir güzel dövüp sonra da kurban kesecektim.

***(19 Ocak 1995, Perşembe, 8.20-8.50, VIRGINIA)***

Hava bu sabah buz gibi. Parmaklarımın uçları eldivenlere rağmen dondu nerdeyse. Oysa ne kadar sıcaktı günlerdir. Ocak ayında hiç böyle olmazdı buraları, insanın nefesi donardı soğuktan. Uzun sürmedi güzel hava sevinci, Ocak'ın onu çıkınca, yine buz kesti her yer. Bu sabah içimde bir sıkıntıyla uyandım nedense. Ablam, bu yaşlarda iç sıkıntılarını normal buluyor. Şimdiden böyle hafif hafif başlar, yıllar geçtikçe, ellilere gelene kadar artarmış sıkıntının dozu. Oh ne iyi, benimki son patlama noktasına gelene kadar on beş yıl sürecek demek ki. Zaten her bela benim başıma iki misli gelir. Otobüsü kaçırıp hep iki misli beklerim, bu sabah olduğu gibi. İkinci otobüs tıklım tıklım doludur. Ayakta kalırım, iteler kakalar, popomu çimdiklerler okula giden piç kuruları. Olsun, hiç kızmam buna, vaktinden önce eskimiş suratımla, beni kadın yerine koyan bir onlar kaldı.

Biraz geciktim diye Miss Aylin surat asar. Niye o işine hep vaktinde varıyormuş da, ben varamıyormuşum? Benim altımda onunki gibi özel arabam yok da ondan.

Bir keresinde söyledim bunu ona, kızacak diye bekledim, geldi boynuma sarıldı. Biraz çatlaktır benim hanım. Kimselere benzemez. Azarlamasına azarlar ama, sonra hemen gelir gönlünü alır insanın. Yufka yüreklidir, başkalarının acısına hiç dayanamaz. Eli de açıktır. Ama son zamanlarda çok huysuz oldu. Bu boşanma olayı çok yıprattı onu. Kocası önce evden bazı eşyaları aldı götürdü o yokken.

Hanım ordudan dönüp de evi yarı boşalmış bulunca çıldırdı adeta.

"Bu koca evde ne yapacaksınız bir başınıza, dağın tepesinde, gidin New York'taki küçük dairenize taşının," dedim. Dinler mi, bir kulağından girdi, bir kulağından çıktı.

"Ben yalnız kalmam, merak etme sen, yakında biri geliyor buraya," dedi.

Birini buldu da onu getirecek eve zannettim. Meğer bulduğu bir atmış. Bir gün geldim ki ne göreyim, pencereden bir koca kafa bana bakıyor. Atını hemen evin oraya, salon penceresinin önüne bağlamış. Dedim ya biraz çatlak diye.

Yine geç kaldım bugün. Fırça yemeye hazır olmalıyım. Bu yokuş da hiç çekilmiyor, ha... Allahtan daha buz tutmadı yerler. Yoksa insan... aaa o da nesi? Bizim hanım yine arabayı mı toslamış ağaca? Aa, Toby... ilahi köpek ne arıyorsun burada sen? Evden mi kaçtın yine? Yok evden kaçmamışsın, çünkü kayışın boynunda. Gezmeye mi çıkıyordun hanımla? Bu araba niye yolun ortasında duruyor böyle? Hanım nerede? Kim indirdi koca arabayı duvarın üzerinden böyle? Ayol, yolu kapatmışsınız, nasıl geçeceğim şimdi? Bayan Radomisliiii? Arabayı siz mi uçurdunuz duvardan aşağı? Heeeey!... Bayan Radomisliiii? Aaaa, orada, arabanın altında biri var. Biri arabanın altında yatıyor. Aman Tanrım! Arabanın altında!... AMAN TANRIM! BAYAN RADOMİSLİ!.. MİSS AYLİN... AYLİİİN!... Cevap verin... beni duyuyor musunuz? Niye kıpırdamıyor? Niye ses etmiyor?

Aaa, öl... müş... mü yoksa? Aylin. Ayliiin. AYLİİİN. AYLİİİN... İMDAAAAAT. İMDAAAAAT!..

***(19 Ocak 1995, Perşembe, 9.00-9.30, TAYİBE)***

Annem gece hiç uyuyamadı. Aslında ben de son derece tedirgindim. Kulağım hep telefondaydı. Hep çaldı çalacak diye bekliyordum, uykumdan telefon sesleriyle uyanıyordum. Oysa ne arayan vardı ne soran. Teyzem hiç böyle vurdumduymazlık yapmazdı. Telaşımı anneme belli etmemeye çalışıyordum.

Eğer bir kaza olduysa, ilk haber verecekleri kişi Joe olmalıydı. Joe hâlâ teyzemin kocasıydı ne de olsa. Sabah erkenden Joe'nun ofisine gittik. Daha kimse gelmemişti. Kapı önünde bekleştik. Joe'nun sekreteri kapıda bizi bekler görünce çok şaşırdı. İçeri hep birlikte girip, polisten bir haber var mı diye baktık. Hiç haber yoktu. Yüreğimize biraz su serpildi. Aklıma neler geliyordu, saçmalığını bildiğim halde, teyzemin Timothy Childs'la kaçtığını bile düşünmeye başlamıştım.

Cynthia, çalan telefonu açtığında, kapıdan çıkmak üzereydim.

Annem önden çıkmıştı, ben biraz geride kalmıştım. Cynthia eliyle işaret etti bana. "Anne sen aşağıya in, ben de hemen geliyorum," dedim, "Aman Allahım, olamaz," diyordu Cynthia telefonda, suratı karmakarışıktı.

"Ne var, ne olmuş?"

"Bir... bir... kaza mı ne? Polislik bir durum var, Bedford'da. Polis Joe'yu evden aramış. Joe hemen sizi almaya geliyor, kapıya inip bekleyin," dedi Cynthia.

Annemi asansörün önünde buldum.

"Galiba eve hırsız girmiş anne," dedim. Elim ayağım titriyor ama, belli etmemeye çalışıyordum.

"Ne diyorsun?" dedi annem, "Tevekkeli değil, zavallı Aylin o yüzden arayamadı bizi. Başına neler gelmiş. Hırsız eve nasıl girmiş acaba? Aylin evde yokken girmiş olsa keşke. İnsanın ödü patlar yoksa."

Joe gelmek bilmedi. Hava buz gibi, binanın ana girişindeki iki kapının arasında bekliyorduk, donmak işten değildi. Annem üşüyecek diye korkuyordum.

"Anne, sen içeri gir, ben Joe gelince sana haber veririm. Üşüyeceksin burada," dedim.

"Hani yola çıkmıştı bu adam. Gelir şimdi," dedi annem. Yarım saatten fazla titreşerek sinir içinde bekledik kapıda. Neden sonra arabası uzaktan gözüktü. Joe arabayı kaldırıma yanaştırırken, "Ne olur anne, ters bir şey söyleme, sonra teyzeme yansır kızgınlığı, onun işini bozarız istemeden," dedim.

"Allahın cezası Yahudi," dedi annem dişlerinin arasından.

Kapıyı açıp annemi arkaya oturttum. Ben Joe'nun yanına geçtim.

"Tam kapıdan çıkarken polisler yine telefon ettiler de o yüzden geciktim," dedi Joe. Arabayı durdurmamıştı, birkaç yüz metre gittik.

"Ne olmuş kuzum? Eve hırsız mı girmiş?" dedi annem.

Joe arabayı yol kenarına çekti, durdurdu, koltuğunda geriye anneme doğru döndü, sakin sakin, "Aylin ölmüş," dedi.

***(21 Ocak 1995, Cumartesi, Connecticut Belediye Morgu)***

Nilüfer, cam bölmenin ardındaki kardeşine, boş gözlerle bakıyor. Sanki beş duyusu birden uyuşmuş. Sanki ona bir iğne yapmışlar, duygusuz, tepkisiz bir zombiye dönüşmüş. Ağlayamıyor, konuşamıyor, hiçbir şey hissedemiyor.

Aylin'i beyaz beze sararak, pembe bir kumaşın üzerine yatırmışlar. Pembe ve beyaz! Huzur veren, mutluluk, saflık simgesi renkler... Nilüfer, orada saatlerce durmak ve Aylin'in doğduğunu öğrendiği, onu ilk kez kollarında tuttuğu o Ankara akşamından itibaren, onunla geçen her gününü, her saatini yeniden yaşamak istiyor.

Dame de Sion'dan yılbaşı tatili için döndüğü gün, kardeşinin istasyondaki halini hiç unutamaz. İpince, upuzun bir küçük kız. Beline hafifçe oturan pembe bir manto giymiş, dizlerine kadar uzun beyaz çorapları ve rugan ayakkabıları var. Kızıla çalan sarı saçları iki uzun örgü yapılmış, çilli yüzü soğuktan bembeyaz... Ne zaman büyüdü de böyle uzayıverdi bu çocuk? Bir okul döneminde mi oldu bu inanılmaz değişim? Tıpkı şu andaki gibi, pembelerin beyazların içinde, masum, kırılgan, peronda kaynaşan kalabalığın arasında durmuş, trenden inen ablasına bakıyor. Nilüfer sımsıkı sarılıp öpüyor kardeşini. Aylin'in yanakları soğuktan buz gibi olmuş.

"Benim küçücük kardeşim, ne çabuk büyümüş," diyor annesine.

Yüreği şişiyor, şişiyor, göğüs kafesinin kemiklerini zorluyor Nilüfer'in. Kan çanağı gibi gözleri kupkuru. O kadar gözyaşı akıttı ki iki gündür, artık tek bir damla bile düşemiyor. Belki öldü de farkında değil. Yoksa hem bu dünyada bir yerde, hem de bir başka boyutta nasıl olunabilir? Acı çekerek bir boşlukta, huzur içinde uçulabilir mi? Hem içinde bulunduğu şu zaman, hem de kırk yıl öncesi aynı anda yaşanabilir mi?

Burası bir morg. Çok, çok soğuk. Onu Aylin'den ayıran camın ardında, yaşamla ölümün sınırında durmuş, aniden karların arasında bitivermiş bir kardelen çiçeği gibi narin ve güzel kardeşine bakıyor. Ve ne tuhaf; tarifsiz bir huzur duyuyor. Pembelere yatırılmış, beyazlı kardeşiyle konuşuyor içinden... Binlerce yıl öncesinde olduğu gibi, Ankara Garı'nın peronunda, pembe mantolu, soğuktan donmuş, örgülü küçük kız...

Nilüfer eğilip kardeşinin, o buza kesmiş bozkır sabahındaki gibi soğuk yanağına dayıyor yüzünü.

"Aylin, beni bırakıp nereye gidiyorsun?"

Aylin sanki gülümsüyor ablasına, konuşabilse, "Sana sürpriz yaptım her zamanki gibi," diyecek.

Kardeşinin uzun örgülerini avuçlarına alıyor, çilli yüzünü okşuyor, pembe mantosunun kalın dokusunda gezdiriyor ellerini, beyaz çoraplarının konçlarını yukarı çekiyor, bacakları üşümesin diye.

Dudakları kıpırdıyor Aylin'in. Dediklerini duymak için, dudaklarına doğru eğiliyor Nilüfer.

"Benim için sakın üzülme Nilüfer," diyor Aylin, "fırtına dindi, burası çok sakin, çok huzurlu. Ne kadar yorgunmuşum meğer. Dinleneceğim, haydi, bırak beni artık."

Ölümle yaşamın sınırında duran Nilüfer, soğuk Ankara sabahının sisinde yılları aşarak, yaşamın içinde yürüyor, yürüyor... Anılardan uzaklaştıkça, içinde bulunduğu zamanın gerçeğine çarpıyor. Kafasında yanıtlayamadığı binlerce soru kanatlanırken yürüyor... Avucunda küçük kardeşinin incecik eli... Yürüyor... Aylin'in dolu dizgin yaşamında... kardeşinin hevesleri, özlemleri, hasretleriyle... başarıları ve acılarıyla... yürüyor... kulaklarında bir Mevlevi müziği ve yüreğinde Mevlânâ'dan dizelerle...

*"Ölüm diye bir şey yok bu ummanda*
*Umutsuzluk da yok, hüzün de, kaygı da...*
*Bu umman sonsuz aşk ve sevgi dolu*
*İyiliğin, cömertliğin ummanı bu."*

Giritli Deli Mustafa Naili Paşa'nın oğlu Hilmi Paşa.

Hilmi Paşa'nın kızı, Aylin'in büyükannesi Melek Hanım.

Melek Hanım'ın eşi, Aylin'in büyükbabası Hasip Bey.

Aylin ve Nilüfer'in babaları İbradalı Cemal Devrimel.

Aylin ve Nilüfer'in anneleri Leyla Hanım.

Bayındırlıların evinde çay saati. Sol başta Ecla, Leyla, anneleri Melek Hanım ve Himi Bayındırlı.

Aylin. Robert Kolej'i bitirdiği yıl.

Aylin'in Londra'da ablasını ziyarete gittiği yıl, Nilüfer.

Aylin'in Lucy Clayton's manken okulunu bitirdikten sonraki değişimi.

ızlar okulda, Marble
all'un merdivenlerinde.

ylin'in evlilik haberini
eren 4 Ağustos 1962 tarihli
ürriyet Gazetesi kupürü.
Altta, Solda)

ilüfer ve Aylin Lozan'da.
ylin'in tıp fakültesine
aşlarken öğrenci
örüntüsüne geri dönüşü.
Altta, Sağda)

**Bir Türk kızı Prenses oldu**

Libya Kralının yeğeni ile Paris'te nikâhlanan Aylin çeyiz hazırlıyor

Cates ailesi ve Tayibe, Aylin ve Joe'nun düğününde.
Sol baştan itibaren Darrell, Valerie, Phoebe, Philip, Tayibe, Alex ve Alex'in sevgilisi.

Mişel Radomisli ve Tayibe.

Aylin, Doğan Gönül'ün by pass ameliyatı için gittiği Houston'da Sevgi Gönül ile otel odasında.

Joe, Aylin ve Toby, Bedford'daki evlerinde,
Aylin orduya katılmadan önce.

Aylin, Ford Sill, Oklahoma'da arazi giysileriyle eğitimde

Aylin, George ve Barbara Bush ile Beyaz Saray'da.

Aylin, Henry Kissinger ve Ahmet Ertegün bir galada.

Aylin, Ronald Reagan ile Beyaz Saray'da.

Aylin'in öldüğü gece olanların tek şahidi Toby von Schweir.

Son durak. Aylin'in Calverton Cemetry'deki,
Sufi kanatlı mezar taşı.